Das Buch
Sie kam von ganz unten und kämpfte sich, voller Ehrgeiz, Naivität und Charme, bis ganz nach oben: Aus der unschuldigen Norma Jean wurde die platinblonde Marilyn Monroe, die größte Leinwandgöttin der Weltgeschichte. Doch hinter der glamourösen Fassade, der Maske aus Sex-Appeal und atemloser Koketterie, versteckte sich nur allzuoft ein zerbrechliches Mädchen, das in einer Welt, die sie nicht verstehen konnte, nach einem Beschützer suchte.
Aber wer kann es mit einer fleischgewordenen Göttin, einer schon zu Lebzeiten Unsterblichen, einer Maßlosen aufnehmen? Das Schicksal schlägt zu und führt die Monroe zu einem charismatischen Mann, der durch seine fesselnde Persönlichkeit nicht nur eine Nation, sondern die ganze Welt in seinen Bann schlug: John F. Kennedy, Präsident der Vereinigten Staaten von Amerika.
Zwischen der kapriziösen Diva und dem ebenso bewundernswerten wie skrupellosen Präsidenten entwickelte sich schnell eine verhängnisvolle Affäre, die auch dann nicht endet, als John seinen Platz im Bett der Monroe an seinen jüngeren Bruder weitergibt; eine Affäre, die viel, viel weitergeht ...

Der Autor
Der Roman- und Sachbuchautor Michael Korda ist hauptberuflich Cheflektor eines großen Verlagshauses in New York.

MICHAEL KORDA

DIE MASSLOSEN

Roman

Aus dem Amerikanischen
von Monika Hahn-Prölss

WILHELM HEYNE VERLAG
MÜNCHEN

HEYNE ALLGEMEINE REIHE
Nr. 01/10617

Titel der Originalausgabe:
THE IMMORTALS
erschien bei Poseidon Press
(Simon & Schuster), New York

Die Maßlosen ist ein Roman, der auf Fakten basiert. Ohne den Rückgriff auf fundierte Recherchen und Interview-Material hätte dieses Buch nicht geschrieben werden können. Seine Handlung beruht auf historischen Quellen; die Gestaltung der Personen, ob real oder erfunden, entspringt jedoch meiner Fantasie und Interpretation.
Michael Korda

Besuchen Sie uns im Internet:
http://www.heyne.de

Umwelthinweis:
Das Buch wurde auf
chlor- und säurefreiem Papier gedruckt.

Copyright © 1992 by Success Research Corporation
Copyright © 1993 der deutschen Ausgabe by
ECON Verlag GmbH, Düsseldorf
Wilhelm Heyne Verlag GmbH & Co. KG, München
Printed in Germany 1998
Umschlagillustrationen: Inter Topics / IT, Hamburg
und Interfoto/Manfred Kreiner, München
Umschlaggestaltung: Atelier Ingrid Schütz, München
Satz: Pinkuin Satz- und Datentechnik, Berlin
Druck und Bindung: Pressedruck, Augsburg

ISBN 3-453-13689-6

Für Margaret

Und in Erinnerung an Jeanne Bernkopf

»Ich sage Dir,
Du wirst in Deinem Leben dem Leid begegnen.
Nicht jedem ist es vorherbestimmt,
doch Deinen Weg wird es kreuzen.«

Ted Rosenthal

»Sprecht ein Gebet für Norma Jean. Sie ist tot.«

Jim Dougherty

»Die Kennedy-Story ist eine Geschichte über Leute,
welche die Regeln brachen
und schließlich selbst an ihnen zerbrochen sind.«

Chris Lawford

»Big tits, big ass, big deal.«

Marilyn Monroe

Inhalt

Prolog
Camelot
9

Erster Teil
Die Blonde am Telefon
13

Zweiter Teil
Dummkopf
195

Dritter Teil
Lanzenträger
393

Vierter Teil
Legende
483

Epilog
Ein Gebet für Norma Jean
595

Danksagung
605

Verzeichnis der
genannten Filmtitel
606

PROLOG

Camelot

Es war einer jener langen Abende im Weißen Haus. Zu den Klängen des Marine-Streichorchesters, das ein Potpourri aus *Camelot* spielte, wurden gerade Kaffee und Likör serviert, als ich den Blick des Präsidenten auffing. Ein Adjutant in blauer Uniform hatte ihm kurz zuvor ein Schreiben überreicht.

Ich wußte, was nun kam. Der Präsident entschuldigte sich, flüsterte Jackie etwas zu und verließ den Raum. Nach einigen Minuten entfernte auch ich mich unauffällig.

Der gleiche Adjutant wartete schon vor dem Blauen Zimmer und bat mich, ihm zu folgen. Überraschenderweise gingen wir nicht nach oben zu den Privaträumen, wo Jack ein Arbeitszimmer hatte. Statt dessen liefen wir durch leere Korridore zum Oval Office. Der Adjutant klopfte an und öffnete dann die Tür für mich.

Jack mixte sich gerade einen Drink, einen starken, der Farbe nach zu schließen. Er schaute mich an, und ich nickte. Als auch ich meinen Drink hatte, setzten wir uns einander gegenüber. Er saß aufrecht in seinem Schaukelstuhl, schaukelte aber nicht. Sein Gesichtsausdruck war schwer zu deuten, selbst für jemanden, der ihn so gut kannte wie ich.

Jack hatte mittlerweile etwas von einem römischen Imperator an sich. In den vergangenen Monaten war sein Gesicht massiger geworden, seine Falten lagen tiefer, und seine Augen blickten trauriger, als ich sie je gesehen hatte. Macht korrumpiert, wie uns politische Kommentatoren immer wieder versichern, aber man wird durch Macht auch reifer. Der Mann vor mir sah aus, als sei er durchs Fegefeuer gegangen, was er gewissermaßen auch war – wie jeder Präsident.

»Gott, ich hasse *Camelot*!« sagte er mißmutig. »Ich bat Jackie, was anderes spielen zu lassen, aber genausogut könnte ich gegen eine Wand reden …«

Er nahm wieder einen Schluck. Was immer er auf dem Herzen

hatte, er schien es nur ungern zur Sprache zu bringen. »Ich habe gerade mit Peter telefoniert«, sagte er schließlich.

»Lawford?« Ich konnte mir nicht vorstellen, wieso ein Anruf vom Schwager des Präsidenten ein Krisengespräch erforderlich machte.

Mit angewiderter Miene nickte er. Ich wußte, wie tief er Lawford verachtete. Lawford hatte ihn vor Jahren in seinen Freundeskreis aus Hollywood eingeführt – Sinatra und so weiter –, ihm sein Ferienhaus in Malibu zur freien Verfügung gestellt, als sogenanntes ›Liebesnest‹ an der Westküste, und ihm unzählige Starlets verschafft, sich selbst also zum Kuppler des Präsidenten gemacht, wofür dieser ihn geradezu verabscheute.

Wie sein Vater haßte Jack Leute, die käuflich waren, und insbesondere jene, die ihm zu Vergnügungen verhalfen. In gewisser Weise war er Puritaner und Moralist, wenn auch nur bei anderen.

Er warf mir einen Blick zu, der schlechte Nachrichten verhieß. »Sie ist tot«, sagte er lapidar.

Ich wußte sofort, wen er meinte. »Tot?« wiederholte ich dümmlich.

»Anscheinend Selbstmord. Tabletten. Alkohol.« Jack schüttelte ratlos den Kopf. Kein Kennedy konnte Selbstmord begreifen; sie hingen alle viel zu sehr am Leben.

»Ich verstehe. Wo ist Bobby?«

»Auf dem Heimweg nach San Francisco.« Jacks Stimme klang ausdruckslos. »Zu Ethel und seiner heißgeliebten Familie«, sagte er nach einer Pause ironisch.

Ich nickte nur. Wenn er mich nicht in die Details einweihen wollte, dann würde ich ihn auch nicht danach fragen.

»Fährst du für mich nach Kalifornien?« fragte er. Wohlwissend, daß ich nicht die geringste Lust dazu hatte, fügte er noch hinzu: »Tu mir bitte den Gefallen, David!«

»Es wird mir eine Ehre sein, Mister President.« Der Augenblick schien eine solche Formalität zu verlangen.

»Vielen Dank.« Er zögerte. »Ich brauche jemanden, dem ich vertrauen kann. Jemanden, der sich dort auskennt. Vielleicht müssen ein paar Buschfeuer gelöscht werden.«

»Die Presse?«

»Ja.« Er trank einen Schluck, wirkte plötzlich erschöpft. »Die Polizei«, ergänzte er. »Der Leichenbeschauer und so weiter.«

»Ich habe in Los Angeles gute Kontakte«, beruhigte ich ihn. »Und gute Leute, die für mich arbeiten.«

»Ich möchte, daß du die Sache selbständig regelst, David.«

»In Ordnung.« Erst jetzt realisierte ich, was wirklich geschehen war. »Armes Mädchen«, sagte ich.

»Einfach schrecklich, das Ganze!« Seine Augen wurden feucht. Er rieb sie sich, als sei er übermüdet, und kehrte dann zum geschäftlichen Teil zurück. Das war alles, was er an Anteilnahme für sie aufbrachte – wahrscheinlich nicht mehr als für jeden anderen. Er war kein Mann, der mit Trauer Zeit vertrödelte, ebensowenig wie sein Vater.

»Eine Maschine der Air France wartet in Andrews auf dich«, sagte er. »Kannst du gleich aufbrechen?«

»Aber natürlich, Mister President«, wollte ich sagen, doch dann brachte ich kaum ein Wort heraus, denn plötzlich hatte ich eine Vision von Marilyn, wie sie in der Tür stand, und meine Augen füllten sich mit Tränen.

Erster Teil

Die Blonde am Telefon

1. KAPITEL

In dem Moment, als Jack und Marilyn sich zum erstenmal sahen, wußte ich, daß es Schwierigkeiten geben würde.

Sie trafen sich im Sommer 1954 in Charlie Feldmans Haus in Beverly Hills. Jack war zur »Küste« gekommen, wie er's immer ironisch nannte, um den kalifornischen Demokraten mit Glamour und, was noch wichtiger war, mit Vitalität à la Kennedy neuen Auftrieb zu geben. Eisenhower hatte gegen Adlai Stevenson 1952 mit überwältigender Mehrheit gewonnen, und angesichts Ikes Popularität würde jeder, der 1956 gegen ihn antrat, ebenfalls verlieren. Folglich hatte Jacks vorgebliche Mission, die Getreuen aufzumuntern, den eigentlichen Zweck zu suggerieren, daß er als Kandidat zur Verfügung stünde, um 1960 zu gewinnen. Nebenzweck war, Weiber aufzureißen, weil damals wie heute L. A. für Sex das darstellte, was Washington für die Politik bedeutet.

Ich begleitete ihn, weil mein alter Freund Joe Kennedy mich darum gebeten hatte, gebeten, nicht etwa befohlen, denn weder Jack noch sein Vater konnten mich herumkommandieren. Der »Alte« und ich – jeder, Jack eingeschlossen, nannte Botschafter Kennedy hinter seinem Rücken den Alten – kannten uns schon lange und teilten viele Geheimnisse, obwohl ich über zwanzig Jahre jünger war als er.

Wir hatten uns in Hollywood kennengelernt, als er versuchte, Mayer, Cohn, Zanuck und die Warner Brothers auf ihrem eigenen Feld zu schlagen, während ich sie davon zu überzeugen versuchte, daß zwischen der Kunst der Public Relations und billiger Reklame große Unterschiede bestünden.

Diese Lektion lernten die Studiobosse nie, wohl aber Joe. Der irische Außenseiter mit seinen Kontakten zu Schiebern, seinen wilden Affären und seiner Vorliebe für dubiose Wall-Street-Geschäfte wurde schon bald von Franklin Delano Roosevelt zum Leiter der SEC, der Börsenaufsicht, befördert; später wurde er Botschafter am Hof von St. James' in London, Möchtegern-Königsmacher der Demokraten und Paterfamilias von Amerikas fotogenster politischer Dynastie – eine Verwandlung, die zum Teil mein Werk war, wie ich zugeben muß.

Joe war mir dafür zu Dank verpflichtet und erkannte dies an. Doch auch ich verdankte ihm einiges, denn ohne seine Hilfe wäre es mir in den harten dreißiger Jahren schwergefallen, in der Wall Street genug Geld aufzutreiben, um das zu gründen, was später die größte internationale Public-Relations-Agentur der Welt wurde. Abgesehen davon – das war vielleicht noch wichtiger – mochten wir einander. Ich bewunderte seine Härte und Unverblümtheit, während er wohl meine Gewandtheit und meinen Hang zur ausgleichenden Gerechtigkeit bewunderte. Joe Kennedy war ein alter Tyrann, versuchte aber nie, mich zu tyrannisieren.

Vermutlich ist dies der richtige Moment, um mich vorzustellen. Ich heiße David Arthur Leman. Mein Vater nannte sich noch »Lehrman«, aber als ich mich beruflich selbständig machte, hielt ich es für besser, den Namen zu vereinfachen, da es damals immer noch genug Kunden gab, die lieber von einem Leman als von einem Lehrman vertreten wurden. Übrigens hat sich niemand je erlaubt, mich Dave zu nennen. David war ich immer für alle, auch für meine Mutter, meine Ehefrauen und Jack Kennedy.

Ich wurde in einer jener wohlhabenden New Yorker deutschjüdischen Familien geboren, die Ungezwungenheit – wie übrigens auch jede Art von Gefühlsäußerung – ablehnten. Ich war der geliebte einzige Sohn, der einerseits verwöhnt, andererseits aber auch ständig zu Höchstleistungen angespornt wurde. Mein Vater, mit dem ich meines Erachtens nie ein vertrauliches Wort gewechselt hatte, war der Besitzer eines florierenden Kunstbuchverlags, doch ich hatte von frühester Kindheit an nicht die geringste Lust, in seine Fußstapfen zu treten.

Ich wuchs in einer großen Wohnung voller Antiquitäten an der Westseite des Central Park auf, profitierte von dem damals noch ausgezeichneten Schulsystem New Yorks und absolvierte dann ein Studium an der Columbia-Universität mit überdurchschnittlichen Leistungen. Zum unverhohlenen Ärger meines Vaters begann ich nach meinem Abschlußexamen als PR-Mann für Jed Harris, einen Broadway-Produzenten, zu arbeiten, doch es hätte ihn eigentlich nicht wundern dürfen, denn meine Mutter war geradezu theaterbesessen, und meine schönsten Kindheitserinnerungen waren gemeinsame Theaterbesuche mit ihr.

Mir war klar, daß ich in meinem Beruf etwas von dem Glanz und Zauber des Theaters suchte, eine Art Flucht aus der Ehrbarkeit. Inzwischen weiß ich auch, was mich an Joe Kennedy so anzog: Er und seine Familie waren das genaue Gegenteil von meinem Vater; sie waren laut, aggressiv, sentimental, unverblümt und hingen leidenschaftlich aneinander.

Außerdem war Joe für jemanden, dessen geheime Leidenschaft die Politik war, ein faszinierender Freund und Mentor. Damals stand er FDR so nahe wie niemand jemals zuvor. Es war in erster Linie Joe, der 1932 FDRs Nominierung durchsetzte. Damals hegte er immer noch die Illusion, daß er eines Tages nicht nur Königsmacher, sondern selbst König sein würde. Erst 1939, als ihn sein erbitterter Isolationismus und seine Bemühungen um eine Pro-Befriedungs-Politik in Konflikt mit der Geschichte und FDR brachte, übertrug Joe seinen Ehrgeiz, Präsident zu werden, auf seinen ältesten Sohn.

Ich schreibe dies alles als alter Mann nieder, älter, als man eigentlich sein darf. Auf Fotos von damals sehe ich einen ganz anderen Menschen, einen, den ich kaum wiedererkenne. Vor mir liegt ein Schnappschuß von Marilyn und mir, wie wir auf den berühmten, mit Zebrafell bezogenen Polstern im El Morocco sitzen und für den Fotografen lächeln. Marilyn so strahlend, wie es nur einem Filmstar beim Aufflammen von Blitzlichtern gelingt, ein Lächeln, das auf Kommando Glückseligkeit und Sex-Appeal verströmt, obwohl ich mich zu erinnern glaube, daß sie einen Moment zuvor den Tränen nahe gewesen war. Sie trägt auf dem Foto, wie so oft, ein weißes Abendkleid, da Weiß ihre Lieblingsfarbe war, vielleicht wegen jungfräulicher Assoziationen. Der Ausschnitt reicht – wenig jungfräulich – bis zu ihrem Nabel, Schultern und Busen fast ganz entblößend, und in der rechten Hand hält sie ein Glas Champagner.

Der Mann neben ihr zeigt ein breites Lächeln, ist hoch gewachsen, gut gebaut und breitschultrig, ohne jedoch athletisch zu wirken. Sein Gesicht sieht nach meiner heutigen Einschätzung etwas zu selbstzufrieden aus, zu blasiert, aber dabei nicht häßlich: kräftige Nase, ausgeprägtes Kinn, dichtes, etwas zu langes Haar, so als sei es von einem englischen Friseur geschnitten worden, und ein militärisch gestutzter Schnurrbart.

Er trägt einen Nadelstreifenanzug von untadeligem Schnitt,

ein breitgestreiftes Hemd mit weißem Kragen und Manschetten, eine dunkle bestickte Seidenkrawatte, darüber eine weiße Seidenweste mit Revers und Perlenknöpfen – anscheinend sein persönliches Markenzeichen – und eine kleine weiße Nelke im Knopfloch seines Jacketts. Zweifellos hält er sich selbst für einen waschechten Dandy.

Ach, diesen Menschen gibt es schon lange nicht mehr. Wenn Marilyn noch lebte, wäre sie 66, rechne ich mir aus. Jack 75. Und ich bin fast 80, du lieber Gott.

Nun, ich hatte ein gutes und langes Leben. Wenn ich jetzt darauf zurückblicke, dann zählt meine Freundschaft mit Joe und seinen Söhnen mit zu meinen besten Erinnerungen. Ich möchte keine Minute davon missen, trotz all der Qualen und der tragischen Ereignisse. Ich habe über zwei Jahrzehnte gebraucht, um mich mit der Wahrheit auseinanderzusetzen und auch mit meiner Rolle bei den Geschehnissen. Da ich nun einmal so alt bin, wie ich bin, heißt es jetzt oder nie, wenn ich die Geschichte erzählen will.

Eigentlich merkwürdig. Ohne Joe hätte ich in den Fünfzigern meine Agentur aufgegeben und wäre nach England gezogen. Ich war reich, gelangweilt von meinem Job, empört über die McCarthy-Ära und seit kurzem wieder verheiratet. England hatte ich immer geliebt und während des Krieges dort drei der besten Jahre meines Lebens als Public Relations Officer der Air Force verbracht, mit den Rangabzeichen eines Obersten auf den Schultern und einer Suite im Claridge's. Es war immer mein Wunschtraum gewesen, dort zu leben. Ich hatte auch schon ein hübsches kleines Haus in Wilton Mews im Auge und korrespondierte mit einigen Maklern wegen georgianischer Herrenhäuser auf dem Lande, als Joe irgendwie Wind von meinen Plänen bekam und mich ins Le Pavillon zum Dinner einlud, um sie mir auszureden. »Tun Sie sich das nicht an, David!« beschwor er mich.

»Was reden Sie denn da, Joe? Ich wollte schon immer wie ein englischer Gentleman leben.«

»Quatsch. Das ist genau der Punkt. Sie sind kein englischer Gentleman. Denn tief im Innern, hinter all der verdammten Höflichkeit, werden die Tommys Sie immer hassen. Muß ich Sie erst daran erinnern, daß ich dort Botschafter war? Ich *kenne* diese Leute, David.«

Joe beugte sich vor und berührte meine Hand, eine fast liebevolle Geste, die im Widerspruch zu seinen zornigen blauen Augen stand. »Außerdem«, fuhr er behutsam fort, »springt man nicht vom Schiff, wenn es kurz vor dem Hafen ist, David. Jack wird kandidieren, darauf haben Sie mein Wort. Und wenn er's tut, dann wird er auch gewinnen. Ich brauche Sie, David. Er braucht Sie! Und wenn er erst im Weißen Haus ist, wer weiß …?« Er schüttelte den Kopf. »Obwohl er ein tückischer, alter Schwindler war, möchte ich's um nichts in der Welt missen, zu Roosevelts innerem Zirkel gehört zu haben, David. Ganz sicher aber möchte ich nicht den Rest meines Lebens in einem Land verbringen, wo alle durch die Nase reden und es sechs von sieben Tagen regnet.«

Joe hatte es geschafft, natürlich, denn ihm war klar, daß er mich überzeugen würde. Die zwei Dinge, um die ich ihn am meisten beneidete, waren seine Beziehung zu Roosevelt und sein Botschafterposten, obwohl beides für ihn nicht gut ausgegangen war. Außerdem wußte ich, daß er nicht scherzte. Zwar glaubte wohl niemand, ich eingeschlossen, daß Jack aus dem Holz geschnitzt war, aus dem man Präsidenten macht, aber wenn Joe sagte, sein Sohn würde kandidieren, dann glaubte ich ihm. Und er hatte natürlich recht: Als Insider bei einem Kampf um das Präsidentenamt dabeizusein, ist das größte Abenteuer, das einem Amerika bietet, und wir wußten beide, daß ich dem nicht widerstehen konnte.

Schon dort, im Le Pavillon, beim Lammbraten stand fest, daß ich das Haus in Wilton Mews nicht kaufen würde. Als Joe seinen Sieg erkannte, brach er in so schallendes Gelächter aus, daß überall im Restaurant die Leute von ihrem Essen hochschauten. Genauso hatte er gelacht, als ich ihm in einer Nische im Brown Derby in Hollywood zum erstenmal einen Rat gab. Zuvor hatte er mich gefragt, wie er sein Image verändern könnte, was er nicht unbedingt seinetwegen, sondern vielmehr seiner Söhne wegen anstrebte. Ich erzählte ihm, daß Walter Ivy (dem Erfinder von ›Public Relations‹ als Busineß) die gleiche Frage von John D. Rokkefeller gestellt worden war, worauf er mit dem brillanten Vorschlag herausrückte, daß der alte Räuberbaron jedem Kind, das er traf, ein Zehn-Cent-Stück geben sollte, zusammen mit einer kleinen Moralpredigt über die Tugenden der Sparsamkeit. Diese Strategie machte sich so gut bezahlt, daß Rockefeller senior noch zu seinen Lebzeiten fast heiliggesprochen wurde. Joe Kennedy dachte einen Moment darüber nach, lehnte sich dann zurück, entblößte seine großen, unregelmäßigen weißen Zähne und lachte los. »Zum Teufel damit«, sagte er. »Ich werde mein Geld nicht an Fremde verschenken.«

Vielen Leuten gefiel die Vorstellung, daß die Kennedys, Vater *und* Söhne, durchdrungen waren vom Geist irischer Politiker wie Rose Kennedys Vater, Honey Fitz, aber ich wußte es besser. Diese Männer liebten die Menschen wirklich – zumindest jene, die auf ihrer Seite waren –, und ihr Lachen war aufrichtig und fröhlich, während Joe am herzlichsten über Geschichten lachen konnte, in denen Leute Pech hatten. Selbst Jack, eine weitaus attraktivere Persönlichkeit als sein Vater, mangelte es am Einfühlungsvermögen des geborenen Politikers, und er konnte nie ganz verbergen, daß er sich den meisten Leuten überlegen fühlte. Da ich selbst ein kleiner Snob war, gehörte dies zu den Eigenschaften, die ich an ihm mochte ...

Ich höre heute noch Jacks Lachen, damals in Feldmans riesigem Wohnraum mit den großen Schiebetüren aus Glas, die sich zum Swimmingpool öffneten. An den Wänden die obligaten Gemälde von Impressionisten. Natürlich nur zweitklassige Impressionisten, da die besten kaum je in die Sammlungen von Filmagenten in Hollywood gelangen, so wohlhabend sie auch sein mögen.

Jacks Lachen war anzuhören, daß er von Feldman und den hier versammelten Demokraten nicht mehr beeindruckt war als ich von den Gemälden.

Viele der Anwesenden waren alt genug, um immer noch bittere Gefühle gegen Joe Kennedy zu hegen, der in der kurzen Zeitspanne, die er in Hollywood verbrachte, zu einem der meistgehaßten Männer in der Geschichte des Filmbusineß wurde, so daß es kein Wunder war, wenn sie seinen Sohn nicht mit offenen Armen empfingen. Folglich mußte Jack als erstes demonstrieren, daß er ganz anders als sein Vater war. Dies gelang ihm erstaunlich gut, und ich fing gelegentlich einen Blick von ihm auf, der mir verriet, wie sehr es ihn amüsierte, all diese Leute mit solcher Leichtigkeit für sich zu gewinnen.

Er saß aufrecht auf seinem Stuhl in der Mitte des Raums – an der Art, wie er zuerst ein Bein und dann das andere ausstreckte, erkannte ich, daß sein Rücken ihm noch mehr Schmerzen verursachte als sonst – und trank Scotch, während Feldman, der neben ihm stand, seine Gäste nach und nach dem Senator vorstellte.

Feldman beugte sich zu ihm, um irgend etwas zu sagen, und Jack lachte noch lauter. Dann entstand plötzlich eine dramatische Stille, und alle, bis auf Jack, schauten zu der Glaswand vor dem Pool hinüber. Ich auch, gerade noch rechtzeitig, um Marilyns Auftritt nicht zu verpassen.

Es dauerte einen Moment, bis Jack realisierte, daß er nicht mehr im Mittelpunkt des Interesses stand. Selbst hier, bei den reichsten und wichtigsten Leuten von Hollywood, sorgte Marilyn Monroes Erscheinen für gelinde Aufregung. Dann wandte auch Jack etwas mühsam den Kopf, um zu sehen, wer ihn in den Schatten gestellt hatte, und erhob sich, während Feldman zur Tür ging und Marilyn begrüßte, die so hilflos und verletzlich wie ein kleines Mädchen wirkte, das aus Versehen auf eine Party von Erwachsenen geraten war.

Sie trug ein enganliegendes schwarzes Kleid aus irgendeinem schimmernden Material, das mehrere Nummern zu klein für sie zu sein schien, eine weiße Fuchsstola, falsche Brillant-Ohrclips und eine billige schwarze Handtasche aus Kunstleder. Die ganze Aufmachung sah aus, als sei sie in einem Trödelladen gekauft worden. Nicht daß es eine Rolle spielte, denn Marilyn war über guten oder schlechten Geschmack erhaben. An diesem Punkt in ihrem Leben war sie vielleicht der größte Star von Hollywood: *River of No Return* hatte gerade seine Uraufführung gehabt, die Dreharbeiten zu *There's no business like showbusiness* waren beendet, und sie war seit etwa einem halben Jahr mit Joe DiMaggio verheiratet. Damals war sie das ›Zugpferd‹ von 20th Century-Fox.

Ich ergriff die Gelegenheit und trat näher zu Jack, der ein Gesicht machte wie ein Mann, der zum erstenmal den Grand Canyon oder Mount Everest zu sehen bekommt – ein überwältigendes Naturwunder.

»O mein Gott!« flüsterte er.

»Du darfst nicht mal dran denken, Jack«, flüsterte ich zurück.

Er grinste. »Ich weiß nicht, was du meinst, David.«

Ich ignorierte dies. »Keine Frau steht so im öffentlichen Interesse von Amerika wie sie«, warnte ich ihn.

Er nickte. »Eine große Herausforderung, keine Frage.«

»Sie ist verheiratet.«
»Ich auch. Und du auch.«
»Dem Gerücht nach hat sie eine Affäre mit Charlie Feldman.«
Jack musterte Feldman, als hätte er seinen Gastgeber nie zuvor gesehen, und schüttelte dann ratlos den Kopf. Feldman war ein älterer, untersetzter Mann, dessen Haut wie gebratener Schinken aussah. Auf seinem Kopf thronte ein gut gearbeitetes Toupet.
»Warum sollte sie so was tun?« wunderte sich Jack. »Er kann keinen Star aus ihr machen. Sie ist schon ein Star.«
»Wer weiß, was im Hirn einer Frau vor sich geht?«
Das leuchtete ihm ein. »Tja, wer weiß das schon?« sagte er.

Feldman hatte Marilyn beim Ellbogen gefaßt und schob sie nun in unsere Richtung, während sie zögerte, als wäre sie zu scheu. Mir kam spontan der Gedanke, daß Marilyn im täglichen Leben eine bessere Schauspielerin war als vor der Kamera. Nichts seither konnte meine Meinung ändern.

Jack setzte sich in Bewegung, um nur ja vor mir bei Marilyn zu sein, nahm ihre Hand, drückte sie kurz, statt sie zu schütteln, und schenkte ihr sein strahlendstes Lächeln. Sie lächelte zurück. »Ich kann's kaum fassen, daß Sie ein Senator sind?« gurrte Marilyn mit ihrer kindlichen, atemlosen Stimme. Sie hatte die charmante Angewohnheit, jeden Satz so zu beenden, als handle es sich um eine Frage. »Ich dachte, das wären alles alte Männer?«

Ihre Hand lag immer noch in seiner, und auf Feldmans Gesicht spiegelte sich eine Mischung aus Reue und Bestürzung. Bestimmt wünschte er, er hätte Jack nie eingeladen, und schon gar nicht mit Marilyn. »Sind Sie sicher, daß Sie ein Senator sind?« fragte sie kichernd. »Sie sehen eher wie ein Collegeboy aus.«

Sie hätte kaum etwas sagen können, was mehr dazu angetan war, ihm zu schmeicheln. Er schaute sie von oben bis unten an, ließ seine Blicke bewundernd über den wunderschönen, üppigen Körper gleiten. »Und Sie«, sagte er schließlich, »Sie sehen wie ein junges Mädchen aus.«

Ich kannte mein Stichwort und bat Feldman, mich zwei wichtigen kalifornischen Demokraten vorzustellen, die gerade eingetroffen waren, um Jack und Marilyn ein paar ungestörte Momente zu verschaffen.

Ich erfuhr erst am nächsten Tag, was geschehen war, obwohl ich mir das meiste hätte denken können.

Am Morgen darauf entdeckte ich Jack am Pool des Bel-Air-Hotels. Er trug Badehose und Sonnenbrille, rauchte eine Zigarre und räkelte sich auf einer Liege. Jack hütete sich normalerweise davor, zigarrerauchend in der Öffentlichkeit gesehen zu werden, weil er erstens fürchtete, daß es ihn Stimmen bei den Wählerinnen kosten könnte und zweitens, weil es wie die Angewohnheit eines wohlhabenden Mannes in mittlerem Alter wirkte, und dabei wollte er doch so lange wie möglich bei der Jugend Anklang finden. Zur damaligen Zeit bot das Bel Air mehr Privatsphäre als jedes andere Hotel, weshalb wir dort logierten statt im Beverly Hills.

Ich setzte mich neben ihn und bestellte ein Frühstück. Jack war damit schon fertig und trank nur noch Kaffee, die *Los Angeles Times* auf dem Schoß. Ein halbes Dutzend Zeitungen lagen neben ihm verstreut. Er verschlang sämtliche Presseerzeugnisse, und keine noch so triviale Story entging seiner Aufmerksamkeit, vorausgesetzt, er glaubte, sie irgendwie für sich nutzen zu können. »Ich habe dich gestern nacht aus den Augen verloren«, begann ich. »Wie war der Rest deines Abends?«

»Ah ... interessant. Sehr interessant!« Er lächelte, und ich wunderte mich mal wieder, wie irgendein Mensch ihm seine Wählerstimme verweigern konnte. »Du hattest übrigens recht mit Feldman.«

Ich zog die Augenbrauen hoch.

»Sie vögelt tatsächlich mit ihm.«

»Das hat sie dir erzählt?«

»Sie ist eine bemerkenswert ... offenherzige junge Frau.«

Ich versuchte, mir einen plausiblen Grund auszudenken, warum Marilyn Monroe Jack von ihrer Affäre mit Feldman bei ihrem ersten Rendezvous – falls man das, was zwischen ihnen passierte, so nennen kann – erzählen sollte, aber mir fiel keiner ein.

»Sie wollte, daß ich Bescheid weiß«, sagte Jack. »Es sollte keine Geheimnisse zwischen uns geben.« Er lächelte. »Ich saß beim Dinner neben ihr ...«

»Das war nicht zu übersehen.«

Jack konnte Kritik – nicht mal unterschwellige Kritik – nur schwer ertragen, selbst wenn sie von mir kam. »Ich kann unmöglich ständig für die Partei arbeiten, David«, fuhr er mich an und war ganz der Sohn seines Vaters. »Wir sind hier nicht in der Sowjetunion ... also, wie gesagt, ich saß neben ihr beim Dinner und legte ihr zufällig die Hand aufs Bein. Ein freundliches Tätscheln, weißt du ...«

»Ich weiß.« Ich ersparte mir, hinzuzufügen, daß die meisten Anwesenden – allesamt wichtige Demokraten in Hollywood – gesehen hatten, wie die rechte Hand des Senators unter der Tischdecke verschwand und dort während des ganzen Dinners verborgen blieb, was ihn dazu gezwungen hatte, mit der Linken zu essen.

»Ich wanderte also mit den Fingerspitzen bis zu ihrem Schenkel, doch sie protestierte nicht, schien es kaum zu bemerken, bis sie sich schließlich zu mir drehte und sagte: ›Bevor Sie sich noch höher tasten, Senator, sollten Sie vielleicht wissen, daß ich nie einen Slip trage ... nur damit Sie nicht erstaunt sind.‹ All das sagte sie mit dem unschuldigsten Ausdruck der Welt.«

»Und, stimmte es?«

»Ja. Absolut!«

»Ist sie noch im Hotel?«

Er schüttelte den Kopf. »Sie ging im Morgengrauen, bevor jemand auf war.«

Ich sprach ein stummes Dankgebet. Das Personal des Bel Air war zwar berühmt für seine Diskretion, aber Marilyn war nun mal jemand, bei dem es nicht leichtfiel, diskret zu sein.

»Ich nehme an, ihr habt euch gut amüsiert?«

Er schaute über den Swimmingpool, sein Gesicht hinter Zigarrenrauch verborgen. »Sie ist viel gescheiter, als man denkt«, sagte er schließlich, was nicht gerade meine Frage beantwortete.

»Also kein blondes Dummchen?«

»Ganz und gar kein blondes Dummchen. Übrigens will sie sich von DiMaggio scheiden lassen.«

Jack zuckte die Achseln. Er hatte eine zynische, aber tolerante Einstellung gegenüber den Lebensarrangements anderer Leute, da sein eigenes ganz auf seine Bedürfnisse zugeschnitten war.

»DiMaggio ist eifersüchtig«, berichtete er. »Er will, daß sie Kinder kriegt und ihre Karriere aufgibt. Am liebsten vertreibt er sich die Zeit damit, ein Baseballspiel im TV anzusehen oder mit seinen Kumpels im Toots Shor's herumzusitzen und über Sport zu quatschen. Anfangs klappte es prima mit dem Sex, aber jetzt taugt auch der nicht mehr viel.« Er zog genüßlich an seiner Zigarre. »Sie sagt, sie hat Angst vor ihm.«

»Das sagen alle Frauen in Kalifornien, wenn sie eine Scheidung erwägen. Weil nämlich ›Körperverletzung‹ der einzige Scheidungsgrund ist, den die Gerichte hier todsicher akzeptieren.«

»Für mich klang es so, als ob sie die Wahrheit sagt. Aber natürlich weiß man das bei Frauen nie.«

»Ihr zwei scheint euch ja gut unterhalten zu haben«, sagte ich und versuchte, nicht allzu neidisch zu klingen.

Jack nahm die Sonnenbrille ab und zwinkerte mir zu. »Ja, sie redet recht gern.«

»Sicher hat sie noch andere Talente.«

»Das kann man wohl sagen, David.« Er lachte amüsiert. »Weißt du, was sie mir erzählt hat? Als sie ihren ersten großen Vertrag mit der 20th Century-Fox unterschrieb, schaute sie Darryl Zanuck tief in die Augen, schenkte ihm ihr süßestes Lächeln und sagte: ›Nun, ich schätze, ich werde jetzt wohl nie mehr einen jüdischen Schwanz lutschen müssen, oder?‹«

Sein schallendes Gelächter übertönte das Geräusch der Rasensprenger und das ferne Brausen des Verkehrs vom Sunset Boulevard.

Ich ließ ihn weitererzählen, ohne zu fragen – vorausgesetzt, Marilyns Story stimmte –, warum sie dann mit Charlie Feldman schlief.

Jack hatte ebenso ein Recht auf seine Illusionen wie jedermann, entschied ich.

Später am gleichen Tag saßen Jack und ich erster Klasse in der Maschine von Los Angeles nach Washington. Jack ließ sich immer den rechten Fensterplatz in der ersten Reihe reservieren. Er mußte in der ersten Reihe sitzen, damit er seine Beine ausstrecken konnte, was wegen seines Rückens notwendig war, aber warum er immer ganz rechts sitzen wollte, wußte ich nicht. Vielleicht war es nur eine Angewohnheit, vielleicht hielt er es für glückbringend. Er glaubte sehr an solche Dinge.

Sobald er saß, Jackett und Schuhe ausgezogen und die Krawatte gelockert, taxierte er mit Kennerblick die Stewardessen. Besonders eine erweckte sein Interesse, und er probierte an ihr das berühmte Kennedy-Lächeln aus. Vermutlich würde sie noch vor der Landung eine kleine Visitenkarte mit Goldrand zugesteckt bekommen, auf der oben mit blauer Schrift »United States Senate« eingraviert war und darunter in Jacks Handschrift seine private Telefonnummer stand. Jack war wie ein Mann, der immer wissen will, woher er seine nächste Mahlzeit bekommt, auch wenn er nicht hungrig ist.

»All diese Filmleute«, sagte er, zum Geschäftlichen zurückkehrend. »Was halten die von mir?«

»Ich glaube, sie waren interessiert.«

Er musterte mich mit kaltem Blick, ganz das Ebenbild seines alten Herrn, und dachte garantiert, daß er mich nicht dafür bräuchte, um ihm etwas zu sagen, das er sowieso schon wußte.

»Tatsache ist, daß sie Adlai lieber mögen«, redete ich weiter. »Er erinnert sie an James Stewart in *Mister Smith goes to Washington*. Ein einfacher, ehrlicher Mann vom Land, der es mit den raffinierten Politikern in der Großstadt aufnimmt. Filmleute beurteilen alles gern nach Filmstory-Kriterien.«

»Gouverneur Stevenson ist kein Mann vom Land. Er ist weder aufrichtig noch einfach. Er ist ein wohlhabender Mann und ein gräßlicher Snob.«

»Ich weiß das alles, Jack. Und du weißt es. Aber der Rest der Welt eben nicht. Vielleicht liegt's an dem Foto von ihm mit dem Loch in der Schuhsohle.«

»Woran sonst?« antwortete er. »Ich bin vielleicht nicht der sensibelste Mensch auf Erden, aber mir fiel doch eine gewisse, na ja, Reserviertheit bei der Feldman-Party auf.«

»Erstens erinnern sich viele Leute dort noch an deinen Vater ...«

Jack bekam einen harten Zug um den Mund. »Dieser Quatsch interessiert mich nicht!« fuhr er mich an. Jack hatte sich sein Leben lang damit herumschlagen müssen, Joe Kennedys Sohn zu sein, war aber noch immer kein Meister darin.

»Dein anderes Problem«, redete ich rasch weiter, erleichtert, das Thema wechseln zu können, »ist Joe McCarthy.«

»Das stimmt«, meinte Jack seufzend und nahm einen Schluck Ballantine's, den er immer bestellte, weil sein Vater die Lizenz für Amerika besaß.

Senator Joseph McCarthy war durch die Kampagne gegen ›Rote in hohen Stellungen‹ auf dem Höhepunkt seiner Macht angelangt. Schamlos die Angst der Nation vor dem kalten Krieg ausbeutend, war McCarthy berühmt geworden (oder berüchtigt, je nachdem, wie man zu ihm eingestellt war), indem er überall subversive Elemente und kommunistische Sympathisanten (›Comsymps‹ im Fachjargon) suchte, egal, ob ein tatsächlicher Verdacht oder nur unbegründete Vermutungen vorlagen. Nirgends war er ein so heißes Thema wie in Hollywood, wo zahllose Leute wegen seiner Beschuldigungen ihre Stellung verloren hatten oder sogar hinter Gitter kamen.

Ich war der Meinung, wie auch die meisten ›liberalen‹ Demokraten, daß McCarthy Amerikas größtes Problem war und nicht etwa sein Retter, doch für Jack war es schwierig, weil nämlich der Großteil seiner Wähler, ganz zu schweigen von seinem Vater und seinem Bruder Bobby, hundertprozentig hinter dem ›Kreuzzug‹ des Senators standen. Bobby war Berater von McCarthys Untersuchungsausschuß und wetteiferte mit seinem Rivalen Roy Cohn, einem ehrgeizigen New Yorker Anwalt, um die Gunst des Senators. Bobby war McCarthy absolut treu ergeben, und seine Verfolgung ›subversiver Elemente‹ war meiner Meinung nach ebenso gnadenlos wie die seines Mentors.

Jack wußte, daß ich in dieser Sache links von ihm stand. Ich wußte, daß er in der Falle saß, und so brauchten wir nicht im Detail darüber zu diskutieren. »Du mußt Bobby da rauskriegen«, riet ich ihm. »Bevor es zu spät ist.«

»Ich weiß, aber das ist nicht so einfach. Er steht eben gerne im Rampenlicht. Und er liebt einen guten Kampf.«

Mir war Bobbys Vorliebe für einen guten Kampf nicht neu. Er hatte mal seinen Geburtstag gefeiert, indem er in einer Bostoner Bar einem Mann eine Bierflasche über den Kopf schlug, weil dieser nicht bereit war, ›Happy Birthday‹ zu singen, als man ihn darum bat. Und er entschuldigte sich nicht mal, sondern blieb einfach stur. Er war jemand, dem man besser nicht in die Quere kam. »Gib ihm was anderes zum Rumschnüffeln«, schlug ich vor. »Die SEC, das wäre doch nicht schlecht. Die Wall Street steckt voller Schwindler.«

»Eine Menge von denen sind Dads Freunde. Keine gute Idee, David.« Jack reckte sich, und sein Gesicht verzerrte sich vor Schmerzen. »Das Problem ist, daß ich selbst ein zündendes Thema brauche, ein Thema, das wirklich nichts mit Antikommunismus zu tun hat, bevor ich 1956 auf dem Parteikonvent auftrete.«

»Es müßte etwas sein, das sich gut im Fernsehen verkauft«,

meinte ich. »Überleg nur, was die Gerichtsverhandlungen gegen das organisierte Verbrechen Kefauver eingebracht haben.«

Estes Kefauver war so gut wie unbekannt, bevor Fernsehsendungen über seinen Untersuchungsausschuß, vor dem eine Reihe von Gangstern sich auf ihr Aussageverweigerungsrecht beriefen, aus ihm eine Art Nationalhelden und aussichtsreichen Kandidaten für das Amt des Vizepräsidenten für das Jahr 1956 machten.

Zufällig kannte ich einige dieser schwergewichtigen Männer mit den rauhen Stimmen, die sich geweigert hatten, Fragen zu beantworten, mit der Begründung, daß sie sich dadurch selbst belasten könnten. Während ich noch über sie nachdachte, fiel mir ein, daß es tatsächlich ein geradezu maßgeschneidertes Thema für Jack und übrigens auch für Bobby gab. »Wie wäre es mit Korruption bei den Gewerkschaften?« tastete ich mich vor.

Jack runzelte die Stirn.

»Es handelt sich um eine Kernfrage. Nimm nur die Teamsters. Diese sogenannte Transportarbeitergewerkschaft ist durch und durch korrupt …«

»David«, sagte Jack geduldig. »Meine Wähler sind Arbeiter, *sind* in der Gewerkschaft. Ich will die AFL-CIO zum Beispiel unbedingt auf meiner Seite haben.«

»Es ist die AFL-CIO, die bei den Teamsters aufräumen will, Jack, glaub mir …«

»Gut, ich überleg's mir«, stimmte er ohne sonderliche Begeisterung zu. »Ich bräuchte eine schriftliche Zusicherung von George Meany, daß er dafür ist, bevor ich den ersten Schritt tue.«

»Die kriegst du wahrscheinlich sogar«, sagte ich.

»Dann können wir weiterreden.« Die Stewardessen begannen, das Dinner zu servieren. Jack beobachtete sie, als sie sich mit den Tabletts zu den Fluggästen hinunterbeugten, und seine Gedanken wandten sich angenehmeren Dingen zu als Gewerkschaften. »Feldmans Freunde können von mir denken, was sie wollen«, sagte er. »Schon wegen Marilyn war die Reise nicht umsonst.«

Ich nippte an meinem Drink und genoß die entspannte und zugleich angeregte Atmosphäre, die zu einem langen Flug dazugehört. »Du hast mir noch nicht verraten, warum sie eine Affäre mit Feldman hat«, meinte ich beiläufig.

Jack lachte. »Er bat sie darum.«

»Er bat sie darum?«

»Sie waren beide auf einer Party. Feldman sagte ihr, daß er kein junger Mann mehr wäre, und wenn er einen letzten Wunsch hätte, etwas, das er vor seinem Tod noch gern täte, dann wäre es, mit ihr ins Bett zu gehen.«

Jack schmunzelte. »Keine schlechte Methode, wenn du mich fragst. Vielleicht versuche ich die mal selbst. Natürlich ohne den Hinweis aufs Alter.«

»Und es hat geklappt?«

»Es klappte prächtig. Marilyn war ausgesprochen gerührt. Sie sagte mir, daß ihr seine Ehrlichkeit imponierte. Ich nehme an, sie fand es nicht zuviel verlangt. Wenn das sein größter Wunsch der Welt war, na ja, warum sollte sie ihn nicht erfüllen? Also hat sie's getan.«

»Und dann?«

»Und dann, schätze ich, wußte sie nicht, wie sie damit aufhören sollte, ohne seine Gefühle zu verletzen.«

»Sie ist schon eine tolle Nummer.«

Die Stewardeß fragte Jack, ob er noch einen Drink wolle. Sie lächelte gewinnend, ihr hübsches junges Gesicht so dicht an seinem, wie es nur ging, wobei sie sich über mich lehnte. Aber Jack hatte sich abgewandt und schaute aus dem Fenster auf die fast schon dunklen Berge im Südwesten hinunter.

»Ja, sie ist wirklich eine tolle Nummer«, hörte ich ihn ganz leise sagen, und seinem Tonfall nach hätte ich eigentlich annehmen müssen, daß er sich verliebt hatte. Aber dafür kannte ich ihn zu gut.

2. KAPITEL

Ich bin New Yorker, von Geburt und Temperament, und Washington zählte nie zu meinen Lieblingsstädten. Wie Beverly Hills ist es eine Stadt, die voll auf eine Sache konzentriert ist, wo die Leute früh zu Bett gehen und wo man sich schwertut, ein gutes Restaurant zu finden. Ich hatte jedoch schon früh in meiner Laufbahn ein Zweigbüro in Washington eröffnet, da für viele meiner wichtigsten Kunden ein ›Public-Relations-Mann‹ und ein ›Lobbyist‹ fast ein Synonym waren. Ich nahm nie Politiker als

Klienten an, da sie spät zahlen, wenn überhaupt, aber ich leistete gute Arbeit in jener profitreichen Grauzone, wo Politik und Big Business sich berühren.

Ich fuhr oft dorthin. Ich fuhr überhaupt viel herum in jenen Tagen, denn Reisen gehörte zu meinem Geschäft. Noch bevor Düsenflugzeuge das Reisen leichter machten, war ich ständig auf Achse, nach Kalifornien, nach Europa und wieder zurück auf Kundenfang. Nachdem ich eine weltweite Organisation mit Tausenden von Angestellten aufgebaut hatte, war es nun mein Job, genug Aufträge an Land zu ziehen, um alle auf Trab zu halten, und wenn das bedeutete, innerhalb einer Woche von New York nach Los Angeles, weiter nach Tokio und zurück nach New York zu fliegen, dann mußte es eben sein. Dies hatte meine erste Ehe derart belastet, daß es schließlich zur Scheidung kam. Zum Glück waren keine Kinder da, um die Sache zu komplizieren, so daß meine erste Frau und ich uns in aller Freundschaft trennten. Meine zweite Ehe begann zu meinem Kummer ähnliche Symptome zu zeigen. Mir fiel auf, daß meine Frau Maria gegen meine häufigen Geschäftsreisen nicht mehr so vehement protestierte wie zu Beginn – ein schlechtes Zeichen, meiner Erfahrung nach.

Wenn ich in Washington war, besuchte ich regelmäßig Jack Kennedy, teils, weil wir gern zusammen waren, teils – wie Jack wußte –, weil sein Vater mich immer löcherte, damit ich ihm alles über seinen Sohn berichtete. Mit den Jahren, als Jack und ich (trotz des Altersunterschieds) immer bessere Freunde wurden, vertraute er nicht nur meinem Rat – schließlich hatte sich das für ihn immer wieder bezahlt gemacht –, sondern er begann sich auch darauf zu verlassen, daß ich seinem Vater nichts erzählen würde, was er lieber geheimhielt.

Jack und ich hatten viel gemeinsam, waren aber auch unterschiedlich genug, um nicht das Interesse aneinander zu verlieren. Merkwürdigerweise sah Maria Jackie Kennedy ausgesprochen ähnlich, was Jack irgendwann zu dem Vorschlag inspirierte, und zwar nicht nur im Scherz, wir könnten doch eigentlich mal die Frauen tauschen, um herauszufinden, ob er ›Unterschiede bei ihnen im Bett feststellen könne‹. Maria bewunderte Jack, und ich vermute, daß der Vorschlag sie weniger geschockt hätte als mich. Wahrscheinlich wäre es gar nicht so schwierig gewesen, sie dazu zu überreden.

Maria und Jackie sahen nicht nur ähnlich aus, sondern trugen auch die gleiche Art von Kleidung, hatten dieselben Innenarchitekten und Friseure und zudem viele gemeinsame Freunde. In späteren Jahren beschwerte sich Maria, daß der ›Jackie-Kennedy-Look‹ ihr Werk wäre, daß Jackie sie einfach imitiert habe. Das stimmte wahrscheinlich sogar und war zweifellos um so kränkender, als Maria, bevor Jackie 1960 ein nationales Idol wurde, eine viel berühmtere Schönheit war.

Da wir schon seit Jahrzehnten geschieden sind – Maria verließ mich kurz nach Jacks Ermordung wegen eines brasilianischen Multimillionärs namens D'Souza –, kann ich ja ruhig zugeben, daß ich schon immer den Verdacht gehegt hatte, Maria und Jack könnten eine Affäre miteinander haben. Er hatte keine Skrupel, mit den Frauen seiner Freunde zu schlafen. Oder mit den Freundinnen seiner Frau.

Die im zweiten Stock gelegenen Amtsräume, wo Jack als Senator residierte, waren ein Überbleibsel aus seinen noch wilderen Tagen als unverheirateter Kongreßabgeordneter, eine gemütliche, laute, chaotische Wohnung voller hübscher, junger Sekretärinnen und jener Sorte von Bostoner politischen Gefolgsleuten irischer Abstammung, die entweder wie Exboxer oder Jesuiten aussahen und Mugsy, Kenny oder Red hießen. Keine Spur von Jackies Vorliebe für Eleganz war zu entdecken, und ich vermute, daß sie das Büro ihres Ehemanns wohl nie betreten hat, was auch besser war, wenn man bedenkt, wie es da zuging.

Auch auf Förmlichkeiten legte man keinen Wert. Einer von Jacks irischen Wachhunden – ich glaube, es war ein hünenhafter Expolizist aus Boston namens ›Boom-Boom‹ Reardon – ballerte gegen die Tür von Jacks ›Allerheiligstem‹ und brüllte: »Aufwachen, Jack, hier is 'n Besucher.«

Als Reaktion folgten unverständliche Laute. Vielleicht war es Jacks Stimme, die mich bat, einen Moment zu warten. Die Türen des alten Senatsgebäudes waren aus Eiche und stammten aus jenen Zeiten, als die Amerikaner noch für die Ewigkeit bauten.

Mir kam es unwahrscheinlich vor, daß Jack einen Mittagsschlaf hielt. Ich ging zum Fenster, schaute hinaus und war nicht sehr erstaunt, gleich danach eine junge Frau aus einer unbeschrifteten Tür treten zu sehen, die zum Parkplatz führte, wo der Wagen des Senators wartete. Sie kam mir irgendwie bekannt vor, als sie auf den Rücksitz schlüpfte, während Mugsy O'Leary ihr die Tür aufhielt. Dann erkannte ich sie. Es war die Stewardeß, die auf dem Flug von L. A. Jacks Interesse geweckt hatte.

Es klickte, als Jack aufsperrte und Boom-Boom die Tür für mich aufstieß.

»Entschuldige, daß ich dich warten ließ, David«, sagte Jack gähnend. »Ich hab' geschlafen. Dieses Wetter macht einen völlig fertig, findest du nicht?« Er knöpfte sein Hemd zu. Es war ein maßgeschneidertes von Lanvin aus Paris, den er allen anderen vorzog. Mir hat immer an Jack gefallen, daß er zwar so tun konnte, als sei er einer von seinen Jungs, und natürlich fluchte er wie ein Kutscher, wenn sein irisches Blut aufwallte, aber er war im Grunde ein anspruchsvoller Mann mit verfeinertem Geschmack, was er so gut wie möglich vor den meisten seiner engsten Gefolgsleute zu verbergen versuchte – Veteranen aus der Zeit, als in Boston auch mit Straßenkämpfen Politik gemacht wurde.

»Fährst du heim?« erkundigte ich mich.

Er nickte. »Jackie erwartet mich«, erwiderte er. »Warum fragst du?«

»Du solltest vielleicht dein Hemd wechseln, das ist alles. Am Kragen ist Lippenstift.«

Er wurde rot und brach schließlich in Lachen aus. Die Kennys, Mugsys und Boom-Booms seiner Welt pflegten solche Details nicht zu bemerken, entweder weil sie schon zu sehr daran gewöhnt waren oder aber aus irgendeiner tief verwurzelten katholischen Entschlossenheit, zu ignorieren, was sie nicht wissen wollten. Mir war nie klar, ob ihre Blindheit gegenüber Jacks ständiger Herumhurerei auf Unschuld oder Tücke beruhte. In Anbetracht des irischen Naturells kann es vermutlich beides gewesen sein. »Das ist der beste Rat, den ich heute bisher bekommen habe«, sagte Jack. »Vielen Dank.«

»Es ist der zweitbeste Rat, um genau zu sein«, widersprach ich. »Hör mir jetzt genau zu, bitte.« Er saß in Hemdsärmeln hinter seinem Schreibtisch, ohne Schuhe, die Füße bequem auf einem Lederschemel. Er legte die Hände an den Fingerspitzen zusammen und musterte mich mit jenem harten Gesichtsausdruck, den er immer aufsetzte, wenn er wußte, daß er Neuigkeiten oder Ratschläge zu hören bekam, die er nicht hören wollte. »Also?« sagte er.

Ich beugte mich vor. »Morgen werden die Zeitungen eine Story bringen, daß Bobby vor dem Sitzungssaal auf Roy Cohn losging und ihm eine verpassen wollte.«
»Scheiße!«
»Bobby dürfte so was nicht passieren, Jack.«
»So ist es ja gar nicht gewesen«, widersprach er. »Cohn wollte Bobby eine verpassen. Bobby ließ ihn stehen und ging weg.«
»Tja, so wird's aber leider nicht berichtet. Ich schätze, daß Cohn seine Version zuerst der Presse zuspielte. Oder vielleicht auch McCarthy, um Bobby auf seinen Platz zu verweisen.«
»Vielleicht …«
»Reizende Leute, Jack. All das hast du doch nicht nötig.«
»Ich werde Bobby nicht sagen, was er tun und lassen soll. Er ist erwachsen.«
Reines Ausweichmanöver. Jack war durchaus bereit, Bobby zu sagen, was er tun und lassen sollte, wenn es seinen Zwecken nützte, und Bobby gehorchte immer, auch wenn er gelegentlich heftig aufbegehrte. Es war nicht der Katholizismus, an den die Kennedys am stärksten glaubten, sondern das Erstgeburtsrecht. Außerdem war Loyalität gegenüber der eigenen Familie den Kennedys wichtiger als Politik, und so hätte jeder, der Bobby eine verpassen wollte, genausogut Jack eine verpassen können.
»Nun haben wir den Beweis für das, wovon ich auf dem Rückflug von L. A. gesprochen habe, Jack. Du brauchst ein Programm, und Bobby braucht neue Spielgefährten.«
»Ich weiß«, sagte er ungeduldig. »Was glaubst du wohl, warum ich Reden darüber gehalten habe, wie wir die Franzosen aus Vietnam rauskriegen?«
»Niemand in diesem Land kümmert sich einen Dreck um Vietnam, Jack. Außerhalb von Washington wissen die Leute nicht mal, wo Vietnam liegt, und es ist ihnen völlig egal, ob die Franzosen dort sind oder nicht. Du kommst mit Frankreich und Vietnam nicht ins Fernsehen, Jack. Aber Korruption in den Gewerkschaften, das ist ein anderes Kaliber. Es ist ein Thema, das alle auf die Barrikaden bringt, da gibt's Schurken und Bösewichter – Bösewichter übrigens, wie du's dir nicht einmal im Traum ausmalen würdest …«
»Ja, das sehe ich ein, aber ich meine trotzdem …«
Ich unterbrach ihn. »Ich weiß, was du meinst: George Meany

muß dir Rückendeckung geben, muß notfalls sogar seinen Kopf hinhalten. Nun, ich war bei Meany, Jack, und er läßt dir folgendes ausrichten: ›Wir stehen hundertprozentig hinter ihm. Wenn er Dave Beck kriegt und die Bosse der Teamsters als die Gangster entlarvt, die sie sind, dann hat er unsere volle Unterstützung. Mein Wort drauf.‹ Das hat Meany gesagt, Jack.«

Jack musterte mich nachdenklich. »Aber vermutlich nicht schriftlich, oder?«

»Nicht schriftlich, nein. Du mußt dich schon mit dem anderen zufriedengeben.«

»Wir entlarven Beck und seine Bande für Meany und die AFL-CIO, und ich kann dafür 1960 mit ihrer Unterstützung rechnen. Ist es so gemeint?«

»Genau so ist es gemeint. Sie haben eine Scheißangst vor Beck und den Teamsters, Jack. Erstens ruinieren die das Image der Gewerkschaft, und zweitens benutzen sie ihre Beziehungen zur Unterwelt, um mächtiger und größer zu werden als jede andere Gewerkschaft.«

»Warum unternimmt Meany nicht selbst etwas dagegen, wenn er die Sache so sieht?«

»Eine Krähe hackt der anderen kein Auge aus. Gewerkschaftsbosse greifen nicht gern andere Gewerkschaftsbosse in aller Öffentlichkeit an. Meany will Beck und seine Kumpane loswerden, möchte aber, daß der Senat der Vereinigten Staaten dies für ihn erledigt. Hier kommst du ins Bild. Und Bobby! Laß ihn auf Beck los, und Bobby wird wie ein Held dastehen statt wie ein Kerl, der mit Leuten wie Cohn und McCarthy herumhängt, um Registratoren zu schikanieren, die früher mal *The New Masses* abonniert haben.«

Jack hob abwehrend die Hand. »Schluß damit!« sagte er. »Ich lasse es nicht zu, daß du dich über Bobby lustig machst, David. Manche dieser Registratoren könnten durchaus kommunistische Spione sein …«

Er schaute mich an und seufzte. Dies war ein Thema, das wir nie mit den gleichen Augen sehen würden. Ebensowenig wie sein Vater und ich. Andererseits wußte Jack genau, wann eine Sache aussichtslos war, und aussichtsloser als McCarthy konnte man gar nicht sein. »Steht's denn wirklich so schlimm mit den Teamsters?« erkundigte er sich.

»Und wie! Korruption, Mauscheleien mit Gangstern bis hin

zum Mord. Die reinste Horrorstory, Jack. Mir hat's ein Mann namens Mollenhoff erzählt, der sozusagen als Einzelkämpfer dagegen angeht ...«

Jack schaute aus dem Fenster. »Also gut«, sagte er schließlich. »Ich lasse es auf einen Versuch ankommen. Sag diesem Mollenhoff, daß er mit Bobby reden soll, sei so gut, David.«

Er schlug mit der rechten Faust in die linke Handfläche, schon in besserer Laune, wie immer, wenn es um irgendwelche Aktivitäten ging. »Anständige Gewerkschaften. Das ist ein Ziel, für das sich zu kämpfen lohnt, nicht wahr?«

Dieser Meinung waren höchstwahrscheinlich die meisten Leute – und ganz sicher die Presse. Es war jedoch kein Ziel, für das es sich lohnte zu sterben, und folglich warnte ich ihn. »Es kann verdammt ungemütlich werden, Jack«, sagte ich. »Darüber mußt du dir im klaren sein.«

Er lachte. »Die haben keine Ahnung, was ungemütlich ist, bevor sie Bobby kennenlernen«, erwiderte er. »Darauf trinken wir einen.« Er rief nach Boom-Boom.

»Einverstanden.« Ich beglückwünschte mich selbst zu meinem Erfolg und fand, daß ich meinen Drink verdient hatte.

Boom-Boom wuchtete seine dreihundert Pfund herein, die größtenteils aus Muskeln bestanden. Von Jack wußte ich, daß Boom-Boom zur berittenen Polizei gehört hatte, bis er zu schwer geworden war. Jahrelang hatte er auf seinem Schimmel zum festen Inventar der Bostoner St.-Patrick's-Day-Parade gehört, was ich mir gut vorstellen konnte.

»Wirklich noch 'n Drink, Jack?« fragte der Riese. »Müssen Sie nich' heim zu Ihrer Lady?«

»Wenn ich deinen Rat in Ehedingen brauche, werde ich's dir sagen«, erwiderte Jack knapp, aber nicht unfreundlich. Boom-Boom mixte die Drinks und reichte sie uns. Mir kam ein etwas bizarrer Gedanke. Wenn Jack Boom-Boom befohlen hätte, mich mit dem Polizeirevolver, den er illegal unter seinem Jackett trug, bewußtlos zu schlagen, hätte er's vermutlich ohne Zögern getan. Jacks Beziehung zu den steinzeitlichen Speerträgern seines Gefolges war feudalistisch. Er war ihr Anführer, Boß, Herr, und sie waren ihm blind ergeben.

Boom-Boom ging hinaus und schlug die Tür hinter sich zu. »Er hat nicht unrecht, Jack«, sagte ich.

»Fang du jetzt nicht auch noch damit an, David. Von Bobby bekomme ich nichts anderes zu hören. Vielleicht will er, daß ich zum ›Ehemann des Jahres‹ gekürt werde.« Er lachte. Jackie hatte ihm nie ganz verziehen, daß er die Bekanntgabe ihrer Verlobung verschoben hatte, damit die *Saturday Evening Post* noch einen Artikel bringen konnte, in dem er als Junggeselle des Jahres bezeichnet wurde.

»Ich will damit nur andeuten, daß du der Presse vielleicht zuviel Fairneß zutraust.«

Er schnaubte verächtlich. »Ich traue den Typen überhaupt nicht, David. Aber es gibt eben gewisse Stories, die sie einfach nicht bringen. Das weißt du genauso gut wie ich.«

Bis zu einem gewissen Punkt hatte er recht. In jenen unschuldigen Zeiten vor Watergate, als das Privatleben der Präsidenten für die Presse noch tabu war, hatte niemand die wohlbekannte Tatsache kolportiert, daß Ikes Chauffeurin im Krieg, Kay Summersby, seine Geliebte war oder daß Franklin D. Roosevelt und Eleanor getrennte Leben führten. Das Washingtoner Pressekorps wußte wohl Bescheid über Jacks Frauengeschichten, aber es bestand kaum Gefahr, daß sie in die Schlagzeilen gerieten. Trotzdem bestätigten Ausnahmen die Regel, und daran erinnerte ich ihn nun. »Sie bringen keine Stories über dich und irgendein x-beliebiges Mädchen, das stimmt. Aber du mußt vorsichtig sein bei einer Frau, die so berühmt ist, daß ihr ganzes Leben eine Zeitungsstory ist. Und der es egal ist, ob's rauskommt oder nicht.«

Er sah mich über den Rand seines Glases nachdenklich an. »Marilyn?«

»Marilyn.«

Längeres Schweigen, dann ein Räuspern. »Nun erklär mir bitte mal, David, wie mein Vater es schaffte, Gloria Swanson all die Jahre als Geliebte zu haben?«

Eine gute Frage. Zu ihrer Zeit war Gloria Swanson ein ebenso berühmter Star wie Marilyn gewesen. »Nun ja, einen Unterschied gibt's schon zwischen euch: Er hatte nicht vor, für das Amt des Präsidenten zu kandidieren, als er und Gloria zusammen waren«, erwiderte ich.

»Aber Dad war ein prominenter Mann.«

Um ehrlich zu sein, ich wußte selbst nicht, wie Joe es geschafft hatte. Einmal fuhr er sogar mit Gloria Swanson und seiner Frau Rose nach Europa und brachte die beiden auf dem gleichen Schiff in angrenzenden Kabinen unter, was natürlich viele Leute in Empörung versetzte. »Meines Erachtens gelang es deinem Vater vor allem deshalb, weil er sich einen Scheißdreck um die Meinung der Leute kümmerte«, mutmaßte ich. »Das – und Glück. Und die Tatsache, daß deine Mutter eine Heilige ist.«

»Nun, ich kümmere mich auch einen Scheißdreck um die Meinung anderer Leute, David. Und ich habe weiß Gott Glück. Jetzt bin ich fast vierzig. Wenn ich etwas gelernt habe, dann dies: Nimm, was du kriegen kannst, solange es geht. Du weißt nie, was noch passiert ...«

Als er plötzlich einen abwesenden Blick bekam, wußte ich, woran er dachte. Obwohl schon zehn Jahre vergangen waren, quälte ihn immer noch der Tod seines Bruders Joe junior. Joe war *der* Kennedy-Erbe gewesen, der älteste Sohn, von dem erwartet wurde, erster irisch-katholischer Präsident der Vereinigten Staaten zu werden. Jack hatte ihn wie alle anderen bewundert. Joe hatte alles im Übermaß, was Jack später auch entwickelte – Charme, Witz, blendendes Aussehen, Mut, erstaunlichen Erfolg bei Frauen. All das war ausgelöscht, als sein Bomber über dem Ärmelkanal explodierte.

Ich war gerade bei seinem Vater in Hyannis, als er die Nachricht erfuhr, und ich werde nie seinen Gesichtsausdruck vergessen. Es war nicht Trauer, es war kalter, mörderischer Zorn. Joe Kennedy nahm alles persönlich, und daraus, wie er auf den Tod seines ältesten Sohns reagierte, konnte ich schließen, daß er Roosevelt die Schuld daran gab, als ob Roosevelt Amerikas Kriegseintritt nur in die Wege geleitet hätte, um Joe zu bestrafen. Einige Stunden und einige Drinks später äußerte er sich sogar dementsprechend. Er hielt ein Kondolenztelegramm Roosevelts in der Hand, zerknüllte es zu einem kleinen Ball und warf es aus dem Fenster. »Er hat meinen Jungen umgebracht, dieser verkrüppelte Mistkerl!« fauchte er und verschwand türenschlagend in seinem Schlafzimmer.

Das war Teil der Antwort auf Jacks Frage, wie sein Vater die Affäre mit Gloria Swanson unbeschadet überstanden hatte. Aber das wollte ich ihm nicht sagen. Es gab in Joe Kennedys Seele keine Grauzonen, man war für oder gegen ihn, und wenn man gegen ihn war, dann würde er einen vernichten, selbst wenn es ein Leben lang dauerte oder ihn ein Vermögen kostete. Die Leute hatten Angst vor Joe, selbst Roosevelt, und sie taten recht daran. Sie hatten keine Angst vor Jack, und ich bezweifelte, daß sie's je haben würden.

Jack erhob sich. Er war überschlank. Das am besten gehütete Familiengeheimnis der Kennedys war Jacks Gesundheitszustand, von Joe nicht nur vor der Welt verborgen, damit niemand auf die Idee kam, daß Jack zu krank fürs Präsidentenamt sei, sondern er verbarg ihn noch mehr vor sich selbst. Jack hatte als Kind unter Asthma gelitten; eine Verletzung beim Football und eine Kriegswunde hatten seinen Rücken derart ruiniert, daß er ständig unter Schmerzen litt. Noch schlimmer war, daß die Ärzte eine spätere Lähmung nicht für ausgeschlossen hielten, und er hatte zudem eine Nebennierenstörung, die jede Operation gefährlich machte.

Die Kennedys hatten Jacks Gesundheitsprobleme gelöst, indem sie einfach nicht davon sprachen, wie sie ja auch sich selbst und anderen nicht eingestanden, daß Jacks Schwester Rosemary geistig zurückgeblieben war.

Ganz egal, wieviel Jack aß, er verlor Gewicht, ein Symptom der Addisonschen Krankheit, die von jedermann, mit Ausnahme der Kennedys, bis zur Entdeckung des Kortisons als tödliche Krankheit angesehen wurde.

»Glaubst du, daß eine Kampagne gegen die Teamsters genügt, David? Meinst du wirklich?« Er verfolgte offensichtlich einen Nebengedanken.

»Soweit ich es beurteilen kann, ist es dein bestes Thema. Es ist ein heißes Thema, es wartet nur auf dich, und wenn du's nicht anpackst, dann tut es jemand anders. Vielleicht Stu Symington.«

»Scheiß auf Stu Symington. Du hast recht.«

Jack ging ins Badezimmer, um sein Hemd zu wechseln, und ich warf einen Blick auf die *Daily News* auf seinem Schreibtisch. Auf der Titelseite war ein Foto von Marilyn und DiMaggio – er mit finsterem Gesicht hinter ihr auf der Gangway eines Flugzeugs –, das sie bei ihrer Ankunft auf dem Flughafen Idlewild in New York zeigte, wo Marilyn die Dreharbeiten für den Film *The Seven Year Itch* aufnehmen wollte.

3. KAPITEL

Sie hatte New York nie besonders gemocht. New York war ihr zu laut, zu negativ, zu hart, voller Abgase und Schmutz, voller häßlicher Leute, die sich in den überfüllten Straßen anrempelten. Sie war an breite, leere, von Palmen gesäumte Straßen gewöhnt, an freundliche Menschen und an das Chromglitzern unzähliger Autos.

In Wahrheit fürchtete sie sich sogar etwas vor New York. Sie schien nicht dorthin zu passen, nicht mal als Besucherin. Sie hatte die falsche Kleidung, das falsche Aussehen und das falsche Auftreten. Sie mochte weder die eleganten Restaurants noch die großen Kaufhäuser, wo alle so unhöflich waren.

Sie haßte auch das Hotel. Das Filmstudio hatte alle wichtigen Leute im St. Regis untergebracht, entweder weil es Prozente bekam oder weil sich Darryl Zanuck dort am liebsten aufhielt. Für ihren Mann Joe war das auch okay, dachte sie, denn Toots Shor's, wo er mit seinen Kumpeln herumlungerte, war nur fünf Minuten entfernt, aber sie konnte nicht mal durch die enge, vollgestopfte Halle gehen, ohne daß es beinahe zu einem Aufruhr kam.

In L. A. waren Filmstars nichts Besonderes, aber die New Yorker umdrängten sie, wohin sie auch ging. Am ersten Tag im St. Regis hatte sie es nicht geschafft, sich durch die Menge zur Straße durchzukämpfen, und sich in die dämmrige, verlassene King-Cole-Bar flüchten müssen, wo sie plötzlich mit dem seltsamsten Mann allein war, dem sie je begegnet war. Er hatte wilde, irre Augen, schwarzgefärbtes, angeklatschtes Haar und einen pomadisierten Schnurrbart, der in scharfen Spitzen auslief, die bis zur Höhe seiner Augenbrauen hochgezwirbelt waren – wie winzige Radioantennen rechts und links von seinem Gesicht. An jedem Finger trug er große Ringe, und ihm zur Seite saß ein Gepard mit juwelenbesetztem Halsband und goldener Kette, an dem er ihn festhielt. So machte sie die Bekanntschaft von Salvador Dalí, der sie fast eine halbe Stunde lang in seinen Bann zog, während Joe, die PR-Leute des Studios, die Sicherheitsbeamten des Hotels und die Cops sich bemühten, für Marilyn einen freien Weg zum Ausgang zu bahnen.

Sie hatte noch nie von Dalí gehört, der sie jedoch gleich aufklärte, daß er der größte lebende Maler der Welt sei, Picasso eingeschlossen. Mit formeller spanischer Höflichkeit teilte er ihr mit, daß er sie als schaumgeborene Venus malen wollte, was so ziemlich das netteste Angebot war, das man ihr seit ihrer Ankunft in New York gemacht hatte. Zuerst fürchtete sie sich vor dem Geparden, doch als sie endlich all ihren Mut zusammennahm und ihn streichelte, reagierte er wie jede andere Katze mit einem tiefen, kehligen Schnurren.

Als man sie schließlich abholte und vors Hotel unter den Baldachin führte, wo Joe mit finsterem Blick die Meute aus Fans, Fotografen und neugierigen Passanten fixierte, die inzwischen die 55. Straße total blockierten, erzählte sie ihm von Dalí und dem Geparden, doch er zeigte kein Interesse oder hielt das Ganze vielleicht auch für einen Scherz.

»Dolly wer?« fragte er ungeduldig und stieß sie so rasch in die wartende Limousine, daß sie beinahe stolperte.

Über Joe nachzudenken machte ihr Kopfschmerzen. Und zu allem Übel hatte sie seit ihrer Ankunft in New York auch noch schreckliche Unterleibsschmerzen. Andere Frauen, sogar die meisten, schienen damit kaum Probleme zu haben, aber wie ihre Mutter hatte sie so heftige und qualvolle Perioden, daß ihr jeden Monat davor graute. Nach Marilyns felsenfester Überzeugung waren sie mit schuld daran, daß ihre Mutter verrückt geworden war und in eine Anstalt kam. Sie hatte panische Angst, daß ihr eines Tages das gleiche widerfahren könnte.

Das Problem mit Joe war, daß sie in ihrer Vorstellung – und noch wichtiger: auch in ihrem Herzen – bereits von ihm geschieden war. Und doch war er hier in New York bei ihr wie immer (es sei denn, er saß im Toots Shor's herum), sagte ihr, was sie tun und was sie tragen sollte; ein nur allzu realer Ehemann, den sie schon aus ihrem Leben gestrichen hatte, so daß es sie manchmal beim Aufwachen morgens regelrecht verblüffte, ihn neben sich im Bett zu entdecken.

So war sie eben, dachte sie keineswegs selbstkritisch – abwarten oder lange, ermüdende Formalitäten durchstehen war für sie schon immer unerträglich gewesen. Jahre zuvor, als sie sich entschlossen hatte, nicht mehr mit Jim Dougherty verheiratet sein zu wollen, zog sie einfach aus dem Haus ihrer Schwiegereltern aus und ging zu Rendezvous, als hätte Jim, der noch irgendwo auf hoher See im Pazifik war, zu existieren aufgehört.

Auch der Footballplayer wurde immer mehr zu einem Phantom, aber bisher hatte sie noch nicht den Mut gehabt, mit ihm darüber zu reden. Folglich – er war sowieso nicht gerade sensibel – hatte er keine Ahnung, daß sie bereits geschieden waren, zumindest was Marilyn betraf.

Es gab andere Dinge, die sie Joe nicht erzählt hatte, sogar so viele, daß die Geheimnisse wie Fliegen in ihrem Kopf herumzuschwirren schienen. Auch in ihre Pläne hatte sie ihn nicht eingeweiht, ihm statt dessen nur das verraten, was er ihrer Ansicht nach gern hören wollte.

Joe haßte die ›großen Filmhaie‹, denen er vorwarf, daß sie Marilyn ausbeuteten, und so war er nicht unglücklich über ihre Absicht, ihren Vertrag mit der 20th Century-Fox zu brechen; noch dazu, da er annahm – worin sie ihn bestärkte –, daß er sie dann eine Weile ganz für sich haben würde, in der Rolle der Hausfrau und auf Besuch bei seiner Familie in San Francisco. Und vielleicht auch noch ein Baby ...

Sie hatte ihm nicht gesagt, daß sie mit dem Fotografen Milton Greene eine eigene Filmfirma gründen und härter denn je arbeiten würde, sobald sie Zanuck und Fox den Rücken gekehrt hatte. Wenn sie sich zurückerinnerte, hatte es eigentlich immer Ärger mit Joe gegeben. Als er das Drehbuch zum Film *The Seven Year Itch* las, war er empört über die Szene, in der ihr Rock hochgeblasen wurde, nicht so sehr, weil ihr Slip dabei entblößt wurde, sondern weil er ausgerechnet in New York City entblößt wurde, in ›seiner Stadt‹, wo er als *The Yankee Clipper* viele Jahre lang berühmt gewesen war.

Normale New Yorker, seine Fans, würden seine Frau in natura dabei beobachten können, wie sie ihre Dessous mitten auf der Lexington Avenue zeigte! Er redete tagelang über nichts anderes und steigerte sich in einen solch blindwütigen Zorn, daß sie schließlich versprach, daß die Szene abgeschwächt und ihr Rock höchstens bis zur Mitte ihrer Schenkel hochfliegen würde. Allerdings hatte sie kein Wort davon Billy Wilder gegenüber erwähnt, dem Regisseur, der die Szene wie geplant drehte.

Und nun war sie, ›der größte Star seit Greta Garbo‹, wie Wilder ihr immer wieder versicherte – dabei bewunderte sie Jean

Harlow viel mehr –, in ihrer Hotelsuite gefangen wie ein Tier im Käfig!

Sie tigerte ruhelos auf und ab, trank Champagner und verschüttete ihn gelegentlich auf den fleckigen und abgewetzten alten Frotteebademantel, den sie immer trug, wenn sie geschminkt wurde. Whitey Snyder, ihr Visagist und bester Freund – sie hatte darauf bestanden, daß er ein Zimmer auf dem gleichen Stockwerk bekam –, hatte sie schon vor Stunden zurechtgemacht und sie wie immer über das Wetter, die Nachrichten und den neuesten Klatsch informiert, aber es bestand keine Chance für sie, unbeobachtet das Hotel zu verlassen.

Sie zog den Bademantel aus, ließ ihn einfach fallen und lief nackt im Zimmer auf und ab. Marilyn ließ ihre Sachen immer auf dem Boden liegen, auch so eine Angewohnheit, die Joe in Rage brachte ...

Joe wollte alles sauber und aufgeräumt haben, doch in nur zwei Tagen hatte sie aus der eleganten Suite das reinste Schlachtfeld gemacht. Auf dem Teppich türmten sich Illustrierte und Zeitungen, ihre Anziehsachen lagen über sämtliche Möbelstücke verstreut, Make-up-Flecken waren überall, Tabletts und Eiskübel wurden schneller aufeinandergestapelt, als sie fortgeschafft werden konnten ... Es standen so viele Blumensträuße herum, daß es sie schauderte; sie fühlte sich an ein Begräbnis erinnert – genauer gesagt, an das ihres alten Freundes Johnny Hyde. Sie machte sich nicht die Mühe, die beigefügten Grußkarten zu lesen, doch ein schlichtes Rosenbukett weckte ihr Interesse, da es eine kleine Visitenkarte mit Goldrand trug, auf der in blauen Buchstaben ›*United States Senate*‹ stand und darunter in zügiger Handschrift, die nicht seine war, ein Gruß: ›Willkommen in New York! Jack.‹

Sie hatte ihn am Morgen gleich nach Joes Weggang angerufen und war sofort von einer Sekretärin verbunden worden, für die ein Anruf von Marilyn Monroe etwas ganz Normales zu sein schien. Jack selbst war freundlich gewesen, wenn auch zurückhaltend, als wären noch andere Leute bei ihm im Zimmer. Er sei in Eile wegen einer Namensverlesung, was immer das sein mochte, hatte er ihr gesagt, aber er würde sie so bald wie möglich zurückrufen.

Sie hatte ihn gefragt, wann er nach New York käme, obwohl sie eigentlich der Meinung war, daß er dieses Thema hätte anschneiden sollen, aber er erwiderte darauf nur kurz angebunden: »Sehr bald«, als wolle er damit jede weitere Diskussion abschneiden. Als sie ihm erzählte, wie schwierig es für sie sei, das Hotel zu verlassen, erwiderte er in sehr entschiedenem Ton: »Ich erledige das!« Dann legte er nach einem kurzen Abschiedsgruß auf.

Na ja, was konnte sie nach einer Nacht schon erwarten, fragte sie sich selbst. Sir Galahad, der sie rettete? Jack Kennedy war schließlich ein vielbeschäftigter Mann, und die Arbeit von Senatoren war bestimmt weit wichtiger als das, was Filmleute oder ehemalige Sportgrößen taten.

Das Haustelefon läutete, und sie nahm den Hörer ab, meldete sich aber nicht, da sie aus Erfahrung wußte, daß selbst in erstklassigen Hotels irgendein Fanatiker bis zu einem vordringen konnte. Es war sicherer, den Anrufer zuerst sprechen zu lassen. Nach einer Pause ertönte die Stimme des Portiers: »Tut mir leid, Sie zu stören, Miß Monroe, aber Mister David Leman ist hier und möchte Sie sprechen.« Er klang so, als flößte ihm David Leman großen Respekt ein.

Der Name kam ihr vage bekannt vor, aber Marilyn konnte ihn nicht einordnen. Außerdem gab sie sowieso nicht allzuviel auf Namen. Reporter behaupteten, weiß Gott wer zu sein, um an sie ranzukommen. So hatte sie auf ihrer Hochzeitsreise mit Joe einen angeblichen Anruf ihrer heißgeliebten Tante Ana bekommen, was aber nichts als ein mieser Trick Walter Winchells war, der von ihr hören wollte, wie sie sich als Mrs. DiMaggio fühlte.

»Mister Leman sagt, er sei ein Freund von ... Jack«, fügte der Portier hinzu, und da erinnerte sie sich plötzlich an einen hochgewachsenen, brünetten, vorzüglich gekleideten Mann mit einem dunklen Schnurrbart, Jacks Begleiter auf Charlie Feldmans Party, der alle Welt zu kennen schien.

»Schicken Sie ihn rauf!« sagte sie und zog sich rasch ihren Bademantel an. Doch dann überlegte sie es sich anders. David Leman war nicht der Typ von Mann, der einen schmutzigen alten Frotteemantel gutheißen würde, und so tauschte sie ihn gegen einen seidenen Morgenrock und ein paar Satinslipper ein, wobei sie sich fast wie Joan Crawford – dieses Biest! – vorkam, die sicher David Lemans Vorstellung von einem Filmstar entsprach.

Sie wünschte, sie hätte noch etwas Zeit, die Suite aufzuräumen – sie sah wirklich wie ein Schweinestall aus –, doch statt dessen versprühte sie reichlich Chanel No. 5, ihr Lieblingsparfum, und beschloß, es drauf ankommen zu lassen.

Sie begrüßte ihn mit ihrem strahlendsten, glücklichsten Lächeln, als sie die Tür öffnete.

Vor Jahren fragte ich mal meinen alten Freund, Aaron Diamond, den Superagenten Hollywoods, warum er keine Schauspieler mehr unter Vertrag habe, sondern nur noch Bestsellerautoren. »Ich wollte endlich mal meine Nächte durchschlafen können«, antwortete er. »Mir hingen diese ständigen Anrufe um drei Uhr früh zum Hals raus.«

Schon als junger Mann in Hollywood vertrat ich die gleiche Ansicht. Es gibt kaum fragilere und in ihren Wünschen unersättlichere Egos als die von Filmstars.

Marilyn war da keine Ausnahme, mit dem Unterschied allerdings, daß sie gar nicht versuchte, die Fragilität ihres Egos zu verbergen. Es war offensichtlich, jeder konnte es am immer erstaunten, selbstvergessenen Ausdruck ihrer Augen und an ihren Händen erkennen, die ständig in Bewegung waren. Ich ertappte mich dabei, ihre Hände anzustarren. Sie wand sie ineinander, knibbelte an ihrem Nagellack, zerknüllte den Saum ihres seidenen Morgenrocks und zog an irgendwelchen losen Fäden, als wollte sie das ganze Ding auftrennen. Sie saß zusammengekrümmt vor mir und war sich offensichtlich nicht bewußt, daß ihre Hände ein nervöses, hektisches Eigenleben führten.

Marilyn besaß eine ganz natürliche sexuelle Anmut, wie ich sie nie zuvor und nie seither erlebt habe. Als sie da im Sessel kauerte, zeichneten sich ihre Brüste unter dem dünnen Seidenstoff deutlich ab, aber weder in dem Moment noch später, als sie aus ihren Pantoffeln schlüpfte, um sich die Zehen zu reiben, und dabei ihre Schenkel enthüllte, kam ich auf die Idee, daß sie für mich eine Show abzog. Mit der Zeit mußte ich dieses naive Urteil allerdings revidieren. Wie ich herausfand, wußte Marilyn immer ganz genau, welche Wirkung sie auf Männer ausübte, und inszenierte dies geschickt. Ihre Unschuld war zugleich echt und gespielt.

»Möchten Sie etwas Champagner?« erkundigte sie sich mit ihrer atemlosen kindlichen Stimme.

Ich willigte ein, obwohl es noch vor zwölf Uhr war. Neben unzähligen Blumenvasen standen mindestens ein halbes Dutzend Eiskübel mit Champagnerflaschen herum. Anscheinend ließ Marilyn den Ober jede Flasche sofort öffnen, sobald sie gebracht wurde, was dem Champagner nicht gerade guttat. Zu ihren Füßen stand eine Flasche inmitten eines feuchten Flecks auf dem Teppich. Sie füllte ein Glas, bemerkte, daß es nicht mehr perlte, und zuckte charmant mit den Schultern, teils verblüfft, teils irritiert. Sie stand auf, kickte die Pantoffeln aus dem Weg, versuchte es mit ein paar anderen Flaschen und entdeckte schließlich eine, die frisch genug war, um sie zufriedenzustellen. Sie brachte mir das Glas herüber, setzte sich wieder und zeigte dabei so viel Bein, daß ich Jacks Behauptung überprüfen konnte. Er hatte recht – sie trug tatsächlich keinen Slip.

»Ich mag's nicht, wenn die Kohlensäure raus ist«, sagte sie und beobachtete die aufsteigenden Perlen.

»Als ich anfing, Champagner zu trinken«, redete sie weiter, »schenkte mir jemand einen goldenen Sektquirl.« Sie hatte die Angewohnheit, willkürlich Worte zu betonen, was ihrem Sprechen einen ganz eigenartigen Rhythmus verlieh. »Man soll ihn ins Glas stecken und rumwirbeln, um die Bläschen loszuwerden.« Sie demonstrierte es mit ihrem Zeigefinger. »Ich verstehe das nicht. Ich meine, die Bläschen sind doch der Witz an der Sache.«

War Marilyn etwa betrunken, fragte ich mich. Aber ich bemerkte keinerlei verräterische Anzeichen. Der Champagner schien für sie eine Art Halt zu sein, wofür die Tatsache sprach, daß drei oder vier Gläser auf den Möbeln herumstanden, jedes mit Lippenstift verschmiert und jedes fast noch voll.

Womöglich gab es Millionen von Männern, die ihren rechten Arm dafür gegeben hätten, dort zu sitzen, wo ich jetzt saß, aber für mich war Jacks Anruf in einem sehr unpassenden Moment gekommen. Ich hatte mich mitten in einer Besprechung mit Spitzenmanagern der Ford-Autowerke unter fadenscheinigen Vorwänden entschuldigen müssen, um hierherzukommen, nur weil Marilyn Anordnung gegeben hatte, keine Telefonate zu ihr durchzustellen. »Jack sagte mir, daß Sie ein Problem haben«, begann ich. »Und er bat mich, Ihnen behilflich zu sein.«

Sie runzelte die Stirn. »O Mann, und was für ein Problem! Ich komme hier nicht raus!«

Ich nickte mitfühlend. »Jaja, ich habe die Menschenmenge gesehen.«

»Es ist nicht nur die Menschenmenge, sondern vor allem die Reporter. Sie verfolgen mich überallhin. Es ist ein ganzer Konvoi, mit Cabrios für die Fotografen.« Sie schien gleich in Tränen ausbrechen zu wollen. Ich habe nie jemanden getroffen, nicht mal im Showbusineß, der verlorener aussah als Marilyn, wenn sie traurig war.

»Ich habe eine geschäftliche Verabredung«, erklärte sie mir. »Und zwar mit jemandem, dessen Name nicht in die Zeitung kommen soll. Aber wieso funktioniert das Telefon nicht? Ich kann zwar anrufen, aber niemand mich?«

»Sie haben die Vermittlung gebeten, kein Gespräch durchzustellen. Auch ich kam nicht durch.« Mit wem wollte sie sich wohl treffen? Ich wußte ja noch nichts von ihren Plänen, Fox zu verlassen und mit Milton Greene etwas Neues aufzubauen.

»Kein Gespräch durchstellen? Das war letzte Nacht.«

»Tja, Sie müssen am nächsten Morgen grünes Licht geben, sonst bleibt alles beim alten«, erklärte ich.

»Sind Sie deshalb persönlich gekommen?« Sie biß sich auf die Lippen und schlug die Hände vors Gesicht. »O mein Gott, das tut mir leid«, jammerte sie. »Sie mußten den ganzen Weg hierherkommen ...«

»Schon gut, es ist ja fast Lunchzeit. Ehrlich, es macht mir gar nichts aus.«

»Wirklich nicht?« Sie ließ die Hände sinken.

Ich schüttelte den Kopf.

Impulsiv beugte sie sich zu mir und gab mir einen raschen Kuß auf die Wange, so wie sich ein Kind bei einem ältlichen Verwandten für ein Geschenk bedanken würde, das etwas besser als erwartet war. »Sie sind ein Schatz!« sagte sie. »Ich weiß auch nicht, warum, aber ich hatte gerade dieses Bild von Ihnen vor Augen, wie Sie mit Ihrer Frau zu Hause beim Frühstück sitzen, ein Hund zu Ihren Füßen ... Sind Sie verheiratet?«

»Ja, und wir haben auch einen Hund. Zwei sogar, um genau zu sein.«

»Was für eine Rasse?«

»Boxer. Ein Pärchen.«

»Süß! Wie heißen sie?«

»Edward und Mrs. Simpson«, erwiderte ich. Als keine Reaktion kam, fügte ich erklärend hinzu: »Nach dem Herzog und der Herzogin von Windsor.«

Marilyn nickte vage, lächelte aber nicht. Es war klar, daß der Herzog und die Herzogin ihr kein Begriff waren.

Ihre Augen verschleierten sich. »Als ich ein kleines Mädchen war, hatte ich auch einen Hund«, flüsterte sie. »In Hawthorne, wo ich ein Pflegekind war. Er hieß Tippy.«

»Ein netter Name.«

»Unser Nachbar schoß ihn eines Nachts tot, weil er bellte.«

Wie sollte ich darauf reagieren? »Das tut mir wirklich leid«, sagte ich schließlich.

Ich schien den richtigen Ton getroffen zu haben. »Vielen Dank«, hauchte Marilyn, nahm meine Hand und drückte sie. Sie hatte erstaunlich kräftige Finger.

Wir saßen eine kleine Ewigkeit einander gegenüber, Hand in Hand, und meditierten über Tippys Tod. So hatte ich meinen Vormittag eigentlich nicht verbringen wollen.

Ich räusperte mich. »Was Ihr Problem betrifft«, begann ich.

Marilyns große Augen schauten mich verständnislos an. »Was für ein Problem?« In Gedanken war sie offenkundig immer noch in Hawthorne bei Tippy.

»Sie aus dem Hotel rauszukriegen.«

»Ach so«, meinte sie traumverloren und knetete immer noch meine Hand. Mir fiel auf, daß sie keinen Ehering trug, und ich überlegte, ob das wohl von Bedeutung wäre. »Verraten Sie mir mal«, bat sie, »was Sie eigentlich tun?«

»Ich habe eine Public-Relations-Agentur.«

Nun hatte ich Marilyns ungeteilte Aufmerksamkeit. Kein Filmstar ist jemals vollauf zufrieden mit seiner PR. »Sie meinen, Sie machen also so was wie Werbung?«

Ich schüttelte den Kopf, denn es war das übliche Mißverständnis. Ich mache keine Werbung und habe sie auch nie gemacht, sondern ich kreiere ein Image für meine Kunden und sorge dafür, daß sie einen ganz bestimmten Eindruck bei Presse und Öffentlichkeit hinterlassen. Werbung ist etwas für das Fußvolk, während ich eher ein Stratege auf höchster Ebene war. »Ich mache keine persönliche Werbung oder Reklame«, erklärte ich. »Ich versuche, für meine Klienten ›das Beste aus ihrem Typ zu machen‹.« Ich lachte, aber Marilyn hatte diesen Slogan offensichtlich noch nie gehört. »Meine Aufgabe ist es, dafür zu sorgen, daß ihre Aktivitäten in optimalem Licht gesehen werden.«

»Was für eine Art von Klienten?«

»CBS. Israel. Die Handelskammer von Las Vegas. Ford. Die Joseph P. Kennedy Foundation ...«

Ihre Augen wurden noch größer. »Im Ernst? Jacks Vater?«

Ich nickte.

Marilyn war nun ganz bei der Sache, sie hatte Tippy völlig vergessen. »Joe Schenck sagte mir, daß Jacks Vater das größte Arschloch ist, das je ein Filmstudio besessen hat.«

Ich hatte ganz vergessen, daß sie Schencks Freundin gewesen war, als sie bei der 20th Century-Fox zusammen mit unzähligen anderen ehrgeizigen Starlets anfing. Schenck, der damals schon in den Siebzigern gewesen sein muß, war der Verlierer in einem langen, erbitterten Kampf mit Darryl Zanuck um die Vorherrschaft im Studio. Vermutlich war er gerade aus der Strafanstalt Danbury, Connecticut, entlassen worden, von Truman begnadigt, nachdem er mehrere Monate einer fünfjährigen Gefängnisstrafe abgesessen hatte. Er war verurteilt worden, weil er Zugeständnisse an gewerkschaftliche Störer gemacht hatte, um den Arbeitsfrieden zu wahren, hatte dies aber, vor ein Gericht gestellt, unter Eid geleugnet.

»Interessanterweise«, sagte ich, »hat Joe Kennedy so etwa die gleiche Meinung von Schenck.«

»Joe Schenck ist ein zäher alter Bursche«, meinte Marilyn nicht ohne eine gewisse Bewunderung. »Ich hatte zuerst richtig Angst vor ihm, aber er war so voller Energie, mehr als alle anderen, die ich kannte, bis Johnny Hyde auftauchte ...« Sie nippte an ihrem Champagner. »Wissen Sie, wie ich Schenck kennenlernte?«

Ich schüttelte den Kopf.

»Er saß in seinem Wagen und wollte das Studio verlassen. Er hatte eben eine Besprechung mit Zanuck hinter sich und war stinksauer. Ich wollte gerade zum Lunch in die Kantine gehen. Er schaute mich an, befahl seinem Chauffeur zu halten, öffnete die Tür und sagte: ›Rein mit dir, Mädchen!‹«

Sie hatte plötzlich eine tiefe, gutturale Stimme, eine Mischung aus New Yorker und Rybinsk-an-der-Wolga-Akzent, das grollende Organ eines Mannes, der sein Leben lang Zigarren geraucht und Leute angebrüllt hatte. Zum erstenmal kam mir der Gedanke, daß Marilyn eine recht gute Schauspielerin war oder es unter richtiger Anleitung zumindest hätte sein können.

»Ist Jack wie sein Vater?« fragte sie.

Diese Frage verdiente eine ehrliche Antwort. »Noch nicht, aber er wird's vielleicht mal werden.«

Sie zog die Augenbrauen hoch.

»Die Leute halten Jack für ein Leichtgewicht«, erklärte ich. »Das ist er nicht. Aber er hat Charme, was Joe niemals besaß. Manche Leute verwechseln das mit Schwäche. Aber da irren sie sich.«

Sie schien zu verstehen. »Gleicht er seinem Vater, was Frauen betrifft?«

»Jack ist weniger zynisch als sein Vater«, erwiderte ich nach einem Moment des Überlegens. »Sein Vater liebt es zu gewinnen, und zwar viel mehr, als er je eine Frau liebte. Jack dagegen kann sich durchaus Hals über Kopf verlieben. Er war vor dem Krieg in Inga Arvad verliebt, bis sein Vater das Ganze beendete.«

»Na, so was. Warum denn?«

»Nun, erstens mal war Inga vermutlich eine deutsche Spionin, und so hat Joe vielleicht sogar das Richtige getan ...«

»Liebt Jack eigentlich Jackie?«

Ich sagte ihr die Wahrheit. »Jetzt nicht, aber das kommt schon noch, da bin ich mir ganz sicher.«

Marilyn schwieg einen Moment nachdenklich und seufzte dann. »Vielleicht glauben Sie mir nicht«, begann sie, »aber in bezug auf Männer habe ich nie was bereut. Selbst wenn es mies war, war's gut, wenn Sie verstehen, was ich meine?«

»Eine sehr gesunde Einstellung«, antwortete ich. »Joan Crawford sagte mir mal fast das gleiche.«

Sie hatte plötzlich einen verkniffenen Gesichtsausdruck, und ihre Augen funkelten zornig. »Joan Crawford!« zischte sie. »Sind Sie ein Freund von ihr?«

»Keineswegs«, wehrte ich ab, wobei mir bewußt war, daß ich auf einem dünnen Seil tanzte. »Joan hat mich mal zum Dinner eingeladen, um bei mir wegen der PR von Pepsi-Cola vorzufühlen, trank zuviel Wodka und machte mir auf groteske Weise Avancen, mitten im Chambord, wo alle es sehen konnten.«

»Was haben Sie getan?«

»Ich lehnte dankend ab, brachte sie heim und übergab sie ihrem Mann Alfred Steele. Als Revanche verbreitete sie das Gerücht, daß ich homosexuell sei. Was ich zufällig nicht bin. Aber ich habe eben keine Lust, mit ältlichen Frauen ins Bett zu gehen, die sich öffentlich blamieren oder mein Honorar runterhandeln wollen.«

»Da haben wir was gemeinsam«, sagte Marilyn und begann zu lachen.

»Ach wirklich?«

»Joan wollte auch mich rumkriegen! Nachdem ich den Film *Clash by Night* abgedreht hatte, freundete sie sich mit mir an, und ich war schwer beeindruckt. Schließlich war ich ein Niemand, und da war diese berühmte Diva, die nett zu mir war ... Ich hatte damals noch nicht viele Kleider, und sie lud mich immer in ihr Haus ein, um mir ihre zu borgen, aber sie war ja nur eine halbe Portion gegen mich, und so paßte mir nichts. Nach zwei oder drei Monaten machte sie sich dann an mich ran, in ihrem begehbaren Kleiderschrank, als ich mich gerade in eines ihrer Kleider zu zwängen versuchte. Einfach schauerlich!«

»Wie haben Sie reagiert?«

»Ich rannte weg. Ich fuhr ohne Schuhe nach Hause und ließ sie einfach in ihrem Schrank stehen. Als ich dann die Photoplay-Goldmedaille gewann als die beste neue Schauspielerin des Jahres 1953, sagte sie zu einem Reporter: ›*Mein* Busen braucht sich auch nicht zu verstecken, aber ich laufe eben nicht in der Gegend herum und streck' ihn jedem ins Gesicht!‹« Marilyn machte ein grimmiges Gesicht. »Sie wollte mich richtig fertigmachen.«

»Was haben Sie dann getan?«

Sie schenkte mir ein engelhaftes Lächeln. »Ich erklärte Louella Parsons, wie traurig mich Joans Worte machten, weil ich doch ohne Zuhause aufgewachsen war und sie so sehr dafür bewunderte, daß sie vier Kinder zu sich genommen hatte und ihnen solch eine wunderbare Mutter war.«

Marilyn brach in Gelächter aus. »Das hat ihr den Mund gestopft, und sie sprach nie mehr ein Wort zu mir. Oder über mich. Übrigens glaube ich, daß sie ziemlich schlaffe Titten hatte, wenn Sie die Wahrheit wissen wollen.«

Ich war beeindruckt von Marilyns Gegenangriff, der Witz und Stil verriet, ein Volltreffer, der zum Knockout führte. Joan Crawfords Grausamkeit gegenüber ihren Kindern zählte zu jenen Fakten in Hollywood, über die nur Insider Bescheid wußten, aber nicht die Öffentlichkeit. »Sie haben sich perfekt an ihr gerächt«, sagte ich bewundernd.

Marilyn zuckte mit den Schultern. »Ich war verdammt wütend. Das kommt nicht oft vor, aber wenn, dann heißt's aufpassen! Haben Sie sich auch gerächt?«

Ich nickte. »Das glaube ich schon. Ich nahm Coca-Cola als Kunden.«

Marilyn quietschte vor Lachen und gab mir einen Kuß, diesmal einen richtigen, so daß mein Mund mit Lippenstift beschmiert war.

»Ich bin sicher, wir werden gute Freunde, David! Jetzt holen Sie Hilfe, wen auch immer, und schaffen mich hier raus. Ich habe viel zu erledigen!«

Sie liebte Milton Greenes Studio fast so sehr, wie sie Milton liebte. Es war wie ein Spielplatz für Erwachsene auf dem Dach eines großen, altmodischen Bürogebäudes, das von einer steinernen Balustrade sozusagen eingerahmt wurde. Auf der Terrasse gab es eine Weinlaube, einen Springbrunnen und Gartenmöbel, so daß man sich fast in Italien wähnte, während das sehr geräumige, hohe Studio selbst voller dunkler Schatten, wilder Draperien und bizarrer Requisiten war: Kleiderständer, schwer behängt mit alten Kostümen, Körbe mit Hüten, ausgefallene Möbelstücke, Trödel jeder Art, so weit das Auge reichte.

Wann immer sie Milton sah, mußte sie zuerst ein Lächeln unterdrücken. Er wirkte mit seinen dunklen traurigen Augen und seinem runden Gesicht wie ein seelenvolles Kind, aber das war nur der erste Eindruck. Sie konnte nie erklären, nicht einmal sich selbst, warum sie ausgerechnet Milton ausgewählt hatte, um ihr zu helfen, ihren Vertrag mit der Fox zu brechen und Hollywood den Rücken zu kehren.

Bei der Fox würde sie immer und ewig das ›blonde Dummchen‹ bleiben, denn so sah man sie dort – und damit basta. Zanuck haßte sie, nicht nur weil sie abgelehnt hatte, sich von ihm in den Arsch ficken zu lassen, was er für sein gutes Recht hielt, sondern auch weil sie Joe Schencks Freundin gewesen war und Darryl Zanuck Joe verabscheute.

Da alle in Hollywood wußten, wie unglücklich sie bei der Fox war und wie sehr (wenn auch nicht warum) Zanuck sie haßte, war sie von Angeboten überschwemmt worden, meistens von Leuten, die mehr Geld, mehr Erfahrungen und mehr Power hatten als Milton, was nicht viel hieß, da Milton kein Geld, sehr wenig Erfahrung und ohne die Schlagkraft ihres Namens überhaupt keine Power hatte.

Vielleicht vertraute sie ihm gerade deshalb, weil er nicht zu den großen Produzenten, Agenten oder Medienanwälten gehörte, die garantiert wieder versuchen würden, sie nach ihrer Pfeife tanzen zu lassen, sobald sie aus dem Vertrag mit Fox raus war ...

Sie schleuderte ihre Schuhe von den Füßen, ging in die Garderobe, zog ihr Kleid aus und einen Bademantel an. Miltons Freund und Mitarbeiter Joe Eula, ein dunkelhaariges, kleines Energiebündel, steckte den Kopf zur Tür herein und zwinkerte ihr zu. »Zieh mal diese da an, Baby«, sagte er und warf ihr ein paar schwarze Strümpfe zu. Joe war so munter und aufgekratzt, wie Milton ruhig war, und Milton war der ruhigste Mensch, den sie je getroffen hatte. Er sprach so wenig und dies so leise, daß man sich konzentrieren mußte, um seine Worte überhaupt zu verstehen. Milton schien endlos nachdenken zu müssen, bevor er irgend etwas noch so Banales äußerte, und sie hoffte, daß dies ein Zeichen von Intelligenz war, da ihre Zukunft ja mehr oder minder in seinen Händen lag. Sie kam aus der Garderobe und sagte, daß sie bereit sei.

Er schob ihr einige Dokumente rüber. »Muß ich die unterschreiben?« erkundigte sie sich.

Er dachte darüber – oder irgend etwas anderes – lange nach. »Vielleicht solltest du lieber einen Anwalt nehmen, der sie zuerst durchliest?« schlug er vor. Wie Marilyn neigte er dazu, seine Sätze mit einem Fragezeichen zu beenden, auch wenn es sich nicht um Fragen handelte. Vielleicht mochte sie ihn auch deshalb so gern, überlegte sie. Deshalb und weil er in Tränen ausgebrochen war, als sie ihm von Tippy erzählt hatte.

»Der einzige Anwalt, den ich zur Zeit habe, ist Jerry Giesler«, antwortete sie.

»Jerry? Der ist doch Scheidungsanwalt.«
»Stimmt.«

Schweigen. Niemand konnte so trübsinnig aussehen wie Milton, wenn er's darauf anlegte, stellte Marilyn fest. »Hast du schon mit DiMaggio über unsere Vereinbarung gesprochen?« erkundigte er sich schließlich.

Sie schüttelte den Kopf.

»Oje!«

»Das hat keinen Einfluß auf unsere Abmachung«, sagte sie.

»Sicher ...« Sein Gesichtsausdruck verriet mehr. Alles würde ihre Abmachung beeinflussen: das Wetter, ihre Perioden, ihr Liebesleben und ganz gewiß ihre Scheidung. »Du solltest ein blasseres Make-up nehmen«, sagte er, das Thema wechselnd, was er meisterhaft beherrschte. Er winkte Joe zu, der mit einer Flasche Champagner und seinem Make-up-Köfferchen herüberkam, Marilyn ein Handtuch umlegte und sich an die Arbeit machte, wobei er Milton einen fragenden Blick zuwarf, der entweder mit den Schultern zuckte oder nickte. »Giesler ist vielleicht nicht ganz der Richtige?« meinte Milton zögernd. »Ich meine in dieser Sache.«

»Ich könnte zu Mickey Rudin gehen?«

»Franks Anwalt? Ja. Du könntest zu Mickey gehen.« Milton hatte die Angewohnheit, ihre Worte zu wiederholen, was ihr aber nicht verriet, ob er dafür oder dagegen war oder ob er überhaupt eine Meinung zu dem Gesagten hatte.

»Wenn wir uns auf fifty-fifty einigen können«, sagte sie, »dann ist mir alles andere egal.«

Milton nahm die Leica und schaute Marilyn durch den Sucher an. Womit er sich auch beschäftigte, er vergaß nie, daß er zuallererst ein Fotograf war. »Also, ich weiß nicht so recht, Joe. Ihr Haar ...«, sagte er halblaut.

»Aber ich weiß es! Mecker bloß nicht rum, Baby!« rief Joe. Marilyn spürte seine Finger in ihrem Haar, die mit raschen, geschickten Bewegungen alles zerstörten, was Mr. Kenneth am Morgen in der Hotelsuite so sorgfältig frisiert hatte.

»Ja«, stimmte Milton zu, und die Kamera klickte mehrmals. »Ja!« Er wiederholte es leiser noch einige Male. Joe schenkte Champagner ein, und beide Männer starrten sie an. »Zieh mal die Strümpfe an, Baby«, schlug Joe vor. »Du weißt schon, mach eine Show daraus.« Er griff nach oben und stellte einige Lampen anders ein, bevor er hinter sie trat und den Fond aus schwarzem Samtstoff neu drapierte.

Milton nickte mit düsterer Miene. »Nicht fifty-fifty«, sagte er und nahm seinen Fotoapparat zur Hand.

Sie saß gerade zurückgelehnt auf einem Thonetstuhl, das Bein nach oben gestreckt, während sie einen schwarzen Strumpf anzog. Bei seiner Bemerkung erstarrte sie mitten in der Bewegung.
»Was soll das heißen?« fragte sie zornig.
Milton grinste. »Du kriegst 51 Prozent, Marilyn. Ich möchte, daß du die Kontrolle hast.«
»Die Kontrolle über die Monroe-Greene-Filmproduktion?«
»Sie wird Marilyn-Monroe-Filmproduktion heißen. Es ist deine Firma. Das will ich dir doch dauernd klarmachen.«
Sie kippte ihren Stuhl so weit nach hinten, daß sie fast umfiel, und lachte vor Freude, nicht nur deshalb, weil sie endlich Kontrolle über sich selbst hatte, sondern auch weil Milton sie in ihren hohen Erwartungen nicht enttäuscht hatte. Sie hörte, wie seine Leica immer wieder klickte, hörte ihn in seinem New Yorker Tonfall fast andächtig flüstern: »Hinreißend!« Und sie wußte instinktiv, daß hier die schönsten und erotischsten Fotos entstanden, die je von ihr gemacht worden waren.
»Nimm das Telefon«, ordnete Joe an. »Wie eins von diesen Vargas-Mädchen in *Esquire*.«
Folgsam nahm sie den Hörer hoch und hielt ihn an ihr Ohr. Dann wählte sie aus einer Laune heraus die Nummer, die Jack ihr gegeben hatte. Sie hörte das Läuten, während Milton wie ein Verrückter weiterfotografierte, und dann meldete sich mit unüberhörbarem Irisch-Bostoner Akzent eine tiefe Stimme: »Senator Kennedys Büro.«
Sie erklärte, den Senator sprechen zu wollen, und konnte förmlich die irisch-katholische Mißbilligung fühlen, die wie in Wellen durch die Telefonleitung aus Washington, D. C., zu ihr drang. Der Hörer wurde mit einem Knall hingelegt, sie hörte gedämpfte Unterhaltung im Hintergrund und, wenn sie sich nicht sehr täuschte, auch das Lachen einer Frau und schließlich eine Stimme, die »Jack, die Blonde ist am Telefon« brüllte.
Die Blonde am Telefon? Marilyn war einen Moment indigniert, doch dann war Jack in der Leitung. »Hat David dich aus dem St. Regis rausmanövriert?« fragte er. Er flüsterte, so daß sie Mühe hatte, ihn zu verstehen.
»Ja, ich bin draußen, vielen Dank. Frei und ungebunden und unterwegs.« Sie kicherte. »Aber wo bleibst du?«
»Hier war es sehr hektisch ...«

»Ach. Hast du mir nicht gesagt, daß du alles stehen- und liegenlassen würdest, sobald ich ankomme? Nun, hier bin ich!«

»Morgen kann ich's einrichten.«

Am liebsten hätte sie gesagt, daß diese spezielle ›Blonde am Telefon‹ niemals auf einen Mann wartete, daß sie schon morgen jemand anders gefunden haben konnte, daß er sich die Reise sparen sollte, doch irgend etwas an Jack hinderte sie daran. »Rat mal, was ich gerade tue?« sagte sie mit ihrer sinnlichsten Stimme.

»Tja, ehrlich, ich habe keine Ahnung ...«

»Ich sitze auf einem weit zurückgekippten Stuhl, ein Bein hoch in der Luft, während ich einen schwarzen Nylonstrumpf anziehe und an meinem Strapsgürtel befestige ... Und ich habe kein Höschen an.«

Eine lange Pause, dann ein hörbares Schlucken. »Das würde ich zu gern sehen«, flüsterte er.

»Du könntest es dir in aller Ruhe ansehen, wenn du hier wärst, Schlaukopf.«

»Vielleicht kannst du mir, äh, die Szene morgen noch einmal vorspielen?«

Sie gab dem Hörer einen feuchten, schmatzenden Kuß und meinte leichthin: »Oh, ich hasse es, mich selbst zu wiederholen, Honey. Laß nichts anbrennen, genieße es, solang's noch geht, das ist mein Rat.«

»Wo, zum Teufel, bist du eigentlich?« In seiner Frage lag genug Irritation, um sie davon zu überzeugen, daß ihr Trick funktioniert hatte. In ihm rührte sich nun das bißchen Besitzerinstinkt, das er ihr gegenüber vielleicht schon verspürte. Er sollte ruhig darüber nachdenken, was ihm entging; das würde ihn lehren, daß er nicht allzu leichtes Spiel mit ihr hatte.

»Ich sitze hier mit zwei hinreißenden Männern. Trinke Champagner und amüsiere mich hemmungslos.«

»Du tust was?«

»Ich amüsiere mich mit zwei Männern.« Sie lachte. »Schon okay, Honey. Ich werde gerade fotografiert.«

Er lachte etwas gequält. »Ach so. Das hätte ich mir eigentlich denken können.«

Wenn es jemand anders gewesen wäre, hätte sie ihm seinen überheblichen Ton übelgenommen. Ein- oder zweimal, als sie wirklich wütend auf Joe gewesen war, hatte sie ihn angerufen und ihm liebevolle Dinge durchs Telefon gesagt, während sie mit einem anderen Mann im Bett lag. Es hatte ihr das Gefühl vermittelt, die ganze Situation unter Kontrolle zu haben. Sie stellte ihn sich vor, wie er gerade eine Sportreportage im Fernsehen sah, den Ton leise gedreht, während er ihr erzählte, wie sein Flug gewesen war, ohne zu ahnen, daß während ihres Telefonats ein Mann bei ihr im Bett war.

»Kannst du dich morgen mit mir zum Dinner treffen?« unterbrach er ihre Gedanken. »Im Carlyle?«

»Gern.« Es war leicht zu arrangieren. Billy Wilder würde sie erzählen, daß sie den Abend mit Joe verbringen müsse, Joe wiederum, daß sie mit Wilder zum Dinner verabredet sei, um über ihre Rolle zu sprechen. Die Chance, daß die beiden sich über den Weg liefen, war minimal. Sobald Wilder mit den Dreharbeiten begann, würde es allerdings viel schwieriger werden.

»Ich muß jetzt Schluß machen«, sagte er immer noch flüsternd. »Bis morgen.«

Sie schickte ihm noch einen Kuß durch die Leitung. »Ich kann's kaum erwarten.« Sie legte auf und lächelte Milton strahlend an. »Wo ist das Carlyle?« wollte sie wissen.

Milton ließ sich mit der Antwort lange Zeit, als erforderte sie gründliches Nachdenken. Er wechselte das Objektiv, legte einen neuen Film ein, überprüfte die Belichtungszeit und schaute sie schließlich an. »Madison Avenue, Ecke 76. Straße«, sagte er. Seine schwarzen Augen funkelten vor Intelligenz wie die Punkte von zwei Ausrufezeichen.

»Jack Kennedys Suite ist im zwanzigsten Stock«, fügte er verschmitzt hinzu.

Einen Moment war sie drauf und dran, über ›Mr. Klugschnack‹ in Wut zu geraten. Doch dann verzog er sein Gesicht zu seinem traurigen, kindlichen Lächeln, und so lachte sie statt dessen, voller Vorfreude auf die guten Fotos (irgendwie wußte sie immer, wann sie gut wurden und wann nicht), auf ihre neue aufregende Affäre und auf ihre Zukunft.

Eigentlich, dachte Marilyn und kreuzte dabei ihre Finger, war sie wirklich die glücklichste Frau auf der Welt!

Liebe stimmte sie immer optimistisch, jedesmal wieder aufs neue.

Sie befand sich in einer Halle, die kostspielig im Stil eines Clubs eingerichtet war oder zumindest so, wie sie Clubs aus Filmen her kannte, denn sie hatte noch nie einen betreten. An den Wänden hingen alte Stahlstiche von Schiffen. Es gab polierte Mahagonimöbel und matt glänzende Ledersessel, die sie an die Polsterbänke im Hollywood Brown Derby erinnerten, wo für Johnny Hyde zum Lunch immer ein Tisch reserviert gewesen war.

Als sie eine halboffene Tür entdeckte, ging sie hindurch. Jack Kennedy lag schon im Bett und las den Wirtschaftsteil der *New York Times*. Zu ihrer Überraschung trug er eine Brille, die er jedoch sofort abnahm. Neben dem Nachttisch stand eine Flasche Champagner in einem Eiskübel. Er schenkte ihr ein Glas ein, als sie sich neben ihn setzte. »Bekomme ich kein Dinner?« erkundigte sie sich mit unschuldiger Miene. »Schade, daß ich's nicht gewußt hab', denn sonst hätte ich mir vorher noch ein Sandwich bestellt.«

»Bist du hungrig?«

»Eine Frau wird eben gern verwöhnt. Ich kann mich an Zeiten erinnern, als ich nur bei Rendezvous etwas Anständiges zu essen kriegte. Damals aß ich so viel, daß es für Tage reichte!«

»Keine Sorge, im Wohnzimmer findest du alles.«

Sie ging hinüber, wo der Tisch schon gedeckt war, nahm sich einen Garnelencocktail und brachte ihn mit ins Schlafzimmer. Dort setzte sie sich aufs Bett zu Jack und aß eine Garnele nach der anderen, leicht vornübergebeugt, damit die Soße nicht auf ihr Kleid tropfte. Sie bot auch Jack eine an, aber er schüttelte den Kopf.

Eigentlich hätte sie es vorgezogen, den Abend mit einem festlichen Dinner, Kerzenlicht und Plauderei zu beginnen, aber sie kannte die Männer inzwischen gut genug, um zu wissen, daß einige von ihnen erst vögeln mußten, bevor sie essen oder gar reden konnten. Jack Kennedy gehörte offenbar auch zu diesem Typ.

Sie leerte ihr Champagnerglas mit einem Schluck, begann ihn zu küssen und fuhr mit ihrer Zunge tief in seinen Mund.

Sie spürte seine Hände, wie sie auf ihrem Rücken am Reißverschluß zerrten, aber sie stieß sie beiseite. Diesmal sollte es nach ihrem Willen gehen! Sie schlug die Bettdecke beiseite, löste den Gürtel seines Bademantels, schleuderte ihre Schuhe von sich, kletterte aufs Bett, zog ihr Kleid so weit hoch, wie es ging, und setzte sich rittlings auf ihn, ihre Knie gegen seine schmale Taille gepreßt. Marilyn hielt seine Handgelenke fest, so daß ihm nichts anderes übrigblieb, als ruhig auf dem Rücken zu liegen, während sie sich auf und ab bewegte. Der Gedanke erregte sie, daß sie *ihn* vögelte, mit ihm nach ihrem eigenen Rhythmus schlief, ihn benutzte, um ihre eigenen Bedürfnisse zu befriedigen! Um so aufregender, weil er nackt unter ihr lag, während sie noch angezogen war – Kleid, Strümpfe, Ohrringe und sogar eine Pelzstola. Es war das genaue Gegenteil von früher, als sie sich für Männer entkleiden mußte, die höchstens ihre Hose öffneten und manchmal sogar forderten, daß sie auch das noch für sie erledigte.

Sie hörte ihn aufstöhnen, spürte sein Pulsieren und verlangsamte ihr Tempo, um ihn zurückzuhalten. »Noch nicht, noch nicht«, sagte sie im vollen Bewußtsein, daß es ein Befehl und keine Bitte war. Erst dann, als auch sie kurz davor war, wurden ihre Bewegungen heftiger, sie fühlte ihn kommen und kam selbst, den Kopf mit geschlossenen Augen zurückgeworfen, mit einem so lauten, qualvollen Schrei, daß er vermutlich sogar auf dem Korridor zu hören war.

»O mein Gott!« sagte er atemlos. Es klang fast ehrfürchtig, und das sollte es ruhig auch sein, dachte sie. Niemand bekam häufig solchen Sex geboten, nicht mal Jack Kennedy!

Marilyn streckte die Arme aus und dehnte sich genüßlich. Sie fühlte sich wunderbar und geradezu heißhungrig. Nur zögernd löste sie sich von ihm, stand auf, öffnete den Reißverschluß und ließ das Kleid zu Boden fallen. Im Badezimmer hüllte sie sich in den hoteleigenen Frotteemantel. Sie warf einen Blick in den hohen Spiegel: ihr Make-up war verschmiert, die Haare wirr, die Strümpfe in Falten. »Ich sehe ja gräßlich aus!« jammerte sie.

Jack lehnte sich in seinem seidenen Morgenmantel an die Tür, in der einen Hand seinen Drink, in der anderen ein Glas Champagner für Marilyn. »Für mich siehst du nicht gräßlich aus«, widersprach er.

»Das ist lieb von dir, aber du schwindelst.«

»Verrat mir mal«, bat er, »woran du dachtest, als du kurz vor deinem Orgasmus die Augen zumachtest?«

Sie wußte, daß er am liebsten gefragt hätte: »An wen hast du gedacht?«, weil Männer das immer wissen wollten – und Frauen übrigens auch, wenn sie ehrlich war. »Ich dachte, daß du der Beste bist, Darling«, antwortete sie und schaute ihm gerade in die Augen.

Die richtige Antwort auf die Frage, die er nicht zu stellen wagte, hätte ihn und eine Menge anderer Leute überrascht. Beim Liebesakt war sie in Gedanken oft bei ihrem Exmann Jim Dougherty. Marilyn war mit sechzehn eine total unerfahrene, jungfräuliche Braut gewesen, doch Jim, der normalerweise in fast jeder Hinsicht fantasielos war, nahm sich die Zeit und war auch behutsam genug, um sie auf dem Klappbett in ihrem winzigen Apartment in Sherman Oaks in die Liebe einzuweihen, so daß sie schon bald nicht genug von ihm kriegen konnte und er fast seinen Job verlor, weil er bei der Arbeit immer einschlief. Schließlich mußte der arme Jim feststellen, daß er mehr erweckt hatte, als ihm lieb war, aber Marilyn blieb ihm ewig dankbar dafür.

»Machst du so was eigentlich oft?«

»Ich weiß nicht, ob man es als ›oft‹ bezeichnen kann. Das ist schließlich relativ«, erwiderte er ausweichend.

»Macht es Jackie nichts aus?«

Er überlegte einen Moment. »Jackie und ich haben da eine … äh, Abmachung.«

»Meinst du damit, daß es ihr tatsächlich nichts ausmacht?«

Das verwirrte sie total. Sie wäre fuchsteufelswild geworden, wenn Joe mit anderen Frauen herumgeschlafen hätte. Das war zwar unfair, wenn man ihr eigenes Verhalten bedachte, aber so war es nun mal.

»Ich sagte nicht, daß es ihr nichts ausmacht.« Er suchte nach einer Erklärung. »Weißt du, fast jeder hat doch auch was von einem Hochstapler in sich. Nehmen wir mich als Beispiel: Ich fühle mich nicht immer wie ein Senator …«

»Oh, ich verstehe dich sehr gut, Honey. Ich fühle mich nämlich auch nicht immer wie Marilyn Monroe.«

»Na, siehst du. Tja, aber Jackie ist da eine Ausnahme. Sie ist der einzige Mensch, den ich kenne, der genau das ist, was er zu sein scheint.« Er verstummte und korrigierte sich dann. »Nein, stimmt nicht. Mein Bruder Bobby ist auch so. Und er glaubt fest an etwas.«

»An was?«

»An mich.«

Gott, was würde sie dafür geben, jemanden zu haben, der so

an sie glaubte! Die Männer, die sie am meisten liebten, wollten sie immer anders haben. So hatte Joe DiMaggio davon geträumt, aus ihr eine Hausfrau zu machen ... Da sie an Bobby nicht interessiert war, bohrte sie weiter: »Wie ist Jackie eigentlich?«

»Na ja, ihr beide seid völlig verschieden ...«

Sie merkte ihm an, daß er es damit bewenden lassen wollte, fragte aber trotzdem weiter: »Inwiefern?«

»Sie ist ... äh ... schlanker als du.«

»Ich meinte ... im Bett.«

Es entstand ein längeres unwilliges Schweigen. Sie konnte von Jacks Gesicht ablesen, daß er schon viel weitergegangen war, als ihm recht war. Vermutlich würde er es gleich bereuen, daß er sich überhaupt auf dieses Thema eingelassen hatte. Also gab sie ihm rasch einen Kuß auf die Wange, legte die Arme um ihn und hielt ihn fest umschlungen, bis er sich wieder entspannte.

Da sie ihre Kindheit zum großen Teil bei Leuten verbracht hatte, wo Berührungen tabu waren, konnte sie vom Küssen gar nicht genug bekommen. Sie nahmen einander gegenüber am Tisch Platz. Marilyn rieb ihren Fuß an seinem, nahm sich mit den Fingern ein Stück kalte Hühnerbrust und biß hinein, als hätte sie seit Tagen nichts gegessen, während Jack seine Brötchen in kleine Stücke brach. Von einer Scheibe Schinken entfernte er sorgfältig das Fett und zerschnitt sie dann in kleine Vierecke, alle von der gleichen Größe. Sie wischte sich Mayonnaise von den Lippen und sagte: »Du bist ein mäkeliger Esser. Kein Wunder, daß du nichts auf den Knochen hast.«

»Ich bin nicht hungrig. Wenn ich's bin, dann *esse* ich, glaub mir.«

»Das glaube ich eben nicht. Ich bin ein Waisenkind, verstehst du? Ich warte nie bis zur nächsten Mahlzeit, weil ich nie sicher sein kann, daß es eine nächste gibt.« Sie machte sich ein Sandwich und biß mit unvermindertem Appetit hinein. »Das treibt die bei der Fox fast in den Wahnsinn, wenn sie mich essen sehen«, erklärte sie mit vollem Mund. »Die haben Angst, daß ich zu fett werde, um in meine Kostüme zu passen! Weißt du, wie ich meine alten Tage verbringen will?«

Er schüttelte den Kopf.

»Ich werde mich einfach gehenlassen. Essen, was mir schmeckt, so fett werden wie ein Schwein. Ich werde fett und schwabbelig werden und mich kein bißchen deshalb schämen. Das habe ich alles schon genau geplant, und ich wette, ich werde ein tolles Alter haben. Und du?«

»Ich habe bisher kaum darüber nachgedacht, um ehrlich zu sein.«

»Ich denke ständig daran.« Sie war mit ihrem Sandwich fertig und holte sich ein Gürkchen von seinem Teller, denn sie liebte es, von anderer Leute Teller zu naschen, als ob deren Essen immer besser schmeckte als ihr eigenes.

»Ich möchte ein großes Haus haben«, fuhr sie träumerisch fort. »Irgendwo am Meer, Malibu oder vielleicht Santa Barbara. Oh, und eine Menge Hunde. Und eine Köchin, die tolle mexikanische Gerichte zubereiten kann wie Enchiladas, Burritos und ähnliche Sachen ... Dann sitze ich in der Sonne und lese alte Bücher, die ich schon zuvor hätte lesen sollen, oder ich fange an zu malen oder sonstwas ...«

Er lachte. »Ich kann mir dich nicht so vorstellen.«

»Aber ich kann's.« Sie hielt ihm ihr Glas hin, damit er nachschenken konnte. »Jaja, das Alter«, sagte sie, schlürfte ihren Champagner und kräuselte die Nase, weil die Bläschen sie kitzelten. Gleich danach beugte sie sich vor, stützte das Kinn auf die Hand und schaute ihn aus nächster Nähe so liebevoll an, als spiele sie die Rolle einer jungen Ehefrau, der ihr Mann beim Abendessen von seinem Tag berichtet. »Erzähl mir von dem, was du tust. Erzähl mir von allem, wenn's bloß nichts mit Film zu tun hat.« Sie schüttelte sich leicht. »Oder mit Sport.«

»Leider mußte ich viel Zeit damit vergeuden, mit Bobby zu streiten«, erwiderte er. »Und mit meinem Vater.« Er machte ein grimmiges Gesicht. »Wegen Senator McCarthy.« Er betonte respektvoll das Wort ›Senator‹, was durch seinen Harvard-Boston-Akzent noch hervorgehoben wurde.

»Joe McCarthy? Ich hasse den Kerl!«

Er machte ein konsterniertes Gesicht. Offensichtlich hatte er keine Lust, mit ihr über Politik zu reden. Sie zwickte sein Bein mit ihren Zehen, auf deren Kraft sie immer stolz gewesen war. Er zuckte zusammen. »Schau nicht so gelangweilt drein«, sagte sie. »Ich bin nicht Jackie. Und ich bin auch kein Dummchen.«

»Das habe ich noch nie behauptet«, verteidigte er sich.

»Nein, aber du hast es gedacht.«

»Also gut«, lenkte er ein. »Warum magst du Senator McCarthy nicht?«

»Du etwa?«

Er überlegte, und sein attraktives junges Gesicht verzog sich. »Nicht besonders, wenn ich ehrlich bin. Ich weiß, daß er ein Säufer ist, und ich fürchte, er ist ein Schwindler. Und vermutlich auch homosexuell. Aber du hast meine Frage noch nicht beantwortet.«

»Er macht die Leute fertig. Ich kenne viele Leute in Hollywood, denen McCarthy oder seine Anhänger ihr Leben kaputtgemacht haben ... Tolle Leute, die meisten von ihnen.«

»Einige von denen sind vielleicht Kommunisten.«

»Ach, weißt du, Jack, ›Kommunist‹ ist doch nur ein Wort. Diese Leute, die jetzt ihre Jobs verloren haben, waren keine Bombenbastler. Sie haben als Schauspieler gearbeitet oder Drehbücher geschrieben oder Musik komponiert, und nun ist es aus mit ihnen. Keine Jobs, kein Geld, keine Hoffnung.«

Sie wußte, daß er sich seinen Abend mit ihr nicht so vorgestellt hatte, aber das war ihr egal. In Hollywood wurde die antikommunistische Hetzjagd von Männern wie Darryl Zanuck, Harry Cohn und Jack Warner angeführt – alles Filmbosse –, die damit nicht selten alte Rechnungen beglichen. Antikommunismus war Marilyns Meinung nach nur eine andere Methode, um den Arbeitern die Daumenschrauben besser anlegen zu können, den kleinen Leuten, zu denen sie auch sich selbst zählte.

»Du irrst dich«, widersprach er. »Der Kommunismus stellt eine Bedrohung dar. Ich bin auch kein Fan von Senator McCarthy, aber das heißt noch lange nicht, daß keine echte Gefahr für die Freiheit besteht.« Er schien mit seiner Argumentation selbst nicht zufrieden zu sein. Vielleicht zitierte er nur seinen Vater.

»Mein Vater und mein Bruder Bobby sind der Meinung, daß McCarthy einen guten Kampf führt. Und das finden auch die meisten Wähler von Massachusetts. Bobby würde dem Senator bis in die Hölle folgen. Wozu er vielleicht bald Gelegenheit hat, denn, ganz im Vertrauen, McCarthy ist untendurch. Deshalb bin ich vor allem darauf erpicht, Bobby vom McCarthy-Schiff zu holen, bevor es ... sinkt.«

»Aber Bobby will das Schiff nicht verlassen?«

»Ganz genau. Er will mit dem Kapitän untergehen. Eine idiotische Idee. Ich muß es schließlich wissen. Als die PT-109 sank, schwamm ich wie alle anderen um mein Leben. Da Bobby nicht im Krieg war, hat er für Heroismus leider mehr übrig als ich.«

Marilyn war erstaunt. »Aber du warst ein Held«, protestierte sie. »Ich habe alles darüber im *Reader's Digest* gelesen.«

Er zuckte mit den Schultern. »Wir wurden von einem japanischen Zerstörer überrollt. Es war wie ein Verkehrsunfall zwischen einem Sportwagen und einem Laster. Als General MacArthur davon erfuhr, befahl er der Marine, mich vor ein Kriegsgericht zu stellen. Dann schaltete Dad sich ein, und ich bekam statt dessen eine Medaille.«

»Aber du hast deinen Männern das Leben gerettet.«

»Stimmt, aber ich bin mir nicht sicher, ob sie's verdienten, gerettet zu werden. Der Zerstörer hätte uns nicht gerammt, wenn sie auf ihren Posten gewesen wären. Tja, so ist das Leben«, resümierte er. »Du wirst zum Helden, weil du was Idiotisches tust, und wirst getötet für eine kluge Tat.«

»Du läßt doch Bobby nicht mit McCarthy untergehen, oder? Deinen eigenen Bruder?«

Jack sah etwas verwirrt drein. Er nahm Familienbeziehungen durchaus ernst; sie waren vielleicht das einzige, was er ernst nahm – aber ohne Sentimentalität. »Ich werde Bobby überreden abzuspringen«, sagte er. »Ich habe für ihn den Beraterposten im McClellan-Untersuchungsausschuß im Auge.«

Es lag ihr auf der Zungenspitze zu fragen, ob denn der ganze Senat aus Iren bestünde, aber sie ließ es lieber bleiben, da sie ihn nicht aus dem Konzept bringen wollte. Also nickte sie nur und aß weiter mit den Fingern den Kartoffelsalat. »Dieser McClellan-Untersuchungsausschuß«, wiederholte sie mit abwesender Miene. »Was tut der eigentlich?«

»Der wird die Gewerkschaften unter die Lupe nehmen. Hoffentlich kann sich Bobby dort einen Namen machen, ohne mit Leuten wie Roy Cohn involviert zu sein.« Sein Gesicht drückte Ekel aus. Obwohl er noch so jung war, überlegte Marilyn, konnte er manchmal verblüffend patrizierhaft aussehen, und er zeigte seine Verachtung für Cohn viel deutlicher als für seinen Senatorkollegen.

»Na, so was?« rief Marilyn. »Was stimmt mit den Gewerkschaften denn nicht? Hinter welchen ist Bobby her?«

»Spielt das eine Rolle?«

»Für mich ja. Ich wette, du und dein Bruder, ihr wart nie in einer Gewerkschaft? Ich bin Mitglied in der Screen Actors Guild und verstehe vermutlich mehr von Gewerkschaften als Bobby.«

»Schon möglich. Ich bin sicher, daß er sich liebend gern von dir belehren läßt.« Er legte seine Hand auf ihren Schenkel und warf dabei rasch einen Blick auf die Armbanduhr. Marilyn überlegte, daß sie ihn in Zukunft irgendwie dazu bringen mußte, seine Uhr abzulegen.

»Ich glaube kaum, daß die SAG dabei eine Rolle spielt«, beruhigte er sie. »Er ist hinter den Transportarbeitern her. Typen wie Beck und Hoffa.«

Obwohl seine warme Hand auf ihrem Schenkel langsam immer höherrückte, schauderte sie unwillkürlich. »Ich weiß über die Transportarbeiter Bescheid«, sagte sie leise.

Er schenkte sich ein Täßchen Mokka ein und rührte um, seine Augen auf sie gerichtet. »Ich weiß, daß es eine schlimme Bande ist. David Leman hat mich auch schon gewarnt. Aber je mehr Bobby mir von diesen Typen erzählt, desto interessierter bin ich. Ich brauche ein heißes Eisen, und dies könnte genau das Richtige sein.«

»Ist David auch dabei? Ich dachte, er macht PR.«

»Mein Vater vertraut ihm, und ich vertraue ihm auch. Er ist hochintelligent und hat hervorragende Kontakte, nicht nur hier, sondern auch in England. Und in Israel ...«

»David ist ein smarter Junge«, unterbrach sie ihn. »Ich mag ihn.«

Er hob die Augenbrauen. »Nein, so was«, sagte er gespielt erstaunt. »Wie sehr denn?«

»Er ist sehr sexy«, erwiderte sie mit halbgeschlossenen Augen, als ob sie an ihn dächte. »Ich bin ganz verrückt nach Männern mit Schnurrbart ...« Sie schauderte übertrieben wollüstig, die Arme eng über der Brust verschränkt. »Clark Gable ist genau mein Typ.«

»Findest du, daß David wie Clark Gable aussieht?«

»Mmh.«

»Wie merkwürdig. Jackie sagt das auch ... Ich kann das überhaupt nicht so sehen. Übrigens ist David Jude ...«

»Darling, einige der sinnlichsten Männer, die ich je kennengelernt habe, waren Juden. Und dazu noch ein Jude, der aussieht wie Clark Gable ...« Sie quietschte vor Entzücken bei dem Gedanken.

Jacks Gesicht spiegelte reine Mißbilligung. »Ich habe nicht den Eindruck, daß Maria – Mrs. Leman – David für so sexy hält wie du.«

»Das macht die Ehe.« Sie lachte laut auf und gab ihm einen Stoß in die Rippen. »Du bist ja eifersüchtig!« rief sie.

»Blödsinn!«

»Doch, du bist's! Und es wundert mich, ehrlich gesagt. Ich dachte nicht, daß du der Typ bist.«

»Ich bin nicht ... na schön, vielleicht ein bißchen ...«

»Keine Sorge, Sweetheart. Ich mag es, wenn ein Mann eifersüchtig ist.«

»Im Ernst? Was ist mit Joe? Du beschwerst dich doch ständig darüber, daß er eifersüchtig ist.«

»Honey, er ist mein Ehemann! Eifersüchtige Ehemänner sind das Letzte. Aber ein eifersüchtiger Liebhaber ist was völlig anderes.« Sie gab ihm einen Kuß. »Vergiß einfach, daß David wie Gable aussieht. Ich nehme alles zurück.«

Er stellte die Mokkatasse ab. Seine Hand hatte sich inzwischen bis zu ihrem Schamhaar vorgetastet, und er begann, sie zu streicheln, während sie versuchte, die gänzlich Uninteressierte zu spielen. »Wie lang kannst du bleiben?« erkundigte er sich.

»Um eins müßte ich in meinem Hotel zurück sein. Danach wird meine Story unglaubwürdig.«

»Und das macht dir etwas aus?«

»Ja, mir schon«, erwiderte sie in entschiedenem Ton. Seine Finger waren nun tief in ihr, rieben sie erst zart und dann immer härter, bis Marilyn so feucht war, daß er ihr drei Finger reinstecken konnte. Sie saß immer noch ruhig da, lächelnd wie ein artiges kleines Mädchen auf einer Gartenparty (nicht daß sie als kleines Mädchen jemals auf einer Gartenparty war). Doch ganz plötzlich gab sie ihre Haltung auf, riß sich den Morgenrock runter, fiel auf die Knie und nahm ihn in ihren Mund, vor Erregung stöhnend. Er stand auf, zog sie hoch, und eine ganze Weile blieben sie nackt aneinandergepreßt stehen, die Bademäntel zu ihren Füßen.

Sie küßten sich so heftig, daß keiner von ihnen sprechen konnte, bis er sich schließlich losriß, Atem holte und sagte: »Ins Schlafzimmer. Ich kann's nicht im Stehen, nicht mit meinem kaputten Rücken.«

Sie folgte ihm, ließ ihn sich zuerst hinlegen und bettete sich dann neben ihn, ihre Beine mit seinen verschlungen. »Oh, es klappt perfekt«, seufzte sie. »Wir sind füreinander gemacht.« Sie knabberte an seinem Ohrläppchen, drehte sich auf die Seite, damit er besser in sie eindringen konnte, ihre Hand auf seinem Schwanz, um ihm zu helfen, doch diesmal überließ sie es ihm, das Tempo zu bestimmen. »Ich möchte die ganze Nacht bei dir bleiben«, flüsterte sie. »Ich wette, du siehst richtig süß aus, wenn du schläfst, so ganz zusammengerollt.«

Sie spürte seinen heißen Atem auf dem Gesicht, und seine Stimme war heiser, als er nun sagte: »Es wird genug Zeit für gemeinsame Nächte geben, glaub mir. So viel Zeit, wie wir wollen. Wir werden eine lange Liebesgeschichte haben, du und ich.«

Sie lachte glücklich und paßte sich dem Rhythmus seiner Bewegungen an. Er hielt sie fest umklammert, seine Finger in ihren Rücken gegraben, und sie wußte, daß sie blaue Flecken bekommen würde. Aber das Merkwürdige an Ehemännern war, wie sie schon herausgefunden hatte, daß sie selten etwas Verdächtiges bemerkten, so eifersüchtig sie auch waren, was vielleicht daran lag, daß sie nicht mehr so genau hinschauten.

»Eine Liebesgeschichte?« sagte sie. »Werden wir das wirklich haben?«

Mit einer Stimme, die fast verwundert klang, als ob es das letzte wäre, das er von diesem Abend erwartet hätte, erwiderte Jack: »Ja, ich glaube schon.«

Und sie glaubte es auch.

4. KAPITEL

In der King-Cole-Bar des Hotels St. Regis Mittag zu essen, war noch nie nach meinem Geschmack gewesen. Der dunkle Raum erinnerte mich an die Grabkammer von Radames in der Oper *Aida*, und an einem Samstagnachmittag im Sommer war er auch genauso leer. Marilyn hatte mich angerufen und gefragt, ob sie mich zum Lunch einladen dürfe, da ich sie ›gerettet‹ hätte, doch dahinter steckte sicher ihr Wunsch, mich über Jack auszufragen. Sie hatte offensichtlich die Nase voll davon, sich in ihrer Suite zu verstecken, und wohl die Entdeckung gemacht, daß sie in der hintersten Nische der Bar fast sicher vor neugierigen Blicken war. Trotzdem traute sie dem Frieden nicht, sondern hatte sich mit Sonnenbrille und Kopftuch fast unkenntlich gemacht.

Dalí thronte in einsamer, exzentrischer Pracht neben der Tür, falls man einen Mann mit einem Geparden als Schoßhund als ›einsam‹ bezeichnen kann. Zu meiner Überraschung flüsterte Marilyn mir kichernd zu: »Das ist irgend so ein berühmter Maler.« Wir setzten uns. »Vor zwei Tagen sagte er mir, daß ich die schönste Frau der Welt bin, und wollte mich als Venus malen. Aber heute erkennt er mich nicht mal wieder, bloß weil ich ein Tuch um den Kopf trage.« Sie wirkte beleidigt. »Auch der Gepard hat mich nicht erkannt.«

»Vielleicht doch.«

»Nein. Er hat nicht mal die Augen geöffnet.«

Einen Moment lang fürchtete ich, Marilyn würde in Tränen ausbrechen. Wie ich mit der Zeit erfuhr, handelten ihre meisten traurigen Stories von Tieren – von der armen Tippy oder von Mugsy, dem Collie-Mischling, der nach dem Scheitern von Marilyns Ehe mit Jim Dougherty vor Kummer dahinsiechte, oder von Johnny Hydes Chihuahua und viel später von Hugo, der nach der Scheidung bei Arthur Miller blieb.

»Vergiß Dalí«, sagte ich. »Und vergiß das komische Katzenvieh, das er dabeihat. Wie ich höre, soll der Film hinreißend werden.«

Zugegeben, ich wollte sie aufmuntern, aber es war auch die Wahrheit. *The Seven Year Itch* war ein großer Hit am Broadway gewesen. Die 20th Century-Fox hatte sich selbst übertroffen, da sie in einem Geniestreich Billy Wilder als Regisseur und Tom Ewell als Partner von Marilyn verpflichtete, der die Rolle schon auf der Bühne gespielt hatte. Nach vier Jahren mittelmäßiger Filme und den ewig gleichen Rollen als blondes Dummchen in Hollywoodmusicals bekam sie nun endlich die Chance zu zeigen, was sie konnte, und nach allem, was ich gehört hatte, war sie bei den Dreharbeiten große Klasse.

»Der Film? Ja, ich glaube, der wird recht hübsch werden. Ich meine, er ist kein totaler Schund wie der letzte.«

Ich war im Begriff zu sagen, daß mir der Film *How to Marry a Millionaire* gut gefallen hätte, aber sie legte mir ihren Zeigefinger auf die Lippen. »Sag bloß nicht, daß du ihn magst, David, oder ich verliere allen Respekt vor dir. Weißt du, was Bosley Crowther über mich in der *New York Times* schrieb?« Ihre Augen wurden verräterisch feucht. »›Miß Monroes Geschlängle und Gewackle kann man kaum mit ansehen.‹«

Ich tätschelte ihre Hand. »Zum Teufel mit ihm!«

Sie schüttelte den Kopf. »Er hat ja recht! Ich fand es genauso gräßlich wie dieser Crowther. Vielleicht noch gräßlicher. Aber ich wußte, *The Seven Year Itch* ist das richtige für mich, ich wußte es irgendwie ... Zanuck gönnte mir die Rolle nicht, und Charlie Feldman wollte ein anderes Musical mit mir machen. Als dann herauskam, daß Charlie der Produzent sein würde, sagte ich zu mir selbst: ›Jetzt oder nie, Honey, du mußt ihn dazu bringen, seine Meinung zu ändern, und wenn es das Letzte ist, was du im Leben tust ... ‹«

Ich stierte auf meine Speisekarte, als ob sie meine ungeteilte Aufmerksamkeit erforderte. Jack hatte sich gefragt, warum Marilyn mit Feldman vögelte, hatte sie darauf angesprochen und von ihr eine rührende Story zu hören bekommen, welches Mitleid sie mit Feldman hätte. Doch vermutlich hatte sie mir gerade eben die wahren Beweggründe erzählt. Feldman hatte es in der Hand gehabt, ihr die Rolle ihres Lebens zu geben, und sie war fest entschlossen, alles zu tun, um sie auch wirklich zu bekommen. Ich muß zugeben, daß ich überrascht und auch etwas enttäuscht von ihr war.

Selbst im Halbdunkel der Bar hatte sie etwas Strahlendes. Sie trug ein blaßblaues Kleid mit passender kurzer Jacke, die sie nur umgehängt hatte, und als Schmuck eine Perlenkette. Ihre Aufmachung war nicht sexy, sondern sah eher so aus, als entspräche sie dem Geschmack von Joe DiMaggio, dessen Forderung, daß sie hochgeschlossene, dezente Kleider tragen solle, eine Lawine von Witzen und Cartoons ausgelöst hatte, was für ihn viel peinlicher gewesen sein muß, als seine Frau tiefdekolletiert in der Öffentlichkeit zu sehen. Aber es war ja sowieso verlorene Liebesmüh. Falls DiMaggio glaubte, Marilyns Sex-Appeal durch irgend etwas – abgesehen von einer Persenning – verbergen zu können, dann gab er sich noch mehr Illusionen hin als die meisten Ehemänner.

Marilyn und ich lästerten beim Essen vergnüglich über alle Leute, die wir in Hollywood kannten. Als schönes blondes Fotomodell und später als Starlet war sie natürlich überallhin mitgenommen worden und hatte unzählige Bekanntschaften gemacht. Sie war Schauspielschülerin bei Charles Laughton gewesen, die Geliebte (nur kurz) von John Houston und gelegentliche Ausgehpartnerin von Huntington Hartford, dem A-&-P-Milliardär. Während ihres Intermezzos bei Columbia war sie vielleicht das einzige schöne Starlet, hinter dem Harry Cohn nicht her war, weil er zufällig erfuhr, daß Marilyn als Christian Scientist aufgewachsen war. Ausgerechnet zu dieser Religion war seine Frau, Rose, übergetreten, und auch er war inzwischen Mitglied geworden.

Zwischen dem Sommer 1945, als sie von einem Armeefotografen am Fließband der Radio Plane Company in Van Nuys entdeckt wurde, wo sie als Giftspritzerin für ferngesteuerte Einsatzflugzeuge arbeitete, bis zum Sommer 1952, als die Nachricht, daß sie nackt für den ›Golden-Girl-Kalender‹ posierte, Marilyn schlagartig berühmt machte, lernte sie eigentlich jeden kennen, der in der Filmindustrie eine Rolle spielte. Es war wirklich erstaunlich, wen sie alles kannte: von Groucho Marx, der ihr mit einer Rolle in dem Film *Love Happy* zum Durchbruch verhalf (und sie eines Tages beim Drehen so fest in den Hintern kniff, daß sie aufschrie), bis zu Arthur Miller, der bei einer seelenvollen nächtlichen Unterhaltung in Charlie Feldmans Wohnzimmer ihren Zeh nicht mehr losließ und sie dazu drängte, Carl Sandburgs Biografie von Lincoln zu lesen.

»Ich hielt Miller immer für einen guten Dramatiker, aber für einen verdammt langweiligen Kerl.«

Sie kaute einen Moment auf ihrer Unterlippe herum: »Na ja, vielleicht ist er ein bißchen langweilig, okay«, gab sie zögernd zu. »Aber er ist so brillant und so würdevoll. Ich könnte mich glatt in einen solchen Mann verlieben ...«

Sie schien es ernst zu meinen. Ein Baseballspieler, ein Senator der Vereinigten Staaten und ein bekannter Dramatiker! Ich überlegte, was Marilyn an drei so verschiedenen Männern reizte. Vielleicht, daß jeder von ihnen auf seinem Gebiet ein Star war ...

»Ich habe versucht, Jack zu erklären, warum ich Joe McCarthy hasse«, sagte Marilyn. »Warum habe ich bloß nicht erwähnt, daß es Leute wie Arthur sind, die McCarthy meint, wenn er gegen

Kommunisten geifert. Ich habe ihm auch gesagt, wie sehr ich alles hasse, wofür McCarthy eintritt.«

Am liebsten hätte ich gesagt, daß Jack ebenfalls für viele dieser Dinge eintrat, wenn auch nicht so rabiat, aber dann entschied ich mich doch für Diskretion. »Wie hat Jack darauf reagiert?« erkundigte ich mich.

»Immerhin hörte er zu. Er ist vielleicht sogar der gleichen Meinung, aber irgendwie so wischiwaschi. Es ist vor allem sein Bruder, sagt er, der in der Familie der Hexenjäger ist.«

»Ich möchte dir einen Rat geben«, sagte ich und war damit der erste in der langen Reihe von all denjenigen, die Marilyn über die Jahre hinweg instruieren würden, wie sie sich bei der Kennedy-Familie beliebt machen und ihre Rolle als Jacks ›Hauptgeliebte‹ spielen sollte. »Falls du Jack häufiger sehen möchtest, dann darfst du Bobby nicht ›Hexenjäger‹ nennen.«

»Wie soll ich ihn denn nennen?«

»›Besorgter Patriot‹ wäre bestimmt okay. Aber am besten nennst du ihn einfach Bobby, ohne Beinamen.«

»Na schön. Jack erzählte mir, daß er Bobby gegen die Teamsters hetzen will. Ein großer Fehler, das habe ich ihm auch gesagt.«

»Wirklich?« Ich musterte sie genauer. Hinter den großen unschuldigen Augen und dem strahlenden Gesicht steckte wahrhaftig kein blondes Dummchen. Allerdings, korrigierte ich mich, war sie ja die Geliebte von Joe Schenck gewesen, ganz zu schweigen von Johnny Hyde und Charlie Feldman. Das waren knallharte, erfolgreiche Selfmademänner, richtige ›Macher‹, wie sie sich selbst immer gerne charakterisierten. Diese Mentoren Marilyns kannten sich bei kaum einem Thema besser aus als bei den dunklen Geschäften der Gewerkschaften.

»Ich weiß, daß die Teamsters gefährlich sind«, sagte ich. »Aber Jack ist Senator. Ich glaube kaum, daß da ein großes Risiko besteht.«

»Ich schon.« Sie schauderte.

Wie sich später herausstellte, hätte ich ihrer weiblichen Intuition mehr trauen sollen. Dummerweise sah ich meine Rolle darin, Marilyn zu beruhigen, statt ihre Warnung an Jack weiterzugeben. »Sein Vater weiß alles über die Teamsters«, erklärte ich ihr. »Während der Prohibition finanzierte der Alte auch Geschäfte mit Alkoholika. Und wer hat die wohl transportiert? Die Teamsters. Die machen ihm keine angst, glaub mir. Wenn echte Gefahr bestünde, wäre Joe der erste, der Jack und Bobby davor warnt. Der Alte spricht eine rüde Sprache, aber er liebt seine Kinder über alles.«

»O Gott, wie glücklich wäre ich, zu einer solchen Familie zu gehören!« sagte sie mit Tränen in den Augen.

»Nein, das wärst du nicht«, widersprach ich. »Familien, die so aufeinander eingeschworen sind, müssen nicht glücklich sein.«

»Ich wäre schon mit einer unglücklichen Familie zufrieden, David.«

»Das glaube ich nicht!«

»Es stimmt aber. Weihnachten im Waisenhaus ... Das muß man einmal erlebt haben. Glaub mir, ich wäre zu jeder Familie gegangen, die mich genommen hätte. Wer will schon Weihnachtsgeschenke von der Stadtverwaltung von Los Angeles.«

Händchenhaltend schwiegen wir eine Weile lang. Ich hätte alles dafür gegeben, an Jacks Stelle zu sein, und rechnete mir sogar gewisse Chancen aus, falls ich meine Karten richtig ausspielte, doch ich war auch so nicht unzufrieden. Marilyn hatte die große Begabung, selbst total Fremde in ihre Stimmungen hineinzuziehen. Vor allem wenn sie von ihrer unglücklichen Kindheit sprach. Daß sie häufig nicht die Wahrheit erzählte, spielte keine Rolle – es stiegen einem trotzdem die Tränen in die Augen, die bei ihr sowieso schon reichlich flossen.

Sie betupfte flüchtig ihre Augen. »Ich wette, Jacks Vater würde mich mögen.«

»Aber sicher«, sagte ich. ›Mögen‹ war allerdings nicht das richtige Wort!

»Ich wünschte, wir hätten uns schon früher kennengelernt. Jack wäre viel besser dran, wenn er mit mir statt mit Jackie verheiratet wäre«, sagte sie selbstbewußt. »Aber das kann ja immer noch werden ... Überleg nur, was für schöne Kinder wir hätten.«

So vernünftig sie über die Teamsters urteilte, so naiv war sie bei diesem Thema. »Marilyn, Jack ist Katholik!« gab ich zu bedenken.

Sie schaute mich verständnislos an.

»Katholiken lassen sich nicht scheiden.«

»Ach, tatsächlich?«

»Nicht, wenn sie in der Kirche bleiben wollen. Und ganz bestimmt nicht, wenn sie für das Amt des Präsidenten kandidieren wollen, was Jack vorhat.«

»Ach so.« Sie wirkte enttäuscht, aber nicht todtraurig. Sie war ein Geschöpf der Filmwelt, für das Illusionen das Wesentliche waren, was vielleicht erklärt, warum sie sich so häufig an den harten Kanten des Lebens wund stieß.

Ich schaute auf meine Armbanduhr. Marilyn begann allmählich unruhig zu werden, zupfte an ihrem Kleid herum, schaute immer wieder rasch zur Tür, als ob sie jemanden erwartete oder aber hoffte, entwischen zu können, bevor jemand hereinkam.

»Wo ist dein Mann?« fragte ich.

Sie schien mich nicht zu verstehen. »Wer?«

»Dein Mann. Joe!«

»Ach, Joe.« Sie überlegte einen Moment. »Ich glaube, er ist zu irgendeiner Preisverleihung im Yankee Stadium.«

Da fiel mir ein, daß gerade im Moment eine größere Ehrenfeier für DiMaggio stattfand. »Es wundert mich, daß er dich nicht dabeihaben will«, sagte ich.

»Er wollte schon ...« Ihr Gesichtsausdruck besagte, daß eher die Hölle zufror, als daß sie mit ihm im Yankee Stadium auftrat. »Ach, das erinnert mich an etwas, das ich dich fragen wollte ...« Sie näherte ihr Gesicht dem meinen, und in ihren Augen konnte ich eine flehende Bitte lesen.

»Wir machen heute abend Außenaufnahmen und morgen früh auch noch mal. Vor dem Trans-Lux-Gebäude, Ecke 51. Straße und Lexington.«

Ich nickte. Jeder in New York wußte darüber Bescheid, da die *Daily News* es auf ihrer Titelseite gebracht hatte.

»Weißt du, ich soll auf dem Gitter eines U-Bahn-Schachts stehen. Dann fährt ein Zug untendurch, und mein Rock wird hochgeweht.«

Ich hatte Billy Wilder bereits einige Nächte zuvor im ›21‹ getroffen, wo er mir diese Szene schon geschildert hatte.

»Das Problem dabei ist«, fuhr Marilyn fort, »daß ich Joe eigentlich versprochen habe, daß es nicht passiert.«

Ich muß wohl verständnislos dreingesehen haben, denn sie warf mir einen irritierten Blick zu. »Na ja, er war wütend, und so behauptete ich einfach, man hätte die Szene umgeschrieben, so daß mein Rock nur ein bißchen im Luftzug weht.«

»Und das passiert nun nicht?«

Sie schüttelte den Kopf. »Billy hat eine Windmaschine unter

dem Gitter. Mein Rock fliegt bis über meine Schultern hoch, wenn er sie anstellt. Ich werde einen weißen Plisseerock und weiße Höschen tragen. Whitey Snyder, mein Visagist, und ich mußten meine Schamhaare platinblond färben, damit man sie nicht durch den Stoff sieht.«

Ich schwieg einen Moment und versuchte, mir die Szene auszumalen, um sie dann ganz schnell wieder aus meinen Gedanken zu verscheuchen. »Meinst du, daß Joe wütend darüber sein wird?« erkundigte ich mich mit leicht heiserer Stimme.

»O Mann! Und wie! Ich hatte ja gehofft, daß er nicht zum Drehen kommt, aber jetzt besteht er sogar darauf ... Vermutlich habe ich diesmal richtig Mist gebaut.«

»Ich weiß nicht so recht, wie ich dir dabei helfen kann.«

Offensichtlich hatte Marilyn mich dazu auserkoren, DiMaggio zu besänftigen. Mir gefiel die Vorstellung gar nicht, ihm erklären zu müssen, daß seine Frau ihn belogen hatte und er von nun an seine Kenntnisse über ihre intimen Körperteile mit Millionen von Kinogängern und Fotografen aller Tageszeitungen und Illustrierten teilen mußte.

»Billy hat mir versprochen, das Publikum fernzuhalten – deshalb dreht er um ein Uhr früh –, aber ich traue den PR-Typen vom Studio nicht. Die wollen ein großes Medienspektakel, und deshalb fürchte ich, daß sie Billys Anordnung ignorieren und die Leute eben doch ganz aus der Nähe zuschauen lassen ...«

Es stimmte hundertprozentig. Wenn ich für ein Studio arbeiten würde, hätte ich genau dasselbe getan. Ich hätte sogar die Polizisten bestochen, die Absperrgitter näher ans Geschehen heranzuschieben. Man braucht einen ›kontrollierten Tumult‹, um Schlagzeilen zu machen.

»Je mehr Leute kommen und je dichter sie dran sind, desto wilder wird Joe werden«, seufzte Marilyn. »Er wird es gar nicht mögen, wenn seine Fans in Großaufnahme meinen Hintern bewundern können.«

»Die meisten Ehemänner mögen so was nicht.«

Ihr Blick wurde eisig. »Er hat seinen Beruf, und ich habe meinen. Scheiß drauf, was er denkt! Aber ich muß mit ihm leben, und deshalb möchte ich, daß du eine Möglichkeit findest, wie man die Menge in sicherer Distanz hält. Verstehst du?«

»Das wird nicht einfach sein ...«

»Bitte, David! Es muß doch jemanden geben, mit dem du darüber reden kannst.«

»Der Bürgermeister und der Polizeipräsident. Mit beiden werde ich reden, aber es bleibt immer noch das Problem mit der Menschenmenge. Was ich tun kann, wird getan, das verspreche ich dir. Ach, übrigens, vermutlich muß ich für die Cops was springen lassen.«

»In Ordnung«, sagte sie. »Aber jetzt muß ich los. Ich treff' mich mit Whitey Snyder, meinem Visagisten.«

Sie stand auf und gab mir einen Kuß auf die Lippen. »Vielen Dank, David. Du bist ein großer Schatz.« Sie entfernte sich, und ihr Gang strafte ihr bescheidenes Kleid Lügen.

Zwei, drei Tische weiter blieb sie plötzlich stehen und drehte sich um. »Was es auch kostet«, rief sie mir zu, »schick die Rechnung an Milton Greene von der Marilyn-Monroe-Filmproduktion.« Als sie schließlich hinausging, herrschte in dem nun von Menschen überfüllten Raum jene atemlose Stille, die sie immer überall hervorrief.

Es war das erstemal, daß ich von der »Marilyn-Monroe-Filmproduktion« oder ihrer Verbindung zu Milton Greene hörte, und ich begriff plötzlich, daß sie vielleicht noch größere Dinge für ihre Zukunft vorhaben könnte als nur eine Affäre mit Jack Kennedy.

Aus irgendeinem Grund – vielleicht wegen seines Berufs – hatte ich erwartet, daß Whitey Snyder homosexuell wäre, aber zu meiner Überraschung stellte sich Marilyns Visagist als stämmiger, grauhaariger Durchschnittsmann mittleren Alters heraus, der lässige Kleidung und ein schweres ID-Goldarmband trug, das Marilyn ihm geschenkt hatte, wie er mir stolz berichtete. Er war freundlich, immer gut gelaunt und hatte Marilyn gegenüber einen ausgesprochenen Beschützerinstinkt – eben einer aus jener kleinen Gruppe von Angestelltenfreunden und Betreuern, die bis zu ihrem Ende zu ihr hielten und sich für sie einsetzten.

Und in Whiteys Fall sogar noch weiter. Denn es sollte der arme Whitey sein, der am Abend vor ihrem Begräbnis zur Leichenhalle fuhr, ein Fläschchen Gin in der Tasche, das ihm bei der gräßlichen Aufgabe helfen sollte, sie ein letztesmal zu schminken, bevor sie im offenen Sarg aufgebahrt wurde, in dem zartgrünen Pucci-Kleid, das sie für die letzte Woche in ihrem Leben gekauft hatte, in der sie glücklich war.

Whitey stellte sich mir vor, als wir in der Nähe der Kamera in der 51. Straße auf den Drehbeginn warteten, nachdem Marilyn ihm erzählt hatte, daß ich einer von den ›netten Männern‹ sei. Ich fragte ihn, ob alles gut liefe. Er zuckte mit den Schultern. »Normalerweise ist der Regisseur fertig, und Marilyn ist es nicht«, erwiderte er. »Diesmal ist es genau umgekehrt. Marilyn ist fertig und der Regisseur nicht. Gerade eben haben die Polizisten die Barrieren weiter zurückgesetzt, weil die Menge zu nah rangerückt war.«

Für meinen Geschmack war die lärmende Menge immer noch zu nah, aber ich war froh, wenigstens eine kleine Verbesserung bewerkstelligt zu haben. »Sind die Dreharbeiten schlimm?« erkundigte ich mich, wobei mir aufging, daß ich schon zu lang aus dem Filmgeschäft raus war. Genausogut könnte ich einen Infanteristen bei einer Schlacht fragen, ob es ein schlimmer Krieg war. Dreharbeiten waren immer die Hölle, es gab da nur minimale Unterschiede.

Whitey lächelte nervös und entblößte dabei so große, weiße und regelmäßige Zähne, daß ich sie für falsch hielt. »Weit schlimmer war *River of No Return*«, sagte er. »Wir waren zu Dreharbeiten oben im Norden. Es regnete jeden Tag, Marilyn kriegte eine Erkältung und brach sich das Bein, und ich mußte sie in einer Blockhütte schminken, während wir beide uns den Arsch abfroren. Das war wirklich schlimm. Otto Preminger war der Regisseur, und das sagt ja schon alles ...«

»Hat er Sie sehr geschunden?«

»Ich bin in der Gewerkschaft«, erwiderte Whitey stolz. »Er konnte mich nicht schinden, und wenn sein Leben davon abgehangen hätte.«

Ich fragte mich, wieviel von Marilyns Wissen über Gewerkschaften wohl von Whitey stammte. »Eine Frage«, sagte ich, »was halten Sie als Gewerkschaftler von den Teamsters?«

Whitey warf mir einen mißtrauischen Blick zu, als fühlte er sich von mir bespitzelt. »Die holen Verbesserungen für ihre Mitglieder raus. Daran ist doch nichts falsch, oder?«

»Ganz und gar nicht.« Ein Jammer, dachte ich, daß wir Whitey nicht Jack vorstellen konnten, der die typisch liberale Ansicht vertrat, Gewerkschaften seien die Betonfraktion der Demokratischen Partei.

Wir standen Schulter an Schulter neben der Kamera und den Scheinwerferbatterien; von drei Seiten drängte die Menge aus Schaulustigen und Fotografen gegen die Absperrungsgitter und die breiten Rücken der Cops, die sie in Schach hielten. So etwas gibt es nur in New York, daß um ein Uhr morgens von einem Moment auf den anderen eine Menschenmenge zusammenläuft. Was Wilder im übrigen hätte wissen müssen. Ich hätte es für besser gehalten, die Szene statt dessen um neun Uhr früh zu drehen. New Yorker interessieren sich für nichts, nicht mal für Marilyn mit ihrem Rock über dem Kopf, wenn sie auf dem Weg zur Arbeit sind.

Dort, wo die Trailer der Stars geparkt waren, deren summende Ventilatoren vom Brummen der Scheinwerfergeneratoren übertönt wurden, entstand Bewegung. Als Whitey dies bemerkte, lief er sofort hinüber.

Einen Augenblick später tauchte Marilyn im Scheinwerferlicht vor der Kamera auf, eine so strahlend schöne Erscheinung, daß ich mich bis zum heutigen Tag an jedes Detail erinnern kann – an den weißen Plisseerock, die hochhackigen weißen Sandaletten, das schimmernde platinblonde Haar.

Sie lächelte und winkte der Menge schüchtern zu, als wollte sie sagen: »Ja, ich bin's.« Es entstand ein Moment absoluter Stille, als ob die Leute ihren Augen nicht trauten, doch dann ging der Tumult los, und sie brachen in Jubelgeschrei aus, pfiffen, riefen ihren Namen und drängten vorwärts gegen die Absperrungsgitter, bis die Cops sich umdrehten und drohend ihre Schlagstöcke schwangen.

Doch die Leute waren keineswegs aggressiv oder gar feindlich, das spürte man genau. Marilyn war für sie wie ein Traum, das Symbol all jener unerreichbaren Dinge, die sich jeder Durchschnittsmensch wünscht – Glamour, Sex, Ruhm, Geld, Glück –, oder vielleicht war sie sogar der lebende Beweis dafür, daß ein ganz normaler Mensch all diese Dinge eben doch erreichen konnte. Ja, natürlich war sie ein Sexsymbol, aber sie war viel mehr als das. Rita Hayworth war ein Sexsymbol, Jean Harlow war es auch gewesen, aber Marilyn war das Mädchen von nebenan, das plötzlich ein Star wurde, eine Frau, die man als Mann schon immer haben und als Frau schon immer sein wollte. Marilyns Anziehungskraft beruhte nur zum Teil auf Sex – sie repräsentierte auf ihre Weise auch den ›American Dream‹.

An der Szene war nichts Gespieltes. Marilyn liebte die Menge, und die Menge liebte Marilyn – eine wunderbare Symbiose. Im gleißenden Licht der Jupiterlampen machte sie eine anmutige kleine Pirouette. Sie hatte hart trainieren müssen, um eine gute Tänzerin zu werden, da ihr die natürliche Begabung dafür fehlte. Die Tatsache, daß sie es geschafft hatte, war einer der Gründe, warum sie nie daran zweifelte, eine ernsthafte Schauspielerin werden zu können.

Applaus brach los. Marilyn warf eine Kußhand in die schwüle, stickige Nacht von Manhattan, und die Leute drehten fast durch vor Begeisterung.

Im halbdunklen Hintergrund standen einige Gestalten. Ich hielt nach ihrem Mann Ausschau, entdeckte ihn dann aber gleich neben mir, sozusagen verbannt in die Zone für privilegierte Zuschauer. Er war sichtlich verärgert darüber, nur eine Nebenrolle zu spielen, tat mir aber nicht leid. Schließlich hätte er bei einem Baseballspiel Marilyn wohl auch kaum erlaubt, neben ihm zu stehen, wenn er gerade zum Schlag ausholte.

Obwohl er den Profisport vor drei Jahren aufgegeben hatte, war er nach wie vor athletisch gebaut, und es war leicht zu begreifen, warum Marilyn ihn körperlich attraktiv gefunden hatte. Er bebte vor unterdrücktem Zorn, seine Wangenmuskeln arbeiteten so hart, als kaute er auf seiner Wut herum. Seine Muskelverspannung war so stark, daß seine Hände wie bei einem alten Mann zitterten. Ich entfernte mich vorsichtshalber ein, zwei Schritte, denn wenn er auf jemanden losging, dann wollte nicht ich das Opfer sein.

Zu meiner Überraschung befand ich mich plötzlich neben einem Kind, einem Jungen von zehn oder elf Jahren, was ich schlecht einschätzen konnte, da ich keine eigenen Kinder hatte. Ich überlegte, was in Gottes Namen er zu dieser späten Stunde auf der Straße zu suchen hatte und wie es ihm gelungen war, bis zu dieser Stelle vorzudringen, die für VIPs, wie DiMaggio und mich, reserviert war. Er war fast schmächtig, sein Gesicht wirkte zugleich unschuldig und von frühreifem Ernst geprägt. Gekleidet war er in eine Baseball-Jacke, auf der sein Name – Timmy – quer über die Brust gestickt war. In der Hand hielt er ein rotes Notizbuch, und er fixierte Marilyn mit einer Intensität, die fast noch größer als die von DiMaggio und genauso besitzergreifend war.

Marilyn, normalerweise bei der Arbeit das reinste Nervenbündel, schien heute wunderbar entspannt zu sein, vielleicht deshalb, weil es für sie viel leichter war, ihre Beine zu zeigen, als sich an ihren Text zu erinnern. Außerdem war sie natürlich durch die Menge stimuliert.

Sie trat hinter die Scheinwerfer zurück, kehrte wieder um, als wäre sie gerade mit Tom Ewell aus dem Theater gekommen, zögerte eine Sekunde und fand schließlich die Markierung für die erste Einstellung. Als der Luftzug aus dem U-Bahn-Schacht durch das Gitter drang, auf dem sie stand, und den weiten Rock bis über ihre Knie aufbauschte, fing sie an zu kichern. Mit gespielt sittsamer Gebärde strich sie den Rock wieder glatt. Zurufe und Pfiffe ertönten, wenn auch etwas lustlos, so als hätten die Fans mehr erwartet. Neben mir stieß DiMaggio einen Seufzer der Erleichterung aus.

Nun kam die übliche Warterei, als Whitey Marilyns Make-up auffrischte und die Filmcrew mit Hilfe von Walkie-talkies irgendwelche Dinge besprach. Die Lampen wurden ausgeschaltet, etwas anders postiert, getestet und wieder ausgeschaltet, während Marilyn geduldig wartete, Wilder stand vor ihr, gestikulierte und redete auf sie ein. Ein-, zweimal führte er ihr die Bewegung vor, die sie ausführen sollte – zum Schluß die Knie leicht gebeugt. Neben mir machte Timmy hektisch Notizen. Ich erkannte in ihm – in jugendlicher Ausführung – die Obsession des geborenen Fans.

Scheinwerferlicht flammte auf, Marilyn und Ewell gingen zurück unter die Markise des Theaters, ein Assistent hielt die Klappe hoch, Wilder saß grinsend neben der Kamera, und Marilyn wiederholte die Szene, nur daß diesmal aus dem Lüftungsschacht der reinste Sturm blies.

Sie machte ihre kleine Pirouette, worauf ihr Rock wie ein Spinnakersegel, das außer Kontrolle geraten war, bis zu ihren Schultern hochgewirbelt wurde. Sie legte den Kopf in den Nacken und lachte, kämpfte mit dem wildgewordenen Rock, genoß aber gleichzeitig, sinnlich, wie sie war, ganz offensichtlich den kühlen Luftzug in dieser windstillen heißen Sommernacht.

Die Menge geriet außer Rand und Band – Geschrei, wildes Gepfeife, Applaus. Marilyn reagierte darauf, indem sie sich wie eine Ballerina drehte und sich dann etwas zusammenkrümmte, um den Rock wieder unter Kontrolle zu bekommen, wie Wilder es ihr vorgespielt hatte. Mitgerissen von der Erregung der Zuschauer und vielleicht auch ihrer eigenen, da sie nicht nur im Mittelpunkt von alledem stand, sondern diesen *kreierte*, drehte sie sich wirbelnd um ihre eigene Achse. Tom Ewell (der immer genau wußte, wann er keine Chance hatte) stand voller Bewunderung fast linkisch neben ihr.

Sie mußte diese Szene in jener Nacht über dreißigmal wiederholen, die letzte Klappe fiel morgens um 4.15 Uhr. Wilder ließ die Windmaschine im Schacht höher und immer höher wuchten, bis Marilyns Rock senkrecht hochgeweht wurde. Whitey hatte seine Arbeit gut gemacht, denn selbst im grellen Licht der Jupiterlampen und Scheinwerfer konnte man nichts von Marilyns Schamhaaren sehen, während ihr Hintern sich klar abzeichnete, und aus manchem Blickwinkel hätte sie genausogut nackt sein können.

So kam die berühmte Aufnahme zustande, die später als 30 Meter hohe Figur Loews State Theater am Broadway krönen sollte und die Jack Kennedy in Lebensgröße an die Zimmerdecke über seinem Krankenhausbett pinnen ließ, als er einige Monate später seinen Rücken operieren lassen mußte. Dieser Schnappschuß würde mit den Jahren auf T-Shirts und Souvenirs in der ganzen Welt zu bewundern sein – vermutlich das bekannteste Foto, das je von Marilyn gemacht wurde, und ein ewiges Symbol der Sehnsucht und Begierde Amerikas.

Zugleich Symbol und betörend real, gelang es Marilyn, die Vorstellung zu vermitteln, daß Sex ein unschuldiges Vergnügen sei. Nicht viele Menschen schafften das, doch in jener Nacht gelang es ihr direkt vor der Kamera, Ecke Lexington und 51. Straße. Ich konnte meine Augen nicht von ihr abwenden. Anscheinend spürten die Zuschauer diesen Zauber genauso, denn allmählich verstummten selbst die lautesten Rowdys, als ob sie mit ihren geheimsten Fantasien beschäftigt wären. Ich wußte in diesem Moment, daß ich sie liebte, wußte aber auch, wie hoffnungslos es war.

Als ich mich zu DiMaggio umdrehte, war er verschwunden.

Er war gegangen, bevor Marilyn richtig in Schwung kam und mit der Selbstvergessenheit einer Stripperin die Szene für die Kamera immer aufs neue wiederholte.

DiMaggio hatte das Beste versäumt – was ich wiederum für das beste hielt.

Es war fast fünf Uhr früh, als ich nach Hause kam. Ich hatte Maria erzählt, daß ich von Billy Wilder eingeladen worden war, beim Drehen seiner großen Szene mit Marilyn zuzusehen, doch sie hatte keinerlei Interesse gezeigt, mich zu begleiten, was mir auch ganz recht war.

Da sie einen leichten Schlaf hatte, wachte sie auf, als ich mich neben sie ins Bett legte, nachdem ich meine verschwitzten Sachen auf den Boden geworfen hatte. »Wie spät ist es denn, Darling?« murmelte sie.

»Sehr spät.« Ich war erschöpft von all den Emotionen und der Hitze, aber überhaupt nicht müde. Ohne zu überlegen, nahm ich Maria in die Arme und streichelte sie, bis sie mit einem leisen, schläfrigen Stöhnen reagierte, nicht aus Erregung, sondern eher aus Erstaunen, wie ich vermute. Maria war eine Frau, die eine gewisse Routine in ihrem Leben bevorzugte, selbst in seinen intimsten Momenten. Sex um fünf Uhr morgens gehörte nicht zur Routine. Mir war das völlig egal. Ich hatte selten solch heftiges Verlangen empfunden. Mein Glied war so steif, daß es schmerzte. Ich drang von hinten in sie ein und stieß einen Seufzer der Erleichterung aus.

»Meine Güte, David«, sagte Maria mit einem gewissen Maß an Interesse, »was ist denn mit dir los?«

Sie rollte auf die Seite, um es uns beiden bequemer zu machen. Wir waren lang genug verheiratet, um den Körper des anderen und jede Lieblingsposition genau zu kennen – und um von diesem Wissen gelangweilt zu sein. Sie atmete hastiger, überließ sich ihren Gefühlen oder vielleicht Fantasien von wer weiß wem, während ich mit fest geschlossenen Augen Marilyns blondes Haar im Scheinwerferlicht aufleuchten sah, als sie mit fliegendem Rock eine Pirouette nach der anderen drehte, und ich glaubte, mit meinen Händen ihre weißen Schenkel und ihren straffen Hintern zu fühlen ...

Es war schon zehn Uhr vorbei, als ich durch Telefongeklingel aufwachte. Maria hatte meine Sachen aufgehoben, wie ich bemerkte, wohl eine Art Friedensangebot, denn normalerweise kümmerte sie sich nicht um solch häuslichen Kram. Ich nahm an, daß meine Sekretärin anrief, um sich zu erkundigen, warum ich an einem Montagvormittag nicht im Büro war, aber eine Männerstimme – es war Whitey – sagte: »Kommen Sie möglichst rasch her, Mr. Leman.«

»Was? Wohin denn?«

»Ins St. Regis. Es gab Probleme. Marilyn möchte Sie sehen.«

Marilyns Suite sah aus, als ob ein kleiner Tornado sie verwüstet hätte. Mehrere Stühle waren umgeworfen, und der Teppich war mit Glassplittern übersät. Der erste Band von Carl Sandburgs *Abraham Lincoln* lag geöffnet auf dem Fensterbrett, damit die durchnäßten Seiten trocknen konnten. Ich wußte nicht, was geschehen war, vermutete aber, daß DiMaggio durchgedreht war.

Sie kam aus dem Schlafzimmer und ähnelte so wenig jenem hinreißenden, strahlenden Geschöpf der Nacht, daß ich meinen Augen kaum traute. Keine Spur von Glamour, selbst ihr Haar hatte seinen goldenen Schimmer verloren und wirkte farblos, tot, ausgebleicht. Sie hatte offenbar geweint. Ihr Gesicht war bleich und aufgedunsen, die Lippen geschwollen. Ihre Augen konnte ich nicht sehen, da sie eine große und derart dunkle Sonnenbrille trug, daß sie sich wie eine Blinde durch den Raum tasten mußte. Ich hätte sie am liebsten in die Arme genommen, aber sie sah nicht so aus, als ob sie berührt werden wollte, nicht einmal zum Trost. »Ich weiß schon«, sagte sie fast flüsternd. »Ich sehe beschissen aus, nicht wahr?«

»Nein, das stimmt nicht.«

»Mach mir nichts vor, David!«

»Du hast heute nacht verdammt hart gearbeitet und solltest schlafen.«

»Die Arbeit hat mir Spaß gemacht, es wurde erst hart, als ich hierherkam.« Sie trank etwas, das wie Eistee aussah. Ab und zu fischte sie einen Eiswürfel heraus und drückte ihn an ihre Lippen. Ein wahrhaft kläglicher Anblick. »Ich habe dir noch gar nicht dafür gedankt, daß die Zuschauer weiter zurückgedrängt wurden«, sagte sie. »Allerdings hat das auch nichts geholfen.«

»Ich stand neben Joe. Er sah nicht gerade glücklich aus.«

»Verdammter Mist!« Sie schüttelte den Kopf, beugte sich zu mir und hauchte mir einen Kuß auf die Wange. »Es ist nicht deine Schuld, daß Joe ausgerastet ist.« Sie starrte einen Moment stumpf vor sich hin. »Meine Schuld ist es auch nicht. Ich habe nur meine Arbeit getan, wie er auch, als er Football spielte. Wenn's ihm nicht paßt, dann soll er zum Teufel gehen, stimmt's?«

»Stimmt.« Um ehrlich zu sein, mir lag die Rolle als Seelentröster Marilyns nicht besonders. Erstens fürchtete ich, es könnte zur Gewohnheit werden, und zweitens gibt es kaum etwas Anstrengenderes, als mit einer Frau, die man begehrt, über die Männer in ihrem Leben zu reden.

»Er ist nach Kalifornien geflogen«, erklärte sie.

»So etwas Ähnliches habe ich mir schon gedacht.«

»Kommt es in die Zeitungen? Das würde alles noch schlimmer machen.«

»Es würde dich schwer treffen, ich weiß ...«

Sie schüttelte den Kopf. »Ich denke an Joe, David. Ich kann's ertragen. Er ist zwar ein Muskelpaket, aber ich kann viel mehr einstecken als er.«

Ich glaubte ihr. »Die Story ist noch nicht raus, soviel ich weiß. So rasch geht das nicht. Es wäre gut, wenn auch du für einige Tage von der Bildfläche verschwändest. Dann glauben alle, daß ihr beide euch irgendwo eine schöne Zeit macht.«

»Genau das möchte ich«, erwiderte sie mit neuerwachtem Optimismus. »Arthur Miller erzählte mir, wie schön Connecticut ist – mit kleinen Orten und alten Gasthäusern. Kennst du da welche?«

»Jede Menge.«

»Kann einer deiner Angestellten für mich ein Doppelzimmer reservieren? Für Mr. und Mrs. DiMaggio?«

»Natürlich geht das. Aber dann kriegt die Presse irgendwie Wind davon. Garantiert! Wäre nicht ein falscher Name ...?«

Sie unterbrach mich. »Nein«, widersprach sie energisch. »Mach es bitte so, wie ich es möchte, David. Mir zuliebe. Es ist viel verlangt, ich weiß, aber ich will die Studioleute nicht einschalten, und meine eigene PR-Agentin stammt aus L. A. und findet Connecticut nicht mal auf der Landkarte ...«

»Wie du willst, Marilyn, aber Walter Winchell wird schon eine Stunde nach meinem Anruf wissen, in welchem Gasthaus in Connecticut du bist.« Ich weiß nicht, warum mir in den Sinn kam, daß Marilyn an einem Alibi bastelte und hoffte, die Presse in die falsche Richtung zu schicken. Damals wußte ich ja noch nicht, wie raffiniert sie sein konnte, wenn sie etwas unbedingt erreichen wollte.

Es klopfte, und Whitey Snyder tauchte in der Tür auf. »Milton Greene ist da, Marilyn. Er behauptet, er hat eine Verabredung mit dir.«

»O mein Gott, das habe ich ganz vergessen.«

Ich stand auf, um zu gehen, aber sie umklammerte mein Handgelenk und zerrte mich zurück. »Bleib«, bat sie. »Ich brauche heute unbedingt Hilfe.«

Ich kannte Greene und seine hübsche, gescheite junge Frau Amy bisher nur flüchtig. Mir und vielen anderen Leuten in New York war bekannt, daß er und Marilyn gemeinsame Geschäfte machen wollten. Es hatte sich herumgesprochen, da sich Greene wegen der Finanzierung an verschiedene Geldgeber in der Wall Street gewandt hatte, unter anderem auch an meinen alten Freund Robert Dowling, der gerne ein bißchen in der Filmbranche mitmischte. Er hatte mir einiges über ihre Pläne berichtet, und von ihm stammte auch die verblüffende Neuigkeit, daß Arthur Miller ein ›persönliches‹ Interesse daran hätte. Die einzig wichtigen Leute, die noch völlig im dunkeln tappten, waren die Bosse von 20th Century-Fox, deren Egos so gebaut waren, daß sie sich den Treuebruch eines Filmstars während laufender Neuverhandlungen über einen Kontrakt nicht vorstellen konnten. Es sei denn, der Star wechselte zur Konkurrenz über.

Als Greene, der wie ein lebensmüder Schuljunge aussah, hereinkam, begrüßten wir uns freundlich. Ich hatte mit ihm schon bei verschiedenen Galadiners oder Bällen zusammengearbeitet, um Geld für die Demokraten oder auch für Israel aufzubringen, und war immer gut mit ihm ausgekommen. Er hatte auch eine Fotoreportage über mich für die Zeitschrift *Life* gemacht, mit der ich mehr als einverstanden war. Abgesehen von der Tatsache, daß er kein Geld besaß und noch nie einen Film produziert hatte, hätte Marilyn sich keinen sympathischeren Partner aussuchen können.

Er reagierte mit einer gewissen Nervosität auf meine Anwesenheit, was ich ihm kaum übelnehmen konnte. Der Ärmste! Eine lange Reihe von Anwälten, Buchhaltern, Beratern und selbsternannten Helfershelfern würden ihm das Leben schwermachen und alles tun, um sich zwischen ihn und Marilyn zu drängen, und ihn dabei fast in den Bankrott treiben.

Er sah sich im Zimmer um – Marilyn holte gerade eine neue Flasche Champagner, da sie selbst in ihrem Kummer die perfekte Gastgeberin sein wollte – und fragte: »Ist Joe nicht hier?«

Ich schüttelte den Kopf. »Er ist nach Kalifornien zurückgeflogen.«

»Ach ...« Miltons Gesicht wurde blasser, seine Augen noch dunkler und trauriger, falls das überhaupt möglich war. Marilyns Privatleben schien immer alle Dämme zu brechen und ihr Berufsleben hinwegzuschwemmen. Trennung oder gar Scheidung von DiMaggio würde es schwer für sie machen, sich auf ihre neue Firma zu konzentrieren. Vor allem würde es die Aufmerksamkeit des Publikums von der Schauspielerin Marilyn auf die Liebesgöttin Marilyn mit dem gebrochenen Herzen lenken. Es war nicht mal ausgeschlossen, daß ihr Bruch mit DiMaggio ihre Popularität minderte.

»Hat sie Ihnen erzählt, was wir vorhaben?« erkundigte er sich ängstlich.

»Ich habe einiges erfahren, aber nicht von ihr.«

»Die drehen durch bei der Fox, wenn sie's rauskriegen.«

»Na klar. Zanuck wird mit der Knarre hinter Ihnen hersein. Haben Sie einen guten Anwalt?«

Er zuckte mit den Schultern, als wollte er sagen, daß selbst der beste Anwalt der Welt in diesem Fall nicht viel Schutz bieten könnte. Greenes Hoffnung war, daß die Fox Marilyn gehen ließ, statt es auf einen langen Kampf vor Gericht mit Amerikas Lieblingsblondine ankommen zu lassen.

»Falls Sie Hilfe brauchen ...«, bot ich an.

Er nickte. »Oh, und wie ich Hilfe brauche!«

»Die Sache mit DiMaggio wird schon nicht so schlimm werden.« Ich war bereit, selbst das Blaue vom Himmel zu lügen, nur um ihn aufzuheitern.

»Meinen Sie wirklich?« Er machte ein ungläubiges Gesicht und seufzte. »Na ja, es war wohl nicht anders zu erwarten«, gab er zu. »Seit ein neuer Mann in ihrem Leben ist, meine ich.«

Ich nickte.

»Ein Intellektueller«, sinnierte Greene. »Was für ein Kontrast zu einem Ballspieler!«

Jetzt war es an mir, ein ungläubiges Gesicht zu machen. Als junger Mann hatte Jack ein Buch ›geschrieben‹ – seine Ghostwriter waren erstklassige Journalisten, die Arthur Krock und ich ausgewählt hatten –, aber niemand würde ihn als Intellektuellen bezeichnen.

»Verstehen Sie mich nicht falsch«, sagte Greene. »Ich mag ihn. Aber ich finde, er könnte vielleicht etwas zu ernst für Marilyn sein, meinen Sie nicht auch?«

»Jack? Zu ernst?«

Er zog die Augenbrauen hoch. »Jack? Ich sprach von Arthur Miller.« Er beugte sich zu mir und flüsterte: »Arthur und Marilyn haben eine Affäre, und das ist auch ganz okay so. Aber sie will ihn heiraten, und das halte ich für keine sehr gute Idee.«

Ich überlegte, ob sie irgendwas davon Jack gegenüber erwähnt hatte. Miller war genau der Typ jener linken, selbstgerechten jüdischen Intellektuellen, die Jack, wenn auch nur insgeheim, zutiefst verabscheute.

Marilyn kam auf nackten Füßen herein und brachte eine Flasche Champagner und drei Zahnputzgläser. Greene ließ den Korken knallen, und wir tranken ohne sonderliche Begeisterung die lauwarme Brühe. Ihr Gesicht wirkte verfallen, ihre Augen schienen sich auf nichts konzentrieren zu können, und sie hatte Schwierigkeiten, das Glas an die Lippen zu führen. Vielleicht hatte sie Schlaftabletten genommen? Ihre unnatürlich langsamen Bewegungen sprachen jedenfalls dafür.

Greene schien nichts zu bemerken. »Es dauert nicht lang«, sagte er mit einschmeichelnder Stimme wie zu einem Kind. »Ich möchte nur die Punkte durchgehen, die du mit Mickey Rudin besprechen solltest …«

Marilyn blinzelte. »Mickey, wer?«

»Sinatras Anwalt. Erinnerst du dich? Du wolltest ihn die Verträge durchsehen lassen, Honey.«

»Ich mag Frank«, sagte sie so betont, als ob einer von uns etwas anderes behauptet hätte.

»Ich auch«, stimmte Greene zu und holte einige Papiere aus seiner Aktentasche.

»Er ist viel lustiger als Arthur.«

»Daran besteht kein Zweifel, Baby.«

»Aber Arthur ist gescheiter.«

»Vielleicht. Aber Frank ist auch nicht gerade dumm.« Greene seufzte. »Marilyn, Honey, sollen wir das nicht lieber an einem anderen Tag erledigen?«

»Nein. Ich will alles loswerden. Ich will heute meinen Footballplayer loswerden.« Sie kicherte. »Ich will Zanuck und das Studio heute loswerden. Ich will, verdammt noch mal, reinen Tisch machen, verstehst du, David?«

Marilyns Stimme verlangsamte sich wie eine falsch abgespielte Schallplatte, und ihre Augen wurden stumpf. Ich wollte Greene nicht ins Handwerk pfuschen, fühlte mich aber doch irgendwie für Marilyn verantwortlich. »Du brauchst jetzt Schlaf«, sagte ich. »Milton und ich bringen dich ins Bett.«

»Nicht, bevor ich unterschrieben habe«, widersprach sie, und bevor Greene sie davon abhalten konnte, nahm sie einen Füller, beugte sich über die Dokumente und setzte ihren Namen an die für sie angekreuzten Stellen. »Yeah!« jubelte sie. »Das wär's!«

Ich konnte sehen, daß sich Greene in einem Gefühlskonflikt befand. Er hatte nun zwar Marilyns Unterschrift auf einem Kontrakt, der die Chance seines Lebens war, wußte aber als vorsichtiger, gewissenhafter Geschäftsmann andererseits, daß es nicht auf die richtige Art und Weise geschehen war.

Greene entschied sich nur widerwillig für seinen eigenen Vorteil, schob Marilyn die restlichen Kopien hin und deutete mit dem Finger auf die Stellen, wo sie unterzeichnen sollte. Ich hatte Verständnis für Greenes Lage, denn eine solche Gelegenheit kam höchstwahrscheinlich nicht wieder.

Marilyns Augen waren trübe und glanzlos. Hoffentlich würde ich nie eine Aussage über ihren Zustand bei der Unterzeichnung machen müssen! »Sie braucht einen Arzt«, sagte ich zu Greene.

Marilyn hockte schief in der Sofaecke. Ihre Augen waren halb geschlossen, ihre Hände lagen im Schoß. Sie trug immer noch die falschen Fingernägel von den nächtlichen Filmaufnahmen, doch einige waren schon abgebrochen. Ihr Atem kam regelmäßig, aber sehr langsam und laut.

Greene beugte sich über ihre Brust und lauschte ihren Atemzügen. »Kein Arzt«, erwiderte er.

»Es wäre sicher besser! Wir wissen nicht, was sie genommen hat ...«

»David, Sie können mir vertrauen. Ich kenne mich mit diesen

Sachen aus. Marilyn hat ein paar Beruhigungspillen genommen, das ist alles, mehr nicht. Sie muß nur richtig ausschlafen, dann ist sie wieder okay.«

Er klang so ruhig und kompetent, daß ich ihm, trotz meines Mißtrauens gegen Diagnosen von Amateuren, glaubte. Natürlich scheute ich auch das Risiko, daß ein Arzt Marilyn mit der Ambulanz aus dem Hotel ins Bellevue-Krankenhaus schaffen ließ, um ihr dort den Magen auszupumpen, während mehrere hundert Reporter vor dem Eingang lauerten.

»Bringen wir sie ins Bett«, schlug Greene vor, legte die unterzeichneten Dokumente zusammen und verstaute sie in seiner Mappe.

Leichter gesagt als getan. Marilyn war zwar kleiner, als sie auf Fotos wirkte: Sie war 1,64 m groß, wog 58 kg und hatte die Maße 93, 55, 90 cm, an die ich mich bis heute so genau erinnere, weil Marilyn sie mir statt ihrer Initialen zu meinem fünfzigsten Geburtstag auf den Deckel eines silbernen Zigarettenetuis gravieren ließ, was mal wieder bewies, daß ihre Figur auch für sie realer zu sein schien als sie selbst. Trotzdem ist es nicht leicht, eine Frau hochzuheben, die auf einem Sofa hinter einem massiven Marmortisch in Ohnmacht gefallen ist. Greene zwängte sich zwischen Sofa und Tisch, um ihre Beine zu nehmen, während ich mich über die Rückenlehne beugte, um sie unter den Achseln zu fassen.

»Hoch mit ihr!« befahl er, und wir beide zogen und zerrten, bis wir es schließlich schafften. Ich weiß nicht, warum keiner von uns auf die Idee kam, Whitey Snyder um Hilfe zu bitten. In Greenes Fall lag es vielleicht daran, daß er nun, da Marilyn sein größter Aktivposten war, möglichst niemanden mehr in ihre Nähe lassen wollte. Wie dem auch sei, wir trugen sie ins Schlafzimmer und legten sie vorsichtig aufs Bett.

Dem Raum sah man an, daß DiMaggio überstürzt aufgebrochen war. Außerdem war nicht zu übersehen, daß Marilyn die Angewohnheit hatte, all ihre Besitztümer in zerrissenen Einkaufstüten und geplatzten Kartons aufzubewahren. Auf dem Nachttisch lag ein Stadtführer von Washington. Als ich ihn aufschlug, entdeckte ich eine schriftliche Reservierung für eine Suite im Hay-Adams-Hotel auf den Namen Mrs. James Dougherty (Marilyns erster Ehemann). Die Suite war für das Wochenende reserviert, und ich schätzte, daß es nicht Arthur Miller war, mit dem sie sich dort treffen wollte.

Marilyn bewegte sich im Schlaf. Wir hatten sie auf den Rücken gelegt, mit verschränkten Armen, aber nun rollte sie auf die Seite und zog die Knie an, den Kopf auf die Hände gebettet. Ihr Morgenmantel hatte sich geöffnet, und ihre Brüste waren zu sehen. Ich konnte meine Augen nicht von ihnen abwenden. Sie waren nicht besonders groß, aber perfekt geformt, cremigweiß mit einem Hauch Pink und wunderbar fest.

»Gehen wir«, sagte Greene leise.

Wie vor den Kopf geschlagen, nickte ich, und meine Hände zitterten noch von der Berührung ihrer Haut.

Ich wandte mich ab und folgte ihm nur zögernd. Jetzt wußte ich, wohin sie am Wochenende fliegen würde und warum sie mich gebeten hatte, auf ihren eigenen Namen ein Zimmer in Connecticut zu reservieren. Sobald die Presse davon Wind bekam, würde sie Marilyn in sämtlichen Hotels von Connecticut suchen, nicht aber in Washington.

Ich warf einen letzten Blick auf die Schlafende, als ich leise die Tür schloß.

Jack hat wirklich Glück, dachte ich bei mir.

Oder etwa nicht? Die Frage stellte sich mir, als ich zu Hause war und einen wütenden Telefonanruf von Jacks Vater bekam. »Was hat es mit all dem Gerede über Jack und Marilyn Monroe auf sich?« fragte er. »Wissen Sie etwas davon?«

Ich gab es zu, während ich meine Post durchblätterte.

»Das hätten Sie mir erzählen müssen«, sagte Joe.

»Ich sehe es nicht als meinen Job an, Sie über Jacks Liebesleben auf dem laufenden zu halten«, erwiderte ich.

»Normalerweise nicht, das gebe ich zu!« Seine Stimme klang scharf. »Hier geht's aber nicht um irgendein verdammtes Mädchen, das er fickt, sondern um Marilyn Monroe.«

»Ich habe Jack klargemacht, daß es riskant ist ...«

»Es Jack klargemacht! Zum Teufel damit! Sie hätten es mir erzählen müssen! Ich habe es von Bobby erfahren, der sich schreckliche Sorgen deswegen macht.«

Das bezweifelte ich. Marilyn war nicht Jacks erster Filmstar, auch wenn sie der bekannteste war, und Bobby hatte genug, worüber er sich sonst noch Sorgen machen mußte. Joe steigerte sich nur künstlich in Wut, um mich endlich davon zu überzeugen, daß er alles wissen mußte, was in Jacks Leben passierte. Diese Aufgabe zu übernehmen, hatte ich mich immer strikt geweigert.

»Sie ist vernünftiger, als man denkt«, sagte ich. »Ich bin sicher, daß sie nichts tut, was Jack schadet.«

Er schnaubte. »Filmstars sind alle verrückt.« Er mußte es ja wissen, dachte ich, sagte es aber nicht laut, denn Gloria Swanson hatte ihm damals die Hölle heiß gemacht. Sein Ton wurde milder, ein sicheres Zeichen dafür, daß er mich um einen Gefallen bitten würde. »David, ich erwarte von Ihnen nicht, mir jedes kleine Detail über Jack zu berichten, aber behalten Sie die Situation im Auge, seien Sie so gut. Jack wird Präsident werden. Er darf nicht in einen Skandal mit einem Filmstar verwickelt sein.«

»Ich werde mein Bestes tun«, versprach ich. »Übrigens denke ich nicht, daß es lang dauert. Bei Jack dauert so was nie lang. Und bei Marilyn auch nicht, wie mir zu Ohren kam.«

Joe lachte. »Na schön, es kann keinen großen Schaden anrichten, solange es nichts Ernstes ist. Ich hätte nichts dagegen, sie selbst kennenzulernen.«

»Sie sagt dasselbe von Ihnen.«

»Ach wirklich? Tja dann ...« Joe hielt es nicht für unter seiner Würde, hinter Jacks Freundinnen herzusein, womit er manchmal sogar Erfolg hatte, so erpicht war er darauf, zu kämpfen und zu gewinnen. In früheren Jahren, als seine Kinder noch jünger waren, hatte Joe den Ruf, mit den Töchtern seiner Freunde und den Freundinnen seiner Töchter zu schlafen. Warum sollte er dann vor den Freundinnen seiner Söhne haltmachen?

»Sie sagen mir Bescheid, wenn Sie glauben, daß es Probleme gibt, David«, bat er. »Wenigstens das müssen Sie mir versprechen.«

Zögernd stimmte ich zu.

»Man muß es unserem Jack aber lassen«, fügte er mit hörbarer Zufriedenheit hinzu. »Die Weiber können bei ihm nicht nein sagen, stimmt's?«

Ich hatte bei Joe solch väterlichen Stolz noch nie erlebt, nicht mal an jenem Tag, als Jack seinen Konkurrenten Henry Cabot Lodge im Wahlkampf besiegte und zum erstenmal Senator wurde. Dabei war Joe ein erbitterter Feind der Lodges und all dessen, wofür sie in Boston standen.

Ob Bobby seinem Vater wohl auch verraten hatte, daß Jack plante, es mit den Teamsters aufzunehmen? Wahrscheinlich nicht, denn sonst hätte ich da auch noch einiges zu hören bekommen.

5. KAPITEL

In der einen Hand hielt sie ihren Stadtführer. Mit der anderen griff sie nach Jack Kennedys Hand, verschlang ihre Finger mit seinen und ignorierte einfach, wie verlegen er über diese Zurschaustellung von Vertrautheit war. Es war ihr erster Besuch in Washington, und sie war überwältigt.

Sie standen im Sitzungssaal des Senats. Da es ein Sonntagvormittag war, hatte Jack sich vor dem Pförtner als Senator aufspielen müssen, damit für ihn aufgesperrt wurde.

Marilyn trug ein weißes Sommerkleid mit kleinen schwarzen Tupfen und einen kecken Strohhut mit passendem getupften Band. Ihre Taille wurde durch eine Schärpe mit weißen Tupfen auf schwarzem Grund betont. Das sind ja schrecklich viele Tupfen, dachte sie, als sie sich in einem Spiegel sah, und zweifelte kurz, ob es die richtige Wahl für eine Figur wie die ihre war. Nach einem Blick zum Podium seufzte sie. »Wenn man bedenkt«, sagte sie, »daß Lincoln dort seine Reden gehalten hat.«

Er runzelte die Stirn. »Ach, das glaube ich nicht, Marilyn. Der Präsident hält die Ansprachen im Parlament – auch heute noch.« Er spürte ihre Enttäuschung. »Aber Webster sprach hier. Clay und Calhoun. Der Saal ist geradezu geschichtsträchtig.«

»Ja, natürlich ...« Sie drückte seine Finger und lächelte, um ihn nicht merken zu lassen, daß es ohne Lincoln nur halb so schön war. Wenn sie bloß mehr als die ersten paar Seiten von Carl Sandburgs Buch gelesen hätte, würde sie jetzt nicht so dumm dastehen, dachte sie ...

Jack hatte natürlich angenommen, daß er für sie die größte Sehenswürdigkeit Washingtons sei, aber als er in ihrem Schlafzimmer im Hay-Adams unter ihr lag, erklärte er sich bereit, ihr auch andere Sehenswürdigkeiten zu zeigen. Sie war durch sein Entgegenkommen gerührt, da sie inzwischen wußte, wie schlimm es um seinen Rücken stand, welche Schmerzen ihm schon alltägliche Dinge bereiteten, wie zum Beispiel zum Lincoln Memorial hinaufzusteigen. Vorne im Auto lagen Krücken, und wann immer sie anhielten, um sich etwas anzuschauen, bot Boom-Boom, der als Fahrer und Bodyguard fungierte, Jack die Krücken an. Normalerweise schüttelte Jack den Kopf und hinkte mit schmerzverzerrtem Gesicht los, doch wenn er viele Stufen steigen mußte, gab er manchmal nach und nahm sie, voller Wut auf die eigene Schwäche, wie man seiner Miene deutlich ansah.

Er führte sie zu seinem angestammten Platz, und sie setzte sich, während er sich mit beiden Armen aufstützte. »Hier arbeitest du also?« erkundigte sie sich.

»Die meiste Arbeit wird in Komitees erledigt. Oder gemeinsam bei einem Drink. Die Hälfte aller Geschäfte des Senats werden in Lyndon Johnsons Büro nach sechs Uhr abends von einem Pack alter Furzer abgewickelt, die bei einer Flasche Bourbon Gefälligkeiten aushandeln ...«

Ihr war klar, daß Jack bedauerte, nicht dazuzugehören. Sein Gesicht war plötzlich blaß geworden, sein Lächeln gezwungen. »Ist es so schlimm?« fragte sie und berührte leicht seine Hand. »Dein Rücken?«

Er schüttelte den Kopf, die Lippen zusammengepreßt, als ob ihre Frage ihn irritierte. Doch sie ließ sich nicht täuschen. Joe DiMaggio hatte durch sein Footballspiel auch alle möglichen Blessuren davongetragen, und trotz regelmäßiger Massagen und heißer Bäder gab es Tage, an denen sein Gesicht ebenso verspannt war wie Jacks, er jedoch trotzdem nicht zugeben wollte, daß er Schmerzen hatte, bis er sich schließlich stöhnend auf dem Boden wand. Waren denn alle Männer eigensinnig und kindisch, fragte sie sich.

»Du solltest dich hinlegen«, sagte sie. Plötzlich ging ihr jedoch auf, daß sie schuld daran war, wenn er so litt, da sie sich von ihm ganz Washington zeigen ließ und er zu stolz war, um seine Krücken zu benutzen. Er grinste anzüglich. »Ich habe mich hingelegt, weißt du nicht mehr?«

Sie hatten die Nacht in ihrer Suite im Hay-Adams-Hotel verbracht, und mit dem Sex hatte es wieder so gut wie immer geklappt. Zugegeben, sie hätte gern etwas mehr Abwechslung gehabt, ein wenig von jenem elektrisierenden, athletischen Sex ihres Footballplayers, der sie total erledigte, aber Jack war daran gewöhnt, daß die Frauen ihn befriedigten, was in gewisser Weise ja auch erotisierend war. Außerdem, so schoß ihr plötzlich durch den Sinn, während sie auf ihm ritt, vögle ich vielleicht den nächsten Präsidenten der Vereinigten Staaten!

Enttäuschend war für sie jedoch, nach einer gemeinsam verbrachten Nacht festzustellen, daß sich mit Jack auch nicht besser ›kuscheln‹ ließ als mit Joe. Sie hatte dafür gesorgt, daß vom Hotelservice ein Brett und eine extra harte Matratze aufs Bett gelegt wurden, aber für Jack war es immer noch zu weich, und er beklagte sich bis zum Morgen darüber.

Sie hatte sich erträumt, eng umschlungen mit ihm zu schlafen, Hand in Hand und Mund an Mund, um dann beim Erwachen sein Gesicht vor sich zu sehen. Statt dessen lag er schnarchend neben ihr, während sie sich ruhelos herumwarf, da sie nach ihrem Liebesspiel darauf verzichtet hatte, Schlaftabletten zu nehmen, denn sie wollte ihn durch ihr Aufstehen nicht wecken.

»Gibt es noch etwas, das du gerne sehen möchtest?« erkundigte er sich.

»Ja, eine Sache möchte ich noch gerne sehen«, antwortete sie mit schüchterner Stimme wie ein kleines Mädchen, das einen Erwachsenen um etwas bittet. Norma Jean höchstpersönlich, dachte sie selbstkritisch.

»Was auch immer«, sagte er, war aber nicht mit dem Herzen dabei, wie sie bemerkte.

»Ich möchte dein Zuhause kennenlernen.«

Sie war entzückt, was für ein überraschtes, ja entsetztes Gesicht er machte, denn er bildete sich etwas darauf ein, nie Überraschung zu zeigen, das wußte sie inzwischen. Er räusperte sich. »Das halte ich für keine gute Idee.«

»Ich aber!« Sie zog eine niedliche Schnute. »Außerdem hast du es versprochen.«

»Das habe ich nicht!«

»Du sagtest: ›Was auch immer.‹ Das bedeutet: Was auch immer ich will. Oder etwa nicht? Außerdem ... wo liegt da das Problem? Du sagtest mir, daß Jackie in Hyannis Fort ist und die Angestellten heute frei haben.«

»Stimmt, aber ...«

»Was dann?« Sie schaute ihn unverwandt an. Er wurde rot.

»Du hast doch nicht etwa Angst, oder? Hör mal, ich bin schließlich hierher zu dir gekommen. Ich habe das Risiko nicht gescheut.«

Jetzt hatte sie ihn, denn er war der Typ von Mann, der eine Herausforderung immer annimmt.

Sein Blick war zuerst eisig. Dann lachte er. »Nun, worauf wartest du?« sagte er. »Gehen wir.«

Boom-Boom schwieg beharrlich, als sie durch das heiße Virginia fuhren, und zeigte seine Mißbilligung dadurch, daß er in Zeitlupe fuhr. Obwohl Jack ihn anschnauzte, er solle gefälligst beschleunigen, verhielt er sich wie in der Fahrprüfung, bremste schon dreißig Meter vor jeder Kreuzung und schaute mit übertriebener Sorgfalt in beide Richtungen.

Die hügelige, bewaldete Landschaft, über die Hitzeschleier wehten, war Marilyn fremd und gefiel ihr auch nicht besonders. Wälder, Äcker und Felder vermittelten ihr das Gefühl, irgendwie gefangen zu sein, denn sie war ein Kind der weiten Horizonte, des Pazifiks oder der Wüste, wo man meilenweit sehen kann und die Sonne vom Himmel brennt.

»Noch nie im Leben habe ich so viele Farmen gesehen«, sagte sie.

Jack schaute aus dem Fenster, als ob die Farmen neu für ihn wären. Es gab kaum etwas, was ihn weniger interessierte. »Die meisten sind Gentlemanfarmer«, sagte er voller Verachtung. »Das ist Botschafter McGees Farm.« Er deutete auf ein bilderbuchhaftes Kolonialhaus aus Backstein, hochgelegen und von riesigen alten Eichen umstanden. »›Texas Oil and Gas‹, dann ein Botschafterposten, nun die CIA. Hat eine berühmte Rinderherde. Was für welche, Boom-Boom?«

»Black Angus, Boß.«

»Black Angus, stimmt. McGee hat, soweit ich weiß, mehrere hunderttausend Dollar für einen Zuchtbullen bezahlt.« Er schüttelte verwundert den Kopf. »Jackie trifft sich oft zum Reiten mit seinen Töchtern.«

»Ihr gefällt's also hier?«

»Sie liebt es! So ist sie aufgewachsen. Pferde, Jagd, all dieser verdammte Quatsch.«

Er starrte übellaunig aus dem Fenster. Es war bekannt, daß

ihm Südfrankreich mehr lag als das ländliche Virginia, aber diesen Eindruck sollten seine Wähler nicht von ihm haben. Aus irgendeinem Grund kam Jackies Vernarrtheit in Pferde gut in der Presse an. Besser, als im Eden Roc oder auf Cap d'Antibes Ferien zu machen, und außerdem war sie dann beschäftigt und ließ ihn meistens in Ruhe.

»Du magst es nicht?«

Sein Gesicht verzog sich, wirkte mißmutig. Offenbar hatte sie einen wunden Punkt berührt. »Das Haus ist viel zu groß, verdammt noch mal!« schimpfte er. »Wie ein beschissener weißer Elefant. Und die Hinundherfahrerei macht mich verrückt. Morgens und abends ist der Stoßverkehr einfach gräßlich. Aber natürlich spielt das für Jackie keine Rolle.«

»Warum hast du's dann gekauft?«

Er seufzte. »Jackie wollte es wegen der Pferde und allem anderen. Und ich dachte, wir bräuchten ein großes Haus für all die Kinder!« Er lachte bitter. »Was für ein trauriger Witz!«

»Jack, das ist nicht ihre Schuld.« Dieses Thema weckte in Marilyn unweigerlich Sympathie für eine andere Frau. Niemand, so redete sie sich ein, hätte sich mehr bemühen können als sie, dem Footballplayer das ersehnte Kind zu schenken. Aber in ihrem tiefsten Inneren sagte ihr Schuldbewußtsein, daß es nicht stimmte.

»Ich behaupte nicht, es sei Jackies Schuld. Es ist schwer für sie, das weiß ich auch. Als sie die Fehlgeburt hatte, sagten ihr die Ärzte, daß sie vielleicht nie mehr ein Kind bekommen könnte ... und dann ist da Ethel, die mit Bobby ein Kind nach dem anderen fabriziert, einfach so, problemlos ... das ist nicht gerade hilfreich, wie du dir vorstellen kannst.« Seine Stimme klang bitter.

»Ja, das kann ich mir vorstellen.«

»In dem Haus sind wir nie glücklich gewesen, aber ich kriege Jackie nicht dazu, dies auch zu begreifen.«

Der Wagen bog in eine lange, gewundene Kiesauffahrt ein, die von hohen Bäumen flankiert war, und kam schließlich vor einem prächtigen alten Haus zum Stehen. Sie sah sofort, daß Jack recht hatte, denn es war ein Haus für eine große, lärmende Familie. Ein Ehepaar ohne Kinder konnte hier nur unglücklich sein. Jackie mußte schon sehr selbstsüchtig sein, um dies nicht einzusehen.

»Es ist so alt!« flüsterte sie bewundernd.

»Es war das Hauptquartier der Army of Potomac während des Bürgerkriegs, ist also ein historisches Gemäuer.«

Jack nahm diesmal seine Krücken. Geschickt schwang er sich mit ihrer Hilfe die Stufen zum Eingang hinauf.

Sie folgte ihm in die große Halle, wo er Boom-Boom, der mit rotem, verschwitztem Gesicht folgen wollte, die Tür vor der Nase zuschlug. Das Haus war so eingerichtet, wie sie es sich vorgestellt hatte – voller Antiquitäten, die von jemandem ausgesucht waren, der einen guten Blick dafür hatte. Sie selbst verstand nichts von Antiquitäten, war aber sicher, daß es sich hier um Spitzenstücke handelte.

Neid durchzuckte sie, und dann plagten sie Minderwertigkeitskomplexe, weil sie ›aus der falschen Kiste kam‹. Seit Marilyn erwachsen war, hatte sie fast nur in möblierten Zimmern oder Apartments gelebt. Auch als sie Joe endlich dazu gebracht hatte, das Haus seiner Eltern in San Francisco zu verlassen, hatten sie nur ein voll eingerichtetes Haus in Beverly Hills gemietet, nahe dem San Vicente Boulevard. Schwere, klobige Möbel, Sitzgarnituren, die mit scheußlichem grün-goldenem Tweed bezogen waren, und eine Resopalbar im Wohnzimmer. Ganz nett für den North Palm Drive, aber Welten entfernt von dem hier ...

In jedem Raum schien es einen großen offenen Kamin zu geben, und die Parkettböden waren mit kostbaren Orientteppichen bedeckt. Überall Hinweise auf Jackies große Leidenschaft – Jagdszenen, Peitschen, Stiefel und Reitkappen in der Halle, auf Kissen gestickte Füchse oder Zügel, die an Balken hingen, silberne Trophäen. Marilyn strich mit der Hand über den Marmortisch in der Halle. »Ist das auch ein altes Stück?« fragte sie.

Jack zuckte mit den Schultern. »Achtzehntes Jahrhundert, soweit ich weiß. Aus Frankreich. Hat ein Vermögen gekostet. Tom Hoving – einer von Jackies Freunden in der Kunstwelt – behauptet, er müßte eigentlich im Metropolitan-Museum oder im Weißen Haus stehen. Typisch Jackie! Sie hat einen Blick für solche Sachen.«

»Du bist sicher sehr stolz darauf, daß sie einen so guten Geschmack hat.«

»Ja ... natürlich.« Etwas an der Art, wie er sich im Wohnzimmer umsah, dessen kostbare Möbel perfekt symmetrisch arrangiert waren, vermittelte den Eindruck, daß er eine Einrichtung bevorzugt hätte, wo man die Füße hochlegen konnte und sich keine Gedanken darüber machen mußte, ob man mit seinem Drink nasse Ringe hinterläßt.

»Zufrieden?« fragte er.

»Niemals, Honey. Können wir raufgehen?«

Er zögerte. »Bitte«, sagte sie. Es war Neugierde der miesesten Art, und sie verachtete sich selbst dafür, aber da sie ihn nun schon so weit gebracht hatte, wäre es idiotisch, jetzt aufzuhören. Sie konnte es sich nicht erklären, dieses Bedürfnis, mit ihren eigenen Augen zu sehen, wie ihre Rivalin – so nannte sie Jackie bereits in Gedanken – wohnte, schlief und sich kleidete, als ob ihr ohne dieses intime Wissen ein Teil von ihm für immer verborgen bliebe.

Als sie sich mit einundzwanzig Jahren leidenschaftlich in den Schauspieler John Carroll verliebt hatte, überredete sie ihn dazu, sie bei sich einziehen zu lassen, und war eine gewisse Zeit lang sogar ›gut Freund‹ mit Lucille, seiner Frau. Doch dann forderte sie Lucille praktisch auf, sich von John scheiden zu lassen, damit sie ihn heiraten konnte, worauf John Carroll wohl oder übel ihre Siebensachen in seinen Kombi packte und sie zu einem möblierten Apartment in der Franklin Avenue fuhr …

Wollte sie nur wissen, gegen wen sie es aufnahm, überlegte sie, oder ging es noch tiefer als das? Wollte sie herausfinden, falls möglich, warum der Ehemann untreu war?

Sie stieg hinter Jack die schmale, elegante Treppe zum Schlafzimmer hinauf. Er schien immer mißmutiger zu werden. Stöhnend setzte er sich aufs Bett, während sie im Ankleidezimmer verschwand, um in Jackies Schränke zu schauen.

Oh, wie beneidenswert waren diese Unmengen von Haute-Couture-Modellen, die sie gar nicht hätte tragen können, da sie alle für den Typ überschlanker, flachbrüstiger Frauen entworfen worden waren, die Joe Eula spöttisch Fashion Freaks nannte. Es gab kein einziges Kleid mit Tupfen. Sie nahm eine Abendrobe heraus, die so schlicht und edel war, daß sie sich plötzlich danach sehnte, auch ein Fashion Freak zu sein. Auf dem Etikett stand ›Oleg Cassini‹. Sie ging damit ins Schlafzimmer und hielt es Jack hin. »Meinst du, mir würde so was stehen?« erkundigte sie sich.

Er lag der Länge nach auf der seidenen Tagesdecke, ohne sich die Schuhe ausgezogen zu haben. »Häng es in den Schrank!« sagte er scharf, und sein Blick war kalt.

Marilyn hängte das Kleid auf und kehrte ins Schlafzimmer zurück, schlüpfte aus ihren Sandaletten und griff nach dem Reißverschluß am Rücken. »Manchmal tue ich Dinge, die nicht sehr nett sind«, sagte sie. »Es besteht also die Möglichkeit, daß ich kein netter Mensch bin, wußtest du das? Die Geschworenen beraten noch.«

»Wer sind die Geschworenen?«

»Mein Therapeut. Der Footballplayer.« Sie machte eine Pause. »Du auch, schätze ich.«

»Du kriegst meine Stimme.«

Sie war nicht sicher, ob er es ernst meinte. »Obwohl ich dich dazu überredet habe, mich hierherzubringen? Ich meine, so was Gräßliches kann man einer anderen Frau doch nicht antun, oder? Ich würde durchdrehen, wenn jemand mir das antäte.« Sie beugte sich nach vorne und küßte ihn auf den Mund. »Ich tue das auch nicht zum erstenmal. Ich meine, es ist schon fast eine Sucht, verstehst du? Wie Kleptomanie.«

Marilyn öffnete seine Hose und begann ihn zu lecken. Er stöhnte vor Lust. Sie hob den Kopf zwischen seinen Knien hoch und wollte fragen: »Tut Jackie das auch für dich?«, aber irgend etwas an seinem Gesichtsausdruck hielt sie zurück. Es lag keine unausgesprochene Drohung, Warnung oder Ähnliches in seinem Ausdruck, sondern eine unglaubliche Traurigkeit, die sie so gut aus ihrer eigenen Kindheit kannte, wenn sie in den Spiegel geschaut hatte.

Sie nahm ihn wieder in den Mund und wandte all ihre Kunst an, um ihn zum Höhepunkt zu bringen. Wahre Fellatio-Connaisseure waren ihre Lehrmeister gewesen, und diese Kenntnisse verliehen ihr Macht über Männer, was nicht zu verachten war.

Marilyn legte sich neben ihn. Seine Augen waren geschlossen, aber er sah nicht aus wie ein Mann, der gerade einen der tollsten Blows seines Lebens bekommen hatte. »Was ist los, Honey?« erkundigte sie sich zärtlich.

»Nichts.«

Sie kannte diesen Tonfall. Es war der gleiche wie bei ihrem Footballplayer, wenn er meinte: ›Halt's Maul und kümmere dich um deinen Kram!‹ Sie griff nach unten und quetschte Jacks Eier, nicht schmerzhaft, aber stark genug, um ihm zu zeigen, wer in dieser Situation der Boß war. »Hey«, sagte sie, »ich bin's! Erinnerst du dich?«

Er brummte und gab dann mit einem Seufzer nach, wie jeder andere Mann, der gezwungen wird, über Dinge zu reden, über die er nicht reden will. »Na schön. Die Schmerzen bringen mich um«, erwiderte er leise. »Ich werde meinen Rücken nun doch operieren lassen, und das jagt mir eine Scheißangst ein.«

»Aber Honey, viele Leute haben Rückenoperationen ... ich meine, es ist doch nicht wie Krebs?«

»In meinem Fall ist es genauso schlimm. Man muß alle Knochensplitter entfernen, die Bandscheiben flicken – wenn überhaupt möglich – und sie dann nageln. Falls ich mich nicht operieren lasse, werde ich vermutlich ein Krüppel werden, ganz bestimmt aber den Rest meines Lebens Schmerzen haben. Lasse ich mich operieren, bin ich hinterher vielleicht gelähmt. Oder tot. Reine Glückssache, aber ich habe leider noch ein anderes kleines Problem ...« Er lachte bitter. »Eine Adrenalininsuffizienz, die, wie sie sagen, meine Genesung vielleicht unmöglich macht.«

Mit stoischem Gesichtsausdruck und geschlossenen Augen redete er weiter. »Die Chancen stehen schlecht. Meine Ärztin schätzt, daß sie viel weniger als fifty-fifty sind, und sie ist eine gottverdammte Optimistin! Die Ärzte wollen in zwei Phasen operieren, aber da mache ich nicht mit. Ich möchte es lieber in einer großen Operation hinter mich bringen – es riskieren und dann zum Teufel damit.«

Marilyn überlegte, wie viele Leute wohl davon wußten und ob er es überhaupt Jackie erzählt hatte. Sie liebte ihn dafür, daß er es ihr nun anvertraute. Eng an ihn gepreßt, umschlang sie ihn mit ihren Armen, als ob sein Leben davon abhinge, daß sie ihn festhielt. »Ich würde sterben, wenn dir irgendwas geschieht, mein Darling«, sagte sie.

Er wollte lachen, aber sie erstickte sein Lachen mit Küssen. »Nein, ich meine es ernst«, sagte sie. »Aber dir wird nichts geschehen, glaub mir! Es wird alles gut, ich spüre es, und ich irre mich nie.«

»Ich glaube dir«, sagte er.

»Das mußt du auch!«

Sie legte sich auf Jack, strich mit ihren Brüsten über sein Gesicht, nahm ihn in sich auf und setzte alle jene Muskeln ein, deren Existenz vielen Leuten gar nicht bewußt ist, um seine Lust bis zum Äußersten zu stimulieren und ihn dann mit langsamen, sinnlichen Bewegungen in seinem eigenen Bett zu vögeln, bis alle Traurigkeit sie verließ.

»Wenn es deinem Rücken dadurch nicht bessergeht, Honey«, flüsterte sie ihm ins Ohr, als er kam, »dann hilft gar nichts mehr!«

6. KAPITEL

»Es ist für dich, Schätzchen«, rief Amy Greene vom hinteren Ende der geräumigen, durch niedrige Deckenbalken rustikal wirkenden Küche.

Amys Stimme klang etwas irritiert, da Marilyn das Telefon stundenlang mit Beschlag belegte und Hunderte von Anrufen pro Tag machte.

Marilyn lächelte Amy an und nahm den Hörer. Sie mochte Amy recht gern, aber Amy benahm sich oft so, als wäre sie ihre große Schwester.

Marilyn wußte selbst nicht recht, warum sie sich entschieden hatte, mit Milton und Amy zusammenzuziehen, nachdem sie von Joe geschieden war und die Fox verlassen hatte. Sie war überglücklich darüber, gleich zweifach ihre Unabhängigkeit zu erklären, aber nach dieser Großtat schien es mit ihrer Entscheidungsfähigkeit vorbei zu sein. Sie hatte nicht in Kalifornien bleiben wollen, traute sich andererseits aber auch nicht zu, in New York eine passende Wohnung zu finden.

In Krisenzeiten hatte sie sich eigentlich immer zu irgendeiner Familie geflüchtet, und es war ganz logisch, daß ihre Wahl auf die Greenes fiel. Milton hatte seine Sache bisher gut gemacht: Arrangements mit Buddy Adler, daß sie in der Filmversion von Bill Inges *Bus Stop* die Hauptrolle unter der Regie von Josh Logan übernahm. Doch nicht genug damit! Erstaunlicherweise verhandelte er darüber, daß sie ausgerechnet mit Laurence Olivier in dem Film *The Prince and the Showgirl* spielen sollte. Sie hatte zwiespältige Gefühle, was die Zusammenarbeit mit Olivier betraf, aber die waren auch nicht zwiespältiger als ihre Gefühle für Arthur Miller.

Trotz allem, was zwischen ihr und Jack geschah, hatte sich in den vergangenen Monaten ihre Beziehung zu Arthur zu einer Art Liebesaffäre entwickelt. Mit Arthur kam sie sich wie eine Studentin vor, deren Professor sich in sie verliebte – eine neue Erfahrung für sie.

Mit fataler Passivität nahm sie Arthurs Absicht hin, sie zu heiraten, als ob sie dies auch wollte. Die Ereignisse überstürzten sich: zuerst ihre Scheidung, die so lange glatt über die Bühne ging – Joe hatte sich trotz seiner Enttäuschung und Wut wie ein perfekter Gentleman verhalten –, bis ein grauenhafter Medienrummel daraus wurde, wie immer in ihrem Leben. Es folgte die Romanze mit Arthur, die er in halsbrecherischem Tempo vorantrieb. Sie hatte zu bremsen versucht, indem sie ihm sagte, daß sie über eine Ehe mit ihm nicht mal nachdenken würde, solange er noch verheiratet war. Als Reaktion darauf hatte er seine Familie sitzenlassen und seine Freunde vor den Kopf gestoßen – und sie auch, um ehrlich zu sein.

Sie hielt sich den Hörer ans Ohr. Es gab im Haus der Greenes keine ungestörten Momente, aber das machte nichts. Ihr gefiel es sogar, daß der ganze Haushalt sich um sie drehte.

»Spreche ich mit Marilyn Monroe?« Die Stimme überraschte sie. Sie glich Jacks, mit der gleichen nasalen Irisch-Bostoner Färbung, eindeutig Harvard und ebenso eindeutig Upperclass. Allerdings klang diese Stimme etwas höher als Jacks und legte ein atemberaubendes Bugs-Bunny-Tempo vor.

Sie war verwirrt. Erstens, weil sie einen Anruf von Arthur erwartet hatte, und zweitens, weil sie fürchtete, Jack würde sich einen Scherz mit ihr erlauben, und solche Scherze begriff sie fast nie. Außerdem gab es da noch das kleine Problem, daß sie Arthur nie von Jack erzählt hatte, obwohl er vorgeschlagen hatte, völlig ehrlich miteinander zu sein, was die Vergangenheit betraf. Er konnte leicht reden, denn in seiner Vergangenheit war nicht viel passiert, während es bei ihr genau umgekehrt war, und so hatte sie das meiste davon einfach gestrichen, inklusive Jack.

»Jack?« fragte sie im Flüsterton, da Amy ganz in der Nähe stand.

»Nein. Hier spricht, äh, Robert Kennedy. Bobby. Jacks Bruder.«

»Oh, fantastisch! Jack hat mir viel von Ihnen erzählt. Ich meine, mir kommt's fast so vor, als ob wir uns schon kennen. Wie geht's Jack?«

»Tja, deshalb, äh, rufe ich an.« Bobby Kennedys Stimme klang reserviert. Sie spürte tiefe irisch-katholische Mißbilligung hinter seiner gestelzten Höflichkeit. Was hatte Jack mal gesagt: »Bobby ist der beste Hasser, den ich kenne.« Er hatte es mit der Anerkennung eines Politikers für eine nützliche Tugend geäußert, aber sie hatte es damals frösteln lassen, und ihr war auch jetzt unbehaglich zumute. »Er ist im Krankenhaus«, redete Bobby weiter.

»Ich weiß.« Jack hatte sich in einer chirurgischen Klinik in New York den Rücken operieren lassen – mit Erfolg, wie man berichtete. Sie hatte ihm Blumen geschickt und auf die beiliegende Karte ihre Initialen und ihre Telefonnummer (in Connecticut) geschrieben, bis heute jedoch nichts von ihm gehört, was sie ziemlich ärgerte. »Wie geht es ihm?«

»Nicht besonders gut, um ehrlich zu sein.« Er machte eine Pause. »Um noch ehrlicher zu sein, er wird es vielleicht nicht schaffen.« Bobby konnte nicht verbergen, wie bewegt er war.

»Schaffen? Sie meinen doch nicht etwa, daß er sterben wird!«

»Tut mir leid, aber genau das meine ich, Miß Monroe.«

»Nennen Sie mich Marilyn«, sagte sie automatisch. Sie schloß die Augen und erinnerte sich an ihr letztes Beisammensein mit Jack, als er unter ihr auf dem Bett lag. In ihr war noch genug von Christian Science, um zu denken, daß es ein Zeichen von Schwäche und mangelndem Glauben war, sich einem Arzt zu überantworten. »Kann ich irgend etwas tun?« fragte sie.

Bobby räusperte sich. »Nun ja, ich glaube schon. Jacks seelischer Zustand ist fast so problematisch wie alles andere. Ich meine, die gottverdammte Operation war schon gräßlich genug, und jetzt hat er auch noch eine Infektion, die sie nicht in den Griff kriegen, und ein Loch im Rücken, so groß wie eine gottverdammte Faust.« Wenn er ›gottverdammt‹ sagte, klang es wie Jack. Seine Stimme bebte, als ob er gleich zu weinen begänne. »Er ist total erledigt«, sagte er. »Es ist das erste Mal, daß ich Jack derart hoffnungslos sehe ... deshalb ist es so wichtig, ihn aufzuheitern.«

»Wie soll ich ihn denn aufheitern, Bobby?« Als sie ihn beim Vornamen anredete, fühlte sie sich plötzlich zur Familie zugehörig.

»Tja, da habe ich mir schon was ausgedacht.«

Als er es ihr erklärte, prustete sie vor Lachen.

Kurz danach legte sie auf. »Nun, Miß Goldhaar«, sagte Amy mit einem verschwörerischen Zwinkern. »Und wie geht's Arthur heute?«

Sie betrat die chirurgische Klinik mit Kopftuch, Sonnenbrille und enggegürtetem Regenmantel bekleidet.

Bobby und Boom-Boom warteten schon in der Halle, und Boom-Boom schien zum erstenmal erfreut zu sein, sie zu sehen. Bobby wirkte trotz seines gefährlichen Rufs und seiner vielen Kinder (waren es vier oder schon fünf?) wie ein scheuer Teenager. Er trug einen Anzug mit zu kurzen Hosen und ein Hemd mit so weitem Kragen, daß sein Hals richtig mager aussah. Als sie dicht vor ihm stand, merkte sie, daß er wie ein Bantamgewichtler gebaut war, alles nur Sehnen und Muskeln. Er war nicht so attraktiv wie Jack und auch nicht so gewandt, hatte aber mit seinen hellblauen Augen, dem sandfarbenen Haar und dem typischen Kennedy-Lächeln durchaus auch Starqualitäten. Sein Händedruck war fest. »Wir haben für Sie das Nebenzimmer von Jack freigehalten«, sagte er. »Alles ist vorbereitet. Es ist großartig von Ihnen, das für ihn zu tun. Sie sind ein Pfundskerl.«

»So hat mich noch nie jemand genannt!«

Er wurde rot und sah noch jünger aus. »Ich … habe es als Kompliment gemeint.«

»Wie geht's ihm?«

Bobby schüttelte den Kopf. Trauer lag in seinen Augen. »Keine Veränderung.« Er seufzte. »Dad war heute auch schon da, blieb aber nur ein paar Minuten. Er kann es nicht ertragen, Jack so zu sehen. Nicht krank, meine ich, aber besiegt. Vater hält nichts vom Versagen oder von Niederlagen, verstehen Sie?«

»So ungefähr. Meine Großmama war bei den Christian Scientists und meine Mutter auch. Die halten auch nichts von Krankheiten.«

»Hat es ihnen geholfen?«

»Nein«, erwiderte sie kurz angebunden.

Schweigend traten sie aus dem Aufzug. Bobby führte sie den Korridor entlang und öffnete eine Tür. Marilyn fühlte sich verängstigt und gefangen, wollte es sich aber nicht anmerken lassen. Sie haßte Krankenhäuser, verabscheute den strengen Geruch und die Atmosphäre von Krankheit und Tod.

Das Zimmer machte auch keinen besseren Eindruck auf sie. Auf dem Bett lag ihre ›Verkleidung‹ – eine Schwesternuniform mit Häubchen, weiße Schuhe und Strümpfe, alles in der richtigen Größe. Sie hatte ihre Konfektionsgröße Bobbys Sekretärin durchgegeben, die es überhaupt nicht zu überraschen schien, daß sie losgeschickt wurde, um für Marilyn Monroe eine Schwesterntracht zu kaufen. Diese verschwand nun hinter einem Wandschirm, zog ihre Sachen aus und die Uniform an, die perfekt paßte. Sie trat heraus, befestigte das Häubchen auf ihren Locken und fragte: »Okay?«

Bobby schmunzelte. Dadurch sah er plötzlich viel sympathischer aus und schien sogar etwas von Jacks Charme zu besitzen. »Wenn das Jack kein Lächeln entlockt, dann ist er verloren. Fertig?«

»Nein, noch nicht.« Sie holte ihr Make-up aus der Handtasche und ging zum Spiegel. Schließlich war sie Marilyn Monroe, und hier handelte es sich um einen Auftritt.

»Versprechen Sie mir, daß Jackie nicht auftaucht, während ich bei ihm drin bin?«

»Garantiert nicht!«

»Also gut, gehen wir«, sagte sie.

Sie schauten in den Korridor hinaus. Boom-Boom hielt den Daumen hoch, um zu signalisieren, daß keine echten Schwestern oder Ärzte in Sicht waren. »Ihr Auftritt«, sagte Bobby.

Marilyn wußte, daß sie eine Krankenschwester darstellen konnte, wenn es sein mußte. Sie klopfte energisch, denn eine Schwester würde nicht zögern, da sie ja hierhergehörte und die Dinge unter Kontrolle hatte. Sie öffnete rasch die Tür, marschierte mit forschen Schritten hinein, blieb dann aber jäh stehen. »O mein Gott, Jack!« rief sie und fiel damit völlig aus der Rolle. »Was haben die mit dir gemacht?«

Jack schien sie nicht zu hören. Er lag auf dem Rücken in einem Gewirr von Drähten, Flaschenzügen und Gegengewichten. Eine Halsmanschette hielt seinen Kopf unbeweglich. Sein Gesicht war so dünn, daß sie ihn kaum wiedererkannte. Seine normalerweise gebräunte Haut war von fast durchscheinendem Weiß, straff über die Knochen gespannt. Sein Haar war feucht und verfilzt, in die Wangen hatten sich scharfe Schmerzfalten eingegraben. Sogar seine Hände, die er über der Brust gefaltet hatte, sahen so welk aus wie die eines alten Mannes. Trotz der vielen Blumen roch es nach Schweiß, Desinfektionsmitteln und unangenehm süßlich nach einer infizierten offenen Wunde.

Plötzlich schien der geplante Scherz nicht mehr lustig zu sein, wie ein Studentenulk, der aus irgendeinem Grund tragisch endet, worauf die Teilnehmer mit verlegenen Gesichtern herumstehen und nicht weiterwissen. Angesichts seines Leidens fühlte sie sich töricht und hilflos.

Sie fing zu weinen an, was nicht im Drehbuch stand, und ihre Tränen tropften auf ihr gestärktes weißes Kleid. Unbeweglich blieb sie vor dem Bett stehen und betrachtete den Sterbenden, denn das war er für sie. Sie liebte ihn, dessen war sie sich sicher, und weil sie ihn liebte, würde er sterben wie jeder, den sie liebte.

Plötzlich öffnete Jack die Augen und starrte sie an, als begriffe er nicht, was er da vor sich sah. Zuerst wirkten seine Augen matt, ausdruckslos, tot, aber ganz allmählich kam wieder Leben in sie, ihre strahlende Farbe kehrte zurück. Er weinte auch – vor Schmerzen, dachte sie, doch dann sah sie, daß es Lachtränen waren: Er lächelte verzerrt, als bereite es ihm Schwierigkeiten, aber schließlich wurde sein Lächeln breiter und verwandelte sich in das vertraute Grinsen, und damit schien auch sein Gesicht den Ausdruck von Qual, Mutlosigkeit und Angst zu verlieren, der es gezeichnet hatte. »O mein Gott!« japste er atemlos. »Wessen Idee war das denn?«

»Bobbys.«

»So ein Mistkerl! Da besteht ja noch Hoffnung für ihn! Wie hat er dich hier reingekriegt?«

»Und wie bist du ins Hay-Adams gekommen?«

Er wollte den Kopf schütteln, zuckte aber vor Schmerz zusammen. »Auf jeden Fall freue ich mich sehr, daß du hier bist«, sagte er schließlich.

Immer noch lachend musterte er sie von oben bis unten und zwinkerte ihr zu. »Du wärst ein Traum von einer Schwester. Du könntest Lazarus zum Leben erwecken, und zwar mit einem Ständer.«

»Vergiß Lazarus. Was ist mit dir?«

»Es war schrecklich. Ist es auch jetzt noch. Die verdammten Ärzte haben es vermasselt. Die Schmerzen sind auch furchtbar, schlimmer noch als im Marinelazarett während des Kriegs, und ich hätte nicht gedacht, daß etwas je schlimmer sein könnte.«

»Können sie dir denn nichts geben?«

»Das haben sie ja getan, aber es half nicht viel. Jetzt kriege ich kaum noch was, denn Dad sagte zu dem Arzt: ›Geben Sie Jack nicht zuviel gegen die Schmerzen, da muß er aus eigener Kraft durch‹.« Er zog eine Grimasse, machte auf Marilyn aber doch den Eindruck, als gäbe er seinem Vater recht.

»Setz dich«, schlug er vor und warf einen Blick auf den Stuhl neben seinem Bett. »Was macht dein Leben?«

»Ich bin sozusagen verlobt.«

»Mit wem?«

»Arthur Miller.«

»Ja, ich habe schon davon gehört. Darf man gratulieren?«

»Vielleicht.«

»Das klingt nicht gerade enthusiastisch.«

»Oh, er ist ein wunderbarer Mann!« rief sie, als wolle sie sich selbst überzeugen. »Wirklich! Er hat so viel Verstand! Und ist so ernsthaft – an allem interessiert, meine ich. Ich habe wahrhaftig Glück ...«

»Das freut mich zu hören.«

»Sicher wird's ganz anders, als mit einem Footballspieler verheiratet zu sein.«

»Aber sicher.« Er schloß die Augen. »Wenn ich je wieder auf die Beine komme, dann laß uns irgendwo zusammen hinfahren. Ich werde daran denken, wenn ich hier ganz down bin.«

»Wann du willst, Jack ... und wohin du willst. Immer, mein Darling.«

»Auch wenn du eine verheiratete Lady bist?«

»Ich war schon zuvor eine verheiratete Lady, hast du das vergessen?«

Er grinste matt, sichtlich ermüdet. »Kannst du mir was zu trinken geben?«

Sie füllte ein Glas mit Eiswasser und hielt ihm den gebogenen Strohhalm an die Lippen, wie sie es im Film gesehen hatte. Er trank nur wenig. Sie stellte das Glas auf den Nachttisch, auf dem neben einer Thermoskanne auch ein kleines Handtuch lag. Dieses befeuchtete sie mit kaltem Wasser und begann, ihm vorsichtig Stirn und Wangen abzutupfen. Dankbar griff er nach ihrer freien Hand.

Sein Atem kam nun leichter und regelmäßiger. Er schien kurz

vor dem Einschlummern zu sein und murmelte noch irgend etwas mit fast unverständlicher Stimme. Sie beugte sich nahe zu ihm. »Ich liebe dich«, glaubte sie zu hören. Dann war er eingeschlafen. Sie war nicht sicher, ob er es wirklich gesagt oder ob sie es sich nur eingebildet hatte.

Marilyn blieb bei ihm, wischte ihm ab und zu über das Gesicht, so lange, bis Bobby neugierig und besorgt zugleich die Tür öffnete und sie dort im Zwielicht sitzen sah, mit tränenüberströmtem Gesicht.

»Der Botschafter möchte, daß du ihn in Florida anrufst«, sagte Maria, als ich ihr Ankleidezimmer betrat. Sie machte sich gerade fürs Dinner fertig, saß im Slip am Schminktisch, einen Martini und eine Zigarette in Griffweite. Sie drehte sich nicht um und wandte auch nicht den Blick von ihrem Spiegelbild ab. So ist das nun mal in einer Ehe.

Es war ein Jammer, dachte ich, weil sie eine sehr schöne Frau war, aber wir hatten seit langem jenes Stadium erreicht, wo Sex alles eher schlimmer als besser macht. Noch wenige Jahre zuvor hätte ich meine Arme um sie gelegt und auf dem Fußboden mit ihr geschlafen – zumindest hätte ich mich dazu versucht gefühlt –, aber ich wußte, was sie sagen würde, falls ich mich zu ihr lehnte, um ihr einen Kuß zu geben. »Bitte nicht, Darling, du verschmierst nur mein Make-up, und dann muß ich wieder von vorne anfangen, und wir kommen zu spät.«

Natürlich gingen wir aus. Ich kann mich nicht erinnern, daß wir je einen Abend zu Hause verbracht hätten, es sei denn, Gäste waren bei uns eingeladen. Einerseits gehört es zu meinem Beruf, mich viel unter die Leute zu mischen, und andererseits war Maria eine echte ›Femme du monde‹, für die ein Abend zu Hause ein verlorener Abend ist. Doch es gab wohl noch einen weiteren Grund, warum wir ständig etwas unternahmen: Wir wollten nicht allein miteinander sein und kamen absichtlich immer so spät heim, daß wir viel zu müde waren, um etwas anderes zu tun, als ins Bett zu fallen und einzuschlafen ...

»Hat er gesagt, worum es geht?« erkundigte ich mich.

»Um Jack. Was sonst?« Maria schwärmte nicht nur für Jack, sondern auch für seinen Vater, der hemmungslos mit ihr flirtete. »Er klang beunruhigt.«

Ich ging ins Wohnzimmer, goß mir einen Martini aus dem geeisten Shaker ein und wählte Joe Kennedys geheime Nummer in Palm Beach. Er hob beim ersten Läuten den Hörer ab. »Wo, zum Teufel, haben Sie gesteckt?« murrte er.

»Auf dem Heimweg vom Büro, im Stoßverkehr, Joe«, erwiderte ich. »Was kann ich für Sie tun?«

»Eigentlich würde ich mich ja viel lieber mit Maria unterhalten«, sagte er spöttisch. »Erstens ist sie hübscher und zweitens eine wunderbare Klatschtante.«

Beides stimmte. Maria wußte alles, was bei den Reichen, Berühmten und Berüchtigten passierte, und verbrachte viel Zeit damit, Joe auf dem laufenden zu halten. »Ich kann sie an den Apparat holen, wenn Sie wollen«, schlug ich vor.

Er lachte. »Nein, mein Pech ist, daß ich Sie brauche. Geht ihr zwei heute zu der Cassini-Party?«

»Ja.«

»Dieser Hundesohn schläft mit mehr schönen Frauen als Jack! Und dabei ist er bloß ein verdammter Modeschöpfer!«

»Vermutlich ist genau das der Grund, warum sie mit ihm schlafen, meinen Sie nicht auch? Frauen tun alles für einen Mann, der sie schöner macht.«

»Vermutlich ... Haben Sie all diesen Mist über Jack gelesen? Die Zeitungen tun gerade so, als würde er sterben!« Seine Stimme wurde lauter. »Die haben meinen Sohn schon abgeschrieben!«

Es war leider wahr. Die Presse märte sich darüber aus, wie gefährlich Jacks Zustand war, obwohl ich alles versucht hatte, das Ganze als Routineoperation hinzustellen.

»Ich habe den Reportern gesagt, daß es nicht stimmt ...«, begann ich, doch er unterbrach mich.

»Scheiß drauf! Ich will, daß es aufhört, haben Sie mich verstanden? Was gedenken Sie dagegen zu tun?«

Ich konnte Joes nun fast schriller Stimme anhören, daß er drauf und dran war, sich in einen seiner Wutanfälle zu steigern, die mich nicht einschüchterten und ihm nicht guttaten. »Ich denke mir schon was aus«, besänftigte ich ihn. »Jack muß so bald wie möglich wieder etwas anpacken, eine große Sache, etwas Sensationelles, über das in den Medien berichtet wird ...« Ich überlegte fieberhaft und suchte nach der rettenden Idee, die Joe friedlich stimmen würde.»In der Zwischenzeit wäre es vielleicht kein schlechter Schachzug, wenn er ein Buch schreiben würde«, schlug ich vor.

»Ein Buch?«

Joe verstummte. Er hatte großen Respekt vor Büchern, wenn auch nicht vor Schriftstellern. Schon vor Jahren hatte er entdeckt, daß Menschen Bücher wichtig nehmen, und sich genau deshalb die Mühe gemacht, Jacks kleines Buch über England überarbeiten und veröffentlichen zu lassen. »Ein Buch mit seinem Namen auf dem Umschlag wird meinem Jack eine Menge nutzen«, hatte er mir damals gesagt und recht behalten. Sogar Eleanor Roosevelt, die Joe haßte – Jack inzwischen übrigens auch –, hatte es gelobt.

»Worüber denn?« erkundigte er sich mißtrauisch.

»Vielleicht sogar etwas über seine Operation. Ein Mensch, der große Schwierigkeiten erfolgreich überwunden hat. DeWitt Wallace würde es lieben, und *Reader's Digest* würde es garantiert in Fortsetzungen bringen.«

»Keine Krüppel!« fauchte Joe.

»Was?«

»Keine körperlichen Handicaps. Nichts über FDR und seinen verdammten Rollstuhl. Die Leser sollen schließlich nicht glauben, daß Jack über Krüppel schreibt, weil er selbst einer ist, verstehen Sie?«

Ich verstand. Wie so oft hatte Joe auf seine unverblümte Art etwas Wahres gesagt. Dann kam mir der rettende Gedanke: »Tapferkeit! Darüber soll Jack schreiben! Über Menschen, die über sich selbst hinauswuchsen und dadurch Amerikas Geschichte veränderten.« Es klang wie ein Werbetext, zugegeben, aber man kann seinen Beruf eben nicht verleugnen.

»Ja, das gefällt mir, David. Suchen Sie einen Verleger. Und dann brauchen wir diesen Typen ... wie hieß er noch ... Sorensen? Diesen Redenschreiber, den Jack so schätzt? Er könnte das verdammte Machwerk für Jack schreiben, nicht wahr? Falls er nicht eine verdammt liberale Note reinbringt.«

»Er wird es in aller Eile schreiben müssen.«

»Dann soll er eben gleich loslegen«, sagte Joe schroff, mit der Selbstsicherheit eines Mannes, der es gewöhnt war, Schriftsteller zu kaufen und ihnen Anordnungen zu geben, ohne sich eine Widerrede gefallen zu lassen. Sein Freund Jack Warner hatte mal folgende Äußerung über Drehbuchschreiber getan: »Schreiber sind Schnooks, richtige Schwächlinge mit Schreibmaschinen, von denen kriegt man dreizehn auf ein Dutzend.« Joe war der gleichen Ansicht.

»Ich werde alles arrangieren«, versprach ich.

»Gut. Jack braucht noch nichts davon zu erfahren.« Joe klang viel entspannter, seit wir einen Plan hatten. »Wie ich höre, hat Marilyn Monroe ihn im Krankenhaus besucht, verkleidet als Schwester!« Er lachte.

Davon hatte ich noch nichts gehört, und ich war verblüfft. »Verdammt, das ist aber reichlich riskant.«

Joe schnaubte verächtlich. Die Kennedys würden jedes Risiko eingehen, wenn es um eine Frau ging, und darauf war Joe sehr stolz. »Lassen Sie den Jungen doch seinen Spaß haben, David.«

Als ich eisern schwieg, fügte er hinzu: »Es schadet doch nichts.«

7. KAPITEL

»Also, ich ziehe meinen Hut vor ihr. Marilyn hat unserem Jack mehr geholfen, als wir alle zusammen.«

Wir saßen nach dem Frühstück am Pool des Kennedy-Besitzes in Palm Beach – der Botschafter, Bobby und ich. Bobby trug ausgebeulte Badeshorts, und sein Haar war noch naß und verstrubbelt, da er schon im Meer geschwommen war. Joe war für seine morgendliche Runde Golf gekleidet, in weiße Knickerbockers, wie sie vor dem Krieg Mode gewesen waren, karierte Socken und einen Kaschmirpullover. Weder Bobby noch ich hatten Lust gehabt, mit Joe eine ›Strategiesitzung‹ abzuhalten, wie er sein Herumnörgeln beschönigend nannte, aber ich konnte mich dem schlecht entziehen, da Joe mich extra hierhergebeten hatte, um die Zukunft Jacks zu besprechen, der gerade aus dem Krankenhaus entlassen worden war.

»Sie hat ihn wirklich aufgemuntert«, nickte Bobby. »Aber er ist immer noch übel dran, damit mußt du dich erst mal abfinden.«

»Ich muß mich mit überhaupt nichts abfinden, Bobby. Jack ist wieder auf den Beinen.«

»Auf Krücken«, fügte der Realist Bobby hinzu. »Und soweit ich weiß, wird er immer Krücken brauchen.«

»Er lebt. Er ist aus dem Krankenhaus raus. Falls er noch mal operiert werden muß, wird er noch mal operiert werden.«

»Ich weiß nicht, ob er eine weitere Operation durchsteht.«

»Er ist mein Sohn. Er wird sie durchstehen, wenn es sein muß. Er wird sich erholen, Bobby. Ich will in meinem eigenen Haus nichts mehr von diesem pessimistischen Scheißdreck hören. Weder von dir noch von sonst jemand. Was ist Ihre Meinung, David?«

»Meiner Meinung nach war es ein Fehler, alles in *einer* Operation erledigen zu wollen«, erwiderte ich. »Das fanden auch die Ärzte. Doch dann ließen sie sich von Jack überreden – und von Ihnen auch. Lassen Sie ihn beim nächstenmal nicht seinen eigenen Doktor spielen.«

Joe lachte beifällig. »Jack hat mit seinem Charme schon immer alles erreicht. Er hat die Ärzte rumgekriegt, na klar, und die Schwestern auch.« Er grinste zweideutig. »Ich schätze, er hat auch Marilyn Monroe rumgekriegt.«

»Das glaube ich auch«, sagte ich. Je mehr ich über ihre Eskapade in Jacks Krankenzimmer hörte, desto mulmiger wurde mir bei dem Gedanken, was für ein Skandal daraus hätte entstehen können. Ich hatte Bobby Vorhaltungen gemacht, doch er blieb völlig uneinsichtig, wie üblich. Alles, was Bobby tat, hatte richtig zu sein, selbst wenn er dafür Fakten verändern mußte.

»Wie ich höre, heiratet sie diesen jiddischen Bühnenautor«, sagte Joe. »Ist das der, der auch ein Roter ist?«

Bobby und ich wechselten einen Blick. Er hatte viel zuviel Ehrfurcht vor seinem Vater, um ihn bei solchen Bemerkungen, die er haßte, zur Rede zu stellen. Da ich der einzige ›Jidd‹ hier war, hätte ich wohl protestieren müssen, aber seit langem hatte ich akzeptiert, daß Joe mit seinem Vokabular nicht wählerisch war. Er hatte mal während einer Diskussion seinen alten Freund Kardinal Leahy von Boston als ›saudummen, verweichlichten Mick‹ bezeichnet und Berny Baruch als ›FDRs Botschafter bei den Alten von Zion‹.

Ich nahm es nicht persönlich. Joe Kennedy gehörte eben zu einer Generation amerikanischer Männer, die sich nicht genierten, einen Juden einen Jidd zu nennen, einen Schwarzen einen Nigger oder – was in Joes Fall alles sagte – einen Iren einen Mick. Ich gehörte zu der Generation amerikanischer Juden, die Otto Kahns Diktum als gegeben annahmen, daß ›ein Jidd ein jüdischer Gentleman ist, der gerade das Zimmer verließ‹, und folglich lasteten solche Dinge nicht so schwer auf mir wie auf Bobby, der in ohnmächtigem Zorn neben mir saß.

Vermutlich hatte der Botschafter es extra gesagt, um Bobby auf die Palme zu bringen, weil er ihm die pessimistischen Äußerungen über Jacks Genesung heimzahlen wollte – das war so seine Art mit seinen Kindern. Die einzige Ausnahme machte er bei Jack, weil Jack sich um die Präsidentschaft bewerben wollte und folglich, nach Joes Ansicht, frei vom Makel altmodischer Bigotterie bleiben mußte, und zwar auch zu Hause. Jack war tatsächlich nicht bigott. Für ihn zählten Schönheit, Talent und Geist, nicht Rasse oder Farbe.

»Ich begreife nicht, warum sie einen solchen Typen heiraten will«, redete Joe weiter, der sich immer mehr für das Thema erwärmte. Vermutlich erbitterte die Vorstellung, daß Miller ein ›Roter‹ war, den Alten noch mehr als Millers Judentum.

»Vielleicht ist sie in ihn verliebt«, meinte Bobby.

»Sie ist in Jack verliebt!« fauchte er zurück. »Das hat man mir zumindest suggeriert.«

Wir saßen einige Minuten schweigend da, während Joe vermutlich über menschliche Schwäche nachdachte – seine einzige Art von Seelenerforschung, soweit ich weiß – und Bobby vor sich hin schmorte. Joe schaute auf seine Armbanduhr. »Wo, zum Teufel, bleibt Jack?«

»Er hatte vermutlich eine schlechte Nacht«, erwiderte Bobby.

»Herr im Himmel, es ist fast halb zehn!« Der Botschafter war nicht nur für frühes Aufstehen, sondern von einem derartigen Pünktlichkeitswahn, daß er in jedem Raum seiner Häuser zentral gesteuerte elektrische Uhren hatte und tatsächlich niemand eine Entschuldigung fürs Zuspätkommen vorbringen konnte.

Bobby schüttelte den Kopf. Er rebellierte nicht oft gegen seinen Vater, aber wenn es um Jack ging, glich er einem kampflustigen und treuen Wachhund. »Laß ihn schlafen«, sagte er leise.

»Du tust Jack keinen Gefallen, wenn du so nachsichtig mit ihm bist, Bobby. Es wird nicht aufwärts mit ihm gehen, solange er im Selbstmitleid schwelgt.«

»Er braucht Zeit. Und die Zeit hat er auch. Erst in einem Jahr muß er wieder in Kampfform sein.«

»Ich hab's dir schon mal gesagt, Bobby. 1956 wird nicht Jacks Jahr sein.«

»Das weiß ich auch«, erwiderte Bobby ungeduldig. »Aber er wird wie ein Amateur dastehen, wenn er zum Parteikonvent kommt und keine Kontrolle über die Massachusetts-Delegation hat. Weißt du, wie McCormack und ähnliche Leute ihn nennen? ›Playboysenator‹!«

Joes Augen waren hinter den dunklen Gläsern seiner altmodisch runden Brille nicht zu erkennen, aber sein Gesicht rötete sich. Der Kongreßabgeordnete John McCormack gehörte zu seinen Feinden. »Dieser McCormack soll sich ins Knie ficken!« zischte er. »Wer kümmert sich einen Scheiß um das, was er sagt?«

»Jede Menge Leute in Massachusetts.«

»Bullshit! Ich weiß, was du tun willst, Bobby, aber ich werde es nicht zulassen, hast du mich verstanden? Du versuchst, Jack in einen Kampf dort oben in Boston mit einem Haufen politischer Taugenichtse und Schwachköpfe wie ›Onions‹ Burke und Freddy Blip zu verwickeln. Herr im Himmel, kannst du's denn nicht in deinen dicken Schädel kriegen, daß er Präsident werden will?«

Ich sah, daß Joe nichts lieber wollte, als mich in den Streit hineinzuziehen, aber davor blieb ich durch Jacks Auftauchen bewahrt, der auf seinen Krücken aus dem Haus gehinkt kam und in seinen weißen Shorts und einem alten Tennishemd so dünn wie eine Giacometti-Figur aussah.

Jack setzte sich vorsichtig auf seinen Stuhl – eine Spezialanfertigung mit gerader Holzlehne und flachem Sitz – und schaute gleichgültig aufs Meer hinaus, als ob es so weit weg wäre, daß er niemals mehr dorthin gelangen oder gar darin schwimmen würde.

»Wurde hier gerade der Name Onions Burke mißbraucht, oder habe ich mich verhört?« erkundigte er sich mit schiefem Lächeln.

»Ich habe nur Bobby die Meinung gesagt«, erwiderte der Botschafter und wechselte rasch das Thema: »Was macht Jackie?«

Jack zuckte mit den Schultern. »Sie schläft sich aus«, sagte er kurz.

Jackie schlief sich aus, wann immer sie in Palm Beach und

Hyannis Port war, oder blieb nachmittags in ihrem Zimmer, um sich ›auszuruhen‹. Es wurde taktvoll zur Kenntnis genommen, daß dies ihre Art war, sich dem rauhen Stil der Kennedys zu entziehen wie auch den boshaften Sticheleien zwischen Jacks Schwestern und Ethel, der eisigen Arroganz Rose Kennedys, den derben, unverblümten Äußerungen des Botschafters und seinen plumpen Hinweisen auf die doch längst fällige Schwangerschaft. Gleich mir hatte auch Jackie keine Angst vor dem Alten, was vielleicht erklärte, warum er sie mit mehr Respekt behandelte als jeden anderen in seiner näheren Umgebung. Von Anfang an ließ sie sich von seinem rauhen Charme nicht einwickeln. Sie behandelte ihn genau richtig, was nicht so erstaunlich war, da er in vieler Hinsicht ihrem eigenen Vater, ›Black Jack‹ Bouvier, ähnelte, nur daß Black Jack viel mehr Charme und viel weniger Begabung hatte, Geld zu verdienen oder es zu behalten.

Joe machte sich kräftig lustig über Jackies gesellschaftliche Ambitionen, aber nur hinter ihrem Rücken. Er war der Ansicht, daß Jack eine gute Wahl getroffen hatte, als er Jackie heiratete, sofern sie weiterhin keine Szenen wegen seiner Weibergeschichten machte und ihm endlich einen Sohn schenkte. Ihre Diskretion – zumindest in der Öffentlichkeit – über Jacks Affären war vorbildlich, und nicht einmal Joe konnte ihr vorwerfen, daß sie sich nicht anstrengte, ein Baby zu bekommen.

Jack bedachte Bobby mit dem kalten, abfälligen Blick des großen Bruders, der besagte, daß Bobby seinen Mund hätte halten sollen. »Also, ich habe nicht vor, mich auf einen bepißten Wahlkampf da oben in Massachusetts einzulassen«, sagte er dann.

»Recht hast du, gottverdammt noch mal!« Joe schaute auf seine Armbanduhr. »Nun, ich habe gesagt, was ich auf dem Herzen habe. Von jetzt an werde ich als Zuschauer beobachten, wie Jack es mit Onions Burke aufnimmt und Bobby mit den Gewerkschaften.«

Bobby schaute seinen Vater finster an. »Ich tue nichts dergleichen!«

»Oh, ich höre da so gewisse Dinge, ich bin noch lange nicht weg vom Fenster. Dieser Mollenhoff hat dir alle möglichen Märchen über die Teamsters erzählt.«

»Mag sein«, stimmte Bobby widerwillig zu.

»Mollenhoff ist ein Waschlappen. Ich sag' dir was über die

Teamsters – die haben keine verdammten Roten in ihren Reihen. Und die Teamsters haben mehr dafür getan, daß FDR 1944 wiedergewählt wurde als der Rest von der AFL und der CIO, diese ganzen Scheißgewerkschaften, zusammen. FDR hielt seine Fala-Rede auf ihrer Hauptversammlung, wie du vielleicht weißt ...«

Bobby wußte es, war aber nicht beeindruckt. »Das sind inzwischen alles Gangster«, sagte er scharf.

Der Botschafter warf mir einen hilfesuchenden Blick zu. Ich zuckte mit den Schultern. Daß die Teamsters Gangster und noch Schlimmeres waren, wußte ich. Beck war ein korrupter, eitler, aufgeblasener Kerl, leicht zu erledigen, wie ich schätzte, da Egomanie und Habsucht ihn seit langem unvorsichtig werden ließen. Hoffa war von ganz anderem Kaliber, bösartig, gebaut wie einer der Trucks, die seine Leute fuhren, gerissen und mit einer Fähigkeit zu hassen, die Bobbys in nichts nachstand. »Die Teamsters sind durch und durch korrupt«, sagte ich mit Nachdruck. »Ich könnte mir vorstellen, daß Leute wie George Meany die Teamsters nur zu gerne im Scheinwerferlicht sähen, auch wenn sie immer von gewerkschaftlicher Solidarität schwafeln.«

»Hübsch ausgedacht«, meinte Joe sarkastisch.

»Es ist eine gute Sache«, warf Jack ein, klang aber nicht sonderlich überzeugend.

»Es wird sich für Jack bezahlt machen, Dave Beck anzugreifen«, redete ich weiter. »Und für Bobby auch.« Der Botschafter schüttelte den Kopf, aber ich wußte, daß es ihm im Grunde egal war, hinter wem Jack her war, Hauptsache, er war überhaupt hinter jemandem her. Action und Schlagzeilen wollte er gerade jetzt, zum Beweis dafür, daß Jack lebte und wohlauf war. Joe gab einiges auf meinen Instinkt und, trotz ihrer Meinungsverschiedenheit, noch weit mehr auf Bobbys, bei der Frage, ob Jack nun die Maschinerie der Massachusetts-Demokraten unter Kontrolle kriegen sollte oder nicht.

»Beck ist weiß Gott eine große, fette Zielscheibe«, überlegte Joe laut. »Allerdings wird er zurückschlagen. Und dieser Hoffer auch.«

Bobby korrigierte seinen Vater nicht, daß der Mann Hoffa hieß. »Na, wenn schon«, sagte er nur. »Die wissen noch nicht, was ein richtiger Kampf ist.«

Joe warf Jack einen scharfen Blick zu, den ich aus langer Erfahrung als Warnung interpretieren konnte, nämlich, daß Bobby auf keinen Fall zu weit gehen dürfte. Obwohl er so geschwächt war, begriff Jack sofort und nickte.

Joe stand mit einem tiefen Seufzer auf. »So sei es denn«, sagte er. »Aber die Verantwortung tragt ihr.« Es war nicht klar, ob er uns alle damit meinte. »Ich gehe jetzt Golf spielen und werde im Club Mittag essen. Wartet also nicht auf mich.«

Wir blieben stumm sitzen. Joes Abgang hinterließ immer eine Art von Vakuum. »Mittagessen im Club. Daß ich nicht lache«, sagte Jack höhnisch. »Er hat eine Freundin in Palm Beach. Dorthin geht er nach seiner Runde Golf.«

»Wirklich?« fragte ich. »Wer ist sie?« Mir fiel auf, daß Bobby wie in einer Art Trance zu sein schien, das Gesicht hochrot vor Verlegenheit. Sein Vater war für ihn ein Idol, und er wollte von dessen menschlichen Schwächen nichts wissen.

Jack war in diesen Dingen ein größerer Realist. »Sie ist eine dralle Wasserstoffblondine, noch unter vierzig, mit einem hübschen, diskreten kleinen Haus gleich hinter The Breakers. Ich glaube, sie, äh, lebt getrennt von ihrem Mann. Wirklich eine gutaussehende Lady. Wenn sie nicht mit Dad vögeln würde, wäre ich selbst nicht abgeneigt ... Wir können alle von Glück sagen, wenn wir mit siebenundsechzig noch so fit sein sollten.«

Er wirkte niedergeschlagen. Hier in Palm Beach fühlte er sich eingesperrt, und Jackie war die meiste Zeit an seiner Seite. Endlich hatte sie ihn mal für sich allein, und es war nicht zuletzt diese erzwungene Monogamie, wie ich vermute, die ihn dazu brachte, sein Buch ›Profiles in Courage‹, zu schreiben, an dem er täglich arbeitete. Er verwendete das Rohmanuskript von Jack Sorensen und schrieb es in seinem eigenen Stil um. Nun wandte er sich an Bobby. »Dad hat recht«, sagte er. »Beck wird kämpfen, ist dir das klar?«

Bobby setzte eine eigensinnige Miene auf, was niemand besser als er konnte. »Soll er doch. Er ist Abschaum. Ein Schinder, der seine eigenen Leute an die Gangster verraten hat.«

»Ja, du hast recht. Aber er ist eine harte Nuß.«

»Ich mag harte Nüsse.«

Jack lächelte. Niemand wußte besser als er, wie schneidig Bobby war und welch großen Fehler Leute machten, die ihn unterschätzten. »Na ja«, meinte er nach einer Pause, »wenn du schon jemanden erledigen mußt, dann kann es genausogut Dave Beck sein. Oder Hoffa.«

Als Bobby aufstand und ins Haus ging, sah er wieder wie ein Schuljunge aus. Einen Moment war nur das Geräusch der Rasensprenger zu hören. »Was hältst du davon, David?« erkundigte sich Jack. »Ganz unter uns. Ich meine, du hast mich ja als erster auf die Teamsters gebracht.«

»Ich habe dich aber auch gewarnt, daß sie gefährlich sind. Für nichts kriegst du nichts.«

»Erspar mir die Allgemeinplätze, David. Wie gefährlich sind sie denn nun wirklich?«

»Ich glaube kaum, daß sie einem Senator der Vereinigten Staaten etwas antäten, falls du das wissen willst. Und auch seinem Bruder nicht.«

Wenn ich heute zurückdenke, komme ich mir sehr naiv vor, aber so waren wir damals alle. Es war auch ein Fehler, Jacks Mut herauszufordern. Er schob kämpferisch das Kinn vor.

»Ich habe keine Angst vor Beck oder Hoffa oder ihren Freunden, David. Kapier das endlich.«

»Ich habe das auch noch nie behauptet«, wehrte ich mich.

»Das hindert mich aber nicht daran, mir Gedanken zu machen, wohin das alles führen kann«, sagte Jack. »Ich meine, da ist dieser Mollenhoff, der Bobby detailliert über jedes Verbrechen aufklärt, das die Teamsters begangen haben, und nun hat sich Bobby tatsächlich in ungeheure Wut gesteigert ... Vielleicht ist es das große Wahlkampfthema, das ich suche, aber wie gehen wir vor? Was tun wir mit Beck, was tun wir mit Hoffa? Und mit den Gangstern? Ich will wissen, wohin die Fahrt geht, bevor wir Anker lichten.«

Jack hatte Mumm, verlor aber nie den Kopf. Bobby war der selbstgerechte Kreuzfahrer schlechthin, während Jack lediglich gut in den Schlagzeilen rauskommen wollte, und dafür brauchte er ein Programm, das ihm erlauben würde, der Welt zu verkünden, daß die guten Jungs, also die Kennedy-Brüder, gewonnen hatten.

»Bring Beck hinter Gitter«, sagte ich. »Wenn du das tust, bist du ein Held für die Öffentlichkeit, für die AFL-CIO und für George Meany. Wenn du's dann noch schaffst, daß dein Name auf einem Gesetzesentwurf für eine vernünftige Gewerkschaftsreform steht, dann kannst du 1956 auf dem Parteikonvent als ernsthafter Bewerber für den Posten des Vizepräsidenten auftreten.«

»Ich will nicht Vizepräsident werden, verdammt noch mal!«

»Auch gut. Dann lehn es ab, wenn es dir angeboten wird. Das ist sogar noch besser.«

Er schaute nachdenklich übers Meer zum fernen Horizont hinüber. Das Konzept gefiel ihm, aber ich spürte, daß er nach wie vor mißtrauisch war. »Angenommen, wir kriegen Beck«, sagte er. »Was ist dann mit Hoffa? Der ist doch noch übler.«

»Wenn du Beck kriegst, kannst du später immer noch entscheiden, was du mit Hoffa tust. Vielleicht kann ihn jemand anders fertigmachen. Beck ist derjenige, der sich mit dem Geld seiner Gewerkschaft einen Palast baut. Er ist für Bobby ein todsicherer Kandidat.«

Jack wirkte immer noch nicht völlig überzeugt. »Und die Mafia?«

»Darauf weiß ich noch keine Antwort, Jack«, erwiderte ich ihm ehrlich.

»Kannst du dir was ausdenken?«

»Vielleicht.«

»Versuch es! Mir zuliebe. Schließlich war das ja deine geniale Idee. Ich will eine sichere Sache, David. Keine Risiken, keine Überraschungen. Falls es so aussieht, als gäbe es viele Schereien, dann können wir immer noch etwas anderes tun. Herr im Himmel, wir haben schließlich bis 1960 Zeit, oder? Ich möchte genau wissen, worauf wir uns da einlassen, okay?«

»Okay. Aber es wird nicht leicht sein.«

»Ich stehe in deiner Schuld, David.«

Ich machte eine abwehrende Handbewegung. Da ich mich als Jacks Freund ansah wie auch als Freund der Familie, war ich bereit, ihm jederzeit einen Gefallen zu tun. Übrigens hatte mir der Botschafter in der Vergangenheit ja auch häufig einen Gefallen erwiesen. Wenn Jack eines Tages Präsident war, würde ich ihn zum Ausgleich vielleicht um etwas bitten, aber nicht jetzt. Ich hatte mir immer erträumt, Botschafter in London zu sein wie Jacks Vater und war auch überzeugt, meine Sache gut machen zu können, aber noch war nicht der richtige Zeitpunkt, um dies zur Sprache zu bringen. Außerdem war ich sicher, daß Jack darüber

Bescheid wußte. Wie jeder geborene Politiker hatte er ein Gespür für die geheimen Ambitionen anderer Männer, ohne lange danach fragen zu müssen.

»Mach es bitte diskret, David«, bat er. »Ich möchte nicht, daß Bobby etwas davon erfährt.«

Aus Gründen der Fairneß muß ich wohl hinzufügen, daß Jacks Bitte nicht von ungefähr kam. Public Relations dienen dem Zweck, Menschen und Dinge besser wirken zu lassen, als sie sind; wäre jeder ehrlich und tugendhaft, dann bestünde kein Bedürfnis nach den Diensten von Leuten wie mir. Im Laufe der Jahre hatten zu meinen Klienten Gewerkschaftsführer, Entertainer, Besitzer von Casinos in Las Vegas und Kuba oder von Rennbahnen gehört, und es war häufig nötig gewesen, Gerüchte, daß der oder jener angeblich Beziehungen zu Verbrecherkreisen hatte, zu ›schönen‹ oder es sogar zu vertuschen, wenn es sich tatsächlich so verhielt. Selbst die Mafia – zumindest auf höchster Ebene – war um ihr ›Image‹ bemüht und erpicht darauf, Gangster als respektable Männer von Ehre und altmodischen Tugenden hinzustellen, was ihr allerdings nicht annähernd so gut gelang wie Mario Puzo in seinen Büchern.

Ich gewann rasch die Achtung der Gangster, mit denen ich gelegentlich zu tun hatte, weil ich den Mund hielt, wenn es nötig war, nichts versprach, was ich nicht halten konnte, und mich ihnen nie anbiederte. Die Folge war, daß ich mit der Zeit viele Mafiabosse kennenlernte – unter ihnen Luciano, den ich gern mochte, Lansky, den ich häufig in Florida traf (er war der cleverste von allen), und Moe Dalitz in Las Vegas, einen echten Gentleman.

Ich entschuldige mich nicht dafür. Sie baten mich nie, etwas Unredliches für sie zu tun, und das hätte ich auch nicht getan. Die Trennlinie zwischen Geschäft und Verbrechen ist immer schmal, und viele der ›gesetzestreuen‹ Männer, mit denen ich verhandelte oder die meine Klienten waren, wie Howard Hughes oder J. Paul Getty, kamen mir im nachhinein korrupter vor als die Bosse der Mafia.

Meine guten Verbindungen in dieser Hinsicht waren Jacks Vater sehr wohl bekannt und für Jack eine Quelle ständiger Neugier, da er von Gangstern fasziniert war und ihnen eine Macht zuschrieb, die weit über das tatsächliche Maß hinausging. Joe erkannte sie als das, was sie waren – Rowdys von der Straße, die sich wie Raubvögel auf die Schwachen stürzten und sie ausbeuteten. Jack dagegen hielt sie für geheimnisvoll und spektakulär – eine Fehleinschätzung, die ich ihm nicht ausredete, zu meiner Schande und Jacks späterem Unglück.

»Glaub mir, Jack«, sagte ich, »wenn es eine Sache gibt, die diese Burschen verstehen, dann ist es Diskretion. Ich sehe mal, was ich tun kann.«

»Ausgezeichnet. Danke dir, David. Du bist ein echter Freund.«

»Da wäre noch was, Jack. Falls wir uns mit denen einlassen, wollen sie garantiert irgendeine Gegenleistung.«

Er schaute mich zweifelnd an. »Was denn?«

»Das weiß ich nicht.«

»Wir können ihnen kein Geld zahlen, falls sie darauf aus sind. Unmöglich!«

»Die wollen kein Geld. Auf ihre Weise sind diese großen Mafiatypen ehrliche Partner. Wenn sie sagen, sie liefern dir das Gewünschte, dann tun sie es auch. Aber sie erwarten das gleiche von dir.«

»Na klar«, sagte er, aber ich merkte ihm an, daß er meine Warnung nicht ernst nahm. Der einzige Mensch auf der Welt, den Jack fürchtete, war sein Vater. Und vielleicht noch Jackie. Ich hätte damals meine Warnung wiederholen müssen, aber er sah so müde und erschöpft aus, daß ich es nicht über mich brachte, und gleich darauf wechselte er das Thema. Was für ein fataler Irrtum von mir, dies zuzulassen. »Du kannst dir nicht vorstellen, David, wie ich meine ganzen Aktivitäten vermisse ...«

»Was tust du denn hier die ganze Zeit?«

»Abgesehen davon, daß ich langsam einen Gefängniskoller kriege? Ich arbeite an diesem verdammten Buch ... Die Idee dazu verdanke ich ja dir, David! Wenn ich damit fertig bin, werde ich wohl eine zweite Scheißoperation über mich ergehen lassen müssen.«

Er schloß einen Moment die Augen, als wollte er den Gedanken daran verdrängen, Unbeweglichkeit und qualvolle Schmerzen noch einmal ertragen zu müssen. Wer konnte ihm das verdenken? »Marilyn hat gestern angerufen«, sagte er unvermittelt.

»Hier?«

»Zum Glück war Jackie gerade beim Schwimmen.«

»Wie geht's ihr?«

»Du kennst ja Marilyn. Soll sie nun Miller heiraten, oder soll sie nicht? Als ob ich ihr das sagen könnte! Ich meine, es ist vermutlich ein Fehler, aber das sind ja die meisten Heiraten, findest du nicht auch?«

Ich nickte. Mir waren seine Gedanken über dieses Thema wohlvertraut.

»Sie wollte herkommen, um mich ... zu sehen.«

»Ein Fehler.«

»Ja, aber trotzdem ein netter Gedanke. Doch ich glaube, daß sie gar nicht so enttäuscht war, als ich ihren Vorschlag ablehnte. Dann erzählte sie mir stundenlang über das Actors-Studio und den Typen, der es leitet. Wie heißt er noch?«

»Lee Strasberg.«

»Richtig. Sie klang übrigens ganz optimistisch, jedenfalls was ihre Karriere betrifft. Sie sagte, sie könnte mich in fünf Minuten wieder auf die Beine bringen! Malte mir auch aus, wie sie's tun würde!« Er lachte. Wie ein heißer Blitz durchzuckte mich sexueller Neid auf ihn, und ich sah jene üppigen weißen Schenkel vor mir, wie sie sich für Jack öffneten.

Er warf mir einen forschenden Blick zu. »Denkst du, daß Marilyn ein Problem werden könnte?«

Ich räusperte mich. Tatsächlich dachte ich, daß Marilyn fast so gefährlich für Jack war, wie es Beck und Hoffa für Bobby werden würden. »Du kennst das Sprichwort, Jack – fick nie eine Frau, die mehr Probleme hat als du.«

Einen Moment glaubte ich, Jack wäre sauer auf mich, aber dann warf er den Kopf zurück und prustete los, so ausgelassen, wie ich ihn seit Wochen nicht gesehen hatte. »Ach, David«, sagte er, nach Luft schnappend. »Das sind doch die einzigen, bei denen sich das Ficken lohnt!«

8. KAPITEL

Sie versuchte, sich auf das zu konzentrieren, was Milton ihr über Larry Olivier erzählte, der in ihrer Vorstellung aber immer Sir Laurence Olivier blieb, der größte Schauspieler der englischsprechenden Welt.

Instinktiv wußte sie, und da konnte Milton ein noch so rosiges Bild zeichnen, daß es ihr und Laurence Olivier nicht bestimmt war, Freunde zu sein. Milton hatte ihr einige von Oliviers Filmen vorgespielt, die sie aber nur noch mehr deprimierten, da sie in den meisten kaum ein Wort von dem verstand, was er sagte. Sie freute sich viel mehr darauf, mit Joshua Logan in dem Film *Bus Stop* zu arbeiten, der ihr nächstes Projekt war. Cherie war eine Rolle, die sie begriff, und Logan, den sie schon getroffen hatte, redete die gleiche Sprache wie sie, und man hielt sogar im Actors-Studio einiges von ihm.

»Du hast mir nicht gesagt, daß Sir Olivier bei dem Film auch Regie führt«, sagte Marilyn vorwurfsvoll.

»Nicht Sir Olivier«, korrigierte Milton sie zum hundertstenmal. »Sir Laurence! Hör mal, der entscheidende Punkt ist, daß Larry die Regie *will*. Nur deshalb haben wir ihn gekriegt.«

»Ich dachte, wir haben ihn gekriegt, weil er Geld braucht.«

Milton verdrehte seine Augen. »Das auch. Übrigens hat er schon vorher Regie geführt, oft sogar.«

»Aber er war noch nie mein Regisseur, Milton. Und es ist mein Geld, das wir ihm zahlen, oder etwa nicht?«

Auf Miltons Stirn bildeten sich Schweißperlen. »Jaja, unseres, stimmt«, sagte er.

»Zum größten Teil meins.«

Er seufzte. »Zum größten Teil deins, okay.«

»Ich versuche ja nur, dir etwas begreiflich zu machen. Wenn es mein Geld ist, möchte ich, daß man mich über alles informiert. Und ich möchte, daß die Dinge auf meine Art getan werden und nicht auf Sir Oliviers. Schließlich bin ich es, die ihn bezahlt, und das muß er kapieren. Stimmt's?«

»Stimmt.«

»Milton? Bist du sicher, daß er es begreift?«

»Das schaffe ich schon, Marilyn, keine Sorge.«

Aber sie machte sich Sorgen. Ihr mißfiel jetzt schon die Art, wie Milton und Amy über Larry dies und Vivien das redeten. Es war Miltons Aufgabe, sich um ihre Gefühle zu kümmern, nicht um Oliviers und noch weniger um Vivien Leighs, nur weil sie die Rolle der Elsie in *The Prince and the Showgirl* mit Olivier auf der Bühne gespielt hatte – die gleiche Rolle, die Marilyn im Film bekam.

»Noch etwas«, sagte sie energisch. »Ich habe Paula Strasberg engagiert.«

Milton mimte den Verwirrten. »Paula? Strasberg?«

»Vom Actors-Studio.«

»Ach so, Lees Frau ... Was soll sie bei uns tun, Marilyn?«

»Sie wird mein Coach sein, Schätzchen.«

»Aha. Und was bedeutet das, Marilyn?«

»Sie wird mir bei meinen Auftritten helfen. Hör mal, Milton, das ist eine tolle Sache. Lee und Paula haben das noch nie gemacht, für niemanden, nicht mal für Marlon oder Monty. Ich kann's kaum fassen, daß Paula es tun will. Ich meine, Lee ist ein Genie, und Paula ist so was wie seine Interpretin oder Jüngerin, verstehst du?« Sie merkte, daß er nicht gerade begeistert war. »Paula ist ein Profi«, redete sie eifrig weiter. »Sie versteht mich besser, als ich mich selbst verstehe. Wenn sie mir sagt, ich soll mich aus dem Fenster stürzen, dann tue ich's und weiß, daß ich fliegen kann.«

Sie breitete ihre Arme aus, um zu demonstrieren, was sie meinte, und fegte dabei mehrere Porträtfotos von der Wand. Die Wände des Arbeitszimmers waren mit Fotos von Marilyn bedeckt, denn trotz seiner neuen Rolle als ihr Partner und Produzent fotografierte Milton sie immer noch bei jeder Gelegenheit.

»Hm, das hört sich toll an«, murmelte Milton mit dem nervösen Blick eines Menschen, der sich mit einem Verrückten eingesperrt fühlt. »Hast du das alles schon mit Dr. Kris besprochen?«

Marianne Kris war Marilyns neue Psychoanalytikerin. Sie war von Lee und Paula Strasberg empfohlen worden, die der Meinung waren, daß eine Therapie unentbehrlich für jeden war, der die ›Methode‹ verstehen wollte – eine Tatsache, die Marilyn Milton gegenüber nicht erwähnt hatte. »Marianne ist sehr verständnisvoll«, sagte sie kurz. »Sie unterstützt die Idee.«

»Du planst also tatsächlich, Paula nach England mitzunehmen?«

»Darauf kannst du Gift nehmen, Honey. Wohin ich gehe, geht auch Paula.«

»Das wird Larry vielleicht nicht passen.«

»Dann sag Larry, wer die Rechnungen bezahlt, Milton.«

Er zuckte mit den Schultern. »Und wenn's ihm dann immer noch nicht paßt?«

»Dann soll er meinetwegen abschieben.«

Es entstand ein längeres Schweigen, während Milton versuchte, sich mit dieser neuen Facette ihrer Persönlichkeit anzufreunden. »Okay«, meinte er schließlich resigniert. »Paula ist also dabei. Wieviel bezahlen wir ihr?«

Sie warf ihm einen scharfen Blick zu. »Wieviel bezahlen wir für die Antiquitäten, die du der Filmgesellschaft in Rechnung gestellt hast?«

Er zog die Augenbrauen hoch und lächelte sein trauriges Lächeln.

»Milton, vergiß bitte nie: Ich mag ja wie ein blondes Dummchen aussehen, bin aber kein blondes Dummchen.«

»Okay.« Milton war als Straßenjunge in Brooklyn aufgewachsen, war kleiner als die anderen gewesen und hatte deshalb härter werden müssen. Er kannte alle Tricks und Methoden, wußte aber auch, wann er besiegt war. »Ich werde mit Paula einen Vertrag machen«, versprach er.

»Ich möchte, daß es gleich geschieht, noch bevor ich nach L. A. zurückfliege. Paula soll schon bei *Bus Stop* dabeisein, und sei großzügig, Milton«, sagte sie mit Nachdruck.

»Vey iz mir!«

»Das glaub' ich dir gern, daß du ein Problem damit hast.« Sie schaute auf die Uhr und stieß einen spitzen Schrei aus. Armbanduhren trug sie fast nie, da selbst die teuersten es an sich hatten, in dem Moment stehenzubleiben, wenn sie mit ihrem Handgelenk in Berührung kamen, als blockierten gewisse magnetische Kräfte in Marilyn die Bewegung. »Ich muß lossausen«, rief sie. »Sonst komme ich zu spät.«

»Zu spät für was?«

Beinahe wäre sie damit herausgeplatzt, daß sie Jack im Carlyle traf, sagte aber statt dessen: »Zu spät für einen Friseurtermin in der Stadt.« Wenn sie doch nur besser schwindeln könnte! »Ich muß mich noch umziehen. Es ist schon fast zwei. Kann ich deinen Wagen ausleihen?«

»Sei mein Gast.«

Sie lachte, als sie die Türe öffnete. »Milton, Honey, ich *bin* dein Gast.«

9. KAPITEL

Wenn man kein Spieler ist, gibt's kaum was zu tun in Las Vegas, aber ich war ja auch nicht zu meinem Vergnügen dort. Ich war dort, um Moe Dalitz Jack zuliebe auszuhorchen.

Morris ›Moe‹ Dalitz hatte sich während der Prohibition einen Namen – und natürlich auch Geld – in der alten Detroiter ›Purple Gang‹ gemacht und war vernünftig genug gewesen, um sich mit den immer stärker werdenden sizilianischen Mafiosi zu arrangieren, statt sie zu bekämpfen, wie die meisten der anderen jüdischen Gangster.

Damals bezog Moe seinen Alkohol auch von gewissen Destillerien jenseits der Grenze in Kanada, deren inoffizieller Besitzer Joe Kennedy war. Als es dann Moe ins wärmere Klima der Westküste zog, etwa zur gleichen Zeit, als Joe die RKO für einen Pappenstiel übernahm, war es nur natürlich, daß die zwei Newcomer aus dem Osten sich gelegentlich Gefälligkeiten erwiesen, bei denen ich als Vermittler fungierte. Moe konnte sich bei Willie Bioff ins Zeug legen, um bei der RKO die Arbeiter ruhig zu halten, während Joe dafür sorgte, daß sein alter Kumpel William Randolph Hearst Moe Dalitz' Namen aus den Schlagzeilen heraushielt.

Letztlich machte Moe an der Westküste besser Karriere als Joe und wurde sogar einer der Gründerväter von Las Vegas. Im Unterschied zu den meisten seiner Gangsterkollegen war er ein reicher Mann, der eigenes Geld investieren konnte. Als einziger der großen Gangsterbosse hatte er die Kühnheit besessen, beim Finanzamt seine Einkünfte als Alkoholschmuggler während der Prohibition anzugeben, schlau kalkulierend, daß die Regierung ihn wohl kaum ins Gefängnis stecken würde, wenn er Steuern für den Ertrag aus seinen illegalen Geschäften bezahlte. Er baute das Desert Inn und wurde der ungekrönte König der Casinobesitzer – ›Mr. Las Vegas‹, wie ihn die Lokalpresse nannte. Es war Moe, der die Stadtverwaltung dazu brachte, Gehsteige zu bauen (trotz des Widerstands der anderen Casinobesitzer, die gar nicht einsahen, warum man Spieler dazu ermutigen sollte, ins Freie zu gehen), es war Moe, der trotz giftiger Spötteleien den ersten Golfplatz anlegen ließ – mit dem Argument, daß Casinos ›mehr darstellen sollten, als nur ein paar Jungs zu beherbergen, die in einem Hotelzimmer Poker spielen‹.

Es war auch Moe, der die erste Show auf die Bühne brachte und berühmte Stars engagierte, um der simplen Aufgabe, Leuten einen Raum mit Air-Condition zur Verfügung zu stellen, wo sie ihr Geld verlieren können, etwas Glamour zu geben.

Er wurde schließlich so eine Art Bindeglied zwischen der neuen Generation von Gangstern aus Chicago und dem Mittleren Westen – Männern wie Tony Accardo, der Al Capones Imperium geerbt hatte, oder Sam Giancana, der nach einem starken Aderlaß Accardo ablöste – und den großen Entertainern, Bankiers und Politikern, ohne die das Geschäft nicht florieren konnte.

Moe war kein slangsprechender Ganove mit einem Ring am kleinen Finger. Er war ein kräftiger, gutaussehender Mann in den Fünfzigern mit seelenvollem Blick und scharfgeschnittenem Gesicht – Dick Tracy im Profil nicht unähnlich. Er war auf konservative Weise elegant gekleidet und hatte die Hände eines Konzertpianisten. Es hieß, daß er mit diesen Händen mal einen Mann im Lagerraum eines Grillrestaurants in den Außenbezirken Detroits erwürgt hatte, aber das war schon viele Jahrzehnte her, und die meisten der erfolgreicheren Geschäftsleute in Las Vegas hatten in ihren Anfängen ähnliches getan. Einige taten es immer noch.

Moe wartete auf mich an einem Tisch in der Mitte des Restaurants vom Desert Inn, zu dem mich der Maître d'hôtel nun führte. Sein Benehmen erinnerte an das eines Kardinals, der einen vornehmen Besucher dem Papst vorstellt. Er reichte mir eine dunkelrote, mit goldener Quaste verzierte Speisekarte von der Größe der *The New York Times*, als ich mich setzte, doch Moe machte eine abwehrende Handbewegung. »Der Küchenchef weiß, was wir nehmen, Frankie«, sagte Moe. Er sprach so leise, daß man die Ohren spitzen mußte, um ihn zu verstehen. »Werden Sie gut behandelt, David?« erkundigte er sich dann.

»Bestens«, erwiderte ich. Las Vegas hatte noch nicht den Gipfel der Vulgarität erreicht, für die es dann berühmt wurde, war aber auch schon damals von verschwenderischem Luxus. Ich bewohnte eine große Suite mit Blick auf die Wüste, in der ich ein Badezimmer aus Marmor und ein Bett vorfand, das auch für eine römische Orgie groß genug gewesen wäre, außerdem Früchte, Champagner und Blumen, so weit das Auge reichte.

»Es geht auf Rechnung des Hauses«, sagte Moe. »Ich habe auch ein Konto für Sie eröffnet, falls Sie spielen wollen.«

»Das wäre doch alles nicht nötig gewesen.«

»Mi casa, su casa, wie sie hier draußen sagen, David, mein Haus ist auch Ihr Haus. Genießen Sie es.« In einem silbernen Weinkörbchen ruhte eine Flasche Haut-Brion, Jahrgang 1947, schon entkorkt, damit der Wein atmen konnte – einer meiner besonderen Lieblinge, wie Moe wußte. Obwohl Moe erst relativ spät ein Weinkenner geworden war, hatte er es geschafft, dem Besitzer vom Le Pavillon in New York, Henri Soulé, seinen Sommelier abspenstig zu machen, damit er sich um Moes Schätze kümmerte.

Er schenkte uns beiden ein, schnupperte genüßlich, nahm einen Probeschluck und prostete mir zu. »Das Leben ist schön, mein Freund«, sagte er. »Und für Sie?«

»Auch schön.«

»Wie ich höre, floriert Ihre Agentur.«

»Ich kann nicht klagen.«

Er nickte ernst. Gute Geschäfte waren eine ernste Angelegenheit, über die man nicht leichtfertig sprach. »Ich habe ein einfaches Essen bestellt«, sagte er unvermittelt. »Der Küchenchef macht uns einen Salat Cäsar, T-Bone-Steaks – die besten, die Sie je zwischen die Zähne bekamen, glauben Sie mir – und Baked Potatoes.«

»Das hört sich perfekt an, Moe.« Ich meinte es ernst. Wie man gute Steaks macht, das wußte man in Las Vegas, und Moe wußte, was für ein Fleisch da auf den Tisch kam, denn irgendwann hatte er mal die Metzgergewerkschaft in Cleveland unter seine Kontrolle bekommen, indem er die Opposition ausschaltete.

Wir plauderten über alte Zeiten, während der Salat serviert wurde. Die Steaks – sie waren so gut, wie Moe versprochen hatte – lagen schon auf unseren Tellern, als er sich schließlich erkundigte, was mich nach Las Vegas führte.

»Ich brauche einige Informationen«, sagte ich.

Moes Augen wirkten plötzlich viel weniger seelenvoll. Immerhin nickte er mir zu – eine Art Erlaubnis weiterzureden.

»Ich möchte ein paar Fragen zu den Teamsters stellen.«

»Die Teamsters?« Er schüttelte bedenklich den Kopf. »Was für eine Art von Fragen?«

Ich beugte mich näher zu ihm. »Kennen Sie Joe Kennedys Sohn Jack?«

»Den Senator?«

»Genau den.«

Er nickte, und sein Blick wirkte nun sehr wachsam. Moe verfügte über erstklassige politische Beziehungen, lokale und nationale, und eine ganze Reihe von Senatoren aus dem Westen waren ihm verpflichtet. Angeblich sogar Lyndon Johnson. Moe hatte ein Gedächtnis wie ein Elefant, wenn es um Politik ging. »Was will Jack Kennedy über die Teamsters wissen, das sein Vater ihm nicht beantworten kann? Wenn er sie in Ruhe läßt, wählen sie ihn vielleicht sogar. Er ist katholisch, und das sind viele von ihnen. Er ist Ire, was okay ist, und er ist ein Kriegsheld, was sie mögen. Er ist auch nicht rot angehaucht wie dieser Stevenson ... Verdammt, die Teamsters waren doch immer Demokraten.«

»Ich weiß«, sagte ich rasch, bevor auch er mir von FDR und der Fala-Rede erzählte. »Folgendes: Bobby wird der erste Rechtsberater vom McClellan-Untersuchungsausschuß werden, und Jack ist dort sogar Mitglied, doch alles, was sie zu hören kriegen, ist ›Beck dies und Hoffa das‹ ...«

Ich fing einen mißbilligenden Blick Moes auf. »Keine Namen«, murmelte er.

Ich entschuldigte mich. Jede Branche hat ihre eigenen Regeln, und in Moes spielten sie eine größere Rolle als in anderen. »Ich wollte sagen«, fuhr ich fort, »daß alle Bobby auf die Teamsters hinweisen. Jack macht sich so seine Gedanken, ob da überhaupt etwas ist. Und wie wird die Führung auf eine Untersuchung reagieren?«

Moe zog eine Grimasse. »Ist da überhaupt etwas? Was glauben Sie denn? Na klar ist da was.«

Er war mit seinem Steak fertig, trank einen letzten Schluck Wein und bestellte zwei Espressi. Bei einem Blick in die Runde registrierte er mit Zufriedenheit, daß an fast jedem Tisch Spieler saßen, die hier viel Geld ließen, in Gesellschaft langbeiniger Blondinen, bei denen man gern einen zweiten Blick riskierte. »Wenn Joes Sohn es auf die Teamsters abgesehen hat, braucht er so große Eier wie sein Vater. Vielleicht sogar noch größere.«

»Ich glaube kaum, daß es da Probleme gibt«, sagte ich, war aber doch etwas abgeschreckt. Moe gebrauchte normalerweise keine solchen Ausdrücke. Wenn er nun sagte, daß Bobby große Eier brauchen würde, meinte er es offensichtlich ernst.

Zum erstenmal hatte ich das Gefühl, daß ich in größere Schwierigkeiten geriet, als Jack vermutet hatte. Ich konnte Moe vom Gesicht ablesen, daß mein Interesse an den Teamsters nicht bei einer netten Plauderei nach dem Dinner befriedigt werden würde.

Meine Fragen hatten einen empfindlichen Nerv getroffen. Inzwischen wünschte ich schon fast, ich hätte sie nicht gestellt, aber wie wir alle wissen (was Jack allerdings erst herausfinden mußte), kann man ein gesprochenes Wort nicht zurücknehmen. Ich hätte mit der letzten Maschine zurückfliegen und Jack raten sollen, das Ganze zu vergessen. Ich hätte ihn warnen sollen, daß er sich in gefährliche Gewässer vorwagte, in denen es von Killerhaien wimmelte. Bei jedem anderen als bei Moe Dalitz hätte ich mich hastig unter irgendeinem Vorwand entschuldigt und wäre gegangen, aber Moe war ein Mensch, den ich mochte und auf dessen Respekt ich Wert legte, und so blieb ich also sitzen.

Heute ist mir natürlich klar, daß ich mir selbst und Jack eine Falle gestellt hatte. Indem ich mich nach den Teamsters erkundigte, weckte ich das Interesse der Gangster an Jack Kennedy. Selbst wenn ich meinem Instinkt (oder meiner Angst) gefolgt wäre und den nächsten Flug gebucht hätte, wären sie mir auf den Fersen geblieben, um zu sondieren, was sie für den jungen Senator aus Massachusetts tun konnten und – noch wichtiger – was er für sie tun konnte.

»Wenn Sie an den Teamsters interessiert sind, dann müssen Sie einen bestimmten Typen treffen«, sagte Moe schließlich. »Er ist der richtige Mann für Sie, nicht ich.«

»Wo ist er?«

»Hier.«

»Können Sie es für mich arrangieren?«

»Na klar«, meinte er etwas zu beiläufig. »Spielen Sie Golf?«

»Golf? Nicht besonders gut.«

»Sie sollten mehr spielen, David. Genießen Sie das Leben! Ein junger Mann wie Sie sollte nicht so hart arbeiten. Ich schwimme, spiele Golf und auch Tennis, wenn es nicht zu heiß ist. Ich habe noch die gleiche Hosengröße wie als Zwanzigjähriger.« Er beugte sich so weit über den Tisch, daß ich seinen warmen Atem im Gesicht spürte. »Derjenige, den Sie sprechen sollten, wird sich mit Ihnen auf dem Golfplatz treffen wollen.«

»Warum?«

»Warum?« wiederholte Moe ironisch. »Weil er gern mit Leuten im Freien plaudert, an der frischen Luft, verstehen Sie? Da gibt's keine versteckten Mikrofone oder Wanzen.«

»Wie trete ich mit ihm in Verbindung?«

Moe schnippte mit den Fingern, worauf der Maître d'hôtel zwei Cognacschwenker brachte und sie über einem Brenner erwärmte, ein kleines Ritual, das fester Bestandteil der Kultur von Las Vegas und Miami zu sein scheint. Moe zog zwei Montecruz Individuales aus der Brusttasche und reichte mir eine.

»Er tritt mit Ihnen in Verbindung, David«, sagte er. »Keine Sorge.«

Die Stimme am Telefon klang wie eine alte Betonmischmaschine. Sie sagte, ich solle mich am nächsten Vormittag um halb elf Uhr in der Halle einfinden, wo mich jemand erwarten würde.

Ich brauchte kaum mehr als eine Sekunde, um diesen »Jemand« in der Nähe der Rezeption zu entdecken – ein kleiner, stämmiger junger Mann in einem ausgebeulten Sommeranzug, mit Sonnenbrille und Filzhut. Trotz gutfunktionierender Air-condition schwitzte er. Als er sich zu mir umdrehte, erkannte ich an der leichten Ausbeulung seines Jacketts, daß er einen Revolver trug. Aber das besagt nicht viel. In jenen Tagen trieben sich in Las Vegas mehr bewaffnete als unbewaffnete Leute herum. Außerdem sah er nicht wie ein Muskelmann aus, und sein kraftloser Händedruck bestätigte diesen Eindruck. Schlapp und feucht – so unangenehm, daß ich kaum widerstehen konnte, meine Finger am Taschentuch abzuwischen. »Mr. Leman?« Er sprach mit heiserer Stimme und New Yorker Akzent.

Ich nickte.

»Sie haben keine Schläger?«

»Nein, tut mir leid.« Ich hatte auch keine Golfkleidung, sondern trug Flanellhosen, Mokassins und ein Hemd mit offenem Kragen und hochgekrempelten Ärmeln.

Wir traten in gleißende Helligkeit und Hitze hinaus. Er öffnete den hinteren Wagenschlag eines Cadillac für mich, wuchtete sich hinters Steuer und schaltete den Air-conditioner auf die höchste Stufe. »Ein tolles Klima hier, was?« sagte er.

Ich nickte. Seine heisere, manchmal aber auch winselnde Stimme irritierte mich. Als ich auf dem Sitz neben mir eine Tageszeitung entdeckte, begann ich zu lesen, um mein Desinteresse an einer Unterhaltung zu signalisieren.

Wir fuhren einige Minuten durch die Wüste, bogen in eine Zufahrt ein und befanden uns plötzlich auf Moe Dalitz' berühmtem Golfplatz. Ein Triumph des Menschen über die Natur. Er konnte bei dieser Hitze nur durch vierundzwanzigstündige Bewässerung am Leben gehalten werden. Genausogut hätte Moe einen Achtzehnlochplatz in der Mitte der Sahara anlegen lassen können. Wir parkten und gingen am Clubhaus vorbei zur Abschlagstelle, wo ein kleiner, aber breitschultriger älterer Mann mit einem Schläger in der Hand schon wartete.

»Hier ist der Typ, mit dem Sie sprechen wollten, Red«, sagte mein Fahrer.

Nun wußte ich, mit wem ich hier zusammentraf: Paul ›Red‹ Dorfman, engster Vertrauter von Sam Giancana und jahrelanger Boß der Altmetallhändler-Gewerkschaft von Chicago – eine Stellung, die Dorfman übernahm, nachdem der Gründer und Schatzmeister ermordet worden war.

Dorfman war in den zwanziger Jahren Champion im Federgewicht gewesen und hatte auch heute noch etwas von der lauernden Haltung eines Boxers an sich. Mir fiel plötzlich ein, daß man ihm seinen Titel aberkannt hatte, nachdem er beschuldigt worden war, einen Konkurrenten aus der Gewerkschaft in dessen eigenem Büro mit einem Schlagring bewußtlos geschlagen zu haben. Das Opfer weigerte sich natürlich, vor Gericht zu gehen, und so wurde auch dieser Zwischenfall wie Dutzende anderer Verbrechen Dorfmans nie bestraft, die von Mord bis zu schwerem Wahlbetrug in Cook County, Illinois, reichten.

Als er seinen Golfschläger schwang, kam mir unwillkürlich in den Sinn, daß er damit bei der kleinsten Provokation nach meinem Kopf zielen würde. Sein rotes Haar war inzwischen graumeliert, und sein Gesicht trug den Ausdruck eines Mannes, der alles andere als erfreut war, mich zu sehen.

»Sie haben keinen Hut?« fragte er unwirsch. »Bei dieser Sonne müssen Sie einen Hut tragen.« Er wandte sich an den Mann, der mich hergebracht hatte, und befahl: »Geh und hol ihm einen aus dem Clubhaus, Jack.«

Er schnalzte mit den Fingern, worauf einer der Caddies, die außer Hörweite standen, herüberkam und mir einen Schläger reichte. »Spielen Sie!« zischte Dorfman und suchte den Horizont mit den Blicken ab. »Falls hier eine FBI-Überwachung ist, haben Sie und ich Golf gespielt und haben nicht nur rumgestanden und geredet.«

Ich machte ein paar Probeschwünge, um mich zu lockern, und schlug dann den Ball etwa fünfzig Meter weit ins Rough.

Dorfman lachte in sich hinein. »Geben Sie sich mehr Mühe! Schließlich soll es echt aussehen«, sagte er. »Ich hätte mit Ihnen um fünf Dollar pro Schlag wetten sollen.«

Ich würde dich gern auf der Skipiste neben mir sehen, du Mistkerl, dachte ich. Oder am Bridgetisch, obwohl er da wahrscheinlich falsch spielte.

»Sie müßten ein paar Stunden nehmen«, sagte er. Er schlug seinen Ball schnurgerade übers Fairway, und ich fragte mich, warum jeder Gangster in Las Vegas sich anscheinend berechtigt fühlte, mir eine Lektion im Sport zu erteilen. Dabei fand ich, daß ich in besserer Form war als jeder von ihnen. Fest steht, daß ich sie alle überlebt habe.

»Ein toller Schlag, Red!« sagte mein Fahrer bewundernd, der vom Clubhaus herübergetrottet kam und bei der mörderischen Hitze wie ein Fisch auf dem Trockenen nach Luft schnappte.

»Halt dein Scheißmaul, Jack. Wer hat dich nach deiner Meinung gefragt? Gib dem Mann den Hut.«

Jack reichte mir eine weiße Mütze im Baseballstil mit Netzeinsatz zur besseren Lüftung. Mit Goldgarn war an der Vorderseite das Emblem der Teamsters eingestickt, ein Wagenrad, gekrönt von zwei Pferdeköpfen. Darüber stand: ›Tony Pro Invitational Golf Tournament, Las Vegas‹ und darunter in roten Druckbuchstaben: ›N. J. TEAMSTER JOINT COUNCIL‹.

Ich setzte die Kappe auf, und wir gingen los. »Moe sagt, daß Sie Fragen nach den Teamsters stellen«, begann Dorfman. »Er sagt, daß Sie ein guter Typ sind.« Er musterte mich von oben bis unten. »Sie sehen für mich nicht wie ein guter Typ aus.«

Ich ignorierte dies, versuchte einen zweiten Schlag und versenkte den Ball.

»O Mann!« Dorfman schlug mir so hart auf die Schulter, daß ich zusammenzuckte. »Ich werde Sie killen.« Das klang aus seinem Mund gar nicht gut.

»Hat Moe Ihnen erzählt, was ich möchte?«

Er nickte. »Na klar. Wenn der McClellan-Ausschuß sich die Teamsters vorknöpft, dann stößt er auf Scheiße, wenn er nur lang genug gräbt, das kann man nicht leugnen. Wenn man über die Teamsters redet, dann redet man über eine Sache, die man Laien nur schwer erklären kann, wenn Sie wissen, was ich meine? Kein normales Geschäft ... da gelten andere Regeln. Kapiert?«

Kapiert! Man konnte nicht von jedem Senator erwarten, daß er die Notwendigkeit von Mord, Erpressung, Schiebung und Diebstahl in der Gewerkschaftsarbeit begriff. Die meisten Casinos von Las Vegas und die Hälfte aller neuen Hotels in Miami Beach waren aus der Pensionskasse der Teamsters finanziert worden, gemakelt von Dorfman und seinen Freunden, und alle Versicherungen der Teamsters wurden von Dorfmans Stiefsohn abgeschlossen. Einiges davon war noch am Rande der Legalität, aber selbst diese Geschäfte würden nicht gut aussehen, wenn sie ins Scheinwerferlicht gerieten, und ich vermutete stark, daß die illegalen Geschäfte ein bodenloser Abgrund des Grauens waren. »Was geschieht, falls der Ausschuß tatsächlich tief gräbt, Mr. Dorfman?« erkundigte ich mich.

»Nennen Sie mich Red, okay?« Er warf mir einen prüfenden Blick zu. »Eine Menge Jungs könnten wild werden. Dave Beck. Jimmy Hoffa.« Er machte eine Pause. »Ich.«

»Wie wild?«

Er zuckte mit den Schultern. »Kommt darauf an, wie weit es geht, David. Wir sind doch vernünftige Menschen. Wir verstehen alle, wie Dinge funktionieren. Wenn wir ab und zu etwas Ärger kriegen, na, wennschon. Das hat Besitz eben an sich, wie's so schön heißt, stimmt's? Na gut. Ein paar Jungs kriegen die Flügel gestutzt, ein paar wandern ins Kittchen, das Geschäft ist für eine Weile im Eimer, die Politiker werden wiedergewählt, das Leben geht weiter. Qué será, será.« Er schaute mich an. »Was wird sein, wird sein«, fügte er hilfreich hinzu, falls ich den Schlager noch nicht kannte.

»Bobby Kennedy sieht das vielleicht anders. ›Qué será, será‹ entspricht nicht gerade seiner Lebensphilosophie.«

Dorfman brachte wieder einen perfekten Schlag zustande. »Wenn Sie meinen Rat wollen, David, dann sagen Sie Jack Kennedy und seinem kleinen Bruder Bobby, daß sie nicht zu weit gehen sollen, verflucht noch mal!«

»Bobby ist ein harter Typ, Red.«
»Hart? Reden Sie keinen Scheiß. Er ist ein College-Boy.«
»Machen Sie keinen Fehler, Red! Bobby ist alles andere als ein College-Boy. Er ist hart wie Stahl. Und er ist ein Kennedy. Man kann ihn nicht einschüchtern oder kaufen. Das gleiche gilt für Jack.«
»Wen interessiert das? Die können erledigt werden. Falls nötig.«
Ich schaute ihm fest in die Augen. »Das bezweifle ich.«
Er lachte verächtlich. »Jeder kann erledigt werden, David, glauben Sie mir.« Er sagte es mit Kennermiene. »Sogar ein Präsident. Zum Teufel, FDR hat es 1932 fast erwischt, doch der Bürgermeister von Chicago, dieser Sack voll Scheiße, Cermak, kriegte statt dessen die Kugel ab. Und Truman wäre von diesen Latinos fast umgepustet worden, direkt vor dem Weißen Haus, umgeben von Secret-Service-Leuten. Wenn man jemanden erledigen will, mein Freund, wen auch immer, dann gibt es Möglichkeiten.«
Ich hatte das Gefühl, als ob wir auf eine falsche Fährte geraten wären, war aber nicht beunruhigt. Diese Art von Aufschneiderei hatte ich schon früher gehört, damals in Hollywood, von Gangstern wie Willie Bioff und Mickey Cohen, die immer damit drohten, jeden wegzupusten, der ihnen im Weg stand. Nach meiner Erfahrung brachten sie nur ihre eigenen Leute um, sozusagen ihre Methode, gerichtliche Streitigkeiten zu schlichten, und wenn sie sich dann in L. A. oder Las Vegas oder Tahoe zur Ruhe setzten, um ihre unrechtmäßig erworbenen Reichtümer zu verprassen, waren sie meistens nur noch Papiertiger, die von ihrem Ruf als Gewalttäter zehrten.
»Niemand braucht verletzt zu werden«, sagte ich. »Wir reden über Politik und ... Geschäfte.«
Dorfman umklammerte seinen Schläger so fest, daß die Fingerknöchel seiner großen sommersprossigen Hand weiß heraustraten. »Red, hören Sie mir bitte zu«, sagte ich begütigend. »Bei den Teamsters gibt's Leute, die undicht wie ein Sieb sind, sobald sie von dem McClellan-Untersuchungsausschuß befragt werden. Bobby kann das nicht alles ignorieren, auch wenn er es wollte, und Jack, der selbst im Ausschuß sitzt, kann seinem Bruder nicht anordnen, die Sache auf sich beruhen zu lassen, was Bobby sowieso nicht täte, weil das bei den Kennedys nicht üblich ist.«

Dorfman sah immer noch wie ein Stier aus, der gleich angreifen wird, falls Sie sich einen Stier in Golfschuhen mit Troddeln vorstellen können. Aber er hörte immerhin zu, und zwar ganz besonders, seit das Wort ›undicht‹ fiel.

»Undicht wie was?« fragte er.

»Wie ein Sieb. Sie wissen schon, dieses Ding, in dem man Salat wäscht.«

»Yeah.« Dorfman schaute zu, während ich den Ball mehrmals verfehlte, aber er hatte das Interesse an meinem Spiel verloren. »Scheißinformanten!« Er seufzte. »Als ich damals in Chicago die Schrotthändler organisierte, da gab's keine solchen Scheißer, die was ausgeplaudert haben. Hey, Mann, wenn Sie Ihren Ball mit einem Fußtritt befördern wollen, dann tun Sie's ruhig, sonst stehen wir hier noch den ganzen verdammten Tag rum.«

Verärgert attackierte ich ein letztes Mal den Ball – so wild, daß Dorfman einen Schritt zurücksprang – und schaffte es. Stolz erfüllte mich. Falls das FBI uns tatsächlich filmte, würde J. Edgar Hoover, den ich kannte und nicht mochte, wenigstens meinen kleinen Triumph sehen. Durch den unerwarteten Erfolg kühner geworden, sagte ich: »Alles, was ich Ihnen zu sagen versuche, Red, ist doch nur, daß es Schwierigkeiten geben wird ... Ärger. Jack – Senator Kennedy – kann dies nicht verhindern, möchte es aber innerhalb vernünftiger Grenzen halten.«

»Wir bringen uns fast um, damit Bobby gut dasteht, während Jack auf Gewerkschaftspolitiker macht – ist das der Deal?«

»Na ja, so ungefähr«, stimmte ich unangenehm berührt zu, da es exakt das war, was Jack wollte. »Es ist übrigens kein Deal. Es ist eher ein Vorschlag, den Sie an die richtige Stelle weiterleiten sollen.«

Er dachte einen Moment nach. » Es könnte klappen«, meinte er dann. »Aber nur, wenn Bobby Hoffa mit Samthandschuhen anfaßt. Und wenn Hoffa mit Bobby nicht die Geduld verliert.« Er machte eine Pause, um die richtigen Worte zu finden. »Jimmy geht leicht in die Luft, um ehrlich zu sein. Er hat ein verflucht hitziges Temperament.«

Ich kannte Hoffa, der mich an eine scharfe Handgranate erinnerte, aber ich nahm fälschlicherweise an, daß es nur Show war, einer jener kleinen Tricks, die Männer auf dem Weg zur Macht irgendwann mal lernen. Mich wunderte, warum Dorfman sich mehr Gedanken über Hoffas Reizbarkeit machte als über Dave Becks Probleme, denn schließlich war *er* der Boß der Teamsters.

Dorfman trat dicht zu mir heran – dichter, als mir angenehm war. »Wie wär's, wenn Sie Bobby und Jack einen Vorschlag von mir übermitteln würden? Wir geben euch Beck, und ihr laßt Hoffa in Ruhe.« Sein Flüstern klang so rauh wie Sandpapier.

Ich traute meinen Ohren kaum. Dorfman bot uns den Präsidenten der International Brotherhood – wahrscheinlich der mächtigste Gewerkschaftsführer im Land – auf einem silbernen Präsentierteller an. Ich vermutete, daß Dorfman und seine Teamster-Genossen problemlos genug Belastungsmaterial und Zeugen aufbieten konnten, um Beck für den Rest seines Lebens ins Gefängnis zu schicken.

»Warum Beck?« fragte ich.

Dorfman zuckte mit den Schultern. »Das geht Sie einen verdammten Dreck an. Sagen Sie bloß den Kennedys, wenn sie den fetten Fisch haben wollen, dann können sie ihn auch haben, mit genug Beweisen, um ein Schiff zu versenken. Aber das ist der Deal, verstehen Sie? Wir werfen ein paar Jungs über Bord, aber wir wollen sie aussuchen. Fair genug, oder?«

Es war mehr als fair – oder wäre es, falls es nur um Jack ginge, aber ich war mir gar nicht sicher, ob Jack Bobby dazu bringen könnte, den Köder zu schlucken. Damit würde man nämlich zulassen, daß die Hoffa-Fraktion der Teamsters den McClellan-Ausschuß dazu benutzte, um ihre eigenen Feinde loszuwerden, während sie ungeschoren davonkam – genau die Art von Deal, die Bobby haßte.

Andererseits wäre es natürlich ein großer Coup, Dave Beck hinter Gitter zu bringen. Eigentlich alle in der Gewerkschaftsbewegung – von George Meany abwärts – wären überglücklich, Beck in Handschellen zu sehen, und Jack zu Dank verpflichtet, weil er das getan hatte, wozu ihnen der Mumm fehlte.

»Ich gebe es weiter«, erwiderte ich und versuchte, mir meine Aufregung nicht anmerken zu lassen. »Mehr kann ich dazu nicht sagen.«

»Tun Sie das. Und jetzt spielen wir Golf.«

Ich versuchte mein Bestes, und das nicht nur deshalb, um Dorfman etwas zu bieten, sondern weil ich die ganze verdammte Geschichte so schnell wie möglich hinter mich bringen wollte. Es war brutal heiß, und das Zusammensein mit Dorfman war nicht so angenehm, als daß ich es ausdehnen wollte, nachdem wir alles Wesentliche besprochen hatten. Ihm ging es offensichtlich genauso, denn er lud mich weder zum Lunch noch zu einem Drink im Club ein, was mir auch sehr recht war. Ich war so erleichtert, mich auf den Rücksitz des wunderbar kühlen Cadillacs zu setzen, daß ich ganz vergaß, daß ich immer noch die geliehene Mütze trug.

Auf der Rückfahrt zum Hotel versuchte es der Fahrer wieder mit einem kleinen Schwätzchen. »Ein ziemliches Kaliber, dieser Red, nicht wahr?« sagte er.

Ich nickte. Das Gesicht, das ich im Rückspiegel sah, war bleich, teigig und verschlagen, die Hände am Steuer plump und behaart, mit kurzen, ungepflegten Fingern.

»Seit ich für ihn arbeite, hab' ich 'ne Menge gelernt.«

Red Dorfman hätte ihm zweifellos geraten, sein ›Scheißmaul zu halten‹, aber ich sagte nur kurz: »Das glaube ich gern.«

»Das müssen Sie auch. Red war wie ein Vater zu mir.«

Das bezweifelte ich. Dorfman empfand seinem Fahrer gegenüber nur Verachtung, soweit ich das beurteilen konnte.

»Wissen Sie, ich habe große Pläne. Ich bin bei unseren Geschäften mehr am Entertainment-Sektor interessiert als am ... na ja, am Glücksspiel. Red wird mich nach Dallas schicken ... Nightclub und solche Sachen.«

Ich schätzte, daß Dorfman auf diese Weise einen Angestellten loswerden wollte, der nicht hart und stark genug war, um Bodyguard zu spielen, oder cool genug, um in den Spielsalons zu arbeiten.

Zuhälterei in Dallas war nicht gerade meine Vorstellung von einem Karrieresprung, für ihn aber ganz eindeutig doch.

»Wenn Sie mal nach Texas kommen«, sagte er, sich zurücklehnend, »und was brauchen, dann kommen Sie zu mir.« Er reichte mir eine feuchte, zerdrückte Visitenkarte, auf der man ein Frauenbein mit Strumpfband bewundern konnte, das einen Stilettopumps am großen Zeh baumeln ließ, in Gold graviert vor einem braunen übergroßen Stetson. Darüber stand ›Die goldene Stripperin‹ mit Druckbuchstaben, die wie eine Schnur gezwirbelt waren, so daß sie an ein Lasso erinnerten.

Ich steckte die Karte in die Tasche und schüttelte die verschwitzte Hand, die er mir hinstreckte. »Jake Rubenstein«, stellte er sich vor. »Aber meine Freunde nennen mich Jack Ruby.«

10. KAPITEL

Der größte Vorteil der Dreharbeiten von *Bus Stop* war, daß sie kaum noch an Olivier dachte. Einen Film zu drehen war für sie nie ein schönes Erlebnis – *Bus Stop* war da keine Ausnahme –, aber immerhin kam sie dadurch wieder nach Kalifornien, was wohl in gewisser Weise immer noch ihr ›Zuhause‹ war ...

Sie war überrascht und gerührt, als Josh Logan ihr ankündigte, er würde eine große Party für sie geben, sobald der Film abgedreht war. Sie führte dies auf ihren neuen Status als Star zurück, der unabhängig von einem Filmstudio war und selbständig Entscheidungen traf.

Nur jemand wie Logan, Regisseur vom Broadway, Intellektueller, New Yorker, hatte den Mut, Bill und Edie Goetz zu bitten, als Gastgeber der Abschlußparty für *Bus Stop* zu fungieren, ein Film, der nicht von MGM produziert worden war. Nur Logan war imstande, Sukarno einzuladen, den Präsidenten von Indonesien, der gerade in Los Angeles Zwischenstation machte, nachdem es zwischen ihm, Eisenhower und John Foster-Dulles in Washington zu einer reichlich frostigen Begegnung gekommen war, was ihm bald danach einen Aufenthalt im sowjetischen Militärlager einbrachte.

Da Edie Goetz als Louis B. Mayers Tochter ›old Hollywood‹ darstellte, kam alle Welt zu ihrer Party – die Crème de la crème, die mächtigsten Männer der Filmbranche, wie Sam Goldwyn, Jack Warner, Dore Schary und auch die Stars, die Marilyn glatt übersehen hatten, als sie noch ein Starlet gewesen war. Selbst ihr Idol, Clark Gable, zählte zu den Gästen.

Dieser Abend war Marilyns großer Triumph und auch ihre Rache, wenn man es so sehen wollte, und *sie* sah es so. Sie war die Stufenleiter bis ganz oben geklettert, und die Filmbranche lag ihr zu Füßen, der Abdruck ihrer Hände war vor Grauman's Chinese Theater in Zement verewigt, auf dem Hollywood Boulevard in

L. A. gab's einen Bronzestern mit ihrem Namen, und ihr Zuhause war auf den Landkarten vermerkt, die alte Ladys vor dem Beginn einer Rundreise zu den Elternhäusern von Stars an Touristen verkauften.

Trotz ihrer Erfolge und trotz des Champagners war sie jedoch etwas deprimiert, weil sie kein Date hatte. Plötzlich fühlte sie sich einsam und zog sich vor dem Lärm und dem Gedrängel der Leute an den Rand zurück. Ihre neue PR-Agentin bahnte sich mühsam einen Weg zu ihr. »Tyrone Power ist hier und möchte Ihnen unbedingt hallo sagen«, sprudelte sie aufgeregt hervor.

Sie hatte Tyrone Power immer mehr bewundert als alle anderen Stars, bis auf Clark Gable. Normalerweise hätte sie alles stehen- und liegenlassen, um ihn zu treffen, aber nun empfand sie nur noch Gereiztheit. »Zum Teufel mit Tyrone Power«, sagte sie. »All die Jahre, als ich bei der Fox ein Starlet war und er ein großer Star, hat er nie versucht, mich zu bumsen.«

Es war eine jener Bemerkungen, die beim Weitererzählen – und das wurde sie garantiert – witzig klang und als Beispiel für Marilyns Sinn für Humor zitiert würde, aber sie hatte es bitter gesagt, was ihrer PR-Agentin, die kein Dummkopf war, nicht entging.

Bevor sie jedoch etwas erwidern konnte, drängte sich Logan zu ihnen durch, einen kleinen dunkelhäutigen Mann im Schlepptau, der eine ulkige Kopfbedeckung und eine Jacke trug, wie man sie von Nehru her kannte. Ihnen folgte ein ganzer Pulk kleiner dunkelhäutiger Orientalen, die wild durcheinanderredeten. Der Mann neben Josh Logan war offensichtlich ihr Anführer.

Sie hatte Logans prominenten ausländischen Gast völlig vergessen, denn so etwas war für sie einfach nicht von Interesse. Nun standen sie einander gegenüber, umgeben von den Begleitern des Staatsmanns, seinen Leibwächtern, den Secret-Service-Leuten, Reportern und Fotografen. Es war klar, daß von ihr etwas erwartet wurde. Also warf sie ihm die Arme um den Hals und gab ihm einen Kuß. »Ich wollte schon immer den Präsidenten von Indien kennenlernen!« rief sie.

Plötzliche Stille. Der Präsident machte ein beleidigtes Gesicht.

Offensichtlich hegte er den Verdacht, daß ihm ein übler Streich gespielt würde, noch dazu von einer Frau, was am allerschlimmsten war.

Logan räusperte sich nervös. »Präsident Sukarno ist der Präsident von *Indonesien*, Marilyn«, korrigierte er sie.

»Davon habe ich noch nie gehört«, erwiderte sie. »Aber trotzdem hallo, Herr Präsident.«

Es gab viel Getuschel, und dann waren plötzlich, als ob jemand einen Zauberstab geschwenkt hätte, Sukarno samt Entourage verschwunden. Nach einem Blick in sein Gesicht, bevor er sich endgültig abwandte, wußte Marilyn, daß sie ihn und vermutlich auch Logan schwer gekränkt hatte, denn nun fiel ihr wieder ein, wie sehr sich Logan geehrt gefühlt hatte, Sukarno als Gast auf seiner Party zu sehen. Er hatte ihr sogar eingeschärft, was sie sagen sollte.

Verlegen und beschämt öffnete sie eine Tür und betrat Bill Goetz' Arbeitszimmer – einen großen, im englischen Stil eingerichteten Raum mit vielen Bücherregalen und Antiquitäten –, wo sie David Leman entdeckte, der sich gerade Bronzeplastiken von Degas anschaute, die Goetz sammelte.

David blickte so rasch hoch, als sei er dabei ertappt worden, Goetz' Post zu lesen und lächelte erleichtert. »Marilyn, ich kam da draußen nicht nah genug an dich heran, um dich zu begrüßen.«

Sie küßte ihn auf die Wange. »Ich habe gerade den Präsidenten von Indonesien beleidigt«, sagte sie. »Und damit wahrscheinlich einen diplomatischen Zwischenfall verursacht.«

Sie setzten sich gemeinsam aufs Sofa. Er hielt ein Glas Champagner in der Hand, das er ihr nun reichte. Sie nahm einen Schluck und fühlte sich etwas besser.

»Reg dich nicht auf«, meinte er. »Ike und Dulles sind ihm in Washington schon auf die Hühneraugen getreten. Er wird seine Leute auf die Straßen hetzen, damit sie die amerikanische Flagge verbrennen und Steine in die Fenster der United States Information Agencies werfen, sobald er wieder in Indonesien ist.«

David hatte wie immer Insiderwissen. Das gehörte zu den Dingen, die sie an ihm so mochte.

»Jack traf ihn in Washington«, redete er weiter, »und alles, was der Präsident von Jack wollte, war eine Liste mit Telefonnummern von Mädchen, die er bei seinem Zwischenstop in Los Angeles anrufen könnte.«

Sie kicherte. »Ich hoffe, Jack gab ihm nicht auch meinen Namen.«

»Ich glaube kaum, daß er dich als Auslandshilfe betrachtet«, stimmte er zu. »Ach, übrigens ... wie ich hörte, soll der Film großartig sein.«

Sie nickte. Wenn David das sagte, gab er vermutlich die Meinung des Filmstudios wieder. Er war im Filmgeschäft ebenso zu Hause wie in der Politik. Alles in allem, dachte sie, war er ein Mann, für den sie sich interessieren könnte, obwohl er in ihrer Vorstellung unentwirrbar mit Jack Kennedy verknüpft war. Ach, zum Teufel, dachte sie, schließlich war sie nicht mit Jack verheiratet, hatte ihn sogar seit Monaten nicht gesehen. Außerdem war Jack ebensowenig wie sie ein Mensch, den man ganz für sich haben konnte, was ihn nur um so attraktiver machte, wie sie sich zumindest einredete, denn ein winziger Teil von ihr glaubte immer noch an altmodische, treue Liebe, und sie wollte auch glauben, daß sie zu dieser Art von Liebe mit dem richtigen Mann fähig wäre, falls sie ihn je fand.

Doch hier war nun erst mal der gutaussehende David, der sie begehrte, woran er keinen Zweifel ließ. Sie spürte eine plötzliche Nachgiebigkeit, ein fließendes Gefühl im tiefsten Inneren, vielleicht nur, weil sie allein war und einen Mann brauchte oder weil er in dem Halbdunkel der Bibliothek wirklich wie Clark Gable aussah. Sie beugte sich etwas näher zu ihm, so daß ihr Busen fast aus dem tief ausgeschnittenen Kleid hervorquoll, öffnete leicht die Lippen und wartete gespannt – wenn auch nicht sehr –, was jetzt passierte. »Was bringt dich diesmal zur Küste, David?« fragte sie etwas atemloser, als nötig war.

Sein Gesicht wirkte einen Moment verschlossen, geradezu heimlichtuerisch, was sie verwunderte. »Geschäfte«, sagte er rasch. »Ich habe hier nämlich auch ein Büro.«

»Ich weiß. Josh war schwer beeindruckt, als ich ihm sagte, daß ich dich kenne.«

Er lachte, war aber sichtlich geschmeichelt. Wie leicht es doch war, Männern zu schmeicheln, dachte sie, und je klüger sie waren, desto leichter. »Ich komme gerade aus Las Vegas«, fügte er hinzu.

»Las Vegas? Bist du etwa ein Spieler? Ich hab's noch nie versucht, mag Las Vegas aber trotzdem. Ich bin hingeflogen, als Frank das Desert Inn eröffnete. Ganz vorne hatte er einen Tisch für seine Freunde, und ich konnte es kaum glauben – Liz Taylor,

Cyd Charisse, Ava Gardner und ich alle am gleichen Tisch. Da war keine Frau, die Frank noch nicht gevögelt hatte.«

Seine Augen glänzten. Neid? Eifersucht? Versuch's doch, David, sagte sie unhörbar, ihre Lippen nur Zentimeter von seinen entfernt. Sie spürte, daß ihn irgend etwas zurückhielt, vielleicht seine Freundschaft mit Jack, vielleicht die Furcht, dabei ertappt zu werden, wie er sie auf dem Sofa von Bill Goetz umarmte, aber dadurch wurde es für sie eine noch größere Herausforderung. Er schaute immer wieder zur Tür, und sie erriet auch gleich den Grund. »Bist du allein hier?« flüsterte sie.

Er schüttelte den Kopf. Sein Gesicht war gerötet. »Äh, nein«, stammelte er. »Maria hat mich begleitet.«

Maria? Sie versuchte sich zu erinnern, wer Maria war. »Deine Frau?« fragte sie aufs Geratewohl. »Sie ist hier?«

Er machte eine Kopfbewegung zur Tür hin, als stünde Maria auf der anderen Seite oder wollte sie gerade öffnen. »Sie hat hier an der Küste eine Menge Freunde.«

»War sie mit dir in Vegas?«

Er schüttelte wieder den Kopf. »Nein, dort war ich rein geschäftlich ... für Jack ...« Er errötete noch mehr, offensichtlich verärgert, daß er sich verplappert hatte. Marilyn überlegte, welche Art von Geschäften Jack wohl in Las Vegas haben mochte. Sie war ziemlich sicher, daß sie mit ausreichend Zeit die Antwort aus David herausholen konnte – gleich hier auf dem Sofa.

Sie fühlte sich hin und her gerissen ... wollte sie ihn überhaupt verführen? Es hatte sie immer gereizt, an unpassenden Orten Sex zu treiben, und das Risiko der Entdeckung hatte dem Ganzen jedesmal einen besonderen Kick gegeben. Sie berührte mit ihren Lippen Davids Mund, ganz zart, wie durch Zufall. Ob er wohl den Mut hatte, sie hier zu vögeln, obwohl seine Frau nebenan von einem Tisch zum andern ging, um ihre Freunde von der Westküste zu begrüßen, und durchaus auch hereinkommen könnte?

Sie konzentrierte all ihre Energie auf ihn und forderte ihn heraus, mit einem Gesichtsausdruck, den er einfach nicht mißverstehen konnte: Du wolltest es, Baby, hier ist deine Chance! Aber sie ahnte schon, daß es nicht geschehen würde, denn David war einfach nicht der Typ, ein solches Risiko einzugehen, nicht einmal für sie. Scheißkerl, dachte sie, du hast deine Chance verpaßt!

Immer noch lächelnd rückte sie ein Stückchen von ihm ab. »Übrigens gehe ich nach England«, sagte sie und brach damit den Zauberbann.

Er stieß einen Seufzer aus. Bedauern? Erleichterung? »Ja, ich weiß«, erwiderte er. »Ich traf Larry Olivier in New York. Er ist schon sehr gespannt auf die Arbeit mit dir.«

»Das ganze Projekt jagt mir eine Scheißangst ein, wenn ich ehrlich bin«, sagte sie. »England, Larry, Vivien und alles andere ...«

»Du wirst es schaffen.«

»Vielleicht. Vorher fliege ich noch nach New York.«

»Das habe ich auch schon gehört. Es heißt, man kann dir und Arthur gratulieren.«

Sie nickte ohne sonderliche Begeisterung. »Ich werde eine Weile dort bleiben und auf Wohnungssuche gehen«, erklärte sie.

»Wenn ich dir irgendwie behilflich sein kann ...«

Die Tür ging auf, und eine Menge Leute kamen herein. Pat Lawford, Josh und Nedda Logan und eine Frau, die wie Jacqueline Kennedy aussah, ihrem Gesichtsausdruck nach aber Maria Leman sein mußte. Marilyn ließ sich wieder von der Party mitreißen und hatte schon nach wenigen Minuten fast vergessen, daß sie kurz davor gewesen war, ihre Arme um David zu schlingen und ihm zu geben, was er wollte ...

11. KAPITEL

Jackie und Jack zogen später doch nach Georgetown um und verkauften Hickory Hill, ihr großes Landhaus in Virginia, an Bobby und Ethel, die dank ihrer vielen Kinder kein Problem hatten, es mit neuem Leben zu füllen. Die Journalisten hatten daraus eine Art Camelot am Potomac gemacht mit Nonstoppartys der Parteijunioren und ihren hübschen Ladys, die amerikanischen Fußball spielten und sich gegenseitig komplett angezogen in den Swimmingpool schubsten; aber für mich war es immer ein düsteres altes Gemäuer geblieben, voller Zimmer, die entweder zu groß oder zu klein waren, so daß nicht einmal Jackie sie wohnlich machen konnte. Wenn ich Jack in Hickory Hill besuchte, machte er stets ein Gesicht, als wäre er lieber anderswo. Auch Jackie war alles andere als gut gelaunt, als ich direkt von Las Vegas nach Hikkory Hill kam.

Ich übergab Jack die Tony-Pro-Invitational-Mütze von Red Dorfman, die er mit vergnügtem Grinsen aufsetzte, was Jackie jedoch nicht das kleinste Lächeln entlockte.

Er nahm die Mütze ab und legte sie auf den Tisch, als Jackie den Raum verließ, um Anweisungen wegen des Mittagessens zu geben. Spaßeshalber schob ich Jack auch Rubys Karte zu. »Falls du je nach Dallas kommst«, sagte ich.

»Gott bewahre! Ich gebe sie an Lyndon weiter. Wie wär's mit einem Spaziergang vor dem Lunch?«

»Möchtest du?«

Er nickte. »Nicht weit, und du trägst bitte meinen Stock, falls ich ihn irgendwann brauche. Aber ich bin über den Berg. Ich habe eine neue Ärztin, Janet Travell, die wahre Wunder vollbringt. Sie hat mir einige Übungen beigebracht, die mir zuerst sehr schwerfielen, mir aber unglaublich geholfen haben. Und ich soll laufen, soll mich soviel wie möglich bewegen. Ich fühle mich schon wie ein neuer Mensch.«

»Keine Schmerzen?«

»Jede Menge Schmerzen, na klar, aber sie gibt mir dagegen Injektionen ... Novocain, soweit ich weiß, und zwar direkt in die Muskeln. Das hilft.«

Wir traten durch die Fenstertüren hinaus in die Wärme eines jener perfekt schönen Frühsommertage in Virginia. Jack ging langsam und etwas mühsam, aber es war eine Freude, ihn wieder auf den Beinen zu sehen. Wir schlenderten zum Pool hinüber. »Ich schwimme auch jeden Morgen. Das Wasser ist auf 35 Grad Celsius angewärmt worden. Jackie beschwert sich, weil es ihr so vorkommt, als müßte sie in Suppe schwimmen, aber kaltes Wasser bringt mich um ...«

Er ließ den Blick schweifen. »Ich hielt es für besser, dieses Gespräch im Freien zu führen«, sagte er. »Man kann nie wissen.«

So hatten Jack und Red Dorfman tatsächlich etwas gemeinsam! Ich überlegte, ob Jack wirklich meinte, daß jemand Hickory Hill ›angezapft‹ hatte. Beim Gedanken an J. Edgar Hoover wurde mir klar, daß es sogar sehr wahrscheinlich war. »Dorfman schleppte mich bei höllischer Wüstenglut über den Golfplatz, weil er Angst vor Überwachung hatte«, erzählte ich ihm. »Auf die Weise kam ich zu der Mütze.«

Jack nickte nachdenklich. »Dann ist er ein schlauer Kerl. Sehr gut. Falls wir Geschäfte mit ihm machen, wollen wir ja nicht, daß er, äh, vorschnell reagiert. Machen wir mit ihm Geschäfte?«

»Vielleicht Jack ...«

Jack schaute zur Hügelkette hinüber. Obwohl er mir seine volle Aufmerksamkeit schenkte, gelang es ihm irgendwie, mir zu vermitteln, daß er derjenige war, der die Entscheidungen traf. Seine Krankheit und die beiden schweren Operationen hatten ihn viel reifer gemacht, was alle möglichen Leute schon bald entdecken sollten. »Du hast ihnen keine Versprechungen gemacht, oder?« erkundigte er sich.

»Keine. Aber sie machten uns einen ernstgemeinten Vorschlag.«

Er nickte wieder. Wir umwanderten mehrmals langsam den Pool. Jacks Gesicht verriet Entschlossenheit. »Was kriegen wir, wenn wir uns darauf einlassen?«

»Dave Beck.«

Er piff überrascht, als er sah, daß ich nicht spaßte. »Ich werd' verrückt!« sagte er. »Die liefern ihn ans Messer?«

»Nicht nur ihn, sondern auch eine stattliche Anzahl seiner Kollegen und all die Beweise, die man braucht, um sie kaltzustellen. Natürlich kostet das seinen Preis.«

Er wandte sich ab, als hörte er mir nicht mehr zu. »Ja?« sagte er dann ungeduldig.

»Ihr laßt Hoffa in Ruhe«, sagte ich, verschwieg aber, daß sie auch Moe Dalitz, Red Dorfman und deren Freunde in Ruhe lassen sollten. Wenn Hoffa in Sicherheit war, dann sie auch. Übrigens wußte Jack genau, wer die Leute um Hoffa waren und was geschehen würde, falls der McClellan-Ausschuß Beck als Opfertier akzeptierte. Es würde Schlagzeilen, Lob für Jack von den Gewerkschaftsführern, öffentliche Anerkennung geben – und wie üblich, Geschäfte für Jimmy Hoffa und die Mafia.

Falls er schockiert war, ließ er es sich nicht anmerken. Er musterte mich nachdenklich. »Ich möchte ganz ehrlich mit dir sein, David«, begann er. »Es war ja deine Idee, aber ich habe nie damit gerechnet, daß du die Sache hinkriegst. Ich muß sagen, ich bin beeindruckt.«

»Wenn du Politiker oder Gangster für harte Typen hältst, dann warte, bis du mit den Vorstandsvorsitzenden von Topindustrieunternehmen verhandeln mußt – Männer wie Bob McNamara, Roger Blough oder Tom Watson. Ich habe täglich mit denen zu tun.«

»Das gleiche sagt Dad immer übers große Geschäft.«

»Er weiß, wovon er redet.«

Jack schwieg einen Moment. »Unser ehrenwerter Vorsitzender des Ausschusses, Senator McClellan, wird überglücklich sein. Er hat die Hosen voll vor Angst, daß er einen Vorstoß wagt, aber mit leeren Händen zurückkommt. Wenn wir ihm Beck als Trophäe garantieren können, wird er sich begeistert auf die Jagd begeben.«

»Was ist mit Bobby?«

»Tja, was ist mit ihm? Eine gute Frage. Er wird nicht gerade glücklich sein. Aus irgendeinem Grund ist dein Mr. Hoffa ihm ein Dorn im Auge. Beck scheint mir ein mindestens ebenso guter Fang zu sein – in mancher Hinsicht sogar noch besser –, aber Bobby ist scharf darauf, daß Hoffa seine Zeit in Lewisburg oder Atlanta absitzt und Postsäcke näht – oder was immer die heutzutage tun müssen.« Er seufzte tief. »Na schön, ich werde mit ihm reden.«

»Besser du als ich.«

Jack runzelte die Stirn. »Ich weiß, daß Bobby eine Plage sein kann, David, aber er ist mein Bruder. Und er hat Teamgeist ... Natürlich müssen wir eine kleine Komödie aufführen. Hoffa wird vor dem Untersuchungsausschuß erscheinen und den Demütigen spielen. Er wird einige unangenehme Fragen beantworten müssen, unangenehm genug, um zu beweisen, daß wir es ernst meinen.«

»Aber die Fragen, die Hoffa gestellt werden, müssen doch nicht als totaler Schock für ihn kommen, oder? Könnten sie nicht begrenzt sein und vielleicht vorher mit ihm abgesprochen werden?«

Jack musterte die Blumenbeete um den Pool, als wäre er Preisrichter bei einer Gartenschau. »Die Details müssen noch ausgearbeitet werden«, murmelte er zerstreut. »Sprich mit Kenny oder Dave darüber.«

Mir gefiel das Ganze gar nicht, und ich nahm mir vor, meinen Kopf möglichst bald aus dieser Schlinge zu ziehen.

Jack schaute über die glatte Wasserfläche des Beckens zum Haus hinüber. Jackie stand in einer der Fenstertüren und winkte ihm zu. Er winkte nicht zurück. »Lunch ist fertig«, sagte er. »Du gibst die Nachricht weiter, ja?«

Ich nickte. Das konnte eigentlich nicht schaden.

Mir war klar, daß Jack hin und her gerissen war zwischen der Neugier, wem ich seine Zustimmung zu dem Deal signalisieren würde, und der Erkenntnis, daß es sicher besser für ihn war, es nicht zu wissen. Jack liebte Details – nichts gefiel ihm besser, als über die Machenschaften von Spionen, Gangstern und anderen finsteren Charakteren, die im verborgenen lebten, Bescheid zu wissen –, er hatte aber auch ein untrügliches Gespür dafür, wann es sich nicht lohnte, Fragen zu stellen.

Ich wartete, doch er sagte nichts.

Sein Vater wäre stolz auf ihn, dachte ich.

Wir waren nur zu dritt beim Lunch, und zwischen Jack und Jackie war so dicke Luft, daß man sie fast mit einem Messer schneiden konnte. Offensichtlich war Jack irgendwo zu weit gegangen.

Jackie erkundigte sich nach Maria, die immer noch in Kalifornien war, und plauderte über alles mögliche mit mir, während das Essen aufgetragen wurde. Ich gebe gerne zu, daß ich Jackie immer gemocht habe. Sie ist unterhaltsam, attraktiv, hat ausgezeichneten Geschmack und echtes Talent für die Art von Unterhaltung und Flirt, die Männer aller Altersstufen schätzen.

Ich glaube, daß Jack total unterschätzte, wie stark sie war, als er sie heiratete. Seine Schwestern und auch Ethel machten sich über ihre Ansprüche lustig. Als sie darauf hingewiesen hatte, daß ihr Name ›Jack-leen‹ ausgesprochen wurde, spotteten sie: »Reimt sich natürlich auf ›Queen‹.« Aber Jackie und ihre Schwester Lee waren aus härterem Holz geschnitzt, als man annehmen sollte. Schließlich waren sie die Töchter eines der berüchtigtsten (und charmantesten) Frauenhelden und Trunkenbolde seiner Generation, während ihre Mutter Janet den sozialen Aufstieg zu einer solchen Kunst stilisiert hatte, daß sie sogar Joe Kennedy beeindruckte, der eigentlich einen scharfen Blick für Emporkömmlinge besaß. Die Bouvier-Mädchen hatten eine harte Schule hinter sich, was Emotionen betraf.

»Wie war's in Los Angeles, David?« fragte sie mich.

Ich erzählte ihr von Joshua Logans Party beim Ehepaar Goetz, beschrieb ihr Marias Garderobe (Jackie wollte dies immer wissen) und informierte sie, was sich im Leben ihrer Freunde von der Westküste tat. Ihre Schwägerin Pat hatte im Jahr zuvor trotz des erbitterten Widerstands von Joe Kennedy Peter Lawford geheiratet. Von Joe Kennedy stammte der Spruch, daß es schon schlimm genug wäre, wenn eine seiner Töchter einen Schauspieler heiratete, doch noch viel schlimmer sei es, wenn es sich dabei um einen *englischen* Schauspieler handelte.

Jackie verstand sich anfangs gut mit Lawford, der sich auch Mühe gab, sie zu amüsieren, doch dann kam ihr der Verdacht, daß er Jack eine ganze Reihe von Starlets aus Hollywood vermittelte, und von da an war sie nicht mehr gut auf ihn zu sprechen. Immerhin machte er sie mit vielen der gesellschaftlich präsentablen Filmleuten bekannt, und Jackie war gegenüber Ruhm und Glamour auch nicht immuner als andere Menschen.

Ich gab ihr die Story von Marilyn und Präsident Sukarno zum besten (ließ dabei allerdings Sukarnos Bitte um Jacks Liste der ortsansässigen Starlets aus), da ich wußte, daß ihr so etwas Spaß machte, und es kam auch prompt jenes gehauchte, sanfte kleine Lachen, das die Kennedy-Mädchen falsch und affektiert fanden, das auf mich aber immer ausgesprochen sexy wirkte. »Ist das nicht komisch, Darling?« sagte sie zu Jack, der nicht lachte, weil er sich in Gedanken vielleicht damit beschäftigte, was er Bobby sagen sollte.

»Niemand hat je behauptet, daß sie eine Diplomatin ist«, erwiderte er brummig.

Jackie lächelte ihn honigsüß an. »O Jack, Darling«, sagte sie, »das ist nicht nett von dir! Ich dachte immer, daß du sie bewunderst.«

Sie wandte sich mir zu. »Jack hat jeden Film von Marilyn Monroe mindestens zweimal gesehen, David. Er ist ein echter Fan. Wenn Sie das nächstemal in Los Angeles sind, müssen Sie ihm ein Autogramm besorgen. Er wäre begeistert, stimmt's, Jack?« Zu spät wurde mir klar, daß Jackie irgendwie herausbekommen hatte, was zwischen Jack und Marilyn lief. Ich war voll ins Fettnäpfchen getreten.

Jack musterte sie finster, offenbar fest entschlossen, sich nicht provozieren zu lassen, schon gar nicht in meiner Anwesenheit.

»Das wäre wunderbar«, sagte er zwischen zusammengebissenen Zähnen.

»Na also, David – ein kleiner Auftrag für Sie. Vielleicht gelingt es Ihnen sogar, Jack seinem Idol vorzustellen?«

Ich hüstelte verlegen. »Das müßte zu schaffen sein«, erwiderte ich, um einen leichten Ton bemüht.

»Darauf möchte ich wetten!«

Wir verfielen in unbehagliches Schweigen, während der Kaffee serviert wurde. Jackie war völlig zu Recht wütend, dachte ich, aber was half ihr das schon. Sie hatte sich Jack in den Kopf gesetzt, obwohl jeder aus seiner nächsten Umgebung – sogar sein Vater, seine Mutter und Seine Eminenz, der Kardinalerzbischof von Boston – sie vor Jacks Affären warnte und hinzufügte, daß er, wie sie es taktvoll umschrieben, ›zu sehr Junggeselle sei‹, um sie aufzugeben. Diese Warnungen schreckten Jackie jedoch nicht ab, sondern machten Jack sogar noch attraktiver für sie, und sie war fest entschlossen, ihn zu heiraten. Sie war vermutlich überhaupt nur fähig, den Typ von Draufgänger zu lieben, wie ihr Vater einer war, nicht aber einen ›sicheren‹ Mann, der ihr seine ausschließliche Liebe schenken würde. Sie gestand Maria mal, daß sie schon als Schulmädchen davon geträumt hatte, einen ›erfahrenen‹ Mann zu heiraten, und den bekam sie auch – sogar zweimal.

Jackie konnte vom Kennedy-Clan kein Mitgefühl erwarten und wußte das auch ganz genau. Einen gewissen Respekt empfand sie vor dem Botschafter, aber sie haßte Rose Kennedy, die sie spöttisch ›Belle Mère‹ nannte und häufig aufs boshafteste karikierte, was Jack ausgesprochen peinlich war.

Ich schaute auf meine Armbanduhr. »Ich muß los«, sagte ich.

»Zurück nach New York?« erkundigte sich Jackie. »Oh, wie gerne wäre ich dort und könnte mich auf eigene Faust amüsieren!« sagte sie sehnsüchtig.

»Ja, nach New York. Morgen dann weiter nach Miami, wo ich etwas Geschäftliches zu erledigen habe.«

»Los Angeles, New York, Miami – Sie sind in den aufregendsten Städten zu Hause, David. Ich beneide Sie glühend.«

»Rein geschäftlich, Jackie.«

Sie lächelte. »Aber natürlich! Ist das nicht die Ausrede aller Männer, Jack?«

Ich stieß einen Seufzer der Erleichterung aus, als der Chauffeur mich endlich zum National Airport brachte.

Als vor Jahren mal im Februar die Temperatur in New York eine Woche lang nicht über Null gestiegen war, hatte ich mich nach Miami geflüchtet, um etwas Wärme zu tanken. Da ich dort nicht viel anderes zu tun hatte, kaufte ich aus einem Impuls in Key Biscayne ein Haus.

Maria hielt es für reine Verschwendung, da ich ihrer Meinung nach ja doch nicht oft hinfahren würde, und sie hatte recht. Doch als die Handelskammer von Miami Beach mein Kunde wurde, hielt ich es für eine gute Idee, dort in der Gegend einen Wohnsitz zu haben.

Nun, da Miami Beach nicht mehr mein Kunde ist, kann ich offen zugeben, daß Florida nicht zu meinen Lieblingsplätzen in der Welt gehört – wie zum Beispiel Cap d'Antibes –, aber es bereitet doch ein gewisses Vergnügen, die Sonnenwärme auf der Haut zu spüren, wenn man am Swimmingpool liegt und zum klaren blauen Himmel über den Palmwedeln hinaufschaut. Und sich dabei vorzustellen, daß nur zwei oder drei Stunden entfernt die New Yorker Freunde frierend auf eisglatten Straßen herumrutschen.

Als ich nach ein paar Runden im Pool zu meinem Frühstückstisch zurückkehrte, saß dort Red Dorfman. Sein Leibwächter – diesmal ein echter Muskelmann, ungleich Jack Ruby – lehnte in einiger Entfernung an einer Mauer mit Bougainvillea. Dorfman trug Golfkleidung. »Sie haben also hergefunden«, begrüßte ich ihn mit gespielter Ruhe. Ich hatte nämlich darauf gewartet, daß er anrief und ein Treffen ausmachte.

»Kein Problem! Glauben Sie, Ihr Haus ist schwer zu finden, nur weil Sie nicht im Scheißtelefonbuch stehen? Daß ich nicht lache!« Er deutete in Richtung meines Nachbarn. »Gute Lage ... direkt neben Bebes Grundstück. Da war ich schon x-mal, um mit Dick Nixon zu reden.«

Ich war nicht überrascht zu erfahren, daß Nixon insgeheim Kontakte zu den Teamsters unterhielt, hoffte aber sehr, Dorfman würde Jacks Namen mit etwas mehr Diskretion behandeln als Nixons.

»Sie haben's nett hier, David.« Er warf einen forschenden Blick auf meinen Frühstückstisch und nickte zustimmend. »Sie leben gut.«

»Ich bemühe mich nach Kräften, Red«, erwiderte ich ironisch. Dann schenkte ich ihm eine Tasse Kaffee ein und nahm mir einige Scheiben frischer Papaya.

»Wenn Sie sich weiter nach Kräften bemühen wollen, dann rate ich Ihnen, uns nicht zu enttäuschen.«

Ich aß ruhig meine Papaya auf, wischte mir den Mund und schaute ihm direkt in die Augen. »Ich bin nur der Bote, Red. Wenn Sie anfangen, mir zu drohen, dann kriegen Sie keine Botschaften mehr. Klar?« Nach meiner Erfahrung darf man sich von Leuten wie Dorfman nicht einschüchtern lassen, nicht mal für einen Moment, oder man verliert sein Gesicht.

Er trat muffig den Rückzug an. »Okay, okay«, murmelte er. »Was ist los? Verstehen Sie keinen Scherz?«

»Das war ein Scherz? Ich hörte Sie oder Ihren Freund mit dem Schulterhalfter gar nicht lachen. Vielleicht habe ich die Pointe versäumt.«

»Seinen Sie kein solcher Klugscheißer, David.«

»Red, damit wir uns richtig verstehen, ich bin kein Klugscheißer. Ich bin klug … Genießen Sie Ihren Aufenthalt in Miami?«

Er zuckte mit den Schultern. »Ist schon okay. Ich mag die Rennbahn, die Hunde, das Kommen und Gehen hier. Ich wohne im Deauville, wo man mich anständig behandelt.«

Das glaube ich dir gern, dachte ich. Das Hotel Deauville war ein zweites Zuhause für Gangster. Man befand sich in Gesellschaft bekannter Schwerverbrecher, wenn man ganz harmlos am Pool saß oder die Bar betrat.

Dorfman nahm sich eine Scheibe Papaya. »Also, was sagt Ihr Knabe?« fragte er.

»Mein Knabe ist im Prinzip bereit mitzumachen.«

»Was soll dieses verpißte ›im Prinzip‹ heißen?«

»Es heißt, daß euer Knabe nach Washington kommt, wie wir besprochen haben, und ein paar Fragen beantwortet.« Ich sah seinen Gesichtsausdruck und fügte hinzu: »Keine Sorge. Wir lassen ihn vorher die Fragen studieren. Er hat genug Zeit, um sich Antworten auszudenken.«

»So ist also alles nur Mache, stimmt's?«

»Stimmt. Natürlich muß er – euer Knabe – sein bestes Benehmen an den Tag legen.«

Dorfman setzte eine undurchschaubare Miene auf. Mir kam in

den Sinn, daß er das gute Benehmen seines ›Knaben‹ vielleicht weniger unter Kontrolle hatte, als Moe mich in Las Vegas glauben ließ. Hoffas hitziges Temperament war das erste, was einem an ihm auffiel, abgesehen von seinen weißen Tennissocken. Ich muß allerdings zugeben, daß er bei unserer bisher einzigen geschäftlichen Besprechung erstaunlich ruhig geblieben war, so daß wir zu einem vernünftigen Ergebnis kamen.

Joe Kennedy hatte vor dem Krieg den Chicago Merchandise Mart als Geldanlage für seine Kinder erworben – damals schon und, soweit ich weiß, auch heute noch das größte Geschäftsgebäude der Welt –, so daß dessen Rentabilität für ihn natürlich immer ein großes Anliegen war. Deshalb geriet er Anfang der fünfziger Jahre auch in Alarmbereitschaft, als er erfuhr, daß die Teamsters die Angestellten des Merchandise Mart gewerkschaftlich zu organisieren versuchten. Da ich mich in der Gewerkschaftspolitik gut auskannte, bat mich Joe, nach Detroit zu gehen, von wo aus Hoffa sein immer größer werdendes Imperium regierte.

Merkwürdigerweise hatte Hoffa damals den Ruf, ein linker Gewerkschaftsführer zu sein. Wie sich herausstellte, hatte er seine Karriere tatsächlich unter dem Einfluß von Eugene Debs begonnen, was dazu führte, daß viele Leute ihn zu Unrecht für eine Art von Trotzki des Mittleren Westens hielten. Ich war kaum fünf Minuten in seinem Büro, als ich erkannte, daß dies nicht der Fall war. Hoffa war ein korrumpierter Idealist. In seinem ›Hauptquartier‹ herrschte die gleiche Atmosphäre von Korruption und Gewalt wie in der eines Nazi-Gauleiters. Mir kam während meines kurzen Besuchs unwillkürlich in den Sinn, daß viele der Gesichter, die ich dort sah, gut zu braunen Uniformen mit Hakenkreuzen gepaßt hätten.

Immerhin stellte sich Hoffa als unerwartet vernünftig heraus und nicht ohne einen gewissen rauhen Charme. Er machte sofort einen Deal, und Joe Kennedy hatte sich damit die Garantie für Frieden mit der Gewerkschaft in Chicago erkauft. Zwischen Hoffa und den Kennedys würde nichts sonst derart glatt über die Bühne gehen.

»Was meinen Sie mit ›bestes Benehmen‹?« erkundigte sich Dorfman, als ob ihm dieser Ausdruck unbekannt wäre.

»Er soll sich einfach so benehmen, als stünde er vor einer Kommission für bedingte Haftentlassungen«, schlug ich vor.

Dorfman warf den Kopf zurück und lachte so laut, daß er seinen Leibwächter erschreckte. »Das werd' ich ihm ausrichten«, sagte er prustend. »Er hat zwar nie gesessen, wird's aber sicher kapieren.«

Er stand auf, und wir gaben uns die Hand. »Sie hören von mir«, sagte er.

»Vielleicht wird Jack jemand anders engagieren, der sich von nun an darum kümmert«, erwiderte ich. Genau das wollte ich nämlich, wenn ich dabei ein Wörtchen mitzureden hatte.

Er ließ meine Hand nicht los, sondern drückte sie schmerzhaft und schüttelte den Kopf, zwar immer noch lächelnd, aber mit eisigem Blick. »Sie haben mich mißverstanden, David«, sagte er. »Sie sind unser Mann. Moe hat sich für Sie bei mir verbürgt, ich habe mich für Sie bei Hoffa und bei meinen Leuten in Chicago verbürgt.«

»Ich bin mir nicht sicher, ob ich mich dabei wohl fühle, Red.«

Er ließ meine Hand los und umarmte mich kurz. »Sie haben viel Sinn für Humor«, sagte er. »Ich mag Leute mit Sinn für Humor. Ich lese jeden Monat das Ding da im *Reader's Digest* – wie heißt's noch gleich, ach ja, ›Lachen ist die beste Medizin‹.« Er lachte, als wollte er demonstrieren, wie man das macht. »Sie stecken jetzt mit drin, Junge, mehr ist dazu nicht zu sagen. Sie wollen doch nicht mit dem Gesicht nach unten im Pool liegend gefunden werden – oder? Wie der Typ am Anfang von *Sunset Boulevard* – oder?«

Ich schloß die Augen und dachte an William Holden, der in Gloria Swansons Pool trieb. »Wenn es das ist, was Sie wollen, Red«, sagte ich nur.

Was habe ich da Jack Kennedy eingebrockt, überlegte ich. Und dann noch realistischer: Was habe ich da mir selbst eingebrockt?

»Keine Bange. Es wird schon klappen«, sagte Dorfman. »Sie werden sehen.«

»Hoffentlich«, sagte ich, einen Schauder unterdrückend.

»Wehe, es klappt nicht!« Er baute sich vor mir auf und wiegte sich in den Schultern wie der Boxer, der er früher mal war.

Ich schaute ihm gerade in die Augen. »Ihr Arsch ist genauso in der Schußlinie wie meiner, Red«, sagte ich ruhig.

Er hielt meinem Blick trotzig stand, doch ich wandte mich lieber wieder meinem Frühstück zu und strich Butter auf eine

Scheibe Toast. Als ich auch noch üppig Cooper's-Vintage-Oxford-Orangenmarmelade genommen hatte, waren Dorfman und sein Schatten verschwunden. Sie hinterließen nur einen schwachen Geruch nach scharfem Eau de Cologne, an Schwefel erinnernd, der ja angeblich Auftritte des Teufels begleitet.

Ich schenkte mir noch eine Tasse Kaffee ein und konzentrierte mich auf die Zeitung. Auf der Titelseite war ein Foto von Marilyn bei ihrer Ankunft in London. Sie lächelte, aber wenn man sie kannte, entdeckte man in ihren Augen nackte Angst. Neben ihr stand Arthur Miller, sichtlich verlegen, der sie beim Ellbogen hielt, als fürchtete er, sie könnte stolpern und fallen.

Sie machten auf mich nicht gerade den Eindruck eines glücklichen jungverheirateten Paars.

12. KAPITEL

Sie konnte Amy Greene wieder an die Tür klopfen hören. »Marilyn, Honey«, flüsterte Amy, »bist du okay? Alle warten schon auf dich.«

Sie war ganz und gar nicht okay. Sie saß in der Toilette der ersten Klasse eines Pan-Am-Jets – Nachtflug nach London – und versuchte so zu tun, als ob nichts von alledem ihr passierte. Daß sie nicht von den Oliviers auf deren Terrain begrüßt werden würde, daß sie nicht einen Film drehen mußte, in dem sie genau die Art von blondem Dummchen spielte, das sie nicht sein wollte, und daß dies nicht zu allem Übel noch der erste Tag ihrer gräßlichen Periode mit krampfartigen Schmerzen und unaufhörlichen Blutungen wäre, die sie total entkräftete.

Der Gedanke daran, das Flugzeug verlassen zu müssen, lähmte sie. Sie hockte auf dem Toilettensitz in einem silbergrauen, gerippten Seidenstrickkleid, das ›figurbetont‹ sein sollte, als sie es bei Bendel's kaufte, aber in ihrem jetzigen Zustand unbequem und geradezu ordinär eng war. Ihre weißen, hochhackigen Pumps hatte sie ausgezogen. Auf dem Boden häuften sich feuchte, zusammengeknüllte Kleenextücher.

Die vergangenen Monate waren, wie es Dr. Kris ausdrückte, ›traumatisch und voller Streß‹ gewesen und hatten ihr das Gefühl vermittelt, kurz vor dem höchsten Punkt einer Achterbahnfahrt und damit auch kurz davor zu sein, in die Tiefe zu stürzen. Natürlich kannte sie das schon, denn ab dem Moment, in dem sie sich glücklich fühlte, hatte sie Angst, wie sie sich fühlen würde, wenn es vorbei war. Die Ehe machte sie anfangs überglücklich, weil es ihr so vorkam, als gehöre sie nun zu einer neuen Familie. Es war ihr gelungen, von Arthurs Verwandten bei der ersten Begegnung akzeptiert zu werden – niemand hätte sich mehr anstrengen können als sie –, und in seinem Vater Isidore, einem witzigen, offenherzigen jüdischen Patriarchen, sah sie sofort die Vaterfigur, die sie immer gesucht hatte. Tochter zu sein gefiel ihr viel besser, erkannte sie, als Ehefrau zu sein ...

»Marilyn!« Diesmal war es Milton. Er sprach leise, aber nachdrücklich und mit einem Anflug von Panik. Sie hatte Olivier in New York getroffen, ihn aber über zwei Stunden warten lassen. Olivier war nach außen hin charmant darüber hinweggegangen, aber seine Augen hatten ihr den Ärger verraten, den er empfand, wie auch gewisse Zweifel, als würde er sich selbst sagen: »O mein Gott! In was bin ich da geraten!«

Was immer Olivier erwartet hatte, war von ihr nicht erfüllt worden, und das wußte sie. Steif, unbeholfen, nervös kichernd wie ein Schulmädchen und voller Haß auf sich selbst, weil Olivier sie einschüchterte, hatte sie ungefähr so viel Glanz ausgestrahlt wie eine ausgebrannte Glühbirne. Olivier hielt mühsam eine Unterhaltung über all jene Freunde in Hollywood aufrecht, die sie gemeinsam haben mußten, während sie lächelte, bis es schmerzte. Als er sich zum Glück endlich zum Gehen anschickte, nahm er ihre Hand in seine und bat sie, die Presse in England nicht warten zu lassen. »Bei uns ist das alles anders«, warnte er sie. »Dort vergibt man Ihnen so was nicht, Darling.«

Sie hatte versucht, mit ihm über das Studio, die ›Methode‹ und die Strasbergs zu sprechen (für sie war das eine Einheit wie Vater-Sohn-Heiliger Geist, hatte Jack geulkt, als sie ihm das Ganze erklären wollte), doch Olivier hatte mit einem überlegenen Lächeln das Thema gewechselt und ihr damit zu verstehen gegeben, daß er die Strasbergs (oder sie) nicht ernst nahm.

Arthur war keine Hilfe, als sie mit ihm darüber sprach. Er konnte seine Bewunderung für Olivier nicht verhehlen, und sie hörte ständig nur Larry dies und Larry das, bis sie zu vermuten begann, daß er hoffte, Olivier würde eines Tages in einem seiner Theaterstücke auftreten. Vielleicht hatte er sogar schon mit ihm beredet, ein Stück für ihn zu schreiben ...

Miltons besorgte Stimme störte sie wieder in ihren Gedanken. »Marilyn, Darling, soll ich Arthur holen?«

»Nein!« Arthur hielt sie vermutlich sowieso schon für verrückt. Durch eine versperrte Toilettentür mit ihm zu reden half wohl kaum, die Situation zwischen ihnen zu verbessern. »Ist draußen der Teufel los?« fragte sie furchtsam.

»Wir sind hier in England, Marilyn. Alles ist unter Kontrolle.«

»Ist Mrs. Olivier auch da?«

»Lady Olivier, Marilyn. Vivien. Natürlich. Sie erwartet dich.«

»Was hat sie an?«

»Ein Kostüm. Eine Art malvenfarbiger Tweed, Faltenrock, Jakke mit breitem offenen Kragen.«

Darin ist Milton wirklich ein Meister, dachte sie. Wie viele Männer könnten die Kleidung einer Frau so genau beschreiben? »Bildschön?« fragte sie und lehnte sich an die Tür, damit er ihr Flüstern verstand.

Sie konnte ihn seufzen hören. »In gewisser Weise schon«, gab er zu. »Allerdings eher elegant, aber auf eine sehr englische Art – so in etwa wie die Queen oder Prinzessin Margaret, aber besser aussehend, wenn du verstehst, was ich meine.«

Na großartig! Sie war wütend auf sich selbst, weil sie ein Kleid gewählt hatte, das hochgeschlossen war, fast wie ein Rollkragenpullover, und nichts von dem zeigte, was die britische Öffentlichkeit sehen wollte. Sie würde von Vivien Leigh ausgestochen werden, die fast zwanzig Jahre älter als sie war! »Trägt sie einen Hut?«

Es entstand eine Pause, als er nachschaute. »Ja, einen passenden Hut mit einem wehenden Band. Larry trägt einen dunklen Anzug und lächelt, sieht aber nicht gerade fröhlich aus ... Komm, gehen wir, Honey!«

Ein Hut! Sie hätte einen Hut aufsetzen sollen! Warum war ihr nicht eingefallen, daß Vivien Leigh selbstverständlich einen Hut trug? Sie hatte sich für kurze weiße Handschuhe entschieden, die zu ihren Schuhen paßten, obwohl sie befürchtete, daß ihre Hände darin wie die von Minnie Mouse wirkten, aber nun wußte sie nicht mehr, ob sie korrekt waren oder nicht.

»Marilyn, Arthur ist im Anmarsch und sieht ziemlich wütend aus.«

Was ihr bevorstand, war schon schlimm genug, aber einen neuen Streit mit Arthur konnte sie nicht ertragen, der ihr zwar total ergeben war, aber sie immer spüren ließ (und spüren lassen wollte), daß er im Recht war. Rasch puderte sie sich die Nase, zog die gottverdammten, dummen weißen Handschuhe an, schlüpfte in ihre Pumps, sperrte die Tür auf und taumelte den schmalen Gang entlang, rechts und links gestützt von Milton und Amy, als ob sie ihre Leibwächter wären. Neben der Flugzeugtür erkannte sie im Halbdunkel die hochgewachsene Gestalt Arthurs.

Milton lächelte sie verzerrt an. »Arm in Arm, Honey«, sagte er eindringlich. »Er ist dein Ehemann. Weißt du noch? Zeig's ihnen!«

»Sag Arthur, er soll nicht den steifen Langweiler spielen«, flüsterte Amy ihr noch zu, als sie schon am Ausgang war, sich bei Arthur einhängte und mit ihm zusammen in die graue Morgenluft hinaustrat, unsanft vorwärts geschoben von den Greenes. Gebrüll erhob sich – lauter als alles, was sie zu Ohren bekommen hatte, seit sie 1954 vor den Truppen in Korea aufgetreten war –, ausgehend von einer riesigen Menschenmenge, die nur mühsam von mehreren Reihen Londoner Bobbys in Schach gehalten wurde. Reporter und Fotografen versuchten, sich durch die Menge nach vorne durchzukämpfen, Zuschauer hoben ihre kleinen Kinder über ihre Köpfe, damit sie besser sehen konnten, und überall wurde geschoben, gestoßen und geschrien. Einige Schritte vor dem Mob standen, so klein und adrett wie Figuren auf einem Hochzeitskuchen, die Oliviers, er nervös lächelnd, sie mit wütendem Gesicht.

Ein Angestellter des Flughafens führte sie zu ihnen, ein anderer reichte Marilyn einen Blumenstrauß. Sir Laurence murmelte eine Begrüßung, die sie bei dem Lärm nicht verstand, und gab ihr einen flüchtigen Kuß auf die Wange. Lady Olivier überließ ihr kurz ihre Fingerspitzen – auch sie trug Handschuhe, doch ihre waren lang, zart malvenfarbig, aus Wildleder und so eng anliegend wie eine zweite Haut –, und dann durchbrachen die Presseleute die Polizeikordons und überrannten sie fast. Hände zupften an ihrem Kleid und Haar, Blitzlichter explodierten vor ihrem Gesicht, unzählige Fragen hämmerten auf sie ein. Sie preßte sich an

Arthurs Brust, während Sir Laurence und die Sicherheitsleute vom Flughafen einen Weg für sie bahnten.

Sie warfen sich in den wartenden Rolls-Royce wie Bankräuber bei einem Fluchtversuch. Vivien Leigh saß neben ihr auf dem Rücksitz, Arthur und Olivier ihnen gegenüber auf den Klappsitzen. Vivien lächelte vage und winkte der Menge wie eine Königin zu, was Marilyn irritierte, da die Leute ja ihretwegen gekommen waren. Irgendwie fühlte sie sich durch die Oliviers in den Hintergrund gedrängt. Sie versuchte, sich damit zu beruhigen, daß dies schließlich ihr Film war, daß er ihr gehörte, daß sie Sir Laurence bezahlte, aber es half nichts. Er sah immer noch so aus, als ob er die Welt besäße, wie er da so elegant in ernster Unterhaltung mit Arthur dasaß – zwei Genies unter sich, dachte sie bitter.

Ihr war nicht aufgefallen – bis sie die beiden nebeneinander sah –, wie schlecht angezogen Arthur in seinem Leinen-Jackett von der Stange, den ausgebeulten Hosen und klobigen Schuhen im Gegensatz zu Olivier wirkte, der eine blühende Gesichtsfarbe hatte, das lange Haar sorgfältig hinter die Ohren gebürstet trug und in einem perfekt geschneiderten doppelreihigen Anzug und in schmalen, glänzend polierten Schuhen steckte. Er umgarnte Arthur mit englischem Charme in Millionenvoltstärke, während Arthur, offensichtlich aus Scheu vor seinem neuen Kumpel ›Larry‹, kerzengerade dasaß, ständig nickte, lächelte und jedes Wort begierig aufsaugte.

Sie und Vivien saßen so weit voneinander entfernt wie nur möglich und schwiegen, während ihre Ehemänner in gegenseitiger Bewunderung schwelgten. »Sie haben die Rolle von Elsie auf der Bühne gespielt, nicht wahr?« erkundigte sie sich schließlich, voller Wut auf ihre Kleinmädchenstimme, die übertrieben nett klang.

Vivien – seit der Abfahrt vom Londoner Flughafen hatte sie eine Zigarette nach der anderen geraucht – schaute sie zum erstenmal richtig an. »Ja, das habe ich«, erwiderte sie scharf. »Larry und ich zusammen. Es war ein großer Erfolg!«

Sie blies ihr eine Rauchwolke ins Gesicht und machte eine kleine, disqualifizierende Grimasse. »Zu schade, daß Sie uns nicht gesehen haben, Miß Monroe.« Ihre Aussprache war so scharf wie eine Messerklinge. »Dann wüßten Sie nun genau, wie Sie Elsie spielen müssen.«

»Ich finde schon meinen eigenen Stil«, erwiderte sie und verbarg nicht ihre Verärgerung.

»Na, dann viel Glück!«

Vor Wut sprach sie kein Wort mehr auf der restlichen Fahrt, während Olivier, dem wohl aufging, daß er sie vernachlässigt hatte – oder er erinnerte sich gütigst daran, daß sie für seine Spesen aufkam, dachte sie boshaft –, unentwegt über das ›Cottage‹ redete, das er für sie und Arthur gemietet hatte. Doch plötzlich brach er ab und spähte aus dem Fenster.

»Die verfluchten Reporter verfolgen uns«, sagte er, »Verdammt! Ich hatte gehofft, wir wären den Kerlen entkommen.«

»Larry haßt Filmjournalisten – besonders die Feuilletonschreiber«, erklärte Vivien. »Er hat sie aus dem Studio verbannt, als er *Henry the Fifth* drehte, nicht wahr, Darling? Das haben sie ihm nie verziehen, Miß Monroe.«

Eine solche Einstellung zur Presse war ihr neu. Journalisten waren in Amerika meistens auf ihrer Seite, besonders seit es um Marilyns Auseinandersetzung mit der 20th Century-Fox ging und sie als eine Art weiblicher David aufgebaut wurde, der den Kampf gegen Goliath wagte.

»Paul Tandy ist derjenige, den Larry am meisten haßt, Miß Monroe«, erklärte Vivien weiter. »Nicht wahr, Darling?« Sie lächelte ihn süß an. »Tandy ist bei der *Mail*, verstehen Sie. Eine unserer wichtigsten Tageszeitungen – leider Gottes. Larry bekam eine Menge Geld, um Werbung für eine Zigarette im Fernsehen zu machen, und seit damals nennt ihn Tandy nur noch ›Sir Cork Tip‹ in seiner Kolumne.« Sie lachte laut auf. »Ich fürchte, Larry findet es gar nicht komisch, ›Korkfilter‹ genannt zu werden. Hat Ihr Mann Sinn für Humor, Miß Monroe?«

»Arthur? Ich glaube schon.« In Wahrheit hatte Arthur nicht den geringsten Sinn für Humor, wenn es um ihn ging, und das gleiche galt für den Footballplayer, der sich selbst als eine nationale Institution ansah, aber das würde sie Vivien Leigh nicht verraten.

Vivien warf einen flüchtigen Blick in Arthurs Richtung und zuckte mit den Schultern. »Wie schön für Sie, Darling«, meinte sie skeptisch.

›Sir Cork Tip‹ funkelte seine Frau wütend an, doch bevor er eine Bemerkung machen konnte, hielten sie vor dem gemieteten Haus. Er stieg als erster aus, gefolgt von Arthur, unter Verzicht auf Höflichkeit, damit er für sie und Vivien einen Weg durch die Reportermeute bahnen konnte, die das Auto bereits umringte. Marilyn dachte spontan, daß die beiden Männer wie Mutt und Jeff aussahen. Sie konnte hören, wie Olivier mit ihnen argumentierte ... »Marilyn ist müde, laßt ihr Zeit, sich etwas zu erholen, bitte, seid doch vernünftig, Jungs ...«

Anscheinend gelang ihm eine Art Übereinkunft mit ihnen, denn er drehte sich um und winkte. Vivien verließ als erste den Wagen und konfrontierte mit einem gefrorenen Lächeln das Blitzlichtgewitter. Marilyn folgte und war momentan wie geblendet.

Vivien schritt würdevoll voran, und die Menge wich zur Seite, um ihr Platz zu machen. Marilyn war sich nicht sicher, ob es am Titel lag oder an Viviens Gesichtsausdruck, der zu vermitteln schien, daß sie die Presse nicht sah oder einfach nicht zu bemerken geruhte. Woran es auch lag, die Reporter traten jedenfalls zurück – bis auf einen hochgewachsenen, gutangezogenen Mann, der ihr fast den Weg versperrte. »Miß Leigh«, rief er mit einer jener englischen Upperclass-Stimmen, die so scharf sind, daß sie Glas schneiden können, »was empfinden Sie dabei, daß Sir Laurence Liebesszenen mit Miß Monroe dreht?«

Vivien verlangsamte nicht ihren Schritt. »Sir Laurence hat Liebesszenen mit mir gespielt, Paul. Ich glaube kaum, daß er etwas Neues darüber lernen muß.«

»Paul Tandy«, erklärte Vivien, als sie sich an ihm vorbeidrängten. Er schrieb mit undurchschaubarem Lächeln etwas in sein Notizbuch.

Marilyn fühlte, wie ihr das Blut ins Gesicht stieg. Vivien hatte ihr keine Möglichkeit gelassen, selbst etwas zu sagen, sondern hatte dafür gesorgt, daß ihr die Rolle der dummen blonden Verführerin zufiel, wie es immer schon gewesen war.

Sie rannte ins Haus, wo Arthur in der Halle stand und inmitten der Antiquitäten und kostbaren Perserteppiche völlig deplaziert wirkte. Das ›Cottage‹ war ein großes altes, verschwenderisch ausgestattetes und elegantes Landhaus – wie eine Filmkulisse – mit einem kunstvoll angelegten Garten, der sich bis zum Wald erstreckte. »Eine hübsche Aussicht«, meinte Olivier, »finden Sie nicht auch?« Er zog sie hinter sich her ins Wohnzimmer. »Und so gemütlich ...«

Kleine Schweißperlen zeigten sich auf seiner Stirn. Ihr kam es so vor, als wollte er ihr zu verstehen geben, daß eine törichte amerikanische Filmschauspielerin wie sie vermutlich nicht verstehen würde, wie wertvoll all diese Dinge waren und welches Glück sie hatte, dort sein zu dürfen. Aber sie fühlte sich alles andere als glücklich. Parkside House sah nicht so aus, als könnte sie hier nackt herumlaufen oder Champagnergläser und Kaffeetassen auf den Möbeln stehenlassen, ohne weiter darüber nachzudenken. Außerdem kostete es sie ein kleines Vermögen. Sie lächelte ihn ausdruckslos an.

»Vielleicht möchten Sie noch die übrigen Räume sehen?« erkundigte er sich daraufhin. »Die Täfelung im Schlafzimmer des Hausherrn ist einmalig ... Aber ich vermute, Sie wollen sich lieber ein bißchen ... frisch machen?«

Sie nickte, plötzlich zu müde zum Reden.

Vivien führte sie in den ersten Stock zum Schlafzimmer und zeigte ihr das Bad. Marilyn konnte es kaum erwarten, sich dort einzuschließen, doch Vivien legte sanft, aber nachdrücklich die Hand auf die Tür und fixierte Marilyn mit ihren dunklen rauchgrauen Augen wie eine Schlange einen Mungo. Dann sagte sie im Flüsterton, aber perfekt artikuliert: »Wenn Larry Sie zu vögeln versucht, Darling – und ich bin sicher, daß er's tut –, seien Sie bitte nett zu ihm. Es ist Ewigkeiten her, seit er mich gevögelt hat, aber ich erinnere mich noch, daß er alle Hilfe braucht, die er kriegen kann, der Ärmste!«

Damit schloß Vivien die Tür hinter Marilyn und ließ sie endlich allein.

13. KAPITEL

Der dunkelgraue 54er Ford stand genau dort, wo Dorfman ihn hinstellen sollte – auf dem Parkplatz hinter dem Acropolis Diner, halb verborgen von einem Dempsey Dumpster voller Müll.

Dorfman stieg aus seinem Wagen, sagte dem Fahrer, er solle eine Tasse Kaffee trinken, ging zum Ford hinüber. Er wich sorgsam allen Pfützen aus, öffnete den hinteren Wagenschlag und setzte sich hinein. Hoffa schaute ihn weder an, noch gab er ihm die Hand.

Dorfman zündete sich eine Zigarette an, musterte Nacken und Schultern des Chauffeurs und kam zu dem Schluß, daß es niemand war, den er kannte. »Jeder könnte hier einsteigen und dich wegblasen, Jimmy, bevor du kapierst, was, zum Teufel, los ist«, sagte er tadelnd. »Du müßtest die Türen absperren, ein paar Kerls rumstehen haben, überhaupt besser aufpassen. Es ist viel zu riskant, verdammt noch mal.«

Hoffa gab ein krächzendes Lachen von sich, das seine totale Verachtung für die ganze Welt ausdrückte. Er war wie eine Zementmischmaschine gebaut, und obwohl er kein überflüssiges Gramm Fett an sich hatte und auch nicht groß war, schien sein muskulöser Leib fast den ganzen Rücksitz einzunehmen, so daß Dorfman sich eingezwängt vorkam. Hoffas Gesicht hatte die Farbe von rohem Fleisch, sein Mund glich einer Operationsnarbe, die blassen Augen waren ausdruckslos.

»Jeder, der's versucht, dem reiß' ich das Schießeisen aus der Hand, ramm' es ihm in den Arsch und drücke ab. Wie geht's dir, Red? Was hast du für mich?«

Hoffa drehte seinen Kopf weit genug, um einen Blick auf Dorfman zu werfen, nur für den Fall, dieser könnte selbst auf komische Ideen kommen. Er wußte, daß man nicht am Leben blieb, weil man Leuten traute, nicht einmal Dorfman, der so viel über die Teamsters wußte wie kein Outsider sonst. Er hatte vor Dorfman Respekt, in den sich allerdings auch leise Verachtung mischte. Dorfman war wie ein Itaker in einem brandneuen metallicblauen Caddy gekommen, mit kühn geschwungenen Chromleisten, die in großen Schwanzflossen endeten und an Raumschiffe in Cartoons erinnerten – die Sorte von Auto, die Hoffa häufig Leuten schenkte, die ihm einen Gefallen erwiesen hatten, die er aber nie im Traum selbst besitzen wollte. Typen wie Dorfman, sagte sich Hoffa, würden sich lieber von einem FBI-Überwachungsteam schnappen lassen, als mit einem alten, ausgebeulten Auto zu fahren.

Hoffa kaufte seine Anzüge und die kurzen weißen Socken, die er immer trug, bei J. C. Penney. Dorfman hatte einen grauen maßgeschneiderten Seidenanzug an, ein Weiß in Weiß gemustertes Hemd und eine silberfarbene Krawatte. An den Füßen trug er schmale italienische Slipper und auf dem Kopf einen eleganten Hut mit Band, das genau zur Krawatte paßte. Er hatte so lange mit den Itakern gearbeitet, daß er sich mittlerweile auch wie sie kleidete. Einige der großen Nummern bei den Teamsters entwikkelten ähnliche Vorlieben, was Hoffa gar nicht paßte.

Dorfman beugte sich herüber. Hoffa stieg der Duft nach Eau de Cologne in die Nase, und er runzelte die Stirn. Ihm war der Schweißgeruch eines handfesten Arbeiters lieber. »Wir haben einen Deal, Jimmy«, flüsterte Dorfman mit einem Seitenblick zum Chauffeur.

Hoffa nickte. »Mach einen Spaziergang«, befahl er dem Chauffeur. »Bleib aber in der Nähe.«

Als sie allein waren, berichtete Dorfman Hoffa in groben Zügen von dem Deal, den er mit David Leman in Key Biscayne ausgehandelt hatte. Hoffa hörte mit unbewegtem Gesicht zu, den Blick auf die vom Regen gestreifte Windschutzscheibe gerichtet.

Als Dorfman fertig war, gebot Hoffa mit seiner erhobenen fleischigen Hand Schweigen und dachte eine Weile nach. Er hatte nie bezweifelt, daß die Kennedys mitspielen würden; es ging nur um die Frage, wie man an sie herantreten sollte. Sie waren reich, und die Reichen waren faul und korrupt. Der Alte repräsentierte schlimmsten ausbeuterischsten Kapitalismus, was allerdings bedeutete, daß man mit ihm immer ins Geschäft kam, wie schon damals 1952 in der Merchandise-Mart-Sache. Was Jack betraf, der war bloß ein Playboy, der auf jeden Deal einging, um gut dazustehen, und der jüngere Bruder, Bobby, war nichts als ein großmäuliger College-Punk. Scheiß drauf! Hoffa köchelte eine Weile in seiner heißen Verachtung für die Reichen vor sich hin. Er war ebensosehr Antikommunist wie J. Edgar Hoover, wenn nicht noch mehr, aber man mußte es den Russen lassen, daß sie sich all ihrer reichen Parasiten entledigt hatten und die Macht nun in den Händen der Arbeiterklasse lag.

Je mehr er über den Deal nachdachte, desto mehr behagte er ihm. Die Vorstellung, daß der miese Dave Beck seine Zeit in Atlanta oder Lewisburg absaß, wärmte sein Herz, aber am wichtigsten war es – das wußte er genau –, die Teamsters bei den Demokraten beliebt zu machen, nur für den Fall, daß diese 1960 die Wahl gewannen. Die Teamsters waren die einzige Gewerkschaft, die regelmäßig republikanische Kandidaten finanzierte, was so lange okay war, wie Ike kandidierte, denn Ike würde immer gewinnen. Nixon oder Stassen oder Rockefeller, oder wer immer es

1960 sein würde, könnte verlieren, dachte er, und dann würden die Teamsters dumm dastehen. Eine kleine Rückversicherung schadete nichts. Beck und seine Kumpel loszuwerden war Schritt Nummer eins, sagte sich Hoffa. Als nächster stand dann George Meany auf der Abschußliste.

Er nickte Dorfman zu. »Gut gemacht, Red.«

»Danke, Jimmy«, erwiderte Dorfman in einem Ton, der zu verstehen gab, daß er Hoffas Lob nicht brauchte.

Gleich darauf umwölkte sich Hoffas Gesicht. »Aber mir gefällt dieser Scheiß nicht, nach D. C. zu gehen und Fragen von Bobby zu beantworten. Das sollen die sich aus ihrem Scheißkopf schlagen, Red.«

Dorfman räusperte sich. »Das gehört aber zum Deal, Jimmy. Leman war in dem Punkt hundertprozentig klar. Es ist alles nur Mache, Jimmy, damit Bobby sein Gesicht wahrt, aber es muß sein. Du kriegst vorher die Fragen und hast massenhaft Zeit, mit deinen Anwälten die Antworten auszuknobeln ... Es ist 'ne Kleinigkeit, glaub mir, verglichen mit der Tatsache, daß sie uns dieses fette Scheusal Beck vom Hals schaffen.«

Hoffa zuckte mit seinen massigen Schultern. Dorfman hatte recht, aber irgend etwas störte ihn, irgendein Instinkt warnte ihn, daß es ein Fehler war. Andererseits bot er den Kennedys einen Wahnsinnsdeal an, und der Alte schuldete ihm sowieso noch einen Gefallen für den Merchandise Matt, so daß er vielleicht wirklich zu mißtrauisch war ...

Ach, scheiß drauf, sagte er sich selbst. Ich wäre nicht so weit gekommen, wenn ich nichts riskiert hätte! »Meinetwegen, Red«, sagte er schließlich. »Du gibst ihnen unser Okay. Die Fragen müssen mit mir und Edward Bennett Williams abgesprochen werden, und ich will keine Überraschungen. Sonst bist du dran.«

»Das ist es ja, Jimmy – keine Überraschungen für beide Seiten.« Er zögerte kurz. »Natürlich mußt du 'n bißchen mitspielen, damit alles koscher aussieht.«

»Das heißt?«

»Na ja, du mußt etwas Respekt für den Untersuchungsausschuß zeigen, Jimmy.«

»Respekt?«

»Du weißt schon. Wie vor 'ner Anklagekammer.« Eigentlich hatte er ›Kommission für Haftentlassungen‹ sagen wollen, wie

David Leman vorgeschlagen hatte, aber man konnte sich leider nicht auf Hoffas Sinn für Humor verlassen. »Du mußt 'n bißchen«, er suchte nach dem richtigen Wort, »demütig sein.«

Hoffa starrte ihn finster an. »Willst du mir damit sagen, daß ich Scheiße fressen soll, dort, in aller Öffentlichkeit, vor den abgefuckten Fernsehkameras?«

»Nicht Scheiße fressen, Jimmy. Nur höflich sein, ein wenig Respekt zeigen, du verstehst schon ...« Dorfman schwitzte und dünstete Eau-de-Cologne-Wolken aus. Er nahm seinen Hut ab – der gleiche wie Frank Sinatras – und fächelte sich Luft zu. »Du gehst dahin, beantwortest die Fragen und benimmst dich wie ein verantwortungsvoller Gewerkschaftsführer – was die Presse ja sonst immer bestreitet –, und du bist nett zu den Arschlöchern von Senatoren. Ist das zuviel verlangt?«

»Okay, okay«, stimmte Hoffa mit einer Grimasse zu. »Es darf nur nichts schiefgehen, mehr will ich ja gar nicht.«

Dorfman hielt beide Hände hoch. Immer konnte etwas schiefgehen, aber diese Sache schien bombensicher zu sein, da beide Seiten die Gewinner wären. Normalerweise kann man auf Ehrgeiz und Machtgier zählen, dachte er, und hier war beides im Spiel. Er zündete sich mit feuchten Fingern eine zweite Zigarette an und wechselte rasch das Thema, da er nun Hoffas zögernde Zustimmung hatte. »Rat mal, wen Jack Kennedy bumst? Ein Typ, den ich in L. A. kenne, kennt 'nen anderen Typen, der sagt, es ist Marilyn Monroe.«

»Echt, ohne Scheiß? Wer behauptet das?« Hoffas Stimme verriet nur deshalb kein lüsternes Interesse, weil er keins hatte. In ihm war viel von einem Puritaner, wenn es um Sex ging. Es war ihm nicht wohl zumute, wenn Männer in seiner Gegenwart schmutzige Geschichten erzählten. Auch Klatsch über sexuelle Affären mochte er nicht, es sei denn, es war etwas, das sich gegen jemanden verwenden ließ. Dann hörte er aufmerksam zu, aber ohne Vergnügen. Dorfman schätzte, daß Hoffa der einzige Mann war, der seine Nächte in Las Vegas nicht im Bett einer Frau beendete.

Dorfman summte ein paar Takte eines Schlagers und imitierte die bekannte, Bar-Atmosphäre heraufbeschwörende Stimme von Amerikas berühmtestem Sänger. Selbst Hoffa, der unmusikalisch war, erkannte sie. »Tja, wenn der's gesagt hat, dann wird's wohl stimmen, der muß es ja wissen.«

»Darauf kannst du wetten. Möchtest du, daß ich ein paar Leute darauf ansetze? Fotos von Jack Kennedy und Marilyn ... zusammen natürlich?«

Hoffa ließ seine Fingergelenke knacken, eine liebe Gewohnheit, wenn er nachdachte.

»Ich werde Bernie fragen, was er tun kann. Wenn er irgendwelche Hilfe an der Westküste braucht, gibst du ihm, was er will, verstanden?«

Dorfman verstand. Bernie Spindel war Hoffas Geheimwaffe, der beste Telefonarbeiter im ganzen Land, ein ehemaliger Berater des FBI und der CIA, der die Seiten gewechselt hatte, um für Hoffa zu arbeiten. Spindel war nur Informant für Hoffa, und es ging das Gerücht um, daß er nicht nur die Wohnungen und Büros von Hoffas Feinden angezapft hatte, sondern ebenso die seiner Teamster-Kollegen.

Dorfman hatte unzählige Geschichten über Spindels Tüchtigkeit gehört und sie auch fast alle geglaubt: wie Spindel den Raum abgehört hatte, in dem sich die Geschworenen während eines der vielen Gerichtsverfahren gegen Hoffa wegen dunkler Machenschaften der Gewerkschaft zur Beratung zurückzogen, so daß Hoffa ganz genau wußte, welche Geschworenen unter Druck gesetzt werden mußten, wie Spindel sämtliche ›Wanzen‹ entschärfte, die das FBI in Hoffas Büros montiert hatte, und wie es ihm gelungen war, eine Unterhaltung in einem geparkten Auto abzuhören, die von Hoffas Rivalen um die Führung bei den Teamsters des Mittleren Westens und einem FBI-Agenten geführt wurde. Das Ganze endete damit, daß man diesen Rivalen an einem Fleischerhaken hängend in der Gefrierkammer einer Wurstfabrik fand. Spindel war nur Hoffa gegenüber loyal und wurde nur eingesetzt, wenn Hoffa es ernst meinte.

Dorfman ergriff begeistert die Gelegenheit, Spindel einen Gefallen zu tun. »Alles, was Bernie will«, sagte er zu Hoffa vielleicht etwas vorschnell, weil Hoffa sich zu ihm umdrehte und ihm aus seinen farblosen Augen einen giftigen Blick zuwarf.

»Komm bloß nicht auf dumme Ideen, Red«, sagte er. »Bernie gehört mir. Hände weg, verstanden?«

Dorfman grinste dünn, doch sein Blick verriet Ärger. Er war es nicht gewohnt, daß man so mit ihm redete. »Na klar, Jimmy, verstanden«, sagte er. Sie reichten sich die Hände. Für einen Mann von seiner Stärke, der Besucher in seinem Büro gern damit beeindruckte, daß er Walnüsse mit bloßer Hand knackte, hatte Hoffa einen schlappen Händedruck. Aus diesem Grund war Dorfman zu der Überzeugung gekommen, daß Hoffa eben kein Bedürfnis hatte, mit einem Handschlag etwas zu besiegeln, wie es die meisten Männer taten, ob nun kriminell oder nicht.

Dorfman ging mit einem Gefühl der Erleichterung über den Parkplatz zu seinem wartenden Wagen – ein Gefühl, das er immer empfand, wenn er sich von Hoffa trennte. Hoffa schien sich für unverwundbar zu halten, und Dorfman wußte, wie gefährlich eine solche Selbstüberschätzung war.

Hoffa hielt sich nicht nur für mächtiger als den Senat der Vereinigten Staaten – das mochte sich ja noch als richtig herausstellen –, sondern er hielt sich auch für gerissener als Dorfmans Leute, Männer wie Momo Giancana, den Gangsterboß von Chicago.

Dorfman hatte die Leichen von vielen Leuten gesehen, die ähnliches gedacht hatten. Er stieg in sein Auto und sagte, ohne seinen Chauffeur anzusehen: »Zu Momo, und zwar 'n bißchen dalli.«

»Man konnte ihn in seinem metallic-himmelblauen 56er Cadillac Fleetwood kaum übersehen. Superklasse. Nur das Beste ist gut genug für Red Dorfman!«

Der Direktor verzog keine Miene. Er saß hinter seinem großen Mahagonischreibtisch, die Hände auf der fleckenlosen Löschpapierunterlage gefaltet. An jedem Handgelenk schauten genau zweieinhalb Zentimeter der gestärkten weißen Manschetten aus den Jakettärmeln, seine Fingernägel waren frisch maniküert und farblos lackiert. Manche Leute fanden sein dünnes goldenes Armband etwas deplaziert für den obersten Cop der Nation, andere lästerten darüber, daß sein Stellvertreter, enger Freund und Hausgenosse Clyde Tolson ein identisches Armband trug, aber der Direktor war immun gegen solche Sticheleien.

Tolson, der an einer Seite des gewaltigen, polierten Schreibtisches saß, wechselte einen Blick mit Hoover, als Geheimagent Kirkpatrick seinen Bericht abgab. Der Direktor fuhr nämlich selbst einen 56er Cadillac Fleetwood, allerdings in Schwarz.

Er nickte Kirkpatrick leicht zu, der weiterredete. »Fernüberwachung ergab, daß Dorfman sich mit Hoffa auf dem Parkplatz einer Imbißstube traf. Sie saßen auf dem Rücksitz von Hoffas Wagen und unterhielten sich einundzwanzig Minuten lang.«

Hoover schürzte die Lippen. Er hielt es für eine schreckliche Verschwendung von Arbeitskraft, Schieber wie Dorfman oder gaunerhafte Gewerkschaftsführer wie Hoffa zu überwachen. Natürlich gehörten solche Leute hinter Gitter – das verstand sich von selbst –, aber der wahre Feind war der gottlose Kommunismus. Jeder Agent, der bei der Überwachung von Schwerverbrechern eingesetzt wurde, war ein Mann weniger in dem viel wichtigeren Kampf, sowjetische Spione und Verräter in den eigenen Reihen zu entlarven.

»Hinterher«, sagte Kirkpatrick, »kehrte Hoffa in sein Büro zurück, und Dorfman wurde zum Restaurant ›La Luna di Napoli‹ gefahren, wo er mit dem Boß des Chicagoer Verbrechersyndikats Sam ›Momo‹ Giancana zusammentraf und eine Tasse italienischen Kaffee trank.«

»Der heißt bei denen Espresso«, sagte Tolson hilfreich.

Hoover starrte vor sich hin, als befinde er sich in Kontakt mit irgendeiner Gottheit, die unsichtbar am anderen Ende seines großen Büros schwebte. »Haben wir eine Ahnung, was Dorfman mit Giancana besprach?« fragte er.

»Nein, Sir. Wir hatten mal früher ein Mikrofon in dem Restaurant installiert, aber wie Sie sich vielleicht noch erinnern, mußten wir es aufgeben, als wir die meisten unserer Überwachungsteams in die Universität von Chicago verlegten.«

Hoover nickte. Es war auf seinen Befehl hin geschehen. Die Universität von Chicago war noch stärker unterminiert von marxistischen Agitatoren, die sich als Professoren tarnten, als die meisten anderen Hochschulen. Was hatte es für einen Sinn, seine Teams rund um die Uhr Giancana samt Spießgesellen abhören zu lassen, wie sie Pferderennen ›frisierten‹ und Entführungen planten, wenn gleichzeitig im Gemeinschaftsraum der Chicagoer Universität einige Mitglieder der Fakultät gewaltsame Aktionen gegen die amerikanische Regierung und die Verfassung diskutierten?

In einer idealen Welt hätte er genügend Geldmittel zur Verfügung gehabt, um beides zu finanzieren, aber da dies eindeutig keine ideale Welt war – schließlich waren überall ›Liberale‹ am Ruder und im Weißen Haus sogar ein Republikaner –, war er dazu genötigt, sich zu entscheiden, und so bekämpfte er lieber die größere Gefahr.

»Irgendwas Neues von den Informanten?« erkundigte sich Hoover.

Tolson blätterte in einigen Schriftstücken, eine Lesebrille auf der Nase. Er und der Direktor wurden miteinander alt wie Ehepartner, die seit langem gelernt hatten, mit den Schwächen und wachsenden Überempfindlichkeiten des anderen zu leben. »Nicht viel, Herr Direktor«, sagte er – er redete Hoover immer mit seinem Titel an, wenn noch jemand im Raum war. »Es gibt Gerüchte, daß Hoffa mit Unterstützung der Mafia gegen Dave Beck zu Felde zieht.«

Hoover lachte. »Das haben wir schon mal gehört.«

»Anscheinend plant Bobby Kennedy, Beck und Hoffa vorzuladen«, redete Tolson weiter. »Vielleicht sogar auch Dorfman. Meiner Schätzung nach gibt's da irgendeinen faulen Zauber zwischen den Kennedys und den Teamsters ... Womöglich, damit Jack und Bobby gut in den Medien dastehen.«

Hoover seufzte. Sehr gut möglich, dachte er mißmutig. Ihm hatte der Plan gar nicht gefallen, Bobby Kennedy auf die Gewerkschaftsganoven loszulassen, als er davon erfuhr, und er hatte daraus Joe Kennedy gegenüber auch keinen Hehl gemacht. Bobby hatte als Berater in Senator McCarthys Untersuchungsausschuß für die gute Sache gekämpft und Kommunisten in der Regierung entlarvt, was er nach Hoovers Meinung auch weiterhin tun sollte. Der Botschafter hatte ihm zwar beigepflichtet, zu guter Letzt aber seinen Söhnen nachgegeben – wie eigentlich immer.

Der Direktor hatte einen gewissen Respekt vor Botschafter Kennedy, der immer die richtige Meinung vertreten hatte, wenn es um Linke ging, sogar in den Tagen des New Deal, als sich Rote und ihre Gesinnungsgenossen in den obersten Regierungskreisen tummelten. Kennedy hatte damals dem FBI viele nützliche Informationen zukommen lassen, und Hoover vergaß nie einen ihm erwiesenen Gefallen. Deshalb war Hoover auch bereit gewesen, als der junge Jack Kennedy 1941 mit Inga Arvad liiert war, einer schönen jungen Dänin und geschiedenen Frau eines berühmten ungarischen Fliegers, Jacks besorgtem Vater seinerseits einen Gefallen zu tun und alles so zu arrangieren, daß sie als deutsche Spionin denunziert wurde.

Hoover hatte das Gefühl, daß er dadurch die Rechnung mit Botschafter Kennedy beglichen hatte und ihm nun nicht mehr schuldete als den höflichen Respekt, den er jedem schuldete, der weiß, wohlhabend und konservativ war. Er machte kein Geheimnis daraus, daß er Bobby für rücksichtslos und grob gegenüber Älteren und Überlegenen hielt – zu denen sich auch Hoover rechnete – und daß er Jack als verwöhntes, genußsüchtiges Leichtgewicht ansah, dessen moralische Verfehlungen, über die das FBI genau Buch führte, ihn irgendwann mal garantiert in Schwierigkeiten bringen würden. Er freute sich schon darauf, den Kennedys eine Lektion darüber zu erteilen, wer der Boß in Washington war, falls Jack je an die Macht käme.

Hoover war stolz auf seinen politischen Instinkt, den er seit Jahrzehnten für ein einziges Ziel einsetzte: sein eigenes Überleben als Direktor des FBI, unabhängig davon, wer gerade amerikanischer Präsident war. Er empfand sogar eine gewisse Verachtung für Präsidenten, und zwar nicht nur deshalb, weil er alle ihre kleinen schmutzigen Geheimnisse kannte. Präsidenten kamen und gingen alle vier oder acht Jahre, aber er, J. Edgar Hoover, blieb auf seinem Posten. Coolidge war Präsident gewesen, als Hoover zum Direktor des FBI ernannt worden war, das er dann nach seiner eigenen Vorstellung ummodelte, und in alle diesen langen Jahren hatte kein Präsident es je gewagt, ihm den Kampf anzusagen. Was Jack Kennedy betraf, da hegte er allerdings gewisse Zweifel.

Joe Kennedy rief ihn in regelmäßigen Abständen an und schilderte ihm in süßen Worten Jacks Vertrauen zum Direktor des FBI, seine Bewunderung für dessen patriotischen Eifer und so weiter ... Hoover lauschte diesen Lobhudeleien mit einer Mischung aus Gleichgültigkeit und Sorge, und das nicht nur deshalb, weil er wußte, welch glattzüngiger Schmeichler Botschafter Kennedy war.

Ihm war bekannt, daß Jack Kennedy auf Dinnerpartys in Washington, wo auch Journalisten geladen waren, Witze über ihn riß – Witze über den Direktor des Federal Bureau of Investigation! – und zu seinen Freunden und Anhängern viele von Hoovers schärfsten Kritikern zählte. Hoover war sechzig Jahre alt, stand also nur fünf Jahre vor der Pensionierung. Wie ein alter Wolf, der von jüngeren Rivalen belagert wird, ahnte er instinktiv, daß er wenig Barmherzigkeit von Jack Kennedy erwarten konnte, und noch weniger von Bobby.

Deshalb beobachtete er jeden Schritt der Kennedys mit unermüdlicher Aufmerksamkeit, des Botschafters Steuererklärungen, Cocktailpartygeschwätz, Jacks Affären mit Frauen, Bobbys Streit mit Roy Cohn, die Machenschaften von David Leman, dem New Yorker PR-Magnaten, durch die Jacks Buch *Profiles in Courage* gute Besprechungen bekommen und der Botschafter für seine beklagenswerte Frau einen päpstlichen Orden geangelt hatte. Nichts war zu unbedeutend, um dem FBI-Direktor zu entgehen. Er überblickte die Zukunft wie von einer Bergspitze aus, und die einzige Gefahr, die am Horizont auftauchte, kam von Jack Kennedy.

In Wahrheit interessierte es ihn nicht – natürlich durften das seine Untergebenen nicht wissen –, ob nun Hoffa Beck ablöste oder nicht, mit oder ohne Mafia-Unterstützung. Wenn man einen Gauner aus der Führung der Teamsters entfernte, rückte lediglich ein anderer nach. Er wußte, daß es nichts einbrachte, seine Agenten auf eine Organisation anzusetzen, die von Vizepräsident Nixon und einer großen Anzahl von Senatoren und Kongreßabgeordneten zum Dank für die großzügigen Wahlspenden der Teamsters unterstützt wurde.

Dorfmans und Hoffas Treffen in Chicago und kurz darauf Dorfmans Treffen mit Giancana beschäftigten ihn nur deshalb, weil Jack und Bobby es mit den Teamsters aufnehmen wollten. Dreck zieht Dreck an, wie er immer gern sagte. »Gibt es einen stichhaltigen Beweis für Mauscheleien zwischen den Kennedys und den Teamsters, Mr. Tolson?« erkundigte er sich nun.

»Es ist eher so ein Instinkt, Herr Direktor«, gab Tolson zu. »Jack und Bobby scheinen überzeugt zu sein, daß sie Beck entmachten können. Vielleicht zu überzeugt ... Aber jetzt sage ich Ihnen etwas wirklich Interessantes. David Leman wurde dabei beobachtet, wie er vor kurzem in Las Vegas mit Dorfman Golf spielte. Wir haben es gefilmt.«

Hoover überlegte. Er kannte David Leman einerseits als mächtigen, wohlhabenden Public-Relations-›Mogul‹, wie das *Time Magazine* ihn immer nannte, und andererseits als einen der wenigen, die sich Joe Kennedys Vertrauen erfreuten, sofern dies das richtige Wort dafür war. Hoover blätterte durch seine mentale Kartei, bis er zu Leman (Lehrman), David A., kam, und war überzeugt, daß nur eine Bitte von Joe oder Jack Kennedy Leman dazu bringen konnte, mit Dorfman Golf zu spielen.

»Ich hätte nicht gedacht, daß Leman ein Golfer ist«, sagte er. »Solche Leute sind das selten.« Er schnaubte verächtlich. »Sie sind mehr daran interessiert, Geld zu scheffeln.« Hoover hielt sich nicht für einen Antisemiten, hatte aber gewisse fixe Ideen über Rassen und deshalb auch nie Juden als FBI-Agenten eingestellt.

»Wir können Ihnen den Film vorführen, Herr Direktor. Leman hat nur einen guten Schlag zustande gebracht. Vermutlich ein Zufallstreffer.«

Hoover runzelte die Stirn. »Also kann man zu Recht vermuten, daß Jack Kennedy mit den Teamsters – wahrscheinlich die Hoffa-Gruppe – und der Mafia Absprachen hat, stimmt's?«

»Stimmt, Herr Direktor«, erwiderten Tolson und Kirkpatrick unisono.

Hoover lächelte. »Kein hübscher Gedanke, nicht wahr? Daß ein US-Senator mit solchen Gangstern unter einer Decke steckt!«

»Ganz und gar nicht hübsch«, stimmte Tolson zu. »Es sähe nicht gut aus, wenn es in die Presse käme …«

Hoover hob seine plumpe Hand, um Schweigen zu gebieten. »Wir sollten nicht mal davon träumen, so was zu tun«, sagte er. »Wir sollten den Dingen ihren Lauf lassen, alles beobachten und abwarten. Wir haben nichts zu gewinnen, wenn wir alles publik machen, ganz und gar nichts. Behalten Sie die Sache im Auge, Mr. Kirkpatrick. Lassen Sie kein Mittel unversucht.«

Hoover liebte es, rätselhafte Anordnungen zu geben. Einmal hatte er ›Achtet auf die Grenzen!‹ auf einen Bericht gekritzelt, weil nicht genug Seitenrand für seine Kommentare gelassen worden war, und mußte dann Wochen später feststellen, daß Hunderte von Agenten an der mexikanischen und kanadischen Grenze patrouillierten, um nach wer weiß welcher Gefahr Ausschau zu halten. Eingedenk dessen, räusperte er sich nun und fügte hinzu: »Ich will alle Einzelheiten über dieses schmutzige Geschäft, die könnten uns später mal nützlich sein. Sie haben gute Arbeit geleistet, Kirkpatrick. Machen Sie so weiter.« Er schaute dem jungen Agenten direkt in die Augen – Mann zu Mann –, denn er wußte, wie sehr die Agenten auf die persönliche Note Wert legten, die so sehr Bestandteil eines jeden guten Führungsstils war. »Sonst noch was zu berichten?«

Kirkpatrick schloß sein Dossier. »Ein Informant in Hollywood erzählte einem unserer dort postierten Mitarbeiter, daß Senator Kennedy eine Affäre mit Marilyn Monroe hat.«

»Ich dachte, er hätte eine Affäre mit jemand anders«, erwiderte Hoover.

Kirkpatrick wurde rot. »Wir haben hier eine ganze Liste von Frauen ... Ehrlich gesagt, fällt es schwer, sie auf dem aktuellen Stand zu halten. Unser Informant – er ist ein bekannter Sänger – schien anzunehmen, daß diese Affäre mit der Monroe ernster ist, sonst hätte ich sie gar nicht erwähnt.«

Hoover nickte und schaute dann mißmutig seinen leeren Schreibtisch an. Normalerweise hörte er sich liebend gern all den Klatsch an, den seine Agenten über das Sexleben der Reichen, Berühmten und Mächtigen zusammentrugen, aber er hatte immer eine Schwäche für Marilyn Monroe gehabt, und es betrübte ihn, daß sie sich wie ein gewöhnliches Flittchen mit dem Weiberhelden Jack Kennedy einließ. »So etwas wäre früher nicht passiert«, sagte er. »Da konnte man sich darauf verlassen, daß Leute wie Louis Mayer ihre Stars an der Kandare hatten.« Er seufzte. »Aber es mußte ja wohl so weit kommen. Ich halte *The Seven Year Itch* für geilen Schund, auch wenn die Kritiker etwas anderes behaupten. Und *Bus Stop* soll noch schlimmer sein, wie ich höre.«

»Aber *How to Marry a Millionaire* hat Ihnen doch gefallen, Herr Direktor«, sagte Tolson beruhigend.

»Genau das meine ich. Das war ein anständiger Film, wo man mit seiner Familie hingehen kann. Erst überredet man Miß Monroe dazu, dekadente Filme zu drehen, dann heiratet sie allen Ernstes ein eingeschriebenes Mitglied der kommunistischen Partei, und nun hat sie auch noch eine außereheliche Beziehung mit Jack Kennedy ... Das Muster ist klar erkennbar. Subversion in ihrer heimtückischsten Form.«

Hoover stand auf – eine seltene Ehre – und schüttelte Kirkpatrick die Hand. Er war stolz auf seinen festen Händedruck. Seiner Meinung nach konnte man den Wert eines Mannes danach beurteilen, wie er einem die Hand gab, und diese Meinung war nie widerlegt worden. Noch vor dem Krieg hatte er bei einem Empfang mal Alder Hiss getroffen, dessen Hand feucht und schlapp war, so daß es Hoover gar nicht überraschte, als man Hiss als Verräter entlarvte. »Setzen Sie Ihre besten Leute darauf an«, befahl er.

Hoover glaubte, bei seinem Agenten ein gewisses Zögern wahrzunehmen. »Sie denken vielleicht, Kirkpatrick«, sagte er, »daß es unter unserer Würde ist, im Privatleben von Leuten wie Miß Monroe und Senator Kennedy rumzuschnüffeln. Daß es viel wichtiger wäre, Subversion und Verbrechen zu bekämpfen. Aber da irren Sie sich! Solche Informationen sind lebenswichtig für die nationale Sicherheit. Wenn Sie das Gesamtbild sehen, wie ich es tue, paßt alles zusammen. Dann verstehen Sie auch, daß das, was Miß Monroe tut, nicht ihre Privatangelegenheit ist – aber nein, ganz und gar nicht. Es hat ...«, er machte eine dramatische Pause, als müsse er nach dem richtigen Wort suchen, »... weitverzweigte Auswirkungen. Noch etwas, Kirkpatrick. Teilen Sie mir Ihre Informationen immer direkt mit. Das wäre alles.«

Der Agent nickte, verließ den Raum und schloß leise die Tür hinter sich.

»Eine traurige Angelegenheit«, sagte Tolson, sobald sich Hoover gesetzt hatte.

»Ja, wahrlich traurig«, stimmte Hoover zu, war aber in Wirklichkeit sogar erleichtert. Solche kleinen sexuellen Verfehlungen waren für ihn nur so etwas wie eine Rückversicherung gegen eine Zukunft mit Jack Kennedy, aber die voll dokumentierte Beziehung eines US-Senators zu Gangstern war schwere Artillerie.

Natürlich konnte man Marilyn Monroe nicht als kleine sexuelle Verfehlung rechnen, sagte er sich selbst. Mit einer gewissen Schadenfreude konstatierte er, daß Jack Kennedy ebenso leichtfertig einen öffentlichen Skandal riskierte wie früher sein Vater mit Gloria Swanson.

Hoover faltete die Hände und lächelte Tolson zu. »Machen wir weiter, Clyde.«

14. KAPITEL

Da London eine Stadt ist, in der ich mich immer wohl fühlte, habe ich schon früh in meiner Karriere dort eine Zweigstelle meiner Agentur eröffnet. Und das einzige, worum ich Joe Kennedy beneidete, war sein Posten als Botschafter der Vereinigten Staaten am Court of St. James's. »Wenn ich noch einen Ehrgeiz habe, dann diesen«, hatte ich mal zu ihm bei einem Dinner im Le Pavillon gesagt.

»Vergessen Sie's, David«, hatte er erwidert. »Es kostet Sie verdammt viel Geld, und zu Hause nimmt kein Mensch ernst, was Sie sagen.«

Doch mit den Jahren war dieser Ehrgeiz Teil meines Lebens geworden, und es schien auch gar kein unerfüllbarer Traum zu sein, da für den Posten des amerikanischen Botschafters in England nur erforderlich war, reich und ein Freund des Präsidenten zu sein. Jedesmal wenn ich an der amerikanischen Botschaft am Grosvenor Square vorbeifuhr, betrachtete ich sie so, als wäre sie eines Tages mein.

Wen ich am allerwenigsten in der Bar des Connaught zu sehen erwartete, war Buddy Adler, denn die Typen aus Hollywood stiegen normalerweise im Claridge's oder im Dorchester ab. Er winkte, und ich setzte mich zu ihm.

Einige Minuten lang tauschten wir Klatschgeschichten über Hollywood aus, und dann erkundigte ich mich nach Marilyn. Ich hatte in der Zeitung gelesen, daß sie bei einer völlig mißglückten Pressekonferenz an ihrem Ankunftstag von den englischen Reportern übel traktiert worden war. Ein großer strategischer Fehler von Olivier oder Milton Greene, dachte ich. Marilyns Charme hatte bei der britischen Presse offensichtlich seine Wirkung verfehlt, was vielleicht auch daran lag, daß sie die Reportermeute, trotz Oliviers Bitten, fast zwei Stunden warten ließ. Sie war in Wut geraten, als Paul Tandy sie dazu drängte, ihre Lieblingssymphonie von Beethoven zu nennen, und hatte den Raum unter Tränen verlassen.

Das war unschön, hatte aber nichts mit dem Film zu tun. Ich nahm einen Schluck meines wunderbar trockenen Martinis. »Was ist mit *The Prince and the Showgirl*? Läuft es gut?« erkundigte ich mich.

Buddy rollte die Augen. »Sie stecken in üblen Schwierigkeiten«, erwiderte er.

Das gleiche wurde über alle Filme mit Marilyn gesagt. Man hörte ständig Horrorstories über ihre Unpünktlichkeit, ihre Unfähigkeit, sich den Text zu merken, ihr blindes Vertrauen zu Paula Strasberg oder Natasha Lytess, ihrer früheren ›Einpaukerin‹. Es gab auch immer Gerüchte, daß ihre Filmpartner alles hinschmeißen wollten, der Regisseur kurz vor einem Nervenzusammenbruch stand und das Studio schon plante, die Dreharbeiten abzubrechen, doch wie durch ein Wunder waren alle Filme zustande gekommen und hatten an den Kinokassen viel Geld eingespielt.

Buddy schüttelte den Kopf. »Ich weiß schon, was Sie denken, aber diesmal stimmt es wirklich. Der Zeitplan wird nicht eingehalten. Olivier hat Paula von den Dreharbeiten ausgeschlossen.«

Nun wurde ich stutzig. Wenn Larry sich gezwungen sah, Paula Strasberg wegzuschicken, mußte er am Ende seiner Weisheit sein, da dies einer Kriegserklärung gegen Marilyn gleichkam. Wie ich wußte, verfolgte Buddy keine Privatinteressen bei Marilyn, was man von seinen Kollegen bei der Fox nicht behaupten konnte. Er hatte die undankbare Aufgabe übernommen, *Bus Stop* für Fox zu produzieren, und obgleich fast jeder dort, von Zanuck abwärts, wollte, daß es ein Fiasko würde, nur um Marilyn eine Lektion zu erteilen, war es Buddy gelungen, den besten Film zustande zu bringen, den sie bisher gedreht hatte. Er war so gut, daß Fox wohl oder übel die Werbetrommel rühren und ihn sogar für den Oscar einreichen mußte.

»Ist Marilyn okay?« erkundigte ich mich.

»Nach dem, was ich sah, geht's ihr nicht besonders gut. Das Komische an der Sache ist, daß alle behaupten, sie käme in den Probestreifen besser rüber als Olivier. Der Ärmste wird fast verrückt dabei, weil er nicht rauskriegt, warum.«

Buddy brach in Gelächter aus, und ich stimmte ein. Wir wußten beide, daß es keine Rolle spielte, welch großer Schauspieler Larry war – die Kamera liebte Marilyn, und das erklärte alles.

»Wie kommt sie mit Arthur zurecht?« fragte ich weiter. Marilyn hatte wenige Wochen vorher Arthur Miller geheiratet. Nach Millers Wunsch sollte es eine kleine private Feier in Roxbury, Connecticut, werden, wo er zu Hause war. Damit machte er den gleichen Fehler wie Joe DiMaggio vor ihm, denn nichts, was mit Marilyn zusammenhing, war ›privat‹, was sie auch gar nicht wollte, obwohl sie das Gegenteil behauptete. Sie gehörte ihren Fans, nicht ihren Ehemännern, und das wußte sie.

Armer Miller! Statt einer kleinen intimen Zeremonie drängten sich über fünfhundert Reporter und Fotografen unter der heißen Julisonne vor seinem Haus. Als er und Marilyn nach der Hochzeit herauskamen und baten, in Ruhe gelassen zu werden, wurde in dem allgemeinen, geradezu hysterischen Tumult Maria Sherbatoff, die hübsche junge Korrespondentin vom *Paris Match*, durch die Windschutzscheibe eines Autos gedrückt. Und so wiegte Marilyn am Nachmittag ihres Hochzeitstags eine sterbende junge Frau in ihren Armen. Als sie etwas später mit blutigem Kleid ins Haus zurückflüchtete, verfolgten die Fotografen sie und zertrampelten alle Blumenbeete, um einen besonders guten Schnappschuß zu kriegen.

Welch unglückseliger Beginn für eine Ehe! Marilyn war verständlicherweise niedergeschlagen, als ich sie am Tag nach der Hochzeit anrief, wenn auch nicht so niedergeschlagen, wie man hätte vermuten können. Irgendwie war sie inzwischen gewöhnt an diese Art von Unglück, das sie nicht nur auf sich selbst zog, sondern auch auf andere in ihrem Umfeld.

Buddy seufzte tief, was mehr als alle Worte sagte. Ich hatte gehofft, daß einige Wochen zu zweit in lieblicher englischer Landschaft bei den jungverheirateten Millers Wunder wirken würden, doch nach Buddys Gesichtsausdruck zu schließen, war es ganz und gar nicht so. »Man käme nie auf die Idee, daß sie in den Flitterwochen sind«, sagte er. »Soviel kann ich Ihnen verraten.«

Bevor ich ihn noch weiter löchern konnte, tauchte der Bekannte auf, mit dem er verabredet war, und ich ging in mein Zimmer, um mich fürs Dinner umzuziehen.

Trotz meines vollen Terminplans beschloß ich, Marilyn am nächsten Tag zu besuchen.

»Hallo, Arthur.«

Miller ließ die Arbeit liegen, mit der er gerade beschäftigt war, stand auf und gab mir die Hand. Er sah magerer aus denn je und bot den trostlosen Anblick eines Mannes, der eine schwierige Ehe gegen eine andere getauscht hatte. Er saß in der Bibliothek des großen und meines Erachtens vulgär mit Möbeln vollgestopften Hauses, das Larry für das glückliche junge Paar gemietet hatte. Merkwürdigerweise arbeitete er an einem Gartentisch, der in einer Ecke des Raums aufgestellt worden war und vermutlich sein ›Studio‹ simulieren sollte. Der Tisch war übersät mit Zeitungsausschnitten über Marilyn, die Miller – Amerikas größter Dramatiker – gerade in ein Album klebte. Ich habe selten etwas so Deprimierendes gesehen.

Neben einem offenen Notizbuch stand ein wunderschönes gerahmtes Farbfoto von Marilyn. Mit fast ungeschminktem Gesicht lag sie auf dem Rücken, den Kopf an die Arme geschmiegt, das schimmernde blonde Haar war offen und erstaunlich lang. Es bedeckte einen Teil ihres Gesichts, ihren Hals und gerade noch ihre Brüste, doch eine rosige Brustwarze war zwischen zwei spinnwebfeinen Strähnen zu sehen. Ihre Lippen waren zu einem Lächeln geöffnet, die Augen halb geschlossen, und ihr Gesichtsausdruck verriet eine solch unbändige Lust, daß er schon fast orgiastisch wirkte. »Ein hübsches Foto von Marilyn«, sagte ich.

Er nickte düster. »Es wurde vor einigen Wochen hier aufgenommen und gefiel mir so gut, daß ich einen Abzug haben wollte.«

Ich verstand gut, warum. Noch nie hatte ich ein Foto von ihr gesehen, das so sexy war. Ich stieg die Treppe hinauf und klopfte an die Tür von Marilyns Zimmer. »Komm rein«, rief sie. Ihre Stimme klang matt.

Der Raum – wohl ein Schlafzimmer – war ausgeräumt worden, um Platz zu schaffen für einen Schminktisch mit hell beleuchtetem Spiegel, einen Massagetisch, mehrere Kleiderständer für ihre Garderobe, einen professionellen Haartrockner und ein Telefon mit langer Schnur, so daß sie damit herumspazieren konnte, während sie sprach. Es herrschte jene totale Unordnung, ohne die sich Marilyn anscheinend nicht wohl fühlte. Sie saß auf dem Fußboden, an aufeinandergestapelte Sofapolster gelehnt, und las ein Drehbuch. Ihr Haar steckte voller Lockenwickler, ihr Gesicht war ohne Make-up. Sie trug eine weiße Seidenbluse und schwarze, enge, dreiviertellange Hosen. Ich beugte mich hinunter und gab ihr einen Kuß. »Mein Gott, du ahnst ja gar nicht, wie gut es tut, dich zu sehen, David«, rief sie.

Ich entfernte einen Stapel Zeitschriften von einem Stuhl und setzte mich vorsichtig hin, denn es war einer jener zerbrechlichen antiken Stühle, die eher zum Ansehen als zum Benutzen gedacht waren.

»Paß bloß auf! Es gibt eine ganze Menge dieser verdammten Dinger, aber wir haben schon die Hälfte kaputtgemacht. Sir Cork Tip behauptet, daß sie ein Vermögen wert sind.«

»Sir Cork Tip?«

»So nennen sie Larry hier in einigen Zeitungen, weil er für eine Zigarettenmarke Reklame gemacht hat. Es paßt zu ihm.« Sie setzte eine affektierte, hochmütige Miene auf und sprach mit säuselnder Stimme: »Versuchen wir's noch ein einziges Mal, nicht wahr, Marilyn, Darling?«

»War es so schlimm?«

Sie schauderte. »Schlimmer. Die Hölle, David!«

»Ich sah unten das Foto von dir, das auf Arthurs Tisch steht. Da siehst du sehr glücklich aus. Es ist toll.«

»Yeah.« Sie nickte und lächelte mir süß zu. »Ich habe den Knaben gevögelt, der die Aufnahme machte. Vermutlich ist es deshalb so gut gelungen.«

Das erklärte, warum sie auf dem Bild so sexy aussah. Es war ein ziemlicher Schock für mich, denn schließlich hatte sie Miller gerade erst geheiratet.

»Das hört sich gräßlich an, nicht wahr, David?«

»Es geht mich nichts an, Marilyn, aber ja, es hört sich nicht gut an. War es das wert?«

Sie zuckte mit den Schultern. »Ach, David, ich weiß doch, daß es mies von mir war, das zu tun, keine Sorge. Aber du kannst dir nicht vorstellen, wie einsam ich mich ohne Jack fühle oder wie es hier mit Old Grumpy ist ...«

»Old Grumpy?«

»So nennt Paula Arthur.« Sie senkte ihre Stimme. »Er hat Schreibhemmung, sagt er. Gibt mir die Schuld daran. Zu allem Übel ist er auch noch immer auf Sir Cork Tips Seite. Alles, was ich zu hören bekomme, ist Larry dies und Larry das – von meinem eigenen Mann!«

»Und nun hast du's ihm zurückgezahlt. Weiß er Bescheid?«

»Du kapierst aber auch gar nichts, David«, sagte sie, war aber nicht verärgert. Sie konstatierte lediglich eine Tatsache.

»Ich habe dich nicht kritisiert.«

»Doch, das hast du. Aber du bist ja auch nicht mit Mr. Superschriftsteller des Jahrhunderts verheiratet, der nie ausgeht, nie jemanden trifft, nie ein bißchen Spaß haben will.«

»Der aber jetzt unten sitzt und Fotos von dir in ein Album klebt!«

»Darum habe ich ihn nicht gebeten. Ich dachte, er würde großartige Theaterstücke schreiben, wir würden sie gemeinsam lesen und uns darüber unterhalten, doch statt dessen sitzt er nur hier im Haus herum, schaut düster drein und erzählt mir, daß ich im

Unrecht bin und Larry im Recht.« Sie betupfte sich ihre Augen mit einem Kleenex und knüllte es dann zu einem harten Ball zusammen.

Ich nahm ihre Hand. »Tut mir leid«, sagte ich.

»Danke, David.« Ihre Hand fühlte sich kalt an, obwohl es sehr warm im Zimmer war. Sie seufzte und schüttelte den Kopf. »Falscher Ehemann«, sagte sie traurig. »Falscher Film. Falsches Land. Warum mache ich bloß so viele Fehler?«

»Vielleicht sind es nicht alles Fehler. Du hast eben heute ein Tief. Buddy Adler erzählte mir, daß du auf den Probestreifen super rauskommst.«

Das brachte sie in etwas bessere Laune. »Ehrlich? Sir Cork Tip ist nicht begeistert, aber ich wette, das liegt nur daran, weil ich ihn aussteche.« Sie kicherte.

»Und wie verlief dein Leben hier sonst?«

»Was denn sonst noch? Meine Ehe geht in die Brüche, und ich filme mit einem Mann, der mich haßt. Wir sind in dieses große Haus eingesperrt und werden wie Freaks behandelt. Anfangs sind wir zusammen radgefahren, und das war okay, aber dann begannen uns die Presseleute zu folgen, und wir mußten es aufgeben. Ich glaube kaum, daß es Arthur hier viel Spaß macht, wenn du mich fragst.«

Ich versuchte, mir Marilyn und Miller beim Radeln durch englische Landschaften vorzustellen, schaffte es aber nicht.

Ich sah mich in dem großen unordentlichen Zimmer um. Überall standen Kartons, aus denen ihre Siebensachen quollen. In einem lagen lauter Bücher. Jack Kennedys *Profiles in Courage* hatte sich als Reiselektüre zu Carl Sandburgs Biografie von Lincoln gesellt. »Warum kehrst du diesem Haus nicht mal den Rücken?« schlug ich vor. »Nimm dir ein paar Tage frei, und flieg fürs Wochenende nach Paris.«

»Hör auf, den Eheberater zu spielen, David. Diese Rolle steht dir nicht.« Sie stand auf, schenkte zwei Gläser Champagner ein und reichte mir eins. Es war elf Uhr früh. »Hast du Jack gesehen?« fragte sie. »Wie geht's ihm?«

In ihren nun plötzlich hellwachen Augen konnte ich erkennen, wieviel es für sie bedeutete, mit jemandem über Jack reden zu können. »Es ging ihm nie besser«, sagte ich.

»Er fehlt mir.«

Ich nickte voller Mitgefühl. Nach der zweiten Rückenoperation hatte Jacks Leben plötzlich neuen Schwung bekommen. *Profiles in Courage* stand auf der Bestsellerliste der *New York Times* und wurde mit meiner Hilfe sogar schon als pulitzerpreisverdächtig angesehen. Mit Bobbys Unterstützung – und gegen den Rat des Botschafters – war Jack gegen seine Rivalen in Massachusetts angetreten und siegreich aus einem erbitterten Kampf hervorgegangen, hatte nun den ganzen Parteiapparat der Demokraten und, was noch wichtiger war, ihre Delegation beim Nationalkonvent völlig in der Hand. Damit nicht genug, war er sogar von Dore Schary ausgesucht worden, den Kommentar zum Film *The Pursuit of Happiness* zu sprechen, der den Nationalkonvent 1956 eröffnen würde. Dies diente dazu, ihn vor den Delegierten in besserem Licht als den armen Adlai Stevenson erscheinen zu lassen, den eigentlichen Kandidaten. Dore war ein Freund von mir, und es war hauptsächlich mir zu verdanken, daß Jack diese ›Wahlhilfe‹ bekam. Und als reichte das immer noch nicht, war Jackie nun auch noch schwanger.

Nachdem ich Marilyn alles erzählt hatte, sagte ich: »Ich traf Jack erst vor kurzem. Er ist in Superform, bewegt sich aber auf dünnem Eis, wenn du verstehst, was ich meine.«

Sie schüttelte den Kopf. »Keine Ahnung, was du meinst.«

»Nehmen wir nur mal Jackies Schwangerschaft. Du weißt, wieviel das für ihn bedeutet. Und es ist bei ihr eine riskante Geschichte ...«

Marilyn nickte mit undurchdringlicher Miene. Ich wechselte hastig zu einem weniger emotionsgeladenen Thema über. »Dann ist da noch die Wahlversammlung. Viele der Leute, die nach Chicago gehen, finden, daß Jack ein besserer Mitkandidat für Stevenson wäre als Estes Kefauver.«

Ihr Gesicht erhellte sich. »Na klar wäre Jack der bessere Kandidat! Ist da irgend jemand anderer Ansicht?«

»Ja, in erster Linie Jack selbst und sein Vater. Adlai wird mit Pauken und Trompeten untergehen, und dann werden nämlich alle behaupten, daß Adlai nur deshalb verlor, weil Jack Katholik ist. Wenn Jack die Nominierung zum Vizepräsidenten annimmt, ist das der reinste Kamikaze-Trip ... klarer politischer Selbstmord.«

»Und wo liegt das Problem? Dann muß er eben nein sagen.«

»Das Problem ist, daß die Dinge außer Kontrolle geraten könnten. Was wir auf keinen Fall wollen, ist ein Kennedy-Boom in letzter Minute. Hast du Dores Film gesehen?«

Sie trank ihr Champagnerglas leer und kicherte wie ein ungezogenes kleines Mädchen. »Ja, das habe ich«, erwiderte sie. »Jack zeigte ihn mir, bevor ich nach England abreiste. Ich werde dir ein Geheimnis verraten. Als er mir von seinem Filmprojekt erzählte, tat er so, als wäre es keine große Sache, aber ich merkte ihm an, daß er Schiß hatte, und so bat ich Paula, mit ihm zu arbeiten. Paula war schwer beeindruckt! Sie sagte Jack, falls er die Politik aufgeben würde, könnte er zu ihr ins Studio kommen und mit der Schauspielerei anfangen. Ich habe ihm dann auch noch geholfen.«

Mir passiert es nicht oft, daß ich sprachlos bin, aber was Marilyn mir da sagte, nahm mir wirklich den Atem. Es erklärte etwas, das mich und auch Dore Schary verblüfft hatte. Bis dahin waren Jacks Reden charmant und voller kluger historischer Zitate gewesen, aber ohne Leidenschaft und Gefühl. Bei den Frauen im Publikum hatte er nie Schwierigkeiten, denn da mußte er nur so sein, wie er war, aber insgesamt wirkte er oberflächlicher und unbedarfter, als er war. In Dores Film schien Jack plötzlich reif zu sein, älter, härter und von echter Leidenschaft erfüllt – kurzum eine erstaunliche Verwandlung, die ich seinen zwei schrecklichen Operationen oder möglicherweise seinem politischen Sieg in Massachusetts zugeschrieben hatte.

»Wie um alles in der Welt hast du's geschafft, ihn zu überreden?« fragte ich. Ich hatte nämlich seit Jahren Jack zugesetzt, einen Rhetorikkurs zu besuchen, doch er hatte sich stur geweigert. Wohl aus Angst, wie ich vermute, das zu verlieren, was auch immer es war, das bei den Wählern von Massachusetts so gut ankam.

»Ich kann sehr gut überreden«, erwiderte sie augenzwinkernd. Ich glaubte ihr aufs Wort und ahnte auch, welche Art von Überredung am besten bei Jack wirkte.

»Und wie habt ihr ihn trainiert?«

»Paula hat ihm eine Menge Filmausschnitte vorgeführt, damit er sehen kann, was ankommt und was nicht. Er wollte im Film möglichst natürlich sein, aber ich erklärte ihm, daß es so was gar nicht gibt. Im Film natürlich zu wirken ist am allerschwierigsten, sagte ich ihm.«

»Wie hat er darauf reagiert?«

»Er mag nicht belehrt werden, aber ich sagte ihm, daß es hier um meinen Beruf geht, daß ich die Expertin bin, genau wie irgendein Typ, der alles über Banken oder über Rußland oder sonst etwas weiß. Was er am meisten lernen mußte, war das Atmen.«

»Atmen?«

»Ja, Honey, das ist der Schlüssel zu allem. Jack hatte keine Ahnung, wann er Atem holen muß, was ein Schauspieler als erstes lernt. Er redete und redete und kam außer Puste, gerade wenn er sie brauchte ... Paula und ich ließen uns von einem Typen von CBS Filmausschnitte von Winston Churchill bringen, damit Jack sehen konnte, daß es nicht nur ein Trick von Schauspielern ist. Churchill wußte ebenso gut wie Larry Olivier, wie man richtig atmet, glaub mir. Das entschied dann die Sache, weil Jack alles toll findet, was Churchill machte. Schau mal, du mußt einen ganz tiefen Atemzug nehmen und ihn hier unten halten ...«

Sie demonstrierte es, indem sie tief einatmete und auf ihr Zwerchfell klopfte. Der dünne Seidenstoff spannte dabei über ihren Brüsten, und ich konnte meinen Blick nicht abwenden. Ganz egal, wie oft man Marilyn sah, ihre Figur blieb ein Objekt der Bewunderung – wie ein schönes Kunstwerk.

»Also, da verdankt er dir viel«, sagte ich. »Er ist ein neuer Jack Kennedy. Andererseits ist genau das ein Problem. Wir gehen zum Parteikonvent und sagen: ›Er ist ein Gewinner, das Beste, was der Partei passiert ist, seit FDR die Nominierungsrede für Al Smith hielt, *aber um Gottes willen gebt ihm nicht den Posten des Vizepräsidenten!*‹ Das letzte, was sein Vater Jack noch einschärfte, bevor er nach Antibes fuhr, um dort den Sommer zu verbringen, war: ›Laß es dir nicht zu Kopfe steigen, Jack, sag einfach nein!‹ Es klang fast so, als wäre Jack eine Jungfrau auf dem Weg zu ihrem ersten Ball.«

Sie lachte. »Tut Jack immer das, was sein Vater will?«

»Meistens. Aber was auch geschieht, Jack hat in letzter Zeit mehr geleistet als je zuvor. Bobby übrigens auch.«

»Oh, wie gerne wäre ich dort«, sagte sie sehnsüchtig. »Ich war noch nie auf einem Parteikonvent.«

»Tja, da ist dir wirklich etwas typisch Amerikanisches entgangen.«

»Alles würde mir mehr Spaß machen als dieser verdammte

Film, David, glaub mir. Larry gibt sich alle Mühe, mich zu demütigen. Er versuchte sogar, Paula zu feuern, stell dir vor.«

»Ja, davon habe ich gehört.«

»Ich sagte ihm, wenn sie geht, gehe ich auch! Also blieb sie. Dann sagte er mir, er möchte, daß ich die Rolle genauso spiele, wie Vivien sie spielte. Darauf sagte ich ihm, ich bin nicht Vivien, Schlaukopf. Ich bin Marilyn! Und falls Sie's vergessen haben sollten, Sie arbeiten für mich.«

Sie wischte sich wieder mit einem Kleenex über die Augen und füllte ihr Glas. Ich fragte mich unwillkürlich, ob sie heute wohl noch arbeiten müßte. Marilyn biß sich auf die Unterlippe. »Dabei entdeckte ich dann, daß Milton Larry auch noch die letzte Entscheidung überläßt! Ich meine, schließlich bezahle ich für diesen Film und werde nicht mal unterstützt! Ich könnte Milton umbringen!«

Sie sah aus, als ob sie es tatsächlich könnte und vielleicht sogar tun würde. »Wahrscheinlich hätte er Olivier auf andere Weise nicht gekriegt, Marilyn«, gab ich ihr zu bedenken.

»Das weiß ich auch! Aber er hätte es mir sagen müssen, verdammt noch mal, David! Ich kann niemandem trauen, das ist die bittere Wahrheit.«

»Ich verspreche dir, daß du mir trauen kannst«, sagte ich spontan. In jenem Augenblick glaubte ich es auch wirklich; es ging nicht nur darum, ihr zu sagen, was sie hören wollte.

»Ich weiß«, sagte sie und warf mir einen Blick zu, der mich irgendwie irritierte. Ich lebte immer noch in der Illusion, daß ich zwischen Marilyn und dem Rest der Welt die Rolle des Vermittlers spielen könnte – eine Aufgabe, gegen die der Versuch, als Bindeglied zwischen Jack Kennedy und der Mafia zu fungieren, ein Kinderspiel war.

»Tut mir leid, daß der Film für dich eine solche Qual ist«, sagte ich nach einem kurzen Moment des Schweigens. »Du und Larry Olivier! Es klang wie eine Verbindung, die im Himmel geschlossen wird.«

Sie lachte bitter. »Ach, Darling, wenn's nur so wäre! Aber so etwas gibt es nicht, jedenfalls nicht für mich – das weiß ich genau.«

»Wie wär's, wenn ich zu den Dreharbeiten käme, denn vielleicht kann ich dir mit Larry irgendwie helfen?«

»Danke! Das wäre sehr nett von dir.«

»Verzeih meine Neugier, aber solltest du heute nicht eigentlich vor der Kamera stehen?« fragte ich weiter.

Mit trotzigem Gesicht goß sie sich Champagner nach. »Doch, das sollte ich«, erwiderte sie. »Aber offen gesagt hatte ich die Nase derart voll von Larry, daß ich ihn heute morgen anrief und ihm sagte, ich würde nicht zum Studio kommen, weil ich meine grauenhafte Periode habe. O mein Gott, war der verlegen! Ich schätze, Vivien hat nie so was zu ihm gesagt!«

Da war ich mir gar nicht so sicher. Früher hatte Vivien jedenfalls alles getan, um Larry in Verlegenheit zu stürzen, und soweit ich wußte, schaffte sie das auch heute noch glänzend.

Ich dachte mir, je schneller ich ins Studio käme und mit eigenen Augen sähe, was los ist, desto besser.

»Sie haben sich den miesesten Tag für Ihren Besuch ausgesucht! Marilyn kommt nicht aus ihrer verdammten Garderobe raus, mein Lieber. Aber vielleicht ist es sogar ein glücklicher Zufall. Vielleicht sind Sie in der Lage, sie endlich zur Vernunft zu bringen. Ich gebe auf.«

Olivier war völlig entnervt, fast schon hysterisch. Die Regisseure Logan und Cukor hatten ihm aus eigener Erfahrung den guten Rat gegeben, den Drehplan zu ignorieren, falls Marilyn Probleme machte, und dann einfach die Szenen zu drehen, in denen sie nicht auftrat.

Seiner Rolle gemäß trug er weiße Kniehosen aus Wildleder und glänzende, schenkelhohe Kavaliersstiefel mit goldenen Sporen. Mit seinem Monokel und dem ausrasierten Nacken sah er wie Erich von Stroheim aus.

Ich erkundigte mich, was geschehen war.

»Ich habe keinen blassen Dunst. Normalerweise kommt sie nur zu spät, kennt ihren Text nicht, verpatzt ein paar Dutzend Takes und sitzt den ganzen verdammten langen Tag in einer Ecke herum, während dieses Strasberg-Weib ihr ins Ohr flüstert und sie mit Pillen füttert. Heute ist sie hier weinend aufgetaucht, Gott weiß, warum. Sie riß sich zusammen, und wir drehten eine absolut simple Szene – das allerdings mehrmals. Dann fing sie wieder zu weinen an, flüchtete sich in ihre Garderobe und schlug die Tür zu. Seither ist sie nicht mehr rausgekommen.«

»Hat Milton mit ihr geredet?« Weder er noch Arthur Miller waren irgendwo zu sehen.

»Sie weigert sich, mit Milton zu reden«, erwiderte er. »Sie glaubt, wir stecken unter einer Decke.«

»Ich gehe gleich mal zu ihr.«

Larry setzte sich und zog sich mit einem tiefen Seufzer die Stiefel aus. »Hoffentlich schaffen Sie's! Ich verfluche den Tag, an dem ich mich zu diesem Projekt überreden ließ. Ich muß verrückt gewesen sein.«

Ich merkte ihm an, daß seine Verzweiflung nicht gespielt war. »Vor kurzem traf ich Buddy Adler im Connaught«, sagte ich, um ihn etwas aufzuheitern. »Seiner Meinung nach sind die bisher gedrehten Szenen einfach super.«

Er warf den Kopf zurück und stieß einen Schrei aus. »O Gott! Natürlich sind sie das! Mit jeder neuen Einstellung – und wir müssen ja immer unzählige machen – wird sie besser, während der Rest von uns, ich eingeschlossen, verliert, was er anfangs noch hatte. Beim ersten Versuch bin ich gut, und Marilyn ist hoffnungslos, hat keinen blassen Schimmer; beim letzten, wenn sie es endlich kapiert hat, ist sie wunderbar, während ich völlig untauglich bin. Ob wohl irgend jemand sonst noch die gleiche Erfahrung gemacht hat?«

»Nur Groucho Marx, Louis Calhern, George Sanders, Paul Douglas, Robert Mitchum und Cary Grant. Es ist nicht gerade ein neues Problem, Larry.«

»Ich verstehe ... Seien Sie so nett und reden Sie mit ihr, David. Sagen Sie ihr, daß es auch in ihrem Interesse ist, daß dieser Film beendet wird, nicht nur in meinem. Sie ist diejenige, die ihr Geld verliert, wenn wir scheitern, nicht ich. Ich bin bloß ein Lohnsklave.«

Ich wandte mich zum Gehen.

»David«, rief Larry hinter mir her. »Sagen Sie Marilyn, daß sie großartige Arbeit leistet. Sagen Sie ihr, daß ich das gesagt habe.«

Ich spürte, daß er es ernst meinte. Ich ging an den Kulissen vorbei einen langen Korridor entlang, dessen Wände mit glänzender, grauweißer Farbe gestrichen waren. Auf dem Boden lag grünes Linoleum – sozusagen die Standardausrüstung für britische Filmstudios, die nichts vom grellen Dekor der großen Filmstudios in Hollywood haben.

Es war nicht schwierig, Marilyn zu finden. Am Ende des Korridors hatten sich einige Leute versammelt, als ob sie in einem Krankenhaus wären und auf schlechte Nachrichten warteten. Darunter auch Miller, tief in Gedanken versunken, auf einem kleinen verschlissenen Sofa sitzend. Milton lehnte mit geschlossenen Augen an der Wand. Sein Gesicht wirkte aufgedunsen, und er sah aus, als sei er seit unserer letzten Begegnung in Marilyns Suite im St. Regis um Jahre gealtert.

Wir begrüßten einander verhalten. »Ich will Marilyn nur schnell guten Tag sagen«, erklärte ich.

»Mit dem größten Vergnügen«, erwiderte Milton. Er klang total erschöpft. Miller äußerte kein Wort.

Ich klopfte an die Tür.

»Verschwinde!« rief Marilyn.

»Marilyn, ich bin's, David.«

Hinter der Tür waren gedämpft die Stimmen von Marilyn und Paula zu hören. Dann wurde aufgesperrt, und ich trat ein. Die kleine Gruppe draußen schien mich nicht darum zu beneiden.

Die Vorhänge waren zugezogen, so daß der Raum dunkel und stickig wirkte, außerdem war er vollgestellt mit schäbigen alten Möbelstücken, wie die Engländer sie so lieben. Marilyn, immer noch im Kostüm, hatte sich in einem Lehnstuhl verkrochen, während Paula, wie immer in Schwarz gekleidet, neben ihr saß und sie umarmte, als müßte sie Marilyn vor mir beschützen.

Ich setzte mich, ohne dazu aufgefordert zu sein. »Larry sagte mir, wie fantastisch du in den bisherigen Szenen rauskommst«, sagte ich mit gekünstelter Fröhlichkeit. »Er bat mich, dir auszurichten, daß du großartige Arbeit leistest. Das waren genau seine Worte.«

Paula schnaubte verächtlich. »Natürlich ist ihre Arbeit großartig, woran er keinen Anteil hat. Wir brauchen Sir Cork Tip nicht, um das zu wissen.«

Ich fand sie nicht gerade sehr charmant. »Vielleicht passen die beiden eben nicht zueinander, Paula«, sagte ich kurz angebunden. »Das kommt vor.«

Marilyns Gesicht war hinter den gewaltigen Stoffbahnen von Paulas Kleid versteckt. Es war erstaunlich, daß eine so zierliche Frau wie Paula so viel Raum einnahm. Noch erstaunlicher aber war, daß sie, die früher durchaus elegant gewirkt hatte, seit ihrer

Arbeit mit Marilyn immer eine Art schwarzen Umhang trug, als trete sie in einer griechischen Tragödie auf.

Marilyn hob den Kopf und schaute mich über Paulas Arme hinweg aus rotgeränderten Augen an, in denen Tränen standen. Ich dachte, ich hätte ihre Aufmerksamkeit, und sagte: »Nach allem, was du mir erzählt hast, Marilyn, kann es doch nicht schlimmer sein, mit Larry zu arbeiten als mit Billy Wilder.«

Marilyns Augen waren weit geöffnet, die Pupillen unnatürlich groß, und sie schien direkt durch mich hindurchzustarren. Auf ihrem Schminktisch befanden sich so viele Tablettenröhrchen, daß man damit eine Apotheke hätte füllen können. Sie gab einen traurigen, kleinen Laut von sich, als hätte sie so viel geweint, daß sie nun keine Stimme mehr hatte. »David, verrate mir mal, was du tust, wenn dich ein Mensch betrügt?« flüsterte sie, und es klang fast wie ein Krächzen.

»Nun, das weiß ich nicht so recht«, stammelte ich. Marilyn war groß darin, ihren Gesprächspartnern Schuldgefühle einzuflößen, als habe man ihr gegenüber nicht verantwortlich gehandelt. Sie erweckte in mir den Eindruck, als klage sie mich wegen irgend etwas an, aber ich hatte keine Ahnung, um was es sich handeln mochte.

»Er ist enttäuscht von mir«, schluchzte sie.

»Nein, nein, er hat mir gerade das Gegenteil versichert«, widersprach ich.

»Nicht Larry«, jammerte Marilyn. »Arthur!«

Ich war verblüfft. »Arthur?« wiederholte ich dümmlich. Nun begriff ich, warum ihr Mann so armselig draußen vor der Tür saß und warum die Entourage wie ein in Unordnung geratener Trauerzug wirkte. »Was ist passiert?«

»Ich habe sein Tagebuch gelesen«, flüsterte sie.

»Auf seinem Arbeitstisch«, ergänzte Paula.

Es ist immer falsch, Briefe, Tagebücher oder Notizbücher anderer Leute zu lesen, und mehr als falsch, wenn es sich bei dem Schreiber um einen Künstler handelt. Es ist so, als ob ein Kind mit einem geladenen Gewehr spielt. »Das Notizbuch auf seinem Tisch?« hakte ich nach. »Neben dem Fotoalbum?« Ich erinnerte mich noch genau, wo ich es gesehen hatte.

»Es war aufgeschlagen«, sagte Marilyn. »Ich suchte mein Skript.«

Das glaubte ich ihr sogar. Marilyn hatte keine große Begabung fürs Lügen – und schon gar nicht bei Themen, die ihr am Herzen lagen. Ich wunderte mich, wie – oder eigentlich warum – ein so intelligenter Mann wie Miller sein noch dazu offenes Notizbuch an einer Stelle liegenließ, wo sie es finden konnte. Gedankenlosigkeit? Ein Freudsches Versehen? Oder vielleicht ein Trick eines Schriftstellers, sie wissen zu lassen, was er ihr nicht zu sagen wagte?

»Was stand drin?«

»Er dachte, ich wäre so was wie ein Engel, aber nun glaubt er, daß er sich geirrt hat«, antwortete Marilyn kaum verständlich, da sie ständig schluchzte.

»Er schreibt, daß Olivier sie für eine ›gräßliche Nervensäge‹ halte und er ›darauf keine gute Antwort mehr wisse‹.« Paula zischte diese Worte mit so viel Gift, und ihr Gesicht war derart von Wut verzerrt, daß ich unwillkürlich mit meinem Stuhl ein Stück zurückrutschte. An ihren Schläfen traten die Adern hervor, und ihre Lippen zitterten.

»Er verglich mich mit seiner ersten Frau«, sagte Marilyn und zog die Nase hoch.

»Er schrieb, daß er den gleichen Fehler nun zum zweitenmal gemacht habe«, fügte Paula ein, als hätten sie den Text eingeübt.

»O Gott! Ich wünschte, ich wäre tot«, heulte Marilyn.

»Nicht doch, Honey. Beruhige dich.«

Ich saß da, während die beiden Frauen zusammen jammerten und weinten, die Arme umeinandergeschlungen. Es wäre wohl am vernünftigsten gewesen, wenn ich rausgegangen wäre und Miller gesagt hätte, daß er sich viel ersparen könnte, wenn er das nächste Flugzeug nach New York nähme. Aber ich konnte mich nicht dazu aufraffen. »Vielleicht arbeitet er gerade daran«, schlug ich schließlich in letzter Verzweiflung vor. »Vielleicht ist es ein Theaterstück?«

Beide Frauen starrten mich an, als ob plötzlich ich der Feind wäre. »Natürlich wäre es auch dann ein Schock«, beeilte ich mich hinzuzufügen. »Hast du ihn mal danach gefragt?«

Marilyn schüttelte den Kopf.

»Sie redet nicht mit ihm«, fuhr mich Paula an. »Warum sollte sie auch?«

Beinahe hätte ich gesagt, daß er schließlich ihr Ehemann war und das Ganze Paula Strasberg nichts angehe.

»Paula, Liebling, ich muß kurz mit David etwas besprechen«, sagte Marilyn. »Läßt du uns bitte ein paar Minuten allein?«

Paula schoß einen haßerfüllten Blick auf mich ab, raffte aber ihre große Handtasche und verschwand im Nebenzimmer. Natürlich dachte sie nicht im Traum daran, auf den Korridor zu Milton Greene und Arthur Miller zu gehen, zu diesen Verrätern! Mir dagegen taten die beiden von Herzen leid.

Marilyn wischte sich über die Augen. »Ich fühle mich wie der letzte Scheißdreck«, sagte sie etwas ruhiger. »Und ich sehe auch sicher so aus!«

Ich verneinte. »Du bist ganz okay.«

Sie versuchte es mit einem kleinen Lächeln. »Ach, David, du bist ein echter Freund. Glaubst du wirklich, daß es Notizen für ein Theaterstück waren?«

Ich zuckte mit den Schultern. »Keine Ahnung. Aber es ist doch eine Möglichkeit, oder? Bei einem Schriftsteller ist es manchmal nicht leicht, die Realität von der Fantasiewelt zu trennen. Auf jeden Fall solltest du Arthur danach fragen, wenn du verheiratet bleiben möchtest. Falls nicht, dann spielt es natürlich keine Rolle. Wie heißt die Therapeutin, bei der du in New York warst?«

»Marianne? Dr. Kris! Ach, wenn ich ihr doch nur alles erzählen könnte, und zwar nicht am Telefon. Ihr erklären, was passierte, mir ihren Rat holen …«

»Nun, warum tust du's dann nicht? Olivier dreht gerade sowieso Szenen ohne dich. Nimm dir ein paar Tage frei, flieg nach New York und sprich mit Frau Dr. Kris. Nimm Arthur mit.«

Sie schüttelte heftig den Kopf, und Furcht verdunkelte ihre Augen. »Ich kann nicht mit ihm zusammensein, bevor ich bei Marianne war.« Sie begann sich zu erholen, da sie nun einen Plan hatte, an den sie sich klammern, und einen Guru, zu dem sie um Rat laufen konnte. Ihre Wangen waren nicht mehr ganz so blaß. »David«, rief sie und griff nach meiner Hand – ihre war eiskalt, und die Nägel gruben sich in meine Haut –, »kannst du mich … wie heißt es noch gleich … inkognita … nach New York schaffen?«

Ich überlegte. Warum eigentlich nicht? Ich kannte Leute bei den Fluglinien, die so etwas schon früher für menschenscheue

Kunden von mir arrangiert hatten. In Marilyns Fall war es wahrscheinlich am besten, sie mit Uniform und dunkler Perücke als eine Stewardeß zu verkleiden, die nach ihrem Dienst heimflog und im Flugzeug möglichst viel zu schlafen versuchte, damit sie für ihren nächsten Einsatz fit war. Natürlich würde ich das Ganze vorher mit den Leuten von der Paßkontrolle in England und in Amerika regeln müssen, aber die waren normalerweise gern bereit, Berühmtheiten wie Marilyn einen Gefallen zu erweisen, wenn man sie auf die richtige Weise darum bat.

»Ja, das kann ich«, versprach ich ihr. Juan Trippe, der Gründer von PanAm, war mein Nachbar und alter Freund. »Laß mir vierundzwanzig Stunden Zeit, verrat mir deine Konfektionsgröße und laß jemanden deinen Paß ins Connaught zu mir bringen.«

Sie schlang die Arme um meinen Hals. »Ach, David, du bist einmalig! Würdest du mir noch einen Gefallen tun?«

Ich nickte lächelnd. Wenn Marilyn es darauf anlegte, konnte sie einem das Gefühl vermitteln, der cleverste, mächtigste Mann der Welt zu sein. »Worum geht's?« fragte ich, hätte es aber wissen müssen.

»Ich möchte nach Chicago.«

»Chicago?«

»Zur Parteiversammlung, Dummchen. Ich möchte Jack sehen, auch wenn er nicht Vizepräsident wird.« Sie lachte. »Ich werde sein Trostpreis sein!«

Es gab ungefähr eine Million Gründe, warum dies die schlechteste und gefährlichste Idee der Welt war, aber Gott steh mir bei, hier war Marilyn, hing an meinem Hals, preßte ihre Lippen auf meine und war plötzlich wieder glücklich. Ich kam mir wie ein Arzt vor, der gerade jemanden kuriert hatte, der dem Tode nahe gewesen war. Ich konnte Wunder bewirken! »Warum nicht?« hörte ich mich selbst fragen, fügte dann jedoch etwas vorsichtiger hinzu: »Aber was wird Jack davon halten?«

»Fragen wir ihn lieber nicht«, erwiderte sie.

Aber ich fragte ihn dann natürlich doch. Allerdings war es da schon zu spät, um den Flug in die USA zu canceln. Wegen Marilyns Ehekrise, die sie ohnehin unfähig zum Weiterdrehen machte, waren Olivier und Greene nur allzugern bereit, sie für ein paar Tage zu entbehren. In ihrem derzeitigen Zustand konnten sie nichts mit ihr anfangen, und Miller war vermutlich ebenso erleichtert wie die Filmcrew, sie los zu sein.

Wie von mir vorhergesagt, war es nicht schwer, Marilyn in die USA zu Frau Dr. Kris zu schaffen. Ich flog mit ihr zurück, und sie erregte nicht mehr Aufmerksamkeit als jede andere Stewardeß in Uniform, die privat unterwegs ist. Um ganz sicherzugehen, belegte ich den Platz neben ihr, so daß sie mit keinem Fremden sprechen mußte.

Marilyn war eine Meisterin im Verkleiden und brauchte weder Paula noch Lee, um die Rolle richtig zu spielen. Merkwürdigerweise hatte sie in ihrer adretten PanAm-Uniform und der dunklen Perücke nicht den Sex-Appeal, für den sie so berühmt war. Durch einen enormen Willensakt hatte sie sich in eines von vielen hübschen Mädchen verwandelt, keineswegs attraktiver als die Flugbegleiterinnen der ersten Klasse, denen eingeschärft worden war, Marilyn nicht weiter zu beachten. Ich hatte notgedrungen die Crew einweihen müssen.

In New York versteckte sich Marilyn in der halb eingerichteten Wohnung am Sutton Place, die sie vor einiger Zeit gekauft hatte, und verließ sie nur zu ihren Sitzungen bei Marianne Kris, die wie alle Therapeuten Marilyns eigentlich nur sie als Patientin hätte haben dürfen. Frau Dr. Kris und Marilyn telefonierten täglich stundenlang, und schon bald kündigte mir Marilyn an, daß ihre Therapeutin sie nach London zurückbegleiten würde.

Armer Miller, dachte ich. Marilyn baute schwere Freudsche Artillerie auf und spielte ihm dadurch übel mit! Ebenso Olivier, denn von nun an würde ihm nicht nur Paula Strasberg erzählen, wie er seinen Film machen sollte, sondern auch Frau Dr. Kris.

Ich wartete noch damit, Jack anzurufen, da Frau Dr. Kris, eine gewiefte und vitale Ungarin, meiner Meinung nach Marilyn von ihrem Plan abraten würde, sobald sie von der Ehekrise erfuhr. Doch es kam anders: Falls Frau Dr. Kris Einwände hatte, behielt sie diese für sich, oder vielleicht erwähnte Marilyn die Angelegenheit ihr gegenüber gar nicht, wie mir erst viel zu spät einfiel.

Also mußte ich schließlich Jack anrufen, der gerade in Boston war, um die politische Säuberung mitzuerleben, die auf seinen erfolgreichen Coup erfolgte. Als ich ihn in seiner Wohnung in der Bowdoin Street erreichte, sagte er mir, daß er nun endlich unumstrittener Führer seiner Partei in Massachusetts war. Er wirkte von Anfang an müde und gereizt, doch als er den Grund meines Anrufs erfuhr, explodierte er. »Jayzus!« rief er. In Boston kultivierte Jack gerne das Irische in sich, bis hin zum starken Akzent, und es war nicht einmal unter seiner Würde, Arm in Arm mit Bobby an einem Bartresen zu stehen und für seine Bewunderer irische Volkslieder zu singen. »Was, zum Teufel, sagst du da? Marilyn kommt zum Parteikonvent?«

»Sie wird inkognita sein, Jack, um ihr neuestes Lieblingswort zu zitieren.«

»Heilige Maria, Mutter Gottes, David! Hast du deinen Scheißverstand verloren! Inkognita, daß ich nicht lache!«

»Hör mal, Jack, das ist nicht meine Idee. Marilyn hat es sich nun mal in den Kopf gesetzt. Und ich muß dir sagen, daß Marilyn in ihrem derzeitigen Zustand durchaus fähig wäre, allein nach Chicago zu fliegen und in deinem Hotel aufzutauchen ...«

»Herr im Himmel!«

»Averel Harriman hat mich gebeten, die New Yorker Delegation als eine Art Beobachter zu begleiten, so daß ich Marilyn mitnehmen und gewissermaßen bewachen kann. Falls sie allein kommt, wird's für dich garantiert problematischer. Aber sie kommt auf jeden Fall, daran besteht kein Zweifel.«

»Es wird noch problematischer, als du denkst«, erwiderte er in schroffem Ton. »Jackie ist nämlich auch von der Partie.«

»Jackie? Aber sie ist doch schwanger! Und zu solchen Veranstaltungen kam sie bisher nie!«

»Nun, sie ist entschlossen, ausgerechnet diesmal zu kommen, David.« Er seufzte tief.

»Eins steht fest, Jack. Wenn jemand Marilyn sagen muß, daß sie wegbleiben soll, dann garantiert nicht ich! Du hast keine Ahnung, wie es in London zuging. Ihre Ehe ist ein Desaster, der Film ebenfalls, und aus irgendeinem Grund glaubt sie, daß du der einzige bist, der ihr wieder zu Selbstvertrauen verhelfen kann.«

»Jetzt drückst du auf die Tränendrüse, David«, spottete Jack.

»Nein. Aber es gibt eben gewisse Dinge, die ich nicht tue, das ist alles. Du rufst sie an und redest ihr aus, nach Chicago zu kommen. Schieb alles auf Jackie! Bei dem Wort Schwangerschaft wird Marilyn nämlich weich. Und erwähn ruhig auch die politischen Probleme, denn sie ist gescheiter, als du vielleicht denkst.«

»Spar dir deine Belehrungen, David.« Im Hintergrund konnte

ich einen Sinatra-Song und ab und zu das Klirren von Eiswürfeln hören. Mir kam in den Sinn, daß Jack höchstwahrscheinlich nicht allein war. Es entstand eine lange Pause. »Na schön«, sagte er. »Tu, was du für das Vernünftigste hältst.« Ich hörte seiner Stimme die Erleichterung an, daß er nun Marilyn keine Absage erteilen mußte. »Was, zum Teufel, vielleicht wird's sogar lustig! Auf jeden Fall spannend! Ansonsten wird es, ehrlich gesagt, eine verdammt langweilige Parteiversammlung für mich.«

»Wo wohnst du in der Zeit?« Ich machte mir bereits Gedanken über die Arrangements.

»Jackie und ich wohnen bei Eunice und Sarge. Aber ich habe außerdem noch eine Suite im Conrad Hilton für politische Zusammenkünfte und so weiter ...«

Eigentlich hätte ich's mir fast denken können, daß Jackie ihren Mann diesmal zum Parteikonvent begleitete, denn ihre Schwester Lee hatte ihr immer geraten, ihn nicht allein auf Wahlkampftour zu schicken – und damit in die Arme anderer Frauen zu treiben. Aber ob nun seine schwangere Ehefrau dabei war oder nicht, es stand immer eine Suite – manchmal sogar mehrere – für Jacks amouröse Abenteuer zur Verfügung, und seine versierten Gefolgsleute sorgten dafür, daß die Geliebten nicht der Ehefrau oder einander in die Arme liefen. Ob dieses gutgeölte System auch bei Marilyn funktionieren würde, wußte ich nicht. Wenn ich an ihr absolut nicht vorhandenes Zeitgefühl und ihren Widerwillen gegen jegliche Art von Planung dachte, war ich eher pessimistisch.

»Ich steige wie du im Conrad Hilton ab und werde ihr dort auch eine Suite besorgen. Alles unter einem Dach vereinfacht die Situation«, schlug ich vor.

»Schaffst du das?« erkundigte sich Jack voller Erstaunen. Die Hotelzimmer in Chicago waren wegen der Parteiversammlung schon Monate, wenn nicht Jahre im voraus gebucht worden.

»Das schaffe ich, glaub mir.« Conrad Hilton war ein alter Freund von mir. Wie alle Hoteliers hielt er immer einige Suiten frei, um Leuten einen Gefallen zu erweisen, die ihm wichtig waren. Ich war sicher, daß Conrad für mich alles täte, was in seiner Macht stand, ohne Fragen zu stellen.

»Jesus!« rief Jack, diesmal ohne seinen irischen Stimmenfängerakzent. »Ja, was Reichtum nicht alles fertigbringt! Aber jetzt mal im Ernst: Wie schätzt du meine Chancen ein, damit durchzukommen?«

»Etwas über fifty-fifty, aber nicht viel.«

»Die gleichen Chancen hatten wir damals, als die PT-109 unterging!« sagte er triumphierend.

Zweiter Teil

Dummkopf

15. KAPITEL

Chicago wirkte so elektrisierend, daß sie kaum wahrnahm, wie heiß es war. Erst als sie und David endlich das Hotel erreichten, merkte sie, daß die Stewardeßuniform förmlich an ihr klebte, so naßgeschwitzt war sie.

Sie hatten fast zwei Stunden vom Flugplatz hierher gebraucht, da die Straßen von Leuten blockiert wurden, die Transparente schwenkten und durcheinanderschrien. Erstaunlich viele von ihnen trugen Poster mit Jacks Konterfei.

Sie ließ David die Suite begutachten, das Personal bestechen, die Air-condition überprüfen, ihre obligate Flasche Champagner öffnen, doch dann schützte sie Kopfschmerzen vor, um ihn loszuwerden. Sie merkte, daß er nicht gehen wollte, teils, weil er im Begriff war, sich in sie zu verlieben – falls er's nicht schon war, der arme Kerl –, teils, weil er es als seine Pflicht ansah, sie Jack zu übergeben wie der Postbote ein Einschreiben.

Bevor er ging, gab er ihr einen Paß auf den Namen Alberta ›Birdy‹ Welles, Angestellte der Stadtbücherei von Milan, New York, und eine Stütze der Demokraten. Miß Welles hatte sich am Vorabend der Parteiversammlung das Bein gebrochen, als sie über ihre Katze stolperte, und David hatte sich irgendwie ihre Papiere verschafft.

Er gab ihr auch strikte Anweisungen: Ohne ihn durfte sie nirgendwo hingehen. Sie durfte mit niemandem reden. Wenn sie mit ihm am Versammlungsort war, durfte sie unter keinen Umständen rufen: »Jack Kennedy soll Vizepräsident werden!« Sie durfte es nicht mal denken! Viele der New Yorker Delegierten, so erklärte er ihr – oh, wie gerne David doch erklärte! – hielten Kefauver für einen Tölpel. Sie waren für Bürgermeister Robert Wagner, New Yorks ›Lokalmatador‹, aber man schaffte es sicher, daß sie statt dessen Jack Kennedy unterstützten.

Sie hörte hinter sich ein Geräusch. Als sie sich umdrehte, stand Jack mit breitem Lächeln in der Tür. Vor Überraschung quietschend, rannte sie quer durchs Zimmer und küßte ihn. »Was ist ein Lokalmatador?« wollte sie wissen.

»Vor dir steht einer, der's nicht ist. Eine Delegation tritt mit einem Lokalmatador an, damit sie genug Wahlgänge durchsteht, um einen anständigen Preis dafür rauszuholen, daß sie in letzter Minute ihre Stimmen einem seriösen Kandidaten gibt. Ein Kunstgriff unter Politikern.«

»Wo kommst du jetzt her?« fragte sie.

»Aus meiner Suite gleich nebenan. Im Moment steckt sie voller Politiker, die sich redlich bemühen, aus einer Mücke einen Elefanten zu machen, und es stinkt wie in einer Zigarrenfabrik.« Er sah sich bewundernd um. »Hier ist es viel hübscher als bei mir drüben.«

Sie konnte den Zigarrenqualm in seinen Haaren riechen. Er zog sie hinter sich her zur Bar in der Ecke und goß sich einen Drink ein. Dann legte er sich aufs Sofa und schwang mit einem tiefen, zufriedenen Seufzer die Füße hoch auf Conrad Hiltons Luxuspolster. Auf dem Sofatisch neben ihm stand eine Schale mit Erdnüssen. Er warf eine nach der anderen in die Luft und fing sie mit dem Mund auf.

Sie setzte sich zu ihm und strich ihm übers Haar, als wolle sie sich versichern, daß er wirklich da war. So etwas hatte sie sich immer von ihren Ehemännern erträumt – einen Moment ruhiger Vertrautheit –, es aber mit keinem von ihnen je erlebt. »Was passiert jetzt da drüben?« fragte sie mit einer Kopfbewegung zur Verbindungstür hin.

»Diejenigen, die Estes Kefauver nicht mögen – Großstadtbonzen wie Bürgermeister Daley hier in Chicago, Dave Lawrence aus Pennsylvania, Mike DiSalle aus Ohio –, versuchen, Adlai zu überzeugen, daß er mich auf der Kandidatenliste braucht. Ich wiederum habe versucht, sie zu überzeugen, es seinzulassen.«

Er gähnte. »Dad hat recht. Die Nominierung zum Vizepräsidenten könnte mir alle Chancen bei der Nominierung zum Präsidenten 1960 oder vielleicht sogar 1964 versauen.«

Sie berührte mit den Fingerspitzen zärtlich sein Gesicht und beugte sich so nah zu ihm, daß ihr Haar seine Wange berührte. »Warum möchtest du Präsident werden?« fragte sie.

Er lachte nicht. Vielmehr sah er plötzlich ernst aus, sogar düster, als habe er sich dieselbe Frage schon oft gestellt. »Es ist das einzige, was ich tun kann«, erwiderte er schließlich leise, ganz ohne seine sonstige Munterkeit.

»Das einzige, was du tun kannst?« wiederholte sie fragend.

»Nun ja, es ist das, wofür ich erzogen und trainiert wurde, seit Joe starb.«

»Du willst es also gar nicht?«

»Früher nicht. Aber in letzter Zeit habe ich mich mit der Idee angefreundet. Wenn ich mir die Arschlöcher anschaue, die das Amt anstreben ... Ich meine, Herr im Himmel, nehmen wir nur Adlai, der sich nicht mal entscheiden kann, was er zum Frühstück essen will, oder Lyndon Johnson, der nur so weit kam, weil er Sam Rayburn in den Arsch gekrochen ist, oder Hubert Humphrey, der Eleanor Roosevelts Eunuch ist ... Besser als jeder von denen kann ich's allemal, das weiß ich genau. Jemand muß Präsident sein. Warum also soll ich's nicht werden?«

»Ich wollte dir nicht zu nahe treten, Jack. Ich war nur neugierig.«

»Früher habe ich mir oft überlegt, wie ich aus der Sache rauskommen kann ... Komisch, das habe ich noch nie jemandem verraten, bis auf Bobby.«

»Nicht mal Jackie?«

»Nein. Jackie möchte First Lady werden. Ihrer Meinung nach hat sie's sich inzwischen verdient, und vielleicht hat sie recht.«

»Liegt da das Problem zwischen euch beiden?«

»Nein«, erwiderte er. »Das ist nicht das Problem.«

Etwas in seiner Stimme warnte sie, nicht weiterzufragen.

»Ich hielt dich immer für ehrgeizig«, sagte sie lachend. »Ich dachte, das hätten wir beide gemeinsam – Ehrgeiz.«

»Oh, ich bin schon ehrgeizig. Es ist nur so, daß mir außer der Präsidentschaft nichts einfällt, wofür sich der Ehrgeiz lohnt. Es ist der einzige Posten, der wirklich zählt, verstehst du. Schau dir Averel Harriman an, stinkreich, Botschafter in Moskau während des Kriegs, als das eine große Sache war, Freund und Berater von FDR und Truman, Gouverneur von New York, aber er schaffte es nie ins Weiße Haus!«

»Vielleicht wollte er gar nicht.«

Jack lachte. »Da irrst du dich. Averel wollte nichts lieber als das und will es vermutlich immer noch. Aber er hat nie hart genug darum gekämpft, und so wird er für immer eine Fußnote in der Geschichte bleiben, vielleicht eine lange Fußnote, aber mehr auch nicht. Es ist besser, mit Volldampf loszulegen und ein ganzes Kapitel wert zu sein.«

Mit Volldampf los und ein ganzes Kapitel wert sein! Genau das war ihre eigene Story, das Motto, das sie auf ihrem Weg zum Starruhm immer begleitet hatte. Das war es auch, worin sie sich so sehr ähnelten – beide gingen Risiken ein, bei denen die meisten Leute der Mut verließ. Viele mochten bezweifeln, daß Jack Kennedy Präsident werden könnte – er war zu jung, er war katholisch, sein Vater wurde gehaßt, sein Privatleben machte ihn angreifbar –, aber sie baute auf seine Starqualitäten ebenso wie auf ihre eigenen.

»Wie lange hast du Zeit?« fragte sie.

Er lächelte. »Zehn Minuten. Die Eingeborenen werden unruhig. Ein ganzer Haufen harter Jungs aus den Großstädten hört sich da drinnen Bobby an, der ihnen klarmacht, daß sie Kefauver akzeptieren müssen, falls Adlai ihn will, ob's ihnen nun paßt oder nicht. Sie sind erstaunlich loyal, aber natürlich ist das nicht die Botschaft, die sie hören wollten.«

»Dann müssen uns eben zehn Minuten reichen.« Sie zog Uniformjacke und Bluse aus, warf sie achtlos auf den Boden, und schlüpfte dann aus ihrem Rock. Dabei fiel ihr ein, daß sie die Tür nicht abgesperrt und auch kein ›Bitte-nicht-stören‹-Schild an die Klinke gehängt hatte, aber das war ihr jetzt verdammt egal.

Sie blieb einen Moment stehen, während Jack, der immer noch voll angezogen auf dem Sofa lag, sie nur ansah. »Jesus!« flüsterte er kaum hörbar.

»Es wird keine Minute dauern, Senator«, sagte sie lächelnd und knöpfte seine Hose auf. Sie stützte sich mit den Händen zu beiden Seiten seines Kopfes ab, um das Gleichgewicht zu bewahren, setzte sich auf ihn, beugte sich vor und küßte ihn. Äußerst erregt durch den Gegensatz zwischen ihrer Nacktheit und seinem formellen dunklen Anzug, bewegte sie sich schneller und immer schneller, bis sie ihn ganz tief in sich spüren konnte.

Ihre Atemzüge kamen stoßweise, keuchend und immer hastiger, bis sie einen lauten, wilden Schrei ausstieß und über ihm zusammenbrach. Wahrscheinlich ruiniere ich seinen Anzug, dachte sie, aber was soll's? »Nun, wie war das, Senator?« fragte sie mit verschleierter Stimme.

»Nicht schlecht. Mit etwas Übung könntest du echt gut werden.«

Sie gab ihm einen langen Kuß. »Ich wünschte, du gehörtest mir«, sagte sie.

»Nun, im Moment tue ich es doch.«

»Ich meine nicht jetzt.«

»Ich weiß ...«

Sie holte neue Eiswürfel für seinen Drink und schenkte sich selbst ein Glas Champagner ein. »Was würden die da drin wohl sagen«, meinte sie träumerisch, »wenn sie wüßten, daß du hier drin gerade Marilyn Monroe gefickt hast?«

»Die würden mich vermutlich auffordern, Adlais Platz auf der Wahlliste einzunehmen. Es gibt keinen Mann im ganzen Land, der nicht für mich stimmt, falls dies bekannt wird.«

Sie gab ihm einen feuchten Kuß. »Genau das denke ich auch, mein Liebling«, sagte sie. »Vielleicht solltest du Gebrauch davon machen. Sehe ich dich heute abend?«

Er war ins Badezimmer gegangen und in Gedanken bereits bei dem, was er nun zu tun hatte. »Heute abend?« wiederholte er. »Weiß ich noch nicht. Aber ich versuch's.« Er klang nicht so, als ob er sich große Mühe geben würde. »Bist du im Kongreßsaal, wenn der Film vorgeführt wird?«

»David nimmt mich mit. Ich möchte den Film auf keinen Fall versäumen.«

»Ich versuche, dir eine Nachricht zukommen zu lassen.« Er warf ihr einen warnenden Blick zu. »Sei um Gottes willen vorsichtig, Marilyn.«

Sie war immer noch nackt. »Ich werde vorsichtig sein, Jack, keine Sorge«, versprach sie.

Sie versuchte, sich nicht über die Warnung zu ärgern. Schließlich war sie keine unerfahrene Hausfrau, die ihre erste Affäre hatte. Als sie nur ein Starlet gewesen war, hatte sie sich mehrere Wochen lang mit Howard Hughes getroffen und bei der Gelegenheit alles über Geheimhaltung und Verschleierungstaktiken gelernt, denn bei Howard zeigten sich schon damals die ersten Anzeichen seines Verfolgungswahns. So hatte er zum Beispiel auf geheimen Treffpunkten bestanden, und zwar mitten in der Nacht, als ob sie Spione wären.

Er wusch sich das Gesicht, fuhr sich mit den Fingern durch die

Haare, zog den Krawattenknoten zu und rückte seine PT-109-Krawattennadel zurecht. Mit einem Kleenex wischte er über ein paar verräterische Spuren auf seinem Anzug und musterte sich dann mit Zufriedenheit im Spiegel. Wieder ganz der perfekte Senator!

»Mach sie fertig, Tiger«, rief sie ihm leise nach, als er quer durch den Raum ging.

Er reagierte mit einer übermütigen Handbewegung – Daumen hoch! – und öffnete die Tür. Zigarrenrauch wehte herein. Sie hörte eine tiefe Stimme sagen: »Wo, zum Teufel, steckt Jack? Wie lange will uns der Kerl denn noch warten lassen?«

Er drehte sich um und zwinkerte ihr zu. Kurz bevor die Tür sich hinter ihm schloß, hörte sie ihn erwidern: »Tut mir leid, Gentlemen, aber ich hatte etwas Geschäftliches zu erledigen, das meine, äh, volle Aufmerksamkeit verlangte ...«

Sie hüllte sich in einen Bademantel und rief David an, um sich mit ihm zu verabreden, denn sie haßte es, allein zu essen – das traurige Los jeder Geliebten eines vielbeschäftigten Mannes, wie sie genau wußte.

Sie hatte noch nie so viele Menschen versammelt gesehen, nur einmal bei ihrem Auftritt vor den amerikanischen Truppen in Korea. Der Saal war mit Tausenden von Menschen angefüllt, die Transparente schwenkten, komische Hüte aufhatten, sangen und immer wieder Sprechchöre anstimmten, während im Hintergrund eine Kapelle *Happy days are here again* wieder und wieder spielte. Die Lautsprecher waren voll aufgedreht, so daß ihre Ohren schmerzten. Die Klimaanlage arbeitete auf vollen Touren, aber selbst ständiger Zustrom kalter Luft kam nicht gegen die Körperwärme von mehreren tausend Menschen an, und so war Marilyn schon bald schweißgebadet.

Seinen Ausweis in der erhobenen Hand, boxte sich David bis zu der New Yorker Delegation durch, deren Mitglieder zum Teil Schilder mit Robert Wagners Namen trugen. Keiner von ihnen wirkte sonderlich begeistert.

Auf dem mit Fahnen geschmückten Podium unter gigantischen Porträts von FDR, Harry Truman und Adlai Stevenson schrie jemand etwas ins Mikrofon, was bei dem allgemeinen Lärm und der Musik nicht zu verstehen war. Außerdem hörte sowieso keiner zu. Die Leute standen in Grüppchen beisammen, diskutierten über Politik und begrüßten überschwenglich Neuankömmlinge. Der Redner, wer auch immer es war, dröhnte weiter vor sich hin.

Es interessierte sie nicht im geringsten, was der Redner sagte, aber sie hätte es für höflicher gehalten, ihm zuzuhören. David schüttelte unzählige Hände erhitzter, schwitzender Fremder, grüßte sie alle beim Vornamen, als ob er sich als Kandidat aufstellen lassen wollte, und lächelte, wenn sie ihm auf den Rücken schlugen oder ihn umarmten. Ab und zu stellte er sie als Miß Welles vor, aber in dem Tumult kriegte sie keinen einzigen Namen der ihr vorgestellten Männer mit. Alle behandelten David mit ausgesuchter Höflichkeit, wie ihr auffiel. Offensichtlich war er bei den Demokraten ein wichtiger Mann.

Ihr hingegen schenkte niemand viel Beachtung. Sie trug eine dunkle Perücke, kein Make-up, einen züchtig langen Faltenrock aus Leinen mit einer passenden Jacke und flache Schuhe. Als sie sich so im Spiegel sah, kam ihr spontan das Wort ›mausgrau‹ in den Sinn, aber um ganz sicherzugehen, hatte sie sich sogar noch eine Hornbrille mit ungeschliffenen Gläsern aufgesetzt und eine große Tasche über die Schulter gehängt. Jeder aufmerksame Beobachter würde entdecken, daß sich unter der langweiligen Kleidung ein aufregender Körper verbarg, aber bestimmt käme niemand darauf, daß sie Marilyn Monroe war. Im übrigen waren die Männer derart auf Politik fixiert, daß ihr nur wenige einen zweiten Blick schenkten.

David schob sie in Richtung eines hochgewachsenen, patrizierhaft wirkenden Gentleman, der sich gerade über die Lautsprecher beschwerte. Als er David erblickte, beugte er sich zu ihm, eine Hand hinter das Ohr gewölbt, um ihren Namen besser verstehen zu können. »Averel«, rief David, »dies ist Miß Birdy Welles. Miß Welles, Gouverneur Harriman.«

Harriman lächelte, musterte sie aber skeptisch. Oh, verdammt, dachte sie, wir sind noch keine zehn Minuten hier, und schon gibt's Ärger! »Nicht aus Milan?« fragte Harriman mit leicht zusammengekniffenen Augen, als er ihr Namenskärtchen am Jakkenrevers zu lesen versuchte. Er rieb sich über sein kantiges Kinn und runzelte die Stirn. Es war klar, daß er das gute Gedächtnis des Berufspolitikers für Namen und Gesichter besaß. »Ich glaube mich zu erinnern, daß ich eine Dame dieses Namens in Albany traf«, sagte Harriman mit scharfer Stimme. »Eine viel ältere Dame. Und nicht so attraktiv, um ehrlich zu sein. Nein, nicht annähernd.«

»Meine Tante!« rief Marilyn fröhlich. »Sie hatte einen Unfall, und so schickte sie mich an ihrer Stelle.«

»Ist das nicht etwas ... irregulär?« sagte der Gouverneur mit hochgezogenen Augenbrauen, was er mit ebenso viel Geschick wie Cary Grant tat, aber mit weniger Erfolg.

David war puterrot geworden, wie ihr auffiel, aber das Glück war auf ihrer Seite – oder auf Jacks, denn in diesem Moment verdunkelte sich der Saal, die Lautsprecher gaben ein letztes Krächzen von sich, und die Menge verstummte aus Gewohnheit, als die riesige Filmleinwand hell wurde. Gouverneur Harriman wurde von unsichtbaren Händen weggezogen.

Es gab keine leeren Plätze. Es war sogar so, daß die meisten Leute standen, und die mit Sitzplätzen mußten aufstehen, um überhaupt etwas zu sehen. Unter der Leinwand konnte sie einige Gestalten erkennen, die sich auf der Bühne in einer Reihe aufstellten: Adlai Stevenson, bis vor kurzem ihr Favorit, Gouverneur Harriman, der immer noch erregt auf die anderen einsprach – vielleicht beschwerte er sich wieder über die Lautsprecheranlage –, dann ein untersetzter kugelköpfiger Typ mit einem wissenden Lächeln, den sie für Bürgermeister Daley hielt, und Mrs. Roosevelt, die für sie, wie für die meisten amerikanischen Kinder der Vorkriegs- und Kriegszeit, eine Art irdische Heilige war.

Sie klatschte und schrie Mrs. Roosevelts Namen. Nun drang Jack Kennedys klare Stimme bis in den letzten Winkel des riesigen Saals. Sein Gesicht tauchte vor der amerikanischen Flagge auf, unglaublich jung, attraktiv und selbstsicher, mit blitzenden Augen und vom Wind zerzaustem Haar. Im Nu schaffte es sein Abbild auf der Leinwand, alle Anwesenden auf der Bühne alt, verbraucht und leblos wirken zu lassen. Adlai Stevenson mit seinem zerknautschten Anzug, seiner Glatze und den schweren Tränensäcken, wirkte wie ein müder, betagter Jagdhund, und der Rest sah noch schlimmer aus. Es war klar, daß sich auch die Delegierten dessen bewußt wurden. Sie starrten in andächtigem Schweigen auf die Leinwand. Marlon Brando hatte ihr mal erzählt, daß bei seinem Debüt am Broadway in Tennessee Williams *A Streetcar Named Desire* das Publikum so reagiert hatte.

In gewisser Weise war dies ja Jacks Debüt, dachte sie, und es war ein Bombenerfolg. Niemand hier erwartete im Ernst, daß Stevenson Ike besiegen würde. Bis zu diesem Moment war es trotz des großen Aufwands eine Parteiversammlung gewesen, die ihre Niederlage eingestand, noch bevor der Wahlkampf begann. Sie war auch bereit gewesen, Adlai zuzujubeln, weil er ein anständiger Mann und ein guter Verlierer zu sein schien, der sich dieser Tatsache durchaus bewußt war. Jack, der als Kommentator den Film begleitete, schaffte es irgendwie, die Delegierten daran zu erinnern, daß es so etwas wie Gewinner gab.

Sie und Paula hatten ihm viel beigebracht: Er sprach mit fester Stimme, legte im richtigen Moment eine Pause ein, wirkte aufrichtig und schaute ohne Verlegenheit direkt in die Kamera. Bei einem Blick in die Runde stellte sie fest, daß Frauen aller Altersgruppen die Leinwand anstarrten, als wäre Jack ein Filmstar.

Noch bevor Jack mit seinem Filmkommentar zum Ende kam, brandete schon Applaus auf. Die Delegierten stimmten Sprechchöre an: »Ken-ne-dy, Ken-ne-dy!« Sie schrien immer lauter, klatschten in die Hände und trampelten mit den Füßen, bis der ganze Saal zu vibrieren schien. Die Kapelle spielte die ersten Takte von *Yankee Doodle Dandy*, und dann, damit niemand die PT-109 vergaß, *Anchors Aweigh*. Die Honoratioren auf dem Podium wirkten irritiert, vor allem Mrs. Roosevelt, und der Vorsitzende versuchte, durch heftige, aber völlig wirkungslose Hammerschläge die Ordnung wiederherzustellen.

Überall begannen Leute, Bilder von Jack mit der Überschrift ›Unser Kandidat‹ hochzuhalten. Daneben sah man Transparente mit Fotos von Jack und der PT-109. Freiwillige Helfer, fast alles hübsche junge Mädchen, drängten sich durch die Menge und händigten weitere Transparente, Kennedy-Ballons und sogar Kennedy-Buttons aus, von denen sie sich einen an ihre Jacke heftete. Der Tumult schien überhaupt nicht mehr aufhören zu wollen, rhythmisch untermalt von den Hammerschlägen, die durch die Lautsprecheranlage verstärkt fast wie Preßluftbohrer klangen. Sie griff nach Davids Hand. »Was ist bloß los?« schrie sie.

»Jacks Freunde haben ihn gerade reingelegt«, schrie er lachend zurück. »Sie wollen ihn dazu zwingen, sich zur Wahl zu stellen. Schau dir bloß mal Adlais Gesicht an! Er wird sich selbst in den Arsch treten, weil er Jack den Film kommentieren ließ!«

Sie schaute zum Podium hinauf, wo Stevenson sich gerade erregt mit Mrs. Roosevelt unterhielt.

»Ist das da oben Bürgermeister Daley? Der Kerl, der wie ein irischer Bulle aussieht?« Sie deutete auf einen untersetzten Mann, der von einem Ohr zum anderen grinste und sich offensichtlich blendend amüsierte, während Stevenson und Mrs. Roosevelt ihm ab und zu mißbilligende Blicke zuwarfen, die jedoch völlig wirkungslos blieben.

David nickte. »Ja, das ist er.«

»Hat er das Ganze inszeniert?«

»Die Demonstration für Jack? Das nehme ich an. Ich vermute auch, daß Daley für die Lautsprecher verantwortlich ist. Schließlich ist Chicago seine Stadt. Es ist anzunehmen, daß jeder, der etwas sagen möchte, das Seine Ehren nicht hören will, Probleme mit den Lautsprechern haben wird.«

Es war ihr nicht in den Sinn gekommen, daß die Probleme mit der Verstärkeranlage kein Zufall oder einfach Pech sein könnten. Anscheinend mußte sie noch eine Menge über Politik hinzulernen.

Das Getöse ging weiter und weiter, ebbte zwar manchmal ab, begann dann aber nur um so lauter von neuem. Der Lärm und die erregte Atmosphäre hatten sie mitgerissen, doch nun ertappte sie sich bei dem Wunsch, das Ganze möge endlich aufhören. Statt dessen geriet die Menge wie auf Kommando plötzlich völlig außer sich.

Sie stellte sich auf die Zehenspitzen und sah, daß Jack nun mit einem verlegenen Lächeln das Podium betreten hatte. Er bewegte sich mit der Anmut eines geborenen Schauspielers, dachte sie erstaunt. Es war nicht so, daß er die außer Kontrolle geratene Demonstration vor ihm direkt ignoriert hätte, aber es gelang ihm, den Eindruck zu vermitteln, der ganze Trubel gelte jemand anders. Als er Stevenson und Mrs. Roosevelt die Hand schüttelte, runzelte er die Stirn, als bringe ihn das Ganze ebenso in Verlegenheit wie sie.

Mrs. Roosevelts Gesicht wirkte wie zu Stein gewordene Mißbilligung, als Jack sich mit ihr unterhielt, denn offensichtlich war sie eine Frau, die gegen seinen Charme immun war. Er richtete sich auf, nickte Bürgermeister Daley und dessen Gefolgsleuten zu, ging zum Rand des Podiums, um sich bescheiden unter das

Parteifußvolk zu mischen, und überließ die Bühne dem Kandidaten, den das Publikum jedoch total ignorierte.

Marilyn wurde von den Anhängern Kennedys aus der New Yorker Delegation vorwärts geschoben, die anscheinend fest entschlossen waren, den Delegierten aus Massachusetts zur Rednertribüne zu folgen, wo die TV-Kameras sie besser ins Bild bekämen.

Zuerst fand sie dieses Erlebnis noch ganz komisch, aber dieses Gefühl machte allmählich Angst Platz, als sie von der klatschenden, schreienden, schubsenden und stoßenden Menge mitgerissen wurde, als sei sie ein Stück Treibholz in der Brandung.

Sie verlor David und konnte sich nicht mal nach ihm umsehen, so eingepfercht war sie inmitten schwitzender, schreiender, fremder Menschen. Sie hatte panische Angst zu fallen. Natürlich war sie an das Geschiebe und Gedränge von Reportern gewöhnt, doch dann waren immer irgendwelche Leute zur Hand, die sie, falls nötig, in Sicherheit brachten.

Nun spielte die Kapelle *When Irish Eyes Are Smiling*, und die Delegierten aus Massachusetts wurden durch die Menge hinter ihnen zu beiden Seiten der Tribüne abgedrängt. Plötzlich zwickte jemand sie schmerzhaft in den Hintern, und sie holte mit dem Fuß aus. Zu ihrer Zufriedenheit traf sie mit voller Wucht ein Schienbein und hörte einen Mann vor Schmerz aufjaulen.

Sie boxte sich vorwärts und geriet auf einmal in eine lange Schlange von Menschen, die Arm in Arm in einer schwerfälligen Tanzbewegung ebenfalls der Tribüne zustrebten. Sie spürte, wie ihre Perücke verrutschte, wie an ihrer Kleidung gezerrt wurde, und sie klammerte sich an die Leute rechts und links von ihr, als ginge es um ihr Leben.

Vor ihr tauchte über den Köpfen der Menge der rot-weiß-blaue Flaggenschmuck der Tribüne auf. Als gleich darauf ihr Absatz brach, stolperte sie, prallte gegen die rauhen, rissigen Balken des Podiums und hielt sich wie eine Ertrinkende daran fest, während der Mob hinter ihr schob und drückte, bis sie fürchtete, zerdrückt zu werden. Ihre Nylons hatten Löcher, ein Träger ihres BHs war gerissen, und sie japste nach Luft. Plötzlich griff von oben herunter eine Hand nach ihr und packte sie am Arm. »Komm rauf!« hörte sie eine vertraute Stimme über dem Tumult.

Sie kletterte auf einen Querbalken und wurde am Arm hochgezerrt. Dann war sie über der Menge. Jack schaute übers Geländer zu ihr herunter und grinste. »Guter Tag zum Fischen heute!« sagte er gutgelaunt und zog sie noch ein Stückchen höher. »Hübscher Fang.«

Es gelang ihr, mit einer Hand das Geländer zu fassen, und im nächsten Moment schwang sie sich auf das Podium und taumelte in seine Arme. Blitzlichter flammten auf, als Fotoreporter ihre Rettung mit der Linse einfingen. »Wie heißt du, Honey?« rief ein Reporter.

Sie geriet in Panik, da sie sich nicht mehr an ihren angeblichen Namen erinnerte, aber Jack machte eine Schau daraus, ganz genau ihren Busen zu inspizieren, um das Kärtchen zu lesen. »Miß Birdy Welles aus Milan, New York«, sagte er laut. »Was für einen Job haben Sie, Miß Welles?«

Daran konnte sie sich erinnern. »Ich bin Bibliothekarin«, erwiderte sie.

»Sie sehen aber gar nicht wie eine Bibliothekarin aus«, polterte Bürgermeister Daley mit einem Anflug von Galanterie. »Wenn unsere Bibliothekarinnen hier in Chicago wie Sie aussähen, hätte ich mehr Bücher gelesen, als ich noch in die Schule ging.«

»Ich bin auch städtische Angestellte«, murmelte sie.

»Ehrlich gesagt, sehen Sie auch nicht wie eine Angestellte aus.«

»Es freut mich, daß ich Ihnen helfen konnte«, mischte sich nun Jack ein. »Dieser Mob da unten sah richtig bedrohlich aus. Sind Sie okay, Miß, äh, Welles?« Er zwinkerte ihr zu.

»Ich habe mir einen Absatz gebrochen«, erzählte sie ihm mit süßem Augenaufschlag und hob ihr Bein, damit er Schuh und Knöchel bewundern konnte.

»Nun, ich schätze, es hätte schlimmer ausgehen können.« Er zwinkerte ihr wieder zu. »Ich werde jemanden beauftragen, Sie ins Hotel zurückzubringen, Miß Welles, damit Sie Ihre Schuhe wechseln können.« Er winkte, und Boom-Boom kam angetrabt und hob seine borstigen Brauen, als er sie erblickte.

Jack lächelte breit.

»Jemand da unten hat mich so fest in den Arsch gezwickt, daß ich bestimmt einen blauen Fleck habe«, flüsterte sie ihm zu.

»Niemand hat je behauptet, daß Politik kein gefährliches Geschäft ist«, flüsterte er zurück. »Ich freue mich schon darauf, mir nachher deine Kampfnarben etwas näher anzusehen.«

»Leere Versprechungen, Senator. Wann?«
»Schwer zu sagen. Hier scheint alles außer Kontrolle zu geraten ... bestell dir Essen aufs Zimmer, ein paar Sandwiches vielleicht ... und ich komme, sobald ich kann.«
»Was ist mit Jackie?«
»Jackie schaut sich das ganze Spektakel bei unseren Freunden im TV an. Hoffentlich kann sie nicht von den Lippen ablesen. Hoffentlich kann niemand es, der uns beobachtet!«
»Ich würde dir so gern einen Kuß geben!«
Sie sagte es so leise, daß niemand, außer Jack, es hören konnte, aber er wurde trotzdem rot. Dann hörte sie die unverkennbare Stimme von Mrs. Roosevelt sagen: »Birdy Welles! Ich wußte doch, daß ich diesen Namen schon mal gehört habe, und jetzt fällt's mir ein ... Sie ist eine Nachbarin.«
Mrs. Roosevelt begann sich suchend umzusehen, doch zum Glück drängten sich immer noch viele Leute um Jack. Einen Moment war Marilyn bei dem Gedanken, daß es vor den TV-Kameras zu einer Konfrontation zwischen ihr und Eleanor Roosevelt kommen könnte, wie gelähmt, doch Jack schob sie förmlich Boom-Boom in die Arme, der sie von der Tribüne riß, so daß ihre Füße kaum noch den Boden berührten.
»Miß Welles ist gerade gegangen«, hörte sie Jack noch zu Mrs. Roosevelt sagen. Und dann war sie wieder in Boom-Booms Welt versteckter Treppen, Hinterausgänge und Dienstbotenaufzüge.
Dabei kam ihr plötzlich in den Sinn, daß David sicher Blut und Wasser schwitzte, weil er sie verloren hatte. Bei dem Gedanken mußte sie ein wenig schuldbewußt lächeln.

Um David nicht unnötig lang auf die Folter zu spannen, hinterließ sie an der Rezeption die Nachricht, daß sie wohlbehalten in ihrer Suite angelangt sei. Sie bestellte Sandwiches, zwei Flaschen Dom Perignon und eine Flasche Ballantine's, Jacks Lieblingsscotch. Als die Getränke gebracht wurden, bat sie, auch noch Vanilleeis und Schokoladensauce in den Kühlschrank zu stellen, da Jack eine große Vorliebe für Süßigkeiten hatte. Dies alles erledigt, machte sie es sich im Morgenmantel auf dem Sofa bequem und blätterte in Carl Sandburgs Biografie. Sie nahm das Buch immer mit den besten Vorsätzen zur Hand, denn sie wollte wirklich mehr über Präsident Lincoln wissen, aber nach dreijähriger

Lektüre war sie immer noch am Anfang und er als Anwalt in Illinois.

Sie legte das Buch beiseite und versuchte es mit Harold Robbins' Roman *79 Park Avenue,* womit sie eindeutig schneller vorankam.

Wenn das Thema auf Lektüre kam, machten sich die Leute oft über ihre Ambitionen lustig, und dabei las Marilyn eine ganze Menge, wenn auch völlig plan- und ziellos, worauf Arthur sie zu ihrem Verdruß auch immer wieder hinwies. Wen ging es etwas an, wenn sie von Carl Sandburg zu Harold Robbins wechselte und wieder zurück? »Sie ist einfach nichts für dich«, las sie laut vor. »Sie ist ohne Liebe aufgewachsen und begreift nichts von Gefühlen.«

Sie legte den Finger auf Seite 23, um sich die Stelle zu merken, und schloß das Buch. Vielleicht war sie deshalb eine so langsame Leserin – vor Arthur hatte das allerdings niemanden gestört –, weil sie ständig auf Sätze stieß, über die sie nachdenken mußte. Das war doch sicher auch der eigentliche Sinn von Lektüre, hatte sie mal Arthur gegenüber argumentiert, aber sie vermutete, daß er, wie viele Intellektuelle, hauptsächlich las, um eigene Ideen zu bestätigen oder um sie durch neue Argumente zu untermauern.

Sie ließ den Abend noch einmal Revue passieren. Ihr war klargeworden, daß Jack Kennedy irgendwann mal Präsident werden würde. Sie hatte es aus den Stimmen der Demonstranten herausgehört, hatte es in den Augen von Stevenson und dessen Anhängern auf der Tribüne gesehen.

Es fiel ihr schwer, sich Jack als Präsident vorzustellen, denn Präsidenten waren in ihren Augen meistens alte Männer mit zerfurchten, müden und grauen Gesichtern: Ike, Truman, FDR und Abraham Lincoln. Jack verfügte über eine Art Collegeboy-Charme, und man konnte leicht vergessen, daß er nicht nur ein ernsthafter Politiker, sondern auch ein sehr reicher Mann war. In dem Wahlkampffilm hatte er über arme Leute, Arbeiter, Schwarze, Kleinbauern und einfache Bürger geredet, kurzum all jene Wähler, die das Rückgrat der Demokratischen Partei waren. Aber was wußte er wirklich über Menschen wie ihre Mutter, die ihren Lebensunterhalt durch Arbeit in einem Filmlabor verdiente, bevor sie geisteskrank wurde und in eine Anstalt kam? Sie wußte, was es hieß, zur Arbeiterklasse zu gehören, denn es war ihre eigene, und im tiefsten Inneren war sie unsicher, ob sie Jack Kennedys Engagement für die Art von Menschen trauen konnte, mit denen sie aufgewachsen war. Ach, was soll's, dachte sie. Wer bin ich, daß ich nach einem Ritter ohne Furcht und Tadel Ausschau halten kann?

Sie war so in Gedanken vertieft, daß sie es nicht hörte, als die Tür gegen zwei Uhr früh geöffnet wurde. Aber ein siebenter Sinn verriet ihr, daß jemand im Zimmer war, und als sie aufstand, sah sie gerade Bobby Kennedy hereinkommen. Jack war schon an der Bar und schenkte sich einen Ballantines' ein. David folgte Bobby auf den Fersen und schloß hinter sich die Tür.

Jack nahm einen tiefen Schluck, kam zu ihr und küßte sie. Er strich mit der Hand über ihren Rücken und ließ sie dort liegen. Bobby sah so zerknautscht aus, als hätte er voll angezogen unter der Dusche gestanden. Nur David wirkte in seinem taubengrauen leichten Anzug, der üblichen weißen Weste und einer Blume im Knopfloch kühl und elegant, als sei die Wahlversammlung eine Erholung für ihn, was vielleicht sogar stimmte, da er als erfolgreicher Geschäftsmann Politik sozusagen zu seinem Hobby gemacht hatte.

Jack zog sein Jackett aus, ließ es auf den Boden fallen, setzte sich aufs Sofa und schlug leicht mit der Hand aufs Polster, damit sie sich neben ihn setzte. Nach hinten gelehnt, die Füße auf dem niedrigen Tisch, machte er einen solch erschöpften Eindruck, daß sie ihm fast verzieh, sie stundenlang warten gelassen zu haben.

»Tut mir wirklich leid, Marilyn«, sagte er. »Aber es wurde noch ziemlich ungemütlich.«

David nahm ein Ballonglas und goß sich ein großzügiges Quantum Cognac ein. Bobby lehnte mit ärgerlich verkniffenem Gesicht an der Verbindungstür und strich sich immer wieder mit der Hand die Haare aus der Stirn. »Du mußt hin, Jack, das steht außer Frage«, sagte David. »Du kannst das Frühstück nicht mehr absagen. Geh hin, und laß Adlai sagen, was er zu sagen hat ... hör auf meinen Rat.«

»Ich brauche keinen Rat. Ich brauche jemanden, der alles wieder unter Kontrolle kriegt.«

»Was ist passiert?« fragte sie.

Jack nippte an seinem Drink und legte ihr eine Hand auf den Schenkel. Einen Moment kam es ihr so vor, als seien sie ein altes

Ehepaar, doch dann glitt seine Hand höher ... »Die Telefone liefen heiß«, erklärte Jack. »Ständig riefen Leute wegen des Films an.«

David schwenkte seinen Cognac. Offenbar amüsierte er sich prächtig. »Er wurde im Fernsehen gesendet«, sagte er zu Marilyn. »Von überall riefen Leute bei den Fernsehstationen an, bis die hoffnungslos überlastet waren. Und zu Tausenden riefen sie hier in Chicago bei den Delegierten an, um zu sagen, wie sehr ihnen Jack gefiel.«

»Hauptsächlich alte Damen«, rief Jack mit einem Lachen. »›Er sieht wie ein netter, anständiger Junge aus!‹«

»Es sind nicht alles alte Damen«, widersprach David. »Aber die meisten Anrufe kamen tatsächlich von Frauen.«

»Das wundert mich nicht«, sagte Marilyn und gab Jack einen Kuß. »Du sahst sehr sexy aus, Jack.«

Bobby Kennedys Stimme, die Stimme der Vernunft, klang so eisig, daß es sie fröstelte. »Die Frage ist, wirst du's oder wirst du's nicht tun, Jack?«

»Alle schienen zu denken, daß wir eine Chance haben«, sagte Jack. Er sagte aber nicht, was er dachte, wie ihr auffiel.

»Eine Chance!« rief Bobby verächtlich. »Du wirst es doch nicht bloß auf eine verdammte Chance hin tun«, sagte er mit blitzenden Augen. »Wenn du dich um die Vizepräsidentschaft bemühst, Jack, dann mußt du auch gewinnen!«

In Bobbys Stimme schwang etwas mit – eine Mischung aus Leidenschaft, Zorn, wilder Entschlossenheit und Verwegenheit –, was sie noch nie von ihm gehört hatte. Er wirkte aufsässig, widerspenstig und schien Jack herauszufordern. Als sie Jack ansah, war auch er plötzlich ganz verändert. Seine Lippen waren fest aufeinandergepreßt, und er kam ihr wie ein viel älterer und rücksichtsloserer Mann vor. Er gab Bobbys Blick zurück, und der Gedanke entsetzte sie, daß sie wohl noch nie kältere Augen gesehen hatte als bei den beiden Brüdern.

Jack holte tief Luft, sein Gesicht immer noch wie in Granit gemeißelt, und sagte: »Sag ihnen, sie sollen unsere Delegierten zählen.«

»Das tun sie bereits. Was wirst du Adlai beim Frühstück erzählen?«

Jack grinste schief. »... daß er sich auf einen Kampf vorbereiten soll.«

Bobby nickte, ohne zu lächeln.

»Wer informiert den Botschafter?« mischte sich nun David ein.

Jack und Bobby fixierten sich schweigend und wandten dann fast gleichzeitig ihre Aufmerksamkeit David zu, der jedoch den Kopf schüttelte und energisch »Nein!« sagte.

Seiner Stimme war anzuhören, daß er es ernst meinte, und die Brüder versuchten auch nicht, ihn zu überreden. »Einer von uns muß in den verdammten sauren Apfel beißen«, sagte Jack resigniert. Einen Moment schloß er die Augen. »In Frankreich ist es jetzt ungefähr neun Uhr früh. Er wird gerade frühstücken. Ruf ihn an, Bobby.«

Bobby wirkte störrischer denn je. »Warum ich?«

»Weil du mein jüngerer Bruder bist.«

Bobby biß die Zähne zusammen, setzte sich aber in Bewegung und trottete mit gesenktem Kopf in Marilyns Schlafzimmer, ohne sie um Erlaubnis zu bitten.

»Besser er als ich«, meinte David. Jack nickte.

Kurz danach konnte sie hören, wie Bobby mit gedämpfter Stimme alles erläuterte. Dann verstummte er und tigerte mit dem Telefon im Zimmer auf und ab. Einmal blieb er auf der Türschwelle stehen und hielt ihnen den Hörer hin. Selbst aus dieser Entfernung konnten sie die aufgebrachte Stimme Joe Kennedys hören, die wie ein Sturm aus Südfrankreich durch die Telefonleitung fegte.

Bobby legte die Hand über die Sprechmuschel. »Dad sagt, daß wir gottverdammte Dummköpfe sind.«

»Damit könnte er recht haben. Sag ihm, daß wir diesen Kampf nicht wollten, aber nun, da wir mittendrin sind, alles auf eine Karte setzen müssen.«

»Er sagt, du sollst ihm nichts sagen, was er selbst schon weiß.« Bobby streckte ihm den Hörer hin. »Er will noch mit dir reden.«

Jack stöhnte, stand vom Sofa auf, verschwand mitsamt dem Telefon im Schlafzimmer und schloß die Tür. Bobby schenkte sich Sodawasser ein. Schweißtropfen liefen über sein hageres, erschöpftes Gesicht, und er rieb sich müde die Augen.

»Was hat er noch gesagt?« erkundigte sich David.

Bobby trank langsam, als hätte er Angst, nicht so schnell wieder etwas angeboten zu bekommen. »Dad sagt, wir sollen Jim Farley gleich festnageln, wenn irgend möglich. Joe Junior hat Farley bei der Präsidentschaftswahl 1940 einen Dienst erwiesen. Dad will, daß du's versuchst.«

David nickte. »Er hat recht. Dein ältester Bruder weigerte sich, seine Stimme FDR zu geben, obwohl schon feststand, daß Farley aus dem Rennen war. Joe wurde von allen Seiten unter massiven Druck gesetzt, weil man ein einstimmiges Wahlergebnis für FDR wollte, aber er gab nicht nach. Dabei mochte er Farley nicht mal besonders, aber er war eben loyal.«

»Dad fürchtet aber, daß Farley sich darum drücken will, Jack zu unterstützen. Dad sagt, er ist ein feiger, undankbarer Hurensohn.«

»Dasselbe sagte er schon 1940, daran erinnere ich mich genau. Also gut, ich versuch's mal. Farley kann mich ganz gut leiden.«

Bobby nickte, und das Problem war für ihn erledigt, weil sich nun jemand anders darum kümmerte. Er war überhaupt sehr effizient, wie Marilyn allmählich herausfand. Seine Kleidung war nicht etwa nachlässig, sondern nach praktischen Gesichtspunkten ausgewählt – pflegeleichte Anzüge, Button-down-Hemden, Slipper und etwas zu lange Haare, weil er keine Zeit für den Friseur verschwenden wollte. Er schien keine Leidenschaften oder Laster zu haben, dachte sie, wenn man nicht mitrechnete, daß er Ethel einmal pro Jahr schwängerte.

Er wandte ihr so plötzlich seine Aufmerksamkeit zu, als hätte er eben erst ihre Anwesenheit bemerkt. Sie verspürte leises Unbehagen, das sich in Erstaunen wandelte. Sein Gesicht war unglaublich wandlungsfähig! Als er mit David redete, wirkten seine Züge wie gemeißelt, die Nase so scharf und gebogen wie ein Adlerschnabel. Doch als er sie nun ansah, wurde sein Gesicht weicher und schien um Jahre verjüngt zu sein. »Tut mir leid, daß ich einfach Ihr Schlafzimmer benutzt habe«, sagte er entschuldigend.

»Warum denn? Ich war ja nicht drin.« Er wurde rot. Ihr fiel ein, daß sie ihre Sachen aufs Bett geworfen hatte, aber der Anblick eines BHs oder von Strümpfen würde doch wohl kaum einen Mann in Verlegenheit bringen, der so viele Kinder hatte.

»Ich hätte erst fragen sollen.«

»Ist schon okay.«

Er räusperte sich. Ihr fiel auf, daß sein Hemd am Kragen und an den Manschetten ausgefranst war. »Ehrlich gesagt hatte ich keine Ahnung, daß Sie hier sind. Jack erzählte es mir erst, als er im Begriff war, die Tür zu öffnen. Ich halte es übrigens für keine sehr gute Idee.«

»Daß ich hier bin?«

»Es ist ein großes Wagnis für Jack. Und nun, da er sich um die Vizepräsidentschaft bewirbt, ist es noch größer geworden.«

»Auch für mich ist es ein Wagnis.«

»Aber anders ...«

Das war nicht zu leugnen. Sie wußte auch ohne Bobby, daß ein katholischer Politiker mit einer schwangeren Frau, dessen Affäre mit einem Filmstar publik wurde, jede Chance verlor, Präsident oder auch nur Vizepräsident zu werden.

Als sie Bobbys vorwurfsvollen Blick spürte, regte sich ihr Widerspruchsgeist. »Er ist erwachsen«, sagte sie trotzig. »Er weiß, was er tut.«

»Wir sind alle erwachsen.« Seine Stimme klang plötzlich traurig. »Eigentlich sollte uns das davon abhalten, törichte Dinge zu tun, aber das bleibt ein frommer Wunsch. Versuchen Sie aber bitte wenigstens, möglichst unauffällig zu sein, okay?«

»Wird er's werden? Vizepräsident, meine ich.«

»Es wird verdammt knapp werden. Ich weiß nicht, ob er Vizepräsident wird, aber ich garantiere Ihnen, daß er Präsident wird, weil ich ihm dabei helfen werde.«

Impulsiv lehnte sie sich zu ihm und gab ihm einen Kuß. »Ich möchte, daß wir Freunde sind«, bat sie.

Im nächsten Moment hatte sie Angst, ihn verärgert zu haben, aber er lächelte sie strahlend an, sogar noch strahlender als Jack. »Wir werden Freunde sein«, sagte er. »Keine Sorge.« Marilyn entdeckte Lippenstiftspuren auf seiner Wange, wischte sie mit einem Kleenex ab und kam sich dabei fast mütterlich vor.

Sie nahm seine Hand und verschlang ihre Finger mit seinen, die Daumen über Kreuz, wie es in ihrer Zeit an der Van-Nuys-High-School Mode gewesen war. »Fest versprochen?«

Dieser Händedruck war ihm nicht vertraut, aber daß damit etwas besiegelt wurde, wußte er noch sehr gut aus seiner Schulzeit in den feinen Internaten der Ostküste. »Fest versprochen«, sagte er lachend, aber in seinen Augen las sie, daß er es ernst meinte.

Jack kam aus dem Schlafzimmer und sagte: »Jetzt bist du dran, David. Mach dich auf einiges gefaßt.« Als er sah, daß Marilyn und Bobby Händchen hielten, zog er die Augenbrauen hoch.

»Wie schön, daß ihr beide euch so, äh, gut versteht. Was wohl Ethel dazu sagen würde?«

Bobby wurde rot und hielt sich nur mühsam zurück. Marilyn beobachtete die kleine Szene mit Interesse. Anscheinend gab Bobby, so hartgesotten und unabhängig er war, Jack immer nach, als ob die Beziehung zwischen ihnen schon in der Kindheit für immer festgelegt worden wäre, während Tausender von Ballspielen, Wettkämpfen und Raufereien: Jack war älter und größer, und damit war alles klar. Sie musterte Bobbys Gesicht, entdeckte aber keine Spur von echtem Groll. Er liebte seinen Bruder über alles, was vermutlich die einzige Art zu lieben war, die er kannte, dachte Marilyn. »Wie war's?« fragte er nun.

»Zum Glück hatte ich keinen väterlichen Segen erwartet«, meinte Jack mit wehmütigem Lächeln. »Ich versprach Dad, ihn wieder anzurufen, sobald ich mit Adlai gesprochen habe.« Er zwinkerte Bobby zu. »Dad verbot mir, mich von dir in einen Kampf reinziehen zu lassen. ›Bobby ist ein gottverdammter Hitzkopf‹, sagte er.«

»Das bin ich nicht, verflucht noch mal!«

»Nimm's dir nicht zu Herzen. Mir hat er gesagt, ich soll mir von anderen Leuten nicht das Denken abnehmen lassen. Ich kann mir lebhaft vorstellen, wie er mich mit ständigen Anrufen nervt, wenn ich im Weißen Haus bin!«

Jack lockerte seinen Kragen und nahm die Krawatte ab. »Bobby, geh nach nebenan und sag ihnen, daß ich wissen möchte, mit wie vielen Stimmen wir rechnen können, bevor ich mit Adlai beim Frühstück sitze. Und keine Schönfärberei, verstanden? Ich will keine Wunschliste, sondern will wissen, auf wen wir zählen können, kein ›Vielleicht‹, kein ›Müßte eigentlich‹, kein ›Möglicherweise‹.«

Bobby nickte. Was zu tun war, würde er tun; so einfach war das. Auch bei David schien es ähnlich zu sein. Jetzt erst begann sie zu begreifen, warum ein so reicher und mächtiger Mann wie David Leman sich Jack Kennedy unterwarf und ihm so viel Zeit opferte. Es war nicht nur – oder nicht in erster Linie – Freundschaft, sondern David liebte die Aufregung und das Gefühl, am politischen Hebel zu sitzen. Er wollte unbedingt ein Insider sein, um beim Roulette des Lebens, wie Frank zu sagen pflegte, einer der großen Spieler zu sein.

»Dein Vater meint, Adlai könnte vielleicht versuchen, dich auszutricksen, indem er den Namen eines anderen katholischen Kandidaten ins Spiel bringt, nur um zu zeigen, daß er keine Vorurteile hat«, sagte David. »Und ich glaube, er hat recht.«

»Ja, ich schätze auch, das könnte Adlai einfallen«, meinte Jack nachdenklich. »Was bedeutet, daß wir feste Zusagen von Mike DiSalle und Dave Lawrence brauchen, daß sie uns unterstützen. Bobby, du sprichst gleich morgen früh mit ihnen, und wenn du sie dafür aus dem Bett zerren mußt. Nagle sie auf ihrer Zusage fest, Bobby.«

Er streckte sich gähnend und rieb mit den Händen über seinen Rücken, was ihn vor Schmerz zusammenzucken ließ. »Ich werde jetzt schlafen gehen. Du auch, David. Morgen wird ein höllischer Tag. Kommst du, Marilyn?«

Während Bobby und David noch herumstanden, dirigierte Jack sie ins Schlafzimmer hinüber, wo er sich erschöpft aufs Bett setzte und die Schuhe auszog. »Tut mir leid«, entschuldigte er sich. »Das hatte ich nicht erwartet.«

»Es ist dein großer Durchbruch, Honey.« Marilyn war nicht so enttäuscht, wie er wohl annahm. Sie liebte und genoß Action anscheinend ebensosehr wie David. Vielleicht wäre mit Joe auch alles anders geworden, wenn er weiterhin Baseball gespielt hätte, statt nur herumzusitzen und sich Sportsendungen im TV anzusehen. Und vielleicht hatte sie unterschätzt, wie ruhig und sogar langweilig das Leben eines Schriftstellers sein konnte, bevor sie Arthur Miller heiratete.

Sie half Jack beim Ausziehen, löste den Gürtel ihres Morgenrocks, schlüpfte ins Bett und spürte voller Lust seine Bartstoppeln über ihre Lippen kratzen und den Geschmack von Schweiß auf ihrer Zunge. »Fick mich, Darling«, flüsterte sie ihm ins Ohr, und mit einem tiefen Seufzer der Zufriedenheit – sie fühlte, daß sie in diesem Moment leidenschaftlich begehrt wurde – umschlang sie seinen harten, muskulösen Körper, sog tief den Geruch nach Schweiß und Rasierwasser ein, oder was immer es sonst noch war, und vergrub sich in ihm.

Sie schlief traumlos, obwohl sie ganz vergessen hatte, wie gewohnt Schlaftabletten zu nehmen, ihren Körper so eng an Jacks geschmiegt, daß kaum zu sagen war, wo seiner begann und ihrer aufhörte. Das Bett war klebrig von ihren Säften, das Badezimmer noch hell erleuchtet. Die Air-condition lief auf vollen Touren, drehte mal mehr auf, mal weniger – wie ein Möchtegernrennfahrer, der spätnachts am Samstag an einer Ampel auf dem Ventura Boulevard als erster lospprescht, aber sie kam gegen die drückende Augusthitze von Chicago nicht an.

Als sie beim ersten Licht des beginnenden Tags erwachte – sie hatten die Vorhänge nicht ganz zugezogen –, fühlte sie sich blendend. Jeder einzelne Muskel tat auf angenehme Weise weh, als sie sich wollüstig reckte. Jackie ist wirklich zu beneiden, dachte sie spontan. Vielleicht aber auch nicht, denn in einer Ehe ist ja alles anders ...

Jack schlief auf dem Rücken. Er hatte immer noch die Gestalt eines jungen Sportlers: lange Gliedmaßen, breite Schultern, schmale Hüften und keinen Bauch. Sein Rücken war voller Narben von seiner Verwundung und den zwei komplizierten Operationen. Sie überlegte, ob Jackie ihn letzte Nacht zu Hause erwartet hatte. Wenn sie als Hochschwangere in der gleichen Stadt sitzen und vergeblich darauf warten würde, daß ihr Ehemann anrief, dann würde sie durchdrehen vor Zorn, aber vielleicht war Jackie härter im Nehmen oder machte sich nichts mehr daraus. Auf jeden Fall war dies nicht ihr Problem, sondern Jacks. Sollte er sich doch Gedanken um Jackie machen!

Sie schwang ein Bein über seinen Körper, kam auf die Knie und beugte sich zu ihm hinunter, bis ihr Haar über sein Gesicht strich und ihre Brüste seinen Oberkörper berührten. Lächelnd gab sie ihm einen Kuß, einen Schmetterlingskuß, wie er damals auf der Van-Nuys-High-School hieß, als die Mädchen miteinander über die verschiedenen Spielarten des Küssens redeten. Sie leckte über ihre Lippen und tupfte sie dann so hauchzart auf seine, daß es fast so war, als würden sich nur ihre Atemzüge begegnen. Als er nicht reagierte, fuhr sie mit ihrer Zungenspitze zärtlich über seine Lippen, bis er sich im Schlaf zu bewegen begann. Schließlich wurde er wach. Mit halbgeschlossenen Lidern – seine Wimpern waren so lang, daß jedes Mädchen darauf stolz wäre – sah er sie an. »Was ist los?« murmelte er schlaftrunken. »Wie spät ist es denn?«

»Halb sieben, Honey. Ich wollte es sein, die dich weckt.«

»Ach wirklich? Ich hielt dich für eine Langschläferin.«

»Bin ich auch. Aber es macht mir Spaß, einen Mann wachzuküssen.«

»Du bist viel besser als jeder Wecker, glaub mir.«

»Nicht wahr? Kannst du dir vorstellen, wie viele Männer in der Welt davon träumen, von Marilyn Monroe so aufgeweckt zu werden?«

Er zog seine Uhr unter dem Kopfkissen hervor und warf einen Blick darauf. Es rührte und belustigte sie zugleich, daß er abzuschätzen versuchte, ob genug Zeit für einen Quickie blieb.

Er schob die Uhr wieder unters Kissen, umschlang Marilyn und zog sie zu sich herunter. »Laß sie träumen«, sagte er.

Jack kam inmitten einer Dampfwolke aus dem Bad, ein Handtuch um die schmalen Hüften gewunden, das Haar naß und wirr. Sie schenkte ihm eine Tasse Kaffee ein, mit Sahne und einem Stück Zucker, wie sie inzwischen wußte, und reichte ihm ein Glas Orangensaft, das er mit einem langen Schluck austrank. Er tapste durch die Suite zur Verbindungstür, öffnete sie und stöhnte: »O mein Gott, hier stinkt's wie in einem Salonwagen nach 'ner nächtlichen Pokerpartie.«

Sie hörte Bobbys Stimme, die vor Erschöpfung fast heiser war. »Wir schätzen, daß wir auf mindestens zweihundert sichere Stimmen im ersten Wahlgang zählen können.«

»Nicht gut genug.«

»Wir können sie in zwei Tagen verdoppeln, wenn wir uns den Arsch aufreißen.«

»Mag sein.«

»Konntest du etwas schlafen?«

»Sogar so gut wie nie zuvor. Laß mir einen Moment Zeit, um mich anzuziehen, und dann gehen wir gemeinsam die Namen durch, bevor ich mit Adlai frühstücke. Währenddessen steigst du unter die Dusche und ziehst dich um, Bobby. Es wird ein langer Tag werden. Ich möchte nicht, daß du schlappmachst.«

»Fick dich ins Knie.«

»Ich wünschte, ich hätte deine Schlagfertigkeit.«

»Sehr komisch. Schau dir lieber mal die Zeitungen von heute an, Senator. Es könnte sein, daß du Jackie einiges erklären mußt, wenn sie die Titelseiten sieht.«

Marilyn nahm die Zeitungen vom Frühstückstisch, bevor Jack

ins Schlafzimmer zurückkam, und breitete sie auf dem Bett aus. Bis auf die Schlagzeilen über den Kennedy-Boom fiel ihr nichts auf. Gleich darauf trat Jack hinter sie und schaute ihr über die Schulter. Sie blätterte den *Examiner* durch, aber auch da war nichts zu entdecken. Also warf sie die Zeitung achtlos auf den Boden und entfaltete die *Chicago Tribune.*

Und da prangte auf der Titelseite ein Foto der ›spontanen‹ Demonstration für Kennedy, das genau in dem Moment geschossen worden war, als die Menge sich bis zur Tribüne vorgekämpft hatte. In der Mitte des Fotos klettert eine Frau über das Gerüst der Tribüne, die Beine fast bis zum Nabel sichtbar, während der Senator sie über das mit Fahnen drapierte Geländer hochzieht. Seine Hände umfassen sie, und aus dem Blickwinkel des Fotografen sieht es fast so aus, als ob sie sich küßten. Die Überschrift lautete: Kennedy rettet eine Anhängerin! Drunter wurde ihr Name als Birdy Wales angegeben, Bibliothekarin aus Milan, New York, und treue Demokratin.

Wie vor den Kopf geschlagen, starrten sie den Schnappschuß an. Wenn man ganz genau hinschaute, dachte Marilyn, konnte man fast ihren Hintern sehen. Zum Glück war aber ihr Gesicht verdeckt, und die dunkle Perücke machte es unwahrscheinlich, daß jemand erriet, wer sie war.

Sie kicherte nervös. »Die haben meinen Namen falsch geschrieben.« Jack wirkte alles andere als amüsiert. »Wie schlimm ist es?« erkundigte sie sich.

Er rieb sich über die frisch rasierte Wange. »Nun ja, aus politischer Sicht ist es keine große Sache. Ich habe einem hübschen Mädchen geholfen. Daran ist nichts auszusetzen. Vielleicht bringt es mir sogar ein paar Stimmen ein. Aber Jackie wird den Zwischenfall vermutlich etwas kritischer bewerten. Vor allem, da ich gestern nacht nicht nach Hause gekommen bin.«

»Oder wenigstens telefoniert hast.«

»Oder wenigstens telefoniert habe, stimmt.« Ein Ausdruck, den sie gut kannte – Ehemann in Schwierigkeiten –, trat auf sein Gesicht.

»Was soll sie aus diesem Foto schon groß machen«, meinte Marilyn hoffnungsvoll.

Er nickte. »Trotzdem werde ich Jackie am besten gleich mal anrufen.« Er suchte seine Kleidungsstücke zusammen. »Sag David, daß er vorsichtig sein soll. Ich weiß nicht, ob es eine so gute Idee ist, daß du überhaupt zur Wahlversammlung kommst ...«

Sie warf den Kopf zurück. »Ich bleibe nicht in dieser verdammten Suite eingesperrt, Jack, falls du dir das einbildest.«

»Dann gib wenigstens keine Interviews. Ich meine es ernst. Es steht viel auf dem Spiel«, erwiderte er scharf.

»Ich bin doch nicht bescheuert, Jack. Ich weiß das.«

»Na schön.« Er ging zur Verbindungstür und schien es plötzlich sehr eilig zu haben. »Weck David auf«, befahl er. »Er brüstet sich immer damit, wie gut er's früher in Hollywood schaffte, Schlimmstes zu verhindern. Sag ihm, daß er's jetzt beweisen soll.«

»Sag's ihm selbst.« Sie hielt trotzig seinem Blick stand und freute sich diebisch, als er rot wurde.

Jack setzte eine gekränkte Miene auf. »So habe ich's doch nicht gemeint«, sagte er schließlich.

»Doch, das hast du, aber ich verzeihe dir. Aber tu's nie wieder.«

Da sie einen kleinen Sieg errungen hatte, ging sie zu ihm, gab ihm einen Kuß und schlüpfte mit den Händen unter das Handtuch, das er noch immer wie einen Lendenschurz trug. »Merk dir, Lover, bei mir ist es wie beim Baseball – drei Fehlschläge, und du bist aus dem Spiel. Das war Fehlschlag eins.«

Sie spürte, wie er steif wurde. Es ist wirklich bemerkenswert, dachte sie, wie vital er war! »Später«, flüsterte sie, drückte ihn noch einmal und schob ihn dann in Richtung Tür.

Er warf einen Blick auf seine Armbanduhr. »Ich weiß aber nicht, wann ...«

Ihr war klar, daß sie jetzt eigentlich sagen müßte: »Ich warte auf dich«, aber sie sagte statt dessen: »Wenn du mich wirklich willst, dann wirst du mich schon irgendwie finden.«

Er dachte noch über ihre Worte nach, als er zu seiner eigenen Suite hinüberging, wo Bobby und die irische Mafia warteten, die ihm geholfen hatte, die Demokratische Partei von Massachusetts unter Kontrolle zu bekommen.

Marilyn setzte sich aufs Bett und schnitt mit ihrer Nagelschere das Foto auf der Titelseite der *Chicago Tribune* aus.

Es war das erste Mal, daß sie zusammen fotografiert worden waren.

Und vermutlich war es auch das letztemal, dachte sie.

16. KAPITEL

Spezialagent Jack Kirkpatrick neigte nicht gerade zur Selbstreflexion. Soweit es ihn betraf, bestand sein Job darin, eine Information zu beschaffen, und damit Schluß. Jemand anders würde entscheiden, was damit anzufangen war oder wie es in das paßte, was der Direktor das Gesamtbild zu nennen pflegte.

Als Angestellter vom Hotel verkleidet und mit Blaupausen vom Hotelplan und vom Telefonnetz bewaffnet, hatte er alle Telefone der Kennedy-Suite angezapft sowie Mikrofone hinter den Wandleisten der Zimmer versteckt. Und das alles vierundzwanzig Stunden vor der Wahlversammlung! Kirkpatrick hatte die Kunst des ›Anzapfens‹ von Bernie Spindel gelernt, als dieser noch – zumindest teilweise – auf der richtigen Seite des Gesetzes arbeitete. Ordentlichkeit und Liebe zum Detail waren Spindels Markenzeichen. Aber er war auch ein Meister in der kosmetischen Tarnung seiner Arbeit. Ein Job war erst dann erledigt, lehrte er seine Schüler, wenn die Farbe perfekt retuschiert, jede verräterische Spur beseitigt und selbst kaum sichtbarer Mörtelstaub aufgesaugt war. Kirkpatrick hatte in seinem Werkzeugkasten Kamelhaarpinsel verschiedener Größen, wie sie Künstler benutzen, winzige Farbtuben, einen Schweizer Miniaturstaubsauger und eine Flasche mit englischer Möbelpolitur. Wenn er mit einer Aufgabe fertig war, so pflegte er Auszubildenden zu sagen, konnte man selbst mit einer Lupe nicht entdecken, wo er etwas verändert hatte.

Kirkpatrick hatte sich Zugang zu der Suite verschafft, um seine Abhörgeräte anzubringen, und erst hinterher von seinem Informanten am Empfangspult des Conrad Hilton erfahren, daß David Leman die beiden Suiten neben Jack Kennedy gebucht hatte. Ein weniger pflichtbewußter Mann hätte die Nachricht vielleicht ignoriert, denn das FBI ermutigte nicht unbedingt zu Eigeninitiative als vielmehr zu blindem Gehorsam. Aber Spindel hatte ihm eingeschärft: ›Man kann nie sicher sein, wo etwas geschehen wird.‹ Damit hatte er vollkommen recht. Die Leute hielten Geschäftsbesprechungen in ihren Schlafzimmern ab, hatten Bettgeschichten in ihren Büros oder schmiedeten Mordpläne in ihren Autos. Es stand vorher nie fest, wo die richtige Stelle für ein Mikrofon sein würde, und so versuchte man eben, alle Möglichkeiten abzudecken.

Kirkpatrick brauchte nicht mal eine Minute, um sich zu entscheiden, fuhr wieder nach oben und installierte auch in den angrenzenden Suiten Abhöranlagen – nur für alle Fälle. Zum Glück führten sämtliche elektrischen Leitungen in einen Wandschrank auf dem Gang. Er hatte ihn mit seinem Dietrich geöffnet und einige Minuten benötigt, um sich in dem Gewirr von Kabeln zurechtzufinden, dann die richtigen angezapft und sie mit etwas Klebeband markiert, damit er später wieder alles entfernen konnte, ohne Spuren zu hinterlassen.

Nun saß er in einem Wagen der Chicagoer Telefongesellschaft vor dem Hotel, wo drei Agenten, die nach ein paar Stunden ausgewechselt wurden, alles abhörten, was in den drei Suiten gesprochen wurde, und mit zwei Geräten Tonbandaufzeichnungen machten. Normalerweise schnitten sie nur Gespräche mit, die in einem direkten Bezug zum Gegenstand der Nachforschung standen, doch da sie in diesem Fall nicht wußten, wonach sie eigentlich suchten, wurde alles aufgenommen.

Über ganz Chigago waren Teams verteilt, die alle unter seiner Kontrolle standen. Er würde verdammt viele Tonbänder überprüfen müssen, bevor dieser Parteikonvent vorüber war, dachte Kirkpatrick. Hoffentlich war es die Mühe wert. Die Tonbandgeräte waren unterschiedlich gekennzeichnet: jene für die Kennedy-Suite mit ›JFK‹, David A. Lemans mit ›DAL‹, und die große Suite dazwischen – Conrad Hiltons eigene, wenn er in Chicago war – trug nur das Zeichen ›?‹.

Der Agent, der David Lemans Suite überwachte, schien einem Schwätzchen nicht abgeneigt zu sein, da Leman offensichtlich gerade schlief. »Der Direktor und Tolson gehen in Florida am Strand spazieren«, begann er. »Kennen Sie den schon?«

Kirkpatrick schüttelte den Kopf. Es gab Hunderte von Witzen über Hoover, und fast jeder FBI-Agent hatte ein paar auf Lager. Er selbst erzählte nie einen, hörte aber immer gerne zu. Insgeheim dachte er, daß Agenten, die Witze über den Direktor machten, gottverdammte Idioten waren, denn das Sprichwort ›Selbst die Wände haben Ohren‹ traf garantiert auf das FBI zu.

»Sie gehen immer weiter, bis sie zu einem ganz verlassenen Teil des Strands kommen. Niemand in Sicht. Tolson schaut nach rechts, schaut nach links und sagt dann zu Hoover: ›Niemand beobachtet dich, Edgar. Du kannst jetzt auf dem Wasser gehen.‹«

Kirkpatrick lachte. Natürlich kannte er diese Story schon. Er prägte sich den Namen des Agenten ein, denn vielleicht stand mal die Loyalität dieses Mannes gegenüber dem Direktor zur Debatte. Der die mittlere Suite überwachende Agent schaltete sein Tonbandgerät ein. Er machte einige Aufzeichnungen und sagte zu Kirkpatrick: »Dieselbe Puppe wie gestern nacht. Wir haben ganz schön schlüpfrige Sachen auf Band. Hier, hören Sie selbst mal.«

Kirkpatrick nahm die Kopfhörer und preßte einen an sein Ohr. Jahrelange Erfahrung hatte seine Neugier auf Geilheiten buchstäblich abgetötet. Er würde alles Geseufze, Gestöhne und Bettgeflüster der Welt gerne gegen eine handfeste Äußerung eintauschen, so daß er die Tür einbrechen, dem Sünder seine Rechte vorlesen und dann nach Hause ins Bett gehen könnte. Er hörte das sanfte Rascheln von Bettwäsche und eine mädchenhafte, etwas atemlose Stimme. »Kannst du dir vorstellen, wie viele Männer auf der Welt davon träumen, von Marilyn Monroe so aufgeweckt zu werden?«

Er traute seinen Ohren kaum. Das muß man Kennedy lassen, dachte er, Mut hat der Kerl – Marilyn Monroe nach Chicago zu holen, obwohl seine Ehefrau ganz in der Nähe bei den Shrivers wohnt, wo übrigens ein ähnlicher Überwachungswagen diskret geparkt war ... »Laß sie träumen«, hörte er Jack Kennedy sagen, und dann kamen all die üblichen Geräusche vom Liebesspiel: feuchte Küsse, Seufzer und der leise, saugende Laut, wenn ein Körper sich einem anderen öffnet. Er hatte es alles schon zuvor gehört, und es war bei allen Paaren gleich. Ein Senator und ein Filmstar klangen auch nicht anders als ein Gangster und ein Callgirl. Er überlegte, ob ihre Schreie echt oder vorgetäuscht waren, aber auch das spielte vermutlich keine Rolle.

Kirkpatrick gab die Kopfhörer zurück.
Er hatte so viel gehört, wie er hören wollte.

Marilyn und ich saßen in der Cafeteria des Conrad-Hilton-Hotels. Sie las in *Life* etwas über sich selbst und aß nebenbei einen Cheeseburger. An ihrem Kinn war ein tomatenroter Klecks. Gedankenverloren tauchte sie Pommes frites in Ketchup und steckte sie sich in den Mund, was bei ihr ausgesprochen sexy wirkte, wie eigentlich alles, was sie tat.

Ich hatte den Vormittag mit Jim Farley verbracht, der Joe Kennedys Voraussage bestätigte, weil er sich nämlich weigerte, Jack bei der Nominierung zum Vizepräsidenten zu unterstützen. Folglich würde Jim Farley sicher auf der kurzen Liste von Leuten stehen, deren Steuererklärungen vom IRS überprüft würden, sobald Jack im Weißen Haus residierte, dachte ich.

»Ist es nicht grandios, daß man Jack aufgefordert hat, die große Ansprache zu halten?« sagte Marilyn mit ganz verträumten Augen.

»Ja und nein«, stimmte ich vorsichtig zu, denn ich wollte sie in ihrem Überschwang nicht bremsen.

»Das ist einfach Spitze, findest du nicht? Stevenson bittet Jack, ihn zur Wahl vorzuschlagen! Das ist doch die Starrolle der ganzen Parteiversammlung!«

»Eher eine Nebenrolle, Marilyn, denn Adlai ist der Star in diesem Spektakel. Aber in Wahrheit hat Adlai Jack beim Frühstück in die Falle gelockt. Natürlich ist es eine Ehre, aufgefordert zu werden, die Rede zu halten und den Kandidaten vorzuschlagen, da es fraglos der Höhepunkt der Veranstaltung ist. Aber – und zwar ein großes Aber! – es ist seit jeher Tradition in der amerikanischen Politik, daß derjenige, der den Präsidentschaftskandidaten vorschlägt, kein Bewerber um das Amt des Vizepräsidenten ist.«

Ich fügte hinzu, daß Jack am liebsten sich und Bobby ohrfeigen würde, weil er nicht rechtzeitig Adlais Schachzug erkannt hatte, um sich einen äußerst peinlichen Moment zu ersparen. Beide vermuteten, daß Eleanor Roosevelt die Hand dabei im Spiel hatte. Zwar hatten die Kennedys später den Ruf, rücksichtslos zu sein, doch zu diesem Zeitpunkt in ihrer Karriere waren Jack und Bobby gelegentlich immer noch verblüfft über die Doppelzüngigkeit und Gerissenheit älterer, erfahrenerer Politiker.

Marilyns weit geöffnete, klare blaue Augen waren voller Bewunderung für meine politische Klugheit, was ich mir zumindest einbildete, denn niemand verstand es besser als sie, der Eitelkeit eines Mannes zu schmeicheln.

Erstaunlicherweise war ihr politisches Urteil treffender als meines oder Jacks, denn als ich ihr erzählte, daß er gegen seinen Willen überredet worden war, Eleanor Roosevelt einen Höflichkeitsbesuch abzustatten, sah sie den Fehlschlag ganz richtig voraus. »Ein Blick auf Mrs. Roosevelts Gesicht gestern nacht auf der Tribüne hat mir gereicht«, sagte sie. »Das ist eine Frau, die nicht leicht vergißt oder vergibt. Glaub mir, ich weiß genau, wie ihr zumute ist!«

Ich lächelte. »Schwer vorstellbar, daß du mit Eleanor irgend etwas gemeinsam hast.«

Marilyn schüttelte den Kopf. »Sie ist eine Frau wie ich.«

Offen gesagt hatte seit Jahren, wenn nicht seit Jahrzehnten, niemand mehr an Eleanor Roosevelt als an eine Frau gedacht – nicht mal FDR. Sie galt in ihren späteren Jahren als seine Botschafterin bei den Armen und den Minderheiten und war so eine Art von Nationaldenkmal, häßlich, aber hochgeschätzt. Doch natürlich hatte Marilyn recht. Adlai kam sicher deshalb so gut mit ihr aus, fiel mir plötzlich ein, weil er auf eine dezente und respektvolle Weise mit ihr flirtete. Darin war er ein Meister und folglich fast ebensosehr ein Liebling der Frauen wie Jack.

Marilyn tupfte sich mit der Serviette den Mund ab und bewies damit mal wieder, daß sie bei ihren Pflegeeltern eine gewisse Erziehung genossen hatte. Dann leckte sie sich über die Lippen, was immer ein Zeichen dafür war, daß sie gleich eine unangenehme Frage stellen würde – nicht unbedingt unangenehm für sie selbst, sondern für ihr Gegenüber. »David«, begann sie zögernd, »etwas kapiere ich nicht. Was spielt Jackie eigentlich für eine Rolle bei dem Ganzen?«

»Du leidest bereits unter dem ›Die-andere-Frau-Syndrom‹«, erwiderte ich.

»Was soll das heißen?«

»Übertriebenes Interesse an der Ehefrau.«

»Ich bin nur neugierig. Sie scheint irgendwie nicht dazuzugehören. Wie kommt das?«

Ich schaute mich im Café um, das gerammelt voll war mit Delegierten, die zum großen Teil Papierhütchen trugen. Am Eingang standen sie so dicht gedrängt wie Sardinen in der Büchse und warteten auf Tische oder Plätze an der Theke – Männer und Frauen gleichermaßen in pflegeleichter, bügelfreier Synthetikkleidung. Ich konnte mir Jackie in einer solchen Umgebung beim besten Willen nicht vorstellen. Sie war absolut elitär, und ihr Abscheu vor der schwitzigen, klebrigen Seite der Politik grenzte an Verachtung. Zur Empörung seiner Schwestern mußte Jack bei seiner Wahlkampftour um jeden öffentlichen Auftritt Jackies betteln, und sein Vater oder Bobby fungierten häufig als Vermittler.

»Nun, sie ist schließlich schwanger«, sagte ich, »und das Baby ist für beide sehr wichtig. Außerdem ist Jackie ausgesprochen selbständig, ganz und gar nicht der Typ von Politikerfrau, die mit einem ewigen Lächeln auf dem Gesicht hinter ihrem Ehemann hertrottet. Im Moment ist sie noch dazu wütend auf Jack.«

»Warum?«

»Sie hatten vor, hier einige Zeit gemeinsam zu verbringen, um die Situation zu klären, wenn du die Wahrheit wissen willst. Jakkie nahm an, sie würden viel gemeinsam unternehmen, doch statt dessen bekommt sie ihn seit ihrer Ankunft kaum zu Gesicht, muß sich allein im TV die Wahlversammlung ansehen und ist stinksauer, weil sie es in Hyannis Port oder im Haus ihrer Mutter in Newport viel besser hätte.«

»Die Situation klären?«

»Seit Monaten gibt es zwischen ihnen irgendein Problem. Ich weiß, daß es den Anschein hat, als könnte Jack sich alles leisten, ohne Jackies Protest fürchten zu müssen. Aber es gibt eben doch gewisse Regeln, und ich vermute, daß er gegen irgendeine verstieß.«

»Welche denn?«

Ich zuckte mit den Schultern, da ich keine Ahnung hatte, um welche Regeln es sich überhaupt handeln mochte. Sich aus den Klatschspalten rauszuhalten, war gewiß eine von ihnen. Freundinnen von Jackie nicht zu vögeln, vermutlich eine andere, aber soweit ich wußte, hatte Jack dagegen schon vor langer Zeit verstoßen. »Ich weiß nicht«, erwiderte ich. »Es sind komplizierte Menschen, und es ist eine komplizierte Ehe. Jack kann tun, was er will, aber nur so lange, wie Jackie kriegt, was sie will.«

»Und was ist das?«

»Prestige, Respekt oder das Recht, Jacks Geld verschwenderisch auszugeben, ohne deshalb Vorwürfe zu bekommen, und seine ungeteilte Aufmerksamkeit, wenn ihr danach ist. So in etwa, schätze ich.«

»Das klingt verdammt cool. Liebt sie ihn?«

»O ja, sie liebt ihn, und er liebt sie auch. Jeder ist eine Herausforderung für den anderen. Sie hat einen Mann geheiratet – verzeih mir, Marilyn –, der keine vierundzwanzig Stunden treu ist.

Und er hat die einzige Frau geheiratet, die ihm einen Dämpfer aufsetzen kann.«

»Einen Dämpfer aufsetzen?«

»Wenn Jackie unglücklich ist, schafft sie es spielend, Jack wahnsinnig zu machen.« Das war, meines Erachtens, noch milde ausgedrückt.

»Das klingt nicht gerade nach einer glücklichen Ehe«, sagte Marilyn. Vielleicht deutete sie meinen Gesichtsausdruck richtig, denn sie errötete und fügte hinzu: »Na ja, meine war auch nicht gerade gut.«

»Ehrlich gesagt, halte ich's gar nicht für eine schlechte Ehe. Sie sind einander gewachsen, Jack ist stolz auf ihren guten Geschmack, und sie ist stolz auf seine Karriere. Vor allem aber schreibt keiner dem anderen vor, was er tun soll ... Es könnte also viel schlimmer sein.«

»Aber sind sie glücklich? Glaubst du das wirklich?«

Ich seufzte. »Nein, das glaube ich eigentlich nicht. Aber vielleicht spielt das in einer Ehe keine so große Rolle, wie du denkst.«

Sobald ich die Worte ausgesprochen hatte, ging mir auf, daß ich über mich selbst sprach, aber Marilyn schien es nicht zu bemerken. »Für mich schon!« protestierte sie energisch.

Die Vorstellung, daß Marilyn verzweifelt versucht hatte, Glück in ihrer Ehe mit Miller oder vorher mit DiMaggio zu finden, aber vielleicht unfähig war, es überhaupt zu erkennen, machte mich sehr traurig. Ich war erleichtert, als ein Page sich durch die Menge drängte, um mir auszurichten, daß Senator Kennedy mich dringend in seiner Suite sprechen wollte.

Jack war in Rage und tigerte in Marilyns Suite, die er wie eine Erweiterung seiner eigenen benutzte, ruhelos hin und her. Sein Gesicht war hektisch gerötet. Er hatte ein Thunfischsandwich in der Hand und attackierte es mit großen Bissen wie ein Hai seine Beute. Bobby warf dem Sandwich sehnsüchtige Blicke zu, zumindest kam es ihr so vor. Fast hätte sie gefragt, warum er kein eigenes bestellte, aber es schien nicht der richtige Moment zu sein.

»Sie hat mich fertiggemacht, die alte Hexe!« schimpfte Jack. »Ich dachte, wir würden uns allein treffen, nur wir beide. Statt dessen komme ich in ein Zimmer voller Leute, und sie hält mir einen Vortrag, wie ich McCarthy die Stirn hätte bieten sollen – als wäre ich ein dummer Schuljunge! Und dazu noch Hubert Humphrey auf dem Sofa wie der Lieblingsschüler der Lehrerin.« Er funkelte wütend Bobby an, dessen Gesicht unbewegt blieb. »Jemand hätte mich vorwarnen müssen.«

»Adlai hat sich wie ein Schwein benommen«, stimmte Bobby zu.

»Jesus! Das weiß ich auch, Bobby!« Jack hörte mit dem Hinundhergerenne auf und wandte sich an David. »Was sagst du dazu, David?« Sie schien er bis zu diesem Moment überhaupt nicht bemerkt zu haben. Er zuckte mit den Schultern, als wolle er sich entschuldigen: Tut mir leid wegen alledem, aber so ist es eben.

Nun, da es ernst wurde, schien David plötzlich an Bedeutung zu gewinnen. Es lag nicht daran, daß er an die zehn Jahre älter als die beiden war, denn weder für Jack noch für Bobby spielte das Alter eine große Rolle. Es hatte mehr mit dem Umstand zu tun, daß er in ihrer Vorstellung mit ihrem Vater verknüpft war und sich außerdem sehr erfolgreich als Selfmademan nach oben geboxt hatte. Der stets perfekt gekleidete David schien ein Mann zu sein, der Krisen genoß wie ein Hollywoodproduzent, der am Drehort erscheint, wo alle Beteiligten vor Erschöpfung fast umfallen, und darauf besteht, daß noch eine weitere Einstellung gefilmt wird. Als wollte er diesen Eindruck noch verstärken, wählte er aus einem eleganten Krokodilledereitui eine Zigarre aus, kappte sie mit einem winzigen goldenen Messer und zündete sie in aller Seelenruhe an. »Adlai hat dir nicht zufällig eine Rede gegeben, oder?« erkundigte er sich und paffte gemütlich vor sich hin.

Jack musterte ihn verblüfft. »Woher weißt du das?«

»Ich hab's nur erraten, denn ich kenne Adlai. Ich kenne auch Eleanor, und sie hat garantiert ihre Hand im Spiel. Genau so etwas würde sie ihm raten.«

»Dieses verdammte Weib!« Jack zog einige zusammengefaltete Blätter aus der Jackettasche und reichte sie David, der sie kurz überflog.

»Wer ist der Schreiber?« fragte David und hielt die Papiere mit einem gewissen Ekel von sich weg, als seien sie schmutzig.

»Arthur Schlesinger. Ein geschwätziger Collegeprofessor. Genau das richtige für Adlai.«

David gab die Rede zurück. »Da steht kein Wort drin, das du

sagen solltest, Jack, wenn du mich fragst. An deiner Stelle würde ich dies hier wegwerfen und die nächsten vierundzwanzig Stunden damit verbringen, die Rede deines Lebens zu schreiben.«

Langes Schweigen. Jack runzelte die Stirn, begann plötzlich breit zu grinsen, knüllte die Blätter, die Stevenson ihm gegeben hatte, zu einem Ball zusammen und warf ihn quer durch den Raum in einen Papierkorb. »Scheiß drauf«, sagte er. »Scheiß auf Schlesinger. Wir probieren's. Bobby, sag Sorensen, er soll im Laufschritt hier raufkommen und mit den Vorarbeiten beginnen.«

Er ratterte die Namen der Leute herunter, die er als Ideengeber wollte, sowie der Journalisten, die befragt werden sollten. Seine miese Stimmung war wie weggezaubert.

Er kam zu ihr herüber, umarmte und küßte sie, feuerte eine ganze Salve von Instruktionen auf Bobby ab und schickte David los, um herauszufinden, was die Parteigrößen vorhatten. Jack hatte sich nicht um die Aufgabe gerissen, die Nominierungsrede für Adlai Stevenson zu halten, aber nun war er fest entschlossen, daß es eine Rede werden würde, die niemand so schnell vergaß.

Sobald sie allein waren, schlüpfte er aus seinen Schuhen und ging zur Schlafzimmertür. »Moment mal!« sagte sie. »Du könntest mich zumindest erst mal fragen!«

Er wandte sich auf der Schwelle um, nahm seine Krawatte ab und lächelte sie ironisch an. »Es ist zwei Uhr«, sagte er ruhig. »Wie du vielleicht noch nicht weißt, habe ich die Angewohnheit, einen kurzen Mittagsschlaf zu machen. Als sehr junger Mann war ich in London, und da erzählte mir Winston Churchill, daß dies das Geheimnis seines langen und produktiven Lebens sei. Ich dachte mir, wenn es für ihn gut ist, warum nicht auch für mich?«

»Ja, warum nicht?« Dabei war ihr noch nie der Gedanke gekommen, daß ein erwachsener, aktiver Mann tagsüber schlafen würde.

»Natürlich spricht nichts dagegen, daß du mit rüberkommst«, sagte er.

Sie lachte. »Tatsächlich?«

»Du könntest vielleicht sogar dafür sorgen, daß ich rechtzeitig aufwache ... Auf die Art wie heute morgen.«

»Ich werde es mir überlegen.«

Es klopfte, und ihr fiel ein, daß sie vergessen hatte, das Schildchen ›Bitte nicht stören‹ rauszuhängen. »Ich komme gleich, Darling«, rief sie Jack zu, öffnete die Tür einen Spalt weit und sah einen dicklichen Mann mit dunklen, verschlagenen Augen, nervösem Lächeln und buschigem Schnurrbart vor sich. Er trug ein weißes Hemd, auf dem vorne das Emblem der Telefongesellschaft und der Name Bernie eingestickt waren. In der Hand trug er einen Werkzeugkasten, über seiner Schulter hingen Telefonkabel in dicken Strängen. Seine Hosentaschen waren ausgebeult durch eine Taschenlampe, mehrere Schraubenzieher und einen Telefonhörer, das Rüstzeug seines Jobs, wie sie vermutete.

»Ist dies die Suite, wo das Telefon Schwierigkeiten macht, Ma'am?« Seine Stimme klang sanft, mit unverkennbarem New Yorker Akzent. Marilyn ging zum nächsten Apparat, nahm den Hörer ab, hörte das Freizeichen und kam zurück.

»Alles in Ordnung«, sagte sie.

Er nickte. »Na ja, wahrscheinlich hat man mir die falsche Zimmernummer gegeben«, entschuldigte er sich. »Das passiert ständig.«

Irgend etwas störte sie an der Intensität seines Blicks, aber nicht genug, um sie nachdenklich zu stimmen. Männer schauten sie immer so an, selbst wenn sie verkleidet war. Andererseits war es aber auch nicht der Blick eines Mannes, der ihre Brüste bewundert, sondern eher die Art von Blick, der ihr früher, als sie noch mit ihren Freunden beim Ambassador-Hotel herumhing, ›Bulle‹ signalisiert hätte. Einen Moment erwog sie sogar, unten bei der Rezeption anzurufen und sich zu erkundigen, ob *wirklich* ein Monteur von der Telefongesellschaft auf ihrem Stockwerk bei der Arbeit war, aber dann schalt sie sich selbst töricht und unternahm nichts.

»Vermutlich«, erwiderte sie auf seine letzte Äußerung. »Danke.« Sie hängte das ›Bitte-nicht-stören‹-Schild an die Klinke, schloß die Tür, sperrte zweimal zu und legte sogar noch die Kette vor, obwohl sie nicht hätte erklären können, warum.

Das liegt an meiner blöden Fantasie, sagte sie sich, goß ein Glas Champagner ein und ging hinüber ins Schlafzimmer zu Jack.

17. KAPITEL

Als ich Marilyn erzählte, daß Jackie wütend auf Jack war, war das gewaltig untertrieben. Ich war zur Wohnung der Shrivers gefahren, um Jackie meine Aufwartung zu machen, und fand sie mit Jacks Schwester Eunice vor dem Fernseher. Selbst im Umstandskleid schaffte es Jackie, kühl und elegant zu wirken.

»Gott sei Dank erinnert sich mal jemand daran, daß ich hier bin«, begrüßte sie mich, als ich mich zu ihr beugte, um sie zu küssen. Eunice wirkte unangenehm berührt. Jacks Schwestern erlaubten keine Kritik an ihm, nicht mal von Jackie.

»Jack hat alle Hände voll zu tun«, verteidigte sie ihn nun, als hätte ich nicht mitbekommen, was auf der Wahlversammlung los war.

Jackies Gesicht spiegelte wütende Verachtung wider. »Wie schön für ihn!« fauchte sie.

Es entstand ein längeres Schweigen, während das Dienstmädchen der Shrivers Eistee servierte. »War das gestern abend nicht fantastisch?« fragte Eunice nun fast atemlos, auch sie wie die ganze Familie zu Enthusiasmus neigend. Von allen Kennedy-Töchtern schien sie am meisten ihrer Mutter zu ähneln, was in Jackies Augen sicherlich kein Pluspunkt war.

Ich nickte. »Die Demonstration für Jack? Ja, die war wirklich eindrucksvoll.«

Jackie warf mir einen vieldeutigen Blick zu. »Und dieser amüsante kleine Zwischenfall, als Jack das Mädchen rettete. Wie hieß sie noch gleich?«

»Welles?« meinte ich zweifelnd. »So ähnlich jedenfalls.«

»Eine Bibliothekarin. Hatte Jack nicht Riesenglück, daß es die einzige Bibliothekarin vom Staat New York war, die tolle Beine hat?«

»Ich habe gehört, daß sie eine alte Freundin von Eleanor Roosevelt ist«, fügte Eunice ein.

»Also wirklich!« Jackie zog energisch die Sonnenbrille runter, die sie über ihre Haare geschoben hatte, und starrte auf den Fernsehschirm. Auch meine Frau Maria wies mit dieser abrupten Geste Leute in ihre Schranken, die den Besuch zu lange ausdehnten oder ihr sonst irgendwie auf die Nerven gingen. Ich trank meinen Eistee und stand auf, um mich zu verabschieden.

»Haben Sie Miß Welles auch kennengelernt, David?« fragte Jackie.

Ich schüttelte den Kopf. »Nein, ich sah sie nur aus einiger Entfernung.«

»Wie schade! Sie erinnerte mich an jemanden – ich weiß noch nicht, an wen –, aber es wird mir schon noch einfallen.«

Sie neigte leicht ihren Kopf, damit ich ihr einen Abschiedskuß auf die Wange geben konnte. »Sie sind ein schlechter Lügner, David«, flüsterte sie mir zu.

»Mag sein«, sagte ich. »Deshalb lüge ich auch fast nie.«

Sie gönnte mir ein Lächeln. Jackie und ich verstanden uns gut und mochten einander. »Sie können es immer besser«, sagte sie traurig. »Das kommt davon, wenn man sich mit Politikern abgibt. Auf Wiedersehen. Viele Grüße an Maria.«

Als ich zurückkam, waren sie zusammen in ihrer Suite. Marilyn lag im Bademantel auf dem Sofa, ein Handtuch ums Haar gewunden, und feilte sich die Nägel, während Jack in Hemdsärmeln auf und ab marschierte und laut vorlas. »Schau dir das mal an«, bat er mich und reichte mir einige Blätter gelbes, liniertes Papier.

Es war eine gute Rede, viel besser als jene, die Adlai ihm gegeben hatte. »Nicht schlecht«, sagte ich zustimmend.

»Nicht schlecht ist nicht gut genug.« Er nahm die Papiere, ging zur anderen Seite des Raums und begann zu deklamieren. Er arbeitete sich durch die erste Seite – Gesten, Pausen, Betonungen –, während Marilyn, immer noch mit ihren Nägeln beschäftigt, ihn mit Interesse beobachtete.

»Du mußt unbedingt richtig atmen, Honey«, sagte sie. »Wenn du außer Atem kommst, wirst du plötzlich an der falschen Stelle tief Luft holen, oder dir versagt die Stimme …« Jack hatte den grimmigen Gesichtsausdruck aller Kennedys, wenn sie fest entschlossen sind, etwas Schwieriges oder Neues zu meistern. Ich fand es erstaunlich, daß er so bereitwillig Kritik von einer Frau entgegennahm.

Er fing wieder von vorne an, und diesmal gelang es ihm – ein angemessener Tonfall, tiefe Aufrichtigkeit und lange, eindrucksvolle Pausen genau im richtigen Moment.

»Die Rede hat noch keinen Biß«, murmelte er. Durch das Zimmer zog sich eine Spur aus zerrissenen, zerknitterten Papieren, und ich fragte mich, wie viele Entwürfe er wohl schon durchgelesen und verworfen hatte. Er zerknüllte die erste Seite, ging zur Verbindungstür zwischen den beiden Suiten, öffnete sie und schleuderte den Papierball hinein.

Durch die Öffnung sah ich einige vom Kennedy-Team bei der Arbeit: Bobby lang ausgestreckt auf dem Sofa, einen Telefonhörer zwischen Ohr und Schulter geklemmt, Jack Sorensen über einen Tisch gebeugt beim Schreiben und außerdem ein halbes Dutzend Mitarbeiter, die sich Karteikarten vorgenommen hatten oder die zahlreichen Telefone bedienten, die in der Suite installiert worden waren. Politik zerstört in gewisser Weise Hotelzimmer, wie mir über die Jahre hinweg aufgefallen war, und dieses war da keine Ausnahme, denn es sah aus, als ob eine Besatzungsmacht dort kampiert hätte, und es stank nach Zigarettenrauch, abgestandenem Kaffee und Schweiß. »Nicht aggressiv genug«, kritisierte Jack.

»Sie wollen doch nicht etwa Eisenhower angreifen«, sagte Sorensen, von seinem Manuskript aufblickend.

Jack überlegte. Im Grunde wollte er Ike angreifen, für den er eine gewisse Verachtung empfand, aber er wußte ebensogut wie Sorensen, daß es bei Ikes Popularität eine zweischneidige Sache war.

Marilyn hatte plötzlich einen ernsten Gesichtsausdruck, der sie paradoxerweise viel jünger aussehen ließ, fast wie ein Schulmädchen, das mit den Hausaufgaben Probleme hat. »Arthur – mein Mann – behauptet immer, daß Nixon für Ike die Schmutzarbeit erledigt«, flüsterte sie, weil sie vermutlich nicht wollte, daß Sorensen sie hörte. »Auf die Weise behält er eine weiße Weste, sagt Arthur.«

Lächelnd machte sie mit ihrer Maniküre weiter, während Jack und ich uns anstarrten. Normalerweise hätten ihn Millers linke Ansichten nicht interessiert, aber nun ...

»Ich muß ihn gar nicht attackieren, verdammt noch mal«, rief er zu Sorensen hinüber. »Jeder weiß, daß er als Kandidat nur deshalb eine weiße Weste hat, weil Nixon die Drecksarbeit erledigt. Das kann ich ruhig aussprechen.«

»Sehr riskant.«

»Fügen Sie's ein!« fuhr Jack ihn an. Jacks Beziehung zu Ted Sorensen war leider etwas gespannt, da dieser ausgewählt worden war, Jack beim Verfassen von *Profiles in Courage* zu ›helfen‹. Seither versuchte Jack, das Gerücht aus der Welt zu schaffen, Sorensen habe in Wirklichkeit das Buch geschrieben – immerhin gewann es den Pulitzerpreis –, indem er eine Seite des ersten Entwurfs in seiner eigenen Handschrift in der Schreibtischschublade aufbewahrte, um sie Zweiflern zu zeigen. Was Jack davon hielt, daß ausgerechnet Marilyn ihm zu einem brillanten Einfall verhalf, weiß ich nicht.

Wir unterhielten uns noch eine Weile, bis Marilyn aufstand, sich streckte, wobei sie ihren Busen fast ganz entblößte, und verschwand, um zu baden und sich anzuziehen.

Jack und ich schauten ihr nach, unfähig, unsere Bewunderung zu verbergen. Wir setzten uns auf das Sofa, das sie geräumt hatte. Aus der Nähe sah ich, wie müde er war. Er hatte dunkle Ringe unter den Augen, wirkte unkonzentriert und völlig erledigt, was nach einigen Tagen mit viel Streß und wenig Schlaf kein Wunder ist. Jack war hart im Nehmen – keiner stand besser einen Wahlkampf durch, nicht mal Bobby, als er später an die Reihe kam –, aber auch seiner Ausdauer waren Grenzen gesetzt. »Wie war Jakkie?« erkundigte er sich.

Ich machte eine vage Handbewegung.

Er seufzte. »Nicht gerade glücklich?«

»Überhaupt nicht glücklich!«

»Ich hatte nicht mit dieser Sache gerechnet.« Er klärte mich nicht auf, ob er damit Marilyn meinte oder aber seine unerwartete Kandidatenrolle.

»Es würde dir nichts schaden, sie mal zu besuchen. Sie fühlt sich sehr einsam.«

»Ja? Kann schon sein.«

»Jack, ich weiß, daß es mich nichts angeht, aber sie ist über irgend etwas wütend – richtig wütend! Mir ist das aufgefallen, als ich das letztemal zum Lunch in Hickory Hill war. Die gleiche Art von Wut habe ich auch heute gespürt, kalte Wut auf irgend etwas, das nicht erst gerade geschehen ist ... Irre ich mich? Rede ich Scheiße?«

»Du redest keine Scheiße, David«, erwiderte er mit hochgezogenen Brauen, da er genau wußte, daß ich solche Kraftausdrücke nur äußerst selten benutzte.

»Weiß Jackie über Marilyn Bescheid?«

Er zuckte mit den Schultern. »Nicht, daß sie nun in Chicago ist. Aber im übrigen weiß sie Bescheid, ja.«

»Ist das euer Problem?«

»Nein, im Grunde nicht. Du weißt, daß Jackie und ich ...« Er pausierte, um nach dem richtigen Wort zu suchen, oder vielleicht auch deshalb, weil er schon bereute, sich auf diese Unterhaltung eingelassen zu haben. »... eine Abmachung haben.«

Ich nickte. Die ›Abmachung‹ zwischen Jack und Jackie war eines jener Geheimnisse der Kennedys, die selbst mir verborgen blieben. Jackies distanzierte, ironische Einstellung zu den ständigen – im Grunde fast institutionalisierten – Seitensprüngen ihres Mannes war schon damals allen ein Rätsel. Als sie dann später im Weißen Haus war, wurden die Stories über ihren Witz und ihre Selbstkontrolle Teil der Kennedy-Legende. Gewissermaßen die Schattenseite von Camelot: Ihre Abneigung gegen Jacks junge blonde Sekretärinnen ›Fiddle‹ und ›Faddle‹, die sie verächtlich als ›White House Dogs‹ bezeichnete, oder wie sie Jack einen schwarzen Slip reichte, den sie unter dem Kopfkissen ihres Ehebetts gefunden hatte, und ihm sagte, er solle den Slip seiner Eigentümerin zurückgeben, weil er ihr nicht passe.

»Also ist Marilyn nicht der Streitpunkt?« fragte ich. »Ich vermutete es nämlich beim Lunch, als Jackie ihren Namen erwähnte ...«

Jack unterbrach mich mit einer ungeduldigen Handbewegung. »Es macht für Jackie keinen großen Unterschied, ob es nun Marilyn oder eine andere ist. Aber ich bin vielleicht zu weit gegangen, das ist alles.« Er seufzte tief. »Ich habe gehofft, daß ich hier in Chicago die Chance hätte, mit Jackie über einiges zu reden«, sagte er. »Wenn ich geahnt hätte, daß es ein solcher Zirkus wird ...!«

»Ist es ernst?«

»Ernst genug. Hoffentlich hilft uns das Baby über einige unserer Probleme hinweg. Na, das wird sich ja bald herausstellen.« Er klang nicht gerade optimistisch. Wenn er kein Katholik und Politiker gewesen wäre, hätte ich gesagt, daß er wie ein Mann sprach, der sich bereits mit dem Ende seiner Ehe abgefunden hatte.

»Das tut mir wirklich leid«, sagte ich. »Fändest du es nicht auch besser, zu ihr zu fahren? Ehefrauen wollen doch immer, daß man sich um sie kümmert.«

»Marilyn hat mir genau dasselbe gesagt.«

»Ein Beweis für ihren gesunden Menschenverstand.«

»Stimmt.« Er klang aber gar nicht begeistert. »Es gibt wohl keine Möglichkeit, wie man Marilyn daran hindern könnte, heute abend zum Wahlkonvent zu kommen, um mich reden zu hören, oder?«

»Mir fällt jedenfalls keine ein.«

»Versuch wenigstens zu verhindern, daß sie nicht schon wieder auf die Titelseite der *Chicago Tribune* kommt, David.«

»Ich werd's versuchen.« Um die Wahrheit zu gestehen, hatte ich nicht die leiseste Ahnung, wie ich es schaffen sollte, daß Marilyn – selbst in ihrer Verkleidung als Bibliothekarin – unbemerkt blieb.

Er stand auf. Seine Augen hatten den entrückten Ausdruck eines Mannes, dessen große Stunde naht. Ich bezweifle, daß ich mit einer solchen Anspannung fertig geworden wäre. Jack würde das Ganze vermutlich dadurch bewältigen, daß er mit Marilyn schlief.

Als ob er meine Vermutung bestätigen wollte, ging er zum Schlafzimmer, nahm dabei schon seine Krawatte ab und sah verblüffend cool und ruhig aus. Gleich darauf schloß sich die Tür hinter ihm.

Die riesige Arena war von Stimmengewirr erfüllt, der Fußboden mit einem dicken Teppich aus weggeworfenen Papierbechern, Bonbonpapier, zertrampelten Spruchbändern und Konfetti bedeckt. Es gefiel ihr, ausnahmsweise mal nicht im Rampenlicht zu stehen. Hier fühlte sie sich plötzlich frei, frei vom Problem, Marilyn Monroe zu sein, frei davon, sich Gedanken über Arthur Millers Kummer machen zu müssen, frei von den Drohungen der 20th Century-Fox, frei von verächtlichen Bemerkungen Sir Cork Tips und seiner verblühenden Frau, frei auch davon, Milton täglich sehen zu müssen, obwohl sie beide wußten, daß ihre Partnerschaft zum Scheitern verurteilt war ...

David saß neben ihr und schien fest entschlossen zu sein, sie nicht aus den Augen zu lassen. Ab und zu kamen Parteibonzen herüber, um ihn zu begrüßen. Er machte keinen Versuch, sie vorzustellen, was ihr auch recht war, da sie nicht wußte, ob sie die ›Birdy-Welles-Nummer‹ noch einmal schaffen würde. Blecherne

Musik wetteiferte mit einer dröhnenden Stimme, die von der Tribüne kam und irgendwelche verfahrensrechtlichen Fragen klärte.

»Was die hier bräuchten, wäre ein guter Regisseur«, kritisierte sie.

»Nur noch ein paar Minuten«, sagte David nach einem Blick auf seine Uhr.

Da es plötzlich noch lauter wurde, mußte sie ihm ins Ohr schreien, um sich verständlich zu machen. »Ist Jackie heute abend auch hier?«

David schüttelte den Kopf. »Falls Jack die Nominierung kriegt, wird sie kommen und an seiner Seite sein. Sie gibt sich nicht mit Nebensächlichkeiten ab.«

»Wäre ich mit Jack verheiratet, würde ich immer auf ihn aufpassen. Macht es ihr wirklich nichts aus, daß er andere Frauen vögelt?«

»Ich vermute, daß es ihr schon etwas ausmacht, aber sie hat es unter Kontrolle bekommen. Und das ist das Interessante an Jakkie, verstehst du, sie hat alles unter Kontrolle.«

»Du meinst also, daß sie kalt ist.«

»Nein. Ich halte sie keineswegs für kalt. Ich würde sogar behaupten, daß Jackie eine sehr leidenschaftliche Frau ist. Übrigens hätte Jack wohl kaum eine Frau geheiratet, die ihm das nicht bietet. Aber es gibt einen viel besseren Beweis: Du mußt nur mal sehen, wie sie ihn anschaut ... Nein, nein, da ist sogar heiße Glut, glaub mir.«

»Hast du sie getroffen, seit wir hier sind?« fragte sie weiter und war gerührt, als David wie ein verheirateter Mann zögerte, dessen Frau sich gerade nach seiner Freundin erkundigt hatte. David war loyal, das mußte man ihm lassen.

»Ja«, erwiderte er zögernd. »Ich war zum Tee bei ihr.«

Natürlich! Zum Tee. Was konnte man denn sonst schon mit Jackie Kennedy trinken! »Wie war sie?«

»In guter Form. Sie sah sogar hübsch aus, wenn man bedenkt ...«

»Ich wette, daß sie die schönsten Umstandskleider hat«, sagte Marilyn mit unverhohlenem Neid.

David nickte. »Du weißt ja, wie Jackie mit Kleidung ist. Oder vielleicht weißt du's auch nicht ... Ich meine, daß sie für eine Frau sehr schick aussah, die kurz vor der Niederkunft steht.«

Schick! Niemand hatte sie je als schick bezeichnet! »Hat sie mich erwähnt?« fragte sie.

»Dich erwähnt? Nein.« Er zögerte. »Nicht direkt«, sagte er dann noch.

»Nicht direkt? Was soll das heißen?«

»Sie sagte, daß Birdy Welles sie an jemanden erinnerte.«

»O mein Gott!« Marilyn spürte die alte Furcht, ›ertappt‹ zu werden, wie einen Stich. Doch dann sagte sie sich, daß es Jacks Problem war, nicht ihres.

»Es war eigentlich nur ein flüchtiger Eindruck«, meinte David beruhigend. »Du mußtest ihr gestern nacht einfach auffallen, als Jack dich aus der Menge zu sich heraufzog.« Er starrte wie gebannt zum Podium, als würde der Anblick ihn besonders faszinieren, obwohl dort im Moment gar nichts Besonderes zu sehen war. »Vermutlich hat sie sich auch die Fotos in den Zeitungen sehr genau angeschaut. Mir fiel nämlich eine Lupe auf, die neben der heutigen Tribune lag.«

»Hast du nicht gesagt, daß es ihr egal ist?«

»Du bist ihr aber offensichtlich nicht egal.«

Die Kehle wurde ihr eng. »Ich? Wie kommst du auf die Idee?«

»Sie hat dich schon einmal erwähnt. Als ich in Hickory Hill zum Lunch war, was schon einige Zeit her ist. Sie war stinksauer auf Jack.«

»Warum?«

»Ich weiß nicht. Sie fragte mich, ob ich dir Jack vorstellen könnte, wenn er das nächstemal nach Kalifornien reist. Aber es war die Art und Weise, wie sie fragte, wenn du verstehst. Selbst Jack geriet in Verlegenheit, was sehr ungewöhnlich für ihn ist. Es war, als wüßte sie von etwas ...« David machte eine kleine Pause. »Von etwas, das gegen die Regeln verstieß, die sie gemeinsam aufgestellt hatten.«

Ihr lief ein kalter Schauer über den Rücken. ›Hickory Hill‹, murmelte sie. »Das Haus in Virginia, nicht wahr?«

Er nickte. »Es ist schon komisch. Früher war es immer Jack, der das Haus loswerden wollte, um nach Georgetown zu ziehen, während Jackie darauf bestand, es zu behalten ... Aber jetzt will Jackie da unbedingt raus.« Er zuckte mit den Schultern. »Ich weiß nicht, was dort geschehen ist, aber irgend etwas lief schief ... Eigentlich traurig! Solch ein wundervoller Besitz.«

»Ja«, stimmte sie zerstreut zu und dachte an jenen Tag in Washington und jenen Nachmittag zurück, den sie mit Jack in Hikkory Hill im Bett verbracht hatte. Sie erinnerte sich noch genau an die anmutig geschwungenen, bewaldeten Berge im Abendsonnenschein, als sie schließlich aus dem Bett aufstand und ihn wie ein Kind schlafen ließ, um in das Ankleidezimmer zu gehen und Jackies Schubladen zu inspizieren ...

»Ich erinnere mich an die Aussicht ...« Sie brach ab, als ihr klar wurde, daß David sie anstarrte und dann wie benommen den Kopf schüttelte.

Sie fröstelte. Nun hatte sie eines ihrer schlimmsten Geheimnisse preisgegeben! David wußte, wie töricht und leichtsinnig Jack gewesen war, und vermutete vielleicht sogar, wie sehr sie Jack zugesetzt hatte. Sie wollte, daß David sie mochte und respektierte, doch ihr kam der schreckliche Gedanke, daß sie in einem einzigen Moment alles verspielt hatte. Hastig griff sie nach seiner Hand. »Sei mein Freund, David!« flüsterte sie. »Bitte! Immer! Was ich auch getan habe. Was ich auch tun werde.«

Er stieß einen langen Atemzug aus. Und dann nickte er so zögernd wie ein Mann, der eine Bürde auf sich nahm, aber nicht sicher war, ob er sie tragen konnte.

»Versprochen?« Marilyn wußte eigentlich gar nicht, warum es eine solch große Rolle spielte, aber so war es nun mal. Vielleicht, weil sie so wenige Freunde hatte. Ehemänner, Liebhaber, Anwälte, Agenten, Geschäftspartner, Ärzte und Therapeuten hatte sie in rauhen Mengen – aber Freunde?

»Versprochen«, sagte er leise, und sie küßte ihn mit Tränen in den Augen. Sie blieben einige Momente Hand in Hand sitzen und teilten unausgesprochene Gedanken. Marilyn fühlte sich merkwürdig getröstet, wie es ihr sicher nie mit einem Liebhaber gelingen würde.

Plötzlich verstummte der Lärm. Sie war so vertieft in ihr Gespräch mit David gewesen, daß sie Jacks Ankunft fast verpaßt hätte. Ringsum konnte sie so etwas wie eine nervenkitzelnde, elektrische Spannung spüren. Sie preßte Davids Hand so fest, daß er unwillkürlich aufstöhnte. Dann ließ sie los und sprang schreiend auf und ab wie ein High-School-Cheerleader, als Jack lächelnd die Tribüne betrat und sich seinen Weg zum fahnengeschmückten Rednerpult bahnte.

Marilyn erkannte immer sofort ›Starqualitäten‹. In einem Saal voller blasser, müder, schwitzender Menschen – es waren Tausende – wirkte er wie ein Besucher einer anderen, glanzvolleren Welt: Tief gebräunt, strahlendes Lächeln, blendendweiße Zähne, welliges, widerspenstiges Haar, das seine Jugend betonte, breite Athletenschultern ...

Er machte eine kleine Zeremonie daraus, seine Rede auf das Pult zu legen, wie Marilyn ihm geraten hatte. Kein Schauspieler hätte es besser machen oder mehr Spannung herausholen können, so daß die Menge tobte und hysterisch »Kennedy, Kennedy, Kennedy!« brüllte. Die Kapelle spielte immer wieder *Anchors Aweigh*.

Jack ließ das Tamtam über sich ergehen, lächelte hinter den hochschwebenden, rot-weiß-blauen Ballons, den wogenden Spruchbändern und den Fotos von sich selbst. Die texanische Delegation drängte zur Tribüne und warf modische Stetsons in die Luft, während die Band *Yellow Rose of Texas* intonierte. »Jack und Lyndon müssen ein Abkommen treffen«, flüsterte David ihr ins Ohr. Dann kam die Delegation aus Massachusetts, angeführt von einem rotgesichtigen alten Iren mit breitkrempigem Borsalino, zwischen den Sitzreihen herunter und schrie sich fast heiser. Die Kapelle wechselte zu *The Bells of St. Mary's* über, eine Wahl, die Jack zu verwirren schien. Der Krach war ohrenbetäubend und schien, trotz Rayburns Hammer und Stevensons mißbilligend gerunzelter Stirn, nie mehr aufhören zu wollen. Doch dann hob Jack die Arme, und wie durch Zauberei wurde es plötzlich still.

Sie schloß die Augen. Sie kannte die Rede auswendig, eine erstaunliche Leistung für jemanden, so dachte sie selbstkritisch, der sich nie an seinen eigenen Text erinnern konnte! Sie wiederholte für sich jedes Wort einen Sekundenbruchteil vor ihm, als sprächen sie im Duett. Jack machte es tadellos, setzte die Pausen richtig, und donnernder Applaus kam genau an den vorgesehenen Stellen. Es war nicht der junge Kennedy, der Playboy-Senator und verwöhnte Sohn des alten Joe Kennedy, der hier sprach, sondern ein ganz neuer Mann mit Tiefe, Reife und Weitblick, der Amerika genau so darstellte, wie jeder es haben wollte. Er sprach Adlai Stevenson obligatorisches Lob aus – schließlich war er ja hier, um ihn zu nominieren –, aber jeder begriff, daß diese Ansprache für ihn selbst und für das Land war, nicht für Stevenson, der, wie jedermann wußte, gegen Ike im November wieder verlieren würde.

Tränen liefen ihr über die Wangen, als Jack mit seiner Rede zum Höhepunkt kam. Sie öffnete die Augen und sah, wie er sich an Adlai Stevenson wandte, als überreiche er ihm ein Geschenk. Selbst Adlai schien von der Stimmung des Augenblicks mitgerissen zu werden, als die Menge in Raserei geriet, und zwar nicht seinetwegen, wie er bestimmt erkannte, sondern wegen Jack Kennedy, dem Mann der Zukunft. Marilyn wäre am liebsten zur Tribüne gestürmt und hinaufgeklettert, um ihn zu umarmen ... Vom Hintergrund der Tribüne löste sich plötzlich eine kleine Gestalt im pinkfarbenen Umstandskleid und kam nach vorne, Bobby Kennedy an ihrer Seite. Selbst in dieser grauenhaften Hitze sah Jackie kühl und gepflegt aus, jedes Härchen lag an seinem Platz.

Jack und Adlai rafften sich zu einer steifen Umarmung auf, mit der Zurückhaltung von Männern, die sich weder mochten noch respektierten und außerdem nicht gern von einem anderen Mann angefaßt wurden. Gleich danach drehte Jack sich um und nahm Jackie bei der Hand, um sie bis ans Geländer zu führen. Jemand hatte ihr einen Strauß roter Rosen überreicht, den sie nun vor ihren dicken Bauch hielt. Falls sie nervös war, ließ sie es sich nicht anmerken. Sie winkte anmutig – wie eine Königin, der zu Ehren diese ganze Veranstaltung zelebriert wurde – und lächelte bewundernd zu Jack empor.

»Ich möchte nach Hause«, sagte Marilyn zu David und weinte nun noch mehr. Hastig setzte sie sich ihre Sonnenbrille auf.

Er sagte erstaunt: »Aber Marilyn, das Beste kommt erst noch! Nach dieser Rede könnte Jack sogar gewinnen.«

»Ich weiß. Aber ich möchte trotzdem weg.«

»Ins Hotel zurück?«

Sie schüttelte den Kopf. »Zurück nach New York. Zurück nach London. Zurück zur Arbeit.«

Er nahm ihre Hand. Davids Sensibilität war erstaunlich. Sie wußte, daß er bleiben wollte, um mitzuerleben, wie sein Freund um die Vizepräsidentschaft kämpfte, aber er zögerte keine Sekunde.

»Dann laß uns gehen, Marilyn«, sagte er sanft.

18. KAPITEL

Bernie Spindel saß in Hoffas Büro in Detroit, seine alte, abgewetzte, vollgestopfte Aktenmappe auf dem Schoß.

Er war von Chicago in einem Wagen gekommen, den er unter falschem Namen bei einer Verleihfirma gemietet hatte, die glücklich über Barbezahlung war und keine unnützen Fragen stellte. Spindel flog nicht gerne. Flughäfen wimmelten von Cops und Bundespolizei, und wer weiß, hinter wem die gerade her waren oder ob sie einen nicht plötzlich erkannten. Außerdem mußte man den Fluggesellschaften einen Namen angeben, was Spindel haßte. Er fühlte sich sicherer, wenn er auf den Highways mit Millionen anderer Leute fuhr, in einem alten Auto mit verblichenem Lack und verrostetem Chrom, das keine Aufmerksamkeit erregte. Er fuhr nie schneller als erlaubt und sorgte immer dafür, daß die Scheinwerfer in Ordnung waren, bevor er startete, damit es keinen Grund gab, von einem Streifenwagen gestoppt zu werden.

Er unterbrach die Fahrt nur einmal, um zu pinkeln – die Aktenmappe nahm er mit –, um vollzutanken und um einen Cheeseburger samt Coke zu verdrücken, so daß er beim Teamster-Gebäude sogar eine Minute zu früh ankam. Spindel war ein Mann, der für Präzision schwärmte. Er brüstete sich gern vor seinen Schülern damit, daß sie ihre Uhren nach ihm stellen konnten, und erwartete dies übrigens auch tatsächlich.

Hoffa saß hinter seinem Schreibtisch und gab sich den Anschein, nicht neugierig zu sein. Seine kleinen Augen sahen so schwarz und tot wie die eines Hais aus. Das war Spindel egal. Er mußte Hoffa nicht mögen. Er hatte auch Hoover nicht gemocht. Was er mochte, war die Arbeit und die Überzeugung, daß er der Beste war.

»Na, was ist?« erkundigte sich Hoffa schließlich und ließ seine Fingergelenke so laut knacken, daß es jeden, bis auf Spindel, verrückt gemacht hätte.

Spindel lächelte. Er wollte umworben sein, wollte es ein bißchen hinauszögern wie eine Nutte, die weiß, daß sie den Kerl ficken wird, aber dennoch dazu überredet werden will. Hoover hatte das besser verstanden als Hoffa. Trotzdem hatten sich Spindel und Hoover nie gut vertragen, und schließlich kam Spindel zu der Einsicht, daß er sich bei den schweren Jungs wohler fühlte und auch besser bezahlt wurde.

»Er hat's fast geschafft, Jimmy«, sagte er. »Am Schluß hab' sogar ich fast für ihn gebrüllt.«

»Ich glaub', ich hör' nicht recht. Dieses abgefuckte Jüngelchen mit seinen Fünfhundert-Dollar-Anzügen? Red keinen Scheiß, Bernie.«

»Na ja, Sie wissen schon, wie ich's meine ... Es war wie beim Pferderennen. Ihm fehlten beim zweiten Wahldurchgang nur dreiunddreißigeinhalb Stimmen, und wenn Tennessee und Pennsylvania nicht beim nächsten zu Kefauver übergewechselt wären ... Ich hab' so was noch nie erlebt, Jimmy.«

»Ich hab's in den verdammten Zeitungen gelesen, Bernie. Aber ist ja scheißegal. Ike und Nixon werden Stevenson fertigmachen.«

»Aber 1960 wird's Kennedy werden, wenn Sie meine Meinung hören wollen, Jimmy.«

Hoffa stieß ein heiseres Gelächter aus. »Nur über meine Leiche.« Er ließ wieder seine Knöchel knacken. »Oder über seine.« Er schwieg einen Moment. »Also, hast du nun was, oder hast du nichts?« fragte er dann.

»Ich hab' was.« Spindel legte die schwere Aktenmappe auf den großen, spiegelblanken Schreibtisch, holte einen Taperecorder raus, schloß ihn an die Steckdose an, zog eine Kassette aus einer unbeschrifteten Schachtel und fädelte das Band ein, wobei sich seine Finger mit der Präzision eines Chirurgen bewegten. »Komische Sache«, sagte er. »Als ich die Wanzen im Telefon vom Hotelzimmer einbaute, war mir jemand schon zuvorgekommen.«

Hoffa runzelte die Stirn. »Wer?«

»FBI!« Spindel grinste zufrieden. »Ich hab' die Technik gleich erkannt, verstehen Sie. Ich brachte denen ja bei, wie man's macht! Also mußte ich am Schluß zurück und die Wanzen entfernen, bevor er's tat, damit er nicht merkte, daß meine auch da waren, direkt über seinen.«

Hoffa nickte grimmig. »Also hat Hoover Jack ebenfalls im Visier. Das ist wirklich interessant, Bernie. Du hast gute Arbeit geleistet. Dafür kriegst du einen Extrabonus, mein Freund.«

»Abwarten, bis Sie das hier hören, Jimmy.«

Spindel drückte auf die Taste. Das Band zischte, und dann

hörte man Hintergrundgeräusche – leises Rascheln von Bettwäsche, Klirren von Eiswürfeln, vielleicht auch das Reiben von Haut an Haut. Spindel beherrschte wirklich sein Handwerk, man mußte sich nie über mangelnde Qualität bei ihm beklagen. »Es wird keine Minute dauern, Senator«, sagte eine Frauenstimme, und selbst jemand, der kein Kinofan war, wie Hoffa, erkannte gleich, daß es sich um Marilyn Monroe handelte. Es war die etwas hohe, atemlose Stimme eines kleinen Mädchens und einer Sexbombe zugleich, mit dem kurzen Zögern zwischen den Worten, das fast schon ein Stottern war, aber eben nur fast. Spindel konnte sich genau erinnern, wie sie da so rosa überhaucht, mit stark geschminkten Augen und strohblondem Wuschelhaar vor ihm gestanden hatte, als sie die Tür zu ihrer Suite im Conrad Hilton öffnete und mit ihm redete ...

Hoffa griff über die Schreibtischplatte und schüttelte ihm feierlich die Hand. Dann sprang er auf und nahm die gebückte Haltung eines Boxers an, machte Finten und schlug in die Luft, während er im Zimmer herumtänzelte, als wäre er immer noch der zwanzigjährige harte Bursche, der er mal gewesen war, bevor er sich vom einfachen Dockarbeiter hochgearbeitet hatte – ein Boxkampf gegen Männer, die doppelt so stark waren wie er.

Spindel zuckte zusammen, als Hoffa seine große Faust in die Handfläche klatschen ließ – mit einem so lauten und scharfen Knall, daß es ein Schuß hätte sein können. »Bingo!« schrie er triumphierend. »Volltreffer!«

Ich brachte Marilyn nach New York und ließ sie in der Obhut von Frau Dr. Kris. Kurz darauf flog sie nach England, um den Film *The Prince and the Showgirl* fertigzudrehen, nahm allerdings ihre Therapeutin zur moralischen Unterstützung mit.

Es wunderte mich nicht, in den Klatschspalten Gerüchte über Spannungen zwischen Marilyn und ihrem Mann zu lesen oder die Beschreibung einer unerfreulichen Szene zwischen ihr und Olivier, als er wieder versucht hatte, Paula Strasberg vom Drehort zu verbannen, sich gegen Marilyn aber nicht durchsetzen konnte.

Marilyns Schwierigkeiten in London wurden von einer anderen Nachricht in Drew Pearsons Kolumne in den Schatten gestellt. Jack und Jackie hatten sich angeblich einander ›entfremdet‹ und erwogen nach der Geburt eines totgeborenen Kindes ihre Trennung.

Natürlich wußte ich von der Totgeburt, zu der es nur wenige Wochen nach dem Wahlkonvent gekommen war, obwohl darüber größtmögliches Stillschweigen bewahrt wurde. Jackie hatte sich bei ihrer Mutter in Hammersmith Farm aufgehalten, dem Auchincloss-Besitz in Newport, so daß ich dort anrief, um ihr mein Mitgefühl auszudrücken. Jack war nicht da, was ich etwas merkwürdig fand, aber ich nahm an, daß er erst aus Südfrankreich zurückkommen mußte, wo er seinen Vater besucht und geplant hatte, auf einem Segeltörn Kräfte zu sammeln für die zweimonatige, äußerst anstrengende Wahlkampftour für Stevenson.

Eine telefonische Anfrage von Joe Kennedys Sekretärin, ob ich ihm beim Dinner Gesellschaft leisten würde, versetzte mich in Alarmbereitschaft. Ich hatte vermutet, daß Joe es sich immer noch in der luxuriösen Villa gutgehen ließ, die er jeden Sommer in Biot mietete, ganz in der Nähe von Cap d'Antibes. Da ich wußte, daß nur eine Familienkatastrophe größeren Ausmaßes ihn nach New York zurückgebracht haben konnte, machte ich mich auf allerhand gefaßt.

Wir trafen uns im ›La Caravelle‹. Henri Soulés ›Le Pavillon‹ war in New York das Lieblingsrestaurant des Botschafters gewesen, bis Soulé eines Tages vergaß, einen Schokoladenkuchen für eine Familienfeier der Kennedys vorzubereiten. Nicht genug damit, daß Joe von da an nie mehr hinging, nein, er finanzierte sogar Soulés Küchenchef und Maître d'hôtel, so daß dieser ein Konkurrenzlokal eröffnen konnte, weshalb wir also nun im ›La Caravelle‹ dinierten.

Joe wartete schon an seinem gewohnten Tisch und sah so gebräunt und vital wie eh und je aus. Bergson könnte den Begriff ›Elan vital‹ erfunden haben, um Joe zu beschreiben – schiere ›Lebenskraft‹ war es, was er ausstrahlte.

Wir redeten Small talk, während Joe ungeduldig darauf wartete, daß ich endlich mit meinem Drink fertig war, damit er das Essen bestellen konnte. Für einen Iren machte er sich erstaunlich wenig aus Alkohol. Ich erzählte ihm, daß ich vorübergehend Junggeselle sei, da Maria schon vor mir nach Südfrankreich abgereist war.

Er starrte finster auf die Speisekarte. »Haben Sie die Nachricht gelesen?«

»Drew Pearsons Story? Ja. Stimmt sie?«

»Dieser schleimige, beknackte Pearson! Ich möchte ihm am liebsten den Hals umdrehen.«

Ich nahm dies als Bestätigung, daß Pearsons Story korrekt war. »Wo ist Jack?« fragte ich.

Der Botschafter nippte an seinem Drink. »In Newport bei Jakkie«, sagte er schroff. »Wo er auch hingehört.«

Er machte ein grimmiges Gesicht. Ich stellte keine Fragen. Er würde mir schon noch erzählen, was ich wissen oder – noch wahrscheinlicher – für ihn tun sollte. Während wir auf den ersten Gang warteten, unterhielten wir uns über seine ›Ferien‹ in Südfrankreich.

»Wie war der Sommer?« fragte ich. »Abgesehen von alldem hier.«

»Abgesehen davon, daß Sie und Bobby Jack in Chicago in einen Kampf gezerrt haben, den er nicht gewinnen konnte, hatte ich eine schöne Zeit. Wissen Sie schon, daß sie Rose zu einer päpstlichen Gräfin gemacht haben?« Er fügte nicht hinzu, wer ›sie‹ waren. Joe und Rose hatten eine starke, wenn auch ganz unterschiedliche, Beziehung zur katholischen Kirche. Ihre war motiviert durch Frömmigkeit und einen gewissen Grad an Snobismus, seine durch das schlichte Bedürfnis, seine Macht überall auszuüben, wo es nur möglich war. Rose verbrachte ihre Sommer am liebsten mit Reisen zu den Kultstätten der Christenheit, die ihren krönenden Abschluß in einer Audienz bei Seiner Heiligkeit fanden. Diese Pilgerfahrten paßten beiden gut ins Konzept: Ihr blieb die direkte Kenntnis erspart, daß Joe mit seinen Geliebten zu Hause schlief – also unter ihrem eigenen Dach –, und er konnte tun und lassen, was er wollte, ohne sich große Mühe machen zu müssen, es vor ihr zu verbergen.

»Zur Gräfin gemacht?« sagte ich. »Ich bin beeindruckt.«

Joe zog eine Grimasse. »Es kostete mich ein Vermögen.«

»Gute Investition, würde ich sagen.«

Er stieß einen kleinen, zufriedenen Seufzer aus, probierte seine Erbsensuppe, runzelte die Stirn und verlangte mehr Croûtons, denn er hielt viel davon, die Leute in ständiger Bewegung zu halten. »Diese Story über Jack«, begann er zögernd zwischen zwei Löffeln Suppe. »Wie weit wird sich diese Nachricht ausbreiten, was meinen Sie?«

»Stimmt sie?« fragte ich noch mal.
»Nicht mehr.«
»Was ist geschehen?«
Joe aß die Suppe auf, wischte sich den Mund und musterte mich argwöhnisch. Dann nahm er seine Brille ab und säuberte sie. Seine Augen wirkten müde, es fehlte ihr übliches hartherziges Glitzern. »Jack hat mich in Biot besucht. Er war mit George Smathers zu einer Segeltour verabredet.«

Niemand mußte mir erzählen, was eine Segeltour mit Smathers bedeutete. Smathers und Jack hatten als junge, unverheiratete Kongreßabgeordnete die Stadt unsicher gemacht. Sie hatten sich einen solch wüsten Ruf erworben, daß der Botschafter sich schließlich gezwungen sah, Eunice nach Washington zu schicken und ihr dort einen Job zu besorgen, damit sie ihren Bruder überwachen konnte.

»Während Jackie allein zu Hause blieb, kurz vor dem Ende einer schwierigen Schwangerschaft?« fragte ich mit hochgezogenen Augenbrauen.

»Da war ein Mädchen auf dem Boot mit Jack, so an die Zwanzig, blond, mit hinreißender Figur ...« Er lachte in sich hinein. »Eine echte Schönheit«, fügte er hinzu. »Bei der hätte ich selbst nicht nein gesagt.« Vielleicht registrierte er meinen Gesichtsausdruck, denn er sagte fast entschuldigend: »Zum Teufel, ich fand, daß Jack nach Chicago ein bißchen Spaß verdiente.«

»Er hatte schon vorher eine Menge Spaß, soweit ich weiß. Er hätte bei Jackie bleiben müssen.«

Joe trank einen Schluck Eiswasser und funkelte mich böse an. Ich funkelte einfach zurück. Das schien ihn zu beruhigen. »Jack sagte, daß es eine ziemliche Spannung zwischen ihm und Jackie gab«, erklärte er mir. »Daß er eine Verschnaufpause brauchte – ohne sie. Es schien mir keine schlechte Idee zu sein.«

Darauf möchte ich wetten, sagte ich mir. Joe hatte fast immer mit Abwesenheit geglänzt, wenn es in seiner eigenen Ehe nötig gewesen wäre, anwesend zu sein, und das trotz seines Rufs als angeblicher Familienmensch.

»Als Jackie die Fehlgeburt hatte, war Jack mit diesem Mädchen auf hoher See. Ich funkte ihm die Nachricht zu, aber er beschloß, die Segeltour nicht abzubrechen.«

»Er machte einfach so weiter?« Sogar ich war verblüfft.

»Jack sagte, es hätte keinen Sinn heimzufahren, da das Baby schließlich tot auf die Welt kam«, erwiderte er leicht betreten.

Ich starrte dumpf auf meinen Teller. »Das könnte von so manchem für egoistisch und gefühllos gehalten werden«, gab ich zu bedenken.

»Stimmt. Jackies Mutter hatte mir eine Menge zu diesem Thema zu sagen, als sie aus Newport in Biot anrief. Selbst Bobby war ...« Er suchte nach dem richtigen Wort.

»Bestürzt?«

»Yeah. Wie auch immer, irgendwie erfuhr Pearson davon. Ich sandte Jack einen Funkspruch auf seine verdammte Yacht und sagte ihm, wenn er nicht stante pede zurückkäme, dann könnte er seine politische Karriere in den Wind schreiben.«

»Ich nehme an, daß Sie hergekommen sind, um Frieden zu stiften?« erkundigte ich mich.

Er nickte.

»Keine leichte Aufgabe, oder?«

»Nicht leicht, nein.« Seine müden Augen und die noch tieferen Furchen auf seinem gebräunten Gesicht bestätigten, wie schwer es gewesen war. »Und auch nicht billig«, fügte er hinzu.

Das glaube ich ihm gern. Aber es gab Dinge, die ich nicht wissen wollte, und dies hier gehörte dazu. »Sie haben Glück, daß es Drew Pearson war, der die Story in seiner Kolumne brachte«, sagte ich. »Selbst seine Kollegen trauen ihm nicht. Wenn es dagegen Winchell gewesen wäre ...«

»Ich habe mit Winchell geredet.«

»An Ihrer Stelle würde ich lieber noch mal mit Jack reden.« Ich dachte scharf nach. »Was Sie brauchen, ist ein Sturm«, sagte ich dann.

»Ein Sturm?«

»Ein Sturm auf hoher See ... Sie gaben Ihren Funkspruch an die Yacht durch, die bei Sturm und schwerer See den nächsten Hafen ansteuerte. Jack war verzweifelt und drängte die anderen, mehr Segel zu setzen, oder wie man das nennt ... Die Story hat dann noch eine hübsche Nebenwirkung, weil sie die Leute an die PT-109 erinnert. Aber Jack kann dieses Abenteuer nicht selbst verbreiten; jemand anders muß ihn zum Helden machen.«

Der Botschafter schaute gedankenvoll in die Weite. Wie oft hatten wir im Lauf der Jahre so zusammengesessen und nach der richtigen Formulierung für die Presse gesucht, die alles in den rosigsten Farben erscheinen ließe. »Das gefällt mir«, meinte er schließlich. »Das gefällt mir sogar sehr.«

»Sind Sie sicher, daß Jack und seine Freunde dabei mitmachen?«

»Kein Problem.«

»Was ist mit den Mädchen?«

»Welche Mädchen?«

»Die Mädchen auf der Yacht.«

»Ihrem, äh, guten Willen habe ich schon etwas nachgeholfen.«

Zwei hübsche Amerikanerinnen bekamen auf diese Weise vermutlich die Chance, eine luxuriöse Europatour zu machen – weit weg von neugierigen Reportern. Der Botschafter hatte keine Zeit verschwendet.

»Und Jackie?«

»Was ist mit ihr?«

»Sie soll doch sicher nicht herumerzählen, daß es gar keinen Sturm gab.«

»Sie war nicht dabei. Wenn Jack sagt, daß es einen Sturm gab, wer will es bestreiten? Das Mittelmeer ist unberechenbar. Aus heiterem Himmel kommt dort plötzlich eine Sturmbö ... Ein sehr gefährliches Gewässer. Das weiß jeder Segler.«

Er winkte den Dessertwagen herbei. Beim Anblick einer Schokoladentorte hellte sich sein Gesicht auf, und mit einer herrischen Geste bedeutete er dem Kellner seine Wahl. »Es wäre keine schlechte Idee, ein paar Fotos in *Life* zu haben, oder? Jack und Jakkie ... Ein Schicksalsschlag für das junge Traumpaar der amerikanischen Politik oder so ähnlich.«

»Ja, das wäre keine schlechte Idee. Wird sie denn kooperieren, was meinen Sie?«

Joe stieß mit der Gabel heftig in die Schokoladentorte auf seinem Teller. »Sie versuchen, die Story an *Life* zu verkaufen«, sagte er brüsk. »Ich kümmere mich um den Rest.«

Die Story erschien schließlich doch nicht, weil vermutlich Jakkie ein Veto einlegte. Das Märchen von Jacks Rückkehr zum Hafen bei tobender See, um zu Jackie zu eilen, kam jedoch sehr gut an, und gelegentlich witzelten die beiden sogar gemeinsam darüber, obwohl das Thema Jack immer ein wenig nervös machte, was man ihm durchaus ansah.

Anfang des nächsten Jahres, nachdem sich Jack für Adlai krummgeschuftet hatte und zu seiner Schadenfreude dessen katastrophale Wahlniederlage gegen Ike miterlebte, erfuhr ich von Joe, daß Jackie erneut schwanger war. Die beiden hatten sich also versöhnt, und zwar mit perfektem Timing, so daß Jack weiterhin die große Hoffnung der Demokraten für die Wahl im Jahr 1960 blieb.

19. KAPITEL

Ich besuchte Jack in seinem Senatsbüro an einem jener trügerischen Frühlingstage, wenn das Gras wieder grün wird, Krokusse sprießen, Kirschbäume zu blühen beginnen und der Winter endlich vorbei zu sein scheint – jene Art von Tagen, die häufig einen plötzlichen Kälteeinbruch oder verspäteten Blizzard ankündigen. Jack machte einen entspannten Eindruck, als wir aus dicken Steinguttassen Kaffee tranken, die das Senatssiegel trugen. Ein Geschenk von Jackie, wie er mir erklärte. Fast ein halbes Jahr war seit ihrer Krise vergangen ...

»Es läuft also besser zwischen euch beiden?« fragte ich.

Er nickte, nicht ganz sicher, wieviel ich wußte. »Wir haben beschlossen, nach Georgetown umzuziehen«, sagte er. »Dann ist endlich Schluß mit der Hinundherfahrerei!« Es war neu für mich, daß es ihn je gestört hatte. »Bobby und Ethel kaufen uns Hickory Hill ab.«

»Ich nehme an, sie haben vor, das Haus zu füllen.«

Er lachte – ein wenig hohl, wie ich fand. »Ja, das glaube ich auch«, stimmte er zu. Doch er redete rasch weiter, als wolle er möglichst schnell von Ethels phänomenaler Fruchtbarkeit ablenken. »Jackie hat ein hübsches kleines Haus in der N Street in Georgetown gefunden. Ein roter Backsteinbau.«

Ich nickte, da ich das Haus kannte. Jackies Geschmack war wie üblich perfekt und kostspielig.

»Hast du was von Marilyn gehört?«

»Sie ist aus England zurück«, antwortete ich. »Wie ich hörte, soll der Film okay sein, und sie kommt einfach fantastisch raus. Olivier allerdings nicht, was die Kritiker sicher verwundern wird … Aber das ist im Moment Nebensache. Sie und Miller haben sich in sein Haus in Connecticut zurückgezogen, und sie versucht, die Rolle der guten Ehefrau zu spielen. Sie backt Kuchen, fuhrwerkt mit dem Staubsauger herum und kocht ihm Kaffee. Übrigens bekommt sie auch ein Baby … Da sie ihn nach England mitzerrte, wo er an Schreibhemmung litt, während sie arbeitete, glaubt sie, ihm eine gewisse Zeit zu schulden, in der er ein neues Theaterstück zustande bringen kann. Oder ein Drehbuch.«

»Das ist sehr fair von ihr.«

»Marilyn ist überhaupt ein fairer Mensch.«

»Siehst du sie häufig?«

»Häufig? Nein. Sie kommt ab und zu in die Stadt zu ihrer Psychotherapeutin. Manchmal trinken wir dann einen Kaffee zusammen oder essen ein Sandwich.«

»Ist sie glücklich?«

»Sie zieht jedenfalls eine gute Show ab. Wenn man sie reden hört, hat sie sich nie etwas anderes gewünscht, als Hausfrau zu sein. Da sie mir andererseits erzählte, sie habe entdeckt, daß Schlaftabletten schneller wirken, wenn man die Kapseln mit einer Nadel anstickt, bevor man sie schluckt, bin ich mir doch nicht so sicher. Ich könnte mir vorstellen, daß es Marilyn nicht gerade Spaß macht, Millers Wäsche zu waschen, während er sein Stück schreibt.«

»Stimmt das? Ich meine die Sache mit den Dragees.«

»Wahrscheinlich. So etwas denkt sie sich eigentlich nicht aus. Ich fürchte, daß sie im Grunde sehr unglücklich ist. Sie weiß, daß ihre Ehe gescheitert ist, und tut nur noch so, als ob …«

Er nickte zerstreut. Es war sichtlich kein Thema, das er ausdiskutieren wollte. »Da wir gerade von Bobby reden«, sagte er, obwohl wir's gar nicht getan hatten, »es sieht so aus, als hätte es sich doch gelohnt. Er hat genug gegen Beck, um ihn lebenslang hinter Gitter zu bringen. Mafiaverbindungen, Einsatz von Gewalt, Steuerhinterziehung, Bereicherung an Gewerkschaftsvermögen und so weiter. Kannst du dir so was vorstellen? Beck hat sich mit Teamster-Geld ein luxuriöses Haus gebaut, es dann der Gewerkschaft mit Profit zurückverkauft und weiter darin gewohnt. Außerdem hat er Geld der Gewerkschaft veruntreut, um für seinen Sohn ein 185 000-Dollar-Haus zu bauen!« Er schüttelte den Kopf. »Manches von dem, was Beck sich geleistet hat, würde dir die Haare zu Berge stehen lassen, David. Daraus wird eine Riesenstory.«

»Mit Bobby im Mittelpunkt?«

»Mit Bobby und mir im Mittelpunkt, ja. Ich schätze, daß es eine Gesetzesänderung geben wird, damit solche Mißbräuche bekämpft werden können, sobald wir sie aufgezeigt haben.«

Die Ermittlungen gegen Dave Beck und seine Spießgesellen würden den Namen Kennedy im ganzen Land bekannt machen. Wenn es dann noch aufgrund der Gerichtsverhandlungen zu einer Änderung im Gewerkschaftsrecht käme, die man mit Jacks Namen verband, wäre er ein für allemal als ›seriöser‹ Senator etabliert. Da ich bei dieser dramatischen Entlarvung der Kräfte der Finsternis die Hand mit im Spiel hatte, verspürte ich eine gewisse Befriedigung darüber, daß sich die Einzelheiten nun zu einem Ganzen fügten.

Red Dorfman und ich hatten uns in den vergangenen Monaten mehrmals getroffen, ohne daß es zu einer engeren Freundschaft gekommen wäre, wie ich vielleicht hinzufügen sollte. Wenn ich geschäftlich an die Westküste reiste, verließ Jack Ruby gelegentlich seine Striplokale in Dallas, um mir persönlich Informationsmaterial über Dave Beck und die Teamsters zu übergeben. Ruby wußte nicht, was er da übergab, und das ärgerte ihn fast ebensosehr, wie ›seine Mädchen‹ unüberwacht zurücklassen zu müssen. Meistens trafen wir uns auf dunklen Parkplätzen und brachten die Übergabe so schnell wie möglich hinter uns. Er schaffte es trotzdem noch, mir zu erzählen, welche Schwierigkeiten er mit seinem Nuttenimperium in Dallas hatte und wie gut seine Beziehungen zu den dortigen Cops zum Glück aber seien. Ich fand den ewig verschwitzten Ruby nicht gerade angenehm, aber er war immer noch besser als sein Boß und auf jeden Fall weniger bedrohlich.

Ab und zu fragte ich mich natürlich, wieso ich mich mit diesen zwielichtigen Gestalten einließ. Heute weiß ich, daß mich mein Leben damals langweilte. Ich hatte mehr als genug Geld, meine Ehe war nicht mehr aufregend für mich (oder für Maria, um fair zu sein), ich war in meiner eigenen Firma ein ›Elder Statesman‹ geworden, und selbst mir war klar, daß Marilyn und ich nie mehr als gute Freunde sein würden. Jack Kennedys Sendboten zu den

Kräften der Finsternis zu spielen, verschaffte mir eine fast ähnliche Spannung wie eine Liebesaffäre. Rückblickend kann ich nur sagen, daß eine Liebesaffäre besser gewesen wäre.

Wenn es absolut nötig war, traf ich in aller Heimlichkeit auch mit Hoffas Leuten zusammen. Gegen meine bessere Überzeugung hatte ich sogar ein Treffen zwischen Bobby und Hoffa arrangiert, eine Art Generalprobe vor der Verhandlung, damit Hoffa seinen ›Gegner‹ kennenlernen und sich auf das öffentliche Verhör sozusagen vorbereiten konnte.

Ich machte mir mehr Gedanken über Bobbys Auftritt im Gerichtssaal als über Hoffas. Bobby wußte genau, daß dieses spezielle ›Rennen‹ eine abgekartete Sache war, aber das paßte ihm gar nicht, und ich fürchtete, daß er trotzdem versuchen würde, es zu gewinnen, sobald der Startschuß gegeben war. Jack nahm wie üblich an, daß alles für ihn bestens laufen würde.

»Wann ist eigentlich der Termin für das große Ereignis?« fragte ich.

»Ausgerechnet im August! Gerade wenn ich am Cap sein möchte ... Übrigens solltest du dich in den Zuschauerraum setzen, da du soviel mit der ganzen Sache zu tun hattest.«

Washington im August ist nicht gerade mein Fall, aber es reizte mich doch. Ich hatte die vage Vermutung – Vorahnung wäre vielleicht übertrieben gewesen –, daß dort Geschichte gemacht würde, zumindest Kennedy-Geschichte.

Wie sich später herausstellen sollte, wurde die Konfrontation von Jimmy Hoffa und Bobby Kennedy durch eine spektakulärere Nachricht – zumindest in den Augen vieler Leute – aus den Schlagzeilen verdrängt: eine neue Tragödie im Leben von Marilyn Monroe.

»Ich wußte schon dort am Strand von Amagansett, als wir die Fische sahen, daß etwas Schlimmes passieren würde.«

Marilyn und ich saßen an einem der hinteren Tische im ›Hole in the Wall Delicatessen‹, einem winzigen Lokal an der First Avenue gleich um die Ecke von Marilyns Apartment, 555 East 57th Street. Weder der Besitzer Stanley noch seine Frau hinter der Kasse oder die Kellnerin erkannten sie. Oder sie waren vielleicht an Berühmtheiten gewöhnt, die inkognito kamen, da auch die Garbo ganz in der Nähe wohnte und häufig hier frühstückte.

Marilyns Gesicht war schmal und angespannt, was ihre Augen so groß wirken ließ wie auf einem Day-Kean-Gemälde. Ein, zwei Wochen zuvor war sie von Amagansett in ein New Yorker Krankenhaus geschafft worden. Die Ärzte diagnostizierten eine Eileiterschwangerschaft und operierten sofort, da Marilyn, wie die Boulevardpresse am nächsten Tag meldete, ›in Todesgefahr‹ schwebte.

»Die Fische?«

»Sie lagen am Strand.« Ihre Augen öffneten sich noch weiter, als ob sie die Szene hier, auf der First Avenue, wieder vor sich sähe. »Die Fischer ziehen die Netze an Land, um sie zu leeren, und die unverkäuflichen Fische schmeißen sie einfach weg. So wie den Roten Knurrhahn ...«

Ich nickte, obwohl ich mir nicht sicher war, was ein Roter Knurrhahn war. Marilyn biß sich auf die Lippen. »Sie liegen völlig hilflos da, zappeln und sperren ihre Mäuler und Kiemen auf, bis sie sterben«, sagte sie.

Sie schaffte es, die Szene mit solcher Emotion aufzuladen, daß auch ich fast in Gefahr geriet zu weinen.

»Arthur hielt mir daraufhin einen langen, ernsthaften Vortrag über Angebot und Nachfrage und wie Berufsfischer sich ihren Lebensunterhalt verdienen und so weiter, und währenddessen starb ich die ganze Zeit gemeinsam mit den Fischen. Dann fing ich an, sie aufzuheben, einen nach dem anderen, und sie ins Meer zurückzuwerfen, und dabei ekle ich mich so davor, Fische anzufassen.«

Sie schauderte. »Arthur blieb eine Weile mit grimmigem Gesicht stehen und schaute mir zu, wie ich die Fische rettete. Dann kam er rüber und half mir, und wir beide warfen die Fische ins Wasser, bis keiner mehr da war ... Ich war echt gerührt, weil er etwas tat, woran er nicht glaubte. In der Nacht haben wir miteinander geschlafen, und ich wußte, ich würde ein Kind von ihm kriegen.« Sie warf mir einen scharfen Blick zu. »Frag mich nicht, warum, David. Frauen wissen so etwas, glaub mir.«

»Ich glaube dir.«

»Nein, das tust du *nicht*, aber du irrst dich.« Sie trank einen Schluck Wasser. Draußen auf der Straße schob eine Frau in der glühenden Hitze einen Kinderwagen vor sich her. Marilyn schaute ihr nach, bis sie verschwunden war, und seufzte dann.

»Ich wußte, daß ich schwanger würde«, sagte sie. »Ich wußte aber auch, daß das Baby nicht leben würde. Die Fische waren wie ein Zeichen, wenn du verstehst, was ich meine?«

Ich verstand es nicht, weil ich an so etwas nicht glaube, nickte aber.

»Es sollte nicht sein«, erklärte sie für den Fall, daß ich nicht begriffen hätte.

»Es ist einfach Pech ...«

»Es hat nichts mit Glück oder Pech zu tun!« Sie griff unter dem Tisch nach meiner Hand und preßte sie. Ihre Handfläche war feucht und klebrig. »Ich liebe ihn nicht genug, verstehst du.« Ich muß wohl ein verwirrtes Gesicht gemacht haben, denn sie fügte hinzu: »Ich liebe Arthur nicht genug, um mit ihm ein Baby zu haben, und deshalb starb das Baby.«

Mir fehlten die richtigen Worte, um ihr zu helfen. Also sagte ich lahm: »Es ist nicht dein Fehler.«

»Doch, das ist es schon!«

Wir saßen schweigend da, Hand in Hand, während die Bedienung uns Kaffee nachschenkte. Marilyn trug einen Schal um den Kopf, einen billigen von der Art, wie man sie bei Lamston's bekommt. Sie war ohne Make-up und ohne falsche Wimpern, hatte sich sogar nicht mal die Augenbrauen gezupft. Ihre Haut war perlmuttfarben, sehr blaß, mit einem bläulichen Schimmer. Mir fiel unwillkürlich ein, daß sie wohl so aussehen würde, wenn sie Norma Jean geblieben wäre.

»Wie nimmt's Arthur?« fragte ich.

»Er war sehr lieb und verständnisvoll, wodurch ich mich noch schlechter fühlte. Er hat sogar sein Theaterstück aufgegeben. Statt dessen schreibt er jetzt für mich ein Drehbuch.«

»Sehr nett von ihm.«

Sie zuckte mit den Schultern. »Ja. Aber ich weiß nicht so recht ... Nach dem, was ich bisher davon gelesen habe, gleicht seine Heldin mir oder zumindest seinem Bild von mir.«

»Das könnte unangenehm werden.«

»Sag lieber peinlich.«

»Taugt es was?«

»Das ist ja das Merkwürdige, David. Es ist nämlich die beste Arbeit, die Arthur seit Jahren zustande gebracht hat.« Sie seufzte. »Du hattest übrigens recht. Erinnerst du dich an die Notizen in

England? Sie waren für dieses Drehbuch, nicht etwa über mich. Er hat's mir erzählt.«

Ich hörte ihrem Tonfall an, daß sie es nicht glaubte. Ich auch nicht. Aber vermutlich mußte sie es sich einreden, um ihrer Ehe eine neue Chance zu geben. »Wirst du's tun?« erkundigte ich mich.

»Ich denke schon«, erwiderte sie ohne sonderliche Begeisterung. »Später mal. Für Clark Gable ist auch eine Rolle drin – als Cowboy. Ich wollte schon immer mal mit Gable zusammenarbeiten.« Sie seufzte wieder. »Aber ich drehe vorher noch einen anderen Film, weil ich sonst verrückt werde.«

»Ich dachte, du wärst als Hausfrau glücklich?«

Sie warf mir einen ungeduldigen Blick zu. »Ich habe nicht vor, den Rest meines Lebens Geschirr zu spülen, David, wenn du das glaubst«, sagte sie scharf. »Billy Wilder will mir angeblich ein Skript über ein Mädchen schicken, das mit zwei Männern im Schlepptau vor der Mafia davonläuft ... Arthur meint, eine Komödie könnte gut für mich sein.«

»Ich dachte, du kannst Wilder nicht leiden.«

»Kann ich auch nicht. Aber er holt das Beste aus mir raus, und nach Sir Cork Tip habe ich keine Zeit mehr für Amateurregisseure.« Die Unterhaltung über ihre Karriere schien sie in bessere Laune zu bringen. »Und wie sieht dein Leben jetzt aus?« erkundigte sie sich.

»Im Grunde nur Arbeit und kein Vergnügen«, antwortete ich. »Aber morgen fliege ich nach Washington.«

»Ach, wie gerne käme ich mit.«

»Lieber nicht. Ich schaue mir dort nämlich Hoffas Auftritt vor dem Untersuchungsausschuß an. Bobbys großer Augenblick.«

»Oh? Das habe ich gar nicht verfolgt.«

Ich schilderte ihr kurz die Ereignisse bis zum heutigen Tag: Dave Becks Zusammenbruch, als Bobby ihn mit Fragen bombardierte, die unzähligen Zeugen und Beweisstücke, die zum großen Teil von mir beschafft worden waren und zur Verurteilung von Beck und seinen Kumpanen führten.

»Solche Sachen machen mich verrückt«, sagte sie.

»Hoffa? Die Teamsters? Alles nur Politik. Manche gehen ins Gefängnis, manche werden wiedergewählt, so läuft nun mal das Spiel.«

»Es ist gefährlich. Das habe ich Jack auch gesagt.«

»Er weiß, was er tut, Marilyn.«

Sie winkte gereizt ab. »Nein, das weiß er nicht. Sag ihm bitte, daß er aufpassen soll. Wirklich aufpassen!«

»Also gut.«

Sie sah nicht so aus, als ob sie mir glaubte. »Sag ihm, wie sehr ich mir wünschte, ein Baby von ihm zu haben.«

Ich schluckte schwer. »Ich glaube kaum, daß es ihm recht wäre, diese Botschaft von mir zu hören, Marilyn.«

»Vielleicht hast du recht. Dann sag ihm nur, er soll mich anrufen.«

»Okay.«

»Wir hätten ein wunderschönes Baby, Jack und ich. Ich fühle es, direkt hier.« Sie preßte ihre flache Hand auf ihren Bauch. Ihre Nägel waren abgebrochen und schmutzig. »Ihn liebe ich genug, daß unser Baby geboren werden kann, David!« Sie versuchte, die Tränen zurückzuhalten, schaffte es aber nicht ganz. »Und das Baby würde ich auch lieben.«

»Da bin ich ganz sicher«, stimmte ich zu.

»Jack wäre der Vater, müßte aber nicht der Vater sein, wenn du verstehst, was ich meine? Er müßte Jackie nicht verlassen oder das Baby anerkennen oder sonstwas. Er wüßte es, und ich wüßte es, und das wäre genug. Ich habe schon alles durchdacht.«

»Hört sich ganz so an«, sagte ich mit so viel Begeisterung, wie ich aufbringen konnte.

Washington war sogar noch heißer als New York. Es war eine Erleichterung, in den Saal zu kommen, wo der Untersuchungsausschuß des Regierungssenats tagte, besser bekannt als der McClellan-Ausschuß – so benannt nach seinem Vorsitzenden. Bobby saß an einem kleinen Pult, das mit Dokumenten überladen war, die Lesebrille ins Haar hochgeschoben. Sein Bruder saß auf dem Podium hinter ihm mit den anderen Mitgliedern des Ausschusses, die sich fast alle redliche Mühe gaben, für die Medien wie ernsthafte Staatsmänner auszusehen.

Sie hatten ein volles Haus – dieser Begriff aus dem Theater war unter diesen Umständen völlig angebracht – wegen Hoffas Auftritt. Hoffa war noch nicht die berühmte Gestalt, die er durch die Vernehmungen werden würde, aber sein Name war in den vorherigen Zeugenaussagen so häufig aufgetaucht, daß jeder gespannt darauf war, wie er aussah.

Er trat wie ein Preisboxer auf, der von seinen Trainern umgeben ist – in diesem Fall von diversen Anwälten –, ein Energiebündel von einem Mann, forsch und konzentriert. Er winkte Bobby zu, der eine finstere Miene aufsetzte.

Das gemeinsame Dinner der beiden war nicht gut verlaufen, hatte mir Jack erzählt. Bobby hatte Hoffas Aufforderung zum Ringkampf abgelehnt und statt dessen einige peinliche Fragen nach den Lokalgrößen von New York City gestellt, mit deren Hilfe Hoffa und die Mafia Kontrolle über das New Yorker Joint Council der Teamsters zu bekommen versuchten.

Bei der Verabschiedung hatte Hoffa Bobby gebeten, seiner Frau zu sagen, daß er nicht so schlimm sei, wie alle dachten, aber Bobby erklärte Ethel später, er halte Hoffa sogar für noch schlimmer. Hoffa wiederum gewann durch das Dinner den Eindruck, daß Bobby ein ›verdammt verwöhntes Bürschchen‹ war.

Wahrlich kein vielversprechender Auftakt, und die Sache wurde auch nicht besser dadurch, daß Hoffa kurz darauf in der Halle des Dupont-Plaza-Hotels vom FBI verhaftet wurde, weil er angeblich versucht hatte, einen Zeugen mit zweitausend Dollar – bar auf die Hand – zu bestechen. Die Vermittler hatten Überstunden machen müssen, um dieses kleine Last-minute-Problem aus der Welt zu schaffen. Ich wußte davon, weil ich meinen alten Freund, Ike Lublin, getroffen hatte, einen Prominentenanwalt in L. A., dem man ›Mafiaverbindungen‹ nachsagte. Beim Frühstück im Hay-Adams hatte er mir einiges erzählt, natürlich fein dosiert.

Bobby fing ganz gemächlich an und stellte Hoffa eine Reihe von unverfänglichen Fragen. Nichts Aufregendes, so daß die Presse wie auch die Mitglieder vom Ausschuß enttäuscht aussahen. Beck war ein verschwitzter Rohling gewesen, und seine Mitangeklagten waren finstere Gestalten wie die Romanhelden von Damon Runyon mit einem ergiebigen Vorleben voller Erpressungen, Morde und schmutziger Geschäfte. Hoffa führte sich hingegen so gesittet wie ein Chorknabe auf und beantwortete die Fragen behutsam und geziert, womit er sich möglicherweise auf seine Art über Bobby lustig machte. Bobby faßte es jedenfalls so auf, und ich sah, wie sein Gesicht rot anlief. Seine Augen hatten jenes eisige Blau, das nichts Gutes verhieß. Er gab sich große Mühe, Hoffa die Möglichkeit zu verschaffen, ›Mea culpa‹ zu sagen, wie vereinbart, aber Hoffa machte da nicht mit. Hoffa war voller Verachtung, als wollte er sagen, daß Bobby sich ins Knie ficken sollte.

»Einige dieser Praktiken sind ganz einfach unrecht, nicht wahr?« sagte Bobby schließlich, nachdem sie Stunden mit sinnlosen Spiegelfechtereien vergeudet hatten.

»Was meinen Sie mit unrecht?« fragte Hoffa mit einer höhnischen Grimasse, die vielleicht als Lächeln gedacht war.

»Kriminell!« fuhr Bobby ihn an. »Im Widerspruch zu den Interessen Ihrer Gewerkschaftsmitglieder. Verstehen Sie jetzt?«

»Ich weiß von keinen solchen Praktiken.« Hoffa runzelte die Stirn, als versuche er, sich an welche zu erinnern.

»Sie haben keine Fehler gemacht?«

»Nicht daß ich wüßte, Bobby.«

Bobbys Augen blitzten vor Zorn über diese familiäre Anrede. »Das kann kaum einer behaupten, Mr. Hoffa«, sagte er kopfschüttelnd.

Hoffa lächelte. »Ich kann es.«

Bobby versuchte es erneut. »Bestimmt können Sie sich doch an etwas erinnern, Mr. Hoffa, wo Sie wünschen, es nicht getan zu haben.«

Hoffa unterdrückte ein Lachen. »Ich wünschte, ich wäre reich geboren worden wie Sie, Bobby«, sagte er, was seine Entourage, schwer gebaute Männer in Polyesteranzügen mit Brillantringen an ihren kleinen Fingern, die an deutsche Würste erinnerten, zum Lachen und Klatschen animierte. »Aber mir wünschen, daß ich etwas *nicht* getan hätte? Fehlanzeige!«

Er machte damit natürlich einen Fehler. Ich sah, daß Ike Lublin, der bei den Zuschauern saß, etwas auf einen Zettel kritzelte, der Hoffa überbracht wurde. Jack wirkte angespannt, als ob er ahnte, daß sein ganzes, perfekt geplantes Szenario außer Kontrolle zu geraten drohte, und zwar mit völlig unvorhersehbaren Konsequenzen. Ich dachte an Red Dorfmans Warnungen und fröstelte.

Bobby blätterte in seinen Papieren. Er hatte Hoffa viel Zeit gelassen, um vor dem Untersuchungsausschuß den Reumütigen mimen zu können. Nun legte er vor seiner nächsten Frage eine

Pause ein. Er las kurz in dem Papier, das er gesucht hatte, und schaute dann Hoffa an. »Kennen Sie Joe Holtzman?«

Hoffas Anwälte flüsterten ihm von beiden Seiten etwas ins Ohr, doch er schüttelte wütend den Kopf und schob kämpferisch das Kinn vor. Der Blick seiner dunklen Augen wirkte unheilvoll. Ein Mann, der sich verraten fühlt, dachte ich spontan. »Ich kenne Joe Holtzman«, antwortete er.

Ich hatte keine Ahnung, wer dieser Holtzman war, aber es schien eindeutig ein Name zu sein, den Hoffa nicht erwartet hatte.

»War er ein guter Freund von Ihnen?« fragte Bobby weiter.

»Ich kannte Joe Holtzman.«

»War er ein guter Freund von Ihnen?«

Aus Hoffas Gesicht war alle Farbe gewichen. »Jetzt hören Sie mal zu!« brüllte er mit höchster Lautstärke, und das in einem Raum, wo die meisten Leute geradezu gedrängt werden mußten, lauter zu sprechen. »Ich kannte Joe Holtzman! Aber er war kein besonders guter Freund von mir.«

Bobby ignorierte Hoffas erhobene Stimme. Ihm direkt in die Augen schauend, sagte er: »Ich werde Sie so lange fragen, bis ich eine richtige Antwort bekomme. Kennen Sie Joe Holtzman?«

»Ich kannte Joe Holtzman.«

»War er ein guter Freund von Ihnen, Mr. Hoffa?«

Es entstand ein langes Schweigen. Jimmy Hoffa hielt einen Bleistift in seinen fleischigen Händen, den er nun mit einem scharfen Schnappen zerbrach, so daß alle zusammenzuckten.

Ike gab mir ein Zeichen, und ich verließ unauffällig den Raum. »Es läuft nicht gut«, sagte er. »Ihr Mann stellt zu harte Fragen.«

»Und Ihr Mann benimmt sich wie ein Klugscheißer. Er soll schließlich den Reuigen spielen.«

Ike seufzte. »Ganz schön problematisch!« sagte er.

Das fand ich auch, aber mir fiel nichts ein, was man dagegen tun könnte. Ich schrieb Jack eine kurze Notiz, in der ich ihn drängte, in der nächsten Verhandlungspause unbedingt mit Bobby zu reden, bat einen Justizdiener, sie ihm zu bringen, und betrat wieder den Saal.

Während meiner Abwesenheit schien sich die Situation noch verschärft zu haben. Trotz des offiziellen Rahmens und trotz der TV-Kameras herrschte nun eine Stimmung wie in einer Stierkampfarena, wo gekämpft und getötet wird, und tatsächlich erinnerte Hoffa irgendwie an einen Stier, wie er da so erbittert und stur allen Angriffen Bobbys standhielt.

»Wir haben hier die Quittung über den Kauf von dreiundzwanzig Minifons«, sagte Bobby mit seinem unverkennbaren Bostoner Akzent. »Mini-fones«, erklärte er. »Kleine deutsche Tonbandgeräte, die von den Teamsters gekauft wurden ... für Sie, Mr. Hoffa. Könnten Sie dem Ausschuß jetzt mitteilen, wofür sie benutzt wurden?«

Hoffa lächelte; allerdings war es eher ein dreckiges Grinsen. »Was hab' ich mit denen gemacht?« fragte er. »Was hab' ich bloß mit denen gemacht?« Er drehte den Kopf, um seinen Gefolgsleuten zuzublinzeln. »Tja, was hab' ich mit denen gemacht?«

»Ja. Was haben Sie mit ihnen gemacht?« Bobbys Stimme klang ausdruckslos.

»Ich versuche, mich zu erinnern.«

»Das müßte doch zu schaffen sein!«

»Wann wurden sie geliefert, wissen Sie das? Das muß ein ganzes Weilchen hersein ...«

»Sie wissen genau, was Sie mit den Minifons gemacht haben. Fragen Sie mich doch nicht danach!«

»Tja, nun ...« Hoffa spielte den Unschuldigen. »Lassen Sie mich überlegen ... Was hab' ich mit denen gemacht?«

Bobby sprach nun barsch, und auf seinem Gesicht spiegelte sich Abscheu. »Was haben Sie mit ihnen gemacht, Mr. Hoffa?« wiederholte er aggressiv seine Frage, wobei er Hoffas Namen so scharf betonte, daß es wie ein Peitschenknall klang.

Hoffa sah zerknirscht aus oder versuchte es wenigstens. Aus einem tiefen Haß auf alles, wofür Bobby stand – Reichtum, Privilegien, Erziehung, Idealismus –, wollte er nicht klein beigeben, obwohl er damit seinen eigenen Interessen schadete. »Mr. Kennedy«, sagte er schließlich, »ich kaufte einige Minifons. Daran besteht kein Zweifel. Aber ich weiß nicht mehr, was aus ihnen wurde.«

Ike saß hinter mir und lehnte sich nun nach vorne. »Oje«, sagte er nur.

»Was ist mit den Minifons?« flüsterte ich.

»Jimmy und seine Typen trugen sie, um andere Typen reinzulegen, die Beck gegenüber loyal waren. So was in der Art.«

»Das ist ein Bundesverbrechen, stimmt's?«

Ike nickte düster. »Deshalb kann er die Frage ja auch nicht beantworten.« *Natürlich* konnte Hoffa die Frage nicht beantworten, weil er sich dadurch selbst belasten würde. Und er wollte sich nicht auf sein Aussageverweigerungsrecht berufen, weil George Meany inzwischen alle Gewerkschaftler angewiesen hatte, darauf zu verzichten. Seit den Kefauver-Vernehmungen war das Aussageverweigerungsrecht die letzte Zuflucht von Gangstern und nach Ansicht der meisten Leute ein klares Schuldeingeständnis.

Bobby setzte sein Verhör erbarmungslos fort. »Ja? Es muß schwierig sein, sich mit einem derart selektiven Gedächtnis zu erinnern.«

Ich sah, daß Jack gerade meine Notiz las. Er fing meinen Blick auf und zuckte mit den Schultern, als wollte er sagen: »Ich versuche natürlich alles, aber du kennst ja Bobby ...«

»Nun«, sagte Hoffa, »ich muß bei den Antworten bleiben, die ich aufgrund meines Erinnerungsvermögens gemacht habe, und ich kann nicht anders antworten, vorausgesetzt, Sie geben mir nicht ein anderes Erinnerungsvermögen, so daß ich etwas anderes antworten könnte.«

Dieser totale Schwachsinn führte zu brüllendem Gelächter bei Hoffas Gefolgsleuten, das Senator McClellan, der zum erstenmal ein Lebenszeichen von sich gab, mit Hammerschlägen zu ersticken versuchte. Als der Tumult sich schließlich legte, grinste Hoffa Bobby so unverschämt an, als forderte er ihn zum Äußersten heraus.

»Mr. Hoffa, haben Sie selbst auch mal ein Minifon getragen? Um etwas über einen Teamster-Kollegen aufzuzeichnen?«

Hoffa legte seinen Kopf schief und nahm einen etwas wachsamen Ausdruck an. Bobby hatte offensichtlich mehr Informationen, als Hoffa vermutete. Er hatte Bobbys Gründlichkeit unterschätzt. »Sie sagen ›getragen‹«, sagte Hoffa. »Was meinen Sie damit?«

Bobby verdrehte die Augen. Über eine Stunde lang hatte er nun versucht, Hoffa so weit zu kriegen, daß er eine klare Antwort gab und die rituelle Entschuldigung äußerte, die Bobby versprochen worden war.

Als nächstes brachte er die Rede auf zwei Teamster-Funktionäre, die Hoffa nicht entlassen hatte, sondern während ihres

Gefängnisaufenthalts weiterbezahlte, weil sie Schmiergelder von Unternehmen kassiert hatten. Hoffas Gesicht wirkte überrascht, ja sogar beunruhigt, als Bobby fortfuhr: »Sie bezahlten die Leute sogar, als sie im Gefängnis waren! Wovor hatten Sie Angst?«

Es gab vermutlich kaum eine bessere Frage, um bei Hoffa einen Wutanfall zu provozieren. Hoffa war wie Bobby absolut furchtlos. Er hatte sein Leben in einer Branche verbracht, in der täglich mit Radketten, Schießeisen, Baseballschlägern, Dynamit und Fleischerhaken Leute fertiggemacht wurden, die nicht linientreu waren, und er brüstete sich gern damit, daß er nie einem Kampf ausgewichen sei. Er wurde bleich und erhob sich halb von seinem Sitz, als wollte er auf Bobby losgehen. Seine Anwälte versuchten, ihn wieder auf seinen Stuhl zu ziehen. »Ich bin nie wegen eines Vergehens angeklagt worden, das mit denen zu tun hatte!« brüllte er, und die Adern an seiner Stirn schwollen an. »... Und ich hatte auch nie Angst, daß die mich verpfeifen würden, weil die nämlich nichts zum Verpfeifen haben!«

»... Wie wollen Sie uns erklären, daß Sie so besorgt um diese Leute waren? Falls Sie nicht selbst einen Teil des Geldes bekamen? Können Sie das erklären?«

Hoffa erstickte fast an seiner Wut. Er konnte es nicht erklären, oder er wollte es nicht. Also schüttelte er nur den Kopf. »Ich habe meine Aussage gemacht«, murmelte er heiser, die Fäuste geballt.

Bobby wollte noch weiter nachhaken, doch Senator McClellan – von Jack überredet, wie mir auffiel – ließ seinen Hammer herunterkrachen und ordnete eine kurze Mittagspause an.

Ich war gerade auf dem Weg zu Bobby, der immer noch an seinem Pult saß, als plötzlich Hoffa, der sich von seinen Anwälten losgerissen hatte, zu ihm hinstürmte und sich mit zornfunkelnden Augen vor ihm aufbaute. Bobby zuckte nicht mal mit der Wimper.

Ich war inzwischen nahe genug, um Hoffas heisere Stimme zu hören, als er Bobby anfuhr: »Du hast mich verarscht, du kleiner Collegescheißer! Über Hoffas Leiche machst du deinen Bruder nicht zum Präsidenten!« Bevor ihn seine Anwälte und die Sicherheitsbeamten wegzerren konnten, fügte er noch schnell hinzu: »Du bist ein toter Mann, Bobby, wenn du so weitermachst.« Er senkte seine Stimme, bis sie einem scharfen Zischen glich, wie

Heißluft, die aus einem Ventil entweicht. »Du und dein abgefuckter Bruder, ihr beide!«

Bobbys Miene war eisig, die Lippen fest aufeinandergepreßt. Er antwortete in ruhigem, fast plauderndem Ton ohne eine Spur von Gefühl: »Mr. Hoffa, ich werde Sie hinter Gitter bringen, und wenn es das letzte ist, was ich tue. Und hören Sie bitte auf, mich Bobby zu nennen.«

Hoffa stieß die Sicherheitsbeamten und Anwälte beiseite, stellte sich noch breitbeiniger hin und feixte Bobby an: »Hey, Bobby«, rief er höhnisch, »das kann ich dir versichern! Es wird tatsächlich das letzte sein, was du tust. Darauf hast du Hoffas Wort.«

Ike Lublin und ich saßen in nicht gerade rosiger Stimmung an diesem Abend gemeinsam beim Dinner. Ich kannte Ike, seit er aus Cleveland nach L. A. gezogen war, da seine Gangsterklienten ihre Interessen mehr gen Westen verlegt hatten. Auch viele große Stars waren seine Mandanten, und man schätzte ihn als Unterhändler oder als Scheidungsanwalt, vor allem aber als einen Mann, zu dem man gehen konnte, wenn man in wirklichen Schwierigkeiten steckte. Die meisten Leute schüchterte Ike mit seiner aggressiven Art ein, mich jedoch nicht. Zufällig wußte ich, wie rührend er sich um seine Frau kümmerte, die nach dem Tod ihres einzigen Kindes bei einer Polioepidemie zur hoffnungslosen Alkoholikerin geworden war. Ike hatte also auch Seele, obwohl er sie gern verbarg.

»Bobby hat Jimmy verarscht«, sagte er, während er seinen Shrimpscocktail hinunterschlang. »Der Deal ist geplatzt.«

»Na hören Sie mal! Hoffa hat nicht mitgespielt, Ike. Das wissen Sie so gut wie ich.«

»Er hat den Fettsack Beck ans Messer geliefert.«

»Er sollte vor dem Untersuchungsausschuß als braver Junge auftreten. Statt dessen hat er den fiesen Macker gespielt.« Ich nahm an, daß es Zeit sparen würde, wenn ich Ikes Vokabular benutzte.

Ike zuckte mit den Schultern und lenkte dann vom Thema ab: »Komisch, daß Meeresfrüchte an der Ostküste immer besser schmecken.«

»Vielleicht, weil sich die Leute dort noch erinnern, wie man früher gekocht hat. Was wird nun, Ike?«

»Woher soll ich das wissen? Fragen Sie Red. Aber ich schätze, daß Jimmy zurückschlägt. Und zwar sauhart, hundsgemein. Irgend jemand wird garantiert auf der Strecke bleiben.«

»Das muß unbedingt verhindert werden.«

Der Ober servierte Ike Krabben als Hauptgang, und er aß schweigend, bis er mit einem Seufzer seine Gabel hinlegte. »Ist Ihr Lachs okay?«

Ich nickte.

»Es kann nicht verhindert werden, wenn Bobby so weitermacht. Wird er denn so weitermachen?«

»Ich werde mit Jack reden, erhoffe mir aber nicht viel davon. Bobby macht weiter, solange Hoffa dem Untersuchungsausschuß nicht endlich Respekt erweist. Und Bobby natürlich auch.«

»Dann wird es so weitergehen. Jimmy haßt ihn jetzt.«

Er kaute eine Weile stumm und sagte schließlich: »Ich meine nicht, daß er Bobby nicht mag, verstehen Sie, David? Er ist kein vernünftiger Mann, dieser Jimmy Hoffa, wie Sie und ich. Ich sage Ihnen: Er haßt Bobby!«

»Ich verstehe.«

»Ich glaube nicht, daß Sie das tun. Jemand muß Bobby warnen, denn Jimmy ist gefährlich. Jemand muß ihm sagen, daß es Dinge gibt, von denen er die Finger lassen sollte, oder es gibt echt Ärger.«

»Was für Dinge?«

Ike aß zu Ende und wischte sich den Mund. Er beugte sich in der engen Nische so dicht zu mir herüber, daß ich sein Rasierwasser riechen konnte. »Sachen, die mit Moe und Red zusammenhängen und auch mit den Jungs in Chicago. Sachen über die Casinos und die Pensionskasse der Teamsters. Sachen, die sehr brenzlig sind, David, hochexplosiv. Leute könnten zu Schaden kommen. Und was soll das für einen Sinn haben?«

»Ich verstehe, Ike.« Ich verstand wirklich. Und ich stimmte ihm zu.

»Auch persönlicher Kram. Hören Sie, David, ich kenne Jimmy. Geld interessiert ihn nicht. Was, zum Teufel ... Sie sehen ja, wie er sich anzieht! Aber deswegen ist er noch kein Heiliger. Jimmy macht zwar gern auf Familienvater, hat jedoch eine Geliebte, wußten Sie das? Irgendein Weibsbild, deren Mann was mit Wäschereien zu tun hat. Sie ist es übrigens, die Jimmy irgendwann mal Moe vorstellte. Jimmy und diese Frau haben zusammen ein Kind, und Jimmy mag den Jungen ... Ich will Ihnen damit nur sagen, daß alles aus ist, wenn Bobby diese Seite von Jimmys Leben aufdeckt.«

»Warum erzählen Sie mir das?«

Er zuckte mit den Schultern, zog sein Zigarrenetui aus der Tasche, und wir zündeten uns zum Brandy und Kaffee jeder eine Upmann English Market an. Ike übernahm die Rechnung. Er würde dieses Abendessen einem seiner Mandanten aufbrummen, aber es war trotzdem eine nette Geste von ihm. »Ich mag keine Scherereien«, sagte er. »Natürlich verdiene ich mein Geld mit solchen Dingen, aber eigentlich ist es meine Aufgabe, sie zu verhindern. Präventivmaßnahmen sind das Beste, was ich meinen Mandanten anbieten kann, David. Mir persönlich ist Jimmy Hoffa scheißegal. Wenn Bobby Kennedy ihn ins Kittchen nach Atlanta schickt, wo ihn alle möglichen Nigger unter der Dusche in den Arsch ficken, werde ich keine schlaflose Nacht verbringen. Aber wenn Jimmy in Schwierigkeiten mit der Regierung kommt, kriegen auch meine Mandanten Probleme, Leute wie Red oder Moe oder vielleicht sogar Momo, was Gott verhüten möge. Dann wird's einige Tote geben und sonst noch was, und das Geschäft läuft schlecht ... Das ist es nicht wert, David. Mehr will ich gar nicht sagen.«

»Da kann ich nicht widersprechen.«

»Natürlich nicht. Sie sind ja ein kluger Mann. Das weiß jeder. Ich selbst habe das Red und Moe gesagt. Ich sagte: ›Es ist nicht Davids Fehler. Geben Sie ihm nicht die Schuld.‹«

»Dafür bin ich Ihnen dankbar, Ike.«

Er nickte. »Das sollten Sie auch, David«, sagte er ernst. »Ich habe Sie aus der Schußlinie geholt, um ehrlich zu sein. Wenn Sie's nicht schaffen, daß Bobby Jimmy weniger hart zusetzt, dann sorgen Sie wenigstens dafür, daß er Moe oder Red nicht zu sehr durch die Mangel dreht, okay? Damit täten Sie mir einen Gefallen.« Er lächelte schief. »Verdammt Sie täten sich *selbst* einen Gefallen.«

Ich wußte, was eine Warnung war. Ich mußte Ike Lublin nicht mal durch den Zigarrenrauch in die Augen schauen, um ihn ernst zu nehmen.

Am nächsten Tag war ich zum Frühstück bei Jack in seinem gemieteten Haus in Georgetown. Der Eßtisch war übersät mit Zeitungen. Jack hatte alle Berichte über Hoffas Befragung durch den Untersuchungsausschuß gelesen und war überaus zufrieden mit sich selbst. Als ich das merkte, zögerte ich fast, die Rede darauf zu bringen, daß er und Bobby sich Hoffa zum Feind gemacht hatten.

Als ich schließlich doch davon anfing, machte er ein überraschtes Gesicht. »Hoffa hat Bobby reingelegt. Das war nicht so abgemacht. Er ist es doch, der die Abmachung brach.«

»Ja, das stimmt, aber so sieht's Hoffa leider nicht, Jack. Die Sache mit den Minifons, die stand nicht im Drehbuch.«

»Auf wessen Seite bist du eigentlich?«

»Auf deiner. Aber du solltest das Ganze nicht außer Kontrolle geraten lassen. Und du mußt dafür sorgen, daß es nicht noch weitergeht.«

Jack aß fein säuberlich seine Rühreier, brach den Toast in kleine Stücke und spießte dann eine winzige Portion Toast, Ei und Schinken auf seine Gabel. »David, die Story verkauft sich gut. Viel besser, als wir dachten.«

Damit hatte er nicht unrecht. Jede große Zeitung und jeder politische Kommentator, ob rechts oder links, Republikaner oder Demokrat, und sogar gewohnheitsmäßige Gegner der Kennedy-Familie priesen Bobbys Mut, daß er es mit Hoffa aufnahm, und Jacks staatsmännische Haltung. Hoffa wurde in Leitartikeln, Cartoons und in den Nachrichten als gefährlicher Verbrecher hingestellt, so daß Bobby fast wie der heilige Georg wirkte, der den Drachen erledigte.

»Wenn man es recht betrachtet«, redete Jack weiter, »dann war es geradezu Glück, daß Bobby und Hoffa sich auf Anhieb haßten.«

»Ja und nein.«

Er hob die Augenbrauen und warf mir einen ungeduldigen Blick zu. Aus seiner Sicht war ein widerspenstiger Hoffa viel interessanter als ein einsichtiger Hoffa. Der allgemeine Eindruck, der dem Durchschnittswähler – es sei denn, er war ein Teamster – von den Zeitungsberichten bleiben würde, war doch der, daß es sich hier um einen Kampf zwischen den Kennedys und den Mächten der Finsternis handelte. Jack gefiel das Ganze sehr gut, und ich konnte es ihm nicht verübeln. Aber er irrte sich total!

»Du bedenkst überhaupt nicht, wie gefährlich es ist, Jack«, sagte ich ihm. »Gestern abend saß ich mit Ike Lublin beim Dinner. Viele Typen von der Mafia, die mit Hoffa Geschäfte machen, seien sehr beunruhigt, sagte er. Sie dachten, Hoffa hätte einen Deal. Nun machen sie sich Sorgen. Offen gesagt deutete mir Ike an, daß sogar erwogen wurde, mich zu bestrafen.«

Jack lachte. »So was würde ich nicht ernst nehmen, David.« Ich lachte nicht mit. Jacks Einstellung zur Gefahr war nicht die meine. »Ich tu's aber«, erwiderte ich. »Und ich bin nicht der einzige, der Angst haben muß, Jack, wenn Lublin die Wahrheit sagt.«

»Er übertreibt vermutlich.«

»Darauf würde ich nicht wetten.«

»Wenn man gehen muß, dann muß man eben gehen, David. Ich mache mir darüber nie Gedanken. Und wenn es dann passiert, dann wäre eine Kugel am besten. Das geht so schnell, daß du nicht mal merkst, wenn's passiert ...«

»Ich hoffe, an Altersschwäche zu sterben«, erwiderte ich.

»Und ich kann mir nicht vorstellen, an Altersschwäche zu sterben«, sagte Jack daraufhin in entschiedenem Ton.

Ich wechselte das Thema. »Wie dem auch sei, Jack, Bobby ist zu weit gegangen. Ihr hattet einen Deal mit Hoffa ...«

Jack hob die Hand. »Was für einen Deal? Hoffa erklärte sich bereit, bei Ermittlungen zu kooperieren, soweit ich weiß. Ich kenne die Details nicht, aber sein Auftreten vor dem Untersuchungsausschuß würde ich nicht gerade als kooperativ bezeichnen.«

»Ich verstehe.« Und ich verstand tatsächlich. Plan A, der vorsah, daß Jack und Hoffa einander auf Dave Becks Kosten halfen, war verworfen worden aufgrund von ›persönlichen Differenzen‹, wie es Scheidungsanwälte nennen. Nun war Plan B aktuell, bei dem Jack sich auf Hoffas Kosten als eine Art Held profilierte. Er war nicht umsonst der Sohn seines Vaters, überlegte ich. Dann fiel mir Red Dorfman ein, der dafür bekannt war, daß er mißliebige Leute an Fleischerhaken aufhängen ließ, und mir wurde klar, daß Jack nicht nur mit seinem Leben, sondern auch mit meinem spielte. »Um Himmels willen, Jack«, sagte ich mit erhobener Stimme, »du bringst es noch so weit, daß wir umgebracht werden!«

Er musterte mich mit unverhohlenem Erstaunen. »Immer mit der Ruhe«, sagte er.

»Immer mit der Ruhe? Hast du überhaupt eine Ahnung, mit

wem du's zu tun hast? Ich habe dich gleich zu Anfang gewarnt, daß es gefährliche Leute sind. Das sind keine Politiker! Sie erwarten, daß Versprechen gehalten werden.«

Kalter Zorn sprach nun aus Jacks Augen. »Ich habe deinen Freunden keine Versprechen gemacht«, widersprach er.

Das reichte! Ich bin normalerweise kein Mann, der die Geduld verliert, aber Jacks Rücksichtslosigkeit brachte mich in Wut.

»Meine Freunde?« brüllte ich. »Seit wann sind das meine Freunde, Jack? Du hast mich gebeten, für dich den Kontakt herzustellen. Es sind jetzt deine Freunde, Jack, ob du willst oder nicht. Ich habe in deinem Auftrag mit ihnen einen Deal gemacht, vergiß das nicht! Ich denke nicht daran, mit meinem Wagen in die Luft zu fliegen oder in meinem eigenen Swimmingpool ertränkt zu werden, nur weil du Bobby nicht zügeln kannst.«

Jack starrte mich an und sagte ruhig: »David, bitte beruhige dich.«

»Mich beruhigen? Wenn du so tust, als hättest du mit alldem nichts zu tun? Mach mir ja nicht vor, daß du die Details nicht kennst, Jack. Spar dir diese Scherze für deine Pressekonferenzen im Weißen Haus auf. Falls du lang genug lebst, um dorthin zu kommen.«

Er hob beide Hände in gespielter Unterwerfung. »Also gut«, sagte er mit reuigem Lächeln. Vielleicht hast du nicht unrecht.«

»Du willst doch auch nicht, daß diese Typen Scharfschützen auf einem Dach postieren, um dich kaltzumachen, oder? Denn glaub mir, Jack, die sind durchaus fähig dazu.«

»Davor habe ich keine Angst«, erwiderte er, und ich wußte, daß es stimmte. Jacks Mut wurde nie bezweifelt, nicht mal von seinen Feinden. »Andererseits hat es sicher wenig Sinn, sie mehr als nötig vor den Kopf zu stoßen.«

Daß er die Gangster nun nicht mehr meine Freunde nannte, erleichterte mich fast ebenso wie sein Einlenken.

»Ich weiß nicht, wieviel ich für Hoffa tun kann«, sagte er nachdenklich. »Er hat sich selbst den Strick um den Hals gelegt, und zwar vor laufenden Fernsehkameras. Außerdem hat er Bobby gedroht. Ein großer Fehler.«

»Keine Widerrede.«

»Ich kann Bobby nicht davon abhalten, ihn in die Mangel zu nehmen. Nicht nach dem, was Hoffa zu ihm sagte.«

»Bobby kann Hoffa ruhig in die Mangel nehmen, muß aber doch nicht mit ihm quitt werden, oder?« schlug ich vor.

Jack dachte darüber nach. Man mußte ihm nie Details erläutern. Er hatte von Geburt an einen Verstand, der Machiavelli gefallen hätte. Schließlich lachte er bitter. »Mir gefällt die Vorstellung nicht, daß Bobby wie einer dieser Greyhounds in Hunderennen dasteht, die das Kaninchen jagen, ohne es je zu kriegen.«

»Die Vorstellung gefällt mir auch nicht, Jack, aber sie ist immer noch besser, als von der Mafia gekillt zu werden. Mußt du Bobby einweihen?«

»Nein. Jedenfalls jetzt noch nicht. Sobald ich gewählt bin, ist es eine andere Sache.« Mir fiel auf, daß er nicht sagte: »... falls ich gewählt werde.« Er war immer noch in Hemdsärmeln und roch nach teurer Toilettenseife und Rasierwasser. »Falls Hoffa wieder so was Dämliches wie diese Bestechungssache anfängt ...«, sagte er und schenkte uns beiden Kaffee aus einer silbernen Thermoskanne ein.

»Er streitet es ab.«

»Na klar streitet er es ab ... Paß auf, Hoffa muß sich von jetzt an zurückhalten. Niemand kann von mir erwarten, daß ich ihm seinen Arsch rette, wenn er in aller Öffentlichkeit Verbrechen begeht.«

»Ich denke, daß seine Geschäftspartner das einsehen, wenn man es ihnen richtig nahebringt.«

»Kannst du das für mich erledigen?«

Ich zögerte. »Ich weiß nicht, ob ich das noch weiter machen will, Jack. Für meinen Geschmack wird es nämlich zu gefährlich.«

»Das verstehe ich, David, aber dir kann ich vertrauen. Und du scheinst auch bei diesen Typen einen gewissen ... Vertrauensbonus zu haben ...« Das gleiche, nur in anderen Worten, hatte mir schon Dorfman gesagt. Jack schaute mir gerade in die Augen. »Ich möchte nicht um deine Hilfe betteln müssen, David, werde es aber tun, falls nötig.«

Seufzend gab ich nach wie immer. Jack verfügte über die Gabe, Leute zu Dingen zu motivieren, die sie nicht tun wollten oder sich nicht zutrauten – vielleicht die wichtigste Eigenschaft eines Präsidenten. Außerdem bildete ich mir ein, das Problem besser als irgend jemand sonst handhaben zu können, was sicher nur eine Illusion war. »Einverstanden«, sagte ich. »Dieses eine Mal noch.«

»Gut. Was soll ich tun?«

»Tja, da ist eine Sache, die Hoffa in Tennessee angelastet wird. Ich kenne noch nicht alle Details, aber es hängt damit zusammen, daß er anscheinend ein Fuhrunternehmen unter dem Namen seiner Frau gekauft hat. Ike meint, es sei das beste, wenn der Untersuchungsausschuß sich da raushielte und die Sache den Gerichten überließe.«

Jack nickte. »Hoffa will, daß die Verhandlung möglichst lange hinausgezögert wird, und zwar ohne viel Publicity, damit ihm ausreichend Zeit bleibt, um die Geschworenen oder den Richter zu beeinflussen, stimmt's?«

»So ungefähr.«

»Ich will mal sehen, was sich tun läßt.« Er wirkte alles andere als glücklich darüber.

»Das wäre also das eine. Außerdem hat Hoffa eine Geliebte und einen unehelichen Sohn ...«

»Du großer Gott!« rief Jack, den Klatschereien über Sex immer interessierten. »Und die ganze Zeit dachten wir, er wäre auf diesem Gebiet der reinste Chorknabe!«

»Anscheinend nicht. Ike sagt, daß wir daran nicht rühren sollen. Hoffa ist in diesem Punkt sehr empfindlich. Vielleicht sogar irrational.«

»Sein Privatleben ist seine eigene Angelegenheit wie bei jedem anderen auch. Ich sehe nicht ein, warum Bobby darin rumstochern soll.«

»Bobbys Leute werden bei ihren Untersuchungen darauf stoßen. Über so was wird nun mal geredet ... Aber Ike ist ernst zu nehmen, und er sagt klar und deutlich: ›Steckt da nicht die Nase rein!‹«

»Ich rede mit Bobby.« Er beugte sich zu mir und senkte die Stimme. »Ist sie hübsch?«

»Das hat Ike nicht gesagt. Aber sie war auch mal Moe Dalitz' Geliebte, und Moe ist ziemlich anspruchsvoll.«

»Tauschen diese Typen ihre Geliebten aus?«

»Tja, die Welt ist eben klein. Die Leute, von denen wir reden, müssen sicher sein können, daß eine Frau nicht über das klatscht, was sie so ab und zu hört.«

»Das leuchtet ein.« Jack war immer neugierig, wie andere mehr oder minder prominente Männer ihr Sexualleben arrangierten. Bisher hatte er es leicht gehabt. Niemand kümmerte sich besonders um das Privatleben eines US-Senators. Falls Jack es wirklich schaffen sollte, Präsident der Vereinigten Staaten zu werden, würde er viel mehr Probleme mit seinem Privatleben haben. Es gab für einen Präsidenten kaum einen unbeobachteten Augenblick, dafür sorgten schon der Secret Service und das Pressekorps des Weißen Hauses. Deshalb hatte sich Präsident Harding auch nicht anders zu helfen gewußt, als seine Geliebte stehend in einem Garderobenschrank zu vögeln, inmitten von Galoschen und Schirmen. Jack würde sicher etwas Besseres einfallen.

»Hoffa!« sagte er lachend. »Ich wußte ja, daß der Kerl uns einen Dienst erweist, aber wenn er weiter so gegen Bobby anrennt, dann wird der Mistkerl uns direkt ins Weiße Haus befördern!«

Da hatte Jack nicht ganz unrecht. Hoffa spielte die Rolle des Bösewichts in dem Drama, das Jack und Bobby zu Helden in den Augen der Öffentlichkeit machen würde, ein Drama, das zum Teil von mir entworfen worden war. Aber es war ein tödlicher Irrtum, Hoffas Wut und Rachsucht zu unterschätzen. Ich hätte Jack wieder und wieder davor warnen müssen, aber wie alle anderen wurde auch ich von Jacks Selbstvertrauen eingelullt. Hinzu kam, daß Jack einen Sitz in der Regierung hatte und von Machtorganen umgeben war – Senat, FBI, Justizministerium, Secret Service –, die auf mich wie ein mächtiges Bollwerk wirkten, das wohl kaum von Typen wie einem korrupten, großmäuligen Gewerkschaftsführer und seinen finsteren Genossen bedroht werden konnte.

»Hoffa ist Katholik, nicht wahr?« erkundigte sich Jack.

»Keine Ahnung. Warum?«

»Bobby hält gar nichts davon, wenn Katholiken außerhalb der Ehe Sex haben.« Er grinste breit. »Aber natürlich macht er da gewisse Ausnahmen.«

»Sorg dafür, daß dies eine Ausnahme ist, Jack. Dir zuliebe. Und mir zuliebe.«

»Na klar. Gerade ich will doch nicht, daß gegen einen Mann sein Sexualleben politisch ausgeschlachtet wird ... Was gibt's sonst noch?«

»Laß nicht zu, daß Bobby sich Leute wie Red Dorfman oder

Moe Dalitz oder Sam Giancana vorknöpft. Diese Typen haben sowieso schon genügend Probleme mit dem Gesetz. Warum also soll dein Name in einer Art Kampagne gegen sie auftauchen? Von ihrem Standpunkt aus, was du nicht vergessen solltest, haben sie dir einen Gefallen getan.«

Da er nichts erwiderte, redete ich weiter. »Ihr habt Beck. Der Untersuchungsausschuß hat sich Hoffa vorgenommen. Du hast schon jede Menge Schlagzeilen, Zustimmung in der Presse und sogar die Chance, die Gesetzgebung zu beeinflussen. Du mußt nicht auch noch diese Typen mit reinziehen.«

»Einer oder zwei von ihnen müssen vor dem Untersuchungsausschuß erscheinen«, sagte er ausweichend. »Das kann ich nicht verhindern. Dafür ist es zu spät.«

»Okay, einverstanden, aber legt ihnen nicht die Daumenschrauben an, Jack, mehr will ich ja gar nicht. Keine Berufung auf Vorstrafen, und keiner wandert ins Gefängnis, okay?«

»Werden sie damit zufrieden sein?«

»Wahrscheinlich ... Ich hoffe es jedenfalls.«

»Also gut, ich versuche es«, sagte er, und ich wußte, daß ich bei ihm nicht mehr erreichen konnte.

Jack reckte sich und verzog das Gesicht zu einer Grimasse. Zu Hause saß er vorzugsweise in einem ungepolsterten Schaukelstuhl, aber wenn es zu lange dauerte, hatte er immer noch große Schmerzen. »Kennst du einen Dr. Burton Wasserman in New York?« fragte er mich.

»Nicht persönlich, aber Marilyn erwähnte ihn.«

»Ach wirklich? Ich war neulich bei ihm. Einige Leute hatten ihn mir empfohlen. Wasserman ist so eine Art Schmerzspezialist. Er gab mir eine Spritze – Vitamin-B-Komplex und so weiter –, und es war wie ein Wunder! Mir tat in den nächsten vierundzwanzig Stunden nichts weh, und ich habe mich seit Jahren nicht so gut gefühlt!«

»Wasserman ist bei der Prominenz in Mode. Ich kenne viele von seinen Patienten. Alle behaupten, daß er Wunder bewirkt. Die Spritzen helfen, daran besteht kein Zweifel, aber das Problem ist, daß du immer wieder zu ihm gehen mußt. Bill Paley wurde nach seinem Skiunfall sein Patient, und nach einiger Zeit pilgerte er täglich zu ihm.«

»Nun, mir macht es nichts aus, ein- oder zweimal pro Woche

hinzugehen, wenn ich dadurch die Schmerzen los bin.« Er lachte. »Außerdem habe ich schließlich genug andere Gründe, um nach New York zu fliegen.«

Er stand auf – seine Bewegungen waren weniger steif, wie ich bemerkte –, und wir schüttelten uns die Hand.

Ich wäre jede Wette eingegangen, daß auch Marilyn bald den Großteil ihrer Zeit in New York verbringen würde, anstatt für Arthur Miller in Connecticut die Hausfrau zu spielen.

20. KAPITEL

Im Schlafzimmer war es dunkel. Sie kuschelte sich noch etwas enger an den Mann und rieb ihren Fuß an seinem. »Du kannst nicht schon wieder wollen«, sagte er. »Noch nicht.«

»Stimmt. Ich bin erledigt. Halb tot, wenn du's genau wissen willst. Ich möchte nur, daß du mich festhältst.«

Er legte seine Arme um sie und drückte sie an sich. Die Haare auf seiner Brust und seinem Bauch kitzelten sie. Sie legte ihre Fingerspitzen auf seinen Penis und hielt ihn sanft umfaßt, spürte seine Wärme und das leichte Pochen der Erregung, so müde er auch war. Sie war wund, naß, verschwitzt, den salzigen Geschmack seines Spermas immer noch im Mund ... völlig aufgelöst durch Sex, dachte sie glücklich.

»Die Sache mit dem Baby tut mir sehr leid«, sagte er leise.

Zum Reden war keine Zeit geblieben, als sie die Suite betrat. Er hatte sie an sich gerissen und hart geküßt. Sie hatte sich seiner Ungeduld sofort ergeben und ihr Kleid im Gehen abgestreift, als er sie zum Schlafzimmer zog. Lachend und schluchzend fiel sie vornüber aufs Bett, noch halb angezogen, während er hinter ihr stand und mit heftigen Stößen in sie eindrang. Sie war schon zweimal gekommen, bevor sie ihre restlichen Kleidungsstücke los waren, das Bett aufdeckten und zwischen die kühlen Laken schlüpften, um sich wieder zu lieben; diesmal langsam, einfühlsam, ausdauernd.

»Deinem Rücken muß es ja viel besser gehen«, sagte sie nun. Sie wollte nicht über das Baby reden.

»Das ist dir aufgefallen?«

»Und wie! Es ist mal was Neues, statt wie bisher du auf dem Rücken und ich auf dir reitend.«

»Mochtest du das nicht?«

»Doch, sogar sehr«, erwiderte sie. »Aber das hier gefällt mir noch besser.«

»Ich war bei dem Arzt, von dem jeder spricht. Wasserman. Heute habe ich eine von seinen Vitaminspritzen gekriegt. Es ist wie Zauberei. Mein Rücken tut kein bißchen weh. Im Ernst, ich könnte heute jede Position des Kamasutra durchprobieren.« Er ließ seine Hand langsam über ihren Rücken nach unten wandern, und seine Finger begannen mit ihren Schamhaaren herumzuspielen.

Ein Schauer überlief sie. Sie hätte hier für immer bleiben können, in Sicherheit vor der Welt. Sie würde in seinen Armen vielleicht sogar einschlafen können. »Ich bin froh, daß Dr. Wasserman solch ein Wunder an dir bewirkt hat.«

»David erzählte mir, daß du auch zu ihm gehst.«

»Mm«, murmelte sie zurückhaltend.

»Das klingt nicht gerade begeistert.«

»Ehrlich gesagt, ist er mir irgendwie unheimlich. Weißt du, daß man ihn auch ›Dr. Fühlgut‹ nennt? Ich glaube, daß diese Injektionen nicht nur Vitamine enthalten, wenn du verstehst, was ich meine …«

»Mir helfen sie jedenfalls. Dir etwa nicht?«

»Ja und nein. Ich habe mich eine Zeitlang sehr gut gefühlt, hatte dann aber schreckliche Einbrüche … Außerdem hasse ich Spritzen, die machen mir wirklich angst. Aber vermutlich war mein größtes Problem mit Dr. Wasserman, daß er mir nicht genug Rezepte ausschreiben wollte. Ich mußte ständig in seine Praxis kommen und mußte mich sogar ausziehen, nur damit er mir eine Spritze geben kann. Deshalb glaube ich eben, daß er vor allem ein geiler alter Mann ist.«

Er lachte. »Ich täte das gleiche, wenn ich Arzt wäre.«

»Du bist auch ein geiler alter Mann.«

»Noch nicht, aber ich möchte es eines Tages mal sein. Das war schon immer meine Wunschvorstellung.«

Sie war gerade dabei, ihm wie eine Katze den getrockneten Schweiß von der Brust zu lecken. »Und ich habe immer nach einer Wunschvorstellung gesucht. Eine Weile dachte ich, ›Gut leben ist die beste Rache‹ würde vielleicht genügen.« Sie hatte diesen Spruch auf einem Petit-Point-Kissen in Amy Greenes Schlafzimmer entdeckt, und er hatte ihr sofort eingeleuchtet.

»Das reicht mir nicht«, sagte Jack. »Ich habe immer gut gelebt.«
»Und wäre es was für Jackie?«
Er überlegte einen Moment. »Ja«, meinte er dann. »Für Jackie wäre es wohl das richtige.«
»Wie läuft es jetzt mit ihr?«
»Was meinst du damit?«
»Vergiß nicht, daß ich Zeitung lese. Außerdem erzählt mir David allen Klatsch.«
»Er redet zuviel.«
»Er ist zu mir viel netter, als du es bist. Erzähl's mir ruhig, denn früher oder später kriege ich's doch aus dir heraus.«
Er seufzte. »Wir hatten eine schwere Krise, das stimmt. Nachdem Jackie das Baby verlor. Aber jetzt sind wir wieder zusammen. Und sie ist sogar wieder schwanger.«
»Wie schön«, sagte sie, konnte aber ihre Trauer nicht verbergen. »Wie kam es zu der Krise?«
»Es gibt nicht nur einen Grund ... Es kommt meistens viel zusammen.«
»Erzähl mir davon. Da sie schwanger ist, schätze ich, daß ihr einiges geklärt habt, oder?«
»In gewisser Weise schon.«
»Was für ein Jammer! Sonst hättest du mich heiraten können.«
Er lachte nervös.
»Ich meine es ernst!«
»Ich weiß«, antwortete er, legte aber keinerlei Begeisterung in seine Stimme.
»Wir wären so glücklich«, schwärmte sie. »Und wir hätten das schönste Baby der Welt!«
Sie spürte, wie er sich versteifte. »Ich habe nur laut geträumt«, flüsterte sie und umarmte ihn, damit er nicht aufstand. »Und was für einen himmlischen Traum!«
Er wollte unbedingt das Thema wechseln. »Was hast du für Pläne?«
»Ich gehe für ein Weilchen nach L. A. zurück, um einen Film mit Billy zu drehen.« Als ihr einfiel, daß Jack im Filmgeschäft ein Outsider war, fügte sie hinzu: »Billy Wilder.«
Er nickte.

»Er war mein Regisseur in *The Seven Year Itch*«, erklärte sie.

»Das ist ja großartig. Ich mochte den Film. Wovon handelt der nächste?«

»Ich weiß es nur in groben Zügen. Ich werde Sugar Kane spielen, eine Sängerin und Ukulelespielerin, die an zwei Männer gerät, die sich als Frauen verkleiden, um der Mafia zu entkommen. Tony Curtis und Jack Lemmon sind meine Partner ...«

»Jack Lemmon ist großartig.«

Sie nickte zustimmend. Im Grunde hatte sie jedoch panische Angst davor, mit Lemmon zu arbeiten, der ein echter Profi war, ein ›Erzkomödiant‹, wie Arthur es ausdrückte. Hinzu kam, daß Curtis den Ruf hatte, schwierig, taktlos und unkollegial zu sein.

Sie freute sich einerseits darauf, wieder in Hollywood zu drehen, wo ihr Starruhm unangefochten war, doch andererseits fürchtete sie sich vor der Kamera, den endlosen Takes, dem Druck vom Studio, den Forderungen des Regisseurs ... Und diesmal würde sie all das ohne Milton durchstehen müssen, denn sie hatte ihre Partnerschaft mit ihm in einem Wutanfall beendet, da sie den Verdacht hegte, daß er dem Filmbudget von *The Prince and the Showgirl* private Ausgaben untergejubelt hatte. Damit beendete sie eine Freundschaft, die zu den wichtigsten in ihrem Leben gezählt hatte. Später stellte sie fest, daß sie ihn zu Unrecht beschuldigt hatte, aber da war es zu spät.

»Was ist diese, äh, Sugar Kane für ein Typ?« sagte Jack, um Konversation bemüht.

»Ein blondes Dummchen.«

»Ich dachte, du wolltest keine blonden Dummchen mehr spielen.«

»Das will ich auch nicht. Aber ich tu's eben. Wie du, der du Präsident werden wirst. Wenn ich diesen Film und vielleicht noch einen weiteren abgedreht habe, kommt vermutlich der an die Reihe, den Arthur für mich schreibt ... *The Misfits*. In dem spiele ich mich selbst. Das wird sicher verdammt schwer, mehr als sonst.«

»Ich hätte gedacht, es wäre leichter.«

»Ach, Honey, niemals! Du selbst zu sein ist am schwersten. Ich würde lieber Tag für Tag jemand anderen spielen.«

»Ich werde später im Jahr viel an der Westküste sein.«

»Oh, das ist gut«, flüsterte sie und spürte, wie er wieder steif wurde. Ihre Gedanken schweiften ab, ihr Körper übernahm die Kontrolle, und sie vergaß fast ihre Ehe und den nächsten Film. Aber nur fast!

Denn selbst als sie vor Lust stöhnte, lauerte irgendwo in ihr die Frage, wie sie es schaffen sollte, Roslyn in *The Misfits* zu spielen, jene gequälte, neurotische, untreue Heldin, die Arthur ihr so tückisch auf den Leib geschrieben hatte ...

Spezialagent Kirkpatrick wurde von einer mütterlich wirkenden Sekretärin unverzüglich ins Büro des Direktors geleitet.

Hoover thronte unbeweglich hinter seinem Schreibtisch, als wäre er aus Speckstein geschnitzt. Wie immer war Tolson an seiner Seite.

»Gute Arbeit, Kirkpatrick«, sagte Tolson.

Hoover nickte zustimmend, wobei seine Hamsterbacken auf und ab wippten.

»Ich habe noch mehr«, erwiderte Kirkpatrick und klopfte auf seine Aktenmappe. »Wir haben eine Unterhaltung zwischen Dummkopf und Lanzenträger auf Band, das die beiden vor einigen Nächten im Carlyle-Hotel in New York führten.« Als immer mehr Bänder zusammenkamen, hatte Kirkpatrick es für ratsam gehalten, aus Sicherheitsgründen allen Hauptfiguren Codenamen zu geben und das ganze Projekt als top-secret zu klassifizieren. Er wußte genug von Politik, um den häßlichen Skandal förmlich zu riechen, falls irgend etwas von diesem Material an die Presse gelangte.

»Ich weiß, wo das Carlyle-Hotel ist«, brummte Hoover, als seien seine Kenntnisse von New York angezweifelt worden.

»Es soll sehr gut sein«, meinte nun Tolson.

»Das Waldorf Towers ist gut genug für mich«, sagte Hoover. »Die Kennedys haben ein Apartment im Carlyle«, erklärte er Tolson dann. »Sowohl der Botschafter als auch Senator Kennedy nutzen es. Sie können sich vorstellen, wofür ...«

»Oh, das kann ich mir gut vorstellen, Herr Direktor«, antwortete Tolson. »Es ist eine Schande, daß Leute wie die Kennedys, die soviel Geld haben, keine höhere Moral vertreten.«

Hoover blinzelte und sah auf einmal wie ein gigantischer Ochsenfrosch aus. »Nur zu oft sind es gerade die Reichen und Privilegierten, die ihr Land verraten«, sagte er. »Nehmen wir nur mal

Alger Hiss. Deshalb will ich auch keinen Mann von irgendeinem Ivy League College im FBI haben. Brutstätten der Unmoral, Agent Kirkpatrick. Und des Hochverrats.«

Kirkpatrick nickte. Allerdings konnte er sich nicht vorstellen, daß irgend jemand von einem Ivy League College wie Yale oder Harvard in das FBI mit seiner miserablen Bezahlung und den schlechten Beförderungschancen eintreten wollte.

»Schon eigenartig«, sinnierte Hoover. »Nehmen wir mal Jack Kennedy, einen Kriegshelden, einen reichen, gutaussehenden jungen Mann. Alles spricht für ihn, und doch fehlt da irgend etwas, ist etwas falsch ...« Er brach ab und schaute auf seine gefalteten Hände mit dem dicken goldenen Siegelring hinunter, die auf der glänzenden, leeren Schreibtischplatte ruhten. »Ich habe viel darüber nachgedacht«, redete er weiter. »Seine Schwäche ist seine Vernarrtheit in berühmte Leute. Filmstars, Gangster, linke Autoren, ganz egal, um wen es sich handelt, er fällt immer auf Glamour rein.« Er ließ diese Weisheit einen Moment auf seine Zuhörer einwirken. »Übrigens einer der Gründe, warum er kein guter Präsident wäre.«

Während Kirkpatrick beobachtete, wie Clyde Tolson seine Zustimmung signalisierte, fiel ihm ein, daß man dasselbe über Hoover sagen könnte, der allen Berühmtheiten in den Arsch kroch – Sportlern, Stars, Filmproduzenten aus Hollywood und ganz besonders Chefredakteuren. Klugerweise nickte Kirkpatrick jedoch, als sei er überwältigt von Hoovers Durchblick.

»Sie haben hervorragende Arbeit geleistet, Kirkpatrick«, sagte der Direktor.

»Vielen Dank, Sir. Tut mir leid, daß es mit Hoffa nicht klappte.« Kirkpatrick hatte zu einem Team gehört, das im vergangenen Sommer hastig zusammengestellt wurde, um Hoffa dabei zu ertappen, wie er einen Umschlag voller Hundertdollarscheine einem Zeugen der Anklage überreichte. Natürlich war es eine abgekartete Sache gewesen wie die meisten erfolgreichen Aktionen dieser Art – von Bobby Kennedy angestiftet, der Hoffa eine Falle stellen wollte. Zu Bobbys Ärger – er hatte angekündigt, er werde vom Dach des Capitols springen, falls Hoffa nicht verurteilt würde –, aber nicht zu Kirkpatricks Verwunderung, hatten die Geschworenen Hoffa freigesprochen, worauf er Bobby hämisch einen Fallschirm zuschickte.

Bei der Verhandlung war es Kirkpatrick so vorgekommen, als sei die Staatsanwaltschaft keineswegs eifrig bei der Sache und als sei das Beweismaterial teilweise verfälscht oder schlecht vorgebracht. Er hatte dies der Ineffizienz der Justizbehörde zugeschrieben, aber die Art und Weise, wie Hoover und Tolson sich nun ansahen, brachte ihn auf den Gedanken, daß vielleicht auf höchster Ebene im FBI beschlossen worden war, Hoffa laufenzulassen. Um die Kennedys zu demütigen? Höchstwahrscheinlich, dachte er. Weil es zwischen Hoffa und dem FBI Verbindungen gab? Auch das war möglich, denn Hoffa könnte sogar aus Eigennutz ein geheimer Informant sein. Man konnte nie wissen. Beim FBI hatte nur Hoover – und vielleicht noch Tolson – den ›großen Überblick‹.

»Machen Sie sich deshalb keine Gedanken«, sagte Hoover großmütig. »Sie haben Ihr Bestes geleistet. Niemand hätte mehr tun können.«

Damit war für Kirkpatrick die Sache ganz klar. Wenn Hoover, für den nur der Erfolg zählte, bereit war, einen Fehlschlag zu loben, dann nur deshalb, weil es in seiner Absicht gelegen hatte, die Anklage gegen Hoffa platzen zu lassen.

»Das wird Bobby lehren, nicht vorschnell zu handeln«, sagte Tolson, und Hoover nickte weise.

Kirkpatrick räusperte sich nervös. »Noch mal zu den Bändern, Sir. Ich habe sie hier in meiner Aktenmappe, falls Sie sie hören wollen.«

Hoover schaute ins Leere. »Das sollte ich wohl, Mr. Tolson, meinen Sie nicht auch?«

Tolson nickte.

»Es macht mir keinen Spaß, derartigen Schmutz anzuhören, Mr. Kirkpatrick. Ich muß mich dazu zwingen. Zum Wohl des Vaterlands.«

»Ja, Sir.« Kirkpatrick öffnete seine Aktenmappe, holte die Bänder hervor und reichte sie Tolson. »Ich habe mir erlaubt, Sir, eine kurze Zusammenfassung der, äh, wichtigsten Momente zusammenzuschneiden.« Es hatte ihm auf der Zunge gelegen »... der unzüchtigsten Momente«, zu sagen, aber er war froh, daß er es sich anders überlegt hatte.

Hoover ließ sich von Tolson das Band geben und legte es in die Schreibtischschublade. »Das war sehr vernünftig, Mr. Kirkpatrick. Es kommt uns sehr zupaß. Der Vizepräsident wird sich dies sicher gerne anhören, nicht wahr, Mr. Tolson?«

»Ganz Ihrer Meinung, Herr Direktor«, erwiderte Tolson.

»Nur weiter so, Kirkpatrick«, sagte der Direktor, stand hinter seinem Schreibtisch auf und gab Kirkpatrick zum zweitenmal in seiner Karriere die Hand.

Nixon, dachte Kirkpatrick plötzlich, der zumindest zu ahnen begann, was hier lief. Er fragte sich, ob die Kennedys von den Streitkräften wußten, die gegen sie aufgeboten wurden – von den Teamsters und der Mafia bis hin zu Nixon und dem FBI. Er fragte sich weiter, ob es ihnen etwas ausmachte oder nicht.

Aber schließlich wurde er nicht dafür bezahlt, sich Sorgen um die Kennedys zu machen, sagte er sich, als er in sein eigenes Büro zurückging.

Jeder, der mich gut kannte, wäre erstaunt gewesen, mich um zehn Uhr abends dabei zu überraschen, wie ich ein Motel in New Jersey, gleich gegenüber der George Washington Bridge, betrat.

In Momenten wie diesem fragte ich mich häufig, warum sich ein Phi Beta Kappa und Absolvent der Columbia University mit Leuten wie Red Dorfman abgab. Aber natürlich war die Vorliebe für Geheimnisse und das Abenteuer, mit Typen aus der Gosse zu verkehren (was die Franzosen ›nostalgie de la boue‹ nennen), eine ganz normale Schwäche der gebildeten und etablierten Klasse, und zwar nirgends mehr als in den USA, wo Gangster seit jeher eine große Faszination ausüben. Maria meinte, daß ich eine ›Midlife-crisis‹ hätte, und ich vermute, daß es stimmte, auch wenn es wohl nicht die Art von Krise war, die sie im Sinn hatte.

Vierundzwanzig Stunden nach meinem Frühstück mit Jack hatte ich Jack Ruby in Dallas angerufen und ihm gesagt, daß ich mich mit Dorfman treffen müßte. Ruby, der normalerweise winselte und protestierte, muß meiner Stimme wohl angehört haben, daß es sehr dringend war, denn er rief mich fast gleich darauf zurück und gab mir Zeitpunkt und Ort der Zusammenkunft an.

Es fiel mir schwer zu begreifen, warum Dorfman Ruby vertraute. Sicher war er Dorfman so treu ergeben wie ein großer, häßlicher Straßenköter, aber außer seiner blinden Loyalität hatte er meines Erachtens keine Vorzüge. »Für Red Dorfman würde ich sogar zum Killer werden«, hatte er mir einmal hinter dem Steuer eines Leihwagens heiser zugeflüstert, als wir auf dem Parkplatz hinter dem Hollywood Brown Derby standen, aber ich schätzte, daß dies nur die übliche Hochstapelei eines geborenen Verlierers war, der liebend gern ein harter Bursche gewesen wäre.

Auf den vereinzelten Sesseln in der schmuddeligen Halle des Hideaway-Motels saßen ganz eindeutige Prostituierte, und die Leute, die sich an der Rezeption eintragen ließen, hatten die verstohlene Art ehebrecherischer Paare an sich, die vorzutäuschen versuchen, daß sie verheiratet sind. Ich ging zum Aufzug, den ich mit einem sich leidenschaftlich umarmenden Pärchen teilen mußte, und fuhr zum obersten Stockwerk.

Ich fand die Zimmernummer, die man mir genannt hatte, und klopfte. Eine vertraute rauhe Stimme hieß mich eintreten.

Dorfman bewohnte die wohl einzige Suite des Hideaway-Motels. Er hatte sich in der Mitte des Raums aufgebaut und schaute mir finster entgegen. Komischerweise erinnerte er mich an Mussolini, der auf dem Höhepunkt seiner Macht wohl ungefähr auf diese Weise einen Besucher begrüßt hätte.

Ich ließ mich nicht einschüchtern, da ich genau wußte, welch fataler Fehler es wäre, Dorfman wissen zu lassen, daß ich Angst vor ihm hatte. Er war wie eines jener Tiere, die erst dann aggressiv werden, wenn sie Furcht wittern – wie Wölfe oder besonders scharfe Wachhunde. Ich trat auf ihn zu und schüttelte ihm ausgiebig die Hand, was ihn etwas aus dem Konzept brachte, da er wahrscheinlich lieber derjenige gewesen wäre, der die Initiative ergriff.

»Um was für 'n Scheißproblem geht's diesmal?« erkundigte er sich statt einer Begrüßung.

Ich sah mich um. Es war der Salon einer ganz gewöhnlichen Hotelsuite, und die Tür zum Schlafzimmer stand einen Spalt offen. Ich spürte, daß dort jemand war, vermutlich eine Frau.

»Keine Abhörgeräte«, sagte Dorfman, der meinen Blick falsch deutete. »Der ganze Laden gehört uns.«

»Aha, und warum treffen wir uns in New Jersey?« Dorfman war ein Gangster, aber es paßte nicht zu ihm und seiner Karriere, daß er sich in einem billigen Motel aufhielt.

Er wirkte einen Moment verlegen. »Es gibt so eine Art ...« Er suchte nach dem richtigen Wort. »... Tradition. Man geht nicht in das Revier eines anderen Mannes, ohne um Erlaubnis zu bitten.«

Ich hob nur die Augenbrauen.

»Wenn Vito Genovese aus irgendeinem Grund nach Chicago will«, erklärte er und nahm das Oberhaupt einer der fünf Gangsterfamilien von New York als Beispiel, »dann müßte er Momo Giancana um Erlaubnis bitten und vice versa. Man geht nicht nach Miami, ohne Meyer Lansky zu fragen, oder nach Havanna, ohne das Okay von Santo Trafficante zu kriegen, verstehen Sie? Es ist alles eine Frage der guten Manieren. Wir wollten diese Sache geheimhalten und bekamen folglich kein Okay von jemandem in New York. Deshalb dieses Motel. Wir sind auf der anderen Seite der Brücke.«

Das »Wir« wunderte mich, aber ich fragte nicht nach. Dorfman hatte bereits eine Frage beantwortet, und ich wollte ihn nicht durch eine zweite unnötig provozieren. Ich nahm an, daß Dorfman mit den sogenannten guten Manieren Kompetenzstreitigkeiten meinte, die tödlich ausgehen konnten. Man stellt sich ja gerne vor (ich tat es jedenfalls), daß ein großer Gangster unter anderem den Vorteil hat, unbeschadet Gesetze brechen zu können. Aber das stimmt nicht, denn Gangster sind auch nicht freier als gesetzestreue Bürger, und ihre Regeln müssen sogar noch viel strikter befolgt werden.

Dorfman war so mächtig, daß auf seinen Befehl vielleicht Leute umgebracht wurden, aber ich konnte locker über die George Washington Bridge nach Manhattan zurückfahren, ohne um Erlaubnis bitten zu müssen. Der Gedanke war tröstlich, bis mir einfiel, daß Dorfman mich hier und jetzt killen lassen und auf irgendeinem Müllabladeplatz in New Jersey verscharren könnte, ohne daß irgend jemand davon erführe.

»Warum setzen wir uns nicht?« schlug ich vor. »Ich hätte gerne einen Scotch mit Eis.«

Dorfman knirschte mit den Zähnen. Ich hatte den deutlichen Eindruck, daß er die ganze Angelegenheit so schnell wie möglich über die Bühne bringen wollte, und genau deshalb machte es mir diebisches Vergnügen, das Ganze hinauszuzögern.

»Bedienen Sie sich«, sagte er unfreundlich.

Ich holte mir einen Drink aus der wohlbestückten Bar, während Dorfman sich eine Tasse Kaffee einschenkte. Er sah aus wie ein Mann, der früher ein starker Trinker gewesen war, es aber aufgegeben hatte. Dann setzten wir uns zusammen aufs Sofa. Mir fiel auf, daß er gelegentlich zur Schlafzimmertür hinübersah. Auf seinem Gesicht entdeckte ich kein Verlangen, sondern eher Furcht, als sei die wartende Lady tatsächlich sehr ungeduldig.

»So, und was ist das nun für 'n Riesendeal, wegen dem mich Ruby den weiten Weg bis nach Jersey kommen läßt?«

»Ike Lublin hat bei einem Dinner in Washington eine kleine Warnung ausgesprochen. Er sagte mir, daß Ihre Leute nicht gerade glücklich sind über das, was Hoffa passierte. Er hat mir gedroht. Er hat auch Senator Kennedy gedroht.«

Dorfman pustete geräuschvoll in seinen Kaffee. »Er hat niemanden bedroht. Er ist bloß ein abgefuckter Anwalt.«

»Na schön. Er gab eine Drohung weiter. Klingt das besser?«

»Klar. Sie können doch nicht rumlaufen und einen Anwalt beschuldigen, Leute zu bedrohen. Für so was kann ein Anwalt seine Zulassung verlieren.«

Ein Anwalt kann auch fast alles abstreiten, was er je gesagt hat, dachte ich. »Wie auch immer«, lenkte ich ein. »Jedenfalls wurde gedroht.«

»Hitzköpfe«, meinte Dorfman und schüttelte betrübt den Kopf. »Hab' ich Ihnen nicht gesagt, daß Hoffa leicht der Geduldsfaden reißt, damals in Las Vegas?«

»Wir machen uns nicht nur wegen Hoffa Gedanken.«

»Wenn ich Sie wäre, würde ich mir sogar viele Gedanken wegen Hoffa machen. Jack und Bobby haben ihn reingelegt, aus seiner Sicht jedenfalls.«

»Und aus Ihrer Sicht, Red?«

»Ich arbeite nicht für Hoffa. Ich finde, daß er sich dort vor dem Untersuchungsausschuß wie ein Arschloch aufgeführt hat. Sollen sich die Senatoren doch ruhig als Klugscheißer aufführen, na wennschon? Es gibt Zeiten, da muß man eben respektvoll sein, selbst bei Typen, die's nicht verdienen, stimmt's? Du verscheißerst die Cops, und sie treten dir in die Eier. Senatoren auch. Hoffa hätte ehrlich spielen müssen.«

»Das ist auch Jacks Ansicht.«

»Yeah? Aber Bobby ist auch ein mieser Hund, David, wenn Sie meine Meinung wissen wollen. Er hat Hoffa absichtlich provoziert. Und mit der Bestechungsgeschichte wollte er ihn reinlegen. Das hätte Bobby nicht tun sollen.«

»Kann schon sein.« Ich war tatsächlich Dorfmans Meinung. Es

bestand für mich kein Zweifel, daß Bobby versucht hatte, Hoffa eins auszuwischen. Eine der Kennedy-Regeln lautete: Alles ist erlaubt, wenn man damit durchkommt. Vermutlich spielte Hoffa nach ganz ähnlichen Regeln, nur daß hier der Verlierer gekillt wurde.

»Fest steht, daß Jack auch nicht glücklich darüber ist, wie die Sache lief«, sagte ich.

Dorfmans keuchendes Lachen erinnerte an einen Lastwagen mit Startproblemen. »Wer behauptet, daß wir unglücklich sind?«

»Ich schloß es aus dem, was Ike sagte ...«

»Ike kennt nicht die ganze Story. Ich habe nichts gegen ihn, aber er ist nicht im inneren Zirkel ... Tatsache ist doch, David, daß Jack und Bobby uns einen Gefallen erwiesen haben. Sie haben uns von Beck befreit. Nun haben wir Hoffa an seiner Stelle, was wir ja wollten.« Er grinste zynisch. »Wir mußten Beck nicht ausschalten. Jack und Bobby haben uns das abgenommen.«

»Hoffa scheint zu glauben, daß er große Ansprüche hat.«

»Scheiß drauf! Er ist Präsident der International. Was will er denn noch? Ganz im Vertrauen, David, niemand auf meiner Seite möchte, daß Hoffa zu mächtig wird, kapiert? Deshalb mußte Beck gehen. Wir wollen aber auch nicht, daß Hoffa aus dem Verkehr gezogen wird – wir haben viel in ihn investiert, und außerdem könnte er was ausplaudern –, aber seine Probleme sind nicht notwendigerweise unsere, okay?«

»Okay.« Das waren Neuigkeiten für mich. Ich hatte angenommen, daß Hoffa und die Mafia ein und dasselbe waren, aber nun begriff ich langsam, daß Hoffa die Mafia zwar eingesetzt hatte, um zu kriegen, was er wollte – Dave Becks Posten in Washington –, die Mafia aber vorhatte, Hoffa zu benutzen, um zu kriegen, was *sie* wollte. Keiner der beiden Partner bei diesem Arrangement mochte den anderen oder traute ihm, was für das Justizministerium sicher eine Neuigkeit war.

»Solange ihr nur glücklich seid ...«, begann ich.

Dorfman gönnte mir ein Zucken seiner Mundwinkel, das bei seiner Mimik wohl ein Lächeln sein sollte.

»Wer behauptet, daß wir glücklich sind? Es wird Zeit, daß ihr Hoffa wieder in Ruhe laßt. Genug ist genug, stimmt's? Wir müssen mit dem Typen leben. Und ihr auch.«

»Das könnte schwierig werden.«

»Dann müssen Sie eben einen Weg finden. Und was ist eigentlich mit all diesen Scheißvorladungen? Leute wie Momo können keine Geschäfte machen, wenn sie mit solchen Scheißvorladungen rechnen müssen. Das ist nicht richtig.«

»Ihre Namen kamen bei Zeugenaussagen zur Sprache. Glauben Sie mir, Jack gefällt das genauso wenig wie Ihnen, aber die müssen vor Gericht erscheinen.«

»Das wird denen gar nicht passen.«

»Sagen Sie ihnen, daß nichts zu befürchten ist. Jack wird dafür sorgen, daß keiner angeklagt wird. Bobby wird ihnen einige unbequeme Fragen stellen – dagegen läßt sich nichts machen –, aber das ist doch kein zu hoher Preis dafür, daß ihr jetzt Hoffa an Becks Stelle habt, oder?«

Er verzog das Gesicht. »Haben Sie dafür Jacks Wort?«

Ich nickte.

Dorfman schaute wieder zur Schlafzimmertür. Ein schwacher Duft nach Havannazigarren stieg mir in die Nase. Weder Dorfman noch ich rauchten. Also war die Person im Schlafzimmer wohl doch keine Frau, es sei denn, die Geliebten von Mafiabossen schwärmten für Upmans. Ich tippte auf jemanden, der in der Chicagoer Hierarchie höher rangierte als Dorfman, was vermutlich hieß, daß Giancana selbst unserer Unterhaltung zuhörte. Wer es auch war, er hustete jedenfalls einmal. Ein tiefer, gutturaler Husten wie bei einem Löwen, der sich räuspert. Eindeutig keine Frau.

Dorfmans Blick wanderte wieder zu mir zurück. »Ich schätze, das ist okay«, sagte er. Ob nun Giancana der Unsichtbare im Schlafzimmer war oder nicht, auf jeden Fall war er hier der Boß. »Bestellen Sie Jack, daß unsere Leute wie anständige Bürger aussagen werden. Es sind respektable Männer in ihrer eigenen Welt, verstanden? Die werden sich nicht so aufführen wie Hoffa. Vielleicht machen sie mal vom Aussageverweigerungsrecht Gebrauch, aber sie werden dem Gericht Respekt erweisen.«

»Respekt genügt. Ich richte es Jack aus. Er wird dankbar dafür sein.«

»Yeah.« Dorfmans Gesichtsausdruck sagte nur allzu offen, was er von der Dankbarkeit der Politiker hielt.

Ich kam immer mehr zu der Ansicht, daß Jack möglichst rasch von der Gewerkschaftsreform zur Außenpolitik überwechseln sollte, denn das wäre für alle Beteiligten bestimmt besser. Man konnte auch ohne innenpolitisches Programm gewählt werden, das hatte Ike 1956 bewiesen. Ich hatte es plötzlich eilig, mich zu verabschieden, da inzwischen klar war, daß Hoffa es auf uns abgesehen hatte und nicht etwa die Chicagoer Mafia.

Aus irgendeinem Grund war ich darüber erleichtert.

21. KAPITEL

Peter Lawford machte sie immer nervös. Er hatte etwas unterschwellig Gemeines, Korruptes an sich. Auf den ersten Blick wirkte er wie ein witziger, eloquenter Engländer, aber ihre Erfahrungen mit Olivier in England ließen sie erkennen, daß Lawford ein Hochstapler war, nichts als ein Ami, der in Los Angeles englisch erzogen worden war, damit er bei MGM die Rollen von Engländern spielen konnte. Alles Englische an Lawford war aufgesetzt, angefangen mit seinem Akzent bis hin zu seiner Kleidung. Nur in Hollywood, wo es keine Trennlinie zwischen echt und falsch gab, konnte er sich den Leuten als Engländer verkaufen.

Lawford hatte ihrer Meinung nach kein großes Talent als Schauspieler, kompensierte es aber dadurch, daß er sich bei allen beliebt zu machen verstand. Er schmeichelte sich bei den Studiobossen ein, bei großen Stars wie Sinatra, beim Kennedy-Clan, insbesondere bei Jack, und auch bei ihr. Deshalb war es kein Wunder, daß Lawford sein Haus in Malibu Jack stets willig zur Verfügung stellte oder sogar Frauen anschleppte, wenn Jack an der Westküste war.

Seit sie nach Los Angeles zurückgekommen war, um *Some Like It Hot* zu drehen, hatte sie sich zweimal mit Jack in Malibu getroffen. Das erstemal, als er zu einer Rede nach Kalifornien kam, und das zweitemal anläßlich einer großen Gala der Demokraten, die dazu diente, die Parteifinanzen aufzubessern – beide Male ohne Jackie. Für ihn war es einfacher, sich Zeit zu nehmen, als für sie, da sie den ganzen Tag im Filmstudio war.

Seit Beginn der Dreharbeiten haßte sie diesen Film. Selbst mit Unterstützung von Paula Strasberg konnte sie keinen Sinn in ihrer Rolle sehen und wußte außerdem nicht, wie sie sich dagegen wehren sollte, von Jack Lemmon und Tony Curtis in den Hintergrund gedrängt zu werden.

Sie hauste mit Arthur in einem Bungalow des Beverly-Hills-Hotels, arbeitete sechs Tage in der Woche am Film und fand folglich kaum eine Möglichkeit, sich seiner Überwachung zu entziehen. Seine Arbeit an *The Misfits* lief schlecht – Gable konnte sich mit der Rolle des Gay Langland nicht anfreunden, die ihm auf den Leib geschrieben worden war –, und Arthur vertrödelte seine Tage am Drehort, wo er schweigend litt, wenn sie Paula um Rat fragte statt ihn. Seine ständige Anwesenheit entnervte sie. Beim erstenmal gelang es ihr, unter dem Vorwand wegzukommen, daß sie mal einen Tag frei haben müßte. Sie verbrachte ihn aufs herrlichste mit Jack im Bett oder am Pool von Lawford, er in der Sonne, sie im Schatten, da sie wohl die einzige Kalifornierin war, die nicht braun werden wollte. Beim zweitenmal flunkerte sie ihrem Mann vor, sie müßte einen Freund im Krankenhaus besuchen. Auch das wurde ein wunderbarer, fast magischer Tag. Jack rauchte etwas Hasch – in Lawfords Haus gab es überall Drogen an den unwahrscheinlichsten Stellen versteckt, so daß man unter Umständen mit seinem Leben spielte, wenn man sich Zucker in den Kaffee tat –, und sie nahm ihn mit zum Nacktbadestrand, wo sie früher mit James Dean gewesen war. Sie und Jack lagen dort nackt nebeneinander, von niemandem erkannt, und amüsierten sich blendend – sie mit dunkler Perücke und er mit einem der Hüte von Peter Lawford ...

Sie döste in einem der bequemen Sessel von Frank Sinatras Privatjet vor sich hin, als sie in Begleitung von Lawford nach Tahoe flog. Jack hatte angerufen und erklärt, daß er für einige Tage in Palm Springs sein würde, und gefragt, ob sie ihn dort treffen könnte. Palm Springs kam wegen ihres Drehplans nicht in Frage, aber sie hatte eingewilligt, ihn statt dessen in Tahoe zu besuchen. Für Arthur hatte sie eine kleine Story erfunden: Da sie Ruhe bräuchte, habe Sinatra ihr seinen eigenen Bungalow in der Cal-Neva-Lodge angeboten. Sie wußte, daß Arthur Sinatra nicht schätzte und viel lieber in L. A. blieb, um Clark Gable zuzureden, doch die Rolle zu übernehmen. Die Tatsache, daß Lawford in Sinatras Maschine mitflog, verlieh der Story mehr Glaubwürdigkeit, da Arthur merkwürdigerweise Lawford mochte. Vielleicht lag es daran, daß er ihn für ungefährlich hielt.

Sie griff nach Lawfords Schulter und rüttelte ihn. Er öffnete die Augen und schaute sie mit dem wirren Blick eines Mannes an, der aus tiefer Betäubung erwacht. Er war völlig stoned gewesen, als er sie mit Franks Limousine im Beverly-Hills-Hotel abholte. Trotzdem hatte er sich im Wagen einen Whisky eingeschenkt und einen zweiten bestellt, sobald sie im Flugzeug waren. »Was'n los?« murmelte er.

»Wir landen«, antwortete sie und schloß für ihn den Sicherheitsgurt.

Er seufzte und lehnte sich wieder zurück. Lawford hatte die klaren Augen und die reine Haut, die Drogensüchtige eigentlich fast immer haben, bis sie schließlich völlig zerstört sind. Wie verheerend Kokain, Heroin und Marihuana auch wirkten, man bekam durch sie einen schönen Teint.

Die Maschine landete sanft und rollte zum Rand des Flugfelds, wo bereits eine Limousine wartete. Daneben standen zwei von Franks ›Gorillas‹, die sich ums Gepäck und das kümmerten, was er immer gerne ›persönliche Sicherheit‹ nannte. Sie bedankte sich beim Piloten und stieg die Klapptreppe hinunter, gefolgt von Lawford, der wie ein Zombie hinter ihr hertaumelte.

Kaum saß er im Auto, schenkte er sich einen Scotch ein, schluckte mehrere Pillen und zündete sich einen Joint an. Die kombinierte Wirkung von Alkohol, Aufputschmitteln und Marihuana weckte so rasch seine Lebensgeister, als wäre ein Schalter angeknipst worden, und er war so redselig und munter wie eh und je. Wenn Lawford high war, könnte man ihn durchaus für einen Perversling halten, dachte sie spontan. Aber sie wußte, daß er Mädchen mochte, je jünger und je mehr von ihnen, desto besser. Er hatte ein Faible für Gruppensex, wie er ihr bei jeder Gelegenheit anvertraute, allerdings nicht mit der armen Pat, da die ausgerechnet dafür nichts übrig hatte. Für sie bestand das halbe Vergnügen beim Sex darin, die ungeteilte Aufmerksamkeit ihres Partners zu haben.

»Du meine Güte«, sagte Lawford nun. »Ich kann mich nicht an den Gedanken gewöhnen, daß ich vielleicht mal der Schwager des Präsidenten sein werde.« Er schüttelte den Kopf, saugte an seinem Joint und bot ihn dann ihr an, worauf sie aber lieber verzichtete. »Er wird es werden, glaub mir. Joe Kennedy kriegt immer, was er will, und was er am meisten will, ist das Weiße Haus für Jack. Du lieber Gott, was für eine Familie!«

»Du gehörst auch dazu, Peter.«

»Als ob ich das nicht wüßte, Darling! Nicht gerade eine angenehme Rolle. Der Alte knirscht immer mit den Zähnen, wenn er mich sieht, und meine Schwiegermutter scheint sich nicht mal an meinen Namen erinnern zu können – oder tut zumindest so, die alte Hexe. Wußtest du, daß sie sich vorn am Kleid Merkzettel anheftet und mit Tesafilm auf der Stirn im Haus rumläuft, um Falten zu verhindern? Sie ist ein Monstrum, Darling, noch schlimmer als der Botschafter, wie alle Joe Kennedy immer nennen. Als Jacks Schwester Kathleen Peter Fitzwilliam heiraten wollte – sie war unsterblich in ihn verliebt, weißt du, lodernde Leidenschaft –, erklärte ihr Rose, sie werde Kathleen enterben und nie mehr wiedersehen wollen, falls sie diesen geschiedenen Protestanten heiraten würde!«

Er legte eine kurze Verschnaufpause ein. »Jeder tut so, als seien die Kennedys Patrizier! So ein Blödsinn! Sie sind nichts als ein Haufen streitlustiger, verdammter Iren! Zugegeben, Jack hat Klasse, aber er ist auch der einzige. Immerhin ist er ein Skeptiker wie sein Vater. Bobby ist ein religiöser Fanatiker, und die Girls glauben jeden Scheiß, den die Priester und Nonnen ihnen schon von klein auf in den Kopf gesetzt haben. Tut mir leid, wenn ich dich verletzt haben sollte ... Aber du bist doch nicht römisch-katholisch, oder?«

»Nein. Wenn überhaupt etwas, bin ich Christian Scientist.«

»Eine äußerst vernünftige Religion. Schließlich ist man da nicht gegen Geburtenkontrolle und Scheidung. Weißt du, was Rose mir als Hochzeitsgeschenk gab? Einen Rosenkranz, vom Papst gesegnet! Ist das zu fassen!«

Der Wagen hielt vor einem kleinen, hell gestrichenen Haus inmitten von Nadelbäumen und mit einem wunderbaren Blick auf den See. Vor der Haustür stand breit lächelnd Jack Kennedy in weißen Hosen, Pullover und Slippern. Er sieht noch fast wie ein Collegeboy aus, schoß es ihr durch den Kopf.

Sie stieg aus, rannte die Stufen hinauf und warf ihre Arme um ihn. Lawford folgte ihr. »Hi, Jack«, rief er. »Mission ausgeführt.«

Jack salutierte zum Scherz. »Wir sehen uns beim Dinner, Peter.« Er entließ ihn, ohne ihm die Hand zu geben.

Lawford ging auf wackligen Beinen zum benachbarten Bungalow hinüber und fiel beinahe um, als er die Treppe hinaufsteigen wollte. »Er braucht Hilfe«, sagte sie.

Jack zuckte mit den Schultern. »Er schafft es schon. Mach dir um ihn keine Sorgen.«

Sie war von seiner kalten Reaktion etwas ernüchtert. Auch sie mochte Lawford nicht besonders, empfand aber Mitleid mit ihm und sogar so etwas wie Seelenverwandtschaft, da sie in ihm einen Verlorenen erkannte, der verzweifelt Hilfe suchte, sie aber nie bekam.

Schutzsuchend preßte sie sich eng an Jacks Brust.

Sie wachte durch den Klang einer Stimme im Nebenzimmer auf, warf sich Jacks Bademantel über und lief auf Zehenspitzen zur Tür. Durch soviel Sex nach mehreren Wochen der Enthaltsamkeit fühlte sie sich etwas weich in den Knien. Ihr weißes, tief ausgeschnittenes Sommerkleid lag als zerknülltes Häufchen neben einem ihrer weißen Stilettopumps. Ihr BH hing über der Nachttischlampe.

»Herr im Himmel, Bobby!« hörte sie Jack sagen. »Ich weiß, daß du scharf auf Hoffa bist, aber nun mach mal halblang ... Klar, das stimmt schon, aber ich bin mir nicht sicher, ob wir ihn wirklich hinter Gittern wollen, Bobby ... Klar gehört er dahin, aber darum geht's doch nicht. Ich sage dir: Halt die Namen von diesen Typen soweit wie möglich aus der Sache raus. Sprich mit David darüber, er wird's dir erklären ... Was? Oh, verdammt! Wer hat das ausgeplaudert? Paß auf, ruf Bradlee an und sag ihm ... Nein, wenn nötig *bittest* du ihn sogar, daß er die Story über Hoffas Geliebte nicht bringt ...

Ich weiß, daß du keinen Schiß hast, Bobby, und ich auch nicht, aber wir müssen's doch nicht darauf anlegen, eine Kugel in den Kopf zu kriegen, oder? Ganz genau. Und noch etwas: Mach ausfindig, wer von unseren Leuten die undichte Stelle ist, und schneid ihm seine verdammten Eier ab, okay?« Er entdeckte sie auf der Türschwelle und winkte ihr zu. »Laß du's dir auch gutgehen, Bruderherz«, sagte er zum Abschluß und knallte den Hörer auf.

»Probleme?« erkundigte sie sich.

»Immer.«

»Mit Bobby?«

»Mit seinen Leuten. Einige von denen sind übereifrig. Sie möchten Hoffa fertigmachen, möchten an ihm ein Exempel statuieren, verstehst du ... Und Bobby neigt auch dazu, während ich eher dagegen bin.«

»Ich auch. Wie du ja weißt.«

»Ich weiß.« Er stand auf und zog die Serviette weg, die einen Servierwagen bedeckte. »Ich habe etwas zu essen bestellt, weil ich annahm, daß du beim Aufwachen hungrig sein würdest.«

Er reichte ihr ein Clubsandwich und ließ den Korken der Champagnerflasche knallen.

Und wie hungrig sie war! Sie entfernte den Schinken vom Sandwich und verschlang das übrige mit großen Bissen.

»Magst du keinen Schinken?« fragte er und musterte mit hochgezogenen Brauen die Flecken auf seinem teuren Bademantel.

»Ich mag ihn schon, aber er ist zu salzig. Und Salz bläht mich auf. Ich habe schon Probleme genug, bei diesem verdammten Film in meine Klamotten zu passen.«

Er betrachtete ihre Brüste, die sich unter der dünnen Seide abzeichneten. »Du wirkst auf mich nicht aufgebläht.«

»Es ist einfach furchtbar! Täglich muß ich mich im Filmstudio in ein hautenges Kleid winden und Pflaster über meine Brustwarzen kleben, damit sie nicht zu sehen sind. Die werden nämlich durch die Hitze der Scheinwerfer hart ...«

Jack trug eines jener lächerlich wirkenden Polohemden mit einem kleinen Alligator auf der Brust und Bermudashorts. Er aß wie immer fein säuberlich und wirkte äußerst wohlerzogen.

Sie stand auf, löste den Gürtel des Bademantels, nahm Jack die Serviette weg und setzte sich auf seinen Schoß, wo sie weiter von ihrem Teller aß. Dann küßte sie ihn, stieß ihre Zunge in seinen Mund, gleichzeitig ihn und das Essen schmeckend.

Er sah so aus, als wüßte er nicht, ob ihm das Ganze gefiel oder nicht. Sie leckte mit kleinen, katzenartigen Bewegungen seine Lippen sauber und küßte ihn wieder.

Dann pflückte sie mit spitzen Fingern Truthahn und Käse aus seinem Sandwich und begann ihn zu füttern. Dabei fielen ein paar Krümel auf sein Hemd. Zuerst versuchte er sich zu wehren, gab aber schließlich nach. Sie konnte spüren, wie er unter ihr steif wurde, wandte sich dann langsam um, bis sie ihm gegenübersaß, und öffnete ihre Schenkel, um ihn in sich eindringen zu lassen.

»Was bin ich froh«, hörte sie ihn mit immer noch vollem Mund sagen, »daß ich eine Menge Anziehsachen eingepackt habe!«

Sich für das Dinner anzukleiden war immer eine langwierige Prozedur bei ihr, doch nun war es noch schlimmer, da sie es in Gegenwart eines Mannes tun sollte. Sie hatte stets ihr eigenes Bade- und Ankleidezimmer gehabt, mindestens eine Garderobiere, die ihr half, und sehr häufig sogar einen Visagisten und Friseur. Schließlich verbannte sie Jack aus dem Bad in das kleine Gästeklo. »Also hör mal, ich bin ein verheirateter Mann«, protestierte er. »Ich bin an so was gewöhnt. Jackie braucht Stunden, bis sie fertig wird.«

»Honey, wenn du glaubst, daß Jackie lang braucht, dann hast du keine Ahnung«, erwiderte sie.

In Wahrheit war dies der Höhepunkt und zugleich der Tiefpunkt eines jeden Tages. Wenn sie in den Spiegel schaute, bevor sie mit der Arbeit begann, sah sie dort Norma Jean, und nun mußte sie dieses vollwangige Mädchen mit dem komischen Knubbel am Ende der kleinen schrägen Nase, dem etwas zu ausgeprägten Kinn und dem von Natur aus dünnen, gekräuselten Haar in Marilyn Monroe verwandeln.

Sich schminken war eine Kunst, die sie perfekt beherrschte. Sie selbst hatte die ideale Mischung aus Vaseline und Wachs ausgetüftelt, die sie noch über dem Lippenstift auftrug, damit ihr Mund so feucht wirkte, als sei er soeben geküßt worden. Und es war vor Jahren auch ihre ureigene Entscheidung gewesen, das Muttermal an ihrer linken Wange nicht abzudecken, sondern sogar mit einem Augenbrauenstift zu betonen, als sei es ein Schönheitsfleck.

Sie stand vor dem Wandspiegel und begutachtete sich in einem schlichten weißen Kleid mit Faltenrock und großem Ausschnitt, der ihre Schultern und viel von ihrem Rücken frei ließ. Wenn sie wählen konnte, trug sie immer Weiß. In Weiß fühlte sie sich makellos.

Sie nahm noch einen langen weißen Schal, um ihn sich um die Schultern zu legen, falls die Air-condition zu kalt war, ging dann ins Wohnzimmer hinüber und machte für Jack eine kleine Pirouette.

In Blazer und Flanellhose saß er in einem Sessel und telefonierte. Als er sie sah, lächelte er ihr bewundernd zu.

»Mein Gott, Ben« sagte er in den Telefonhörer, »das ist keine Nachricht, sondern Klatsch. Hoffa hat eine Geliebte. Na und! Ich dachte, Sie wären ein seriöser Journalist.«

Es klang beiläufig und scherzhaft, doch seine Miene wirkte besorgt. »Tun Sie's doch mir zum Gefallen!« Es war eine kleine Bitte von einem Gentleman an einen anderen, aber der grimmige Zug um seine Mundwinkel verriet, daß es nicht klappte.

»Na schön«, meinte er schließlich. »Wenn Ihre Antwort lautet: ›Wo gehobelt wird, fallen Späne‹, um Sie zu zitieren, so muß es wohl so sein. Sie werden ja auch nicht der Leidtragende sein, oder? ... Nein, ich bin nicht melodramatisch. Ich bin sogar sehr realistisch ... ja, danke, Jackie geht's gut. Viele Grüße an Tony. Danke.«

Er knallte den Hörer auf die Gabel. »Dieser Scheißkerl mit seinem Geschwafel von Pressefreiheit! Angeblich sind wir Freunde, aber wenn ich ihn um einen Gefallen bitte, hält er mir eine Vorlesung über ethische Grundsätze im Journalismus, was sowieso alles Schwindel ist ...«

Sie trat zu ihm und gab ihm einen Kuß auf die Stirn, um ihn etwas zu beruhigen, aber ohne sichtliche Wirkung. »Geht es wieder um Hoffa?«

»Hoffa hat eine Geliebte und ein Kind mit ihr. Er mag den Jungen, hat ihn quasi adoptiert. David meint, daß Hoffa es sehr persönlich nehmen könnte.«

»Das würde mich nicht überraschen. Es geht ihm vermutlich um die Frau und das Kind. Stell dir mal vor, der Junge erfährt auf die Weise, daß er unehelich ist. Ich weiß da gut Bescheid. Hoffa möchte dem Kind das sicher ersparen. Warum soll er's nicht persönlich nehmen, wenn es Menschen verletzt, die er liebt?«

»Hoffa ist ein Gangster, Marilyn. Spar dir dein Mitleid.«

»Auch Gangster haben Gefühle, Jack.« Sie bemerkte, daß sie allmählich in Zorn geriet. »Die Menschen sollten netter zueinander sein«, fügte sie noch lahm hinzu, wohlwissend, daß ihr die Argumente ausgingen.

»Hoffa ist kein netter Mensch. Aber ich bin der Meinung, daß das Privatleben eines Mannes nicht gegen ihn verwendet werden soll.« Er lächelte sie wehmütig an. »Ich meine, schau dir bloß mal uns an ... Tja, ich würde die Story gerne zurückhalten, kann es aber nicht. Nun bleibt uns nur noch, die Sache durchzustehen, das habe ich auch Bobby gesagt ... Wenn wir uns für die Indiskretion entschuldigen, sind wir schuldig und inkompetent zugleich.« Er seufzte. »Vielleicht zieht das Unheil an uns vorbei.«

»Und wenn nicht?«

Er grinste. »Dann kaufe ich mir eine kugelsichere Weste. Und vermutlich noch eine für Bobby.«

Sie fand das gar nicht komisch. »Wir sollten jetzt gehen, wenn wir noch essen wollen, bevor Frank auftritt«, sagte sie ausweichend.

Er öffnete die Tür, und sie spazierten Arm in Arm zum Hauptgebäude hinüber, an anderen, hinter Bäumen und Büschen versteckten Bungalows vorbei. Niemand war auf den Wegen zu sehen, die aus Gründen der Diskretion so angelegt worden waren, daß die Gäste kaum je andere Gäste zu Gesicht bekamen.

Als sie den Haupteingang erreichten, tauchte vor ihnen ein Zimmerkellner auf, der einen Servierwagen schob. Er blieb stehen und ließ sie mit gesenktem Kopf vorbei.

Erst einige Schritte weiter wurde ihr klar, daß sie sein Gesicht irgendwoher kannte. Wo hatte sie dieses feiste Gesicht mit dem schwarzen Schnurrbart und der beginnenden Glatze schon gesehen? Wo die getönte Brille, die den durchdringenden Blick jedoch nicht ganz verbarg?

Dann wußte sie es! Er erinnerte sie an den Mann, der in Chicago zu ihrer Suite gekommen war, um sich nach ihrem Telefon zu erkundigen. Sie drehte sich um, sah jedoch nur noch einen breiten Rücken in weißer Jacke, der zwischen dem Buschwerk verschwand, das den gewundenen Pfad säumte. Je mehr sie über das Gesicht nachgrübelte, desto unsicherer wurde sie, und als sie sich in der Bar Peter Lawford zugesellten, der in Begleitung von zwei blutjungen Frauen war und mit zitternder Hand seinen wohl nicht ersten Martini des Abends umklammerte, hatte sie bereits den Zwischenfall vergessen.

Der Tisch war für acht Personen gedeckt, und sie nahm natürlich an, daß Frank sich vor der Show zu ihnen setzen würde, doch statt dessen kam der Oberkellner, als sie gerade ihren Kaffee tranken, und sagte, daß einer der Besitzer des Hotels, ein Freund von Frank, seine verehrten Gäste gern selbst begrüßen wollte.

Sie nickte, und unmittelbar darauf, als hätte er auf das Zeichen des Obers gewartet, erschien ein überschlanker Gentleman von Ende Fünfzig, tief gebräunt und mit dem Profil eines degenerierten römischen Kaisers, in Begleitung einer attraktiven dunkelhaarigen jungen Frau mit wunderbar blasser Haut. Sie trug ein zartgrünes, tief ausgeschnittenes Abendkleid, das zu ihrer Augenfarbe paßte. Sie war zwar keine große Schönheit, hatte aber die elektrisierende sexuelle Ausstrahlung, die nur die kostspieligsten Callgirls besitzen.

Der Mann – er war in ein gutgeschnittenes weißes Dinnerjakkett gekleidet und hatte die Augen hinter einer dunklen Sonnenbrille verborgen – verbeugte sich höflich, rückte für seine junge Begleiterin einen Stuhl zurecht und setzte sich dann neben Marilyn. »Es ist mir eine Ehre, Sie hier als Gast zu haben, Miß Monroe.«

Dann gab er über den Tisch hinweg Jack und Peter Lawford die Hand. »Sehr erfreut, Senator«, sagte er. »Jeder Freund von Frank ist auch ein Freund von mir.«

Er hatte eine tiefe Stimme, warm, rauchig und sexy. Das magere, tiefgefurchte Gesicht mit der mächtigen Nase, den hohen Backenknochen und dem starken Kinn wirkte hingegen eiskalt. Sein schütteres schwarzes Haar – sie vermutete, daß er es färbte – war sorgfältig quer über den Kopf gekämmt, um eine kahle Stelle zu verbergen.

»Giancana«, stellte er sich mit so ironischem Lächeln vor, als sei schon sein Name eine Herausforderung. »Sam. Aber meine Freunde nennen mich Momo.« Mit einer Bewegung, die eher besitzergreifend als liebevoll war, legte er seine haarige, maniküre Hand auf die nackte Schulter der jungen Frau. »Dies ist Miß Campbell ... Judy.«

Beim Lächeln entblößte Miß Campbell nicht ganz perfekte Zähne. Giancanas Finger hatten auf ihrer Haut blasse, mondförmige Abdrücke hinterlassen, die sich wohl bald in blaue Flecken verwandeln würden.

Giancanas Name sagte ihr nichts, wohl aber Jack, der seinen Gastgeber fasziniert betrachtete. Ihr war auch nicht entgangen, daß er Miß Campbell intensiv gemustert hatte.

»Fühlen Sie sich wohl? Ist alles okay?« Giancana spielte den aufmerksamen Lokalbesitzer, doch irgend etwas kam ihr daran falsch vor. Hotelbesitzer sind eigentlich immer extravertierte Leute, aber Giancanas Gesicht wirkte maskenhaft und verschlossen.

Sie hatte vermutet – schließlich war das normalerweise der Fall –, daß dieser Giancana, wer auch immer er sein mochte, zu ihrem Tisch gekommen war, um sie kennenzulernen, aber er war ganz eindeutig mehr an Jack interessiert. Er erkundigte sich fast beiläufig bei ihr, was sie gerade täte, verriet ihr dann, welches seine Lieblingsfilme von ihr wären – da er die Titel fast automatisch aufzählte, vermutete sie, daß vielleicht Miß Campbell sie ihm genannt hatte –, wandte dann aber seine Aufmerksamkeit Jack zu, so daß ihr gar nichts anderes übrigblieb, als sich mit seiner Begleiterin zu unterhalten.

Giancana schnalzte mit den Fingern, als er sich setzte, ein Signal für den Maître d'hôtel, der anscheinend schon darauf gewartet hatte, eine Magnum Dom Perignon zu bringen. Dann machte er eine kleine Show daraus, mit ihr und Jack klirrend anzustoßen. »Salud!« krächzte er mit heiserer Kettenraucherstimme. Er machte sich nicht die Mühe, Miß Campbell, Lawford oder dessen Freundinnen in die Zeremonie einzubeziehen.

»Ich bin ein großer Bewunderer von Ihnen, Senator«, sagte er. »Auch wenn wir auf verschiedenen Seiten stehen.«

»Um welche Seiten handelt es sich da, Mr. Giancana?«

»Momo, Senator, wenn ich bitten darf. Ich meinte nur, daß ich Republikaner bin. Mir gefällt Ike.«

»Ich dachte, Sie meinten vielleicht andere Dinge.«

Giancana lächelte. Er hatte große weiße Zähne wie ein sizilianischer Bauer. »Manche Leute machen die Gesetze, manche Leute brechen sie«, sagte er mit entwaffnender Offenheit.

Jack lachte. »Sehr hübsch ausgedrückt, Mr. Giancana.«

»Ihr Lob ehrt mich, Senator, aber der Spruch stammt nicht von mir.«

»Von wem denn?«

»Von Al Capone, möge er in Frieden ruhen. Er bezog sich dabei übrigens auf die IRS, nicht auf sich selbst. Er war der Meinung, daß die Regierung die IRS benutzt hatte, um ihn zu verhaften.«

»So etwas kommt vor. Auch heute noch.« Es schwang nur eine Andeutung von Warnung in Jacks Stimme mit.

»Sie sind offen. Ein Mann nach meinem Geschmack. Übrigens habe ich auch immer Ihren Vater bewundert. Er schätzt Offenheit. Seine Meinung ist: ›Wo gehobelt wird, da fallen Späne‹, wie das Sprichwort besagt.«

War es nur Zufall, daß Jack genau dieselben Worte vor wenigen Stunden geäußert hatte, überlegte Marilyn. Jack schien es nicht aufzufallen. Vielleicht deshalb, weil er die Unterhaltung auf ein anderes Thema lenken wollte.

»Sie wissen doch, Mr. Giancana, daß ich Mitglied des Untersuchungsausschusses bin, oder? Ich erwähne das nur, weil ich uns beiden eine ... peinliche Situation ersparen will ...«

Giancana ließ wieder sein Tausendwattlächeln aufblitzen. »Aber natürlich«, erwiderte er höflich. »Das hat doch nichts mit persönlichen Gefühlen zu tun, Senator. Das ist nur Politik und ... Geschäft.«

»Was sind Ihre Geschäfte, Mr. Giancana?« erkundigte sie sich.

»Dies und das, Miß Monroe. Ich bin Mitbesitzer dieses Hotels. Ich besitze überhaupt eine Menge Dinge. Früher war ich im Alkoholgeschäft, in großem Rahmen, wie der Vater des Senators.«

Jack runzelte die Stirn. Er haßte es, wenn Leute die Sprache darauf brachten, wie sein Vater sein Vermögen gemacht hatte. »Marilyn, Mr. Giancana ist einer der Bosse der Chicagoer Mafia«, sagte er kalt.

»Was die Leute so alles behaupten«, meinte Giancana daraufhin kopfschüttelnd. »Hoover hat mich seit Jahren mit diesem Mafiagerede schlechtgemacht. Ich vermute, daß er auch über Sie nicht die Wahrheit erzählt, Senator. Ich bin nur ein schlichter Geschäftsmann, Miß Monroe. Bei mir ist es genauso wie bei Frank ... Nur weil wir aus Italien stammen, quasselt jeder von Mafia, sobald wir zu Geld gekommen sind.«

»Mr. Giancana ist über siebzigmal verhaftet worden, Marilyn«, mischte sich Jack wieder mit unbewegtem Gesicht ein.

»Und zweimal verurteilt«, fügte Giancana achselzuckend hinzu. »Bei beiden Malen ging es um geringfügige Delikte.« Er räusperte sich. »Überflüssiger Scheiß«. Er lächelte ihr zu. »Ich hoffe, Sie entschuldigen den Ausdruck.«

Sie nickte nur. Giancana übte auf sie nicht die gleiche Faszination aus wie auf Jack. Sie hatte schon eine Menge Gangster kennengelernt. Giancana war höflicher und präsentabler als die meisten, aber er gehörte trotzdem noch zu der Sorte von Mann, der nicht zögern würde, einer Frau Säure ins Gesicht schütten zu lassen, falls sie ihn verärgerte. Vielleicht erklärte sich so auch das nervöse Flackern in Miß Campbells Augen.

»Apropos Untersuchungsausschuß.« Giancana lehnte sich näher zu Jack. »Ich habe von einem Gewährsmann erfahren, daß ich vorgeladen werden soll?«

Jack wirkte wie ertappt. »Das ist Bobbys Entscheidung, Mr. Giancana«, antwortete er. »Aber es mag schon sein.«

»Ich habe nichts getan, was den Senat der Vereinigten Staaten interessieren könnte.«

»Ich glaube, irgendwo etwas über eine Teamsters-Untergruppe in Miami gelesen zu haben. Der Mann, der sie leitete, hat für Sie gearbeitet, nicht wahr? Ein Typ namens Yaras?«

»An den Namen erinnere ich mich nicht.«

»Soweit ich verstanden habe, war er einer Ihrer, äh, Schläger in Chicago. Das FBI hat ein Tonband, auf dem er beschreibt, wie er einen Informanten der Regierung mit einem Fleischerhaken und einer Lötlampe zu Tode folterte.«

Giancana lächelte unvermindert weiter. »Kann sein, daß ich diesen Yaras ein- oder zweimal getroffen habe«, sagte er. »Ich treffe eine Menge Leute, und soweit ich mich erinnere, war er im Import-Export-Geschäft in Havanna.«

»Und Boß von Local three-twenty.«

»Das könnte sein. Aber kein Gesetz verbietet, Gewerkschaftsführer zu sein, oder?«

»Nein. Doch ich glaube, daß dieser Mr. Yaras vierzehnmal verhaftet wurde, einmal wegen Mordes an einem gewissen Ragen in Chicago, und zwar mit einem Eispickel.«

»Jim Ragen, er ruhe in Frieden.« Giancana seufzte. »Sie haben Ihre Hausaufgaben gemacht, Senator.«

»Ehrlich gesagt, hat mein Bruder Bobby die Hausaufgaben gemacht. Ich habe nur zufällig ein gutes Gedächtnis.«

»Ein großes Plus. Aber vergessen ist noch besser.« Giancana machte eine Pause, um seine Worte einwirken zu lassen. »Er ist ein harter Bursche, Ihr Bruder, Senator. Das hat man mir erzählt.«

»Hart genug, Mr. Giancana.«

»Verstehen Sie mich nicht falsch. Das ist gut. Und es ist gut, daß er mit Ihnen arbeitet. Einem Bruder kann man trauen. Ich halte viel davon, Dinge in der Familie abzuwickeln. Wie steht's mit Ihnen, Miß Monroe?«

»Ich bin eine Waise.«

»Madonna! Das tut mir leid.« Er legte seine Hand auf ihre, bevor sie sich rühren konnte. Seine Handfläche war trocken. So ungefähr mußte sich eine Schlange anfühlen, dachte sie schaudernd. Für einen kleinen Mann hatte er erstaunliche Kräfte: Er übte genug Druck aus, daß sie ihre Hand nicht wegziehen konnte. »Falls Sie je Hilfe brauchen, Miß Monroe, rufen Sie mich an. Wie einen Familienangehörigen.«

»Vielen Dank«, erwiderte sie zögernd und schaffte es dann, ihre Hand zu befreien.

»Senator, es war mir ein besonderes Vergnügen, Sie kennenzulernen«, sagte er im Brustton der Überzeugung. »Sie leisten gute Arbeit für unser Land. Ich möchte Sie wissen lassen, daß ich auf Ihrer Seite bin. Selbst wenn ich vorgeladen werde. Ich habe größten Respekt vor Ihnen und Ihrem Bruder.«

Bei diesen Worten legte er kurz seine rechte Hand aufs Herz. »Falls ich Ihnen irgendwie behilflich sein soll, können Sie auf mich zählen. Und das meine ich ernst. Sie können von mir Informationen und Ratschläge haben, natürlich nur solche, die mich nicht in Mißkredit bei meinen Kollegen bringen ...«

Er griff in seine Tasche und holte ein flaches ledernes Notizbuch heraus. Mit einem goldenen Bleistift kritzelte er eine Nummer auf ein Papier und reichte es Jack. »So können Sie mich erreichen, jederzeit, tagsüber oder nachts. Wir müssen uns nicht treffen, verstehen Sie, Senator? Ich werde jemanden als Boten einsetzen, als ... Vermittler.« Seine Blicke schweiften kurz zu Miß Campbell und dann zu Jack zurück. »Jemanden, dem wir beide vertrauen können.«

Er legte seinen Arm um die nackten Schultern der jungen Frau. »Jemanden, bei dem es niemand wundert, wenn Sie ihn sehen wollen. An die Art von Vermittler habe ich gedacht.«

Er ließ seine Finger leicht über Miß Campbells rechte Brust gleiten und lächelte sie dabei an. »Mir wird schon was einfallen«, sagte er und zwinkerte Jack zu, von Mann zu Mann.

Giancana zog seine Begleiterin hoch, als es im Saal dunkel zu werden begann und Frank die Bühne betrat. Das Orchester spielte die ersten Takte, und Frank begann wie zu Ehren von irgend jemandem im Publikum zu singen: »Chi-cago, Chi-cago ...«

Sie drehte sich um und sah, daß Giancana und Miß Campbell bereits wieder an seinem Tisch saßen, in Gesellschaft schwer gebauter Männer und blonder, hochtoupierter Frauen oder Freundinnen. Ein Scheinwerfer war auf sie gerichtet, und Giancana lächelte geschmeichelt, während Frank seinen Tribut an Chicago trällerte.

Giancana lachte, hob sein Glas, um dem berühmten Sänger zuzutrinken, aber selbst aus dieser Entfernung wirkte sein Anblick auf sie wie ein schlechtes Omen.

Sie wandte sich zur Bühne zurück, nahm Jacks Hand und legte sie unter dem Tisch auf ihren Schenkel, um sich zu trösten.

»Was sollte dieses ganze Gerede?« erkundigte sie sich, während sie ihr Make-up entfernte, Franks Songs immer noch im Kopf. Nach der Show war er zu ihnen gekommen und äußerst charmant gewesen, hatte mit ihr geflirtet und Jack schmutzige Witze erzählt. Jack benahm sich in Sinatras Gegenwart fast wie ein Collegeneuling, der in einen Studentenbund aufgenommen werden will.

»Meinst du Giancana?«

Sie nickte. Schon merkwürdig, dachte sie, wie eine gemeinsam verbrachte Nacht in einem Hotel sofort eine Atmosphäre der Häuslichkeit schuf. Hier stand sie vor dem Badezimmerspiegel und schminkte sich wie jede x-beliebige Ehefrau nach einer Dinnerparty ab, trug ihren alten Frotteemantel und ihre Pantoffeln, während am Waschbecken neben ihr Jack, ein Handtuch um die Hüften gewickelt, seine Zähne mit der Sorgfalt eines Menschen putzte, dem Mundhygiene schon als Kind eingebleut worden war. Er gurgelte kräftig und spuckte dann aus.

»Was hältst du von ihm?«

»Von Mr. Momo? Er ist ein Gangster. Gewandter und mit besseren Manieren als die meisten, aber was soll's, Sweetheart? Typen wie er bedeuten immer Ärger.«

Jack bleckte die Zähne und beobachtete sie prüfend aus nächster Nähe im Spiegel. Er hatte den Gesichtsausdruck eines Ehemanns, dessen Frau gerade eben etwas gesagt hat, was ihm nicht behagt, der aber nicht widerspricht, da er noch mit ihr schlafen will. Tja, diesen Ausdruck kannte sie nur allzugut! Sie warf ein zusammengeknülltes Kleenextuch nach ihm. »Hör damit auf!« sagte sie mit einem Lächeln, um ihm zu zeigen, daß sie nicht böse war. »Wir sind nicht verheiratet, Jack.«

»Natürlich sind wir das nicht, aber ...«

»Dann benimm dich auch nicht wie ein Ehemann. Wir haben

eine Liebesaffäre und keine Ehe. Wenn du deinem kleinen Frauchen sagen willst, daß es sich um seine eigenen Scheißangelegenheiten kümmern soll, dann geh heim und sag's Jackie.«

Nur für den Fall, daß sie zu weit gegangen war, öffnete sie ihren Bademantel und ließ ihn zu Boden gleiten, bevor sie sich zwischen Jack und das Waschbecken drängte, so daß ihr Hintern eng an seine Lenden gepreßt wurde, und machte dann mit dem Abschminken weiter.

»Okay, du hast recht«, sagte er. »Tut mir leid.«

»Schon vergessen«, erwiderte sie lächelnd. Sie liebte ihn zu sehr, um nachtragend zu sein, und wollte außerdem nicht die gemeinsame Nacht mit ihm ruinieren.

Sie griff nach dem Lichtschalter, knipste ihn aus, löste Jacks Handtuch und schubste ihn rückwärts in die große Duschkabine. Dann drehte sie die Dusche voll auf – zum Teufel mit ihrem Haar, darüber würde sie sich morgen Gedanken machen! – und stellte sich auf die Zehenspitzen, um ihn zu küssen, während heißes Wasser aus allen Richtungen auf sie herabströmte. Er trug noch seine goldene Armbanduhr, die nicht gerade wasserdicht aussah, aber davon würde sie sich auch nicht abhalten lassen. Erst seifte sie ihn am ganzen Körper ein, dann er sie, und sie lachten beide, als sie bald knöchelhoch im Seifenschaum standen. Sie spreizte ihre Beine und ließ sich von ihm ihren Hintern und ihre Möse waschen. Als sie ihm dann ansah, daß er keine Sekunde länger warten konnte, führte sie ihn tief in sich ein, worauf er sie hochhob, seine Arme unter ihren Schenkeln, und sie in dieser Stellung vögelte, bis er kam.

Sie trockneten einander mit demselben Handtuch ab und legten sich nebeneinander aufs Bett. Er hatte sich einen Nightcap und ihr ein Glas Champagner eingeschenkt, damit sie ihre Pillen nehmen konnte. »Jesus, das war vielleicht was«, sagte er fast andächtig.

»Mm«, sagte sie nur. Sie selbst war nicht gekommen, da sie in der Badewanne oder unter der Dusche eigentlich gar nicht so gerne vögelte, sondern viel lieber dort allein war und in der Wärme vor sich hin träumte, als ob der Rest der Welt nicht existierte. Aber sie hatte unbedingt etwas tun wollen, was untypisch für eine Ehefrau war.

»Was also will Giancana?« fragte sie, nackt an Jack geschmiegt.

303

»Er will vermeiden, daß er angeklagt wird. Außerdem glaube ich, daß er persönlich noch einmal die Botschaft der Gangster von Chicago unterstreichen wollte. Ungefähr so: Mach mit Hoffa, was du unbedingt machen mußt, aber halt uns soweit wie möglich raus, und treib's bitte nicht zu weit mit ihm. Dafür versprechen wir dir unsere Hilfe, falls du uns je brauchst, Senator.«

»Hilfe? Von der Chicagoer Mafia? Das sind doch Mörder!«

»Stimmt schon. Aber man kann nie wissen. Es gibt Zeiten, wo es vielleicht ganz hilfreich ist, Leute zu kennen, die einen Mord ausführen. Ich wüßte viele Leute, die ich gern umbringen ließe.« Er lachte.

»Aber das sind Kriminelle, Jack. Abschaum.«

»Jetzt erzähle ich dir mal eine Geschichte: Als früher mal einem Politiker in Boston von Gangstern angeboten wurde, sie würden mit einem hohen Betrag den Wahlkampf mitfinanzieren helfen, da nahm er das Geld und sagte: ›Christus hat Sünder nie verstoßen. Wer bin ich denn, sie abzuweisen?‹«

»Wer sagte das?«

»Mein Großvater.«

Sie lachte, fühlte sich aber immer noch unbehaglich. Andererseits ... Wer, zum Teufel, war sie denn, daß sie einem Politiker in der dritten Generation, der auf dem besten Weg zur Präsidentschaft war, eine Moralpredigt halten konnte. Also wechselte sie das Thema. »Wie hat dir Miß Campbell gefallen?«

»Ach, die habe ich nicht sonderlich beachtet.«

»Lügner«, flüsterte sie und begann, ihn zu kitzeln, bis er sich hilflos auf dem Bett wand und sie anflehte, damit aufzuhören. Daraufhin goß sie ihm den Rest ihres Champagners auf Brust und Bauch.

»Hey, das ist kalt, verdammt kalt!« schrie er.

Sie knipste die Nachttischlampe aus und kroch unter die Bettdecke, um ihn in ihren Mund zu nehmen. »Ich werde dich aufwärmen.«

Diesmal ist es zu meiner Lust, sagte sie sich. Und sie würde ihn dazu bringen, es genau so zu tun, wie sie es wollte, und so lange, wie sie es wollte.

Schließlich war sie ein Star und nicht irgendeine Nutte wie Miß Campbell!

»Weißt du, was«, flüsterte sie, als sie sich wieder aufrichtete, um ihn zu küssen, »ich könnte den Rest meines Lebens mit dir im Bett verbringen.«

Ich könnte den Rest meines Lebens mit dir im Bett verbringen.
Bernie Spindel korrigierte den Sitz der Kopfhörer, damit sie nicht so drückten, und überprüfte, ob das Band richtig lief, obwohl das eigentlich nicht nötig war. Schließlich verwendete er nur die beste Ausrüstung – die Uher 5000 aus Deutschland – und ließ immer zwei Geräte simultan laufen, damit es auf keinen Fall eine technische Panne gab.

Er lauschte den Geräuschen, die das Liebesspiel begleiteten, und der Schweiß lief ihm übers Gesicht, während er sich über die Tonbandgeräte beugte, die er in einer Besenkammer des Hotelgebäudes installiert hatte.

Es ist schon komisch, dachte er, daß selbst so intelligente Menschen wie Senator Kennedy sich nicht auf die moderne Technologie einstellten. Sie glaubten immer noch, daß ihr Privatleben unantastbar war, schlossen die Tür, zogen die Jalousien herunter, sprachen im Flüsterton, bevor sie ein illegales Geschäft abwickelten oder ihre intimsten Geheimnisse einer Freundin erzählten oder die Frau eines anderen fickten, als ob Spindel durch Türen, Jalousien oder Geflüster gestoppt werden könnte! Er benutzte dieselben ›Wanzen‹ wie die CIA, wahre Wunderwerke der Elektrotechnik, die ein Flüstern von irgendwo im Raum auffingen und es kristallklar und verstärkt Tonbandgeräten übermittelten, die Hunderte von Metern entfernt versteckt waren. Es gab kein Telefon auf der ganzen Welt, das vor ihm sicher war; er hatte sogar die Apparate im Weißen Haus für Hoover angezapft, als er noch beim FBI arbeitete! Er verwendete auch die neuesten japanischen Erfindungen, Instrumente, die noch nicht mal die CIA und der NSA kannten.

Die Vorstellung, daß es immer noch so etwas wie ein Privatleben gäbe, würde bei Spindel höhnisches Gelächter hervorrufen. Ein total negatives Menschenbild war der Preis, den er dafür zahlen mußte, professioneller Lauscher zu sein. Wie ein Priester im Beichtstuhl erfuhr er niemals etwas Gutes. Seine Bänder zeichneten nur Lügen, Betrügereien und Korruption auf.

»O Jack ... Jack! Ja-aack!« hörte er sie mit schriller Stimme schreien, die dann zu einem tiefen, animalischen Stöhnen herabsank. Nach seiner Berechnung hatten sie's also seit der Ankunft vor zwölf Stunden dreimal getrieben.

Er versuchte, sich zu erinnern, ob er jemals eine Frau dreimal in zwölf Stunden aufs Kreuz gelegt hatte, doch es war auch nie nur annähernd so weit gekommen.

22. KAPITEL

Diesmal kam sie pünktlich zur Arbeit, zu ihrem eigenen und zum noch viel größeren Erstaunen Billy Wilders. Sobald sie in ihrer Garderobe war, zog sie einen alten, mit Schminkflecken übersäten seidenen Kimono an, und dann begannen ihr Visagist Whitey Snyder, der Friseur und seine Assistenten mit der endlosen Prozedur, sie in Sugar Kane zu verwandeln.

Im Rahmen ihres Langzeitprogramms der Selbstvervollkommnung hatte sie jetzt Thomas Paines *The Rights of Men* dabei, da Jack dieses Buch in einer seiner Reden erwähnt hatte, und sie arbeitete sich stur hindurch, während ihr Haar frisiert wurde. Es war eine noch schwierigere Lektüre als Carl Sandburgs Biografie von Lincoln, und sie legte sie aufatmend beiseite, als Whitey sie zu schminken begann. Whitey warf einen Blick auf das Buch. *The Rights of Men?* fragte er. »Was ist mit den Rechten der Frauen?«

»Die hat dieser Paine bisher noch nicht erwähnt.«

»Typisch!« Whitey hegte die Verachtung des Arbeiters für Intellektuelle, zu denen er alle Schriftsteller rechnete, inklusive Arthur.

Er beugte sich zu ihr hinunter, und gemeinsam musterten sie ihr hell angestrahltes Spiegelbild, als wäre es ein Kunstwerk im Entstehen. Whitey schüttelte den Kopf. »Niemand hat eine schönere Haut als du, Honey«, sagte er. »Du bist wie gemacht für Technicolor. Ich kann es nicht fassen, daß Billy diesen Film in Schwarzweiß dreht!«

»Du weißt doch warum, Whitey. Er zeigte mir die Probeaufnahmen von Jack und Tony, die als Frauen aufgemacht sind. Ihre Gesichter sahen aus, als seien sie schon einbalsamiert. Es war gruselig statt komisch. Wie ein Horrorfilm, verstehst du? Folglich mußte Billy einen Schwarzweißfilm drehen.«

»Ja, ich weiß, aber ich denke an dich. Das Publikum interessiert sich dafür, wie du aussiehst, nicht für diese beiden Typen und schon gar nicht für diesen – verzeih bitte – groben Scheißkerl Curtis.«

Curtis war so verärgert über ihre Verspätungen – ganz zu schweigen von den ewigen Wiederholungen, bei denen sie immer besser wurde, während seine Darstellung mehr und mehr verflachte –, daß er alles tat, um sie fertigzumachen. Als ihn jemand fragte, wie es denn sei, mit ihr eine Liebesszene zu drehen, antwortete er in einem Vorführraum voller Filmleute von der Fox: »Mir kam's so vor, als hätte ich Hitler geküßt!«

Natürlich erfuhr sie davon, was er auch beabsichtigt hatte, und brach in Tränen aus. Sie hatte sich so sehr erhofft, daß Curtis sie mochte, wie sie ja auch von Joan Crawford, Robert Mitchum, Larry und Vivien Olivier gemocht werden wollte, doch statt dessen sagte er gräßliche Dinge über sie und machte sich bei Dinnerpartys einen Spaß daraus, sie aufs lächerlichste zu karikieren.

Schon beim Gedanken daran wurde ihr wieder ganz elend. Sie stand auf und schlüpfte aus ihrem Frisiermantel, nun ganz nackt bis auf ihren BH. Sie hatte ihre Schamhaare vor einer Woche gebleicht, mußte sich also wenigstens darum einige Zeit nicht mehr kümmern. Jetzt wurden Teile ihres Kostüms hereingebracht, die erst am Körper zusammengenäht wurden.

Sie seufzte. Es war nicht leicht, ungefähr eine Stunde absolut still zu stehen, aber sie wußte, daß sie schon bei der kleinsten Bewegung einen Nadelstich abbekäme. Whitey schnitt aus braunem Packpapier einen großen runden Kragen und legte ihn ihr auf die Schultern, damit die Schneiderinnen ihr nicht versehentlich das Make-up verschmierten. »Zielgerade, Honey«, sagte er aufmunternd.

Zielgerade ... von wegen! dachte sie. Sie zog einen weißen Hüfthalter an, dann ihre Strümpfe, befestigte sie an den Strapsen, stieg in weiße, hochhackige Pumps und stellte sich gottergeben mit ausgestreckten Armen hin. Die Schneiderin hielt ihr die einzelnen Teile an den Leib, und ihre Assistentinnen, die neben Marilyn knieten, nähten das Kleid sorgfältig zusammen. Sie kam sich wie eine Vestalin vor, die für eine Zeremonie eingekleidet wird. Eine solche Szene hatte sie mal in einem Film gesehen, der im alten Rom spielte.

Mit einem Ruck kehrte sie in die Gegenwart zurück. Das Kleid war fertig. Sie drehte sich vor den Spiegeln, während ihre diversen Helfer sie so prüfend musterten wie vielleicht Konstrukteure ein neues Flugzeug vor seinem ersten Testflug. Selbst Whitey, ein ›alter Hase‹, runzelte vor lauter Konzentration die Stirn und rieb sich mit der Hand übers Kinn. Dann nickte er beifällig. »Okay, Honey«, sagte er. »Showtime!«

Während noch an ihr herumgezupft wurde, schlug sie eine von Whiteys Zeitungen auf und sah plötzlich ein Foto von Jack und Jackie, die Arm in Arm vor der Tür ihres neuen Hauses in Georgetown standen. »Mrs. Kennedy schwanger ...«, begann der Artikel. Ihr wurde jäh übel, und der Kopf schmerzte, als hätte sie einen Migräneanfall.

Nach vorsichtigem Klopfen streckte ein junger Mann seinen Kopf zur Tür herein. »Entschuldigen Sie, Miß Monroe«, sagte er schüchtern, »aber Mr. Wilder läßt Ihnen ausrichten, daß er bereit ist ...«

Ohne zu überlegen, wie in Reaktion auf einen Elektroschock, fuhr sie zu ihm herum und kreischte: »Verpiß dich!« Er wurde rot und schloß die Tür.

Sie spürte fast körperlich ringsum Mißbilligung, selbst von Whitey. Es gab eine eiserne Regel: Ein Star schrie Untergebene nicht an, die ihren Job taten. Man konnte dem Regisseur, dem Produzenten oder einem Kollegen sagen, daß er sich verpissen sollte, aber niemals einem Mitglied der Crew. »O mein Gott«, jammerte sie mit pochenden Schläfen, »es tut mir echt leid.«

Alle nickten, wirkten aber so bekümmert wie die Anhänger eines Stierkämpfers, der sich gerade als Feigling erwiesen hatte. »Es tut mir wirklich sehr leid«, wiederholte sie flehend mit weit geöffneten, feuchten Augen.

»Ist schon okay, Honey«, sagte Whitey und tätschelte ihre Schulter. Aber sie wußte, daß es nicht okay war.

Sie schämte sich über sich selbst, obwohl sie ja wußte, daß der Schock, eine schwangere Jackie zu sehen, ihre Reaktion ausgelöst hatte.

In solchen Momenten war sie immer versucht heimzulaufen, die Tür zuzusperren und sich zu verstecken, aber das kam natürlich nicht in Frage. Sie öffnete eines der Dutzend Fläschchen, die auf ihrem Ankleidetisch standen, stach ein paar Dragees mit einer Nadel an und schluckte sie trocken, um sich nicht den Lippenstift durch einen Schluck Wasser zu verschmieren.

Sie wartete auf die Wirkung, ein eigenartig kribbelndes Gefühl im Magen, gefolgt von wohliger Wärme, die ihren Körper bis zu den Finger- und Zehenspitzen durchdrang, eine trügerische Ruhe vermittelnd. Bevor dieses Gefühl sie wieder verließ, öffnete sie die Tür und ging hinaus.

Wilder saß mit vorwurfsvollem Gesicht neben der Kamera. »Angeblich liest du gerade Tom Paines *The Rights of Men*«, begann er. »Das ist gut, aber der Junge von vorhin hat auch seine Rechte.«

»Ich weiß, Billy. Es tut mir sehr leid.«

Er redete weiter, und ihr fiel wieder auf, wie stark sein deutscher Akzent war. »Respekt vor Leuten, die ihre Arbeit tun, ist wichtig, okay? Respekt vor Kollegen, indem man nicht zwei Stunden zu spät kommt, ist auch wichtig, oder?«

»Laß es bitte gut sein, Billy.«

Wilder lächelte sie mit dem Charme eines Mannes an, der sich vielleicht früher mal seinen Lebensunterhalt als Gigolo verdient hatte. »In Ordnung«, sagte er. »Gehen wir an die Arbeit.«

Oh, wie sie diesen Akzent haßte, überhaupt diesen ganzen europäischen Quatsch, der aber so lebenswichtig für Hollywoods Kreativität war! Die Hälfte aller einflußreichen Leute in der Filmbranche waren Deutsche, Österreicher, Ungarn oder so was Ähnliches und sprachen in Rätseln mit einem Akzent wie von Bela Lugosi.

»Um noch mal zu wiederholen, was du schon weißt«, sagte er so langsam, als spreche er mit einem Idioten, »du klopfst an die Tür, öffnest sie, kommst rein und sagst: ›Hi, ich bin Sugar.‹ Tony sagt daraufhin: ›Hi, Sugar!‹ Das wär's schon. Ein Take wird sicher genügen, ich wette darauf. Du wirst schon sehen.«

Sie hatte in ihrem ganzen Leben noch nichts mit einem Take geschafft, und das wußte er auch. Außerdem wurde sie sofort mißtrauisch, wenn Leute – vor allem Regisseure – ihr etwas als einfach schilderten. Es ging nun mal nicht anders, man mußte ihr alles ganz detailliert erklären.

»Also bringen wir's über die Bühne, Darling?« sagte Wilder hoffnungsvoll.

Aber sie war noch nicht bereit. Sie ging an Tony Curtis vorbei, der sie angewidert musterte und auf seinen hohen Stöckelschuhen vor und zurück wippte, dann an Jack Lemmon, dem personifizierten Ehemann, der so lang auf seine Frau gewartet hat, daß er sie nun nicht mehr haben will. Die beiden sahen für sie nicht wie Frauen aus – sie standen schon mal völlig falsch –, und sie wußte nichts mit ihnen anzufangen, wie es ihr übrigens auch mit Transvestiten erging.

Sie setzte sich neben Paula, die am Rande des Geschehens auf einem Sessel thronte. »Man erwartet von mir, daß ich meinen Freundinnen klarmache, wie glücklich ich bin«, sagte sie so mutlos, als sei dies eine unmögliche Aufgabe.

Paula warf Wilder durch ihre dunkel getönte Brille einen wütenden Blick zu. »Was weiß der schon?«

»Er möchte, daß ich es ganz leicht und heiter bringe. Aber ich weiß nicht, wie.«

»Natürlich nicht, armer Liebling«, murmelte Paula beruhigend.

»Ich weiß auch nicht, worüber ich so verdammt glücklich sein soll. Wie reagiere ich, wenn ich die Tür öffne und die beiden sehe? Warum erklärt er mir das nicht?«

Paula legte ihr den Arm um die Schultern. »Mach dir um ihn keine Gedanken, Liebling. Er versteht die Tiefen einer Schauspielerseele sowieso nicht. Er ist nur in der Technik gut als Regisseur. Und er wird durch ein Talent wie deines eingeschüchtert.«

»Ach wirklich? Aber wie spiele ich die Szene?«

»Es ist Weihnachten. Unter dem Baum liegen Geschenke, und du möchtest deinen Freundinnen das Neueste vom Neuen erzählen.« Paula streichelte ihre Hand. »Du bist ein Eis am Stiel, Liebling.«

Marilyn dachte darüber nach. Es ergab Sinn, wenn man Paulas Sprache verstand. Als Olivier sich mal fast heiser geredet hatte, weil er ihr nicht beibringen konnte, in einer Szene deprimiert und unglücklich zu wirken, hatte Paula bloß geflüstert: »Du bist ein feuchter Cracker, Marilyn«, und sie hatte es auf Anhieb geschafft.

»Eis am Stiel!« sagte sie lachend, stand auf und trat ins Scheinwerferlicht zur markierten Stelle. Sie starrte die Tür an, als führte sie zur Hölle. Die Klappe fiel mit einem scharfen Knall, sie griff nach der Klinke, öffnete die Tür und war durch das gleißende

Licht wie geblendet. »Hi, Sugar, ich bin's«, sagte sie, und erst als Wilder ›Cut‹ rief und Tony Curtis seufzte, wurde ihr klar, daß sie die Szene vermasselt hatte.

Während an ihrem Haar und Make-up herumgefummelt wurde, versuchte sie herauszufinden, warum sie etwas so Leichtes verpfuscht hatte.

Sie wartete auf die Klappe, stieß die Tür auf und sagte: »Sugar, hi, ich bin's.«

Beim nächsten Take sagte sie es richtig, aber leider erst, nachdem sie schon die Tür geöffnet hatte.

Wilder war zu klug, um sie zu beschimpfen wie Preminger, aber man merkte ihm seine Verstimmung deutlich an. Es folgten ein Dutzend Takes, die sie alle irgendwie ruinierte.

Schließlich stand Wilder völlig erschöpft auf und kam zu ihr herüber. Einen Moment fürchtete sie, er würde sie schlagen, und zuckte zusammen, doch statt dessen sagte er mit seiner sanftesten Stimme: »Wir schaffen's schon. Mach dir keine Sorgen, Marilyn.«

Instinktiv riß sie die Augen weit auf, wurde zu dem blonden Dummchen, das sie so ungern auf der Leinwand darstellte, und erwiderte mit unschuldigem Blick: »Sorgen wegen was?«

Sein Gesichtsausdruck verriet ihr, daß sie einen Punkt gemacht hatte. Er würde nie mehr gönnerhaft zu ihr sein.

Schon beim nächsten Take klappte alles, und sie spielte die Szene so perfekt, daß Curtis, der ermüdet und verärgert war, überhaupt nicht zur Geltung kam! Es war ein hundertprozentiger Triumph für sie.

Sie war die einzige, die an diesem Abend den Drehort taufrisch verließ.

Als ich den Rohschnitt von *Some Like It Hot* sah, hielt ich's für das Beste, was Marilyn je gedreht hatte. Sie schien endlich ins richtige Fahrwasser gekommen zu sein.

Ich glaube nicht, daß irgendein anderer Film ihre Schönheit so gut einfing – vor allem ihre durchsichtige, schimmernde Haut, die üppigen Kurven, die in ihrer sinnlichen Glätte an frische Schlagsahne erinnerten.

Es gab sogar einen realen Grund, warum sie so gut aussah: Irgendwann bei den Dreharbeiten war sie wieder schwanger geworden, wie sie mir kurz nach ihrer Rückkehr in New York erzählte.

Da sie nichts von Jack erwähnte, nahm ich – übrigens völlig zu Recht – an, daß er nicht der Vater war, was mich wirklich erleichterte. Zwei schwangere Frauen zur gleichen Zeit wären zuviel für den armen Jack gewesen!

Marilyn und ich saßen in ihrer Wohnung in der 57. Straße bei einem Drink. Miller war nicht da. Er hatte sich vor kurzem eine Suite im Chelsea-Hotel genommen – seine alten Jagdgründe –, um für seine Arbeit an dem Drehbuch von *The Misfits* mehr Ruhe zu haben.

Die Wohnung hatte nichts von einem Zuhause an sich. Kahle weiße Wände, die wenigen Bilder noch auf dem Boden gestapelt, das nackte Parkett ungewachst und zerkratzt, die Fenster ohne Vorhänge oder Jalousien. Es gab kaum Mobiliar, und das wenige hätte von einem Ausverkauf bei Macy's stammen können: klobige Sessel und Sofas mit weißlichen Bezügen, die schon vergilbt und staubig wirkten, obwohl sie neu waren. Hier und da Zeugnisse von Marilyns Profession: ein Haartrockner wie beim Friseur hinter einem mit Handtüchern behängten Eßzimmerstuhl, ein Tischchen aus Glas und Chrom für die Maniküre, elektrische Kabel und Generatoren von einem Fototermin, der gerade vorüber war.

Das Kleid, in dem Marilyn fotografiert worden war, hing achtlos über einem Stuhl. Sie trug einen kurzen Frotteemantel und saß mir gegenüber auf dem Sofa, die nackten Beine unter sich gezogen. Wir tranken trockenen Wermut, da ihr ausnahmsweise mal der Champagner ausgegangen war. Sie machte ein schuldbewußtes Gesicht und sagte: »Ich bin unmöglich! Nicht mal Snacks.« Für Marilyn galten die Wertmaßstäbe von Hausfrauen aus der Mittelschicht, die sich nach dem *Lady's Home Journal* richten.

Sie kam aus dem Schneidersitz hoch und stand auf. Die Innenseiten ihrer Schenkel blitzten auf, und ich versuchte, nicht zu auffällig hinzuschauen. Ohne Erfolg, wie mir Marilyns Lachen bewies, jenes wunderbare, kehlige, sinnliche Lachen.

»Träum weiter«, sagte sie mit verschleierter Stimme. »Bist du hungrig?«

Ich schüttelte den Kopf. »Ich hatte einen späten Lunch. Mit Steve Smith.«

Marilyn zog die Augenbrauen hoch. Steven Smith war Jacks Schwager, den Joe selbst ausgesucht und mit der Aufgabe betraut hatte, sich um das Kennedy-Vermögen zu kümmern, damit seine Söhne das nicht tun mußten. Alles, was mit der Kennedy-Familie zu tun hatte, interessierte Marilyn, aber nun war sie erst mal hungrig und holte aus der Küche eine Schachtel mit Girl Scout Cookies.

»Wie kommst du denn an die Girl Scout Cookies?«

Sie lachte. »Als ich auf dem Land wohnte, kam ein kleines Mädchen an die Haustür – ihr Daddy sag im Auto – und fragte, ob ich Cookies kaufen wollte. Sie war so süß! Also sagte ich ja, hatte aber nur einen Fünfzigdollarschein, und sie und ihr Daddy konnten nicht wechseln. Deshalb habe ich nun kartonweise diese Cookies. Sicher hat sie eine Auszeichnung für die größte Cookies-Bestellung in der ganzen Geschichte der Girl Scouts bekommen ... Ich war nie bei den Girl Scouts, weil die Uniform zu teuer war. Meine Pflegeeltern konnten sich das nicht leisten, jedenfalls nicht für mich ...« Ihr Gesicht verhärtete sich wie so oft, wenn von ihrer Kindheit die Rede war. Sie würde keinem verzeihen, der damit etwas zu tun gehabt hatte. »Erzähl mir von Steve Smith«, sagte sie dann, das Thema wechselnd, was mir nur recht war.

»Steve? Er ist nicht spektakulär, dafür aber hundertprozentig verläßlich. Und sehr nützlich. Ich glaube nicht, daß Steve selbst ein Vermögen machen könnte, aber er kann es perfekt verwalten.«

»Weiß er von mir?«

»Vermutlich, aber er ist zu diskret, um dich zu erwähnen.«

»Seine Frau weiß Bescheid.«

»Jean? Wie kommst du darauf?«

»Jack hat's ihr gesagt. Sie hörte es von Pat Lawford und wollte wissen, ob es stimmt, worauf Jack es zugab.«

»Ach tatsächlich?« Ich war nicht so erstaunt, wie ich vielleicht klang. Joe Kennedys Kinder hatten Geheimnisse vor ihren Ehepartnern, aber selten voreinander. Jacks Schwestern beteten ihn an, waren alle verrückt nach Stars und fanden es folglich sicher toll, daß er eine Affäre mit Marilyn hatte.

»Ja, David. Und sie wollen auch, daß ich seinen Vater kennenlerne.«

Ich seufzte innerlich. Vermutlich war dies eher Joes Idee als die seiner Töchter. »Wie dem auch sei, ich vermute, daß genau über so etwas Jean nicht mit Steve redet. Er erzählte mir jedenfalls, daß er's kaum fassen kann, wie rasch sich Jack an seine Vaterrolle gewöhnt hat.«

Es war eine gedankenlose Bemerkung, die ich sofort bereute. Aber zu meiner Erleichterung lächelte Marilyn nur. »Ich weiß«, sagte sie. »Wenn er mich anruft, redet er ständig über Caroline. Schon komisch. Ich kann's kaum erwarten, Mutter zu werden, damit ich ihm davon erzählen kann. Überleg mal, wenn ich einen Jungen kriege, kann er sich später mal mit Jacks kleiner Tochter verabreden ...«

»Möchtest du einen Jungen?«

Sie nickte traumverloren. »Mädchen müssen solch gräßliche Dinge durchmachen, bevor sie erwachsen werden ... Außerdem spüre ich, daß es ein Junge wird.«

»Ist Arthur darüber glücklich?«

»Mm, ich schätze schon.« Darüber wollte sie eindeutig nicht reden. »Ich finde es toll, daß Jack solch ein guter Vater ist, du nicht auch?«

»Na ja, ich glaube nicht, daß er Carolines Pampers wechselt oder sie in den Schlaf wiegt. Aber natürlich ist es schön, daß er sich darüber freut. Bei vielen Leuten ist das nämlich gar nicht so.«

Sie nahm sich wieder einen Keks. »Dir hat *Some Like It Hot* also gefallen?«

»Ich halte ihn für deinen besten Film. Er wird ein Riesenerfolg«, sagte ich. »Verlaß dich drauf.«

Sie zuckte mit den Schultern. »Kann schon sein. Aber ich würde eher sterben, als noch einen Film mit Billy zu machen, diesem Ekel.«

»Was dann?«

»Zuerst mal das Baby. Dann soll ich einen Film für die Fox machen. Es geht um einen Milliardär, der sich in eine Schauspielerin von einer kleinen Bühne verliebt. Älterer Mann, jüngere Frau, verstehst du? Jerry Wald wird ihn produzieren. Und nach meinen letzten Informationen hat George Cukor die Regie. Ich fliege deshalb in einigen Wochen nach Kalifornien zurück ...« Trotz Miltons Bemühungen hatte Marilyn es nie ganz geschafft, sich von der 20th Century-Fox zu befreien. Sie war wie eine rebellische Tochter, die doch immer wieder nach Hause kommt und um Verzeihung bittet. »Ich dachte, als nächstes würde Arthurs Drehbuch verfilmt«, wandte ich ein.

»Er feilt immer noch daran herum, und leider haben bisher weder Gable noch Huston zugesagt. Außerdem muß ich wieder einen Film für die Fox machen. Das steht alles in dem Scheißvertrag, den Milton für mich 1955 abgeschlossen hat. Armer Milton. Er hätte bei der Fotografie bleiben sollen.«

Sie sah mir wohl an, daß ich dies für unfair hielt, denn sie fügte rasch hinzu: »Oh, so war's nicht gemeint. Ich vermisse Milton schrecklich, glaub mir, aber ich könnte ihm trotzdem jedesmal den Hals umdrehen, wenn ich an den Vertrag denke.«

Ich fand nicht, daß der Vertrag Miltons Schuld war; er war daran höchstens mitschuldig. Im Lauf der Jahre war an Marilyns Vertrag mit der 20th Century-Fox so viel herumgepfuscht worden, daß nun kaum noch ein Mensch durchblickte. Er beherrschte ihr Leben, angefangen von der Anzahl der Filme, die sie machen konnte, bis hin zu den Regisseuren, die ihr das Filmstudio zur Verfügung stellte. Selbst die Zeit, die sie an der Ostküste verbrachte, war ihr vorgeschrieben. Obwohl auf ihr Betreiben hin weite Teile des Vertrags von immer neuen Anwälten umgeschrieben worden waren, blieb sie unzufrieden.

Marilyn setzte sich wieder im Schneidersitz auf das Sofa, im Schoß die Keksschachtel. »Wird Jack Präsident?« fragte sie mit plötzlich ernstem Gesicht.

»Ich denke schon. Spricht er mit dir nicht darüber?«

»Wahrscheinlich langweilt es ihn, mit mir jedenfalls ...«

Das konnte ich mir gut vorstellen. Frauen bedeuteten für Jack Erholung, Flucht vor dem immer stärker werdenden Druck der Verantwortung. Das letzte, was er mit Marilyn diskutieren wollte, war seine Präsidentschaft.

»Es sieht gut aus«, sagte ich. »Jack ist vermutlich nur zu abergläubisch, um es zuzugeben, das ist alles.«

»Oh, ich bin genauso«, sagte sie eifrig. »Ich sage immer: ›Falls ich die Rolle kriege‹ und niemals ›Wenn ... ‹«

»In der Politik ist nichts sicher«, sagte ich vorsichtig, »aber Jack ist inzwischen der einzige Demokrat, über den alle reden. Mit seinen Ansprachen und seiner Arbeit im Untersuchungsausschuß hat er viel Resonanz erzeugt. Die Leute mögen seine Intelligenz, seine Härte und auch seinen Stil. Er muß sich nur aus Schwierigkeiten raushalten und mehr wie ein Präsident aussehen als Lyndon Johnson und Hubert Humphrey zusammen. Das müßte eigentlich zu schaffen sein.«

Sie kicherte. »Sich aus Schwierigkeiten raushalten aber nicht.«

»Das ist ein Risiko, zugegeben. Aber die Presse ist auf seiner Seite. Selbst solche Reporter, die nicht mit ihm übereinstimmen, mögen Jack. Ich glaube nicht, daß sie über seine Amouren berichten.«

Sie schaute auf die Armbanduhr und hielt sie sich ans Ohr, um zu hören, ob sie tickte. Marilyn trug fast nie eine Uhr, doch selbst dann half es ihr nicht viel. Sie hatte einfach kein Zeitgefühl. Folglich war es ganz passend, daß sie – wie das weiße Kaninchen – eine Uhr hatte, die nicht ging.

»Wie spät ist es?«

»Kurz nach sieben.«

»Oh, verdammt!« Sie riß die Augen auf. »Ich bin mit Arthur verabredet.«

»Wann denn?«

Sie biß sich auf die Unterlippe. »Um halb sieben?«

»Wo?«

»Bei Downey's. Wir gehen ins Theater.«

»Dann mußt du dich aber beeilen.«

Sie nickte, rührte sich aber nicht von der Stelle. Ihr Gesichtsausdruck besagte, daß sie's ja doch nicht rechtzeitig schaffen würde. »Lena!« rief sie dann laut. »Ich bin zu spät dran.«

Marilyns Probleme mit der Zeiteinteilung erschwerten jedem das Leben, der für sie arbeitete. Das Dienstmädchen tauchte hastig aus dem Nebenzimmer auf und brachte ein weißes Kleid. »Ich lasse Ihnen gleich Ihr Bad ein«, sagte sie.

»Dafür reicht's nicht mehr, aber ich finde, daß ich gut rieche.« Marilyn musterte das Kleid und schüttelte den Kopf.

»Ich werde jetzt lieber gehen«, sagte ich und stand auf.

Sie nickte mit abwesendem Gesichtsausdruck. Bestimmt grübelte sie darüber nach, was sie anziehen sollte. Sie mußte schließlich an ihren Ruf denken: Marilyn Monroe kam oft zu spät, war aber nie eine Enttäuschung.

»Lena, ich ziehe das Rote an, das ich auf den Fotos für *Look* trug.« Mit einem Lachen wandte sie sich an mich. »Es ist sooo tief ausgeschnitten.« Mit einer Hand deutete sie ein ausladendes Dekolleté an, mit der anderen einen Rückenausschnitt bis zum Hintern. »Wenn man was hat, muß man's auch herzeigen, nicht wahr?«

»Unbedingt!« Ich hauchte ihr einen Kuß auf die Wange.

»Du bist ein echter Freund«, sagte sie und küßte mich auf den Mund. Ich spürte ihren frischen, warmen Atem, als sich ihre feuchten Lippen kurz auf meine preßten und ihre Augen halb geschlossen waren wie in meinen intimsten erotischen Vorstellungen von ihr. Dann trat sie einen Schritt zurück, ergriff meine beiden Hände und sagte: »Ich kann's gar nicht erwarten, eine Mami zu werden, David! Ich weiß genau, daß ich eine sehr gute sein werde!«

»Bestimmt«, erwiderte ich, glaubte es aber nicht. Niemand mit Marilyns Problemen könnte eine gute Mutter sein, und ich vermutete, daß sie – ganz bestimmt aber Arthur – dies auch wußte.

Wie ich nachher erfuhr, tauchte sie so spät bei Downey's auf, daß sie nichts mehr essen konnte. Aber ihr rotes Kleid war eine Sensation, schon im Restaurant und schließlich auch im Theater – vor allem als sie und Arthur nach der Veranstaltung hinter die Bühne gingen, um dem Star zu gratulieren.

Es war ein Abend mit französischen Chansons, die Yves Montand sang, der in Arthur Millers Stück *The Crucible* in Paris aufgetreten war. Und so kam es an diesem Abend zur schicksalhaften Begegnung zwischen ihm und Marilyn.

23. KAPITEL

Timmy Hahn lungerte ganz in der Nähe von Marilyn Monroes Mietshaus in der 57. Straße herum, die Hände tief in den Jackentaschen vergraben. Wieder einmal schwänzte er Schule, um als ihr treuester Fan stundenlang auf Wachtposten zu sein.

Timmy konnte sich kaum an jene Zeit erinnern, als er noch kein Fan von Marilyn war. Selbst als kleiner junge hatte er alles über sie in den Zeitungen verfolgt und vor Restaurants oder Hotels gewartet, um einen Blick auf sie erhaschen zu können. Mit dreizehn wußte er über ihr Leben besser Bescheid als jeder Klatschkolumnist und war der anerkannte Führer einer kleinen Gruppe von Jugendlichen beiderlei Geschlechts, für die Marilyn der Mittelpunkt ihres Lebens war.

Nach Timmys Einschätzung waren die meisten von ihnen blutige Amateure. Er hingegen war Marilyn in New York wie ein Detektiv auf der Spur und schaffte es gelegentlich sogar, ihr zuzuwinken, wenn sie in ein Taxi stieg. Seine Mutter hatte seit langem aufgehört zu klagen, denn er kam und ging ja doch, wie es ihm paßte, und verbrachte manchmal die ganze Nacht auf der Straße, um Marilyn aufzulauern oder um sich ihre alten Filme in Kinos anzusehen, die rund um die Uhr geöffnet waren.

Inzwischen war er für Marilyn so etwas wie ein Maskottchen. Wann immer sie zu Filmpremieren oder Partys kam, hielt sie nach ihm Ausschau. Wenn sie ihn in der Menge nicht entdeckte, fragte sie sofort: »Wo ist Timmy?« und schickte Sicherheitsbeamte los, um ihm einen Platz in der vordersten Reihe zu verschaffen.

Bei Regen, Schnee und Sommerhitze war Timmy Marilyn auf den Fersen geblieben, aber selbst er könnte nur schwer erklären, warum er das alles tat. Ein Fan zu sein ist eben etwas ganz Spezielles, dachte Timmy. Ihm kam es so vor, als gäbe es zwischen ihm und Marilyn einen direkten Draht. Er wußte von ihrer unglücklichen Kindheit und fragte sich manchmal, ob sie in ihm eine Art Spiegelbild ihrer eigenen einsamen Jahre in Waisenhäusern und Pflegeheimen erkannte.

Für ihn war sie in gewisser Weise auch eine große Schwester, denn er sah sie nicht nur geschminkt und wundervoll gekleidet für irgendein großes Ereignis, sondern auch dann, wenn sie ohne Make-up oder falsche Wimpern, das Haar unter einem Tuch verborgen, in Jeans und einem alten Pullover zum Einkaufen ging. Er wußte, welche Ärzte sie aufsuchte, kannte die Adresse ihres Zahnarztes, ihrer Apotheke und der Parfümerie, wo sie manchmal für Hunderte von Dollar Kosmetik einkaufte.

An ihren Geburtstagen gab er beim Portier Blumen für sie ab und wurde einmal sogar mit einem Gruß belohnt, den sie wohl mit einem Augenbrauenstift auf eine Cocktailserviette mit Monogramm ›MM‹ gekritzelt hatte. Ihre Handschrift war ebenso ungeformt und kindlich wie seine eigene: ›Lieber Timmy, thanx, Du bist ein guter Kumpel, Marilyn. PS: Gehst Du nie zur Schule?‹

Dieses Briefchen war Timmys größter Schatz. Aber es gab auch noch ein Hausaufgabenheft, in dem er Marilyns tägliches Kommen und Gehen registrierte, mit genauen Zeit- und Ortsangaben. Dies sah er als sein Lebenswerk an.

Es dauerte nicht lang, und er wußte über ihre Besuche im Carlyle Bescheid, da er Marilyn in Regenmantel und Kopftuch das Hotel verlassen sah. Er zeigte sich nicht, denn er war schon erwachsen genug, um zu vermuten, daß sie sich mit einem Mann traf, und respektierte ihre Privatsphäre viel zu sehr, um sie durch seine Anwesenheit in Verlegenheit zu bringen. Er würde auch keinem Menschen davon erzählen, war natürlich aber neugierig, wen sie da wohl besuchte.

Als Vierzehnjähriger konnte er nicht einfach in die Halle eines Hotels spazieren oder gar jemanden an der Rezeption befragen. Doch das Glück war ihm hold, denn er sah beim nächstenmal, wie Marilyn in Begleitung eines Mannes aus einem Seiteneingang kam, in dem er den Senator Jack F. Kennedy erkannte.

Politik interessierte Timmy nicht, und so beeindruckte es ihn auch wenig, daß Marilyn eine Affäre mit Senator Kennedy hatte. Er schrieb alles auf und führte so genau wie möglich Buch über ihre Besuche im Carlyle. Aber viel aufregender war für ihn jener unvergeßliche Tag gewesen, als er entdeckt hatte, daß Marilyn mit Montgomery Clift bei Rumpelmayer's am Central Park South Tee trank.

In den letzten Wochen war ihm aufgefallen, daß er nicht der einzige war, der Marilyn beobachtete. Außer ihm selbst und dem Rest der kleinen Gruppe loyaler Fans (natürlich keiner so loyal wie er!) gab es noch andere Beobachter. Erwachsene, ernste Männer in dunklen Anzügen, weißen Hemden und langweiligen Krawatten, mit glänzend polierten, dicksohligen Schuhen, was für Timmy alles nach ›Cops‹ roch – er hatte einen Onkel in der Bronx, der Detektiv war – oder sogar nach FBI aussah.

Nacht für Nacht stand er unter der Straßenlaterne, schrieb alles, was er sah, in sein Notizbuch, und überlegte dabei, warum Marilyn überwacht wurde. Dann kam ihm in den Sinn, daß die Agenten vielleicht an Senator Kennedy interessiert waren und nicht an ihr. Manchmal begrüßte Timmy die Männer sogar, als seien sie Kollegen, aber sie hatten für ihn nicht mal ein Lächeln übrig.

Sicher war es das FBI, folgerte er.

Er notierte David Lemans ›Abgang‹ – inzwischen kannte er jeden, der Marilyn besuchte – und wartete dann darauf, daß sie zum Dinner oder Theater aufbrach.

Es machte ihm nichts aus zu warten, wie lange es auch dauerte.

24. KAPITEL

Als ich von Marilyn nach Hause kam, fand ich unter meiner Post einen Brief von Paul Palermo, der mich für den nächsten Tag zum Dinner einlud.

Maria war beim Skilaufen in Gstaad, wohin ich erst in ein paar Tagen folgen würde, und so rief ich denn seinen telefonischen Auftragsdienst an und sagte zu. Paul machte mir keine Angst, sondern ich hatte ihn sogar recht gern. Daß Paul den Auftragsdienst beschäftigte, zeigte schon, wie sehr er sich von seinen Kollegen unterschied, die häufig ihre Geschäfte immer noch von Telefonzellen aus abwickelten und säckeweise Groschen bei sich trugen. Paul gehörte zu einer neuen Sorte. Er besaß Nightclubs, Restaurants, einige Off-Broadway-Theater und investierte sogar gelegentlich in Theaterstücke, wodurch ich ihn auch kennengelernt hatte. Er war Mitglied der sogenannten ›Bonanno Crime Family‹ und hatte sogar die Nichte von Joseph Bonanno geheiratet.

Bonanno war das Oberhaupt einer der fünf New Yorker Familien und zählte dadurch zu den mächtigsten und respektiertesten Gestalten in der Mafia. Hinzu kam, daß er ein Don war, ein ›Ehrenmann‹ der alten Schule. Für ihn arbeiteten fünfhundert Leute in den Straßen von Brooklyn, machten finstere Geschäfte wie Zinswucherei, Entführungen und Erpressungen, was ihm viel Geld einbrachte, doch er war auch der hochgeachtete Boß seiner Untergebenen, eine Art von Gesetzgeber und Richter für seine sizilianischen Landsleute. Später diente er als Vorbild für den ›Paten‹ in Mario Puzos Roman *Godfather*.

Obwohl er sich etwas aus den Geschäften zurückgezogen hatte, nun in Tucson lebte und es seinem Sohn überließ, die Interessen der Familie in New York zu vertreten, galt sein Wort immer noch viel im obersten Gremium, das er bis vor kurzem als Capo di Tutti i Capi oder Boß der Bosse geleitet hatte. Er war einer der wenigen, die diesen Ehrenposten zu Lebzeiten aufgaben.

Paul hatte großen Respekt vor seinem angeheirateten Onkel, war aber ein ganz anderer Typ von Mann: Abschlußexamen in Fordham, elegant gekleidet, ein Büro im Paramount Building. Als ihn mal jemand fragte, ob er je eine Waffe getragen hätte, antwortete er: »Na klar, als ich Offizier vom Tagesdienst im Camp Pendleton war.« Paul hatte nicht nur bei der Marine gedient, sondern war auch ein Mitglied der Knights of Columbus, der New York Veteran Police Association und einer Spezialeinsatztruppe des Bürgermeisters gegen Jugendkriminalität.

Ich traf ihn am nächsten Abend um acht Uhr bei Rao's in East Harlem, das damals noch ein einschlägiges Mafia-Lokal war. Als mal kurz vor dem 4. Juli einige Kinder auf der Straße Feuerwerkskörper zündeten, bewirkte diese Knallerei, daß alle Gäste des Restaurants unter den Tischen in Deckung gingen und ihre Waffen zogen. Es gab bei Rao's hervorragende sizilianische Küche, die beste in der ganzen Stadt, bevor berühmte Leute wie Woody Allen das Lokal zum Schickeriatreff machten.

Palermo wartete auf mich in der ersten Nische gleich bei der Küche. Ich bestellte einen trockenen Martini bei dem Barkeeper, der wie ein ehemaliger Preisboxer aussah, aber so begabt war, daß er auch in der Bar vom Hotel Ritz in Paris nicht fehl am Platz gewesen wäre. Paul bestellte Weißwein, und Annie Rao, Vinnies Frau, erzählte uns, was wir zu essen bekämen. Im Rao's gab es immer die gleiche Speisekarte, aber man aß sowieso das, was Vinnie gerade kochen wollte. »Bene«, sagte Paul so zufrieden, als hätte er unsere Speisenfolge selbst ausgesucht.

»Schön, Sie zu sehen, David.«

Ich hob mein Glas und trank ihm zu. Paul traf sich normalerweise mit mir, wenn es für einen meiner Klienten brenzlich zu werden drohte: Ein berühmter TV-Komiker, der bei seinem Buchmacher zu hohe Schulden hatte, oder ein Talkmaster vom Radio in Miami, der mit seinen wöchentlichen Ratenzahlungen bei einem Zinswucherer im Rückstand war, obwohl man ihn zur Warnung an den Fußknöcheln gepackt und vom Balkongeländer seines Penthouse im Roney Plaza kopfüber hatte baumeln lassen ... jedesmal hatte Paul mich beim Dinner darauf hingewiesen, daß ich meine Kunden dazu bringen müßte, ›das Richtige‹ zu tun, bevor ›die Dinge außer Kontrolle gerieten‹ oder ›die falschen Leute‹ eingeschaltet wurden.

Für solche Ratschläge, die meine Klienten davor bewahrten, umgebracht zu werden oder hinter Gitter zu wandern, war ich durchaus dankbar. Paul erwartete dafür eigentlich nur kleine Gefälligkeiten. Ab und zu sollte einer der größeren Stars in seinen Clubs auftreten, oder er bat mich um Hilfe bei seiner PR.

Während wir den köstlichen Meeresfrüchtecocktail aßen, plauderten wir übers Theater. Erst nach dem Hauptgang, als Espresso und Sambuca serviert wurden, kam er zum eigentlichen Zweck dieses Treffens. »Ihre Freunde, die Kennedys, sollten Hoffa vielleicht besser in Ruhe lassen«, sagte er fast beiläufig.

Ich war erstaunt, denn Hoffas Freunde saßen in Chicago und Las Vegas. Die New Yorker Familien hatten meines Erachtens Wichtigeres zu tun. »Hoffa war als Zeuge nicht kooperativ«, erwiderte ich. »Er ist ganz allein schuld. Ich dachte, das hätte jeder begriffen.«

Paul zuckte mit den Schultern. Seine dunklen Rehaugen wirkten unendlich traurig. »Sie begreifen es ja! Aber es ist eine verdammte Schweinerei, daß die Presse von der Geschichte mit seiner Freundin und dem Kind irgendwie Wind bekam.«

»Der Meinung sind Jack und ich auch. Irgend so ein übereifriger junger Jurist aus dem Justizministerium hat es ausgeplaudert. Solche Sachen passieren eben.«

»Zugegeben. Aber Hoffa reagiert bei diesem Thema wie ein Irrer, was schwer begreiflich ist, weil seine Frau sowieso über die Geliebte Bescheid weiß. Sie und Sylvia waren Freundinnen. Eine Weile lebten sie sogar zusammen in einem Haus – Hoffa, seine Frau, seine Geliebte und das Kind ...« Er seufzte. »Das Glück möchte ich auch mal haben! Meine Frau würde mich umbringen. Und meine Geliebte vermutlich auch.«

Wir lachten, und dann redete Paul kopfschüttelnd weiter. »Ehrlich gesagt, stößt Hoffa wilde Drohungen aus, David.« Er beugte sich nah zu mir. »Ich wurde aus Tucson angerufen«, flüsterte er so ehrfürchtig wie ein Bischof, der von einem Anruf Seiner Heiligkeit aus Rom berichtete.

»Tucson?«

»Von Mr. B.« Paul sprach von dem ehemaligen Boß der Bosse nur als Mr. B.

»Seltsam, daß er sich dafür interessiert. Ist es nicht ein wenig außerhalb seiner, äh, Zuständigkeit?«

Paul machte ein gequältes Gesicht. »Mr. B. ist zwar in Tucson, interessiert sich aber trotzdem für alles. Er hört viel, David. Und was er in letzter Zeit hört, gefällt ihm nicht.«

Paul ließ sich eine Zigarre anbieten und zündete sie umständlich an. »Mr. B. sieht sich als Elder Statesman, Sie verstehen? Er wird den anderen nicht reinreden, was sie tun sollen, aber er bietet ihnen seinen Rat an, seinen Erfahrungsschatz, wann immer er denkt, daß es ein Problem gibt.«

»Und was macht ihm dort in Tucson so Kummer?«

»Um Ihnen die Wahrheit zu sagen, David, wir haben große Probleme. Und schon deshalb können wir's nicht brauchen, daß auch noch dieser Hoffa Ärger macht.« Ich sah ihm an, daß es nun ernst wurde. »Jetzt verraten Sie mir mal, wie die Vereinigten Staaten es zulassen konnten, daß dieser bärtige Kommunist, dieser Castro, Kuba übernahm! Als ob wir eine zweitklassige Weltmacht wären! Mr. B. sagte mir, daß es mit Harry Truman als Präsident nie so weit gekommen wäre, womit er verdammt recht hat. Wir hätten die verfluchten Marines hingeschickt. Und diesen Schwächling von Batista hätten wir durch einen anderen ersetzt.«

Ich nickte. Castros Machtergreifung auf Kuba erhitzte alle Gemüter. Jack hoffte immer noch, daß der Kommunist sich als liberaler Reformer erweisen würde, der sich mit den USA gut stellen wollte. Ich nahm an, daß Mr. B. und seine Freunde mit ihrer negativen Einschätzung eher recht hätten.

»Wie schlimm ist es?« erkundigte ich mich.

»Sehr schlimm! Allein die Casinos auf Kuba sind Milliarden wert, und sie sind futsch, einfach so.« Er zündete ein Streichholz an und blies es aus. »Eine verfluchte Katastrophe. Ike hätte auf diesen Schwanzlutscher Castro eine A-Bombe werfen sollen, als er noch in der Sierra Maestra war.«

Paul schüttelte wieder den Kopf, vermutlich über die Schwäche von Politikern und Generälen. Die Tatsache, daß Batistas Sturz eine finanzielle Katastrophe für die Mafia war, hatte noch niemand bedacht. Die ›ehrenwerte Gesellschaft‹ hatte gewaltige Investitionen in Havanna – Spielcasinos, Hotels, Feriensiedlungen, Prostitution und Drogen, die Millionen einbrachten, weit mehr als Las Vegas. Castros erste Tat war gewesen, die Mafiosi des Landes zu verweisen und sogar Santo Trafficante einzusperren, was für die Mafia ungefähr dasselbe war, als hätte man den amerikanischen Botschafter hinter Gitter gebracht.

»Am schlimmsten ist an der ganzen Sache, daß Vegas nun mehr Bedeutung kriegt als je zuvor. Bisher hatten wir Spielcasinos in Havanna und in Vegas. Nun gibt's nur noch Vegas, und das macht Hoffa mächtiger.« Er musterte mich fragend. »Und warum?«

»Weil der Bau der Las-Vegas-Casinos aus der Teamsters-Pensionskasse finanziert wurde«, sagte ich. Moe hatte mir das schon vor Jahren erklärt.

Paul nickte anerkennend. »Ich hielt Sie schon immer für klug, David, und sagte das neulich auch Mr. B.«

Ich war nicht gerade erfreut darüber, Diskussionsthema von Paul und Mr. B. gewesen zu sein.

»Ich weiß nicht, was ich da groß tun kann«, sagte ich. »Und das gleiche gilt für Jack. Auf jeden Fall muß er erst gewählt werden.«

»Das wissen wir auch, David. Aber angenommen, er wird gewählt, dann würde ihm ein harter Kurs gegenüber Kuba – und das heißt Castro loswerden – viele Freunde gewinnen. Einflußreiche Freunde.« Er warf mir einen bedeutsamen Blick zu. »Dankbare Freunde.«

»Ich verstehe.«

»Noch etwas. Die Leute, von denen ich rede, kennen Kuba, kennen es wirklich, nicht wie diese dämlichen Ivy-League-Amateure von der CIA. Meine Leute können Dinge in Kuba erledigen wie niemand sonst, vorausgesetzt, jemand gibt das Startsignal. In dieser Regierung will keiner auf uns hören, was idiotisch ist. Also richten Sie dem Senator von uns aus, daß wir auf seiner Seite sind, wenn er Castro aufs Korn nimmt. Er hilft uns, und wir helfen ihm, okay?«

»Ich werde es ausrichten, Paul.«

Er nickte und ließ sich die Rechnung bringen. Ich nahm an, daß er seine Mission erfüllt hatte. Doch er beugte sich wieder näher zu mir. »Noch was zu der Hoffa-Angelegenheit ... Tut, was ihr müßt, aber schickt ihn nicht ins Kittchen. Davor hat er eine Scheißangst. Er hat Angst, in den Arsch gefickt zu werden.« Er lachte. »Wir brauchen den Hurensohn, und deshalb sind seine

Sorgen unsere Sorgen. Sagen Sie dem Senator, daß Bobby es mit Hoffa nicht zu weit treiben soll. So wie diese Sache mit seiner Geliebten. Ich meine, wie würde es denn dem Senator gefallen, wenn alle Welt von seinen Weibern wüßte?«

Ich schaute ihn an und hoffte, daß ich empört genug aussah. »Was für Weiber?«

Paul zog ein dickes Geldscheinbündel heraus, um zu bezahlen. »Ach, David, Sie wissen, was da läuft, und wir wissen, was da läuft. Ist ja auch nicht schlimm. Aber Sie sollten daran denken, daß Hoffa vermutlich auch weiß, was da läuft. Und darüber sollte sich der Senator Sorgen machen.«

Wir standen auf. Paul machte seine Runde, schüttelte Hände, umarmte manche Freunde und gab würdigen Mafiosi der alten Schule einen Kuß auf die Wange. Um uns von den Raos zu verabschieden, zwängten wir uns gemeinsam in die heiße kleine Küche und traten dann auf die Straße hinaus. Eine frische, salzige Brise vom East River befreite uns von Knoblauchdunst und Zigarrenrauch. »Hoffa ist ein tollwütiger Hund«, sagte Paul Palermo. »Tollwütige Hunde muß man killen oder in Ruhe lassen.«

»Ich werde es dem Senator ausrichten.«

Pauls Wagen, ein Cadillac mit verdunkelten Fenstern, näherte sich. Mein Auto stand auf der anderen Straßenseite.

»Richten Sie ihm aus, daß Mr. B. es sagt, nicht ich. Mr. B. hat das Gesamtbild vor Augen. Hoffa spielt in dem Gesamtbild keine besonders große Rolle. Aber es muß trotzdem was geschehen, weil sonst jemand zu Schaden kommt.«

Paul stieg ein. »Gute Nacht, David! Angenehme Träume«, rief er noch, bevor der Wagenschlag zufiel.

Wenn ich erwartet hatte, daß Jack mit Entsetzen auf Palermos Angebot, Fidel Castro für ihn umzubringen, reagierte, so wurde ich enttäuscht. Er war viel zu sehr Realist, um von dergleichen geschockt zu sein. An seinen glänzenden Augen erkannte ich, daß er interessiert war, und bereute sofort, ihm davon erzählt zu haben.

Er saß im Hotel Carlyle mit einem Frühstückstablett im Bett, als ich ihn besuchte. New York war die Endstation, nachdem er im ganzen Land Reden gehalten hatte. Seit dem Parteikonvent war er es, den die demokratischen Wähler hören wollten, und ein ganzer Stab von Leuten war engagiert worden, um seine Auftritte zu koordinieren. Außerdem hatte Jack ein neues Expertenteam, das durch liberale Intellektuelle verstärkt wurde, die das Stevenson-Lager verlassen hatten, um für ihn zu arbeiten.

Anfangs war die Beziehung zu den Eggheads, wie Jack sie nannte, etwas gespannt, da sie ihn und seinen Vater während der Kämpfe um die Nominierung als Vizepräsident scharf attakkiert hatten. Doch die Zusammenarbeit machte sich schon bald bezahlt in Form besserer, griffigerer Ansprachen, zahlreicher Artikel in der *New York Times* unter Jacks Namen und in einer insgesamt intellektuelleren Atmosphäre. Natürlich weihte man die Eggheads nicht ein, daß ihr Kandidat mit Mafiabossen Kontakt hatte, damit sie nicht ihren Glauben an die gute Sache verloren.

Ich bemerkte nicht nur die auffällig zerknitterte Bettwäsche, sondern auch Lippenstiftspuren auf den Kissen. Ein schwacher Duft von Chanel No. 5 hing in der Luft, woraus ich schloß, daß Marilyn hier gewesen war.

Ich schenkte mir eine Tasse Kaffee ein, und er weihte mich in seine Pläne ein. Bobby sollte zum Team stoßen und die Kampagne leiten, während der Botschafter notgedrungen die Bildfläche räumen mußte. Je weniger die Öffentlichkeit von ihm zu sehen bekam, desto besser.

Jacks Rundreisen im neuen Flugzeug der Familie namens Caroline – ein weiterer nützlicher Beitrag vom Botschafter – hatten seine Einstellung gegenüber Fidel Castro verhärtet. Ihm war klargeworden, daß die Meinung der Durchschnittsamerikaner zur Außenpolitik das genaue Gegenteil der Meinung von Intellektuellen und Akademikern darstellte. Da er bei beiden Gruppen Erfolg haben wollte, mußte er eine maßgeschneiderte Strategie verfolgen.

»Deine italienischen Freunde haben den richtigen Riecher, was Castro betrifft«, sagte er zu mir. »Ike hat nicht genug Mumm. Er ist ein alter Mann, zu alt für einen Präsidenten.«

»Wenn du in seinem Alter bist, wirst du nicht mehr so reden, Jack.«

»Du lieber Gott, so alt werde ich nie. Wegen Hoffa machen die sich also immer noch Gedanken, ja?«

»Sie mögen ihn genauso wenig wie du, haben in ihn aber so

viel investiert, daß sie ihn beschützen müssen. Sie wollen nur sicher sein können, daß er nicht hinter Gitter kommt.«

»Das kann ich nicht versprechen, denn genau dahin will Bobby ihn befördern.« Er überlegte und nickte dann. »Da Bobby von nun an die Kampagne leitet, wird er damit vollauf beschäftigt sein. Ich werde dafür sorgen, daß ihm keine Zeit bleibt, an Hoffa zu denken. Und in der Zwischenzeit geschieht dann vielleicht irgendwas. Man wird sehen.«

Wie üblich nahm Jack es auf die leichte Schulter. »Jack, hör mir mal gut zu«, sagte ich eindringlich. »Das ist eine ernste Sache, glaub mir.«

Irgend etwas in meiner Stimme muß ihn wohl überzeugt haben. »Schon gut«, sagte er ungeduldig. »Ich kümmere mich darum, David. Versprochen.«

Natürlich wäre das damals der richtige Zeitpunkt gewesen, um Jack zu sagen, daß ich nicht mehr mitmachte. Aber wie Jack litt ich an Präsidentschaftsfieber, wenn auch nur stellvertretend. Im Rahmen der großen Ereignisse schienen die Vorwürfe von Jimmy Hoffa und der Mafia ein unbedeutendes Problem zu sein, das gelöst werden könnte, sobald Jack im Weißen Haus war.

»Was hatten sie noch auf Lager?« fragte er.

»Eine kaum verhüllte Drohung, daß sie darüber Bescheid wissen, was Paul Palermo deine ›Weiber‹ nennt‹, erwiderte ich.

Jack warf den Kopf zurück und prustete los. »Großer Gott!« rief er. »Du machst wohl Witze!«

»Paul sagte, daß außer ihnen vielleicht auch Hoffa darüber im Bilde ist.«

»Hör mal, jeder weiß darüber Bescheid! Es gibt kaum einen Journalisten in New York und Washington, der nicht mein Privatleben kennt. Aber du und ich wissen, daß nichts davon je in die Presse kommen wird.«

»Tja, da bin ich mir nicht so sicher. Eine Story, bei der Marilyn mitspielt, ist vielleicht zu verlockend, um sie nicht zu drucken.«

»Marilyn ist ja wie eine fixe Idee von dir, David. Von mir und Marilyn wissen nur Leute, die nichts an die Presse geben, wie du und Peter.«

»Mir gefiel nicht, was Paul zu sagen hatte, und noch viel weniger gefiel mir die Art und Weise, wie er es sagte, Jack. Er scheint wirklich viel zu wissen.«

»Hat er sie namentlich erwähnt?«
»Nein.«
»Na also. Woher soll er denn was erfahren haben? Wir sind immer sehr diskret.«

Marilyn ins Cal-Neva-Lodge in Tahoe mitzunehmen, war nicht gerade meine Idee von Diskretion, aber ich sagte nichts. »Weißt du, was mir durch den Kopf schoß, als Paul sich mit mir unterhielt?« sagte ich. »Daß dich nämlich jemand angezapft haben könnte.«

»Angezapft?«
»Mikrofone. Abgehörte Telefonate. Dieser ganze Kram.«

Er schüttelte lächelnd den Kopf. »Du hast in letzter Zeit zu viele Spionageromane gelesen. Außerdem ist es ganz ausgeschlossen.«

»Warum?«
»Weil Dads alter Kumpel J. Edgar Hoover das in regelmäßigen Abständen überprüfen läßt, und zwar hier, zu Hause und in meinem Büro, um Dad einen Gefallen zu erweisen. Hoover tut das seit Jahren für uns.«

Jack sprach von Hoover wie von einem Familienfaktotum. Da ich den alten Fuchs gut kannte, teilte ich nicht diese Ansicht. Genau vor Hoovers Abhörgeräten hatte ich Angst und ließ deshalb übrigens mein Büro und meine Wohnung gelegentlich von einem Profi kontrollieren, doch ich wußte, daß Jack übertriebenes Vertrauen zu Hoover und absolutes Vertrauen zu seinem Vater hatte.

»Na ja, wenn du meinst, daß man sich keine Sorgen machen muß ...«, sagte ich, war aber nicht überzeugt.

»Wer macht sich Sorgen?«
»Ich.«
»Das lohnt sich nicht, David. Vergiß es.« Er streckte übermütig die Arme in die Höhe, zuckte aber gleich darauf vor Schmerzen zusammen.

»Hat Marilyn dir von ihrem Baby erzählt?« fragte ich.
»Du lieber Gott, ja! Ich mußte mir eine Menge zu diesem Thema anhören! Irgendwie kann ich mir sie schwer als Mutter vorstellen ... Aber sie scheint sehr glücklich darüber zu sein.«

»Zu glücklich, wenn du mich fragst.«

Jack hob fragend die Augenbrauen. »Schließlich stärkt ein gemeinsames Kind die Ehe«, redete ich weiter. »Und ich weiß nicht recht, ob sie diese Ehe überhaupt noch will. Oder den Vater.«

»Er scheint ein netter Kerl zu sein«, erwiderte Jack. »Nach allem, was Marilyn so erzählt.« Dann lachte er leise. »Und bequem ... für uns.«

»Hast du je von einer Frau gehört, die mit einem netten Kerl als Ehemann glücklich war? Auf die Dauer?«

Er dachte einen Moment schmunzelnd darüber nach. »Nein, ich schätze nicht«, stimmte er zu. »Obwohl die meisten verheirateten Frauen, mit denen ich geschlafen habe, anfangs immer behaupteten, sie würden ihre Männer heiß und innig lieben. Auch Marilyn. Arthur ist edel. Arthur ist ein Genie. Arthur verdient eine bessere Frau als sie. Sie will Arthur nicht verletzen. Sie will mehr als alles andere, daß Arthur glücklich ist. Arthur würde sterben, wenn er wüßte, was sie tut. Und all dies sagt sie, während sie mich fickt.« Er seufzte. »Glaubst du, daß irgend jemand Frauen versteht?«

»Du scheinst ganz gut damit zurechtzukommen«, sagte ich. So etwas hatte Marilyn mir noch nie über Miller erzählt. Ich schaute auf meine Armbanduhr, da ich gehen wollte, um mir nicht noch mehr von Marilyns Bettgeflüster anhören zu müssen.

Auch er schaute auf die Uhr. »Ich komme nur deshalb ganz gut damit zurecht, David, weil ich nicht mal den Versuch unternehme, Frauen zu verstehen.« Er setzte das berühmte Kennedy-Lächeln auf. »Meiner Meinung nach wäre es reine Zeitverschwendung. Sollen ihre Ehemänner sie doch verstehen.«

25. KAPITEL

Als sie wieder in Kalifornien war und das Drehbuch von *Let's Make Love* las, mochte sie es auf Anhieb nicht. Beim zweiten Durchlesen in ihrem Bungalow im Beverly-Hills-Hotel mochte sie es sogar noch weniger. Es war typischer 20th-Century-Fox-Kitsch – genau von der Sorte, über die sie hinausgewachsen war.

Ihre Zweifel am Drehbuch wurden verstärkt, als kein passender männlicher Hauptdarsteller zu finden war. Doch die Fox wollte vom Erfolg von *Some Like It Hot* profitieren und war wild entschlossen, so rasch wie möglich einen neuen Marilyn-Monroe-Film unter die Leute zu bringen. Es war Arthur, der schließlich Yves Montand vorschlug.

Ein so ungewöhnlicher Vorschlag, daß ihn anfangs niemand ernst nahm, am wenigsten sie selbst. Montand war als Chansonnier dem durchschnittlichen amerikanischen Kinogänger kein Begriff, sondern war lediglich in Intellektuellenkreisen wegen seiner Rolle in dem Film *The Wages of Fear* und wegen seiner häufig geäußerten linken Ansichten bekannt.

Als sie Montand nach seinem Konzert in New York traf, hatte er ihr wegen seines guten Aussehens und seines weltläufigen Charmes gefallen, aber seine Frau, Simone Signoret, die durch ihre Rolle in *Room At The Top* mit einem Schlag berühmt geworden war, hatte sie weit mehr beeindruckt.

Montand hatte sich durch Simone nicht davon abhalten lassen, mit Marilyn zu flirten, die das bei einem Franzosen nicht wunderte, sondern ganz normal fand. Sogar Simone hatte darüber gescherzt: »Sehen Sie nur!« sagte sie mit liebevollem Spott, und ihre dunkle Raucherstimme war zugleich sexy und tough. »Er kann den Blick nicht von Ihnen wenden.«

Die beiden Paare gingen häufig nach dem Theater miteinander zum Essen, und zum erstenmal seit Ewigkeiten war auch Arthur guter Laune. Er hatte die gleichen politischen Ansichten wie Yves, verstand sich mit ihm und Simone aber auch auf kulturellem Gebiet. Simone behandelte Arthur mit dem besonderen Respekt, den Franzosen bedeutenden Schriftstellern entgegenbringen, und nannte ihn manchmal sogar, halb im Spaß, Maître.

Die Freundschaft mit den Montands war der einzige Lichtblick in Arthurs Leben. Marilyn hatte das Baby und damit auch jeden Wunsch verloren, es noch einmal zu versuchen. Er quälte sich immer noch mit *The Misfits* ab, um aus Gay Langland jemanden zu machen, den Clark Gable zu spielen bereit wäre. Auf irgendeine mysteriöse Weise wurden Yves und Simone lebenswichtig für die Ehe der Millers.

Als immer klarer wurde, daß keiner der Stars, die sie als Partner akzeptierte, die Rolle des Multimillionärs in *Let's Make Love* übernehmen wollte und sie wiederum die Gegenvorschläge des Studios inakzeptabel fand, kam Montand erneut ins Gespräch, und das Studio stimmte sofort zu. Innerhalb der nächsten vierundzwanzig Stunden wurde er nach L. A. geflogen, für die Rolle getestet und bekam mehr Geld angeboten, als er je zuvor verdient hatte.

In Wahrheit, wie sie genau wußte – Yves jedoch nicht –, hätte das Studio jeden genommen, mit dem sie zu filmen bereit war. Die Fox war ein sinkendes Schiff. Ihr Intimfeind Darryl Zanuck, inzwischen ein schwacher, verbitterter Mann, war nach Europa abgeschoben worden, und nun lag das Schicksal des Studios in den Händen ratloser Männer, die verzweifelt gegen die roten Zahlen ankämpften. Marilyns Vertrag war ihr größter Aktivposten, ihr Name die einzige Hoffnung.

Niemand freute sich mehr über die Neuigkeit, daß Yves mit ihr arbeiten würde, als der arme Arthur, der sich auf die undankbare Rolle des Prinzgemahls von Marilyn reduziert sah. Er arrangierte es, daß die Montands in den Bungalow 20 im Beverly-Hills-Hotel zogen, direkt neben ihnen mit einer Verbindungstür.

Im Bungalow 19, hinter ihren beiden Suiten, lebte Howard Hughes mit seiner Frau Jean Peters, die 1953 mit Marilyn im Film *Niagara* gespielt hatte. Es faszinierte Simone, im gleichen Haus wie Howard Hughes zu wohnen, und sie wartete manchmal stundenlang vergeblich darauf, einen Blick auf den menschenscheuen Milliardär erhaschen zu können.

Die Beziehung zu den Montands war herzlich und unkompliziert. Da Hollywood für die Franzosen eine fremde Welt war, fragten sie Marilyn oft um Rat. Sie und Simone gingen zusammen bummeln und kochten auch mal ein Essen gemeinsam in einer der winzigen Küchen.

Yves wiederum wich im Studio nicht von ihrer Seite. Er hatte noch nie in Hollywood gedreht und war sich klar, daß er als ausländischer Chansonnier, dessen einziger bekannter Film nur in ›Filmkunstkinos‹ lief, keinen besonderen Status hatte. Allein, etwas verwirrt und voller Angst zu versagen, verbrachte Yves die Pausen zwischen den Takes in Marilyns Garderobe, fuhr im gleichen Firmenwagen zum Hotel und wieder zurück, probte seinen Text mit ihr und bat sie um ihr Urteil, wenn er jemand Neuen kennenlernte.

Sie fühlte sich in seiner Gesellschaft gut aufgehoben. Er hörte gern zu und interessierte sich für alles, was sie tat. Zum erstenmal seit Jahren genoß sie es, ins Studio zu fahren, und mit seiner Hilfe schaffte sie es sogar, fast pünktlich zu sein und sich an ihren Text zu erinnern. In gewisser Weise war sie seine Lehrerin, wenn es um die Interna Hollywoods und der 20th Century Fox ging, während er ihr beim Einstudieren ihrer Rolle half. Natürlich war Paula eifersüchtig, da Marilyn diesmal gut ohne ihre ständige Bemutterung auskam. Obwohl sie diesen Film und Hollywood haßte und es um ihre Ehe mit Arthur schlecht stand, machte es ihr Spaß, für Yves den Studioführer zu spielen.

In ihrer Jugend hatte sie immer ›ein anständiges Mädchen‹ sein wollen, es aber nie ganz geschafft. Schon mit zwölf oder dreizehn war ihr Körper von frühreifer Vollkommenheit gewesen.
Etwas in ihr sehnte sich immer noch nach Tugend und auch danach, jemandem treu zu sein. Aber einem Mann treu zu sein, der verheiratet war, ständig Bettgeschichten hatte und Präsidentschaftskandidat der Demokraten war, fiel verdammt schwer. Sie hatte Jack gesagt, daß er bald kommen müßte, doch er hatte nicht auf sie gehört. Oder er hatte es zwar gehört, es aber als Scherz abgetan.
Es war nicht etwa so, daß sie Jack eine Lektion erteilen wollte, denn sie sehnte sich nach ihm. Doch als er nicht kam, begann sie, aus einem Gefühl der Enttäuschung heraus, Yves von ihren Schwierigkeiten zu erzählen.
Er konnte stundenlang wie gebannt zuhören, fasziniert von jedem Detail, ohne Angst davor, selbst die intimsten Fragen zu stellen, und immer zu einem Lachen oder einer Geste der Sympathie bereit.
Es kam ihr so vor, als würde sie bei einem Priester beichten, der unglaublich sexy war und kein Keuschheitsgelübde geleistet hatte. Ohne Scheu vertraute sie ihm ihre innersten Ängste und Geheimnisse an.
Schon beim Gedanken daran, mit Yves zu schlafen, fühlte sie sich schlecht, was nicht nur an Jack lag, sondern auch daran, daß sie Simone bewunderte und wie eine Freundin mochte. Als Simone dann aber von der Academy als beste Schauspielerin nominiert wurde und sie nicht, empfand sie solchen Zorn und Neid, den sie natürlich verbergen mußte, daß sie schon aus Rachsucht

mit Yves ins Bett hätte gehen können. Sie hatte in siebenundzwanzig Filmen gespielt – in mindestens elf davon eine Hauptrolle –, war aber kein einziges Mal nominiert worden, während Simone, noch dazu eine Ausländerin, schon beim ersten Versuch Erfolg hatte. Und das, obwohl sie ja praktisch eine Kommunistin war, wie Louella Parsons behauptete! Das ist nicht fair, sagte sie sich immer wieder.

Vielleicht wäre es trotzdem nicht passiert, wenn Simone nicht tatsächlich den verdammten Oscar gewonnen hätte und über Nacht die Sensation von Hollywood wurde. Die Verleihung des Oscar an Simone war klug, da sie bewies, daß Hollywood Qualität und Talent auch in ausländischen Low-Budget-Filmen zu würdigen wußte. Beweis ebenfalls, daß die finsteren Tage der McCarthy-Ära vorüber waren. Trotz Louella Parsons, Hedda Hopper und Ronnie Reagan samt allen rechten Hexenjägern, die in den Studios das Sagen hatten, konnte also eine Frau, die mit der Kommunistischen Partei Frankreichs assoziiert wurde, den höchsten Filmpreis gewinnen. Simone bewirkte, daß Hollywood stolz auf sich selbst war, und das zeigte sich darin, wie die Leute sie bei ihren Einkäufen auf der Straße grüßten oder aufstanden und applaudierten, wenn sie ein Restaurant oder die Halle des Beverly-Hills-Hotels betrat. Von den gleichen Leuten fand niemand ein gutes Wort für Marilyns Darstellung in dem Film *Let's Make Love*, den sowieso jeder als geistloses, vulgäres Machwerk abtat ...

Sie spürte, daß Yves sie begehrte, obwohl er Arthur sehr gern hatte. Anscheinend war jedoch selbst in Frankreich ein Seitensprung mit der Frau deines besten Freundes bei anständigen Leuten verpönt.

Also schafften sie und Yves es irgendwie, anständiges Benehmen an den Tag zu legen. Dazu gehörte auch, daß sie und Simone weiterhin zusammen einkaufen gingen oder wechselseitig Kleider anprobierten und dabei im Negligé (in Marilyns Fall sogar nackt) von einer Suite zur anderen liefen, als wären sie alle eine glückliche Familie.

Sie hatte geweint, als Simone den Oscar gewann, doch sie weinte noch bitterlicher, als Jack anrief, um seine Reise nach L. A. zum drittenmal abzusagen. Natürlich verstand sie seine Gründe – Kalifornien war ihm so gut wie sicher, doch die Ostküste machte ihm Kummer –, aber sie empfand es trotzdem als Zurückweisung und litt mehr darunter, als er ahnte.

Als hätte sich alles gegen ihre Standhaftigkeit verschworen, mußte Simone nach Paris zurückfliegen, um einen neuen Film zu drehen, und Arthur, dessen Blindheit zu übertreffen nur wenige Ehemänner in der Lage waren, flog nach Irland, um mit John Huston letzte Änderungen am Skript von *The Misfits* abzusprechen. Und so ließ er sie, wie er es ausdrückte, ›in Yves' Obhut‹ zurück.

Es war fast so, dachte sie, als ob Arthur wollte, daß sie eine Affäre mit Yves anfing. Oder er war innerlich so weit von ihr entfernt, daß er nicht spürte, welch starke Anziehungskraft sie und Yves aufeinander ausübten. Doch selbst als sie schließlich allein waren, hielten sie sich anfangs zurück, tauchten allerdings auf einer Party bei David Selznick händchenhaltend auf, was natürlich viel Getuschel hervorrief. Zufällig hörte Marilyn, wie Byron Holtzer, einer der bekanntesten Junggesellen und härtesten Anwälte Hollywoods, der aus vielen Gründen kein Freund von ihr war, einem Bekannten erzählte, Joe Schenck liege im Sterben, sei sogar schon im Koma.

Ein stechender Schmerz durchzuckte sie. Zwar wußte sie, daß Joe schwer krank war, hatte aber tausend Gründe, um ihn nicht zu besuchen, angefangen mit ihrer panischen Angst vor Tod und Krankheit bis hin zu der Tatsache, daß sie keine Lust hatte, sich an ihre Zeiten als Joes Geliebte zu erinnern. Dabei war Joe gut zu ihr gewesen, besser als alle anderen damals. Als sie immer berühmter geworden war, hatte sie den alten Mann vernachlässigt, worüber sie sich jetzt schämte.

»Er kann nicht im Koma liegen!« rief sie. »Das wäre mir doch gesagt worden.«

Gleich darauf hätte sie sich am liebsten auf die Zunge gebissen. Alle möglichen Leute hatten es ihr gesagt. Holtzer, ein scharfzüngiger Gegner vor Gericht und in der Gesellschaft, war eng mit Schenck befreundet. »So ein Quatsch!« sagte er aggressiv, und seine volltönende Stimme ließ alle im Raum verstummen. »Spar dir deine Krokodilstränen für jemanden, der dich nicht kennt, Marilyn.«

Da sie von ihm herausgefordert worden war, mußte sie sich wehren. Die Selznicks waren Hollywoods Elite: Mrs. Selznick war Jennifer Jones, David Selznick der Produzent von *Gone with the Wind*. Fast alle wichtigen Leute der Filmbranche waren hier versammelt, und die allgemeine Aufmerksamkeit konzentrierte sich auf sie, Holtzer und den verwirrten Yves Montand, der keine Ahnung hatte, wer Joe Schenck oder Byron Holtzer waren.

»Ich muß Joe besuchen«, sagte Marilyn. »Sofort! Er braucht mich.«

Holtzer witterte Blut. »Er braucht dich? Er ist bewußtlos. Er war naiv genug zu hoffen, du würdest kommen und ihm Lebewohl sagen, aber es war dir scheißegal, nicht wahr? Jetzt ist es zu spät.«

Selbst die Ober blieben mit ihren Tabletts wie angenagelt stehen. Marilyns schauspielerische Begabung ließ sie total im Stich. »Moment mal!« stammelte sie wütend, und Tränen liefen ihr übers Gesicht, während Yves versuchte, sie wegzuziehen und »Laß uns gehen, Chérie, laß uns gehen« murmelte.

Sie riß sich von ihm los und sagte zu Holtzer: »Joe würde es verstehen.«

»Er hat es schon verstanden. Er hat verstanden, daß du dir einen Scheißdreck aus ihm machst. Das hat ihm sein verdammtes Herz gebrochen.«

»Wenn du nicht mitkommst, gehe ich allein«, sagte Yves entnervt. »Ich kann das nicht ertragen.«

Sie hörte vielleicht seine Worte, verstand aber deren Sinn nicht. Erst als Doris Vidor und Edie Goetz sie von Holtzer weggezogen hatten, realisierte sie plötzlich, daß Yves fort war. Sie wußte, daß alle auf Holtzers Seite sein würden, da er zur alten Garde gehörte, und sie fühlte sich plötzlich völlig allein und verlassen. Heftig stieß sie die Frauen beiseite, lief aus dem Haus und rief: »Warte auf mich, warte!«

Sie rannte blindlings los und stolperte auf ihren Stilettoabsätzen dahin, die Haare wirr im Gesicht. Ihre Handtasche ging auf, und Schlüssel, Kleenextücher, Puderdose und einige Tampons verstreuten sich auf der mit spanischer Terrakotta gefliesten Zufahrt der Selznicks. In einiger Entfernung vor ihr sah sie die Rücklichter von Yves' Leihwagen aufleuchten, wußte aber, daß sie ihn unmöglich einholen konnte. Sie schrie, so laut sie konnte, und als er prompt auf die Bremse trat, spürte sie, wie eine unendliche Schwäche ihr Inneres überflutete.

Sie hastete weiter, öffnete die Tür, klammerte sich in ihrer Verzweiflung so heftig an ihn, daß sein Hemd zerriß. Sie küßte ihn, stieß ihre Zunge tief in seinen Mund, stöhnte und jammerte mit hoher Stimme, als leide sie unerträgliche Schmerzen.

»Nicht hier«, flüsterte er. »Nicht so.« Er fuhr los und redete mit leiser Stimme in Französisch auf sie ein.

Sie schloß die Augen. Die Fahrt kam ihr endlos vor, obwohl das Anwesen der Selznicks nur wenige Minuten vom Beverly-Hills-Hotel entfernt lag. Yves stellte den Wagen auf der Straße im Parkverbot ab, ganz in der Nähe der Bungalows, trug sie ins Haus und ließ sie aufs Bett fallen. Er begann, sie ganz langsam und sorgfältig zu entkleiden, als wollte er es nun, da sie endlich miteinander schlafen würden, voll und ganz auskosten ...

26. KAPITEL

Sie hatte keine Ahnung gehabt, was für ein Riesenskandal daraus würde. Ihre Affäre mit Jack war nicht zuletzt deshalb geheim geblieben, weil die Kennedys überall in den Medien mächtige Freunde hatten, doch Yves besaß keinerlei Protektion. Er war nur ein Schauspieler und Sänger, verheiratet mit einer Filmdiva, die gerade einen Oscar gewonnen hatte – also leichte Beute für die Presse.

Außerdem begriff Yves sehr schnell, daß die Affäre mit Marilyn ihm nur nutzen konnte. Er war versessen darauf, in Hollywood den ganz großen Erfolg zu haben. Schließlich hatte Maurice Chevalier Jahre zuvor bewiesen, daß man auch als Franzose ein Hollywoodstar werden konnte. Sobald sich die Neuigkeit über ihn und Marilyn herumsprach, fragte jeder: »Wer ist dieser Yves Montand?«

Was Marilyn betraf, so hatte sie nun, was sie mit Jack nie gehabt hatte – eine Art Scheinehe. Sie konnte nicht nur mit Yves sprechen, sondern sie verbrachten ihre Nächte gemeinsam, aßen gemeinsam und gingen gemeinsam zur Arbeit.

Es gefiel ihr sogar, daß Yves ihr sagte, was sie tun sollte. Er spielte mit großer Selbstverständlichkeit die Rolle eines europäischen Ehemanns, der sich von seiner Frau nichts gefallen läßt, während sie die pflichtbewußte kleine Frau mimte, die ihm aufs

Wort folgte und auch pünktlich bei der Arbeit erschien. Sie kochte sogar für ihn, und er lobte ihre Bemühungen in den höchsten Tönen. Sie fühlte sich wie neugeboren.

Ihre Kopfschmerzen hörten auf, ihre Periode verlief fast problemlos, sie nahm kaum Schlaftabletten, schlief aber trotzdem blendend und wachte früh am Morgen mit klarem Kopf auf. Ihr machte eigentlich nur Kummer, daß sie nie über die Zukunft sprachen.

Da sie nichts verderben wollte, drängte sie ihn nicht. Yves bekam Briefe und tägliche Telefonanrufe von Simone, und auch Arthur rief regelmäßig an, um über seine Fortschritte mit Huston zu berichten. Irgendwann würde er zurückkehren, irgendwann würden sie *The Misfits* drehen, und irgendwann würde es nötig werden, über die Geschehnisse zu diskutieren, aber vorläufig war es viel angenehmer, all das in Yves' Armen zu vergessen.

Cukor machte sich ihre gute Stimmung zunutze und trieb die Dreharbeiten von *Let's Make Love* mit einem Tempo voran, das bisher in einem Marilyn-Monroe-Film undenkbar gewesen wäre. Auch das stimmte sie glücklich, obwohl der Gedanke sie peinigte, daß sie und Yves um so schneller die Realität konfrontieren mußten, je schneller der Film abgedreht war.

Sie hatte keine Ahnung, wie publik die Affäre geworden war. Schließlich hatten sie und Yves Besseres zu tun, als Klatschkolumnen oder die internationale Regenbogenpresse zu lesen. Ihr kam es so vor, als ob eine Glaswand sie vom Rest der Welt trennte; die Leute konnten sie zwar sehen, aber nicht erreichen.

Nur Cukor warnte sie vorsichtig, daß sie mit dem Feuer spielte.

Sie beruhigte ihn, er bräuchte sich keine Sorgen zu machen. Sie würde damit schon fertig ...

Wie es der Zufall wollte, saß ich in der gleichen Maschine wie Arthur, als er von Irland nach Kalifornien zurückflog. Ich tauschte meinen Platz, um neben ihm zu sitzen, doch wir unterhielten uns nicht viel. Er wirkte reserviert und gedankenverloren, was ihm gar nicht ähnlich sah, da er für einen ernsthaften Schriftsteller sonst erstaunlich kontaktfreudig war.

Im Flugzeug waren auch einige Filmleute aus Frankreich, und ich erinnere mich noch, daß ich mich Arthurs wegen genierte, als sie ein Titelfoto von *Paris-Match* herumreichten, auf dem sich Marilyn und Montand leidenschaftlich küßten. Offensichtlich ein heimlich aufgenommener Schnappschuß. Die Franzosen redeten auf der Strecke von New York nach Los Angeles immer wieder von ›Yves et Marilyn‹, während Arthur zusammengesunken dasaß und sich nach Kräften bemühte, seinen Kummer und vermutlich auch Zorn zu verbergen.

Wir unterhielten uns über Irland, Huston und *The Misfits*, was ihm offenbar sehr am Herzen lag. Vielleicht hatte er inzwischen so viel Kraft und Zeit in das Drehbuch investiert, daß es für ihn unerträglich wäre, den Film nicht zu realisieren.

Irgendwann nach dem Essen döste ich ein. Als ich wieder aufwachte, starrte Arthur durchs Fenster in den strahlendblauen Himmel, das Tablett mit seinem Essen unberührt vor sich. Auf seinen Wangen konnte ich Tränenspuren entdecken.

Feige, wie ich war, schloß ich meine Augen wieder und tat so, als schliefe ich, statt ihn auf seinen Kummer anzusprechen. Ich tröstete mich damit, daß er vermutlich auch lieber in Ruhe gelassen werden wollte.

Nachdem ich bei der Ankunft meine Koffer geholt hatte, entdeckte ich Arthur vor dem Flughafengebäude mit seinem Gepäck, wo er nach einem Taxi Ausschau hielt.

»Anscheinend hat man niemanden geschickt, um mich abzuholen«, sagte er.

Also fuhren wir gemeinsam zum Beverly-Hills-Hotel. »Keine Stadt, die ich besonders mag«, murmelte er düster nach einem Blick auf den Sepulveda Boulevard. »L. A. ist eine Stadt für einen Beginn, nicht für ein Ende.«

Darauf gab es nichts zu sagen, und so schwiegen wir, bis wir vor dem berühmten pinkfarbenen Baldachin des Hotels ankamen. »Viel Glück«, wünschte ich ihm, aber er nickte nur, in Gedanken schon ganz bei der kommenden Szene.

Zufällig traf ich Marilyn am nächsten Morgen im Café. Ihre Augen waren verschwollen, und sie sah aus, als hätte sie überhaupt nicht geschlafen. Von Glamour keine Spur. »Wie war's?« fragte ich sie. »Mit Arthur?«

Sie warf mir über den Rand der Kaffeetasse einen Blick zu und zuckte mit den Schultern. »Nicht gerade schön«, erwiderte sie.

»Wir waren nämlich in der gleichen Maschine.«

»Ja, das erzählte er mir. Er war dankbar, daß du ihn in deinem Wagen mitgenommen hast. Ich sollte ihm einen schicken und hab's vergessen.«

»Habt ihr beiden entschieden, was ihr tun wollt?«

»Verheiratet bleiben, schätze ich«, erwiderte sie trübsinnig. »Was machst du denn hier?«

»Nun, der Parteikonvent ist diesmal in L. A. ...«

Einen Moment schien sie nicht zu begreifen. »Ach so, der Parteikonvent«, wiederholte sie schließlich. Dann lebte sie ein wenig auf. »Wie geht's Jack?«

»Gut. Er arbeitet vierundzwanzig Stunden am Tag. Weißt du schon, daß Jackie wieder schwanger ist?«

Marilyn nickte flüchtig und wechselte dann rasch das Thema. »Wird Jack die Nominierung gewinnen?«

»Gut möglich.« Ich klopfte auf Holz. »Hast du die Ereignisse verfolgt?«

»Nicht so genau wie früher, ehrlich gesagt.« Das war milde ausgedrückt, wenn man bedenkt, was zwischen ihr und Montand los war.

Also machte ich mir die Mühe und informierte sie über das Wichtigste. Zu Anfang des Jahres ließ Bobby die erste Bombe platzen, indem er ankündigte, daß Jack bei der Vorwahl in New Hampshire mitmachte, die er auch mit Leichtigkeit gewann, denn schließlich stammte er ja aus New England. Die zweite Bombe platzte, als sich die Neuigkeit verbreitete, daß die Kennedy-Brüder ihre Gegner ausmanövriert hatten, da sie den zuerst widerstrebenden Gouverneur von Ohio dazu überreden konnten, Jacks Kandidatur zu unterstützen. Das bedeutete, daß Jack nun frei war, all seine Mittel einzusetzen, wenn er in der Vorwahl von Wisconsin gegen Hubert Humphrey antrat.

Jack mußte Humphrey in dessen eigenem Revier schlagen und ihn früh aus dem Rennen werfen, damit er in L. A. als Favorit antreten konnte. Außerdem würde ein langer heftiger Kampf gegen Humphrey die Partei spalten und Symington begünstigen, der die Unterstützung Harry Trumans und der älteren Parteigrößen hatte, oder Johnson, der im Senat hinter den Kulissen seine Punkte sammelte.

Schon schwappte eine Flut obskurer Verdächtigungen an Jacks Füße. Es gab Gerüchte, daß er vor Jackie bereits heimlich verheiratet gewesen wäre, daß sein Gesundheitszustand oder sein Katholizismus seine Wahl verhindern würden und daß er Weisungen vom Vatikan bekäme. Von Harry Truman wiederum stammte die Bemerkung: »Es ist nicht der Papst, der mir Sorgen macht, sondern der Papa.« Ein Seitenhieb auf seinen alten Feind Joe Kennedy. In Wisconsin waren Vierteldollarmünzen im Umlauf, auf denen die Büste von George Washington mit rotem Nagellack so verändert worden war, daß sie Papst Johannes XXIII. ähnelte – eine Art Warnung davor, was mit Amerika geschähe, falls Jack Kennedy Präsident würde.

All das erklärte ich Marilyn, die seufzend erwiderte: »Es ist schwer, sich Jack als Präsidenten vorzustellen, oder? Wie Lincoln?«

»Er wird trotzdem Jack bleiben«, sagte ich. »Das Amt verändert nicht den Mann, es bringt nur das Beste oder Schlechteste in ihm zum Vorschein.«

»Präsident Jack F. Kennedy«, flüsterte sie. »Ein toller Titel ... Und was für einen Titel bekommst du, David? Falls er gewinnt.«

Ich zuckte mit den Schultern. »Ach, ich wüßte nicht, was«, erwiderte ich ausweichend. Doch nach einem Blick in Marilyns Augen, die mir deutlich signalisierten: »Mach mir doch nichts vor!«, gestand ich ihr die Wahrheit. »Botschafter am Court of St. James's.«

Sie schien nicht zu begreifen.

»Botschafter in England«, erklärte ich. »Es heißt dort so.«

»Oh! Alles dort heißt irgendwie anders. Ich konnte immer nur die Hälfte von dem verstehen, was die Leute sagten. Engländer! O Mann!« Ihr fiel vermutlich Olivier ein, denn sie rümpfte ihre Nase und fragte: »Warum möchtest du ausgerechnet dort leben?«

»Ich liebe England, und es würde Maria gefallen. Außerdem fand ich immer, daß dieser Job maßgeschneidert für mich wäre. In Kniehosen und Seidenstrümpfen sähe ich bestimmt hinreißend aus.«

Marilyn lachte. »Nun, ich hoffe, du bekommst, was du willst.« Dann wurde sie nachdenklich. »Ich wüßte zu gerne, wie ich Jack helfen kann«, meinte sie schließlich.

Ich schwieg. Das einzige Gerücht, das bisher nicht sein häßliches Haupt gegen Jack erhoben hatte, war seine Affäre mit Marilyn. Wenn die Wahlkampagne etwas nicht brauchen konnte, dann war es Marilyn, die ihn unterstützte oder am Ende gar persönlich bei den Vorwahlen in Erscheinung trat.

»Wann kommt Jack mal wieder hierher?« fragte sie. Ich dachte, daß ihr eigentlich klar sein mußte, daß andere Frauen ihren Platz in Jacks Bett eingenommen hatten, während sie mit Montand flirtete. Außerdem war er inzwischen berühmt, während ihre Affäre mit Yves ihr zum erstenmal im Leben eine schlechte Presse einbrachte und das Urteil über ihren neuesten Film verheerend ausfiel.

»Wahrscheinlich kommt er nicht so bald«, antwortete ich und erklärte ihr, daß die Ostküste im Moment wichtiger war. Jack hatte Kalifornien so ziemlich in der Tasche dank dem Deal, den Bobby und ich mit Gouverneur Pat Brown aushandeln konnten. In gewisser Weise hatte Marilyn den Zug verpaßt, hatte sich aus den großen Ereignissen ausgeklinkt, weil sie mit Montand herumschlief, während Jack ohne sie Geschichte machte. Eigentlich hätte ich ihr raten müssen, zu Miller zurückzukehren und irgendwie ihre Ehe zu retten, da es in Jacks Zukunft keinen Platz für sie gab, aber leider tat ich es nicht.

Sie nahm meine Hand und drückte sie. »Vermißt mich Jack ein klein wenig?«

»Menschen zu vermissen ist nicht Jacks Art«, erwiderte ich ehrlich. »Er lebt in der Gegenwart. Aber er redet viel von dir, wenn wir uns treffen.«

Sie schloß einen Moment die Augen. Ihre Lider wirkten fast durchscheinend. »Das ist sicher nicht leicht für dich«, sagte sie leise.

Ich war überrascht und gerührt, denn sie hatte natürlich recht. Jack in seiner herzhaften, kameradschaftlichen Art sprach zu mir ganz offen über seine Gefühle für Marilyn, ohne zu bemerken, wie stark und schmerzhaft meine eigenen waren oder wie neidisch ich auf ihn war. »Es ist nicht leicht«, stimmte ich zu. »Manchmal jedenfalls nicht.«

»Und wie geht's bei dir zu Hause?« Marilyn erkundigte sich selten nach Maria, von der sie instinktiv (und zu Recht) annahm, daß sie ihr nicht freundlich gesinnt war.

»Nicht schlecht«, antwortete ich, und das stimmte. Es stand zwischen Maria und mir nicht ›schlecht‹, aber es stand eben auch nicht gut.

»Armer David.« Marilyn nahm meine Hand. »Ich möchte dich um einen Gefallen bitten.«

»Was du willst.«

»Aber du wirst nicht glücklich darüber sein.«

»Spielt das für dich eine Rolle?«

Sie nickte. »O ja. Ich wünschte, ich könnte dich glücklich machen, David, glaub mir. Aber ich kann's nicht. Ich weiß, was du für mich empfindest.«

»Und ich vergeude nur meine Zeit?«

»Vermutlich. Ach, ich weiß auch nicht ... Die Wahrheit ist doch, David, daß ich dich nur unglücklich machen würde. Du bist ohne mich besser dran.«

»Verzeih mir, wenn ich nicht zustimmen kann. Um was für eine Gefälligkeit geht es?«

Ihre Finger bohrten sich in meine Handfläche. »Ich möchte Jack treffen, weil ich ihm erklären muß, was geschah. Zwischen mir und Yves.«

Mir wurde bei dem Gedanken ganz elend, daß sie sich Jack erklären wollte, dem es völlig egal war. Doch ich unterdrückte meinen Kummer und meine Verbitterung wie immer – was vielleicht ein Beweis dafür war, wie sehr ich Marilyn liebte –, um sie zu warnen. »Du mußt jetzt vorsichtig sein, noch vorsichtiger als bisher. Es ist sehr ernst.«

»Ich weiß, daß es ernst ist, David. Das Weiße Haus und überhaupt ... Aber sag ihm, daß ich mit ihm reden muß.«

Ich nickte, und wir saßen eine Weile schweigend da. In dem kleinen Café, das zum Beverly-Hills-Hotel gehörte, tat jeder so, als wäre Marilyn nur ein x-beliebiger Gast. Zum erstenmal seit jenem Treffen bei Charlie Feldman im Jahr 1954 kam sie mir ungeheuer zerbrechlich vor. Sie war immer kräftig, üppig, geradezu unverschämt gesund gewesen, doch an diesem Morgen hatte sie etwas Geisterhaftes.

Sie schien meine Gedanken zu ahnen, denn sie sagte plötzlich: »Ich sehe schrecklich aus, nicht wahr?«

»Das habe ich nicht gedacht.«

»Doch! Früher haben die Leute immer gesagt, ich bin zu dick.« Sie lachte bitter. »Zumindest das können sie nicht mehr behaupten, oder?«

»Für mich siehst du gut aus.«

»David, für dich würde ich noch gut aussehen, wenn ich tot bin.« Sie gab mir einen raschen Kuß auf die Wange.

Ich geleitete sie durch die Halle zum Wagen des Studios. Sie ging auf unsicheren Beinen und lehnte sich schwer auf meinen Arm. Als der Wagenschlag geöffnet wurde, sagte sie traurig: »Yves hat immer im Auto auf mich gewartet. Heute zum erstenmal nicht.«

Sie schlüpfte in das dunkle Innere der Limousine mit den getönten Scheiben. Dann kurbelte sie das Fenster herunter, steckte ihren Kopf heraus und küßte mich.

»Du bist ein echter Freund, David. Hoffentlich wirst du Botschafter am Court von was auch immer.« Sie lachte. »Toodle-oo«, rief sie mir noch zu, bevor der Chauffeur losfuhr.

Am gleichen Tag rief ich Jack an, der in Oshkosh, Wisconsin, war. Ich erwischte ihn in seinem Motelzimmer. Er klang erschöpft. »Kalifornien!« krächzte er. »Wenn ich doch nur dort sein könnte! Heute morgen waren es fünfzehn Grad minus. Dave Powers weckte mich um halb sechs, weil ich im Freien vor einer Fleischfabrik den Arbeitern die Hand schütteln sollte.«

»Du klingst ganz schön erledigt.«

»Kunststück! Ich sitze hier und hänge die Hand in eine Schüssel mit warmem Wasser und Desinfektionsmitteln. Versuch du mal, ohne Handschuh fünfzehnhundert Hände bei fünfzehn Grad unter Null zu schütteln! Meine Rechte ist so zerkratzt und blutunterlaufen, daß ich nicht mal eine Gabel halten kann.«

»Wie viele Stimmen hat's dir eingebracht, wie dein Vater fragen würde?«

»Schwer zu sagen. Die Leute lächeln hier nicht viel – vermutlich ist es dafür zu kalt. Ach, übrigens ist Jackie auch hier. Sie ist eine größere Attraktion als ich.«

»Das klingt alles nicht gerade gemütlich.«

»Immerhin ist mir eine komische Geschichte passiert. Da kommt so ein Typ zu mir in Ashland, wo es so kalt ist, daß du nicht pinkeln kannst, ohne dir deinen Schwanz abzufrieren, und fragt: ›Stimmt es, daß Ihr Dad ein Millionär ist und Sie in Ihrem ganzen Leben keinen Tag arbeiten mußten?‹ Da es mir zu kalt zum Argumentieren war, sagte ich bloß: ›ja.‹ Darauf streckt er mir die Hand hin und sagt: ›Dazu kann ich nur sagen, Senator, Sie haben nichts verpaßt!‹«

Wir lachten beide. Jack gehörte zu den wenigen Persönlichkeiten des öffentlichen Lebens, die sich auch dann amüsieren, wenn ein Witz auf ihre Kosten geht.

»Am liebsten würde ich mich ein paar Tage nach Palm Beach flüchten«, sagte er dann. »Nur um aufzutauen.«

»Kannst du's tun?«

»Nur wenn ich verliere. Und ich werde nicht verlieren. Was macht Kalifornien?«

»Brown liegt hundert Prozent hinter dir. Natürlich nur so lange, wie du nicht anfängst, Vorwahlen zu verlieren ...«

»Natürlich.« Ein tiefer Seufzer folgte.

»Ich traf heute morgen Marilyn, Jack.«

»Ach wirklich? Ich wünschte, sie wäre hier. Sie würde mich viel schneller aufwärmen als lange Unterhosen.«

»Sie wäre auch am liebsten bei dir in Wisconsin.«

»Wie geht's ihr?«

»Sie steckt in einer schwierigen Phase.«

»Gilt das nicht für uns alle?«

»Es geht ihr nicht gut, Jack. Und das meine ich ernst.«

Es entstand eine längere Pause, bevor er schließlich vorsichtig fragte: »Was ist passiert?«

»Weißt du, daß sie eine Affäre mit Yves Montand hatte? Yves ist ein französischer Sänger.«

»Jackie sorgte schon dafür, daß ich alles erfuhr.«

»Das Ganze hat ihrer Ehe nicht gerade gutgetan, wie du dir vorstellen kannst.«

»Ja, das kann ich«, stimmte er sofort zu, und es wußte ja auch keiner besser als er.

»Sie hat Angst, daß du böse bist. Daß du ihr nicht verzeihst.«

»Herr im Himmel, Marilyn ist keine Frau, die zu Hause sitzt, Kissen bestickt oder für ihren Mann kocht. Wenn man sie haben will, muß man sich Zeit für sie nehmen, und die habe ich nicht. Ich schätze, Miller auch nicht, der arme Kerl ... Sag ihr, daß alles verziehen ist. Oder nein, sag ihr lieber, daß es gar nichts zu verzeihen gibt.«

»Das würde sie sicher lieber von dir selbst hören.«

»Leichter gesagt als getan! Jackie macht meine Wahlkampftour diesmal mit. Zufällig hast du mich erwischt, während sie ein Bad nimmt, aber ich will nicht, daß Marilyn zu allen Tages- und Nachtzeiten hier anruft. Was sie garantiert tun würde.«

»Dann ruf du sie an. Sie ist verzweifelt, Jack.«

»Ich hatte ganz vergessen, wie sentimental du sein kannst, David. Das hindert dich daran, ein echter Politiker zu werden.« Sein Ton war barsch und glich sehr dem seines Vaters, was ihm auch auffiel, denn er entschuldigte sich sofort. »Tut mir leid, aber es war ein langer, harter Tag. Du müßtest hier sein, um zu verstehen.«

»Ich verstehe schon, und es ist auch okay. Jack, du wirst gewinnen, und das ist das wichtigste. Aber ruf sie bitte an.«

»Sag ihr, daß ich sie morgen mittag anrufe, okay«, erwiderte er rasch. Im Hintergrund waren undeutliche Geräusche zu hören. »Hier kommt gerade Jackie. Sie läßt dich herzlich grüßen, David.«

»Grüß sie auch. Sag ihr, daß es hier in L. A. wunderbar warm ist.«

Jack gab ihr meinen Gruß weiter, doch ich konnte nicht verstehen, was sie erwiderte. Als Jack nun weiterredete, klang seine Stimme angespannt. »Wie ich gerade erwähnte, David, möchte ich in Hollywood ein richtig gutes Wahlkomitee aus Stars haben.« Nun klang er schon wieder munterer, als ob er nur über Politik zu sprechen bräuchte, um sich zu regenerieren. »Frank kann dir helfen, die wirklich großen Namen zusammenzukriegen.«

»Ich habe schon mit ihm darüber gesprochen.«

»Gut.« Wieder eine Pause. Dann wurde er plötzlich autoritär, was mich wieder an seinen Vater erinnerte. »Aber laß ihn ja nicht Vorsitzenden werden oder etwas Ähnliches, David. Mach es taktvoll, aber bleib hart. Ich mag Frank, verstehst du, aber er hat ein paar üble Freunde ...«

»Haben wir die nicht alle, Jack?«

Er lachte laut heraus. Ein Lachen, dem niemand widerstehen konnte, am allerwenigsten ich. »Stimmt ja, David. Übrigens bist du in vieler Hinsicht der geborene Ire.«

Es war das größte Kompliment, das er machen konnte. Ich wünschte ihm eine gute Nacht, überließ ihn Jackies Fürsorge und rief im Studio an, um Marilyn wissen zu lassen, daß ihr verziehen war.

Zumindest in Wisconsin.

Jacks Sieg in Wisconsin war zu seinem Ärger nicht so triumphal, wie er gehofft hatte. Er gewann zwar in sechs von zehn Kongreßdistrikten eines Staates, wo Humphrey praktisch als Einheimischer galt, aber seine Stimmen kamen hauptsächlich aus katholischen Gegenden, und er hatte gegen Humphrey in den traditionell protestantischen verloren. Folglich mußte der ganze Kampf noch einmal in West Virginia durchgefochten werden, und zwar schon am nächsten Tag.

Jacks Vater legte Wert darauf, daß ich ihnen in dieser entscheidenden Phase des Wahlkampfs beistand. Eine Niederlage in West Virginia, einem ländlichen, hinterwäldlerischen und protestantischen Staat, würde jedem Politiker signalisieren, daß ein Katholik auch 1960 die Wahl ebenso wenig gewinnen konnte wie Gouverneur Alfred E. Smith damals im Jahr 1928.

Der Botschafter wirkte noch barscher als sonst, als er mich aus Palm Beach anrief, wohin er sich zurückgezogen hatte. »Mobilisieren Sie möglichst viele bekannte Protestanten, sich für Jack zu verwenden! Wer ist die Nummer eins in New York?«

»Der Erzbischof.«

»Den also unbedingt. Und den Dekan der Harvard School of Divinity. Dann noch diesen Typen, wie heißt er noch gleich, Niebuhr, und den ganzen Rest der protestantischen Theologen. ›Protestanten für Kennedy‹ – so was brauchen wir, und zwar schnell.«

»›Juden für Kennedy‹ wäre einfacher.«

»Was ist denn mit Ihnen los, David? Jack hat die Juden doch schon in der Tasche!«

Also hängte ich mich ans Telefon, und es gelang mir tatsächlich, die bedeutendsten protestantischen Geistlichen davon zu überzeugen, daß die Religionsfreiheit in West Virginia auf dem Spiel stand. In der Fernsehdebatte mit Humphrey – und, noch wichtiger, mit den zögernden protestantischen Pfarrern von West Virginia – wurde Jacks Position als führender Kandidat der Demokraten untermauert, und Humphrey wie auch Lyndon Johnson und Stu Symington, die es nicht gewagt hatten, in den Vorwahlen gegen Jack anzutreten, waren ein für allemal erledigt.

Yves Montand wurde bei seiner Rückkehr von seinen Landsleuten wie ein Nationalheld gefeiert, da er Marilyn Monroe, die umschwärmte Sexgöttin, erobert hatte.

Zum Glück für Marilyn würden schon bald die Dreharbeiten von *The Misfits* beginnen. Zum Glück deshalb, weil die Arbeit mit Clark Gable sie von ihrer Affäre mit Montand ablenken würde, zum Glück auch, weil sich hier nun eine echte Chance für sie bot, eine ernsthafte Schauspielerin zu sein, und das bedeutete ihr immer noch viel.

Nicht so glücklich war der Umstand, daß sie mehrere Wochen am Drehort in Nevada mit dem Ehemann verbringen mußte, den sie betrogen hatte und auf den sie nun all ihre Schuld, allen Ärger und Groll projizierte.

27. KAPITEL

Etwa eine Woche später war ich mit Maria in Key Biscayne, um mich einige Tage auszuruhen, als ich einen Anruf von Joe Kennedy aus Palm Beach bekam, der fast hysterisch klang. »Sie müssen sie fortschaffen«, sagte er. »Zurück nach New York.«

»Wen?«

»Wen, zum Teufel, glauben Sie denn? Marilyn Monroe!«

»Marilyn? Wovon reden Sie überhaupt?«

»Sie kam her, nahm sich ein Zimmer im ›The Breakers‹ und rief Jack an. Er ist jetzt bei ihr drüben.«

»Sie hat sich aber nicht im ›The Breakers‹ unter ihrem eigenen Namen angemeldet, oder?«

»Nein. Aber dort gibt's jede Menge Leute, die sie im Dunkeln erkennen. Es wimmelt da nur so von Reportern. Dies könnte Jacks Chancen ruinieren, das wissen Sie doch, oder etwa nicht?«

Er schien das Gefühl zu haben, daß ich daran schuld war, aber das kannte ich schon: Derjenige, mit dem er als erstes sprach, bekam seinen vollen Zorn ab.

»Wo ist Jackie?«

»Gott sei Dank in Washington. Jack kam nur für ein paar Tage her, um Sonne zu tanken. Ist diese Frau verrückt, oder was?«

»Sie ist impulsiv«, korrigierte ich ihn.

»Impulsiv, so ein Scheiß! Jack sollte seine Weiber besser im Griff haben, was ich ihm auch deutlich zu verstehen gegeben habe.«

Es war wohl nicht der richtige Moment, um Joe Kennedy daran zu erinnern, daß Gloria Swanson ihn wie einen Stier am Nasenring herumgeführt hatte.

»Tja, Jack ist vermutlich der einzige, der dieses Problem entschärfen kann. Schließlich will Marilyn ihn sehen.«

»Nein, David. Sie will anscheinend auch mich sehen. Am besten kommen Sie gleich her. Wir haben hier eine verdammt knifflige Situation.«

Der Meinung war ich auch. Also ging ich zu Maria, die sich gerade für den Lunch bei Freunden im Everglades-Club anzog, und sagte ihr, daß ich nicht mitkommen könnte.

»Also wirklich, David!« protestierte sie. »Wüßte ich's nicht besser, dann müßte ich fast glauben, daß du eine Geliebte hast.«

»Es geht um Joe Kennedy. Er hat ein Riesenproblem.«

»Ist ja schon gut, Darling. Die D'Souzas werden tieftraurig sein, auf dich verzichten zu müssen, aber das läßt sich nicht ändern. Sei bitte ein Engel und mach mir mein Kleid zu, bevor du gehst.«

Ich trat hinter sie und befestigte unzählige winzige Häkchen in ihren Ösen. Mal wieder typisch für die französischen Couturiers, die Maria wegen ihres Geldes und wegen ihrer Figur sehr als Kundin schätzten! D'Souza war ein brasilianischer Millionär, dessen Hobbys Frauen und Polo waren. Es tat mir nicht leid, seinen Lunch zu versäumen. Diese Art von Vergnügungen lag Maria mehr als mir.

Als ich gerade mit dem letzten Häkchen fertig war, sagte sie: »Irgend jemand hat mir erzählt, daß Jack immer noch mit Marilyn Monroe liiert ist. Stimmt das?«

»Nicht daß ich wüßte.«

»Es ist gut, daß du keine Geliebte hast, David, Darling. Du bist nämlich ein miserabler Lügner.«

Ich fand den Botschafter genau dort, wo ich es erwartet hatte – in seiner ›Zelle‹, einem eingezäunten Geviert, wo er nur mit einem Strohhut bekleidet sitzen, Zeitung lesen und telefonieren konnte. Joe Kennedy grauste es förmlich vor blasser Haut, und er glaubte fest daran, daß nacktes Sonnenbaden eine Möglichkeit war, sich vor allen möglichen Krankheiten zu schützen. Niemand – nicht mal seine eigenen Kinder – durften in sein Privatissimum eindringen, aber er versuchte immer, junge Frauen – Freundinnen seiner Töchter oder Söhne – zu überreden, ihn dort zu besuchen. Wie viele junge Frauen aus der besten Gesellschaft den nackten Körper von Botschafter Joseph P. Kennedy mit Creme eingerieben hatten, war nicht bekannt, aber es mußten viele gewesen sein, denn sogar seine Söhne frotzelten darüber, und zwar nicht ganz ohne Neid.

Zu meinem Erstaunen saßen Joe, Jack und Marilyn in angeregter Unterhaltung am Pool, und zu meiner Erleichterung hatte Joe seine Badehose an. Jack, der erschreckend dünn und müde aussah, trug weiße Segeltuchhosen und ein blaues Tennishemd. Marilyn ein weißes, schulterfreies Kleid, ein Tuch über dem Haar und eine Sonnenbrille – also ihre übliche Tarnung. Alle drei lachten gerade schallend. Joe hatte sich offensichtlich beruhigt.

»Hallo, David«, begrüßte mich Marilyn fröhlich, als ich sie auf die Wange küßte und mich dazusetzte. »Ich habe dich bisher immer nur im Anzug gesehen. Du siehst gut in diesen lässigen Sachen aus.«

Joe gab sich alle Mühe, charmant zu sein, wie immer bei schönen Frauen. Mein Auftauchen hatte ihn mitten in einer Story über seine Erlebnisse als Filmboß in Hollywood unterbrochen. Eine offenbar witzige Story, denn Marilyn kicherte immer noch.

»Ich habe Marilyn von alten Zeiten erzählt, David«, klärte er mich auf.

»Oh, das hat solchen Spaß gemacht, Herr Botschafter!« rief Marilyn mit ihrer atemlosen Kleinmädchenstimme, der Stimme von Sugar Kane in *Some Like It Hot*.

»Sagen Sie bitte Joe«, korrigierte er sie und tätschelte ihr Knie.

»Joe«, sagte sie unter erneutem Gekicher. Jack wirkte entspannt und ganz und gar nicht wie ein Mann, der die Nominierung durch die Demokraten am Horizont verschwinden sah, weil er einen Sexskandal mit einer verheirateten Filmschauspielerin provozierte. Ein Arm lag auf Marilyns Schulter, die Finger berührten nur ganz leicht die eine halbnackte Brust, und das Ganze wirkte sehr selbstverständlich. Was auch immer er ihr hatte sagen wollen, als er zum Hotel hinüberging, er war von Marilyn rasch auf andere Gedanken gebracht worden.

»Mir scheint, das Problem hat sich von selbst erledigt?« erkundigte ich mich, da ich mir etwas überflüssig vorkam.

»Jack hat Marilyn ohne Schwierigkeiten aus dem Hotel gebracht«, erwiderte Joe. »Kein Mensch scheint sie dort erkannt zu haben. Aber Sie könnten für alle Fälle doch ein Wörtchen mit dem Besitzer sprechen, David, obwohl man dort sehr diskret ist.«

Niemand wußte das besser als Joe, dachte ich. Er hatte sicher bei unzähligen Gelegenheiten die Diskretion von ›The Breakers‹ testen können.

»Ich bleibe nur noch einen Tag«, erklärte mir Marilyn. »Jack nimmt mich im eigenen Flugzeug mit nach New York zurück.« Sie kicherte wieder. »Wie schön, bei einer Familie zu sein, die ihr eigenes Flugzeug hat.« Die eiserne Regel des Botschafters, vor Sonnenuntergang keinen Alkohol anzubieten, galt offensichtlich nicht für Marilyn. Neben ihr stand eine Flasche Champagner im Eiskübel, und sie hielt ein Glas in der Hand. Ich stand auf und schenkte mir auch ein. Dom Perignon – der Botschafter ließ sich bei seinem prominenten Gast nicht lumpen.

»Ich kümmere mich um ›The Breakers‹«, sagte ich zu Jack. »Wenn ihr euch von Swimmingpools und Restaurants fernhaltet, müßtet ihr eigentlich den Journalisten entgehen können. Laß bekanntgeben, daß du erkältet bist und dich ausruhst, Jack. Sobald die Reporter wissen, daß nichts passieren wird, gehen sie garantiert an den Strand. Die haben in Wisconsin und West Virginia bestimmt genauso gefroren wie du und legen sich nur zu gern in die Sonne.«

Jack nickte anerkennend und ging weg, um die nötigen Anordnungen zu geben.

Joe genoß ganz offensichtlich Marilyns bewundernde Blicke. Sie hatte ja ein Faible dafür, mit älteren Männern zu flirten, wie ich seit der Geschichte mit Joe Schenck wußte.

»Ich bin froh, daß du wieder so gut aussiehst«, sagte ich zu ihr. »Beim letztenmal warst du nur ein Häufchen Elend.«

»Als ob ich das nicht genau wüßte, David, Darling!«

»Jack hat sie so aufgeheitert«, meinte Joe stolz. »Das stimmt doch, oder?«

Marilyn nickte lächelnd. Hinter der dunklen Sonnenbrille konnte ich ihre Augen nicht sehen, aber ich wette, sie hatte erweiterte Pupillen. Jack wird sie zwar auch aufgeheitert haben, aber vermutlich hatte sie auf dem Herflug von New York schon Aufputschmittel genommen.

Wie zum Beweis meiner Theorie öffnete sie ihre Handtasche, holte eine lustig gestreifte Kapsel heraus – es hörte sich so an, als ob in der Tasche viele lose herumrollten – und spülte sie mit einem Schluck Champagner hinunter. »Gegen meinen Heuschnupfen«, erklärte sie uns vergnügt, zwinkerte mir dabei aber zu.

»Das liegt sicher an diesen verdammten Blumen«, erwiderte Joe mürrisch. Der nach Hollywood-Maßstäben nicht sehr große Swimmingpool wurde von blühenden Pflanzen eingerahmt, die ein wenig außer Kontrolle geraten waren, da der Botschafter keine Gärtner um sich duldete, wenn er sich sonnte.

»Ich bin zum erstenmal in Florida«, sagte Marilyn.

»Sie sollten öfter herkommen!« Joe entblößte seine großen Zähne zu einem Raubtierlächeln.

»Das würde ich gerne ab und zu tun.«

Joe lachte. »Daran sieht man, daß ich alt werde, David. Noch vor ein paar Jahren hätte sie gesagt, daß sie gerne jeden Tag herkäme!« Er legte wieder seine Hand auf ihr Knie und ließ sie einfach dort. Seine kräftigen, tief gebräunten Finger drückten ihre zarte, blasse Haut. Aus irgendeinem Grund fand ich diesen Anblick ekelerregend, aber Marilyn schien sich nicht daran zu stören.

Als Jack zurückkam, wirkte er noch entspannter. »Es hat geklappt. Offiziell liege ich mit einer Erkältung im Bett. Die Damen und Herren der Presse sind auf dem Weg zu ihren Hotels, um sich ein wenig wohlverdiente Ruhe zu gönnen. Danke, David. Du hattest wieder die rettende Idee. Komm, laß uns gehen, Marilyn.«

Sie zog eine niedliche Schnute, was niemand besser konnte als sie. »Ich fing gerade an, mich zu amüsieren«, sagte sie mit einem tiefen Augenaufschlag zum Botschafter hin.

Von nun an würde sie einen Verbündeten in der Kennedy-Familie haben, dachte ich, und einen mächtigen noch dazu. »Einen solchen Tag verschwendet man doch nicht mit einem alten Mann«, sagte er mit übertriebener Galanterie.

Marilyn kam unbeholfen auf die Füße, beugte sich hinunter und küßte ihn auf die Stirn. »Ich habe meinen Vater nie gekannt. Aber von nun an denke ich an Sie wie an einen Vater«, sagte sie honigsüß.

»Kommen Sie wieder«, forderte er sie auf. »Und geben Sie auf Jack acht. Er muß sich ausruhen und etwas Fleisch auf die Knochen kriegen.«

Eine berechtigte Sorge. Wenn Jack auf Wahlkampftour war, vergaß er oft zu essen, und der Botschafter hatte mehrere der älteren Mitglieder vom Stab seines Sohnes – Dave Powers, Joe Gargon und Boom-Boom Reardon – dazu vergattert, sich um Jacks Ernährung zu kümmern.

Marilyn legte beschützerisch ihre Arme um Jack und taumelte dabei leicht auf ihren hohen Absätzen. »Er ist in guten Händen«, sagte sie mit kokettem Lachen, damit er auch ja den Doppelsinn verstand.

»Ja, das sehe ich«, stimmte der Botschafter grinsend zu.

Als Marilyn mir einen Abschiedskuß gab, errötete sie leicht, wie ich befriedigt konstatierte.

Nachdem die beiden gegangen waren, zündete ich mir eine Zigarre an.

»Jack ist ein Glückspilz«, sagte Joe.

»Stimmt, aber er spielt mit dem Feuer.«

»Ja.«

»Machen Sie sich keine Sorgen mehr?«

»Aber natürlich. Ich habe mir auch Sorgen gemacht, als Jack zur Kriegsmarine kam, aber ich habe ihn nicht daran gehindert, oder? Man muß im Leben Risiken eingehen! Außerdem hatten Sie ja wie üblich eine Lösung parat, David. Also gönnen wir ihm doch sein Vergnügen.«

»Auf die Gefahr hin, die Präsidentschaft zu verlieren?«

»Ach, hören Sie doch auf, David! Wenn Jack verliert – was er nicht tut –, dann bestimmt nicht, weil er einen Nachmittag damit verbrachte, Marilyn Monroe zu ficken, der Glückspilz. Sondern deshalb, weil Nixon stärker und besser ist, als ich ihn persönlich einschätze.« Er lächelte plötzlich, was nichts Gutes verhieß. »Wissen Sie, was Ihr Problem ist?« Er beugte sich noch näher zu mir.

»Sie werden's mir sicher sagen.«

»Tun Sie doch nicht so überlegen, David. Wir kennen einander viel zu gut. Ihr Problem ist, daß Sie Marilyn ficken wollen, stimmt's? Ich konnte es von Ihrem Gesicht ablesen.«

»Nun, das ist kein ungewöhnlicher Wunsch. Vielleicht hundert Millionen amerikanische Männer wollen das gleiche.«

»Yeah, aber der Unterschied ist, daß zwischen Ihnen und Marilyn irgendwas ist. Marilyn schaut Sie auf eine Weise an, wie es

Frauen nur mit Männern tun, mit denen es fast, aber eben nicht ganz zum Ficken kam. Habe ich's richtig getroffen?«

»Total daneben, Joe«, wehrte ich unangenehm berührt ab. »Marilyn und ich sind Freunde, sonst nichts.«

»Was für ein Quatsch!« Er legte sich zurück und schloß vor der gleißenden Sonne die Augen. »Sie sind ein Dummkopf«, sagte er dann fast liebevoll. »Sie hätten's tun sollen, David, wenn Sie mal die Chance hatten. Nach meiner Erfahrung entstehen mehr Probleme daraus, eine Frau, die man ficken will, nicht zu ficken, als umgekehrt. Jack hätte es Ihnen nicht übelgenommen, und Marilyn würde Sie mehr respektieren. Sie selbst hätten garantiert ein besseres Gefühl. Und Sie müßten gegen Jack keinen Groll hegen.«

»Ich hege keinen Groll gegen Jack. Da irren Sie sich.«

Er öffnete nicht die Augen. »Nein, ich irre mich nicht«, widersprach er ruhig. »Aber ich weiß, daß Sie sich nicht davon beeinflussen lassen. Bitte versprechen Sie mir trotzdem, es Jack nicht irgendwann heimzuzahlen, daß er Marilyn fickt und Sie's nicht getan haben. Das wäre unfair, David.«

»Ich verspreche es.«

Er hielt mir die Hand hin, und ich schlug ein. Seine war so ölig, daß ich meine verstohlen an einer Cocktailserviette abwischte. »Werden Sie für Jack arbeiten, wenn er Präsident ist?« erkundigte er sich nach einem längeren Schweigen.

»Darüber habe ich noch nicht nachgedacht.«

»Das machen Sie mir nicht weis, David!«

Ich war nie fähig gewesen, etwas vor Joe zu verbergen. Also gab ich nach. »Ein Botschafterposten wäre nicht schlecht«, meinte ich beiläufig.

Er schnaubte verächtlich. »Das wird Ihnen noch leid tun. Es kostet Sie ein Vermögen, wenn Sie's stilvoll machen wollen. Niemand weiß das besser als ich. Die verdammte Regierung ist knauserig, und Sie müssen eine ganze Horde von Nassauern durchfüttern ... Der Posten bedeutet Verantwortung, aber keine Macht. Der Präsident und das State Department sind die Drahtzieher. Welche Botschaft wollen Sie?«

»Den Court of St. James's.«

»Tja, wenn schon eine Botschaft, dann die in England«, stimmte er zu. »London oder vielleicht Paris. Und inzwischen natürlich auch Moskau, aber Moskau bleibt meistens Berufsdiplomaten vorbehalten ... Außerdem, wer will schon zwei oder drei Jahre in Moskau verbringen?«

»Ich nicht!«

»Na also.«

Wir saßen eine Weile in einträchtigem Schweigen, der Botschafter voll in der Sonne, ich im Halbschatten unter meinem Panamahut.

»Sie hat ihn hier angerufen«, sagte er schließlich.

»Marilyn? Sie rief hier an?«

»Wie ist sie bloß an die Nummer gekommen?«

Ich überlegte. Die Telefonnummern der Kennedy-Familie waren aus verständlichen Gründen nicht nur geheim, sondern wurden sogar regelmäßig geändert. Niemand wußte besser als Joe, wieviel Ärger ein Anruf machen konnte, vor allem wenn der Anrufer eine Geliebte war. »Entweder fand Marilyn die Nummer auf Jacks Schreibtisch, oder er selbst gab sie ihr. Eine andere Möglichkeit fällt mir nicht ein.«

Er öffnete seine eisblauen Augen und fixierte mich. »Reden Marilyn und Jack viel miteinander? Am Telefon, meine ich.«

»Eine ganze Menge. Marilyn ruft Gott und die Welt an, wenn sie nachts nicht schlafen kann.«

Er überlegte. »Mir gefällt der Gedanke gar nicht, daß ihr Telefon vielleicht angezapft ist.«

»Die Idee kam mir auch schon, aber Jack nimmt es auf die leichte Schulter.«

»Ich war schon fast versucht, Hoover anzurufen, damit seine Leute Marilyns Telefone überprüfen, ob sie clean sind, aber dann dachte ich mir, warum soll ich dem alten Bastard zu einer Information verhelfen, die er noch nicht hat?«

»Was macht Sie so sicher, daß er sie noch nicht hat?«

Er lachte. »Vielleicht haben Sie recht. Aber was, zum Teufel, soll er denn damit anfangen? Jacks Weibergeschichten, du liebe Güte! Wenn das FBI über alle Akten führt, dann sollten wir Aktionäre der Firma werden, die dem FBI Aktenschränke verkauft!«

Er schaute auf seine Armbanduhr und rollte sich dann auf den Bauch. Sein Bräunungsplan war ebenso präzise eingeteilt wie alles andere in seinem Leben. »Bleiben Sie zum Lunch?«

Ich nickte.

»Vielleicht wäre es doch ganz gut, wenn Sie Marilyn sagen,

daß ein unbedachtes Wort viel Unheil anrichten kann. Und Hoover halten wir aus der Sache raus, ja?«

»Mit dem größten Vergnügen«, erwiderte ich.

»Dies ist eine besondere Ehre, Agent Kirkpatrick«, sagte Tolson, während er ihn die Treppe hinunterführte. »Etwas, das Sie Ihren Kindern erzählen können.«

Kirkpatrick hatte keine Kinder, beschloß aber, Tolson nicht zu korrigieren, und es war ja tatsächlich eine große Ehre, zum Direktor des FBI eingeladen zu werden. Allerdings war das kleine, schäbige Haus, in dem als erstes unzählige gerahmte Fotos von J. Edgar Hoover mit Prominenten aus Politik und Sport auffielen, für ihn eine gelinde Enttäuschung.

Er wunderte sich, warum er in den Keller steigen sollte, aber das Rätsel wurde gelöst, als Tolson eine Tür öffnete und ihn in einen spärlich beleuchteten Raum schob, an dessen Ende er eine mickrige Bar und vier Barhocker entdeckte. Die Möblierung war übertrieben rustikal: ein falscher Kamin mit einem Gasbrenner aus künstlichen Holzscheiten, Weinfässer als Hocker und eine schwere Ledercouch.

Sämtliche Wände waren vom Boden bis zur Decke mit Fotos und Zeichnungen von Pin-up-Girls bedeckt, die aus Illustrierten wie *Esquire* und *Playboy* stammten. ›Playmates of the month‹ entblößten ihre Brüste und Hintern oder spreizten unglaublich perfekte Beine, die in Stilettopumps endeten. Irgend jemand hatte sie zu Hunderten sorgfältig ausgeschnitten, an die Kellermauern geklebt und dann überlackiert.

Noch erstaunlicher als die Wanddekoration war für Kirkpatrick allerdings der Anblick des Direktors, der den Barkeeper spielte. Auf dem Spiegel hinter ihm war eine überlebensgroße nackte Frau abgebildet, die irgend etwas Unaussprechliches mit einem Schwan trieb. Auf der einen Seite der Bar hing die größte Sammlung – zumindest nach Kirkpatricks Ansicht – von Sheriffsternen, auf der anderen eine geschnitzte Holztafel mit dem Spruch ›Hogtown Drinking &- Pistol Club – drink all night, piss 'til dawn!‹ Gläser, Becher und Humpen hingen in langen Reihen über Hoovers Kopf.

»Willkommen«, begrüßte der Direktor ihn würdevoll.

Kirkpatrick setzte sich an die Bar und fühlte sich in dieser spießigen Umgebung äußerst unbehaglich. Vor ihm ragte ein Hebel hervor, um Faßbier zu zapfen, dessen Griff wie ein Mädchenbein geformt war. »Was darf's sein?« erkundigte sich Hoover, sichtlich bemüht, jovial zu wirken, ohne es ganz zu schaffen.

Kirkpatrick war kein großer Trinker. Ihm fiel nichts anderes ein, als um Scotch und Wasser zu bitten. Hoover schob ihm ein Glas hin und machte sich dann daran, mit erstaunlicher Geschicklichkeit zwei komplizierte Drinks für sich und Tolson zu mixen.

Direkt über Kirkpatricks Kopf hing eine Reihe von Boxhandschuhen, die ein Boxweltmeister im Schwergewicht signiert hatte. Im Hintergrund war Frank Sinatras Stimme zu hören. Kirkpatrick wunderte sich etwas, daß der Direktor Sinatras Platten schätzte, denn schließlich hatte er seit Jahren auf seinen Befehl das Telefon des Sängers anzapfen müssen. Das gleiche Schicksal teilten Phyllis McGuire, Peter Lawford und eine ganze Reihe anderer Berühmtheiten aus dem Showbusineß, deren Privatleben, Politik oder Mafia-Beziehungen für das FBI von Interesse waren.

Kirkpatrick hatte sich, mehr oder weniger zufällig, zum ›Showbiz-Experten‹ entwickelt und las sogar täglich die Klatschspalten, um über seine ›Opfer‹ informiert zu sein. Es hatte ihn verblüfft, wie viele Prominente in Hollywood aus irgendwelchen Gründen unter Beobachtung standen. Noch mehr verblüfft hatte ihn allerdings, wie viele ebenso berühmte Leute jahrelang aktive FBI-Informanten gewesen waren, darunter auch bekannte Filmstars wie Ronald Reagan und John Wayne oder Studiobosse und Produzenten wie Cecil B. DeMille. Schauspielagenten informierten über ihre Klienten, Stars über ihre Co-Stars (und häufig auch über ihre Ehepartner oder Exehepartner) und Schriftsteller über alle und jeden.

Das entsprach nicht Kirkpatricks Vorstellung von einem Gesetzeshüter, und als das hatte er sich gesehen, als er in das FBI eintrat. Er hätte viel für die Chance gegeben, mit einer Maschinenpistole bewaffnet jemanden verhaften zu können, aber da er Karriere gemacht hatte, durfte er sich wohl nicht beklagen.

»Verfolgen Sie die Politik?« erkundigte sich Hoover.

Kirkpatrick überlegte, ob dies eine Fangfrage war.

»Lesen Sie Zeitungen wie *The Washington Post* oder *The New York Times?*« hakte Tolson nach, bevor er antworten konnte. Sein jetziger Posten brachte es mit sich, daß Kirkpatrick eher den *Hollywood Reporter* oder *Variety* las, aber er nickte trotzdem, obwohl man im FBI die *Post* und die *Times* für kaum besser hielt als die *Prawda*.

»Ausgezeichnet!« sagte Hoover. »Es ist wichtig, gut informiert zu sein.«

»Und zu wissen, wie man zwischen den Zeilen liest«, fügte Tolson hinzu. »Sie müssen echte Neuigkeiten von der kommunistischen Propaganda trennen.«

Hoover nickte. »Wie wahr gesprochen, Mr. Tolson.« Er wandte sich an Kirkpatrick. »Da Sie diese Dinge verfolgen, ist Ihnen womöglich nicht entgangen, daß Senator Kennedy der Favorit der Demokraten ist?«

»Nein, Sir.«

»Es ist bedauerlich, daß ein draufgängerischer junger Mann mit unmoralischem Lebenswandel wie Senator Kennedy vielleicht noch unser Präsident wird ... Man könnte fast den Glauben an die Demokratie verlieren.«

»Sie meinen also, daß er nominiert wird, Sir?«

»Garantiert. Kennedy wird gewinnen, verlassen Sie sich darauf. Der arme Humphrey ist genau der Typ von sentimentalem, liberalem Weltverbesserer – wenn nicht sogar Marxist –, der gegen Kennedy verlieren mußte. Symington ließ es nicht mal auf einen Kampf ankommen. Und Johnson scheint den falschen Eindruck zu haben, daß Präsidenten durch eine Abstimmung im Senat gewählt werden.« Er seufzte.

»Und die Wahl, Sir?«

»Oh, das ist eine andere Geschichte. Vizepräsident Nixon ist von ganz anderem Kaliber, ist ein harter Kämpfer. Natürlich hat auch Nixon so seine gewissen Probleme, nicht wahr, Mr. Tolson?«

Tolson grinste affektiert. »Das kann man wohl sagen, Herr Direktor.«

»Allerdings nicht die gleiche Sorte von Problemen wie Senator Kennedy, verstehen Sie, Agent Kirkpatrick?«

Kirkpatrick nickte. Er hatte nicht angenommen, daß es im FBI-Dossier Sexskandale in Verbindung mit dem Vizepräsidenten gab. Nixon sah nicht danach aus, obwohl auch das täuschen konnte, wie er wußte ... Eigentlich erstaunlich, daß auch Nixon abgehört wird, den Hoover schätzt, dachte Kirkpatrick. Aber wer weiß, vielleicht waren sogar im Oval Office Mikrofone des FBI versteckt.

»Der Erfolg des jungen Kennedy bringt uns in ein Dilemma, Kirkpatrick. Im Vertrauen gesagt ...« Hoover sah sich fast verstohlen im Raum um. »Es ist großer Druck auf mich ausgeübt worden, einige der, äh, Früchte Ihrer Arbeit zur Verfügung zu stellen. Senator Johnson will unbedingt wissen, ob wir kompromittierende Bänder über Senator Kennedy haben und, wenn ja, um was es sich dabei handelt. Vizepräsident Nixon ist sogar noch mehr erpicht darauf. Natürlich muß ich im besten Interesse des Staates handeln. Vordergründig betrachtet, könnte es von Vorteil sein, Nixon oder Johnson gewisse Ausschnitte der Tonbänder hören zu lassen, obwohl ich grundsätzlich dagegen bin, das FBI mit der Politik zu verknüpfen ...« Hoovers Miene war die eines Märtyrers, der sich seiner patriotischen Gesinnung opferte. »Aber ich muß mich natürlich fragen, was geschieht, falls Senator Kennedy die Wahl gewinnt?«

Er fixierte Kirkpatrick mit einem merkwürdig starren Blick und kündigte damit wohl an, daß er ihn nun in eines seiner dunkelsten Geheimnisse einweihen würde.

»Falls Kennedy gewinnt, werden Ihre Bandaufzeichnungen das beste Mittel sein, den Präsidenten an der Kandare zu halten. Es wird meine Pflicht sein, die schlimmsten Ausschreitungen und Impulse des Präsidenten unter Kontrolle zu bekommen.«

Hoovers Blick heftete sich an einen Punkt unterhalb Kirkpatricks Adamsapfel. »Man könnte fast behaupten, daß die Zukunft und das Wohl unserer Nation von diesen Bändern abhängen, meinen Sie nicht auch, Mr. Tolson?«

»Und von Ihnen, Herr Direktor.«

Hoover lächelte bescheiden. »Sie sehen also, Kirkpatrick, daß wir unsere Bemühungen im Interesse der nationalen Sicherheit noch verstärken müssen. Und natürlich auch unsere eigene Geheimhaltung.«

»Wir haben den Senator rund um die Uhr unter Bewachung, Sir.«

»Dann überwachen Sie auch noch seinen Bruder, Kirkpatrick. Überwachen Sie Miß Monroe. Sie könnte ja ihren Freundinnen etwas ausplaudern, was Kennedy ihr erzählt und was wir wissen müßten. Scheuen Sie keine Anstrengungen und keine Ausgaben.«

Kirkpatrick war Bürokrat genug, um zu begreifen, daß er hiermit einen Blankoscheck bekam, um seine ›Spielwiese‹ zu erweitern. »Ich könnte noch einige Mitarbeiter gebrauchen«, tastete er sich vor.

»Die sollen Sie haben. Besprechen Sie die Sache mit Mr. Tolson.«

»Und ich möchte meine eigene Außenstelle in L. A. Es ist nicht sicher genug, wenn ich die Außenstelle des FBI für meine Aktionen benutze.«

»Einverstanden.«

»Und eine bessere Ausrüstung. Bernie Spindel hat modernere Geräte zur Verfügung als wir,«

Hoover runzelte finster die Stirn. »Ich will diesen Namen nie mehr hören! Der Mann war mir gegenüber illoyal. Das kann ich nicht verzeihen, Kirkpatrick, und zwar nicht meinetwegen, sondern wegen dem FBI.«

»Ich verstehe, Sir.«

»Aber Sie sollen haben, was Sie brauchen. Stellen Sie eine Liste zusammen. Wir bekommen das Zeug von der CIA oder dem Militär, falls nötig.«

»Vielen Dank, Sir.«

»Berichten Sie auch weiterhin nur mir oder Mr. Tolson. Wir werden uns für Sie eine Coverstory ausdenken, vielleicht so was wie eine Top-secret-Untersuchung über die Mafia. Sie kümmern sich um die Details, Mr. Tolson.«

»Sie können sich auf mich verlassen, Herr Direktor.«

»Was ist, falls Senator Kennedy nicht gewinnt, Sir?«

»Na und, dann spielen wir eben die Nixon-Karte aus«, flüsterte Hoover.

28. KAPITEL

Sie haßte Nevada vom ersten Tag an.

In Las Vegas war sie schon ein-, zweimal bei Sinatra zu Gast gewesen, aber Reno glich in gar nichts dem glitzernden und gleißenden Las Vegas. Außerdem war es eine eher kleine Stadt, so daß es für sie kaum Fluchtmöglichkeiten vor dem Rest der Filmcrew und vor ihrem Ehemann gab. Alle Außenaufnahmen würden auf dem sandigen Ödland rings um Reno gedreht werden, wo es mörderisch heiß war und nichts zu sehen gab als kümmerliche Sträucher, gelegentlich eine Geisterstadt und niedrige, klobige Berge am Horizont, die zurückzuweichen schienen, wenn man über schnurgerade Straßen auf sie zufuhr. Eine tote Landschaft ...

Alles trug dazu bei, sie zu deprimieren. Monty Clift, ihr alter Freund, von dessen Anwesenheit sie sich viel erhofft hatte, war anscheinend in ebenso schlechter Verfassung wie sie und sperrte sich die meiste Zeit mit seiner kleinen Entourage in der Hotelsuite ein. Eli Wallach, ein bekannter New Yorker Schauspieler, suchte ostentativ Arthurs Nähe und schmeichelte sich bei ihm ein, um für sich eine größere Rolle und einen besseren Text herauszuschinden, wie sie glaubte.

Wenn überhaupt irgend jemand, dann hätte Monty sie aufheitern können. Er war witzig, boshaft, dann wieder unerwartet liebevoll, und er hatte fast so große Probleme wie sie, wodurch sich eine ganz besondere Freundschaft zwischen ihnen entwickelt hatte. Ihm verzieh sie sogar, daß er auch mit Liz Taylor eng befreundet war.

Sie begegnete ihm am ersten Tag in der Hotelhalle und verbarg beim Anblick seines entstellten Gesichts mittlerweile geschickt ihre Gefühle. Es tat weh, sich zu erinnern, wie schön dieses Gesicht gewesen war, bevor ein Autounfall – in betrunkenem Zustand – ihm dieses finstere Aussehen verlieh. Ihn anzuschauen machte sie nervös, da sie dabei erkannte, wie leicht und wie blitzschnell Schönheit zerstört werden konnte. Einige Leute behaupteten, daß der Unfall aus Monty einen besseren Schauspieler gemacht hätte, aber das nahm sie ihnen nicht ab. Soweit sie es beurteilen konnte, war er dadurch nur schwieriger, düsterer und introvertierter geworden als früher. Er schien sich nun vor der Welt verstecken zu wollen und traute keinem, bis auf seinen Visagisten und langjährigen Lover.

Er setzte sich mit ihr in eine dunkle Ecke der Bar. Seine Augen schienen sie böse anzustarren, aber sie wußte, daß es an einer nicht beendeten plastischen Operation lag, durch die das Weiße seiner Augen so extrem hervorstach. Außerdem war seine linke Gesichtshälfte nicht voll beweglich. Er tupfte mit einem großen Taschentuch an seiner gebrochenen Nase herum, denn der Unfall hatte ihm auch eine chronische Nebenhöhlenentzündung und starke Kopfschmerzen beschert.

»Du siehst gut aus«, sagte er. »Liegt es an dem Franzosen?«

Sie schüttelte den Kopf. »Das ist vorbei. Es war schön, aber nun geht er zu Simone zurück.« Ihre Stimme verschleierte sich. Da sie wußte, wie sehr Monty, der genug Probleme hatte, Selbstmitleid haßte, bekämpfte sie ihre Tränen. Aber er bemerkte es natürlich trotzdem.

»Tut mir leid«, sagte sie. »Ich bin seinetwegen immer noch irgendwie trübsinnig.«

»Ich kenne dieses Gefühl, Honey. Willkommen in unserem Club. Übrigens war ich selbst mal in einen Franzosen verliebt ... Unser Drehort hier wird dabei kaum hilfreich sein. *Er* ist trübsinnig! ›The Misfits, Trübsinn, Nevada ...‹ So müßte unsere Postanschrift lauten.« Er lachte unfroh. »Ach, scheiß drauf, Marilyn, Honey«, sagte er behutsam. »Happy-Ends gibt's nur im verdammten Kino.«

»Ja, vermutlich.«

»Aber leider, leider sind wir beide ganz gierig auf Happy-Ends, stimmt's?« Er nahm ihre Hand und drückte sie mit seinen knochigen, trockenen Fingern. »Mein Franzose kehrte übrigens auch zu seiner Frau zurück.«

Gleich darauf gab er ihre Hand frei und zündete sich äußerst unbeholfen eine Zigarette an. Da er vergaß, das Streichholz auszupusten, verbrannte er sich. Seit dem Unfall war sein Körper teilweise empfindungslos, was dazu führte, daß er sich immer wieder mit zu heißem Kaffee oder Tee die Lippen verbrühte. Er zuckte zusammen, ließ das Streichholz zu Boden fallen und trat es auf dem Teppich mit dem Absatz aus. »Auf jeden Fall siehst du gut aus, Honey, was ich leider von mir nicht behaupten kann ... Nein, widersprich mir nicht, ich weiß, wie ich aussehe. Da ich annehme, daß dich nicht deine Ehe zum Erblühen bringt, kann es eigentlich nur an dem Senator liegen, oder?«

Sie legte den Finger auf ihre Lippen. »Keine Ahnung, wovon du überhaupt redest, Baby«, erwiderte sie kichernd.

»Na hör mal, es ist ein offenes Geheimnis. Selbst dein Mann muß es inzwischen wissen.«

»Er weiß es nicht! Außerdem ... gibt's da gar nichts zu wissen.«

»Gott, siehst du hübsch aus, wenn du lügst! Marilyn, die Leute wissen Bescheid.«

»Sie glauben nur, Bescheid zu wissen«, widersprach sie.

Monty zuckte mit den Schultern und lächelte ironisch. »Wenn du meinst, Honey ... Ach, Marilyn! Du und ich ... Mein Gott, wir sind uns so ähnlich! Uns fehlt die dicke Haut, verstehst du? Die Kennedys dagegen, Sweetheart, die kamen schon gepanzert auf die Welt, und du kommst an ihre empfindlichen Teile gar nicht ran.«

Marilyn kicherte wieder. »An Jacks bin ich aber rangekommen!«

Zum erstenmal lachte Monty, und einen Moment blitzte sein früheres Ich wieder auf.

Jäh schloß er die Augen und begann, am ganzen Körper zu zittern, als sei das Lachen zu anstrengend für ihn gewesen. Er versuchte, sich noch eine Zigarette anzuzünden, aber ließ sie fallen, und seine Finger zuckten, als wäre er ein Spastiker. Sie hob sie auf und zündete sie für ihn an.

»Laß das!« fuhr er sie mit verzerrtem Gesicht an, aber erlaubte ihr dann doch, ihm die Zigarette zwischen die Lippen zu stecken. Als er sie in die Hand nahm, hielt er sie zwischen Daumen und Zeigefinger wie Yves Montand. »Ach, Marilyn, ich bin nur noch ein Wrack.«

Ihn so zu sehen, erweckte in Marilyn wieder ihre tiefe Angst um sich selbst.

»Du wirst schon wieder okay, Monty«, versicherte sie ihm, glaubte es aber keine Sekunde.

»Von wegen!« Er beugte sich dicht zu ihr. »Weißt du was? Bevor ich den Vertrag für diesen verdammten Film unterschrieben habe, bin ich zum Arzt gegangen, Ich hatte Schwindelanfälle, verminderte Wahrnehmung, Gedächtnisstörungen ... Nun stellt sich heraus, ich habe grauen Star und Schilddrüsenunterfunktion. Es hört sich an, als wäre ich ein alter Mann, und dabei bin ich erst neununddreißig! Natürlich ist mir Alkohol verboten, und natürlich kann ich genau darauf nicht verzichten.«

Er verstummte, als hätten ihn die paar Sätze schon erschöpft. Kindische Furcht ergriff sie, daß sein Zustand ansteckend sein und den Film oder – noch schlimmer – sie zerstören könnte.

»Erzähl das um Gottes willen niemandem, Pussy«, flüsterte er. »Dieser sadistische Motherfucker Huston hat keine Ahnung, in welcher Verfassung ich bin, denn das Studio hätte sonst nie eingewilligt, daß er mir die Rolle gibt.«

»Ich versprech's dir.«

In Wahrheit wußte Huston die ganze traurige Story, wie Arthur ihr erzählt hatte, verheimlichte das Ganze aber vor der Filmgesellschaft, damit er Monty für die Rolle des Perce Howland engagieren konnte. Huston hatte auch Clark Gables Herzschwäche und Marilyns Probleme heruntergespielt.

»Nimmst du irgendwas?« erkundigte sie sich.

Sein heiseres Lachen klang bitter. »Nur das Übliche, Pussy. Nembutal, Doriden, Luminal, Seconal, Phenobarbital. Außerdem Vitamine, Calcium und ... natürlich Schnaps.«

»O mein Gott!«

»Spiel hier nicht das Unschuldslamm! Ich weiß genau, was du alles nimmst.« Er warf ihr einen tückischen Seitenblick zu, in dem sie jedoch so viel tiefes Wissen über ihr gemeinsames Leid lesen konnte, daß sie sich spontan zu ihm beugte und ihn küßte. Unter ihren Lippen spürte sie das leblose Narbengewebe. »Was macht die Schlaflosigkeit?« fragte er.

»Das gleiche wie bei dir, schätze ich.«

»Ganz schön beschissen, dieses Leben ...«

»Du hast sicher einen ganzen Vorrat mitgebracht?« sagte sie bemüht beiläufig.

»Das heißt wohl, daß du nicht mehr genug hast?«

Sie nickte. »Mein Arzt in New York wurde immer zickiger, was Rezepte betraf. Also ging ich zu einem anderen, aber der schrieb die Rezepte so aus, daß man nur einmal Tabletten bekam, und so mußte ich ständig zu ihm laufen ...«

»Hör bloß auf, Marilyn. Bitte! Ich kenne dieses Klagelied bis zum Erbrechen. Was nimmst du eigentlich, wenn ich mal so neugierig sein darf?«

»Ungefähr das gleiche wie du, bis auf den Schnaps. Aufputscher für den Tag, Schlaftabletten für die Nacht. Hauptsächlich Benzidrin und Nembutal.«

»Und? Helfen sie dir?«

»Das Leben ist schon gräßlich genug mit ihnen, aber ich will mir gar nicht ausmalen, wie es ohne sie wäre.«

»Was nimmst du für die Nacht?« fragte er, als wären sie zwei Köche, die Rezepte verglichen.

»Vier oder fünf Nembutal. Ich breche sie auf und lecke das Pulver direkt aus meiner Hand. Auf die Weise geht's schneller, weißt du.«

Interessiert zog er eine narbige Augenbraue hoch. »Funktioniert das?«

»Manchmal. Eine Massage hilft dabei.« Natürlich schwindelte sie ihn an. Sie hatte einen Masseur, der sie von Mitternacht bis zwei Uhr früh bearbeitete, aber trotzdem führte ihr halbwacher, halbbetäubter Zustand nur selten vor dem Morgengrauen zu richtigem Schlaf, wenn überhaupt. Zu Anfang hatte sie in Yves' Armen die Nächte durchgeschlafen, und bei den paar Gelegenheiten, als sie und Jack die Nacht gemeinsam verbracht hatten, schlief sie ein- oder zweimal sogar ohne Pillen wie ein Baby. »Meistens ist es beschissen«, gab sie kleinlaut zu.

»Amen. Ich führe nachts übrigens Ferngespräche. Zum Teufel! Wenn ich nicht schlafen kann, warum dann meine Freunde? Hast du noch genug Nembutal-Tabletten?«

»Für ein Weilchen schon. Sie wirken besser mit Chloralhydrat, aber ich kriegte keinen meiner Ärzte in New York dazu, es mir zu verschreiben.«

Er lächelte grimmig. Mit zitternden Fingern zog er einen Kugelschreiber aus der Tasche seines fleckigen, zerknitterten Leinenjacketts und kritzelte dann etwas auf eine Papierserviette. Es waren ein Name und eine Telefonnummer. »Der Typ hat hier 'ne Praxis. Sag ihm, daß ich dich schicke. Er ist geil auf berühmte Leute. Behandle ihn richtig, und er schreibt dir Rezepte für alles, was du willst.«

»Danke.«

»Bedank dich nicht, Darling. Es ist nichts, wofür man dankbar sein sollte.«

Er erhob sich linkisch. Ein Mann aus seiner Entourage, der außer Hörweite in der schwach beleuchteten Bar gewartet hatte, kam sofort herbei und nahm ihn beim Arm. »Zeit fürs Bettchen, Monty«, scherzte er. »Ein Schläfchen ist angesagt.«

Monty nickte fügsam, und seine Augen verloren plötzlich ihren Glanz, als hätte jemand das Licht gelöscht. »Da siehst du, wie es ist«, sagte er.

Sie sah es.

29. KAPITEL

Die Historiker stellen es so dar, als sei Jacks Nominierung eine sichere Sache gewesen, aber er sah es damals nicht so, und er hatte recht damit. Sein Sieg bei den Vorwahlen war schön und gut, aber er wußte genau, daß er beim ersten Wahldurchgang gewinnen mußte, weil sonst Zweifel aufkommen und beim nächsten Durchgang möglicherweise Symington oder Johnson gewinnen würden, die beide sowieso als Favoriten der alten Garde der Demokraten galten.

Jack schickte eine kleine Truppe, die aus lauter Familienangehörigen bestand, nach Los Angeles voraus: seinen Vater, der das Haus seiner alten Freundin Marion Davies – der Geliebten von Hearst – mietete, Bobby, der mit Jacks Beraterstab im Biltmore residierte, Bruder Teddy, der mit der Aufgabe in den Kampf gezogen war, die Staaten an der Westküste bei der Stange zu halten, und schließlich die meisten seiner Schwestern, die sich in der Stadt verteilten. Auf des Botschafters Bitte hin war ich schon früher dorthin geflogen, um auch meinerseits alles zu versuchen, damit Gouverneur Brown keinen Rückzieher machte. Nur Jackie fehlte, deren Schwangerschaft es erforderte, daß sie in Hyannis Port blieb. So lautete jedenfalls die offizielle Version.

Jack hatte Dave Powers schon eine Woche vor allen anderen ausgesandt, um für ihn ein sicheres ›Versteck‹ in Los Angeles zu suchen. Auf meinen Rat hin mietete Dave ein möbliertes, dreiräumiges Penthouse in einem Gebäude, das dem Schauspieler Jack Haley gehörte – es lag in der Nähe der Los Angeles Sports Arena, wo der Parteikonvent abgehalten wurde – mit einem verborgenen Eingang und Privatlift. Dave gelang es außerdem, ein Modellhaus auf einer Verkaufsausstellung in der Sports Arena zum ›Kommunikationscenter‹ der Kennedys umzufunktionieren, so daß Jack auch in der Arena eine voll möblierte, private Fluchtburg hatte.

Dies und die Tatsache, daß Jackie zu Hause geblieben war, hätten Jack eigentlich glücklich stimmen müssen, aber bei seiner Ankunft war er in denkbar schlechter Stimmung.

Es war Lyndon Johnson, der Jack so verärgert hatte. Wie sich herausstellte, hatte er erstens Gerüchte verbreitet, daß Jack an der Addisonschen Krankheit litt und eine Amtszeit nicht überleben würde. Zweitens, daß er plane, Bobby zum Arbeitsminister zu machen (ein Gerücht, das bei Gewerkschaftlern garantiert Panik auslöste), und daß es in Jacks Privatleben Geheimnisse gäbe, die seine Wahl unmöglich machten. Was Jack fast am meisten ärgerte, war der Umstand, daß er all das von wohlmeinenden Reportern erfahren mußte, statt von seinem Beraterstab.

Zufällig betrat ich seine Suite im Biltmore genau zu dem Zeitpunkt, als er mit scharfen Worten seine Mitarbeiter kritisierte, die mit Armesündermienen vor ihm standen.

»Weißt du schon, was passiert ist?« fragte mich Jack. Er saß mit einem Extrakissen hinter dem Rücken stocksteif auf seinem Stuhl – ein klares Zeichen dafür, daß er Schmerzen hatte, wie häufig nach einem langen Flug. Doch er wirkte gesund und entspannt, während Bobby so ausgemergelt und erschöpft war, daß er wie der Todeskandidat aussah, der Jack nach Johnsons Meinung angeblich sein sollte.

Jack schickte alle aus dem Zimmer, bis auf Bobby und mich. Wir setzten uns. »Ich habe Lyndon nie gemocht und weiß verdammt genau, daß er mich auch nicht mag, aber ich hatte keine Ahnung, daß er mich sogar haßt.«

»Er ist ein undankbarer, mieser Hurensohn!« schimpfte Bobby. »Er sagte Reportern, daß du ›nur ein mageres Bürschchen mit Rachitis bist‹. Und Dad nannte er ›den Mann, der Chamberlains Schirm hielt‹!«

Jacks Miene war düster. »Ja, das habe ich auch gehört. Übrigens ist der Satz über Dad ausgesprochen witzig. Lyndon hat ein paar clevere Typen, die alles für ihn schreiben. So etwas hätte er selbst nie zustande gebracht. Was sollen wir deiner Meinung nach tun, David?«

»Nichts davon wird dir wirklich schaden. Lyndon macht nur viel Wind ... Aber der Hinweis auf Geheimnisse in deinem Privatleben gefällt mir gar nicht.«

»Warum sollte Lyndon mehr wissen als die Presse?« meinte Jack,

»Wir können ihn festnageln«, mischte sich nun Bobby ein. »Dad half ihm vor einigen Jahren aus einer finanziellen Krise, und er weiß Sachen über Lyndons Geschäfte, die sonst keiner weiß – nicht mal in Texas.«

Ich warf Jack einen Blick zu und schüttelte den Kopf. Was Bobby sagte, stimmte zwar, aber es war nicht die ganze Wahrheit. Joe Kennedy hatte Johnson geholfen, weil dieser Jack einen heißbegehrten Sitz im Komitee des Auswärtigen Amts verschafft hatte, wodurch er auf elegante Weise aus den Niederungen der Gewerkschaftspolitik in die luftigen Höhen der Außenpolitik aufsteigen konnte. »Ich fürchte, daß du dabei mehr verlieren als gewinnen würdest«, warnte ich ihn.

Bobby funkelte mich wütend an. Er brannte darauf, Johnson fertigzumachen. Bobby war dafür, so schnell und so hart wie möglich zurückzuschlagen, und vergaß oder verzieh nie eine Beleidigung. Jack war genauso, verbarg es aber hinter überlegenem Witz und suggerierte der Öffentlichkeit, daß er Bobby zurückhielt.

»Wir können die Welt über Lyndons Liebesleben informieren«, redete Bobby eifrig weiter. »Ich weiß genau, daß er eine seiner Sekretärinnen schon seit Jahren vögelt. Er ist so geizig, daß er nicht mal ein Hotelzimmer nimmt. Sie treiben es auf seinem Schreibtisch im Senat.«

Jack lächelte. »Dabei fällt mir ein, was Lyndon zu mir sagte, als ich frisch in den Senat gewählt wurde. Er sagte: ›Wie ich höre, sind Sie auch ein Mann, der einen guten Fick schätzt.‹« Er lachte, während Bobby seine mürrische Miene beibehielt. »Es nutzt nichts, wenn wir herumtratschen, daß Lyndon gerne fickt. Er gewinnt dadurch höchstens noch ein paar Stimmen, das ist alles. Warum schaust du so bedenklich drein, David?«

»Ich überlege gerade, ob irgend jemand Johnson womöglich Informationen zuspielt. Und zwar speziellere.«

»Was für welche?«

»Na ja, zum Beispiel über dich und Marilyn.«

»Wer sollte so was tun?«

»Das FBI? Hoffa?«

»Du bist fixiert auf Marilyn, David, das habe ich dir schon mal gesagt.«

»Hoover würde das nie tun«, widersprach Bobby. »Und Lyndon hat nicht genug Mumm, um sich mit Hoffa einzulassen.«

»Ich traue Hoover nicht«, sagte ich zu Jack. »Und Johnson traue ich genausowenig. Du solltest aufpassen.«

»Auf was aufpassen?«

»Aufpassen, nicht mit Marilyn gesehen zu werden.«

»Keine Sorge, David. Ich bin hier, um zu arbeiten, nicht, um zu spielen«, erwiderte Jack, aber in seinen Augen las ich etwas anderes.

»Also soll Johnson gar keinen Denkzettel kriegen?« fragte Bobby aggressiv.

»Irgendwelche Vorschläge, David?« erkundigte sich Jack.

»Verbreitet das Gerücht, er habe sich noch nicht von seinem Herzanfall erholt«, schlug ich vor. »Das wird ihn in Weißglut bringen, ist aber nicht zu weit unter der Gürtellinie. Und Lyndon ist kein Dummkopf. Er wird es als Warnung nehmen. Ihr müßt ihm nur zeigen, daß ihr notfalls zurückschlagt. Als Feigling und Maulheld, der er ist, wird er garantiert einen Rückzieher machen.«

»Das scheint mir ein guter Rat zu sein«, stimmte Jack sofort zu und wandte sich an Bobby. »Erledige das«, ordnete er an. »Aber nicht persönlich. Laß es einen anderen tun, der nicht mit uns in Verbindung gebracht wird.«

Jack lernte rasch, stellte ich für mich fest. Und Bobby ebenfalls. Er nickte nämlich und verschwand ohne ein Wort des Protests. Schon am Spätnachmittag sprach man überall in der Stadt über Johnsons Herzleiden. Am Abend rief Jack sogar bei Lyndon Johnson an, um ihm zu versichern, wie schockiert er sei, daß solche unverantwortlichen Gerüchte verbreitet würden. Johnson begriff die Botschaft natürlich, und von Jacks geheimem Liebesleben oder von seiner angegriffenen Gesundheit war keine Rede mehr.

Trotzdem war ich nervös, und ein Anruf von Marilyn am nächsten Morgen in meinem Büro am Sunset Boulevard machte alles nur noch schlimmer. Sie hatte sich unter irgendwelchen fadenscheinigen Vorwänden von den Dreharbeiten entfernt, um ja nicht den Parteikonvent zu verpassen.

»Ich bin so aufgeregt!« Ihre Stimme bebte vor nervöser Energie und klang schon fast hysterisch. »Hast du gehört, daß Lyndon Johnson einen Herzanfall hatte?«

»Ich glaube nicht ...«

»Es wird überall rumerzählt. Wunderbar, kann ich dazu nur sagen! Er ist ein fieser, häßlicher Scheißtexaner, und ich hasse diese Sorte Mann.«

Sie hatte mit ihrer Meinung über Johnson ganz recht. Er war so ziemlich der niederträchtigste Mensch, dem ich je in der Politik begegnet war, und sein Haß auf Jack entsprang purem Neid.

»Was macht die Filmerei?« fragte ich.

»Gräßlich! Vielleicht kann ich den Film drehen und mich gleichzeitig scheiden lassen.« Sie lachte zittrig. Reno hatte einen solchen Ruf als Scheidungsparadies, daß die meisten Leute nur deshalb dorthin fuhren. Ironischerweise wartete auch Roslyn (Marilyns Rolle in *The Misfits*) in Reno gerade auf ihre Scheidung.

»Ist es so schlimm, Marilyn?«

»Ach, Honey, frag lieber nicht.«

Also wechselte ich das Thema. »Jack ist hier. Er kam gestern an.«

Sie kicherte. »Ich weiß, und das ist auch einer der Gründe, warum ich anrufe. Ich bin mit Jack heute morgen verabredet – er rief gestern nacht an –, habe aber die Adresse verschlampt.«

»Er ist im Biltmore, Suite ...«

»Nicht dort!« unterbrach sie mich. »In der anderen Wohnung!«

»Die in North Rossmore? Jack Haleys Haus?«

»Genau!«

»Nummer 522. Das Apartment direkt über William Gargan ...«

»Der Typ, der im TV den Detektiv spielt? Tausend Dank, Darling«, rief sie. »Ich muß jetzt los.«

Zufällig hatte ich am gleichen Nachmittag eine Verabredung mit Jack, um ihm von meinem Mittagessen mit Sinatra und Lawford zu berichten, die den Auftritt der ›Stars for Kennedy‹ organisierten, und zwar auf dem Parteikonvent wie auch – sofern alles gutging – im Angeles Coliseum, wenn er seine Ansprache nach gewonnener Wahl halten würde. Bei diesem Treffen war das Problem, ob Marilyn ›unter Kontrolle‹ war, mehrmals zur Sprache gebracht worden.

Als ich in der North Rossmore Avenue ankam und klingelte, öffnete mir Jack im Morgenmantel die Tür. Er lächelte etwas gezwungen. »Wenn man mich wählt, werde ich dich für den Posten des CIA-Direktors vorschlagen, David.«

Mir entging der Witz bei der Sache, und so sagte ich: »Ich hoffe eigentlich auf etwas Besseres.«

»Nein. Die CIA wäre ideal für jemanden, der wie du ein Geheimnis bewahren kann.«

»Was für ein Geheimnis?« erkundigte ich mich. Offenbar hatte ich etwas ausgeplaudert. Es beruhigte mich aber, daß Jack nicht wirklich wütend war, sondern sich nur auf meine Kosten amüsieren wollte.

»Marilyn liegt im Nebenzimmer und schläft friedlich. Prima von dir, ihr meine hiesige Adresse zu geben, nachdem ausgerechnet du mir gestern eingeschärft hast, daß ich unbedingt aufpassen müßte. Du arbeitest nicht zufällig für Lyndon, oder, David?«

Ich starrte ihn an und wurde rot. »Sie sagte, sie habe mit dir telefoniert.«

»Ja, und daß sie die Adresse verloren habe. Kam das einem Mann mit deiner großen Erfahrung nicht etwas unglaubwürdig vor?«

Marilyn hatte immer wieder angekündigt, daß sie Jack auf seiner Wahlkampftour treffen wollte, doch ich hatte das nie ernstgenommen. Und nun begriff ich mit einem gewissen Schuldgefühl, daß ich sie mal wieder unterschätzt hatte. »Also wirklich, Jack, es klang so, als würde sie die Wahrheit sagen …«

»David, wenn Marilyn behaupten würde, Schwarz ist Weiß, dann würdest du's ihr auch glauben.«

Er hatte vollkommen recht, was alles nur noch schlimmer machte. »Ich könnte ihr den Hals umdrehen.«

Er lachte. »Ach was, du wirst ihr ja doch verzeihen.« Er schenkte uns aus einer silbernen Thermoskanne Kaffee ein. Die Wohnung wirkte gemütlich, obwohl sich auf dem Teppichboden überall Telefonkabel schlängelten, denn es waren mehrere Apparate extra installiert worden, darunter auch ein ›rotes Telefon‹, das direkt mit dem ›Kennedy-Kommunikationscenter‹ bei der Arena verbunden war.

»Tut mir wirklich leid, Jack«, entschuldigte ich mich.

»Ist schon gut. Weißt du, ich dachte gerade über das nach, was du gesagt hattest … Soll ich sie anrufen, oder soll ich lieber nicht? Und dann klingelte es plötzlich, und sie stand mit einer Flasche Champagner vor mir. Um elf Uhr vormittags! Jetzt schläft sie wie ein Baby.«

»Du bist ein Glückspilz.«

»Ja«, stimmte er sofort zu.

Die Tür ging auf, und Marilyn erschien in einem von Jacks Hemden. »Ich habe Geräusche gehört«, sagte sie. »Aber ich wußte nicht, wo ich bin.« Selbst von der anderen Seite des Zimmers aus sah ich, daß ihre Pupillen erschreckend verengt waren und winzigen schwarzen Nadelspitzen glichen. Sie schien angestrengt nachzudenken und sagte dann mit ihrer Kleinmädchenstimme: »Wo bin ich denn?«

In einer Hand hielt sie ein Glas Champagner, in der anderen mehrere bunte Kapseln. Sie warf sie sich in den Mund, trank Champagner hinterher und lächelte vage. »Hi, David.« Dann kam sie so vorsichtig auf mich zu, als wäre der Boden ein Hochseil, das ihre ganze Konzentration erforderte, und küßte mich. Ihre Haut roch süß und frisch wie bei einem Baby, und sie verströmte die Wärme eines Menschen, der tief geschlafen hatte. »Verzeih mir bitte, was ich dir angetan habe«, sagte sie mit Tränen in den Augen. »Es war abscheulich ...«

Natürlich hatte Jack mal wieder recht. Ich verzieh ihr auf der Stelle, ich konnte gar nicht anders. Einen Cockerspaniel zu treten wäre mir leichter gefallen.

»Du bist mein bester Freund, David.« Sie schlang mir beide Arme um den Hals, wobei ich ihre halb entblößten Brüste bewundern konnte. »Und das meine ich ernst!«

»Ich weiß.«

»Ich hätte dir die Wahrheit gesagt, aber ich fürchtete, daß du mir Jacks Adresse nicht geben würdest.«

»Vermutlich nicht.«

»Na siehst du! Ich hatte doch recht!« Hoch befriedigt über ihre Logik wandte sie sich an Jack. »Bin ich eingeschlafen oder nicht?«

»Und wie!«

»O Mann, so habe ich seit langem nicht mehr geschlafen ... Ich brauche aber noch etwas Champagner, Honey.«

Jack sah auf seine Armbanduhr. »Ich halte das für keine gute Idee«, sagte er kurz.

Sie schob das Kinn vor und wirkte plötzlich gar nicht mehr sanft und hilflos. »Ich sagte, ich möchte noch was von diesem Scheißchampagner, Jack!« fuhr sie ihn an.

Jack stieg das Blut ins Gesicht. Doch dann entschied er sich klugerweise dafür, das Ganze als Scherz zu nehmen. »Du hast irisches Blut in den Adern«, sagte er, nahm das Glas und verschwand in der kleinen Küche, um nachzuschenken.

Als er zurückkam, umarmte sie ihn und gab ihm einen langen, sinnlichen Kuß. »O Darling, es tut mir sooo leid. Vor meiner Periode bin ich immer gereizt. Ich wollte dich nicht anschreien, dich schon gar nicht.« Sie ging zum Sofa, wühlte in ihrer Handtasche, fand eine weitere Pille und spülte sie mit Champagner hinunter.

»Hältst du das für klug?« fragte ich. »Alkohol und dann noch all diese Pillen?«

»Ach, die einen sind nur gegen meine Allergien, die anderen sind Vitamine. Außerdem ist Champagner doch kein Alkohol! Er ist wie ... Wein?«

Jack grinste und amüsierte sich prächtig. In solchen Momenten dachte er vermutlich gar nicht an das große Spektakel, das ihn in der Sports Arena erwartete, wo sein Ehrgeiz – oder der seines Vaters – endlich Erfüllung fände.

Erst läutete ein Telefon, gleich darauf ein anderes. Jack nahm den Hörer ab, lauschte und sagte: »Ich habe mich ausgeruht.« Er hörte aufmerksam zu, und sein Gesicht verfinsterte sich. »Sag diesem Hurensohn, daß seine verdammten Delegierten alle für mich sind. Ich habe die meisten Stimmen in der ganzen Geschichte von Pennsylvania gekriegt, und dabei stand mein Name noch nicht mal auf den Stimmzetteln ... Nein, wenn ich's mir recht überlege, sage ich's ihm lieber selbst! Ich habe mir für diese Nominierung seit Jahren den Arsch abgearbeitet und lasse sie mir nicht von diesem gottverdammten Gouverneur von Pennsylvania verpfuschen.«

Er knallte den Hörer auf die Gabel, hob den anderen hoch und entließ uns mit einer Handbewegung. Offensichtlich hatte er keine Zeit mehr für Marilyn und wichtigere Dinge im Sinn als ›Stars for Kennedy‹.

Man muß es Marilyn zugute halten, daß sie keine Mätzchen machte, sondern sich sofort erhob und auf wackeligen Beinen quer durch den Raum ging, wobei sie es schaffte, gegen mehrere Möbel zu stoßen.

»Good bye, Darling«, sagte sie und gab Jack einen Kuß, der einen roten Fleck auf seiner Wange hinterließ. Hoffentlich bemerkte er es noch, bevor er sich mit Gouverneur Lawrence von Pennsylvania zusammensetzte.

»Brauchst du ein Taxi?« fragte er.

»Ich bin mit meinem eigenen Wagen gekommen«, antwortete sie. Sie wühlte wieder in ihrer Tasche, zog triumphierend die Autoschlüssel heraus und ließ sie prompt fallen.

Jack und ich wechselten einen Blick. Wir hatten den gleichen

Gedanken: Marilyn war nicht in der Lage zu fahren, und außerdem würde jeder Reporter, der mit Hollywood vertraut war, ihr Auto erkennen. Sie fuhr immer noch das gleiche Cadillac-Cabrio, das ihr vor ihrer Heirat mit DiMaggio geschenkt worden war. Im Grunde hätte sie also genausogut ein Schild vor Jacks Haustür stellen können: ›Marilyn Monroe ist hier zu Besuch‹.

»Ich fahre dich heim«, schlug ich vor.

Jack nickte. »Gute Idee!«

Marilyn leistete keinen Widerstand. Da sie nicht in der Lage zu sein schien, ihre Wagenschlüssel aufzuheben, tat ich es für sie.

Ihr Cadillac stand schief vor einem Hydranten und hatte einen Strafzettel unter dem Scheibenwischer. Ich half ihr auf den Beifahrersitz und ging dann zu meinem Wagen, um dem Chauffeur zu sagen, daß er mich am Beverly-Hills-Hotel treffen sollte.

Als ich mich hinters Steuer setzte, schaute ich zu ihr hinüber. Sie saß in anmutiger Haltung da, ein Arm locker auf ihrer Wagentür aufgestützt, der andere lang ausgestreckt auf der Lehne der weißen Ledersitze, und ihre Finger berührten meinen Nakken. Ihr Rock war hochgerutscht, so daß ich ziemlich viel von ihrem Schenkel sehen konnte, der von einem weißen Spitzenstraps halbiert wurde. Es war so, als erfüllte sich für mich nun der Traum eines jeden Amerikaners: an einem Sonntag in Südkalifornien im offenen Cabrio zu fahren, neben mir die schönste Blondine der Welt mit zurückgelehntem Kopf, halbgeschlossenen Augen und leicht geöffneten Lippen, als warte sie auf einen Kuß.

Marilyn streichelte während des Fahrens meinen Hals und drehte das Radio an. Sinatra sang gerade *Our Love is Here to Stay*, und Marilyn stimmte ein, als wäre es ein Duett. Sie hatte eine gute Stimme, die sexy und ein wenig atemlos klang, so daß Männer – mich eingeschlossen – ins Träumen kamen. »O Gott, ich liebe Frank!« gurrte sie. »Er ist so sexy.«

»Hm.«

»Nicht eifersüchtig sein, Darling!«

»Ich würde zur Abwechslung eben gern mal hören, daß ich sexy bin«, sagte ich seufzend.

Sie rückte näher und küßte mich. Ihre Lippen auf meiner Wange fühlten sich feucht und erstaunlich warm, ja sogar fast heiß an. »Du bist sexy«, flüsterte sie. »Da …«

Sie strich mit der Hand an meiner Hose hinunter und streichelte mich mit den Fingerspitzen, die Augen geschlossen, als ob sie an etwas anderes dächte. Plötzlich kicherte sie. »Das macht Spaß«, sagte sie. »Komm, fahren wir nach Malibu.«

Ich wurde in wenigen Minuten beim Botschafter erwartet und hatte bis spät am Abend eine Besprechung nach der anderen. Die Frage war jedoch, ob ich mir je verzeihen würde, falls ich jetzt ablehnte, wo sich mir eine Gelegenheit bot, mit Marilyn zu schlafen. Wenn ich mit Marilyn nach Malibu fuhr, würde ich Jack betrügen – und natürlich auch Maria –, aber es war mir völlig egal. Ich machte einen U-Turn und gab Gas.

»Wir haben keine Badesachen«, wandte ich ein.

»Stimmt, aber wir gehen zum Nacktbadestrand, Darling. Und dann trinken wir ein paar Margaritas. Oh, ich liebe Margaritas! Und hinterher gehen wir vielleicht tanzen …«

»Alles, was du willst.«

»Komisch, du bist plötzlich ein ganz anderer Mensch, David.« Sie kicherte vergnügt. »Aber vielleicht solltest du etwas langsamer fahren. Du hast gerade ein Stop-Zeichen mißachtet.«

»Nein, habe ich nicht.«

»Doch, glaub mir's, Sugar.«

Im nächsten Moment sah ich im Rückspiegel aufblitzende rote Lichter und hörte gleich darauf die Sirene. Ein schwarz-weißer Polizeiwagen tauchte auf.

»Verdammte Scheiße!« sagte ich. »Hol lieber gleich den Kfz-Schein und die Versicherungspolice aus dem Handschuhfach.«

Marilyn wirkte entgeistert. »Kfz-Schein? Versicherungspolice?«

Mir sank das Herz. Ich fuhr an den Straßenrand, zog meine Krawatte gerade und überlegte kurz, ob zwanzig Dollar in meinem Führerschein der Sache dienlich wären. Besser nicht, denn die Polizei von L. A. war bekannt für ihre Ehrlichkeit, zu der noch eine berufsmäßige Abneigung gegen Verkehrssünder hinzukam. Zu allem Übel fiel mir plötzlich ein, daß ich meinen New-York-State-Führerschein zu Hause gelassen hatte, da mich in L. A. mein Chauffeur herumfuhr und ich ihn folglich nie brauchte.

Der Polizist war genau so, wie ich es erwartet hatte: hochgewachsen, hager, mit verspiegelter Sonnenbrille und so unnahbar wie ein Marsmensch. Ich erklärte mein Problem und reichte ihm meine Businesscard, die er so anfaßte, als sei sie verseucht.

»Ist dies Ihr Wagen, Sir?«

»Nein, er gehört dieser Lady.« Marilyn schaute immer noch unbeteiligt drein und summte Sinatras Song mit.

»Honey«, sagte ich behutsam, »würdest du mir bitte mal die Wagenpapiere geben?«

Sie öffnete das Handschuhfach, und es kam ein unglaubliches Durcheinander zum Vorschein: Strümpfe, ein alter BH, Pillenschachteln, ganz zu schweigen von losen Pillen, Tampax, Make-up, benutzte und unbenutzte Kleenextücher. Marylin wühlte sich sorgfältig hindurch und schüttelte dann den Kopf. Keine Wagenpapiere!

Der Polizist schien nur die Tabletten zu sehen – kein gutes Zeichen. »Ich rekapituliere«, sagte er zu mir. »Sie haben ein Stop-Schild überfahren. Es ist nicht Ihr Auto. Sie haben keinen Führerschein. Es gibt keinen Kfz-Schein und keinen Beweis, daß der Wagen versichert ist.«

»Ja, das ist es so ungefähr. Ich sehe ein, daß es sich um eine ernste Angelegenheit handelt, Officer, aber ich habe ein Büro in der Stadt, und Sie können nachprüfen, wer ich bin. Chief Parker kennt mich übrigens. Ich habe augenblicklich mit dem Parteikonvent der Demokraten zu tun, und es wäre wichtig, daß diese Sache rasch und vor allem diskret erledigt wird ...« Ich machte eine Pause, um dies einsinken zu lassen. »Mit möglichst wenig Publicity.«

Keine Reaktion. »Ich bin Republikaner«, erwiderte er nur. »Ist dies Ihr Auto, Miß?«

Marilyn hörte einen Moment zu singen auf und nickte. »Ja, ich glaube schon«, flüsterte sie kaum hörbar.

»Sie glauben es nur?«

»Ich meine, es wurde mir geschenkt. Aber ich weiß nicht, ob Papiere dabei waren.«

Der Polizist schüttelte den Kopf und zog sein Notizbuch heraus. »Könnte ich vielleicht erklären ...«, begann ich, aber er unterbrach mich.

»Jetzt hören Sie mal gut zu«, sagte er. »Sie, mein Freund, werden einige Zeit im Gefängnis verbringen.« Dann wandte er sich wieder zu Marilyn, die immer noch nicht in seine Richtung geschaut hatte. »Wie heißen Sie, Miß?«

Langes Schweigen. »Marilyn Monroe«, sagte sie dann fast schüchtern.

Der Polizist begann ihren Namen aufzuschreiben. Plötzlich starrte er sie entgeistert an. »Ich mag keine Maulhuren, Lady!« fuhr er sie wütend an, wobei er seine eiserne Kontrolle aufgab. Als hätte sie auf diesen Moment gewartet, nahm Marylin die Sonnenbrille ab, drehte sich zu ihm um und lächelte verführerisch.

»Aber ich bin keine Maulhure, Officer«, sagte sie mit ihrer nicht imitierbaren Stimme. »Ehrlich!«

»Herr im Himmel!« sagte er fast ehrfürchtig.

»Tut mir leid, daß ich die Papiere nicht dabeihabe«, entschuldigte sich Marilyn. »Vermutlich sind sie bei meinem Mann.«

»Mr. Miller?« Wie jeder Cop in Los Angeles kannte auch dieser sich bestens im Privatleben der Filmstars aus.

»Nein. Der Ehemann davor. Mr. DiMaggio.«

»Er war mein Idol, als ich ein Junge war.«

Sie nickte wehmütig. »Meins auch.«

Der Officer nahm die Sonnenbrille ab und sah gleich weniger gefährlich aus. »Soll das heißen, daß Sie dieses Auto vier oder fünf Jahre lang ohne Zulassungspapiere gefahren haben?«

»Ich glaube schon.«

»Darf ich einen Vorschlag machen?« mischte ich mich ein. Ike Lublin ist mein Anwalt. Könnte er nicht ins Hauptquartier kommen und dies alles für uns regeln?«

Der Name verfehlte nicht seine Wirkung. Ike war einer der bekanntesten Anwälte von Los Angeles. Obwohl er häufig Gangster verteidigte, hatte er es geschafft, gute Beziehungen zu den Cops zu haben. Er spendete großzügig auf Wohltätigkeitsempfängen der Polizei und tauchte sogar bei Polizeibanketten auf, wo er immer einen ganzen Tisch reservieren ließ.

»Sie müssen trotzdem mitkommen«, sagte er zu mir. »Sie haben ein Verkehrsdelikt begangen. Und Miß Monroe auch.«

»Nennen Sie mich Marilyn«, schlug sie mit süßem Lächeln vor. »Mr. Leman versucht, Ihnen zu erklären, daß es mich in Schwierigkeiten brächte, falls dieser Vorfall in die Zeitung käme. Mein Mann wäre schrecklich wütend auf mich.« Wie auf ein Stichwort hin wurden ihre Augen feucht.

Sein Adamsapfel hüpfte. »Ich verstehe, Madam.« Er nahm den Hut ab und kratzte sich nachdenklich am Kopf. »Also, ich sage Ihnen, was ich tun kann: Sie fahren hinter mir her. Ich bringe Sie in die Tiefgarage der Polizei. Von dort aus können Sie Mr. Lublin anrufen. Auf diese Weise erfahren die Polizeireporter nicht mal, daß Sie da sind.«

Ich wußte, daß kein besserer Vorschlag mehr kommen würde, und so folgten wir dem schwarz-weißen Streifenwagen, wobei Marilyn auf meine Bitte hin sämtliche Pillen, mit oder ohne Röhrchen, aus dem Fenster warf.

Unser Cop hatte nicht zuviel versprochen. Nach einer geflüsterten Unterhaltung mit seinem Sergeanten führte man uns in ein kleines Büro neben den Zellen im Keller, wo es nach scharfem Schweiß, Urin und kaltem Tabakrauch stank. Marilyns gute Laune schwand dahin. Sie nahm mir übel, daß sie die Tabletten hatte wegwerfen müssen. »Genau jetzt bräuchte ich sie«, jammerte sie.

»Wenn du glaubst, daß die Cops dir deine Allergie abkaufen, dann irrst du dich. Sie mögen ja deine Fans sein, aber da kennen sie kein Pardon. Vergiß nicht, was Robert Mitchum passiert ist.«

Sie kicherte. »Die Verhaftung wegen Marihuana? Das war ja fast schon vor meiner Geburt! Ich habe mit ihm in *River of No Return* gespielt. Er wollte mich vögeln, benahm sich aber so widerlich, daß ich nein sagte.«

Marilyns Stories über ihr Liebesleben konnte man in zwei Kategorien einteilen: Männer, wo es einen wunderte, daß sie mit ihnen im Bett war, und Männer, wo es einen wunderte, daß sie *nicht* mit ihnen im Bett war.

Sie saß hinter einem grünen Metallschreibtisch und trug bei dem grellen Neonlicht wieder ihre Sonnenbrille. »Ich hasse diesen Raum!« murrte sie.

»Kein Mensch mag Polizeireviere«, sagte ich beruhigend und hielt weiterhin ihre Hand. Aus den Zellen drangen alle möglichen Geräusche herüber – Wutgeschrei, Würgelaute, rauschende Toilettenspülungen, klirrend umgedrehte Schlüssel, zugeschlagene Stahltüren und das permanente kummervolle Klagen einer geschundenen Seele.

Marilyn schauderte. »Es liegt am Licht«, erklärte sie mir. »Das erinnert mich immer an Leichenhallen.«

»Also wirklich, Marilyn! Du warst doch noch nie in einer Leichenhalle.«

»Nein, aber ich träume manchmal davon. Und die Lichter im Traum sind immer so wie hier.«

»Du träumst davon, eine Leichenhalle zu besuchen?«

»Nein, ich träume, daß ich dort liege.«

Offensichtlich ließ die Wirkung von Marilyns Aufputschtabletten nach. »Wie wär's mit Kaffee?« fragte ich.

Sie zuckte nur mit den Schultern. Ich ging auf den Korridor, fand eine Kaffeemaschine und kehrte mit zwei Bechern zurück. Marilyn wirkte wieder heiterer; vielleicht weil sie eine ihrer ›Allergie‹-Tabletten auf den Boden ihrer Handtasche entdeckt hatte.

»Wie lang müssen wir noch hierbleiben?« fragte sie.

»Nicht mehr lange.« Ihre Hände zitterten. »Wir hätten einen so schönen Nachmittag haben können«, sagte ich traurig. Ich glaube, niemals zuvor ein solches Empfinden von Verlust, Niederlage und Versagen gehabt zu haben, und einen Moment war ich den Tränen nahe.

»Armer David«, sagte sie nur, denn plötzlich ging die Tür auf, und Ike Lublin eilte herein. Er und der Sergeant, der hinter ihm kam, rauchten dicke Zigarren. Ihre Gesichter verrieten mir, daß alles geregelt war.

In Minutenschnelle wurde Marilyn auf den Rücksitz von Ikes Limousine verfrachtet und zum Beverly-Hills-Hotel gebracht, während Ike eine Geldstrafe wegen unterlassener Anmeldung und Versicherung eines Autos bezahlte sowie über tausend Dollar für unbezahlte Strafzettel bis zum Jahr 1954 zurück. Ich bekannte mich eines Verkehrsdelikts für schuldig und bekam fünfzig Dollar aufgebrummt.

Marilyns Rolle bei dem Zwischenfall wurde nicht publik, was Ikes Einfluß zu verdanken war, aber über meine Beteiligung kursierten bald die wildesten Gerüchte, so daß Jack bei unserem Treffen am nächsten Morgen voller Bewunderung war.

»Ich hätte dich nie für einen so wilden Typen gehalten«, sagte er. »Wahrscheinlich mache ich dich doch besser nicht zu meinem CIA-Direktor.«

»Keine Ahnung, wovon du überhaupt redest.«

Er lachte schallend. »Als ich davon hörte, sagte ich: ›Das klingt mehr nach meinem kleinen Bruder Teddy als nach meinem alten Freund David.‹ Ich traute meinen Ohren kaum, als mir jemand erzählte, daß du wegen Trunkenheit am Steuer verhaftet wurdest. Und eine Prostituierte bei dir im Wagen! Eine ganz neue Seite deines Charakters, David. Ist diese Veränderung dauerhaft, was meinst du, oder nur ein Anzeichen von Midlifecrisis?«

»Unsinn, Jack! Alles nur Gerüchte.«

»Na klar.« Er grinste breit. Offensichtlich respektierte er mich nun mehr, was schon sehr komisch war, wenn man bedachte, daß ich fast sein Mädchen gevögelt hätte.

Ich breitete alle möglichen Schriftstücke auf dem Tisch aus, und er vertiefte sich in die Lektüre. Doch dann warf er mir plötzlich einen verschmitzten Blick zu. »Verrat mir nur noch eins«, sagte er. »War sie wert, was sie kostete?«

30. KAPITEL

Sie sah sich gerade den Parteikonvent im TV an, als Jacks Anruf kam. Natürlich hatte sie gehofft, die Ansprachen und die Namenverlesung mit ihm gemeinsam anschauen zu können, aber an den zwei Tagen vor der Präsidentennominierung am 13. Juli hatte totales Durcheinander geherrscht. Sie konnte Jack nur zweimal sehen, beide Male für einen ›Quickie‹ in dem Apartment, wo im Nebenzimmer die Telefone schrillten und einige Mitarbeiter ungeduldig im Salon warteten, um ihn zu irgendeiner wichtigen Veranstaltung zu entführen.

»Ich glaube, wir haben's geschafft«, sagte er ihr am Telefon, worauf sie sofort auf Holz klopfte. Er war gar nicht abergläubisch, sie dafür aber um so mehr. »Wir haben vier Stimmen von South Dakota bekommen, die noch heute vormittag Humphrey zugesagt worden waren und dreizehneinhalb aus Colorado. New Jersey ist leider noch ein großes Problem. Gouverneur Meyner, dieses Arschloch, verlangt von seiner Delegation immer noch, daß sie im ersten Durchgang für ihn als den Lokalfavoriten stimmt. Mann, dem machen wir die Hölle heiß, wenn wir nach Washington kommen!«

»Wo bist du jetzt, Darling?«

»Mit meinen Eltern in Marion Davies' Haus. Ich werde auch mit ihnen zu Abend essen und dann ins Apartment fahren, um die Abstimmung im TV zu verfolgen.«

Auf dem Fernsehschirm nominierte Sam Rayburn gerade Lyndon Johnson. Die Delegation aus Texas mit ihren weißen Stetsons machte auf sie nicht gerade einen begeisterten Eindruck. »Kann ich später zu dir kommen?« erkundigte sie sich.

»Ich weiß nicht so recht. Das Apartment ist nicht mehr sicher. Als ich vorhin das Haus verließ, mußte ich die Feuerleiter runter und dann über einen Zaun klettern. Es wimmelt dort von Presseleuten, und heute nacht wird's noch schlimmer werden. Außerdem komme ich bestimmt nicht vor zwei Uhr früh ins Bett ...«

»Darling, du mußt nur ein Wort sagen, und ich werde dasein, um dir beim Feiern zu helfen. Auch wenn es vier Uhr morgens ist.«

Sie spürte, daß er nah daran war, seine Entscheidung rückgängig zu machen. »Ich schicke dir einen Wagen«, sagte er rasch. »Im Garten wird jemand mit einer Taschenlampe warten, um dir über den Zaun und die Feuerleiter raufzuhelfen. Es kann, wie gesagt, zwei Uhr werden. Also bleib in der Nähe des Telefons.«

»Ich werde warten, wie lange es auch dauert. Und dann gebe ich dir einen Präsidentenkuß, Sweetheart.«

Sie hörte Stimmen im Hintergrund. »Ich muß aufhören«, sagte Jack. »Das Essen ist fertig.«

»Ich werde nichts essen, bis ich zu dir komme, Sugar. Ich spare mir meinen Appetit für dich auf.« Sie kicherte.

»Vielen Dank für Ihre, äh, Unterstützung«, sagte er laut, da offenbar seine Eltern nun im gleichen Raum waren. »Ich werde Sie an Ihr Versprechen erinnern.«

»Mach sie fertig, Tiger!«

Sie legte den Hörer auf, wählte dann aber gleich die Nummer vom Zimmerservice und bestellte eine neue Flasche Dom Perignon und einen Hamburger. Als nächstes nahm sie sich ihr Adreßbuch vor und machte sich an die mühselige Aufgabe, neue Pillen zu beschaffen. Ich könnte David umbringen, dachte sie wütend.

Sich einen ausreichenden Pillenvorrat zu verschaffen, kostete viel Zeit. Sie bekam zwar Rezepte von ihrem New Yorker Internisten, von Frau Dr. Kris und von ihrem Gynäkologen, aber es reichte nie. Zum Glück hatte sie auch in L. A. einen Gynäkologen und einen Internisten, aber trotzdem hatte sie nie genug Vorrat für ihre Bedürfnisse. Obwohl sie kein Hypochonder war, lief sie von einem Spezialisten zum nächsten und klagte über alle möglichen eingebildeten Leiden, die bei ihr angeblich zu totaler Mattigkeit und Schlaflosigkeit führten. Kaum ein Arzt weigerte sich, ihr die gewünschten Tabletten zu verschreiben. Mittlerweile wußte niemand mehr, nicht einmal Frau Dr. Kris, wie viele Schlaftabletten sie wirklich schluckte.

Nun war Eugene McCarthy auf der Mattscheibe zu sehen, während er gerade Stevenson nominierte. Er rührte die Delegierten zu Tränen, als er rief: »Weisen Sie diesen Mann nicht zurück, der uns alle stolz darauf machte, Demokraten zu sein! Versagen Sie diesem Propheten nicht Ehre und Anerkennung seiner eigenen Partei!«

Selbst Marilyn schluchzte zwischen zwei Bissen von ihrem Hamburger. Sie mochte Eugene McCarthy, den sie in New York schon öfter getroffen hatte, und Stevenson bewunderte sie fast so sehr wie Clark Gable.

McCarthys Rede löste gewaltigen Applaus aus, der gar nicht mehr aufhören wollte. Zum Glück hatte Jack ihr dies schon prophezeit. »Adlai hat alles, bis auf die Stimmen«, hatte er verächtlich gesagt.

Die Fernsehkameras richteten sich plötzlich auf die Zuschauer, wo gerade Mrs. Kennedy, Jacks Mutter, Platz nahm. Der Kennedy-Clan hatte sich darauf geeinigt, daß Jacks Vater durch sein Erscheinen in der Arena die Delegierten negativ beeinflussen könnte. Es amüsierte Marilyn, daß sie und der Botschafter etwas gemeinsam hatten – sie wurden beide ferngehalten.

Als gleich darauf die Delegation aus Alabama Johnson zwanzig Stimmen und Jack nur dreieinhalb gab, fluchte sie auf die Südstaatler, diese bigotten Rassisten, und auf den häßlichen Lyndon Johnson mit seinen tückischen Augen und seiner texanischen Aufschneiderei.

Sie hatte schon zahllose Abstimmungen der Academy über Filmpreise mitgemacht, es aber noch nie so spannend gefunden wie jetzt, als sie die Delegierten für Jack in einer langen Reihe, unter der Zahl 761, aufschrieb. So viele Stimmen brauchte er, um zu gewinnen.

Sie verlor jedes Gefühl für Zeit, bis schließlich Wyoming aufgerufen wurde und Jack immer noch elf Stimmen fehlten. Doch dann erspähte sie seinen Bruder Teddy inmitten der Delegation aus Wyoming mit einem breiten Lächeln auf dem Gesicht, das ihr wie eine gröbere Kopie von Jacks vorkam, und sie wußte, er hatte es geschafft, noch bevor sie hörte, daß alle fünfzehn Delegierten aus Wyoming für Kennedy stimmten ...

Um Viertel vor zwei holte ein Wagen sie ab. Boom-Boom Reardon saß hinter dem Steuer. Als sie einstieg, verzog er das Gesicht. »In dem Fummel können Sie nie im Leben über einen Zaun klettern«, sagte er auf seine muffige Art, die man nicht persönlich nehmen durfte, wie sie inzwischen wußte.

»Was für ein Zaun? Ich dachte, ich muß eine Feuerleiter raufklettern. Das kann ich nämlich!« Sie hatte sich angezogen, um Jack zu gefallen, nicht um über Hindernisse zu klettern. »Ist das nicht toll mit Jack?«

»Klar! Aber ich hab' nie daran gezweifelt.«

Es stimmte. Niemand aus Jacks Umkreis schien zu bezweifeln, daß er immer genau das bekam, was er haben wollte, ob es nun sie war oder die Präsidentschaft. »Wie fühlt er sich?« fragte sie weiter.

»Recht gut. Wir hatten 'ne kleine Party für ihn im Apartment und sangen: *When Irish Eyes Are Smiling*, während der Senator ein Bier trank.«

»Das war sicher sehr nett.« Sie wünschte, sie wäre dabeigewesen, aber sie wünschte noch viel mehr, sie hätte auch so viele Menschen, die ihr treu ergeben waren.

Geschickt kauerte sie sich auf dem Rücksitz zusammen, als sie an einer ganzen Armee von Presse- und TV-Leuten vor dem Haus vorbeifuhren. Selbst ihre Auftritte in der Öffentlichkeit erregten nie solches Aufsehen wie dies hier, dachte sie. Der Wagen hielt in einer dunklen Nebenstraße, wo zwei Polizisten und ein paar Männer in dunklen Anzügen schon warteten. Es gab tatsächlich einen Zaun, wie sie zu ihrem Kummer sah, als einer der Cops mit der Taschenlampe leuchtete. Es war ganz ausgeschlossen, in ihrem engen Kleid auch nur den Versuch zu wagen.

»Das schaffe ich nie«, flüsterte sie und spähte wie die anderen nervös die Straße hinunter, als ob die TV-Crews jeden Moment auftauchen könnten.

»Sie dürfen hier nicht so lange rumstehen«, sagte einer der Sicherheitsleute. »Sie hätten sich Jeans anziehen sollen.«

»Sparen Sie sich solche Ratschläge für Ihre Frau auf!« fuhr sie ihn an.

Schweigen. Dann nickte einer der Cops den anderen zu und stieg über den Zaun. Der zweite stellte sich breitbeinig hin, bückte sich etwas und verschränkte die Hände. Marilyn zog ihre Schuhe aus, warf sie in den Garten und stieg kichernd auf die Hände des Cops. Sie klammerte sich oben am Zaun fest, als er sich aufrichtete, schloß die Augen, schwang sich hinüber und landete in den Armen des anderen Polizisten, der sie auf die Beine stellte. Gerade noch rechtzeitig, denn ein paar Reporter kamen bereits neugierig um die Ecke.

Sie hob ihre Schuhe auf und erreichte mit Hilfe des Polizisten die unterste Sprosse der Feuerleiter. Er mußte sie hochschieben, bis sie auf seinen Schultern saß. »Vielen Dank«, wisperte sie. »Mein Exehemann ist auch ein Cop.«

»Ich weiß. Jim Dougherty. Ich werde ihm sagen, daß wir uns kennengelernt haben.«

»Erzählen sie ihm aber nicht, daß Sie ihren Kopf zwischen meinen Beinen hatten.«

Er lachte. »Es war mir ein Vergnügen, Lady.«

Im nächsten Moment klomm sie in der Dunkelheit auf Strümpfen die Leiter hinauf, bis sie ein offenes Fenster erreichte, aus dem sich Jack Kennedy, der Präsidentschaftskandidat der Demokraten, mit siegessicherem Lächeln zu ihr hinauslehnte.

Hoffa starrte den Bildschirm in seinem Büro so wütend an, als könnte er ihn dadurch zum Verschwinden bringen. Kennedy kniff gerade unbehaglich die Augen zusammen. Die untergehende Sonne schien ihm nämlich direkt ins Gesicht, während er seine Ansprache im Los Angeles Coliseum hielt, woran man bei der Planung offensichtlich nicht gedacht hatte.

In Detroit war es schon spät am Abend, doch Hoffa wollte unbedingt noch die Rede hören, bevor er seinen Gast zum Essen ausführte. »Was soll eigentlich dieser ›New-Frontier‹-Scheiß?« erkundigte er sich verdrießlich.

Paul Palermo zuckte mit den Schultern. Er hielt Hoffa mit seinen weißen Turnsocken und dem fettigen Haar, durch das sein Kamm wie bei einem Acker Furchen gezogen hatte, für einen Rüpel.

»Es ist wie Roosevelts ›New Deal‹«, erklärte Palermo. »Ein guter Slogan. Er klingt wichtig, bedeutet aber gar nichts.«

»Scheiß drauf. Nixon wird gewinnen, glauben Sie mir. Ich hab' auf ihn gesetzt ... mit viel Geld.«

Palermo wußte, daß Hoffa jeden Teamster-Boß unter Druck setzte, seinen Beitrag zu Nixons Wahlfonds zu leisten. Aber Palermo war nicht so sicher, daß Nixon gewinnen würde. Es gab eine ganze Welt, von der Hoffa keine Ahnung hatte: die junge Generation, deren Eltern zwar noch in der Gewerkschaft waren, die nun aber einen Collegeabschluß hatte, in den Vorstädten lebte, sich nie die Hände schmutzig machte und nach so etwas wie Glamour und Stil strebte, was Jack und natürlich auch Jackie perfekt repräsentierten.

Je mehr Palermo darüber nachdachte, desto mehr hielt er Kennedy für den Gewinner. Seine Meinung wurde dadurch bestärkt, daß Kennedy die ältere Garde der Partei ausgetrickst hatte, indem er Johnson als seinen Vizepräsidenten vorgeschlagen hatte.

Es war nicht Palermos Aufgabe, Hoffa klarzumachen, daß er auf das falsche Pferd setzte, doch es gab andere Dinge, die er ihm beibringen mußte, was aber gar nicht so leicht war. Mit Interesse und Bewunderung hörte er Kennedys Rede zu, die Hoffa mit Zwischenbemerkungen allerdings immer wieder störte.

Ab und zu schwenkte die Fernsehkamera zum Publikum, und man konnte mehrere Hollywoodgrößen erkennen. Wieder so ein geschickter Schachzug der Kennedys, dachte Palermo. Er sah Frank Sinatra, Peter Lawford, Sammy Davis jr., Shelly Winters, Angie Dickinson und sogar Marilyn Monroe, die wie in Trance zum Podium schaute, mit tränenfeuchtem Gesicht und vor dem Busen gefalteten Händen einer Madonna ähnlich, als Kennedy zum Höhepunkt seiner Ansprache kam. Wenn das ihm nicht noch Stimmen einbrachte, dachte Palermo, was dann?

»Ist das nicht Marilyn Monroe?« fragte Hoffa und beugte sich nach vorne, um das Fernsehbild besser zu sehen.

Palermo nickte. Er wollte endlich zum Dinner gehen. Wie er leider wußte, interessierte gutes Essen Hoffa jedoch so wenig, daß er sogar häufig Mahlzeiten ausließ.

Hoffa senkte seine Stimme zu einem verschwörerischen Flüstern. »Die beiden haben beim Parteikonvent jede Nacht gerammelt. Wußten Sie das schon?«

Palermo wußte es, und es steigerte noch seine Hochachtung

vor Kennedy. Aber er mußte Hoffa nicht auf die Nase binden, was er wußte und was er nicht wußte.

»Ich hab' es alles auf Band«, prahlte Hoffa. »Ich hab' sogar ein Foto von ihr, wie sie die Feuerleiter zu seinem Schlafzimmer raufklettert. Mit Infrarotfilm und Teleobjektiv geknipst, so deutlich wie am Tag. Was sagen Sie dazu?«

Palermo gab vor, beeindruckt zu sein. Je mehr er über Jack Kennedy erfuhr, desto weniger glaubte er, daß man ihn erpressen konnte.

Mr. B., dem bekannt war, daß Bernie Spindel im Auftrag von Hoffa arbeitete, hatte sich auch nicht beeindruckt gezeigt. »Kennedy schläft also mit Filmstars«, hatte Mr. B. im sicheren Keller seines Hauses in Tucson gesagt, denn das FBI hatte nicht nur überall im Haus Mikrofone, sondern filmte den alten Mann Tag und Nacht mit Teleobjektiven durch die Fenster, so daß Lippenleser seine Unterhaltung verstehen konnten. »Na und? Soll er doch schlafen, mit wem er mag, wenn er nur Castro erledigt und wir unsere Casinos zurückkriegen.« So lautete Mr. B.s Meinung, die Palermo für sehr vernünftig hielt.

»Das ist ja gut und schön, Jimmy«, sagte er zu Hoffa. »All diese Tonbänder und Fotos, aber falls er gewählt wird ...«

»Das wird nie geschehen!« unterbrach ihn Hoffa und schaute giftig die Gestalt auf der Mattscheibe an.

»›Falls‹, habe ich gesagt ...«

»Falls das passiert, was es aber nicht tut, sind er und sein Bruder so gut wie tot, denn die lassen die Teamsters sonst nie mehr in Ruhe.«

»So zu reden ist ein Fehler, Jimmy. Falls er gewinnt, soll er uns dabei helfen, daß unsere Geschäfte in Havanna wieder laufen.«

Hoffa zuckte mit den Schultern. Die gewaltige Zuschauermenge im Los Angeles Coliseum geriet außer Rand und Band. Kennedy stand vor einem schier unübersehbaren Meer von Menschen, die applaudierten, schrien und zur Tribüne drängten. Selbst Kennedy schien überwältigt zu sein. »Scheiß auf Havanna!« schnauzte Hoffa. »Ich habe dort keine Interessen.«

Die Kamera fing Marilyn Monroe ein, die in der Menge immer wieder hochhüpfte wie ein Cheerleader. An ihrer Seite ein äußerst verlegener David Leman. Das Ganze war nur den Bruchteil einer Sekunde zu sehen. »Ich dachte, wir stünden auf der gleichen Seite, Jimmy«, rügte Palermo milde.

»Stimmt.«

»Dann sind unsere Sorgen auch Ihre Sorgen. Wir machen uns Sorgen wegen Havanna, Sie machen sich Sorgen wegen Havanna, kapiert?«

Hoffa musterte ihn finster. »Ihr habt Las Vegas, habt es durch mich. Wofür braucht ihr noch Havanna?«

»Las Vegas liegt zu weit im Westen, Jimmy. Ein langer Flug. Havanna ist nur knapp zweihundert Kilometer von Key West entfernt. Eine halbe Stunde Flug von Miami. Drei Stunden von New York. Soll ich's Ihnen auf der Landkarte zeigen?«

»Spielen Sie hier nicht den Schlaukopf! Ich hab's begriffen.«

Palermo lächelte, hoffte aber insgeheim, daß er dabeisein würde, wenn die Abrechnung mit Hoffa erfolgen würde, was ziemlich sicher irgendwann der Fall war.

Palermo haßte Grobheiten und verabscheute Hoffa, aber Mr. B.s Instruktionen waren kristallklar gewesen. ›Versprechen Sie Hoffa, was er will‹, hatte er gesagt. Solange die Familie von der Ostküste nicht mehr mit Einkünften aus dem lukrativen Glücksspiel auf Kuba rechnen konnte, das zu ihrem Reichtum geführt hatte, mußten sie mit dem Hut in der Hand bei der Chicagoer Mafia darum betteln, in Las Vegas mitmischen zu dürfen. Das aber hieß, mehr Casinos zu bauen, und das Bauen von Casinos hieß, mehr Geld aus der Teamster-Pensionskasse zu leihen, was wiederum natürlich hieß, daß Hoffa am längeren Hebel saß.

Es war eigentlich ganz simpel, obwohl keiner der Gesetzeshüter die Zusammenhänge zu begreifen schien: Die Mafia-Familien konnten nicht Kredite bei der Bank aufnehmen oder mit zighundert Millionen Dollar in gebrauchten kleinen Geldscheinen Casinos bauen! Überführte Verbrecher konnten nicht Direktoren von Firmen werden, Darlehen unterzeichnen oder Aktien herausgeben. Also brauchten sie Strohmänner und eine Quelle für unbegrenzte Kredite, wo keine unangenehmen Fragen gestellt wurden. Hoffa konnte beides bieten, wofür er von ihnen Unterstützung bei der totalen Kontrolle über die Gewerkschaft bekam.

Palermo war der Meinung, je früher die Gesetzgebung New Jerseys das Glücksspiel in den Casinos legalisierte, desto besser.

Sobald Atlantic City florierte, konnten sich die Familien der Ostküste Hoffas entledigen und ihren lang ersehnten Rachefeldzug gegen Momo Giancana und die Chicagoer Mafia führen. Gesetzt den Fall, Castro würde gestürzt, dann traten all diese begrüßungswerten Ereignisse noch früher ein.

Palermo malte sich genüßlich aus, wie Hoffa zum Zeitpunkt der Abrechnung auf dem Rücksitz eines Autos säße, eine Garrotte um den dicken Hals, die kleinen Schweinsaugen herausquellend, während er nach Luft rang, der dünnlippige Mund aufgesperrt wie bei einem Fisch am Angelhaken ... Er verscheuchte das Bild. Im Augenblick wurde Hoffa noch gebraucht.

Er machte eine kleine, beschwichtigende Handbewegung. »Ich weiß, daß Sie im Bilde sind, Jimmy. Sie sind ein smarter Typ. Das habe ich schon immer gesagt.«

»Sagen Sie mir lieber etwas, was ich nicht weiß. Warum ich zum Beispiel bis zum Hals in Vorladungen stecke, während ihr Typen fein raus seid.«

Hoffas Klage war nicht ganz unberechtigt, obwohl er an sehr vielem selbst schuld war. Er hatte ein loses Maul und löste deshalb Aggressionen aus. Palermo räusperte sich. Jimmy, wenn Sie damit die Geschworenenkammer in Tennessee meinen, was soll ich dazu sagen? Geschworene zu bestechen ist Scheiße, und das wissen Sie genausogut wie ich.«

»Herr im Himmel! Es passiert aber doch ständig!«

»Stimmt, aber man darf sich nicht erwischen lassen!«

»Ich soll also den verdammten Sündenbock spielen, nein, besten Dank! Wenn die denken, daß sie so was mit Jimmy Hoffa tun können ... Fehlanzeige!«

»Das denken sie nicht, Jimmy. Sie haben großen Respekt vor Ihnen.«

»Ich scheiß' auf den blöden Respekt. Wenn ich in Schwierigkeiten bin, brauche ich Ihre Hilfe. Sagen Sie Ihren Leuten, wenn ich untergehe, dann gehen sie mit unter. Wenn ich will, daß jemand erledigt wird, dann müssen Sie ihn erledigen, wer, zum Teufel, das auch ist, und wenn's J. Edgar Hoover selbst ist. Das war ausgemacht.«

»Das wissen meine Leute.« Sie wußten es tatsächlich, und es jagte ihnen eine Heidenangst ein, selbst M. B., der fand, daß sogar Giancana erledigt werden müßte, weil er in Sachen Untersuchungsausschuß Hoffa sein Wort gegeben hatte. Und nun steckten sie als Männer von Ehre mit drin.

»Das möchte ich Ihren Leuten auch geraten haben!« Hoffa schaute auf die Armbanduhr. »Gehen wir zum Essen.«

Er stand auf, trat zum Fernseher, um ihn auszuschalten, und drehte den Knopf so gewaltsam, daß er abbrach. In hohem Bogen warf er ihn quer durch den Raum in den Papierkorb neben seinem Schreibtisch. »Scheiß auf Jack Kennedy! Auf ihn und auf seinen Bruder! Wenn die Jimmy Hoffa in die Mangel nehmen wollen, dann zeig' *ich* ihnen, was 'ne Mangel ist.«

Er öffnete die Tür. Draußen standen keine Bodyguards, als wollte Hoffa demonstrieren, daß er vor niemandem und nichts Angst hatte.

Typisch für Hoffa, dachte Palermo. Wie dumm! Ein Mann, der keine Angst hat, ist gefährlich für sich selbst und ... für andere.

31. KAPITEL

Als sie vom Parteikonvent nach Reno zurückkam, wurde *The Misfits* zum reinsten Alptraum.

Es wimmelte bei den Dreharbeiten von Zaungästen, die unbedingt herausfinden wollten, ob Marilyns Ehe tatsächlich in die Brüche ging. Fast ebenso interessiert waren sie daran, Monty Clift in Aktion zu sehen. Wenn das ihre Neugier noch nicht befriedigte, dann gab es auch noch Clark Gable, der nur mühsam Haltung bewahrte, da er die anderen Schauspieler als undisziplinierte Emporkömmlinge einschätzte. Überall liefen Journalisten und Fotografen herum – es war der meistfotografierte Film, den sie je gedreht hatte –, aber auch Prominente wie Frank Sinatra, Clifford Odets, Marietta Tree, David Leman und Aaron Diamond. Alle herbeigelockt durch das Gerücht, daß hier etwas Außergewöhnliches geschah ...

Zu Beginn der Dreharbeiten wurde ein Gruppenfoto von Marilyn, Clark Gable, Monty Clift, Eli Wallach, John Huston und Arthur Miller gemacht, um gewissermaßen den ersten Drehtag zu markieren. Sie saß in einem alten, zerbrochenen Schaukelstuhl und schwitzte in der mörderischen Hitze, obwohl sie ein sehr freizügiges weißes Kleid trug, das sie selbst für Roslyn ausgesucht hatte. Die anderen Darsteller rahmten sie quasi ein. Gable und Wallach waren stinksauer, als sie das Foto sahen, weil sie sich an den Rand gedrängt fühlten, und der arme Monty, der mit einer halben Pobacke neben ihr auf der Armlehne hockte, wirkte so verhutzelt und zusammengekrümmt, daß er genausogut ein Zwerg hätte sein können.

Sie und Arthur schliefen in getrennten Zimmern und wechselten kaum ein Wort, zusammengehalten nur noch durch gegenseitige Beschuldigungen und den Wunsch, diesen Film bis zum Ende durchzustehen. Clark Gable, nach außen hin der männlichharte Typ, war offensichtlich krank, denn schon bei der kleinsten Anstrengung wirkte sein Gesicht trotz der dunklen Sonnenbräune aschfahl, und er schluckte Nitroglyzerintabletten gegen Angina pectoris, wenn er sich unbeobachtet wähnte.

John Huston haßte Monty. Wie die meisten erfolgreichen Regisseure liebte Huston es, Gott zu spielen, und weil er so raffiniert war, machte er ein gefährliches Spiel daraus. Er ließ bei Gable durchblicken, daß er ihn nicht mehr für mutig genug hielt, um seine eigenen Stunts zu machen. Er verhöhnte Monty oder spielte ihn gegen Eli Wallach aus. Und sie behandelte er mit kaum verhohlener Verachtung, als wäre sie nicht vollwertig.

Das Ganze wurde nicht besser dadurch, daß Roslyn genau dem Bild entsprach, das Arthur von ihr hatte – kokett, destruktiv, impulsiv, ein Nervenbündel, das aus namenlosen, unwägbaren Ängsten bestand, also tatsächlich nicht vollwertig war.

Arthur kannte sie, wie es nur ein Ehemann vermag, und wußte genau, wie er sie mitten ins Herz treffen konnte! Roslyn war eine jener schönen Frauen, deren einziges echtes Talent darin besteht, für Männer attraktiv zu sein, und deren Ego so schwach ist, daß sie nur überleben können, indem sie immer wieder Männer verführen, auch wenn sie diese gar nicht wollen ... Am schlimmsten aber war, daß Arthur voll ins Schwarze getroffen hatte: Sie war Roslyn. Sie mußte sich nicht den Kopf zerbrechen, wie Roslyn in dieser oder jener Szene reagieren würde, sie mußte nur sie selbst sein.

Ihr kam sowieso jeder Film wie ein Schlachtfeld vor, aber nie zuvor war sie von solch heftigen und widersprüchlichen Emotionen gebeutelt worden. Zorn auf Arthur, mit dem sie eine Suite, wenn nicht schon ein Bett, teilen mußte; Angst vor Huston, der wie ein böser Zauberer auf sie wirkte, weil er ihr direkt in die Seele schauen konnte und sie mit dem, was er dort fand, quälte; hoffnungslose, schulmädchenhafte Vernarrtheit in Gable, ihren Idealmann, und eine fatale Verbundenheit mit Monty, dessen Schwierigkeiten ihren eigenen glichen und sie sogar noch übertrafen.

Im Lauf der wochenlangen Dreharbeiten verkroch sich Monty immer mehr in sich und schien nur noch wie an einem dünnen Faden an seiner Zurechnungsfähigkeit zu hängen, doch Huston machte sich unbeirrt weiter auf seine Kosten lustig. Montys Niedergeschlagenheit riß sie immer tiefer mit in den Abgrund.

Alle – bis auf Clark Gable – schienen negativ gepolt zu sein. Eli Wallach und Arthur schrieben das Drehbuch um, machten aus ihr eine Nutte und Wallach, statt Gable, zum Helden. Huston, wie vorher schon Olivier, versuchte, Paula Strasberg loszuwerden ... Schließlich drehte sie durch, nahm so viele Pillen, daß sie nicht mehr geradeaus schauen, geschweige denn ihren Text aufsagen konnte, und mußte nach Los Angeles zurückgeschickt werden. Dort kam sie in die Behandlung eines neuen Psychiaters, Dr. Ralph Greenson.

Sie hatte keine andere Wahl. Falls sie sich nicht in Behandlung begab, würden die Dreharbeiten abgebrochen, und das wollte sie auf keinen Fall riskieren. Dr. Greenson, den sie auf Anhieb mochte, lieferte sie in eine Privatklinik ein, wo ihre Abhängigkeit von Nembutal allmählich auf ein erträgliches Maß reduziert wurde. Außerdem überredete er die Filmgesellschaft dazu, die Produktion zu stoppen.

Im Gegensatz zu Frau Dr. Kris gehörte Dr. Greenson zum Establishment, war einer jener ›verläßlichen und realistischen‹ Ärzte, die von Produzenten zu Hilfe gerufen wurden, wenn ein Star Probleme hatte und den Drehplan gefährdete. Wie bei einem Militärarzt war es auch Greensons Aufgabe, die Verwundeten zusammenzuflicken und so rasch wie möglich wieder in die Schützengräben zu schicken. Folglich war sie nach zehn Tagen schon wieder in Reno und konnte weiterarbeiten.

Sie schaffte es mit Ach und Krach, unterstützt von Dr. Greensons und Frau Dr. Kris' täglichen Ferngesprächen aus New York

– sowie von Paula. Sie war fest entschlossen, bis zum Ende durchzuhalten, und dann würde sie auch ihre Ehe beenden, was sicher niemanden überraschte.

Anfang November hatte sie ihre letzte Szene auf dem Paramount-Gelände. Sie saß mit Gable in dem alten Wagen von Gay Langland. Gable beugte sich im künstlichen Mondlicht zu ihr und sagte: »Fahr einfach auf den großen Stern zu. Der Highway liegt genau darunter. Bring uns nach Hause.«

Er schaffte es mit einem Take, professionell bis zum Schluß. Am nächsten Tag zog Arthur aus dem Bungalow im Beverly-Hills-Hotel aus, vor kurzem noch der Schauplatz ihrer Affäre mit Yves, und sie schaute sich allein im Fernsehen an, wie John F. Kennedy zum Präsidenten der Vereinigten Staaten gewählt wurde.

Dritter Teil

Lanzenträger

32. KAPITEL

Jack verbrachte die Wahlnacht mit seiner ganzen Familie in Hyannis Port. Er und Jackie machten als einzige einen entspannten Eindruck. Seine Schwestern und Schwägerin Ethel wirkten so nervös wie Frauen, die seit Tagen geschuftet hatten, um eine große Party vorzubereiten, nun aber nicht mehr sicher waren, ob sie ein Erfolg würde. Der Botschafter, Bobby und Teddy saßen den Abend über am Telefon und machten gut Wetter bei den wichtigsten Männern einer jeden Wahlnacht – den County-Sheriffs, die auf Wahlurnen aufpassen oder sie einfach verschwinden lassen können.

Ich war eingeladen worden, falls sich irgendein Problem mit den Medien ergäbe, wozu es aber nicht kam. Also trug ich auf einer von Ethel vorbereiteten Liste Wahlstimmen ein, während Maria, zu Jackies Ärger, mit Jack flirtete.

Jack blieb fast die ganze Zeit vor dem Fernseher, gab aber kaum Kommentare ab. Außer als Nixon in Begleitung seiner Familie an seinen Anhängern vorbei zum Hotel schritt. »Der Mann hat keine Klasse«, konstatierte er ruhig. »Vielleicht ist es also doch ganz gut, wenn ich Präsident werde und nicht er.«

Gegen Mitternacht kam Bobby zu mir, der seit Ewigkeiten, wie mir schien, mit Bürgermeister Daley von Chicago wegen der Wahlurnen in Cook County telefoniert hatte, und überflog meine Liste. »Es wird knapp«, sagte er, »aber ich glaube, daß wir's schaffen. Warum gibt dieser Hurensohn von Nixon das nicht zu?«

»Warum sollte er?« konterte Jack. »Ich würde es auch nicht tun.«

Er trank seine Bierflasche aus und erhob sich. »Ich gehe ins Bett.« Damit war er auch schon verschwunden. Wie er uns später erzählte, schlief er ›wie ein Baby‹ und erfuhr erst am Morgen nach dem Aufwachen, daß er der nächste Präsident der Vereinigten Staaten war.

Am folgenden Tag herrschte eine merkwürdig gedämpfte Stimmung. Nur der Botschafter war hell begeistert und begann bereits, seine höchstpersönliche ›Feindliste‹ jener Leute zusammenzustellen, die ihm in den vergangenen Jahren irgendwie in die Quere gekommen waren.

Jack selbst wirkte etwas in sich gekehrt. Als der Secret Service seine Posten rings um das Anwesen aufstellte, wurde für ihn vielleicht erst ganz real, daß er der gewählte Präsident war. »Was tun wir jetzt?« hörte ich ihn Bobby fast ratlos fragen, als die beiden sich vor dem Frühstück trafen.

Da Bobby ausnahmsweise mal keine Antwort parat hatte, ging Jack am Strand spazieren und war schon wieder besserer Laune, als ihm wenig später sein übliches Frühstück serviert wurde – zwei Spiegeleier mit Schinken und Toast.

»Ich kann immer noch nicht glauben, daß es vorbei ist«, sagte er zu mir.

»Dann schau dir mal die Glückwunschtelegramme an. Es sind bereits Hunderte, Mr. President.« Zum erstenmal nannte ich ihn so.

Jack grinste breit. »Das klingt wie Musik in meinen Ohren!« Er lehnte sich zurück und zündete eine Zigarre an – ein sicheres Zeichen, daß er guter Stimmung war. Der Rest der Familie saß nun auch um den Frühstückstisch. »Hast du die Telegramme durchgesehen?« erkundigte er sich.

»Nur einige.« Ich deutete auf den Papierkorb, in den ich sie gelegt hatte, der nun aber schon übervoll war. Ich nahm aufs Geratewohl eines heraus. »Glückwünsche von Kardinal Spellman«, sagte ich. »Er betet für dich.«

Jack lachte. »Er hat Nixon unterstützt, aber betet für mich? Er sollte für Nixon beten.«

»Dies hier ist von Gouverneur Meyner.«

»Er steht ganz oben auf Dads Feindliste. Auf meiner auch, wenn ich eine hätte.«

Ich blätterte flüchtig die vielen Telegramme durch, die von Politikern, Industriemagnaten, Durchschnittsbürgern und Regierungschefs stammten, als ein Telegramm mein besonderes Interesse weckte. »LIEBER MR. PRESIDENT, ALLE STERNE FUNKELN FÜR IHREN SIEG, ABER DIESER KLEINE STERN GLÄNZT NUR FÜR SIE. GLÜCKWÜNSCHE UND ALLES LIEBE, MARILYN.«

Leider hielt ich das Telegramm so lange in der Hand, bis alle neugierig wurden. Jackie fragte: »Von wem ist das?«

Ich schluckte. »Irgendwelche Nonnen von einer Klosterschule in Los Angeles«, fantasierte ich wild drauflos. Jack riß mir das Telegramm aus der Hand, bevor ich ihn daran hindern konnte.

»Ach, wie nett! Lies doch mal vor, Jack«, bat Jackie.

Er runzelte angestrengt die Stirn, als fiele es ihm schwer, ohne Brille zu lesen. Dann begann er: »Lieber Mr. President! Alle Lehrkräfte und Kinder vom Kloster der Unbefleckten Empfängnis jubeln Ihnen zu und beten für Sie und Mrs. Kennedy. Schwestern Rosianna, Mary-Beth, Dolores und Gilda.«

Er faltete es zusammen und steckte es in die Tasche. »Dieses muß ich persönlich beantworten«, meinte er ernst.

»Schwester Gilda?« erkundigte sich Ethel erstaunt.

»Typisch für Los Angeles«, erwiderte Jack leichthin, stand auf und reckte sich. »Komm mit, David«, schlug er vor.

Wir gingen zum Strand hinunter. Vom Meer kam eine kühle, würzige Brise. Auf den Dünen hoben sich die Silhouetten der Secret-Service-Agenten gegen den grauen Himmel ab.

»An die werde ich mich nicht so leicht gewöhnen«, sagte Jack.

»Vielleicht wirst du sie mit der Zeit sogar nützlich finden. Für Ike haben sie sogar den Caddie gespielt.«

Er schüttelte den Kopf. »Ich denke gar nicht daran, meine Freiheit aufzugeben, nur weil ich Präsident bin.«

›Freiheit‹ bedeutete für Jack Frauen, wie ich wußte. Dabei würden ihm die Secret-Service-Leute garantiert helfen, und ich war sicher, daß sie Jack aus der Hand fraßen, noch bevor er vereidigt wurde. Bis auf Kuppelei würden sie alles für ihn tun.

»Man hat mir schon meinen Codenamen gegeben«, redete Jack weiter. »Ich heiße Lanzenträger. Anscheinend kriegt jeder einen Codenamen. Bobby heißt Legende und das Weiße Haus Schloß. Falls es dich interessiert, du bist Blazer.«

»Blazer?«

»Wahrscheinlich sind sie von deiner Kleidung beeindruckt.«

Ich überlegte, ob der Secret Service wohl auch Codenamen für Jacks Freundinnen hatte. Später entdeckte ich, daß Marilyn ›Dummkopf‹ hieß.

»Wie geht's Marilyn?« erkundigte er sich, während wir weiterliefen. Fast vier Monate lang war er Tag und Nacht mit seinem Wahlkampf beschäftigt gewesen und hatte keine Zeit gehabt, sich um Marilyn und ihre Sorgen zu kümmern.

»Soweit ich weiß, müssen die Dreharbeiten ein Alptraum gewesen sein. Pillen, Probleme, Streß ... Huston mußte die Produktion stoppen, damit sie sich in Los Angeles in einer Art Privatklinik erholen konnte. Und mit ihrer Ehe ist es auch aus.«

Ich erzählte ihm nicht, daß zu Marilyns großem Kummer Clark Gable am Wahltag einen Herzanfall erlitten hatte – nur vierundzwanzig Stunden nach der letzten Szene mit Marilyn in *The Misfits*.

»Ich muß noch ein Wörtchen mit ihr über das Telegramm reden«, meinte er nachdenklich. »Sie ist eine tolle Frau, aber manchmal etwas zu ... enthusiastisch.« Er warf mir einen fragenden Blick zu. »Wir wollen doch nicht, daß sie mich ständig hier zu Hause anzurufen versucht, oder?«

Ich hatte nicht die geringste Lust, Marilyn klarzumachen, daß sie vorsichtiger sein müsse, doch auch Jack drückte sich davor. Der stets gefällige Secret Service löste das Problem, indem er Marilyn eine spezielle Telefonnummer im Weißen Haus gab. Auf diese Weise bestand kein Risiko, daß sie mit den Privaträumen verbunden würde, wo möglicherweise Jackie an den Apparat ging.

Unvermittelt wechselte er das Thema. »Möchtest du einen Job in der Regierung?«

»Nun ja, ich habe darüber nachgedacht ...«

Er wirkte alles andere als begeistert, und ich überlegte bekümmert, ob er vielleicht gehofft hatte, ich würde verneinen. »Was hast du im Sinn?«

»Nun, ich hoffte ...«

Bevor ich's aussprechen konnte, unterbrach er mich. »USIA?« schlug er vor. »Das wäre eine Möglichkeit. Diese Behörde müßte aufgewertet werden. Ein Teil unserer Probleme mit der Dritten Welt besteht doch darin, daß wir uns dort nicht gut verkaufen.«

»Ich sehe mich nicht, wie ich an die Eingeborenen Exemplare von *The Federalist* verteile, wenn du das glaubst, Jack«, erwiderte ich verärgert. Er wußte verdammt genau, daß es mich nicht reizte, ein Bürokrat in Washington zu werden. Als Direktor der United States Information Agency würden mir Kongreßabgeordnete aus dem rechten Lager vorzuschreiben versuchen, daß ich Bücher wie *Huckleberry Finn* aus sämtlichen USIA-Büchereien der Welt entfernen müßte.

»Du könntest dir etwas Besseres einfallen lassen«, fuhr ich ihn an und verbarg nicht meine Gereiztheit.

Er wurde rot. »Was denn?«

Ich war ziemlich sicher, daß sein Vater ihm meinen Wunsch nach dem Botschafterposten mitgeteilt hatte. Es gab wenige Geheimnisse zwischen ihnen, wenn es um Politik ging. »Offen gesagt hatte ich London im Sinn.«

»Also Botschafter am Court of St. James's?« meinte er kopfschüttelnd. Wir gingen weiter, während er darüber nachdachte oder zumindest so tat, als ob. »Ich weiß nicht, David, ob die Londoner Botschaft das ... äh ... richtige für dich ist ...«, sagte er schließlich.

Er war taktvoll genug, nicht zu sagen, daß ich nicht der Richtige für die Botschaft wäre, aber auch so war ich außer mir vor Zorn. Meines Erachtens hatte ich mir das Recht verdient, mir von ihm wünschen zu können, was ich wollte. »Ich glaube, ich würde es gut machen«, sagte ich scharf. »Und ich glaube noch mehr, daß ich es verdient habe.«

»Vermutlich. Ich meine, natürlich, David, daran besteht kein Zweifel ... Gib mir etwas Zeit, okay?«

»Selbstverständlich.« Ich war viel zu stolz, um weitere Argumente vorzubringen.

Seine Undankbarkeit verletzte mich tief und machte mich wütend, aber am schlimmsten war, daß ich mir auch noch lächerlich vorkam. Zum Glück hatte ich meine ehrgeizigen Träume nur Joe und Marilyn anvertraut ... Irgendwie fühlte ich mich betrogen, als hätte Jack mich aus seinem innersten Zirkel ausgeschlossen.

Er schien etwas von dem Tumult in mir zu spüren, denn er legte mir die Hand auf die Schulter und sagte: »Ich werde dich ganz in meiner Nähe brauchen, David. Näher als London. Du weißt, wie sehr ich deinen Rat schätze.«

»Vielen Dank.«

»Und deine Hilfe. Ich hätte die Nominierung ohne dich nicht geschafft, das weiß ich.« Als er merkte, daß mich seine Schmeichelei kaltließ, redete er hastig weiter. »Ich werde über den Botschafterposten nachdenken, David. Wirklich! Wir reden in Kürze darüber.«

Wir gingen noch eine ganze Strecke weiter, aber es kam keine gute Stimmung mehr zwischen uns auf. Vermutlich würde Jack mir London anbieten, nachdem er sich mit seinem Vater beraten hatte, und ich würde vermutlich auch akzeptieren, aber es würde nicht das gleiche sein, als wenn er ihn mir auf meine Bitte hin sofort gegeben hätte. Das wußten wir beide.

Er merkte, daß ich in meinem Blazer fror. »Dir ist kalt«, sagte er. »Gehen wir zurück.« Nun hatten wir den Wind im Rücken. »Diese ganze Postenverteilung macht nur Ärger«, beklagte er sich und versuchte damit offenbar, Balsam auf meine Wunde zu gießen. »Heute haben schon drei angerufen, um Adlai als Außenminister vorzuschlagen ... Nur über meine Leiche!«

Widerwillig ließ ich mich von Jack wieder in die Rolle des Beraters drängen, wo er mich eindeutig haben wollte. »Was ist mit Bobby?«

»Was mit Bobby ist? Ich würde ihn liebend gern als Außenminister haben, und er wäre auch geeignet, aber es kommt nicht in Frage ...«

»Was stellt er sich denn vor?«

»Bobby? Er ist unschlüssig. An einem Tag will er einen hohen Posten im Kabinett, am nächsten will er Washington verlassen und Lehrer werden ... Was hältst du davon, wenn ich ihn zum Justizminister mache?«

Trotz meiner Verstimmung pfiff ich anerkennend. »Bei seinem Ruf, unbarmherzig zu sein ...«

Jack lachte. »Bobby ist nicht unbarmherziger als ich. Er ist im Grunde sogar schüchtern, überspielt das aber und wirkt deshalb so gefährlich. Keine schlechte Idee, oder? Justizminister! Das würde viele Leute unruhig machen.«

»J. Edgar Hoover wäre einer von denen.«

»Um dir die Wahrheit zu sagen, David, ich habe mir schon überlegt, ob Hoovers Zeit nicht abgelaufen ist.«

Zum Glück kamen wir endlich beim Haus an, denn ich war bis auf die Knochen durchgefroren. »Hältst du das wirklich für eine gute Idee?« erkundigte ich mich.

Als Jack mich nun anschaute, war er zum erstenmal ganz und gar der gewählte Präsident. Sein Gesicht drückte Stärke und Entschlossenheit aus. »Ja, ich bin davon überzeugt!« sagte er scharf.

Dann öffnete er die Tür. Die angenehme Wärme eines offenen Kaminfeuers und schallendes Gelächter der Kennedy-Töchter empfingen uns.

»Es ist höchste Zeit für Veränderungen«, sagte Jack noch, bevor wir hineingingen.

Sie wachte auf und wußte nicht, wo sie war. Alles tat ihr weh, und sie lag nackt auf dem kalten Fußboden. Das letzte, woran sie sich noch erinnerte, war ihr Schrei: »Das können Sie nicht machen! Ich bin Marilyn Monroe!« Dann war die Tür zugeschlagen und abgesperrt worden.

Es war ein kleiner Raum, lediglich mit Bett und Nachttisch möbliert, die beide im Boden verankert waren. Das milchige Fenster war aus Drahtglas, so daß man sich nicht hinausstürzen oder es sonst irgendwie zerbrechen konnte. Das winzige Bad hatte keine Tür, und der an die Wand geschraubte Spiegel war aus unzerstörbarem Plastikmaterial. Es war nichts als eine Zelle, wenn man den Tatsachen in die Augen blickte, was sie aber nicht wollte.

Sie dachte über die Kette von Ereignissen nach, die sie hierhergebracht hatte: Es begann mit ihrer Rückkehr nach New York, sobald *The Misfits* fertiggedreht war. Arthur war aus der Wohnung in der East 57th Street ausgezogen und hatte das Porträt von ihr dagelassen, das sie ihm in London geschenkt hatte, was sie besonders traurig stimmte.

Eine Woche später fuhr sie nach Roxbury, um ihre Sachen aus dem Haus zu holen, in dem Arthur nun allein lebte, und um sich tränenreich von Hugo zu verabschieden, einem Hund, den sie gekauft hatten, als ihre Ehe noch eine Chance zu haben schien. Auf der Heimfahrt hatte sie in dem Mietwagen ununterbrochen geweint und war mit offenen Fenstern gefahren, obwohl es sehr kalt war, weil sie sich dem Ersticken nahe fühlte.

Wenige Tage später erfuhr sie von Joe Schencks Tod, und kurz darauf starb auch Arthurs Mutter, die sie sehr gemocht hatte. Der Tod schien allgegenwärtig zu sein, und sie verkroch sich zu Hause, umgeben von den unausgepackten Kartons, die sie aus Roxbury mitgebracht hatte.

Daß auch Clark Gable tot war, hörte sie von einem Reporter, der sie um zwei Uhr früh anrief und um einen Kommentar bat. Sie steigerte sich aus Kummer in die reinste Hysterie, als wäre Gable wirklich ihr Vater gewesen. Aus Angst, bei seiner Beerdigung in Kalifornien vor aller Augen zusammenzubrechen, wie es bei Johnny Hydes' geschehen war, blieb sie in New York, gequält von Selbstvorwürfen. Sie schaute sich die Zeremonie im Fernsehen an und mußte mit anhören, daß viele Trauergäste dem Interviewer gegenüber Befremden bekundeten, weil sie nicht dabei war. Auch andere Ereignisse gingen ohne sie über die Bühne, als ob sie nicht mehr dazugehörte. Die TV-Übertragung von Jacks Amtseinsetzung verfolgte sie in der VIP-Lounge des Flughafens in Dallas auf ihrem Weg nach Juarez, wohin sie mit ihrem Anwalt flog, um sich von Arthur scheiden zu lassen.

Ihre Isolation von der Welt – und deren zunehmende Feindseligkeit ihr gegenüber – gab ihr das Gefühl, in ihrer Wohnung gefangen zu sein, aber sie besaß nicht die Kraft, sie zu verlassen. Alle Menschen, die sie zu Hilfe hätte rufen können, waren nicht verfügbar: Jack hatte vollauf damit zu tun, die ersten schwierigen hundert Tage seiner Präsidentschaft zu überstehen, David war mit seiner Frau in Europa und Paula Strasberg selbst krank ...

Doch es kam noch schlimmer. Wieder rief ein Reporter mitten in der Nacht an und konfrontierte sie diesmal damit, daß Kay Gable ihr die Schuld an Clarks Tod zuschob. Das gab ihr den Rest, und so erlaubte sie Frau Dr. Kris, sie in New Yorks angesehenste psychiatrische Klinik einzuweisen, weil sie dort die Möglichkeit bekommen sollte, sich den Nachstellungen der Presse zu entziehen und in Ruhe zu erholen. Doch statt dessen wurde sie wie eine gefährliche Irre in einer Heilanstalt behandelt.

Nun fiel ihr wieder ein, warum sie nackt war. Sie hatte Einwände dagegen gehabt, in einen Raum gebracht zu werden, der ein Guckloch in der Tür hatte, so daß sie ständig überwacht werden konnte, hatte sich aber nicht durchsetzen können. Als nächstes hatte man ihr einen kurzen Kittel anziehen wollen, als wäre sie krank. Sie hatte ihn sich vom Leib gerissen und in einem Wutanfall zerfetzt. Die Pflegerinnen, untersetzte Frauen, die sie mehr an Ringkämpferinnen als an Schwestern erinnerten, hatten versucht, ihr ein neues Hemd anzuziehen, aber sie hatte sich wie eine Wildkatze gewehrt, hatte gebissen und gekratzt.

»Dann mußt du eben mit nacktem Arsch hier rumliegen, du verrücktes Biest!« schrie die Ältere, als sie schließlich aufgaben. Weinen, Hilferufe, Drohungen, Bitten halfen nichts. Ihr Alptraum – der schlimmste von allen – war nun Wirklichkeit: Man hatte sie wie eine Verrückte eingesperrt, eingesperrt wie ihre Mutter und ihre Großmutter.

Sie wußte, daß Frau Dr. Kris dies natürlich nicht beabsichtigt hatte, aber es gab keine Möglichkeit, sie oder sonst jemand zu erreichen. Sie erfuhr nun am eigenen Leib, was Monty ihr mal gesagt hatte: je besser du bei Verstand bist, desto schlechter kannst du es beweisen.

Als die Tür geöffnet wurde, stieß sie einen Schrei aus. Vor ihr stand ein hochgewachsener, dünner, bebrillter Mann mit dem Gesicht eines jüdischen Intellektuellen, fast ein Doppelgänger von Arthur, für den sie ihn trotz des weißen Kittels einen Moment sogar gehalten hatte.

»Sind Sie okay, Mrs. Miller?« fragte er statt einer Begrüßung.

»Nein, natürlich nicht! Sehe ich etwa okay aus? Und ich bin auch nicht mehr Mrs. Miller. Ich bin Marilyn Monroe.«

»Ja, ich weiß. Aber Sie sind hier als Mrs. Faith Miller gemeldet. Wahrscheinlich, um die Presse in die Irre zu führen.« Er musterte sie zweifelnd. »Möchten Sie vielleicht ein ... Hemd anziehen?«

»Nein! Ich will hier raus.«

»Wenn Sie hier nackt rumsitzen, schaffen Sie's bestimmt nicht.«

»Rufen Sie bitte Frau Dr. Kris an. Sie wird Ihnen klarmachen, daß ich nicht hierhergehöre. Es ist ein Mißverständnis.«

»Ach ja? Das behauptet hier jeder.«

Er machte es sich auf der Bettkante gemütlich. Als er merkte, daß sie wie gehetzt zur Tür hinüberschaute, sagte er: »Sie ist nicht versperrt. Vermutlich gelingt es Ihnen, bevor ich Sie zurückhalten kann. Aber draußen steht eine der Schwestern, die Ihnen ein frisches Nachthemd anzuziehen versuchten. Am Ende des Korridors gibt es eine verschlossene Tür und dahinter am Lift einen Wächter. Falls Sie all diese Hindernisse trotzdem überwinden, laufen Sie splitterfasernackt einer Meute von Reportern in die Hände, die ausgeknobelt haben, daß Sie Mrs. Miller sind und in der Halle auf Sie warten.«

Es seufzte. »Und dann müßten wir Ihnen eine Zwangsjacke anziehen, was alles andere als angenehm ist. Warum also das Ganze?«

»Ich sehe nicht gerade gut aus«, sagte sie unvermittelt.

»Finden Sie? Meines Erachtens sehen Sie sehr gut aus. Vorhin sprachen Sie von einem Mißverständnis. Halten Sie es auch für ein Mißverständnis, daß Sie Ihr Wohnzimmerfenster öffneten und versuchten, sich auf die Straße runterzustürzen?« sagte er so ernsthaft, als erwartete er eine Antwort auf eine vernünftige Frage.

»Das habe ich nicht getan.«

»Das steht hier aber.«

»Ich öffnete das Fenster und wollte aufs Fensterbrett klettern.«

»Aber Sie planten doch, vom vierzehnten Stock runterzuspringen? Warum sollten Sie sonst aufs Fensterbrett klettern?«

Sie wunderte sich etwas über seine beiläufige Art. »Vermutlich schon«, gab sie zu.

»Warum sind Sie nicht gesprungen?«

»Ich schaute runter und sah jemanden, den ich kenne, die 57th Street langgehen. Ein Junge namens Timmy ... Ein Fan von mir. Ich konnte es in seiner Gegenwart nicht tun. Ich hätte meine Augen zumachen sollen und einfach springen ...«

»Ja, so muß man's tun, stimmt.«

»Es heißt, daß man beim Fallen das Bewußtsein verliert, daß man nichts davon wahrnimmt.«

»Oh, das glaube ich nicht. Ich hatte Patienten, die sprangen und überlebten, jedenfalls so einigermaßen. Sie alle sagten, daß die Erde auf sie zuraste, und fühlten auch genau den Aufprall. Sie mochten es gar nicht.«

Er nahm seine Brille ab und polierte sie mit seiner Krawatte. Seine Augen wirkten mitfühlend und klug. »Was hat Sie dazu veranlaßt?«

»Ich war lebensmüde und unglücklich.«

»Sind wir das nicht alle? Nein, ich möchte von Ihnen wissen, ob es etwas Spezielles war? Haben Sie vielleicht vergessen, Zahnpasta zu kaufen?«

Wollte er sich über sie lustig machen? »Zahnpasta? Ich verstehe Sie nicht«, sagte sie irritiert.

»Ich hatte eine Patientin, eine attraktive, wohlhabende Lady, die vom Einkaufsbummel nach Hause kam, merkte, daß sie keine Zahnpasta gekauft hatte, das Fenster öffnete und auf die Park Avenue sprang. Sie landete auf einer Markise und überlebte ihren Sprung.«

Er setzte die Brille auf und lächelte sie an, als sähe er sie nun endlich klar. »Das Vergessen der Zahnpasta brachte ihr zum Bewußtsein, wie inkonsequent ihr Leben war, wie sie immer weniger mit den Details fertig wurde und daß ein Gang zum Drugstore oder zu D'Agostino's den Höhepunkt eines Tags darstellte ... Ihr Mann hatte sie übrigens wegen einer jüngeren Frau verlassen. Vermutlich würde ein strenger Freudianer behaupten, daß die fehlende Zahnpastatube ein Phallussymbol war – der Penis des Ehemanns, verstehen Sie –, aber ich halte es nicht für nötig, krampfhaft nach Symbolen zu suchen. Sie wußte, warum sie sich umzubringen versuchte, und bei Ihnen ist es genauso.«

Sie schlang die Arme um ihren Körper, als friere sie, obwohl es im Raum sehr warm war. »Es war die Geschichte mit Gables Tod, die der Auslöser war«, sagte sie leise.

»Pardon, aber ich verfolge diese Geschichten nicht so genau. Er starb an einem Herzanfall, nicht wahr ... Aber doch schon vor mehreren Monaten. Warum also jetzt diese Reaktion?«

»Kay – seine Frau – meint, ich sei schuld an seinem Tod.« Sie hatte nicht gedacht, dies je aussprechen zu können.

Er zog nur die Augenbrauen hoch. Sie versuchte, es näher zu erklären. »Es stand in jeder Zeitung, in jeder gottverdammten, widerlichen Klatschkolumne. Kay behauptet, ich wäre schuld, daß er einen Herzanfall bekam, weil er sich so über meine Unpünktlichkeit und meine Launen aufgeregt hätte.«

»Glauben Sie, daß es stimmt?« erkundigte er sich unbeeindruckt.

»Jeder glaubt es. Millionen von Menschen glauben jetzt, daß er meinetwegen starb.«

Er nickte. »Schon möglich, aber das habe ich Sie nicht gefragt. Mir ist es egal, was Mrs. Gable oder das amerikanische Kinopublikum denkt. Ich möchte wissen, was Sie denken.«

Sie ließ sich Zeit mit ihrer Antwort. Wenn überhaupt jemand verantwortlich für Gables Tod war, dann sicher John Huston, der ihn dazu aufgestachelt hatte, eine völlig überflüssige Demonstration von Mut und Stärke zu liefern, nur weil er von ihm eine schauspielerische Höchstleistung sehen wollte. Allerdings fühlte sie sich auch schuldbewußt, weil sie nicht so professionell wie Gable war und seine Geduld sicher oft strapaziert hatte.

Als sie von Kays Beschuldigung erfuhr, war sie zuerst wie gelähmt vor Entsetzen. Doch dann war sie aufs Fensterbrett geklettert und hätte sich zu Tode gestürzt, wenn sie nicht Timmy Hahn in seiner üblichen Windjacke dort unten gesehen hätte. Timmy hatte ihr das Leben gerettet, Timmy und Frau Dr. Kris, die sofort zu ihr gekommen war ... Sie wollte die Frage des Arztes ehrlich beantworten. »Ich fühle mich schuldig«, sagte sie zögernd, »aber ich glaube nicht, daß ich schuldig bin.«

Er lächelte zufrieden, als hätte sie einen Test bestanden. »Sehr gut«, sagte er. »Darf ich Sie Marilyn nennen?«

»Aber gern«, erwiderte sie. Sie begann, ihn zu mögen.

»Das ist schon ein großer Fortschritt, Marilyn.«

»Sie meinen also, daß ich nicht verrückt bin?«

»Jeder ist hier verrückt. Die einen mehr, die anderen weniger.«

»Wirklich?«

»Und die Ärzte am meisten«, fügte er lachend hinzu, wurde aber gleich darauf wieder ernst. »Um auf Ihre Frage zurückzukommen, Marilyn, ich halte Sie nicht für verrückter als die meisten Leute hier drin ... Oder auch draußen. Sie empfinden alles zu stark, das ist es.«

»Dann gehöre ich also nicht hierher?«

»Wer gehört hier schon her?« erwiderte er schulterzuckend. »In was für einer körperlichen Verfassung sind Sie? Gibt's da irgendwelche Probleme?«

»Wieso fragen Sie das?«

»Mens sana in corpore sano. Ein gesunder Geist in einem gesunden Körper. Die meisten Leute und sogar auch Ärzte trennen seelische Probleme von körperlichen. Das ist ein Fehler. Seele und Körper sind eins.«

»Das hat man mir von klein auf beigebracht!« rief sie aufgeregt. »Wir waren Christian Scientists.«

Er nickte ihr zu. »Verraten Sie's keinem, Marilyn, aber Mary Baker Eddy war gar nicht so dumm. Jetzt tun Sie mir den Gefallen und machen ein paar tiefe Kniebeugen.«

»Kniebeugen?«

Sie stand auf – es war ihr nur recht, nicht mehr auf dem Boden zu hocken wie ein autistisches Kind – und machte ein paar Kniebeugen.

»Danke. Jetzt berühren Sie Ihre Zehen ein paarmal.«

Sie gehörte zu jenen glücklichen Frauen, die ihre gute Figur behalten, ohne viel dafür tun zu müssen. Sie kam seiner Aufforderung mit Leichtigkeit nach.

»Und jetzt laufen Sie ein Weilchen auf der Stelle.«

Mit eingezogenem Bauch und hüpfenden Brüsten rannte sie eine Weile, bis sie leicht ins Schwitzen geriet.

»Sehr schön, Marilyn«, lobte er sie. »Keine Probleme, soweit ich sehe.« Er stand auf, legte den Kopf an ihre Brust und die Hand ungefähr dorthin, wo ihr Herz war. »Gute Atmung, guter Puls. Warum ziehen Sie sich jetzt nicht das Hemd an?«

Sie nahm einen der Kittel, gegen die sie sich so gewehrt hatte, und setzte sich aufs Bett. »Wie komme ich hier raus? Rufen sie Frau Dr. Kris an?«

»Aber natürlich. Ich sehe keinen Grund, Sie hierzubehalten.« Er lächelte sie beruhigend an. »Viel Glück, Marilyn«, sagte er und ging hinaus. Die Tür fiel ins Schloß.

Ein gewisses Gefühl von Ruhe überkam sie. Frau Dr. Kris würde sie bald hier rausholen. Sie war nicht suizidgefährdet, sondern es war einfach zuviel Unglück auf einmal gewesen ...

Sie wurde allmählich hungrig und bedauerte, die letzte Mahlzeit verweigert zu haben. Gerade da klopfte es. »Herein«, rief sie in der Hoffnung, es wäre das Mittagessen.

Sollte sie sich bei den Schwestern entschuldigen? Vermutlich schon. Schließlich hatten sie nur ihren Job getan ...

Aber es war nicht das Mittagessen. Es war ein anderer Arzt, ein untersetzter, ältlicher Mann, der sie mißbilligend über seine halben Brillengläser musterte. »Sie haben sich also dazu aufgerafft, das Hemd anzuziehen«, sagte er kurz angebunden. Sie konnte ihn auf Anhieb nicht leiden.

»Wann komme ich hier raus? Haben Sie schon mit Frau Dr. Kris telefoniert?«

Er blies seine Backen auf. »Nein, ich habe nicht mit Frau Dr. Kris telefoniert. Und ich sehe auch keinen Anlaß dazu. Sie sind augenblicklich in meiner Obhut, nicht in ihrer. Was den Zeitpunkt Ihrer Entlassung betrifft, so hängt er davon ab, wie ich Ihren Fall beurteile. In Anbetracht Ihres bisherigen Verhaltens wird es nicht sehr bald sein.«

Einen solchen Ton durfte sie sich nicht gefallen lassen. »Verdammt! Wissen Sie, mit wem Sie hier reden? Ich bin Marilyn Monroe!«

»Ich rede mit einer Patientin, bei der die Diagnose auf Depression, schwere Neurosen und Suchtverhalten lautet, die sich das Leben nehmen wollte ... mit der rede ich, junge Frau.«

»Ich gehöre nicht hierher.«

Er zog eine Augenbraue hoch, was ihm total mißlang. Sir Cork Tip könnte ihm demonstrieren, wie man es richtig macht. »Wieso glauben Sie das? Ich finde, daß Sie hier genau am richtigen Ort sind.«

»Der Meinung war der andere Arzt aber nicht! Warum besprechen Sie sich nicht mit ihm?«

»Welcher andere Arzt?«

»Er war vor ein paar Minuten hier. Jünger als Sie, besser aussehend und viel netter. Er sagte, daß ich ganz in Ordnung bin. Und er sagte auch, daß ich nicht bleiben müßte.«

Zuerst hatte sein Gesicht nur Mißtrauen ausgedrückt. Offensichtlich nahm er an, daß sie unter Wahnvorstellungen litt. Doch nun wirkte er echt besorgt. »Hat dieser ... Arzt Ihnen seinen Namen genannt?«

Sie warf einen Blick auf das kleine Namensschildchen an seinem Kittel. Es identifizierte ihn als Bernard Metzger, M. D. »Er hat ihn mir ebensowenig genannt wie Sie, Dr. Metzger«, erwiderte sie so ironisch, wie es ihr unter diesen Umständen möglich war. »Darf ich Sie Bernie nennen?«

Metzger wurde rot. »Aber sicher, natürlich ... wie sah er aus?«

»Groß, schlank, gut gebaut. Er sah meinem Exehemann sehr ähnlich. Arthur Miller«, fügte sie noch hinzu. »Nur daß der Arzt jünger und nicht so trübsinnig war.«

»O mein Gott!« stöhnte Dr. Metzger. Sein Gesicht war nun von ungesunder Blässe.

»Was ist los? Er schien ganz in Ordnung zu sein und war viel hilfsbereiter, als Sie es sind, Bernie. Er untersuchte mich ...«

»Körperlich?« unterbrach er sie entsetzt. »Doch nicht körperlich, oder?«

»Na klar. Er ist schließlich ein Arzt. Was ist daran falsch?«

Metzger ließ sich aufs Bett sinken. »Das ist eben das Problem. Er ist kein Arzt.«

»Kein Arzt?«

»Nein, er ist bei uns Patient. Wenn er entwischen kann, klaut er einen Laborkittel und spielt den Arzt. Normalerweise ist er eingesperrt. Hat er Sie ... intim untersucht?«

Sie erkannte, daß sich hier eine Fluchtmöglichkeit bot. Wenn die Klinik einen Fehler begangen hatte, ließ man sie sicher gern gehen, statt zu riskieren, sich eine Gerichtsklage einzuhandeln oder eine Veröffentlichung des Zwischenfalls, wodurch sie lächerlich dastünde. »Sehr intim sogar«, antwortete sie. »Ich dachte, er ist ein Gynäkologe. Er war sehr behutsam.«

Metzger schlug mit der Faust in die offene Hand. »Das ist ja gräßlich!«

Sie nickte. »Das ist es wirklich. Ich muß es als erstes meinem Anwalt, Aaron Frosch, erzählen.«

»Aaron Frosch!«

»Aaron ist der reinste Killer. Und dabei denke ich noch nicht mal an die Publicity. Stellen Sie sich doch mal vor, wenn ich eine Pressekonferenz gebe ...«

Metzger murmelte etwas vor sich hin, woraus sie nur das Wort ›ruiniert!‹ heraushören konnte.

Sie legte ihm die Hand auf die Schulter. »Bernie, meinen Sie, daß Sie mich hier ohne Aufsehen – also nicht durch die Halle, wo die Reporter warten – rausschmuggeln und irgendwo hinbringen können, wo ich ein Telefon habe und mich ausruhen kann?«

»Nun ja«, erwiderte Metzger mit halb erstickter Stimme. »Ich bin sicher, daß es irgendwie möglich ist.«

»Nennen Sie mich Marilyn, Bernie.«

»Marilyn ...«

Und so wurde sie nach zweitägigem Eingesperrtsein im Payne Whitney in eine hübsche Suite der neurologischen Abteilung des Columbia Presbyterian Hospital gebracht, ohne daß die Presse ein Wörtchen davon erfuhr. Dort wurde sie rund um die Uhr von richtigen Schwestern verpflegt, nicht von verkleideten Gefängniswärterinnen, und die Fenster hatten kein Gitter.

Es gab sogar ein Telefon.

Als erstes wählte sie die Nummer vom Weißen Haus.

33. KAPITEL

Hoover war es nicht gewöhnt, daß man ihn warten ließ, nicht einmal von Präsidenten – sogar besonders nicht von Präsidenten, wie er sich sagte.

Präsidenten waren schließlich auch nur normale Männer, für

die er seit Jahrzehnten arbeitete, seit 1924, ›dem Jahr, bevor der derzeitige Justizminister geboren wurde‹, wie Fremdenführer auf seine Veranlassung hin Besuchern im Justizministerium zu erzählen pflegten.

Er wußte alles über FDRs Affäre, ganz zu schweigen von Mrs. Roosevelts merkwürdigen ›Freundschaften‹. Er hatte die peinlich-indiskrete Nacht auf Band, die sie mit Joe Lash in einem New Yorker Hotelzimmer verbrachte, und das Band dann sogar dem verwirrten Präsidenten vorgespielt. Er hatte alle Briefe an Eisenhower von dessen früherer Geliebten, Kay Summersby, abgefangen, in denen sie den Präsidenten daran erinnerte, daß er versprochen hatte, Mamie zu verlassen und sie zu heiraten …

O ja, er hatte alle schmutzigen kleinen Geheimnisse ihres Sexlebens gekannt, alle vertuschten politischen Skandale, alle unvorsichtigen Freundschaften in der Schule oder auf dem College mit jungen Männern, die dann später Linke oder Homosexuelle oder sogar beides wurden, alle Flirts mit Moskau oder mit verheirateten Frauen oder mit Finanziers der Wall Street …

Sie alle hatten ihn vielleicht nicht gemocht, ihm nicht getraut und ihn auch nicht zum Dinner in die Privaträume im oberen Stockwerk des Weißen Hauses eingeladen, aber keiner von ihnen hatte ihn je warten lassen!

Der Protokollchef und der Chef vom Dienst des neuen Präsidenten standen wie zwei Wachposten an der Tür und hatten sicherlich ihren Vorrat an Smalltalk erschöpft. Er konnte von ihren Gesichtern ablesen, wie sehr sie ihn verabscheuten. Was scherte ihn das? Hatte nicht irgendein römischer Herrscher mal gesagt: »Mögen sie mich hassen, solange sie mich nur fürchten«? Er brauchte nur in seine Akten zu sehen, um süße Rache nehmen zu können: das vergessene Abonnement irgendeiner kommunistischen Zeitschrift, die Freundin, für die eine illegale Abtreibung organisiert werden mußte, die ›Diskussionsgruppe‹ am College, die in Wahrheit eine Parteigruppe war. Ich habe euch alle, ihr unverschämten Burschen, dachte er, begriff aber zu seinem Entsetzen plötzlich, daß er nicht Furcht in ihren Augen las, sondern Mitleid.

Mitleid? Das konnte nur bedeuten, daß er zum Rücktritt aufgefordert werden würde! In seinen Schläfen pochte es, seine Kehle wurde trocken, und seine Hände begannen zu zittern.

Pensionierung! Was würde er tun? Was würde aus ihm und Clyde? Würden sie zwei alte Männer sein, die irgendwo an der Küste Floridas lebten, einsame Spaziergänge machten, gemeinsam Lebensmittel einkauften und die Abende damit verbrachten, seine Fotoalben anzuschauen?

»Der Präsident kann Sie jetzt empfangen, Herr Direktor.«

Blindlings erhob er sich und betrat auf wackligen Beinen das Oval Office. Der Präsident stand kurz auf, setzte sich gleich wieder hinter seinen großen Schreibtisch und bedeutete Hoover, ebenfalls Platz zu nehmen.

Auch daran war er nicht gewöhnt. Die Präsidenten hatten bisher seinetwegen immer ihren Schreibtisch verlassen, um sich mit ihm aufs Sofa zu setzen, bis auf FDR, der ihm einen Sessel vor dem Kamin anbot und dann mit seinem Rollstuhl so nah heranfuhr, daß ihre Knie sich fast berührten. Im Grunde war er durch das Verhalten des jüngeren Bruders vom Präsidenten schon vorgewarnt worden. Bobby – Hoover haßte es, auch nur daran zu denken, daß er jetzt Justizminister war – war unangemeldet und in Hemdsärmeln im Büro des Direktors vom FBI aufgetaucht, hatte Hoover dorthin kommen und dann stehen lassen, während er Darts spielte. Gelegentlich warf er daneben, so daß die Täfelung – Staatseigentum! – beschädigt wurde. Aber am schlimmsten von allem war, daß er die FBI-Agenten aufgefordert hatte, ihm persönlich Bericht zu erstatten.

Hoover zwang sich, nicht an diese Verletzung seiner Amtswürde zu denken. »Sie wollten mich sprechen, Mr. President?«

Der Präsident sah wie ein Schuljunge aus. Es war merkwürdig, wie viele der neuen Agenten so jung aussahen, daß er sich schon gefragt hatte, ob das Mindestalter heruntergesetzt worden war.

Der Präsident wirkte nervös. »Ja, stimmt«, erwiderte er zerstreut.

Schweigen. Hoover wußte Bescheid. Aus allem – daß man ihn warten gelassen hatte, wo man ihn hinplazierte und auch das Zögern des Präsidenten, die Unterhaltung zu beginnen – erkannte er, was nun auf ihn zukam. Wenn er Glück hatte, ließ ihn der Präsident vielleicht bis zu seinem siebzigsten Geburtstag im Amt, aber das war unwahrscheinlich, denn hier handelte es sich um rücksichtslose junge Männer – echte Söhne ihres Vaters.

»Ich habe über die Zukunft nachgedacht«, begann der Präsident.

»Sie birgt viele Gefahren, Mr. President«, sagte Hoover hastig, um das unvermeidliche Todesurteil, das er in den Augen des Präsidenten las, noch hinauszuzögern. »Das kommunistische Komplott in Europa und Asien, doch auch hier bei uns stärker denn je ...«

»Mag sein. Aber daran dachte ich nicht, Edgar. Ich dachte an die Zukunft des FBI.«

»Ich auch, Mr. President, Tag und Nacht.«

Das attraktive junge Gesicht des Präsidenten verzog sich. »Ich brauche in allen Ressorts der Regierung neue Ideen, frisches Blut, Wechsel.«

Hoover war schweißgebadet, lächelte aber weiterhin eisern. »Erfahrung ist auch etwas wert, Mr. President«, erwiderte er heiser.

Gleich, dachte er, wird er mich zum Rücktritt auffordern, und ich muß einwilligen. Selbst als Direktor des FBI bleibt mir nichts anderes übrig.

»Dasselbe gilt für Wechsel«, sagte Kennedy lächelnd.

Dieser verdammte Kerl, dachte Hoover. Er findet auch noch Spaß daran! Hoover öffnete seine Aktentasche. Jetzt oder nie, sagte er sich selbst. »Ich bin auch für Wechsel« sagte er und schaute seinem Henker direkt in die Augen. »Nehmen wir nur mal die Technologie. Unter meiner Leitung hat das FBI ein solch hohes Niveau der technischen Überwachung erreicht, daß sich kein anderer Geheimdienst der Welt damit messen kann, inklusive der KGB.«

Kennedy wirkte interessiert, war jedoch auch auf der Hut. »Das ist sehr verdienstvoll, aber ...«

»Ich habe hier zum Beispiel die Abschrift einer Unterhaltung zwischen einem bekannten sowjetischen Spion und einem Mitglied ihrer Regierung, die aus einer Entfernung von über hundert Metern im Rock Creek Park abgehört wurde ...« Er nahm ein Blatt Papier mit dem Stempel ›Top Secret‹ aus der Aktenmappe.

Kennedys Gesicht verhärtete sich. »Stecken Sie's zurück!« sagte er barsch. »Sie können mir mit diesem Scheißdreck keine Angst machen, ob er nun echt oder erfunden ist. Ich glaube nicht, daß es einen Alger Hiss in meiner Regierung gibt und lasse nicht zu, daß

Sie einen erfinden. Falls es aber doch einen gibt, dann befördere ich seinen Arsch schneller ins Gefängnis, als Sie mit Westbrook Pegler telefonieren können.« Er schaute Hoover an, ohne mit der Wimper zu zucken. »Nichts ist für die Ewigkeit. Nicht mal Sie.«

Bevor der Präsident weiterreden konnte, zog Hoover ein zweites Papier aus der Aktenmappe und legte es auf den Schreibtisch. Schweiß lief ihm übers Gesicht, aber er zwang sich dazu, ihn nicht abzuwischen. »Vielleicht interessiert diese Unterhaltung Sie mehr, Sir«, meinte er mit verbindlichem Tonfall.

Kennedy nahm das Blatt Papier mit spitzen Fingern, überflog es rasch und las es dann ein zweites Mal sehr viel langsamer.

»Wer ist ... Dummkopf?« erkundigte er sich, aber Hoover merkte, daß er nur Zeit gewinnen wollte.

»Miß Marilyn Monroe, Sir«, erwiderte er genüßlich.

Kennedy las das Ganze noch mal mit gerötetem Gesicht. »Woher stammt dieses Stück Scheiße?«

»Aus sicherer Quelle.«

»Bitte keine Spitzfindigkeiten, Mr. Hoover. Haben Sie mich abhören lassen?« Die kalte Wut in seiner Stimme hätte die meisten Männer erschreckt, aber Hoover spielte nur den moralisch Entrüsteten.

»Aber natürlich nicht, Mr. President«, protestierte er energisch. »Wir glauben, daß diese Unterhaltung von einem sogenannten ›Überwachungsexperten‹ aufgezeichnet wurde, der für Hoffa und einen bestimmten Mafioso arbeitet ...«

»Soll das heißen, daß Mr. Hoffa meine Wohnung im Carlyle angezapft hat?«

Hoover hielt seinem Blick ruhig stand. »Ja, es hat ganz den Anschein.«

»Wie lange denn? Wieviel ... Material gibt es?«

»Eine ganze Menge, Mr. President. Es beschränkt sich übrigens nicht nur auf Miß Monroe.«

»Aha, und Sie haben dies geschehen lassen?«

»Ganz im Gegenteil! Sobald ich entdeckte, was geschah, schickte ich einen unserer besten Leute los, Spezialagent Kirkpatrick, um Ihre Wohnung zu überprüfen. Die Abhörvorrichtungen wurden entfernt, Mr. President. Sie können aufatmen. Nur Sie und ich kennen das Geheimnis.«

»Und Mr. Hoffa.«

»Nun ja. Aber ich nehme an, daß man mit Hoffa zurechtkommt.« Er hustete und hielt sich höflich die Hand vor den Mund. Das Gesicht des Präsidenten drückte reinen Haß aus, was Hoover im Bewußtsein seines Sieges genoß. »Wir wissen Dinge über Hoffa, die Sie nicht glauben würden, Mr. President«, flüsterte er. »Nur ein Beispiel …«

»Ich will es nicht wissen!« wehrte sich Kennedy.

»Wie Sie möchten.« Hoover war ganz gekränkte Würde.

»Gibt es sonst noch was?«

»Es gibt, äh … Fotos …«

»Ich meinte, ob Sie noch über etwas anderes mit mir sprechen wollen?« Der Präsident hatte sich wieder unter Kontrolle und wirkte unnahbar.

Hoover brauchte ihn nur anzusehen, um zu wissen, daß er nicht den kleinsten Fehler machen durfte, weil den Kennedys jeder Grund recht sein würde, um ihn loszuwerden.

Das machte ihm nichts aus. Er fühlte sich um zwanzig Jahre verjüngt oder sogar noch besser, als wäre er wieder auf dem Höhepunkt seiner Karriere mit der Maschinenpistole in der Hand, als er das nationale Bewußtsein mit dem Tod von Dillinger aufgerüttelt hatte.

Er würde ihnen nie die Chance geben, ihn loszuwerden, sagte er sich triumphierend.

Er würde sie beide überleben!

»Der Arzt war also gar kein echter?« erkundigte sich Jack, immer noch lachend.

»Ist das nicht komisch?«

»Und nun bist du wieder draußen, bist geheilt.«

»Wer behauptet, daß ich geheilt bin? Ich bin immer noch verrückt. Ich habe die Halluzination, daß ich im Carlyle-Hotel bin und gerade den Präsidenten der Vereinigten Staaten gevögelt habe. Wenn das nicht beweist, daß ich verrückt bin, was dann?«

»Wie war er? Der Präsident?«

»Comme ci, comme ça«, erwiderte sie mit einer entsprechenden Handbewegung.

Er begann sie zu kitzeln. »Nein, hör bitte auf damit!« keuchte sie unter hysterischem Gekicher und holte dann tief Atem. »Ich kann es nicht ertragen, gekitzelt zu werden.«

»Und wie ist das? Wie fühlt sich das an?«

Sie stieß einen kehligen Schnurrlaut aus. »Das gefällt mir viel besser.«

»Das habe ich mir schon gedacht.«

»Nicht aufhören, Mr. President.«

Sie legte sich zurück und überließ sich ganz der Lust. Alle Qual der letzten Wochen schien vergessen. Es gibt nichts Besseres als Sex, dachte sie. Im Unterschied zu Pillen funktionierte er immer, und es gab auch keine Grenze, die man nicht überschreiten durfte ... Sie war gespannt gewesen, ob der Sex mit ihm nun anders sein würde, weil er Präsident war. Einerseits war er der gleiche Jack wie immer, aber andererseits gab es ihr schon einen Kick, den Präsidenten von Amerika zu ficken. Vermutlich ging es Männern mit ihr ganz ähnlich: Weil es Marilyn Monroe war, die sie fickten, mußte es etwas Besonderes sein ...

Er unterbrach sie in ihren Gedanken. »Ist es anders? Nun, da ich Präsident bin?«

Sie lachte. »Ich mag den Secret Service lieber als die komischen Typen, die du früher hattest. Sie sehen besser aus.«

Er lachte auch. »Und sind noch dazu wirklich harte Burschen, die besten von der Welt. Ich möchte nicht der Typ sein, der versucht, mich umzubringen!«

Er sprach mit blitzenden Augen. Sein Enthusiasmus für Eliteeinheiten entsprach seinem Sinn für Romantik. Er hatte sie mit Stories über seine Neuentdeckungen in Washington unterhalten. Bobby hatte gerade die Green Berets entdeckt, und Jack war geradezu verliebt in den harten Kern der CIA-Männer, die Begriffe wie ›Infiltrierung‹ benutzten und in aller Ruhe über die Vorzüge von vergifteten Darts im Vergleich zu Pistolen mit Schalldämpfern diskutierten. Auch die Geheimagenten mit ihrer langen Tradition, ihren Codeworten, ihren ewigen Sonnenbrillen und äußerst raffinierten Technologien gehörten in diese Kategorie spezieller Krieger – eine kleine Privatarmee von James Bonds, die dem Präsidenten auf den leisesten Wink gehorchten.

Sie hielten unter den zerknüllten Bettüchern Händchen. »Wie ist es nun, da du's hast?« erkundigte sie sich.

»Was?«

»Das Weiße Haus. Die Präsidentschaft.«

Er überlegte einen Moment. »Es ist wie eine wunderbare Maschine, die seit Jahren nicht benutzt wurde. Was du auch erledigt haben möchtest, da gibt's immer irgend jemanden in der Regierung, der es tun kann. Das Problem ist nur, ihn zu finden.«

Er starrte zur Zimmerdecke hoch. »Manches macht einen ganz schön fertig«, sagte er dann nachdenklich. »Vierundzwanzig Stunden täglich ist da so ein Air-Force-Typ bei mir mit ›dem Fußball‹, einer Aktenmappe mit allen Codes, um einen Atomkrieg auszulösen. Das gibt dir anfangs ganz schön zu denken. Doch dann gewöhnst du dich daran, wie du dich auch daran gewöhnen mußt, daß du zuerst durch eine Tür gehst, selbst wenn du in Begleitung einer Frau bist.«

Er rückte noch dichter an sie heran. »Als ich Eleanor Roosevelt meine Aufwartung machte«, erzählte er, »trat ich beiseite, um sie zuerst durch die Tür zu lassen, doch sie sagte zu mir: ›Nein, nein, Mr. President, von nun an gehen Sie immer als erster.‹«

Er lachte, aber sie merkte, daß es ihn beeindruckt hatte. »Das traf mich irgendwie, noch dazu von Eleanor.

»Wo ist er jetzt?«

»Wer?«

»Der Mann mit den Codes?«

»Er sitzt in einem der nächsten Zimmer neben einem geheimen Telefon.«

»Wetten, daß er gerne hier wäre.«

»Die Wette halte ich. Aber ich bin nun mal Befehlshaber, und er ist Befehlsempfänger. Wer hat behauptet, daß das Leben fair ist?«

»Keine Ahnung. Zu mir jedenfalls nicht.«

Neben dem Bett begann ein rotes Telefon ohne Nummernscheibe zu klingeln, und einen Moment hatte sie ein flaues Gefühl im Magen. Kam durch einen irrsinnigen Zufall jetzt der Moment, wo Jack tatsächlich den Air-Force-Officer brauchte?

Er nahm den Hörer ab und lauschte. »Dies hier ist eine geheime Leitung«, sagte er dann etwas irritiert.

Jäh richtete er sich mit einem Schmerzenslaut auf, worauf sie ihm einige Kissen hinter den Rücken stopfte. »Überlassen Sie es mir, ich rede mit Bobby«, sagte er. »Natürlich wird ihm das nicht passen, denn diese Typen kann er nicht riechen, aber die können die Aufgabe in Kuba natürlich nicht erledigen, wenn sie im Gefängnis sind.«

Er hörte ungeduldig weiter zu. »Ich sagte doch, daß ich mit meinem Bruder rede!« Seine Stimme klang mehr als unfreundlich. »Ich will nicht hören, wie schwierig es ist, Castro zu finden ... Und es interessiert mich noch weniger, daß er nie zwei Nächte am gleichen Ort schläft ... Es ist Ihr Job, ausfindig zu machen, wo er steckt. Verstanden?«

Er knallte den Hörer auf den Apparat. »Dieser verdammte Castro! Von nichts anderem wird mehr geredet. Man könnte glauben, daß Erfolg oder Mißerfolg dieser Regierung davon abhängt, ob wir Castro loswerden oder nicht.«

»Ich mag ihn ganz gern«, sagte sie. »Er ist sexy.«

Seine Gereiztheit machte Neugier Platz. »Das ist witzig. Jackie behauptet nämlich das gleiche ... Und ich nehme an, daß er tatsächlich sexy ist, wenn man der CIA glauben kann ...« Er schüttelte den Kopf. »Castro hat Starqualitäten, das gestehe ich diesem Hurensohn zu. Warum wirken die Leute auf unserer Seite immer so langweilig?«

»Die sind eben nicht sexy.«

»Das ist ein Problem der freien Welt.«

»Die freie Welt hat dich, Darling. Und das ist sexy genug.«

»Wenn du meinst.«

»Ich meine es! Ich würde es sogar vor Gericht beschwören.«

»Gott bewahre!« rief er und klopfte auf Holz.

»Ich wette, du magst Castro, wenn du ihn triffst«, sagte sie.

»Glaubst du wirklich?«

Sie nickte.

»Vielleicht hast du recht. Er ist jung, und er ist smart. Er hat einen jüngeren Bruder, der draufgängerischer ist als er. Er liebt schöne Frauen und raucht Zigarren.« Jack lachte. »Ich hätte dich zum Außenminister machen sollen.«

Sie lachten beide, doch er wurde gleich wieder ernst. »Vielleicht würde man Ike ein kommunistisches Kuba verzeihen, aber mir nicht. Castro muß weg. Es ist ein Machtkampf – er oder wir.«

»Ich setze auf dich«, sagte sie und gab ihm einen Kuß.

»Ich hoffe zu Gott, daß du recht hast«, sagte er mit mehr Zweifel in der Stimme, als sie je bei ihm gehört hatte.

34. KAPITEL

Ich hörte zum erstenmal von der Schweinebucht, als Adlai Stevenson in der UNO indigniert leugnete, daß die Vereinigten Staaten bei der Invasion von Kuba ihre Hände mit im Spiel gehabt hätten. Als nächstes kam ein Anruf von Bobby, der zu mir sagte: »Kommen Sie schnell her. Wir haben Mist gebaut.«

Dem entnahm ich erstens, daß Jack und Bobby den armen Adlai im Regen stehen ließen, so daß es die ganze Welt sehen konnte; zweitens, daß sie, wie ihr Vater es gern ausdrückte, ›bis zum Hals in der Scheiße steckten‹.

Der Botschafter rief an, als ich gerade das Haus verlassen wollte, um zum Flughafen La Guardia zu fahren. »Diese verdammten Wichser von der CIA«, polterte er los. »Ich habe Jack gesagt, daß ich dem ganzen Haufen keinen Tag Lohn zahlen würde.«

Er war so außer sich, daß er kaum verständlich sprach. Seine Stimme klang komisch, und ich dachte zuerst, daß er erkältet wäre. Doch dann begriff ich, daß er weinte. »Die haben die Präsidentschaft meines Sohnes ruiniert!« schrie er, und sein Kummer machte mir klar, wie schlimm die Dinge standen.

Wenn nicht alles nach einer gräßlichen Niederlage geklungen hätte, wäre ich bestimmt nicht so rasch zu Hilfe geeilt. Ich war immer noch verletzt über Jacks Verhalten mir gegenüber am Tag nach seiner Wahl. Maria und ich hatten als seine Gäste an der Amtseinführung teilgenommen, doch mich konnte er dadurch, daß wir im Mittelpunkt des Interesses standen, nicht dafür entschädigen, mir ›meinen‹ Botschafterposten vorenthalten zu haben. Maria ließ sich in ihrer Bewunderung für unseren neuen Präsidenten natürlich nicht beirren.

Wenn Jack (und mein Vaterland) mich brauchte, würde ich natürlich helfen. Wer kann schon dem Präsidenten der Vereinigten Staaten eine Bitte abschlagen? Vor allem, wenn man ihn seit seiner Schulzeit kennt. Außerdem fühlte ich mich nach der anstrengenden, aber eben auch aufregenden Wahlkampagne unzufrieden und gelangweilt. Ich vermißte nicht nur die Politik, sondern sogar meine Rolle als Jacks Bindeglied zur Mafia. Seit er im Weißen Haus war, mußte er sich um andere Angelegenheiten kümmern. Nach seiner Wahl verlor Jack jedes Interesse an Hoffa, und Bobby, der geschworen hatte, den Gewerkschaftler hinter Gitter zu bringen, mußte sich als Justizminister mit dringenderen Problemen befassen wie zum Beispiel den Bürgerrechten oder damit, J. Edgar Hoover in seine Schranken zu weisen. Der Kampf gegen Hoffa wurde zur großen Erleichterung der Chicagoer Gangster zurückgestellt, und mir blieben weitere Treffen mit Red Dorfman erspart.

Man führte mich sofort zum Präsidenten. Jack war bleich, seine Augen glanzlos vor Müdigkeit. »Danke, daß du gleich gekommen bist, David«, begrüßte er mich und schüttelte mir die Hand. »Diesmal ist die Kacke wirklich am Dampfen.«

»Was kann ich für dich tun?«

»Häng dich ans Telefon, und ruf Harry Luce, Punch Sulzberger, Bill Paley an. Falls du meinst, daß es etwas nutzt, wenn ich mit einem von denen rede, dann bin ich dazu gern bereit, aber ich habe keine Lust, mir irgendwelche hochgestochenen Vorträge über Außenpolitik oder über Vertrauen in die Regierung anzuhören. Verstanden?«

»Verstanden«, erwiderte ich. Sein Gesicht glich einer Steinmaske. Was ging wohl dahinter vor? Eines wußte ich genau: Jack schob anderen nicht die Schuld in die Schuhe, wenn etwas schiefging, sondern übernahm selbst die Verantwortung. »Wie schlimm ist es?« erkundigte ich mich vorsichtig.

Er stieß einen tiefen Seufzer aus. »Die haben mir was Sauberes eingebrockt«, sagte er schließlich.

»Die Kubaner?«

»Die CIA-Leute.«

»Komischerweise hat mir das dein Vater heute morgen schon gesagt.«

»Er hat recht. Wie üblich.«

Seine Stimme klang bitter. Obwohl er ein gutes Verhältnis zu seinem Vater hatte, hörte der Präsident der Vereinigten Staaten den Satz ›Ich hab's dir gleich gesagt‹ genauso wenig gern wie jeder andere Sohn.

»Wie steht's mit den Landetruppen in Kuba?«

»Das reinste Schlachthaus.«

»Schicken wir ihnen Hilfe?«

»Nein, ich habe mich gegen Luftangriffe und Marineeinsätze entschieden. Es hat keinen Zweck, einen Mißerfolg noch zu vergrößern.«

»Können wir unsere Männer von der Küste zurückholen?«

Er schaute mit verkniffenem Mund in den grauen Himmel hinaus. »Wahrscheinlich nicht«, erwiderte er leise.

Das Ganze war also ein totaler Fehlschlag, und selbst Jacks ärgste Feinde hätten kein schrecklicheres – oder demütigenderes – Szenario entwerfen können. Er hatte sich mit Castro angelegt und verloren. »Wo ist Bobby?« erkundigte ich mich.

»Er war wie ein Fels in der Brandung«, antwortete Jack voller Hochachtung. »Ich habe eine Lektion gelernt, David. Bobby ist hier der einzige Mensch, dem ich vertrauen kann.«

Er nahm eine Büroklammer und verbog sie, bis sie zerbrach. »Die anderen sind keinen Pfifferling wert«, sagte er. »Als wir hier übernahmen, gab Bissell mordsmäßig an, was die CIA alles tun könnte. ›Ich bin Ihr Killer-Hai, Mr. President‹, sagte er mir. Von wegen Hai! Viel eher ein Aal! In dem Moment, wo's richtig mulmig wurde, hat Bissell den anderen Typen den Ball zugespielt und die ihn wieder zu ihm zurück. Einig sind sie sich alle nur darin, daß ich die Verantwortung trage.«

Er schwang mit seinem Stuhl vor und zurück. Im Oval Office war es so ruhig, als gäbe es überhaupt keine Krise. Offenbar hatte er angeordnet, daß er nicht gestört werden wollte.

»Ich dachte, man ist mächtig, wenn man hinter diesem Schreibtisch sitzt. Man gibt Befehle, und dann geschieht etwas. Aber der Präsident ist der verwundbarste Mann auf Erden, ist vierundzwanzig Stunden am Tag in schwierigen Situationen und muß die Schuld auf sich nehmen, während die Bürokratie sich ins Fäustchen lacht.«

Obwohl seit unserer letzten Begegnung erst wenige Wochen verstrichen waren, schien er um ein Jahrzehnt gealtert zu sein. Natürlich würde er sich wieder erholen, doch nach dem Desaster der Schweinebucht war er in meinen Augen plötzlich kein junger Mann mehr.

»Aber das garantiere ich dir«, sagte er, »von nun an weht hier ein anderer Wind – es wird keine halbherzigen, stümperhaften Aktionen mehr geben. Vielleicht werde ich in die Geschichte als der Präsident eingehen, der daran scheiterte, Kuba zurückzukriegen – dabei bin ich mit Castro noch nicht fertig –, aber ich werde in die Geschichte nicht als der Präsident eingehen, der Laos oder Vietnam verlor.«

»Ein ehrgeiziger Vorsatz.« Und ein gefährlicher, dachte ich.

»Warte nur, bis ich richtig loslege.« Er erhob sich schwerfällig. »Ich kann diese Zusammenkünfte nicht ausstehen, muß aber wieder zurück. Sie kommen mir wie Autopsien vor, wo eine Gruppe von Ärzten um eine Leiche herumsteht und festzustellen versucht, was schiefging ... Diese armen Teufel an der Küste.«

»Die Überlebenden, falls es überhaupt welche gibt, könnten auch ein Problem darstellen ...«

Er nickte. »Wir werden uns ihrer irgendwie annehmen.«

»Ein paar von denen werden stinkwütend sein.«

»Sie werden nicht die einzigen sein. Einige deiner alten Freunde haben die Landung kräftig unterstützt.«

»*Meine* Freunde?«

»Du weißt schon, wen ich meine.«

Ich wußte, wen er meinte, und es gefiel mir gar nicht. »Ich hatte keine Ahnung, daß *unsere* Freunde involviert sind, Jack.«

»Du hast das nicht von mir erfahren. Du hast es überhaupt nicht erfahren, klar? Aber die CIA hatte einen eigenen Plan. Es sollte nämlich ein zangenförmiger Angriff werden, verstehst du? Kurz vor der Landung unserer Truppen sollte die Mafia sich um Castro kümmern.«

»Sich kümmern?«

»Na ja, ihn neutralisieren.«

»Neutralisieren?«

»Erledigen!« fuhr er mich ungeduldig an. »Du weißt, was ich meine.«

Ich war über die Dummheit des Ganzen einfach entsetzt. »Mein Gott, Jack«, rief ich und vergaß mal wieder, ihn korrekt anzureden. »Ich war es zwar, der dir ursprünglich dieses Angebot überbrachte, aber ich nahm nie im Traum an, daß du's tun würdest ... Es ist idiotisch!«

»Ja, stimmt. Das sagt mir jeder, nachdem es mißglückt ist ... Die Mafia erweist sich als ebenso untüchtig wie die CIA.«

»Das hätte ich dir gleich verraten können. Ich kenne diese Leute!« Ich warf ihm einen vernichtenden Blick zu. »Man hätte mich fragen sollen.«

Mir war meine Verärgerung darüber, nicht mehr im Spiel zu sein, seit Jack im Weißen Haus residierte, wohl deutlich anzumerken, denn er wirkte verlegen. »Ehrlich gesagt, David, bist du besser dran, weil du's nicht gewußt hast.« Er machte eine kleine Pause. »Tut mir leid, wirklich.«

»Diese Leute haben eine Beziehung zu mir, was auch geschieht, muß ich dich daran erst erinnern? Ich möchte nicht, daß sie mir die Schuld an etwas geben, von dem ich gar keine Ahnung hatte.«

»Ich glaube nicht, daß du etwas zu befürchten hast, David. Sie geben der CIA die Schuld. Und mir.«

Ich war nicht überzeugt. »Wer hat mit ihnen verhandelt? Und mit wem ... auf ihrer Seite?«

Jacks Gesicht verschloß sich. »Giancana war ihr Spitzenmann«, erwiderte er. »Er war es auch, mit dem die CIA verhandelte.«

Er hüstelte. »Es waren sogar ziemlich viele Leute daran beteiligt«, fügte er fast beiläufig hinzu. »Auch ich hatte einen, äh, Kontakt.« In seinen Augen las ich Schuldbewußtsein.

Ich konnte es kaum fassen. »Du warst in Kontakt mit Giancana? Wie konntest du bloß ein solches Risiko eingehen? Du hättest jemand anderen vorschicken müssen. Du hättest mich vorschicken müssen.«

»Ja, das wäre wohl richtig gewesen. Im nachhinein jedenfalls. Aber in diesem Fall schien es mir nicht praktikabel zu sein, David. Dies war ein Fall für einen sehr, äh, persönlichen Kontakt ...«

Er schaute auf seine Armbanduhr. Ich begriff den Wink und ging, um meine Beziehungen zur Presse spielen zu lassen. Ganz eindeutig wurde ich hier gebraucht, und das wußte er auch.

Trotz meiner Bemühungen klangen die Berichte in den nächsten paar Wochen grauenvoll, und zwar auch in Zeitungen, die normalerweise auf Jacks Seite waren. Was mich betraf, sah ich den einzigen Lichtblick darin, daß die Mafia-Connection nie erwähnt wurde. Doch ich hatte mich zu früh gefreut, denn dann bekam ich einen Anruf von Bobby, der mich informierte, daß ›die Eingeborenen unruhig wurden‹, wie er es vorsichtig ausdrückte.

Die sogenannten Eingeborenen waren Giancanas Leute, wie ich annahm, und ich sagte ihm gleich, daß ich nichts mehr mit ihnen zu tun haben wollte.

»Ich bitte Sie darum«, sagte Bobby zu mir, als ich auf seines Vaters Drängen hin nach Washington geflogen war. Bobby mißtraute allen Telefonen, was ich beim Justizminister der Vereinigten Staaten schon einigermaßen komisch fand! »Jack zuliebe«, fügte er hinzu, wohlwissend, daß ich dann nicht nein sagen würde.

»Ich kenne Giancana nicht.«

»Na und? Sie kennen Leute, die ihn kennen.«

»Jack ... der Präsident ... gab mir zu verstehen, daß ein direkter Draht zu ihm besteht, und zwar auf viel höherer Ebene.«

Bobby giftete mich an. »Vergessen Sie, daß Sie so was je hörten!«

Er saß hinter einem gewaltigen Schreibtisch in dem dunkel getäfelten Büro des Justizministeriums, seinen Hund, einen mürrischen Neufundländer, zu seinen Füßen. Es galt schon als eine Art Ehrenabzeichen, von Brumus, wie dieses Untier hieß, gebissen zu werden, aber darauf wollte ich gern verzichten.

»Mein verdammter Bruder! Wenn er doch nur dichthalten könnte ...«, sagte Bobby seufzend. »Aber auf jeden Fall ist es jetzt mit ihr aus und vorbei.«

Auf die Weise erfuhr ich also, daß Jacks ›Kontakt‹ eine Frau war. Ich überlegte, wie das wohl zustande gekommen sein mochte, wollte es dann aber lieber doch nicht wissen.

»Ich bin immer noch nicht der Meinung, daß es eine gute Idee war, sich direkt an Giancana zu wenden«, sagte ich. »Ganz egal, wie es bewerkstelligt wurde.«

»Es war eine lausige Idee. Wir dürfen den gleichen Fehler kein zweites Mal machen. Wenn Sie einen Vermittler nehmen wollen, ist das okay. Tun Sie alles, was nötig ist, damit die Botschaft rüberkommt.«

... »Welche Botschaft?«

»Daß die Typen lieber das Maul halten sollen!«

»Bestehen da irgendwelche Zweifel?«

»Ich glaube, die lassen jetzt schon was durchsickern, weil sie hoffen, daß die Presse sie als Helden hinstellt. Das muß aufhören!«

Da Bobby denkbar schlechter Laune war, verzichtete ich auf jede Diskussion. Jack hatte ihm so viel Macht verliehen, daß er nun aus der Regierungsmannschaft all jene entfernte, die den Test nicht bestanden hatten. Entweder waren sie nicht durchsetzungsfähig genug oder – was noch schlimmer war – hatten ihre Loyalität Jack gegenüber nicht ausreichend bewiesen. Bobby wurde rasch zum zweitwichtigsten und ganz sicher zum gefürchtetsten Mann in der Regierung. Es war Bobby, der Leute entließ, die Jack enttäuschten, oder sogar Mittel und Wege fand, Jacks Feinde hinter Gitter zu stecken.

Ich war froh, als unsere Unterredung vorüber war, und flog mit der nächsten Maschine nach New York zurück. Kaum war ich zu Hause, als ich einen Anruf von Marilyn bekam, die mich zum Dinner zu sich einlud. Ich hatte mich schon auf ein heißes Bad und darauf gefreut, vor dem Fernseher mit einem Tablett auf den Knien zu Abend zu essen, da Maria bei einer Wohltätigkeitsveranstaltung im Theater war, aber ich hörte es Marilyns Stimme an, wie sehr sie sich nach Gesellschaft sehnte. Also zog ich mir den Mantel wieder an und ging zu ihr.

Das sogenannte Dinner bestand aus chinesischen Gerichten, die wir aus Warmhaltekartons aßen – also ganz und gar nicht mein Geschmack. Marilyn sah schlecht aus. Ihr Gesicht wirkte aufgedunsen und fleckig, die Nägel waren abgebrochen, die Haarwurzeln dunkel nachgewachsen. Das Leben als geschiedene Frau bekam ihr offensichtlich nicht gut. Ich räumte alte Zeitungen, Illustrierte und Schallplattenhüllen von einem Stuhl, damit ich mich setzen konnte, während Marilyn Champagner in zwei nicht gerade saubere Sektkelche goß.

»All diese Nachrichten über Kuba sind einfach gräßlich!« sagte sie. »Das muß Jack doch verrückt machen, oder?«

»Ich traf mich heute mit Bobby in Washington. Er war sehr down.«

»Als ich das letztemal mit Jack telefonierte, klang er furchtbar. Er sagte, wenn es Wiedergeburt wirklich gibt, dann will er im nächsten Leben als Filmproduzent statt als Politiker auf die Welt kommen. Davon habe ich ihm aber kräftig abgeraten.«

»Wie geht es dir?« fragte ich.

»O Mann! Es ist kaum zu glauben! Ich bin praktisch unverwendbar.«

»Du?«

»Ja, ich! Ich sollte für NBC *Rain* drehen. Du weißt schon? Von Somerset Maugham.«

»Und was ging schief?« erkundigte ich mich.

»Die kriegten kalte Füße, als sie von meinen Problemen erfuhren«, antwortete sie und trank ihr Champagnerglas leer.

Es wunderte mich, daß das Fernsehen sich die Chance entgehen ließ, einen Film mit Marilyn Monroe zu machen. Ihre Aktien mußten sehr tief gesunken sein, wenn nicht mal die TV-Leute kaufen wollten.

Wir aßen eine Weile schweigend zur Begleitmusik von Sinatra-Songs, die Marilyn aufgelegt hatte. Als wir beide so satt waren, daß uns fast schlecht wurde, goß Marilyn jedem noch ein Glas Champagner ein und lehnte sich dann mit geschlossenen Augen in die Kissen des Sofas zurück. »David, kann ich dich wegen einiger Sachen um Rat bitten, die mir Sorgen machen?«

»Aber natürlich, Marilyn.«

»Die meisten werden mich für verrückt halten, wenn sie das hören«, begann sie. »Ich habe einen Freund, einen Teenager, namens Timmy Hahn. Er ist einer von meinen Fans und folgt mir überallhin, wohin ich auch in New York gehe. Vermutlich hast du ihn schon mal gesehen.«

»Ungefähr sechzehn Jahre? Lederjacke und Jeans? Trauriges Gesicht, altklug?«

»Genau das ist Timmy. Er scheint nur für mich zu leben. Er wartet draußen auf der Straße, wenn ich irgendwo eingeladen bin, manchmal bis ein Uhr oder zwei Uhr morgens. Manchmal rufe ich übrigens seine Mutter an und verspreche ihr, auf ihn aufzupassen, aber das weiß er nicht ...«

»Das ist ja ein toller Fan, Marilyn.«

»Er betet mich an. Ich übertreibe nicht, glaub mir. Er betet mich buchstäblich an, dieser Timmy. Ich hatte schon Hunde, die mich objektiver betrachteten als er.« Sie nippte an ihrem Champagner. »Heute morgen auf dem Weg zum Filmstudio habe ich angehalten, um mit Timmy zu reden, und er erzählte mir, daß bei ihm eingebrochen worden war. Er wirkte ganz verstört, der arme Kerl.«

»Das kann ich verstehen. In sein Haus?«

»Sein Zimmer.«

Ich begriff immer noch nicht, was das alles mit mir zu tun hatte und wieso sich Marilyn drüber aufregte.

»Jimmy führt ein Tagebuch«, erklärte sie mir. »Und genau das wurde gestohlen.«

»Warum soll jemand das Tagebuch eines Teenagers klauen?«

»Na ja, es ist kein richtiges Tagebuch. Es ist nämlich so, daß er alles aufschreibt, was ich unternehme ... Verabredungen, Lokale, den jeweiligen Zeitpunkt und so weiter ...«

»Alles?«

»Alles«, erwiderte sie mit niedergeschlagenen Augen. »Er ist ein guter Beobachter, dieser Timmy. Und hartnäckig. Ihm entgeht nicht viel.«

»Ich verstehe.« Was ich da verstand, gefiel mir ganz und gar nicht.

»Jimmy ging zur Polizei, denn sein Onkel ist ein Cop, aber man nahm ihn dort nicht ernst.«

»Tja, das kann ich mir gut vorstellen.«

»Allerdings sagte mir Timmy, daß die Polizisten sich wunderten. Den Einbruch hat offenbar ein Profi gemacht.«

Ich ahnte schon, wer dahintersteckte.

»Soll ich ihm raten, das FBI einzuschalten? Was meinst du?«

Dies könnte verheerende Konsequenzen haben, und so sagte ich vorsichtig: »Meines Erachtens keine sehr gute Idee, Marilyn.«

»Ach?«

»Ich meine, daß Jack damit bestimmt nicht einverstanden wäre.«

Sie dachte einen Moment darüber nach. »Kann es ein großes Problem für ihn werden?« erkundigte sie sich.

Das war nicht leicht zu beantworten. Es gab genug kompromittierende Geschichten über Jacks Privatleben, aber manchmal genügt eben schon ein kleiner Funke, um zu einer Explosion zu führen. Außerdem sind schriftliche Aufzeichnungen etwas anderes als Gerüchte. Das war vermutlich auch der Grund, warum Jack nie Liebesbriefe schrieb.

»Vermutlich kein großes Problem, aber ich finde doch, daß Jack gewarnt werden müßte.«

»Ich kann's ihm ja in Florida erzählen.«

»Du fährst mit ihm nach Florida?«

»Nein, ich möchte eventuell Jacks Vater besuchen und Jack natürlich auch, falls er gerade da ist.«

»Habe ich nicht gelesen, daß du nach Kalifornien zurückwillst?« fragte ich und ärgerte mich im nächsten Moment, weil es sich fast so anhörte, als wäre ich Marilyns Ehemann oder Vater. Sie hatte schließlich keinerlei Verpflichtung, mich in ihre Pläne einzuweihen. Trotzdem fühlte ich mich irgendwie übergangen und sogar betrogen.

»Zuerst besuche ich mal meinen Exmann«, erklärte sie mir.

Nach dem Zwischenfall mit der psychiatrischen Klinik Payne Whitney war DiMaggio wieder in Marilyns Leben aufgetaucht. Aus echter Sorge um sie, wie ich glaube, da er ein durch und durch anständiger Typ war. Vielleicht hegte er auch gewisse Hoffnungen, mit ihr wieder zusammenzukommen, die Marilyn wahrscheinlich verstärkte, so wie ich sie kannte. Sie war davon überzeugt, daß er der einzige Mensch war, der ihr in der Not immer zu Hilfe käme, und sie hatte vermutlich recht.

»Ich habe versprochen, Jacks Dad etwas aufzumuntern«, redete sie weiter. »Er war nämlich krank.«

Ich war so verblüfft, daß ich mich verschluckte und krampfartig zu husten begann. Marilyn sprang auf und klopfte mir auf den Rücken, bis ich wieder zu Atem kam.

Meine Überraschung war deshalb so groß, weil Joe Kennedys schwindende Gesundheit wie ein Staatsgeheimnis gehütet wurde. Selbst im innersten Familienkreis wurde dies nicht diskutiert oder vielleicht nicht mal bemerkt, da Joes Kinder viel zu sehr an seine robuste Vitalität gewöhnt waren, um akzeptieren zu können, daß er alt und schwach geworden war. Sein Verstand funktionierte noch messerscharf, aber er war nicht nur erschreckend abgemagert, sondern seine Hände, auf denen die Venen dick hervortraten, zitterten, und er hatte den schlurfenden Gang von sehr alten Menschen. Wie nicht anders zu erwarten, gestand sich Joe dies natürlich nicht ein, und seine Frau Rose hatte über die Jahrzehnte hinweg gelernt, die Augen vor allem zu verschließen, was für sie schmerzlich war.

Jack hatte das Thema mir gegenüber so vorsichtig angeschnitten, als begreife er das Ganze nicht. Bei seiner Amtseinsetzung hatte er proklamiert, daß nun die Fackel an eine neue Generation von Amerikanern übergeben würde – damit brachte er seinen Unwillen darüber zum Ausdruck, daß Ike ihn noch kurz vor der Zeremonie wie einen Untergebenen belehrt hatte –, aber Jack war noch nicht bereit, innerhalb der Kennedy-Familie das Oberkommando zu übernehmen. Und sein Vater wollte es auch nicht abgeben, sondern führte gerade eine Solokampagne durch, um Teddy den früheren Senatsposten von Jack zu verschaffen –

ein Projekt, das weder bei Jack noch bei Bobby Begeisterung auslöste.

»Entschuldige bitte die Husterei«, sagte ich. »Erstaunlich, daß Jack dir vom angegriffenen Gesundheitszustand seines Vaters erzählt hat.«

Sie machte einen Schmollmund, als fühle sie sich von mir weit unterschätzt. »Baby, Jack redet doch mit mir. Er hat keine Geheimnisse vor mir ... Natürlich erzählt er mir nichts über Missiles oder so was, aber von seinem privaten Kram weiß ich eine ganze Menge ... Es geht bei uns schließlich nicht nur um Sex. Jack kann bei mir entspannen. Er redet viel mehr mit mir als alle meine Ehemänner. Schon komisch«, sprach sie fast träumerisch weiter, »mir kommt es so vor, als hätte ich nun doch noch eine eigene Familie. Von Jacks Vater bekomme ich richtig nette Briefe und manchmal auch von seinen Schwestern. Der Botschafter schickte mir vor kurzem sogar Räucherlachs ...«

Marilyn hatte sich angewöhnt, wie alle Kennedys, Jacks Vater ›den Botschafter‹ zu nennen, einen Posten, den er seit zwanzig Jahren nicht mehr bekleidete. Der Lachs stammte sicher von einer irischen Importfirma, an der er beteiligt war. Er wollte der Welt beweisen, daß irischer Lachs schottischem überlegen war. Jackie war von ihm sogar überredet worden, ihn im Weißen Haus servieren zu lassen, bis die pazifischen Lachsräuchereien Wind davon bekamen und darauf bestanden, daß sie statt dessen amerikanischen nehmen müßte.

Es war eine merkwürdige Vorstellung, daß Marilyn nun in gewisser Weise fast ein Mitglied im Kennedy-Clan war.

»Ich mag Jacks Vater«, sagte sie. »Er ist so munter.«

»Das kann man wohl sagen ...«

»Leider hat er sich über diese Kuba-Geschichte sehr aufgeregt.«

»Er hat auch allen Grund dazu.«

»Aber er meinte, daß Jack Castro noch kriegen würde. ›Seine Tage sind gezählt‹, sagte er wortwörtlich.«

»Das hat er dir gesagt?«

Sie nickte.

Ich beugte mich zu ihr und nahm ihre Hand. »Marilyn, versprich mir bitte, daß du das keinem erzählst. Keinem!«

Kichernd gab sie mir einen Gutenachtkuß. Sie hatte im Laufe

des Abends immer wieder Tabletten mit Champagner geschluckt, und nun waren ihre Bewegungen und ihre Aussprache so verlangsamt wie bei einem Film in Zeitlupe. »Keine Sorge«, artikulierte sie besonders sorgfältig. »Meine Lippen sind versiegelt.«

»Ich bin an diesem ganzen Klatsch nicht interessiert, Edgar, und mein Bruder auch nicht«, sagte Bobby Kennedy scharf. »Alles nur Lügen. Wenn der Präsident und ich eine Reihe von Callgirls zu unserer Verfügung haben wollten, meinen Sie dann wirklich, daß wir sie im zwölften Stock des LaSalle-Hotels unterbrächten und dem Secret Service den Auftrag gäben, zwei-, dreimal die Woche das Stockwerk für uns abzusperren? Dann könnten wir es genausogut in der Eingangshalle von der *Washington Post* tun.«

Hoover nickte gewichtig. »Ich nehme dieses Gerücht auch nicht ernst, General. Aber ich halte es für meine Pflicht, alle Gerüchte, die den Präsidenten oder seine Familie betreffen, an Sie weiterzuleiten.«

»Reine Zeitverschwendung. Wer all diesen Unsinn ausgräbt, sollte lieber daran arbeiten, schwere Jungs hinter Gitter zu bringen. Woher stammt übrigens dieser ganze Mist?«

»Von einem Zimmermädchen im LaSalle-Hotel.«

»Na großartig! Ist das alles?«

Hoover lächelte auch weiterhin, von verzehrendem Haß auf den Justizminister erfüllt. »Nein, das ist nicht alles.«

»Es geht doch nicht etwa wieder um eine angebliche Vaterschaftsklage, oder...? Wenn Ihre Leute mir nichts Besseres zu bieten haben als Gerüchte, dann muß ich Effizienz und gesunden Menschenverstand des FBI in Frage stellen.«

Auf den unaufgeräumten Schreibtisch des Justizministers, direkt neben einen Aschenbecher, der im Bastelkurs eines Kindergartens gemacht zu sein schien, legte Hoover ein Schulheft mit rotem Umschlag und weißem Etikett, auf das jemand in vielfarbigen Druckbuchstaben das einzige Wort ›MARILYN‹ geschrieben und liebevoll mit einem Herz statt des I-Punkts verziert hatte. Darunter wesentlich bescheidener der Name ›Timmy Hahn‹.

»Was ist das?« erkundigte sich Kennedy.

»Ein Tagebuch. Vielleicht schauen Sie sich mal die Seiten an, die ich mit Heftklammern markiert habe.«

Beide schweigen, während Bobby Kennedy die Seiten umblätterte. Sein Gesicht verriet nichts, denn diese Genugtuung würde er Hoover nicht geben. Als er fertig war, legte er das Heft weg und seufzte. »Woher haben Sie das?«

»Ich kann Ihnen versichern, daß es echt ist.«

»Danach habe ich nicht gefragt.«

»Wir haben es uns beschafft«, erwiderte Hoover. »Zum Schutz des Präsidenten.«

»Ich verstehe. Hatten Sie einen Durchsuchungsbefehl?«

»Es wäre unvorsichtig gewesen, in dieser Angelegenheit einen Richter hinzuzuziehen, finden Sie nicht auch?«

»Hm.« Der Justizminister dachte gar nicht daran, ein Vergehen ausdrücklich zu entschuldigen, nicht mal in seinem eigenen Büro.

»Ich halte es für wichtig, daß der Präsident davon erfährt«, redete Hoover weiter.

»Warum?«

»In erster Linie, um ihn zu größerer Vorsicht zu mahnen. Zweitens, um ihm zu zeigen, daß wir vom FBI Tag und Nacht arbeiten, um seine Interessen zu schützen ... und sein Privatleben.«

Bobby nickte mürrisch. »Ich sorge dafür, daß er's erfährt.«

»Und wir werden das gute Werk fortführen, seien Sie dessen sicher.«

»Da bin ich ganz sicher.« Bobby stand nicht auf, sondern gab über den Schreibtisch hinweg Hoover die Hand. »Ach übrigens«, erkundigte er sich beiläufig, »existiert eine Kopie dieses Tagebuchs?«

Hoover stand breitbeinig da, das Kinn vorgeschoben, die lebende Verkörperung von Zähigkeit. »Nur für meine Akten«, erwiderte er grimmig lächelnd. »Da ist sie in Sicherheit.«

Ich war der Meinung, daß ich Bobbys Auftrag, Giancana eine Nachricht zu übermitteln, am besten bei einem Frühstück mit Paul Palermo erledigte.

Wir trafen uns im Oak Room des St. Regis, gleich gegenüber von meinem Büro. Paul war an einigen mehr oder weniger legalen Geschäften beteiligt, die einen plausiblen Grund für unsere Zusammenkunft liefern konnten.

»Wir haben Probleme«, sagte Paul, sobald der Ober außer Hörweite war.

»Ich weiß. Deshalb wollte ich Sie sprechen. Meine Leute ...«
Ich hatte nicht vor, die Kennedys hier namentlich zu erwähnen ...
»sind unzufrieden mit dem, was geschehen ist. Oder, genauer gesagt, was nicht geschehen ist.«

»Yeah, das ist zu ärgerlich, aber nicht unsere Schuld.« Paul beugte sich vor, und seine Stimme sank zu einem Flüstern herab. »Unsere Leute haben getan, was sie tun sollten. Aber das Material, das man ihnen zur Verfügung gestellt hat, war defekt.«

Ich war gewitzt genug, um nicht zu fragen, was für ein Material er meinte. Ich zog nur eine Augenbraue hoch, während ich mein Rührei aß.

»Ein Handwerker ist nur so gut wie sein Werkzeug, stimmt's?« redete er weiter.

Ich nickte, als wüßte ich, von welchem ›Werkzeug‹ er sprach.

»Unsere Jungs sollten die Zigarren von dem Mann vergiften, stimmt's? Sie haben ihr Leben riskiert, um das Gift in die Zigarren zu schmuggeln, und was passiert? Der Typ zündet sich eine Zigarre nach der anderen an, und ihm wird kein Haar gekrümmt. Das ist nicht unsere Schuld. Dann ist da das Zeug, mit dem wir seine Unterwäsche imprägnieren sollten, damit es ihn vergiftet, wenn er zu schwitzen anfängt. Unsere Leute kriegen eine Nutte dazu, es zu erledigen, während er schläft, nachdem er sie gefickt hat, irgend so ein deutsches Mädchen ... Hinterher zieht er sich an, geht weg und hält in glühender Sonne eine vierstündige Rede, wobei er wie ein verdammtes Schwein schwitzt, und ... *nada!* Unbrauchbares Material wurde uns geliefert!«

Ich war reichlich entsetzt über diese Enthüllungen, versuchte aber, mir nichts anmerken zu lassen. »Die Leute, mit denen Sie zu tun haben, Paul, zahlen nur für Erfolg. Ich glaube kaum, daß sie dieses Argument mit dem ›defekten Material‹ schlucken.«

»Das müssen sie aber, David! Meine Leute haben ihren Auftrag erfüllt. Sie können nichts dafür, daß es nicht geklappt hat. Es war verdammt riskant, und sie hatten auch gewisse Ausgaben. Sie haben ein Anrecht auf das, was ihnen versprochen wurde.«

»Es ist mir nicht bekannt, daß Versprechen gemacht wurden.«

»Na schön, vielleicht keine Versprechen, aber jede Menge Andeutungen. Statt dessen passiert was? Momo wird auf der Fahrt nach Mexiko stundenlang festgehalten und verhört, was sehr peinlich ist, weil er mit seiner Freundin unterwegs ist. Carlos Marcello ... Wissen Sie, wer er ist?«

Ich nickte nur.

»Carlos wird wegen irgendeinem Scheiß, der mit seiner Staatsbürgerschaft zusammenhängt, nach Guatemala deportiert. Wird in ein Flugzeug gesetzt, über die Landesgrenze geflogen und irgendwo abgesetzt. Hören Sie mal, David, Sie müssen begreifen, was hier auf dem Spiel steht. Momo ging mit dieser Kuba-Sache zu Johnny Roselli, und Roselli ging zu Meyer Lansky und erzählte ihm alles am Pool des Deauville-Hotels in Miami. Daraufhin bringt Lansky Carlos Marcello und Santo Trafficante ins Spiel, weil die nämlich Kuba in- und auswendig kennen ... Momo hat natürlich von Anfang an gewisse Versprechungen gemacht, steht jetzt übel da und hat an Respekt verloren ... Bei seiner Art von Geschäften ist das gefährlich, David. Außerdem hat er auch noch Hoffa auf dem Hals. Er ist gar nicht glücklich.«

»Meine Leute sind auch nicht glücklich, Paul.«

»Na ja, aber Ihre Leute haben doch die großen Geschütze, David, geben Sie's zu. Meine Leute sitzen nicht im Weißen Haus. Jetzt noch nicht, jedenfalls.« Er lachte. »Aber das kann ich Ihnen versichern, David, sie sind stinkwütend.«

»Unsere größte Sorge ist im Moment, ob sie den Mund halten werden.«

Paul verzog schmerzvoll sein Gesicht. »David, das sind ehrliche Typen. Die reden nicht. Das ist nicht das Problem. Das Problem ist, daß man sie richtig behandeln muß. Sie finden nicht, daß es richtig ist, Carlos Marcello erst in ein Flugzeug und dann in ein Auto zu setzen, ihn schließlich mitten im Scheißdschungel in seinen Fünfhundert-Dollar-Schuhen aus Alligatorhaut stehenzulassen und ihm zu sagen, daß er zu Fuß weitergehen soll.«

Das leuchtete mir ein. Ich hatte Marcello in den guten alten Zeiten einmal in Havanna getroffen, und er hatte auf mich nicht wie ein Mann gewirkt, der viel zu Fuß geht.

»Sie wollen nur, daß alles seine Richtigkeit hat!« sagte Paul betont deutlich, aß seine Rühreier auf und wischte sich sorgfältig den Mund ab. Der Brillant an seinem kleinen Finger glitzerte selbst im Halbdunkel und verriet als einziges Detail an seiner Aufmachung, daß Paul hier nicht hingehörte. »Nur damit es keine Mißverständnisse gibt.«

»Ich gebe es weiter.«

»Bitte tun Sie das! Allerdings ist es schon weitergegeben worden, ganz nach oben, wie man mir sagte, von einer gewissen Lady, die namenlos bleiben soll, stimmt's?«

»Stimmt«, sagte ich und überlegte, wer die Lady wohl war.

Er lachte. »Aber vielleicht war sie mit etwas anderem zu sehr beschäftigt, um sich verständlich zu machen.«

»Schon möglich.« Ich lachte nicht.

Paul stand auf, und wir gaben uns die Hand. »Es ist mir immer ein Vergnügen«, versicherte er mir zum Abschied. »Das nächstemal lade ich Sie ein.«

Bobby und ich trafen uns am nächsten Tag gegen Mittag in Hikkory Hill.

Das Haus hatte nichts mehr von seiner früheren Eleganz, denn Bobby und Ethel richteten ihre Häuser für Kinder und Hunde ein. Von beiden gab es so viele im Haus, daß eine Unterhaltung unmöglich war, und so nahm mich Bobby mit nach draußen, wo wir auf und ab gingen. Ein Rudel großer Hunde folgte uns auf Schritt und Tritt, einige Bobbys Eigentum, andere zu Besuch von benachbarten Besitzungen. Bobby trug eine Fliegerjacke aus Leder mit dem Emblem der Flugstaffel, die sie ihm geschenkt hatte. Sein Haar war länger als sonst, und seine Augen wirkten so traurig, als hätte er inzwischen Geheimnisse erfahren, die er lieber nicht kennen würde.

Ich berichtete ihm über mein Frühstück mit Palermo, und er hörte mir schweigend zu. »Ich glaube nicht, daß die irgendwas unternommen haben«, sagte er schließlich. »Ich glaube, daß die der CIA nur hohle Versprechen gemacht haben und dafür Geld und Waffen kassiert haben. Also für nichts. Die ganze Sache war von Anfang an ein abgekartetes Spiel, aber die CIA-Typen waren viel zu blöde, um das zu kapieren.«

»Für mich klang es ganz überzeugend.«

»Na klar. Diese Typen sind Profis. Die deutsche Nutte, die vergifteten Zigarren, der Puder in Castros Unterwäsche ... genau so was will die CIA hören.«

»Hat sie der Mafia das Gift und das andere Zeug verschafft?«

»Ja. Bei der CIA entwickeln die im Labor Sachen, die kaum zu glauben sind. Muschelgift, das bei einer Autopsie nicht festgestellt werden kann, lautlose Gift-Dart-Gewehre, Sender, die eine Frau in ihre Vagina verstecken kann ...« Sein Gesichtsausdruck verriet Abscheu.

Er hob einen Stock auf und warf ihn weit von sich, worauf die Hunde wild kläffend hinterherstürmten. »Natürlich war die CIA scharf darauf, all diesen Unsinn auszuprobieren, und als diese Typen Marcello und Trafficante versprachen, das Zeug gegen Castro einzusetzen, da konnten die in Langley ihnen gar nicht schnell genug alles geben, was sie wollten ... Geld, Rennboote, Radiosender, Gewehre und was es sonst noch so gibt. Die Gangster haben sich bestimmt halb totgelacht.«

»Sie meinen, es war ein Bluff?«

»Garantiert. Und nun kommen sie an und wollen Begnadigungen! Nur über meine Leiche!«

»Die sind aber der Meinung, daß Jack ihnen das versprochen hat ... Oder etwas in der Art.«

»Nein, das stimmt nicht. Er hat ihnen nichts versprochen, verdammt noch mal. Und außerdem haben sie ja schließlich nichts geleistet, es sei denn, man sieht es als Leistung an, daß sie die CIA um Hunderttausende von Dollar und alle möglichen Waffen betrogen haben, die man ihnen sowieso nicht hätte anvertrauen dürfen.«

»Handelt es sich hier wirklich um Tatsachen, Bobby?«

»Hier gibt's keine Tatsachen. Die Leute von der CIA erkennen keine Tatsache, selbst wenn sie vor ihrer Nase läge. Was die Gangster betrifft, die haben noch nie in ihrem Leben die Wahrheit gesagt.«

»Was ist mit der Deutschen?«

»Ich glaube, daß sie die nur ins Spiel gebracht haben, um Jacks Interesse zu wecken. Seine erste Frage lautete jedenfalls: ›War sie hübsch?‹«

»Natürlich war sie's. Die hätten doch nicht ein Foto von einer häßlichen Blondine vorgezeigt, oder?«

»Apropos Mädchen, Palermo erwähnte, daß angeblich eine Frau die Verbindung zwischen Jack und Giancana hergestellt hat. Er nannte aber keinen Namen.«

»Stimmt«, gab Bobby mit unbewegtem Gesicht zu.

»War das nicht etwas gefährlich?«

Sein vernichtender Blick warnte mich davor, dieses Thema weiterzuverfolgen. Ich fixierte ihn genauso, denn ich hatte ja nicht umsonst so viele Jahre für den Botschafter gearbeitet. »Ja, das ist ein Problem«, sagte er mit verkniffenem Mund. »Einiges muß sich ändern, aber das kann nicht von heute auf morgen geschehen. Jack ist Jack und denkt gar nicht daran, ein keusches Leben zu führen, nur weil er Präsident ist. Er gibt auch nicht die Verbindung zu Sinatra auf, obwohl er weiß, was ich davon halte. Also vergessen Sie Giancanas Freundin, diese Miss Campbell. Neulich bekam ich's mit einer zu tun, die sich als westdeutsche Agentin herausstellte, und mußte Hoover einschalten, um sie ohne Aufsehen ins Ausland zu schaffen..«

Er nickte grimmig. »Es gibt Leute, vor allem an der Westküste, die Jacks Gutmütigkeit ausgenutzt haben. Wenn der richtige Zeitpunkt kommt, werden sie kriegen, was sie verdienen. Dafür werde ich schon sorgen.«

»Bobby, sind Sie sicher, daß Sie wissen, was Sie tun?«

Seine Augen wirkten eiskalt, als er sich mir zuwandte. »Völlig sicher, David!« sagte er scharf.

Ich wollte diesen Punkt gerade noch weiter erörtern, als eine Horde von Kindern lärmend aus dem Haus kam und uns umringte. Bobby ergriff die Gelegenheit und zog wie der Rattenfänger von Hameln mit den Kindern ab, um Fußball zu spielen.

Ich ging ins Haus, verabschiedete mich von Ethel und ließ mich von meinem Chauffeur zum National Airport fahren.

Unterwegs versuchte ich mir einzureden, daß Bobby recht hatte, glaubte es aber keinen Moment.

35. KAPITEL

Im strahlenden Sonnenschein Floridas fiel ihr sofort auf, wie stark der Botschafter gealtert war.

»Ich habe scheußliche stechende Schmerzen im Arm«, klagte er. »Und Kopfweh. Ich weiß gar nicht, was, zum Teufel, mit mir los ist.«

Ihr wurde flau im Magen. Clark Gable hatte in den letzten Wochen der Dreharbeiten von *The Misfits* ähnliche Klagen geäußert – Warnsignale, die den Herzinfarkt ankündigten.

»Sie sollten zum Arzt gehen!«

»Ich glaube nicht, daß diese Kurpfuscher von irgend etwas Ahnung haben, Marilyn. Ich hatte eine schwere Grippe, das ist alles. Zum Teufel noch mal, ich spiele jeden Nachmittag Golf und bin kerngesund.« Er grinste ihr verschwörerisch zu, bot aber einen erschreckenden Anblick: Sein zerfurchtes, ausgemergeltes Gesicht wirkte durch die typischen großen Kennedy-Zähne beinah wie ein Totenkopf.

»Was wollen Sie nun anfangen?« erkundigte er sich, um von dem leidigen Thema seiner Gesundheit wegzukommen.

»Ich gehe nach L. A. zurück.«

»Hervorragend! New York taugt nichts. Die Juden haben die Medien und die Wall Street übernommen, und eh man sich's versieht, werden die Nigger von Harlem in die Stadt ziehen, und man kann nicht mehr friedlich durch die Straßen laufen. Ich habe meinen ganzen dortigen Besitz verkauft, als alles noch gut lief ... Hoffentlich arbeiten Sie bald wieder!«

»Wenn mich jemand haben will.«

»Natürlich will man Sie haben. Sie sind ein Star!« Es hatte leider nicht den Anschein. Die wenigen Projekte, die man ihr bei der 20th Century-Fox geboten hatte, waren unmöglich – Remakes von Remakes oder zweitklassige Filme mit Musik- und Tanzeinlagen. Das Studio war sehr verändert, seit der Aufsichtsrat sich dazu aufgerafft hatte, ihren alten Feind Zanuck vor die Tür zu setzen, und kein Mensch schien auch nur eine blasse Ahnung zu haben, was man mit ihr anfangen sollte.

»Auf jeden Fall haben sie's damit nicht eilig«, erwiderte sie.

»Abwarten, Marilyn! Die Wichser kommen schon noch angekrochen. Und mieten Sie ja nichts in L. A., sondern kaufen Sie sich ein hübsches kleines Haus. Wenn Sie Probleme mit der Finanzierung haben, sagen Sie's mir, und ich helfe Ihnen. Man muß Dinge besitzen, Marilyn, das habe ich auch immer Gloria gesagt. Sie werden nicht ewig jung und schön bleiben.«

Sie nickte wie ein braves kleines Mädchen und bedankte sich für seinen Rat.

Er beäugte sie mißtrauisch. »Sie sehen genauso aus wie Jack, wenn ich ihm finanzielle Ratschläge gebe. Er nickt und vergißt es im nächsten Moment. Keiner in dieser Familie hätte auch nur einen Topf, um reinzupissen, wenn ich nicht ein Vermögen gescheffelt hätte. Was für einen Eindruck haben Sie von Jack?«

»Er ist in Superform.«

Der Botschafter drückte sich seinen verwegenen Strohhut tiefer ins Gesicht. »Diese Kuba-Geschichte hat ihm schwer geschadet, aber die Leute haben ein kurzes Gedächtnis. Er wird der beste Präsident des Jahrhunderts werden. Da hege ich nicht den geringsten Zweifel.«

»Ich auch nicht.« Es war ihr selbst fast unheimlich, wieviel Vertrauen sie in Jack setzte, sie, die keinem Mann je getraut hatte. Sie würde alles für ihn tun, außer ihm Lebewohl sagen, und das würde er garantiert auch nie von ihr verlangen.

Eine Autotür schlug zu, und zwei Secret-Service-Agenten bezogen Posten hinter einer blühenden Hecke auf der anderen Seite des Pools. Kaum waren sie an ihrem Platz, als auch schon Jack in der Tür zur privaten Domäne seines Vaters auftauchte und zur Begrüßung breit lächelte. »Das ist Leben«, sagte er. »Im Kreml haben sie's garantiert nicht so gut.«

»Nein, aber die kümmern sich um ihre Geschäfte, diese Typen. Es wäre gar keine so schlechte Idee, ihrem Beispiel zu folgen,« erwiderte der Botschafter.

Zu Anfang hatte sie nicht begriffen, daß solche Sticheleien und Seitenhiebe nicht persönlich gemeint waren. Inzwischen wußte sie aber, daß die Kennedy-Familie einem Rudel Wölfe glich, die gern spielten und ihre Zuneigung füreinander durch Raufereien zeigten. Ihre Klauen waren gerade weit genug eingezogen, um nur Kratzer zu hinterlassen.

»Wenn Chruschtschow sehen könnte, wie wir leben, würde er zum Kapitalismus übertreten«, sagte Jack lachend. Er kam zu ihr, küßte sie und ließ seine Hand über ihren Rücken gleiten.

Als nächstes tauchte David Leman auf. »Hier in Florida siehst du richtig sexy aus«, begrüßte er sie. »Viel mehr als in New York.«

»Schmeichler!« Aber sie sah tatsächlich besser aus, denn Sonnenschein weckte immer ihre Lebensgeister.

»David und ich haben über Strategien diskutiert«, erklärte Jack. Sie spürte, daß sich hinter seiner guten Laune ein gewisser Unmut verbarg. Was war es wohl, weshalb David die weite Strecke von Florida kommen mußte, um mit Jack darüber zu reden?

»Habt ihr Jungs eure Angelegenheit geregelt?« erkundigte

sich der Botschafter. Sie mußte ein Kichern unterdrücken. Nur Joe Kennedy würde den Präsidenten der Vereinigten Staaten und David Leman als ›Jungs‹ bezeichnen.

Jack nickte. Mit seiner Sonnenbrille auf der Nase wirkte er noch undurchschaubarer. Er sagte nichts.

»Bobby hat recht«, bohrte der Botschafter nach. »Ich kenne diese Typen. Ich hatte mit ihnen zu tun. Reiner Abschaum. Du darfst dich von denen nicht rumschubsen lassen.«

»Ich habe auch nicht vor, mich rumschubsen zu lassen.«

»Um so besser. Sag ihnen, sie sollen zur Hölle fahren. Du hast mein Wort, sie werden jaulend zurückweichen wie Straßenköter. Habe ich nicht recht, David?«

David befand sich anscheinend in einer Zwickmühle. Worum es auch gehen mochte, er sah es jedenfalls nicht so rosig wie Joe Kennedy, wollte andererseits aber mit dem alten Herrn auch nicht in Streit geraten. »Schon möglich«, stimmte er zögernd zu. »Doch nach meiner Erfahrung zahlt es sich nicht aus, ihnen die Daumenschrauben anzulegen. Lassen Sie ihnen einen Ausweg. Die sollen ruhig ihr Gesicht bewahren. Das ist meine Meinung.«

»Sie haben ja Mitleid!« fuhr Joe ihn an. »Mitleid mit einem Haufen verdammter Itaker. Bobby soll sich darum kümmern!«

»Bobby wird sich darum kümmern«, sagte Jack und beendete damit die Diskussion. Er zog sie an der Hand hoch. »Komm, machen wir eine, äh, kleine Fahrt, was meinst du?«

Sie ging zum Botschafter und gab ihm einen Kuß auf die trockene Haut. Er griff mit seiner klauenartigen Hand nach ihr und sagte: »O Gott, wie gern wäre ich zwanzig Jahre jünger!«

Nachdem sie sich auch von David verabschiedet hatte, führte Jack sie ein paar enge Steinstufen hinunter und durch ein Tor inmitten einer dicken blühenden Hecke zur Seitenstraße hinaus, wo ein grauer Sedan mit verdunkelten Scheiben wartete, in seinem Schlepptau einige Begleitwagen. Ungefähr ein Dutzend Secret-Service-Agenten standen müßig herum und setzten sich nun beim Auftauchen des Präsidenten in Bewegung. Sie wurde fast in das Auto gestoßen, das schon losfuhr, während die Agenten noch die Türen zuschlugen. »Lanzenträger und Dummkopf an Bord«, sagte der Agent hinter dem Steuer halblaut in sein Mikrofon.

Als sie in die Hauptstraße einbogen, scherte ein weißer Sedan aus einer Parklücke aus und fuhr vor ihnen her. Ein zweiter folgte irgendwo hinter ihnen. »Ist das nicht zu auffällig?« fragte sie. »Jeder in Palm Beach merkt doch so, wer du bist und wohin du fährst.«

Jack lachte. »Da irrst du dich. Ungefähr vor fünf Minuten preschte die Präsidentenlimousine vor dem Portal los, vorne und hinten Polizeifahrzeuge mit Blinklicht. Auch die Presseleute sausten hinterher, und wenn sie dann alle beim Everglades Club angekommen sind – übrigens eine lange Fahrt –, dann werden sie meinen alten Freund Lem Billings aussteigen sehen.«

Sie lachte auch. »Dann wissen sie, daß du sie reingelegt hast.«

»Na und? Es ist das alte Katz-und-Maus-Spiel, wobei ich die Maus bin. Ich finde, daß ich ein Recht auf mein Privatleben habe. Allerdings brauchte ich reichlich lange, um den Secret Service davon zu überzeugen.« Beide Agenten auf den Vordersitzen lachten. Sie genossen das Spiel offensichtlich ebenso wie Jack.

Der Sedan kurvte eine Zufahrt zwischen hohen Hecken entlang in eine offene Garage hinein, und dort blieben sie im Wagen sitzen, bis das Tor sich hinter ihnen schloß. Einer der Agenten führte sie durch die Tür eine Treppe hinauf zu dem Schlupfwinkel, den der Botschafter klugerweise schon vor vielen Jahren gekauft hatte, damit seine Vergnügungen nicht durch die Anwesenheit seiner Frau in Palm Beach verhindert würden.

Jack öffnete eine Flasche Champagner. Sie schlüpfte aus ihren Schuhen und setzte sich auf das große weiße Sofa neben ihn.

Als sie Jack nun von nahem betrachtete, wirkte er müde und verstimmt. Er stieß einen Seufzer aus und schwang die Beine aufs Sofa. Sie kuschelte sich an ihn und begann, sein Hemd aufzuknöpfen. »Macht dir dein Job zu schaffen, Mr. President?« fragte sie und knetete mit ihren Händen seinen Rücken.

»Das kann man wohl sagen.«

»Es ist das, was du gewollt hast.«

»Es ist aber nicht das, was ich jetzt will.«

»Ich bin dafür, daß jeder kriegt, was er will«, flüsterte sie und biß ihn zärtlich ins Ohr.

Sie ließ ihn den Reißverschluß ihres Kleides öffnen, legte sich auf ihn und lauschte dem schwachen, antiseptischen Summen der Klimaanlage. Zuerst spürte sie keinerlei sinnliche Erregung, doch dann begann die Szene ihren Reiz auf sie auszuüben – die Tatsache, daß Jack voll angezogen war, während sie nur ihren BH anhatte; daß sie in einem geheimen Versteck waren, umgeben von bewaffneten und mit Funkgeräten ausgerüsteten Agenten; die Tatsache, daß er der Präsident der Vereinigten Staaten war und sie die berühmteste Blondine im ganzen Land. Doch am wichtigsten war die Tatsache, daß dies so ungefähr das einzige in ihrem Leben war, was immer noch Sinn ergab, das einzige, was sie noch wirklich empfinden konnte ... bis auf Panik. Nie zuvor hatte sie intensiver gespürt, wie sehr sie ihn liebte, was sie gleichzeitig erregte und ängstigte.

Beide kamen schnell zum Höhepunkt, aber sie blieb noch auf ihm liegen, ihre Lippen auf seinen, im gleichen Rhythmus atmend. Es kam ihr so lange vor, daß sie sich fragte, ob er etwa eingeschlafen war.

Doch dann sagte er plötzlich: »Das ist das Beste, was ich heute erlebt habe.«

»Ich auch. Übrigens gehe ich nach Kalifornien zurück ...«

»Ich werde dich dort besuchen. Oft.«

»Wie schön, Darling! Ich muß wieder etwas arbeiten. In New York nur auf meinem Arsch zu sitzen ist nicht das richtige für mich.«

»Aber was für ein Arsch!« Er schaute auf seine Armbanduhr, die sie ihm vor langer Zeit geschenkt hatte. »O Gott, ich muß los.« Er schwang sich auf die Füße, zuckte dabei vor Schmerz zusammen, machte den Reißverschluß zu, schlüpfte in seine Schuhe und war bereit zu gehen, während sie immer noch mit nacktem Unterkörper auf dem Sofa lag, ihr Haar so wirr wie ein Vogelnest und ihr Make-up eine einzige Katastrophe. »Du mußt mir ein paar Minuten lassen«, sagte sie.

Er nickte. Sie verschwand im nächsten Badezimmer, wo ein umsichtiger Mensch, der wußte, wofür das Haus gebraucht wurde, alle möglichen Kosmetika und Parfums deponiert hatte. Sie begann, ihr Gesicht neu zu schminken. Jack, der nach Sex immer ruhelos war, kam herein und setzte sich aufs Bidet, in der Hand eine Mineralwasserflasche. »Wird es für dich in L. A. okay sein?« erkundigte er sich.

»Ich glaube schon, Darling. Warum fragst du?«

»Irgendwohin zurückzukommen ist immer schwierig. Wo steigst du ab?«

Sie zuckte mit den Schultern. »Anfangs im Beverly-Hills-

Hotel. Danach miete ich mir vielleicht eine Wohnung, bis ich ein Haus kaufen kann.«

»Wenn du was brauchst, kann ich Frank oder Peter anrufen.«

»Es wird schon gutgehen.« Dessen war sie sich aber gar nicht sicher. Während ihrer New Yorker Zeit hatte sie Jack öfter gesehen als je zuvor. So oft sogar, daß sie sich daran gewöhnt hatte, denn wie Timmy Hahns Tagebuch zweifellos vermerkte, verbrachte der Präsident die Nacht öfter im Carlyle-Hotel, als angenommen wurde.

Es würde und könnte nicht dasselbe sein, sobald sie in L. A. lebte, und davor fürchtete sie sich. Es war nun fünf Jahre her, seit sie auf Milton Greenes Drängen hin Kalifornien verlassen hatte. Für immer, wie sie damals glaubte, um in New York ein neues Leben als ernsthafte Schauspielerin und Ehefrau von Amerikas bestem Dramatiker zu beginnen – als jemand, der eine Persönlichkeit war und nicht nur Hollywoods blonde Sexbombe. Und nun kehrte sie zurück, geschieden, unverwendbar und immer noch durch denselben Vertrag geknebelt, den sie zu brechen versucht hatte, als sie Milton kennenlernte, was Ewigkeiten herzusein schien.

Sie betrachtete ihr Gesicht im Spiegel, wandte sich plötzlich mit tränenfeuchten Augen um und rief: »Ach, Jack, ich habe solch eine Scheißangst.«

Er stand auf, stellte die Flasche beiseite und nahm sie in die Arme. Er hielt sie so lange, wie sie gehalten werden wollte, und sagte dann mit ruhiger, zärtlicher und ernster Stimme: »Du darfst nie vor etwas Angst haben.«

36. KAPITEL

Doch schon im Flugzeug nach L. A. empfand sie Angst.

Fünf Jahre waren eine lange Zeit. Für die Weltöffentlichkeit war sie immer noch die berühmteste Blondine, aber ihr Name hatte an den Kinokassen seine magische Anziehungskraft verloren. Die Horrorstories über ihre Unpünktlichkeit und ihre persönlichen Probleme schreckten Regisseure und Produzenten ab. Vielleicht konnte sie das überwinden, aber was sie nicht überwinden konnte, war das Gefühl, daß sie als Versagerin in ihre Geburtsstadt zurückkehrte.

Sie empfand dies so quälend in ihrem Bungalow im Beverly-Hills-Hotel – der gleiche, wo sie ihre Affäre mit Yves begonnen und ihre Ehe mit Arthur beendet hatte –, daß sie eine Woche später in Frank Sinatras Haus übersiedelte, der gerade verreist war. Dann stellte sich heraus, daß ihre frühere Wohnung in den Doheny and Cynthia Streets zu mieten war.

Sie zog dort ein und begann mit ihren routinemäßigen Besuchen bei ihrem Psychoanalytiker Dr. Ralph Greenson, ihrem Internisten Dr. Hyman Engelberg und mehreren anderen Ärzten, was sie Greenson allerdings verschwieg.

Und damit begann auch wieder jener Teufelskreis, der daraus bestand, daß sie sich Rezepte verschaffte, die Tage in den Sprechzimmern von Ärzten verbrachte und sich an den Abenden auf die Suche nach Apotheken machen mußte, die nachts geöffnet hatten und wo man sie nicht kannte. Zu ihrem Entsetzen brauchte sie inzwischen noch größere Pillenmengen, um auch nur eine leichte Wirkung zu spüren – Mengen, die bei Dr. Greenson und Frau Dr. Kris alle Alarmglocken hätten schrillen lassen.

Sie wurde vom ›Rattenpack‹ mit offenen Armen als eine Art Marketenderin aufgenommen, schwamm im Kielwasser dieser ständig unter Alkohol stehenden Runde, war ›gut Freund‹ mit Frank Sinatra, Peter Lawford, Sammy Davis jr. und Dean Martin. Sie suchte Mädchen für sie aus, kippte mit ihnen Drinks, lachte über ihre schmutzigen Witze und rebellierte mit ihnen gegen alle Regeln der Filmbranche.

Oh, sie liebte sie alle, nannte sie in Gedanken immer nur ›ihre Boys‹ – Dino, Sammy, Frankie, Peter – und wurde von ihnen respektiert, da sie in das Geheimnis ihrer Beziehung zu ›The Prez‹, wie sie Jack nun nannte, eingeweiht waren. Ihre Nächte aber verbrachte sie schlaflos und allein in derselben möblierten Wohnung, von wo aus sie die Welt hatte erobern wollen.

Frank schenkte ihr einen Schoßhund, da sie nach ein paar Drinks unweigerlich tränenreich über den armen Hugo zu jammern begann, den sie in Connecticut bei Arthur zurückgelassen hatte. Es war ein kleines, flauschiges, weißes Tier, der typische Hund von Miami-Nutten, und ihr sofort treu ergeben. Sie taufte ihn Mafia, ein Insider-Joke speziell für Frank, kürzte ihn dann auf

›Maf‹ ab, doch alle nannten ihn nur ›Mof‹, damit es sich auf ›Mop‹ reimte, weil er genauso aussah.

Sie rief Jack mindestens einmal täglich unter der Privatnummer an, die er ihr gegeben hatte. Wenn sie ihn erreichte, hatte er manchmal nur für einen Moment Zeit, dann aber auch wieder stundenlang. Diese Telefonate mit ihm gaben ihr neuen Mut, und an solchen Tagen schlief sie abends etwas besser und brauchte weniger Pillen. Bei spätnächtlichen Anrufen masturbierte sie gelegentlich, halb wach, halb träumend, alle Sinne erregt vom Klang seiner Stimme, von Tabletten und Wein.

Natürlich vermißte sie Jack sehr, aber am meisten deprimierte es sie, daß sie keine gute Rolle angeboten bekam. Sie hatte Zanuck gehaßt, aber er hätte inzwischen einen oder vielleicht sogar zwei Filme mit ihr gedreht. Die neuen Manager wollten auf Teufel komm raus Kosten sparen und trieben dabei die ganze Filmfirma in den Bankrott! Trotzdem behandelten ausgerechnet diese Typen sie wie eine Aussätzige!

»Na, wie geht's dir, Kindchen?« fragte Aaron Diamond, der Superagent, als sie sich mal nachts bei einer Party in Franks Haus in die Arme liefen.

»Großartig, Aaron«, erwiderte sie und küßte ihn auf seine Glatze, als wäre die ein Glücksbringer.

»Wieso siehst du dann wie ein Stück Scheiße aus?«

Sie war nicht beleidigt. Diamond war knallhart, aber auch tief sentimental, eine typische Kombination in der Filmbranche.

»Ich dachte, ich sähe gut aus, Aaron«, erwiderte sie.

»Na klar! Du kannst gar nicht schlecht aussehen, Kindchen, aber du siehst einfach nicht glücklich aus. Was macht das Liebesleben?«

»Das Liebesleben ist comme ci, comme ça.« Sie wedelte mit der Hand.

»Und die Karriere?«

»Mehr comme ci als comme ça, fürchte ich.«

»Diese Trottel in deinem eigenen Studio wollen dich fertigmachen, stimmt's?«

»Sie haben mir einige Sachen gezeigt ... aber nichts, was mir gefiel.«

»Die hoffen, daß du alles ablehnst, damit sie dich wegen Vertragsbruch verklagen können. Hör mal, ich habe da ein Projekt, ein Remake eines alten Films mit Cary Grant, *My favorite wife* hieß er wohl, den Dino machen will. *Something's got to give* lautet jetzt der Titel. Das Skript ist große Klasse – eine geistreiche Komödie, genau dein Fall. Laß mich mit ihnen reden.«

Die Idee gefiel ihr, mit jemandem zu arbeiten, den sie mochte, wie Dean Martin. Und Dino würde ihr beistehen, falls es Probleme mit dem Studio gab. »Ich werde das Drehbuch lesen, Aaron«, antwortete sie. »Schick es mir rüber.«

»Einverstanden. Gleich morgen früh.« Diamond tätschelte ihren Hintern und verschwand in der Menge, als wäre er nur ein Spuk gewesen, aber am nächsten Vormittag hatte sie das Drehbuch in ihrer Wohnung.

Sie las es und wußte sofort, daß es klappen könnte. Es handelte von einer Frau, die sieben Jahre lang verschollen war, nach Hause zurückkommt und feststellt, daß ihr Mann nach ihrem vermeintlichen Tod wieder geheiratet hat. Die Dialoge waren gut, mit genau jener Art von trockenem Witz, der ihr gefiel.

Alles schien plötzlich wieder vielversprechend zu sein.

Dann kam der Zusammenbruch.

Als ich erfuhr, daß Marilyn in einem New Yorker Krankenhaus lag, eilte ich sofort zu ihr. Diesmal hatte sie es geschafft, ohne viel Publicity eingeliefert zu werden, und ich traf sie in guter Stimmung an, wenn auch so dünn und zerbrechlich wie Audrey Hepburn.

Ihr Körper hatte ihr einen Streich nach dem anderen gespielt. Zuerst hatten ihre Ärzte in L. A. sie in die Klinik Cedars of Lebanon geschafft, wo sie an der Bauchspeicheldrüse operiert wurde. Dann war sie nach New York geflogen, um Jack zu treffen, wie ich vermutete, wo sie eine Gallenkolik bekam und wieder sofort auf den Operationstisch mußte.

»Wie fühlst du dich?« erkundigte ich mich und gab ihr einen Kuß.

»Ganz okay. Der Arzt war sehr nett. Er versprach, einen möglichst kleinen Schnitt zu machen, und hielt sein Versprechen.«

»Keine Schmerzen?«

»Nicht schlimm. Des Botschafters alte Freundin, Marion Davies, war auch im Cedars. Sie stirbt an Krebs. Sie rief mich an und sagte: ›Wir Blondinen scheinen am Ende zu sein.‹ Vermutlich hat sie recht.«

»Du siehst nicht so aus, als ob du am Ende wärst.«

»Ach, du würdest alles behaupten, um mich glücklich zu machen«, erwiderte sie. Es klang nicht wie ein Kompliment.

»Wie ich höre, ist das Filmstudio in heller Panik.«

»Scheiß auf das Studio«, sagte sie mit ihrer süßesten Kleinmädchenstimme. »Ich kann nichts dafür, wenn meine Bauchspeicheldrüse und Gallenblase Scherereien machen.«

»Wirklich Pech!«

»Am schlimmsten ist daran, daß ich auf dem Weg zu Jack war. So was Ärgerliches! Ein Treffen mit dem Präsidenten der Vereinigten Staaten absagen zu müssen! Er war aber sehr lieb. Er schickte mir ein Lammfell, das ich mir im Bett unter den Rücken legen sollte. Übrigens dasselbe, das er nach seiner Operation benutzte. ›Was für ein glückliches Schaf‹, sagte ich ihm, ›wenn man bedenkt, daß Jack Kennedy auf ihm schlief‹!«

Sie lachte. Für eine Frau, die in knapp einem Monat zwei schwere Operationen über sich hatte ergehen lassen müssen, war sie erstaunlich guter Laune.

Da ich sie nicht ängstigen wollte, verschwieg ich ihr, daß sie das Opfer einer ganzen Reihe von anonymen Haßbriefen geworden war, die man an alle großen Filmstudios geschickt hatte. Darin drohte man, ihre Liaison mit Jack Kennedy an die Öffentlichkeit zu bringen. Weitere kompromittierende Enthüllungen wurden angekündigt, die Kennedy entmachten und die Karriere ›seiner Hure‹ ruinieren würden. Einer der Studiobosse hatte mir die Briefe gezeigt, und ich hielt es für durchaus möglich, daß dieser drohende Skandal teilweise erklärte, warum ihre eigene Filmgesellschaft zögerte, mit ihr zu arbeiten.

Das FBI bemühte sich, den Schreiber dieser Briefe ausfindig zu machen, die brisant genug waren, um vorübergehend Hoover und Bobby zu Partnern zu machen, die ausnahmsweise mal am gleichen Strang zogen. Ihrem Inhalt nach schienen die Briefe von irgendeinem wichtigen ›Insider‹ Hollywoods zu kommen, von jemandem, der die Kennedys und Marilyn haßte und beide zu vernichten hoffte. Ich hatte das Gefühl, daß sich über Marilyn dunkle Wolken zusammenzogen, und beschloß, von nun an auf sie aufzupassen.

Als ich mich von ihr verabschiedet hatte und im Korridor stand, um meinen Mantel anzuziehen, hörte ich sie mit lauter Stimme telefonieren: »Jack, ich bin's, Marilyn.«

Wie lange noch würde Jack damit einverstanden sein, daß sie ihn täglich anrief, überlegte ich unwillkürlich. Und was würde sie tun, falls er es ihr je verbot?

Wie in Trance flog sie nach Los Angeles zurück. Bei der zweiten Operation war sie in der Narkose fast gestorben, weil sie dem Anästhesisten ihren immensen Tablettenkonsum verschwiegen hatte. Auch jetzt noch, einige Wochen später, fühlte sie sich so schwach, daß ihr schon einfache Dinge wie das Zuknöpfen einer Bluse Probleme machten. Sie empfand kaum körperliche Schmerzen, aber auch seelische Pein drang nur gedämpft zu ihr – wie das Klimpern eines weit entfernten Klaviers an einem ruhigen Tag.

Sie hatte Frau Dr. Kris in New York aufgesucht und trotz ihres umnebelten Zustands die Bestürzung ihrer Therapeutin bemerkt, als sie ihr von den vielen Männern berichtete, mit denen sie in den vergangenen Monaten geschlafen und absolut nichts dabei empfunden hatte.

Sie wollte im Grunde nur Jack, aber da er selten verfügbar war, versuchte sie, sich mit einer endlosen Folge von Ersatzmännern zu trösten. Alles war besser, sagte sie Frau Dr. Kris, als eine Nacht allein zu verbringen. Frau Dr. Kris äußerte völlig berechtigte Zweifel, denn mit je mehr Männern ihre Patientin schlief, desto trostloser und wertloser fühlte sie sich.

Frau Dr. Kris rief Dr. Greenson in L. A. an und erzählte ihm, wie besorgt sie sei, aber ihr Kollege ließ durchblicken, daß er sie für übertrieben pessimistisch hielt. Es gelang ihm auch, Frau Dr. Kris etwas zu beruhigen und ihre Einwände gegen Marilyns Rückkehr nach Los Angeles zu entkräften. Dr. Greenson versprach, er würde sich um Marilyn kümmern wie eine Glucke um ihr Küken.

Sie sehnte sich geradezu danach, Dr. Greenson jedes Detail ihres Lebens (bis auf ihre Pilleneinnahme) bestimmen zu lassen. Sie selbst war viel zu matt, um das noch selbst zu tun, und die Entscheidungen, die sie auf Drängen von Frau Dr. Kris fällen sollte, waren genau jene, die sie nicht in Angriff nehmen konnte. Sie war nicht in der Lage, eine schwere Wahl zu treffen, redete sie sich ein, und Dr. Greenson wollte das auch gar nicht von ihr. Auf dem Rückflug nach L. A. bekümmerte sie eigentlich nur, daß alle Stewardessen jünger als sie zu sein schienen.

In Schwab's Drugstore – dort hatte sie früher mit all den anderen hoffnungsvollen Jugendlichen herumgegangen – gab sie ein Rezept ab. Während sie auf die Tabletten wartete, schaute sie sich die Glückwunschkarten an, wählte eine, auf der ein kummervolles Bunny mit einem Blumenstrauß saß, lieh sich einen Kugelschreiber von der Kassiererin und schrieb in Druckbuchstaben:

DEAR MR. PREZ:
ROSES ARE RED, BUT GOSH I'M BLUE,
THIS LITTLE BUNNY'S STILL HOT FOR YOU!
MISS YOU BADLY. LOVE,
MARILYN

Sie preßte ihren rotgeschminkten Mund auf die Karte, steckte sie in einen Umschlag, adressierte sie an Jack im Weißen Haus und kritzelte ›SWAK‹ auf die Rückseite.

Es war schon eine liebe Gewohnheit, kleine Geschenke und Botschaften an Jack zu schicken: smaragdgrüne Socken und dazu ein Briefchen, daß die Strümpfe ihn wärmen sollten, wenn sie nicht bei ihm im Bett sei, ein rotes Flanellnachthemd mit einer Variante der gleichen Botschaft wie auch ein Abonnement vom *Playboy* und unzählige Erinnerungen an sie, die alle mehr oder weniger intimer Natur waren.

Manchmal schoß es ihr durch den Sinn, daß es schon zur Manie geworden war und vielleicht vom Empfänger nicht so witzig empfunden wurde wie von ihr, aber sie konnte einfach nicht aufhören. Nach der Trennung von Arthur hatten sich ihre Gefühle für Jack gewandelt. Sie hatte ihn zwar immer geliebt, aber nun gerieten ihre Gefühle außer Kontrolle und wurden immer intensiver, als ob ihre Beziehung zu Jack ihre emotionalen Bedürfnisse gerade nun befriedigte, da er sich immer mehr zurückzog und sie, wie sie zu befürchten begann, zurückließ ...

In ihrer Wohnung wurde sie von Maf begrüßt, dem einzigen Lebewesen, das sie vermißt hatte und glücklich über ihre Heimkehr war. Dann rief sie Dr. Greenson an und bat um einen Termin.

Ihre derzeitige Sekretärin hatte die Post – es war eigentlich nicht der Rede wert – auf den Eßtisch gelegt, und ihre derzeitige Putzfrau hatte es geschafft, trotz Mafs gelegentlicher ›Malheurs‹ alles relativ sauber zu halten.

Sie zog sich aus, öffnete eine Flasche Champagner und schluckte einige der Pillen, die sie bei Schwab's gekauft hatte. Während sie durch die Wohnung tigerte, die ihr fremd vorkam, sah sie ab und zu ihren nackten Körper in einem Spiegel aufblitzen. Er sah geisterhaft bleich aus, bis auf die aggressiv rote Operationswunde. Sie telefonierte mit ihrem Auftragsdienst, aber es gab keine Anrufe für sie, wodurch sie sich noch geisterhafter vorkam – Hollywoods größter Sexstar ohne Anrufe! –, bis sie sich erinnerte, daß sie ihre Sekretärin beauftragt hatte, die geheime Nummer in regelmäßigen Abständen zu ändern, da sie immer wieder von Spinnern angerufen wurde, die über hundert Umwege an ihre Nummer gekommen waren ... Das bedeutete aber auch, daß viele Leute sie nicht erreichen konnten, und häufig wußte sie selbst ihre neueste Nummer nicht ...

Sie ging ins Schlafzimmer. Über das Bett hatte sie zwei Wahlplakate von Jack gehängt, der mit seinem Stimmenfängerlächeln zu ihr hinunterblickte. Sie warf ihm eine Kußhand zu und schlüpfte in Hosen und Pullover. Eigentlich bräuchte sie ein Bad, aber das hatte Zeit, und so frischte sie nur ihr Gesicht auf, band sich ein Tuch um, holte ihren Cadillac aus der Tiefgarage und fuhr los.

Dr. Greensons Praxis hatte einen Hintereingang, damit seine berühmten Patienten unbemerkt zu ihm kommen konnten. Da er kein strikter Freudianer war, bestand er auch nicht darauf, daß sich seine Patienten auf die Couch legen mußten, aber sie legte sich während ihrer Sitzungen gerne hin, da sie auf diese Weise freier sprechen konnte.

Dr. Greenson zog die Jalousien herunter, so daß sein geschmackvoll eingerichtetes Sprechzimmer dämmerig war, und lehnte sich in seinem Schaukelstuhl aus Leder zurück. Auf seinem attraktiven Gesicht lag ein so seelenvoller, ekstatischer Ausdruck wie nach einem Beischlaf. »Nun, wie geht es uns?« erkundigte er sich.

»Okay.«

»Wirklich?«

»Na ja, nicht so toll, wenn ich ehrlich bin.«

»Die Phase nach einer Operation ist nie leicht. Sie haben einen schweren Eingriff hinter sich. Zwei sogar. Erwarten Sie von sich keine Wunder.«

»Ach, eigentlich fühle ich mich okay. Was die Operation und all das betrifft.«

»Und die Karriere?«

»Das ist eher deprimierend. Vermutlich drehe ich diesen Film mit Dean Martin, falls die Fox mit ihrer Planung je zu Rande kommt. George Cukor soll Regie führen.«

»Ich weiß. Ich habe sogar das Skript gelesen. Das ist eine gute Rolle für Sie. Ich habe an den Rand einige Vorschläge gekritzelt, ein paar kleine Veränderungen am Dialog.«

Wie jeder in Hollywood bildete sich auch Dr. Greenson ein, Drehbücher schreiben zu können.

»Ich fühle mich irgendwie verloren«, erklärte sie. »Getrieben.«

»Von Mann zu Mann?«

»Das ist ein Teil davon. Ich meine, ich kann kein Ende erblicken ... Der nächste Mann. Der nächste Film. Die nächste Tablette. Wofür?«

»Sie müssen lernen, das Leben um seiner selbst willen zu lieben. Sie brauchen ein Projekt, ein Ziel, abgesehen von Filmen. Ich habe mir überlegt, daß Sie sich ein Haus suchen sollten ... Das wäre ein positiver Schritt, sehr lebensverstärkend ... Ich kenne einen guten Makler. Er wird sich mit Ihnen in Verbindung setzen. Und ich hätte auch eine fantastische Haushälterin. Genau die Frau, die Sie brauchen. Sie werden begeistert sein ... Und was macht ihr affektives Leben? Gibt's da etwas Neues?«

Sie haßte den Ausdruck ›affektives Leben‹, ließ es aber auf sich beruhen. Wenn Dr. Greenson Sex meinte, sagte er ›affektiver Moment‹, oder das hatte sie zumindest geglaubt, bis er ihr erklärte, daß ein ›affektiver Moment‹ nichts mit Sex zu tun haben müsse. Das war für sie eine Neuigkeit und wäre für die meisten Männer, die sie kannte, sicher eine noch erstaunlichere Neuigkeit gewesen.

»Na ja, durch die Operation und all das war nicht viel los. Ich habe immer noch diese Träume ...«

Er beugte sich gespannt vor. Von Träumen ließ er sich besonders gern erzählen.

»Ich träume immer wieder, daß ich Jack Kennedy heiraten werde«, sagte sie.

Er nickte, als ob das ganz normal wäre.

»Aber es ist nicht mal nur ein Traum.«

»Ach nein?«

»Ich meine, ein Teil von mir denkt wirklich, daß es geschehen wird.«

»Gegen Fantasie ist nichts einzuwenden«, sagte Dr. Greenson. »Fantasie ist das Ventil für das Unbewußte.« Er lächelte, als hätte er gerade einen Begriff geprägt, den er wiederverwenden würde.

»Ach ja?« sagte sie nachdenklich. »Aber verstehen Sie denn nicht? Mein Problem ist, daß ich es nicht unbedingt für eine Fantasie halte.«

Sie saß neben Peter Lawford im Chasen's, trug ihr schönstes schwarzes Kleid mit Spaghettiträgern und fühlte sich wohl. Frank saß am Kopfende des Tisches, Sammy auf der anderen Seite von ihr, und außerdem waren da noch Dino und eine Menge anderer ›Rat Packers‹.

Sie waren alle auf einer Party bei Frank gewesen, wo sie sich, wie sie glaubte, ziemlich schlecht benommen hatten, doch glücklicherweise konnte sie sich an keine Details mehr erinnern. Dann waren sie hierhergekommen, weil Dino etwas essen wollte, und hinterher würden sie sich eine Show in Hollywood ansehen, die man nach Sammys Meinung nicht verpassen durfte, dann vermutlich wieder zu Frank zurück, zum Poker und Alkohol oder vielleicht auch raus zu Peters Haus in Malibu ... Peters Gesicht verschwamm immer wieder vor ihren Augen, was höchst merkwürdig war, und sie überlegte, ob wohl die Pillen, die er ihr gegeben hatte, ›um ihre Melancholie zu verscheuchen‹, etwas damit zu tun haben könnten. Sie hatten auch ein paar Joints geteilt, ganz klammheimlich, weil ihr Gastgeber trotz seines Rufs als hemmungsloser Genießer bei sich zu Hause so etwas nicht duldete. Dies alles und dazu noch der Champagner, den sie auf leeren Magen getrunken hatte, bewirkte bei ihr, daß sie sich wie in der Luft schwebend vorkam, wie eines jener Kleinluftschiffe, die man gelegentlich hoch über dem Pazifik sah, gleich hinter dem

Strand ... Lawford hatte mit Brötchen nach allen geworfen, bis auf Frank, der auf so etwas nicht gut reagierte, hatte sich nun aber beruhigt oder einfach keine Brötchen mehr zur Verfügung. Er lehnte sich schwer gegen sie und tauschte obszöne Beleidigungen mit Sammy aus, während sie zwischen den beiden kicherte.

»Du kannst mich mal, Mann«, sagte Sammy ohne Groll.

»Weißt du, mit wem du sprichst?«

»Mit 'nem Schwarzen«, erwiderte Lawford liebenswürdig lächelnd. »Einem einäugigen Nigger, der weiße Mädchen fickt.«

Sammy Davis jr. schüttelte langsam und würdevoll den Kopf. »Nein, Mann«, widersprach er. »Du sprichst mit einem Juden! Ich bin konvertiert, ich erwarte, als einer vom auserwählten Volk mit gebührendem Respekt behandelt zu werden.«

»Komisch, aber du siehst gar nicht jüdisch aus.«

»Zum Glück für dich, du englischer Motherfucker, ist Aussehen nicht alles ... Als ich das letztemal Jack ...«, er hob sein Glas zu einem Toast, »... deinen hochgeschätzten Schwager und Präsidenten, traf, sagte ich ihm, ich sei bereit, falls er einen neuen Botschafter in Israel bräuchte.«

»Was hat Jack gesagt?«

»Er sagte, er würde es in Erwägung ziehen. Dann fragte er mich, ob ich beschnitten sei und ob es weh tue.«

»Ich werde Jack heiraten«, sagte sie mit fester und lauterer Stimme als gewöhnlich.

Lawford riß die Augen auf. »Wie bitte?«

Sie dachte, er hätte es wegen des Lärms nicht gehört. »Ich werde Jack Kennedy heiraten!« schrie sie. »Ich werde die First Lady sein anstelle von Jackie.«

»Bist du sicher, Honey?« fragte Sammy. »Bist du okay?«

»Natürlich! Jack hat mich gefragt.«

»Ich halte es für keine gute Idee, das in aller Öffentlichkeit zu sagen«, meinte Lawford mit ängstlichem Gesicht. Er war Teil des Kennedy-Clans, keineswegs völlig akzeptiert, sich aber sehr deutlich bewußt, wo die Grenzen waren. Und Marilyn hatte soeben eine Grenze überschritten, wie er durch sein Verhalten zu verstehen gab.

Im nächsten Moment brüllte Dino oder sonst jemand vom anderen Ende des langen Tischs herüber: »Was hast du gesagt, Marilyn?« In der darauf einsetzenden Stille schrie sie zurück, als ob jemand anders ihre Stimme befehligte: »Hebt alle euer Glas! Jack Kennedy wird sich von Jackie scheiden lassen und mich heiraten!«

Falls überhaupt möglich, wurde es noch stiller im Raum, und sogar die Ober unterbrachen für einen Moment ihre Arbeit.

»Schafft sie hier raus, verdammt noch mal!« schimpfte jemand, aber es war ihr egal.

Wenn die keinen Spaß verstehen konnten, dann war das deren Problem.

37. KAPITEL

Im Sommer 1961 schien Jacks Präsidentschaft auf ›ebenem Kiel dahinzugleiten‹, um eine seiner Lieblingsmetaphern zu benutzen. Sein Image als junger, tatkräftiger Mann hatte ihm geholfen, das Schweinebuchtfiasko einigermaßen heil zu überstehen.

Der Botschafterposten blieb ein wunder Punkt zwischen uns – wir sprachen nicht einmal darüber –, aber Jack übertrug mir wichtige Aufgaben und sorgte dafür, daß ich ›Zugang‹ hatte, das begehrteste Privileg, das ein Präsident gewähren kann. Ich war in schwieriger inoffizieller Mission für ihn in Israel, wo ich in der Regierung einige gute Freunde hatte, und auch in Miami bei den aus Kuba Verbannten, die vor Wut kochten. Hoffas Name war zu meiner Freude von den Titelseiten verschwunden und anscheinend auch aus Jacks Gedanken. Was ich nicht wußte, war, daß Bobby Hoffa jedoch ganz und gar nicht vergessen hatte.

In solch falsche Sicherheit gewiegt, war ich sehr erstaunt, als mich Stuart Warshavsky anrief, einer der wenigen alten New Yorker Gewerkschaftsführer, die mit den Teamsters eine Art Waffenruhe geschlossen hatten. Er bat mich in einer dringenden Angelegenheit um ein Treffen mit dem Präsidenten.

Ich kannte Stuart seit Jahren und hatte mich sehr um seine Unterstützung für Jack bemüht. Als seine Genossen von den New York Jews Liberals (mit einem großen L) mit Entsetzen darauf reagierten, daß Jack Lyndon Johnson als Mitkandidaten gewählt hatte, war es Stuart gewesen, der ihnen klarmachte, es gäbe zu Kennedy/Johnson nur die Alternative Nixon/Lodge.

Jack hatte außerdem seinen Rat gebraucht, weil die New Yorker Politik für ihn so etwas wie ein Rätsel darstellte. Naiverweise hatte er angenommen, daß es genügte, mehr Waffen für Israel zu versprechen und Franklin D. Roosevelts Namen so oft wie möglich zu erwähnen. Stuart war auf meine Bitte hin einer von jenen gewesen, die Jack eines Besseren belehrten.

Da Stuart noch nie um etwas in dieser Größenordnung gebeten hatte, gab ich seinen Wunsch mit einer dringenden persönlichen Empfehlung weiter. Anscheinend wirkte das, denn ich erfuhr bald darauf, daß Stuart zu einem Dinner ins Weiße Haus geladen worden war, an dem auch Maria und ich teilnahmen.

Jack hatte sicher angenommen, daß die Einladung Stuarts Eitelkeit schmeicheln würde, ihn damit allerdings falsch eingeschätzt. Stuarts Vater, ein Menschewik, hatte auf der Lower Eastside ein Zimmer mit Trotzki geteilt. Als Sozialist, Zionist und Gewerkschaftsführer hatte Stuart nie ein Dinnerjacket besessen und dachte auch gar nicht daran, sich eins zu kaufen. Erst als ich eine Sondergenehmigung für ihn erwirkt hatte, statt Smoking einen dunklen Anzug tragen zu dürfen, sagte er sein Kommen zu.

Als er beim Defilee zum Präsidenten und der First Lady kam, schüttelte Jack ihm die Hand und stellte ihn Jackie vor, die seinen zerknitterten blauen Anzug und die schlecht geknotete Krawatte mit einer gewissen Entgeisterung musterte. Jack gab seiner Hoffnung Ausdruck, mit Stuart nach dem Dinner einige Worte wechseln zu können. Geschickterweise setzte man Stuart neben die Frau des israelischen Botschafters bei den Vereinten Nationen, und er schien sich trotz der eleganten Umgebung und des ausgefallenen Essens gut zu amüsieren. Da Maria zwischen Jack und Prinz Radziwill saß (Jackies Schwager), schwebte sie wie im siebenten Himmel, weil die beiden mit Abstand die attraktivsten Männer im Saal waren.

Jackie hatte eingeführt, daß beim Dinner im Weißen Haus klassische Musik aufgeführt wurde (die Eisenhowers waren dagegen ihre Gäste um zehn Uhr am liebsten schon wieder los), und es war Jacks Gewohnheit, sich nach dem Kaffee und vor dem Beginn des Abendprogramms für eine gewisse Zeit zu empfehlen – manchmal mit einer Lady, die seine Aufmerksamkeit geweckt hatte, manchmal für ein politisches Gespräch.

Ein Bediensteter geleitete Stuart und mich zu einem kleinen Salon, wo wir Platz nahmen und uns Zigarren anzündeten. Jack war guter Stimmung, denn Jackie liebte es, Gäste zu haben, und machte ihre Sache fabelhaft. Die Kennedys als Paar wirkten am glücklichsten miteinander, wenn sie sich in Szene setzen konnten. Nachdem Jack die Kubakrise überstanden hatte, stählte er seine Muskeln für das Gipfeltreffen mit Chruschtschow in Wien, während Jackie eifrig Französisch für den Staatsbesuch in Frankreich lernte. Beide begannen Gefallen an ihrem Leben im Weißen Haus zu finden.

»Danke, daß Sie sich Zeit für mich nehmen, Mr. President«, sagte Stuart.

»Sie haben mir beigestanden, als ich Lyndon zum Mitkandidaten wählte, Stuart. Das erforderte Mut. Ich schulde Ihnen einen Gefallen.«

»Ich weiß«, erwiderte Stuart. Als New Yorker Politiker konnte er erwiesene und beglichene Gefälligkeiten äußerst präzise berechnen. »Deshalb bin ich hier. Ich habe ein Problem.«

Jacks Gesicht war nicht gerade steinern, aber dafür völlig ausdruckslos.

Stuart sagte in vertraulichem Tonfall: »Glauben Sie mir, meine Leute wissen alles über schlechte Gewerkschaften. Schlägertrupps, Freundschaftsdienste für Gangster und so weiter, das kennen wir alles, und wir sind dagegen.«

»Gut«, sagte Jack. »Ich auch.«

Stuart ließ sich nicht beirren. »Andererseits sind wir aber auch dagegen, daß Gewerkschaften ruiniert werden. Wir sind dagegen, Gewerkschaftsführer vor Gericht zu stellen, selbst wenn es solche sind, die niemand mag oder ins Weiße Haus zum Dinner einlädt.«

»An wen denken Sie da?«

»An Hoffa, Mr. President.«

»Der ist ein Krimineller. Er hat seine eigenen Leute an die Mafia verkauft.«

»Vielleicht. Für viele Arbeiter ist er ein Held. Ich will damit sagen, Mr. President, was genug ist, ist genug. Ständig heißt es, Hoffa dies und Hoffa das, steck den Hurensohn hinter Gitter und so weiter, aber man hört nie davon, daß vom Justizministerium eine Spezialtruppe eingesetzt wird, um einem Banker oder den Vorstandsvorsitzenden von einer der fünfhundert Topindustrieunternehmen auf die Schliche zu kommen.«

Nun erst wußte ich, daß Hoffa immer noch ein brandheißes Thema war. Anscheinend war auch Jack darüber erstaunt. »George Meany will Hoffa genauso gern im Kittchen sehen wie Bobby«, sagte er.

»Verzeihen Sie, Mr. President, aber einige von uns halten George Meany für einen Spitzel.«

Jack musterte Stuart zweifelnd. »Was ist eigentlich los, Stuart?« sagte er. »Sie können Hoffa nicht leiden. Sie wollen ebenso wenig wie wir, daß die Gewerkschaften von Gangstern kontrolliert werden.«

»Manchmal muß man mit Gangstern zusammenarbeiten, Mr. President. Ich mache einen Deal mit jedem, der mir hilft, Ausbeutungsbetriebe zu bestreiken – und ich hab's auch schon getan, was ich mich nicht schäme zuzugeben ...«

Stuart beugte sich, die Hände auf die Knie gestützt, noch weiter nach vorne. Sein zerklüftetes Gesicht mit der großen, gebrochenen Nase und den buschigen Augenbrauen, die sein Markenzeichen waren, wirkte ernst. »Wir müssen mit den Teamsters leben, Mr. President. Okay, Sie müssen's nicht, und Ihr Bruder muß es nicht, aber wenn die Teamsters kein Rohmaterial anliefern und Fertigware abtransportieren, dann sind meine Leute arbeitslos. Und das heißt, Mr. President, daß sie nichts zu essen haben. Es stimmt, daß ich Hoffa und seine Freunde in der Mafia nicht mag, aber ich muß Geschäfte mit ihm und mit ihnen machen.«

»Sie bringen mir doch nicht etwa eine Botschaft von Hoffa, oder, Stuart?« erkundigte sich Jack rasch.

Stuart nickte. »Neulich kam ein Typ zu mir, Mr. President, von dem Sie garantiert noch nie etwas gehört haben. Ein gewisser Big Gus McKay, einer aus Hoffas ›innerem Zirkel‹, so könnte man's nennen. Ganz netter Kerl, Marke King Kong, aber von gewinnender Art, so was wie ein alter Eugene-Debs-Wobbly-Typ, der auf die falsche Fahrbahn geriet, wie viele von den Teamsters-Bossen ... Er bat mich, Ihnen zu sagen, daß Hoffa einen Deal machen will.«

»Da hätte er sich lieber an den Justizminister wenden sollen, Stuart.«

»Ehrlich gesagt, traut er Bobby nicht. Und es ist auch nicht die Art von Deal.«

»Was für eine Art denn? Ich frage nur aus Neugier.«

»McKay erwähnte, daß Hoffa Stillschweigen darüber bewahren würde, wie Dave Beck hinter Gitter gebracht wurde.«

Jack warf mir einen Blick zu, doch ich zuckte mit den Schultern. Ich war schließlich nicht verantwortlich für Hoffas Verhalten.

»Davon weiß ich nichts«, sagte er zu Stuart. »Es klingt wie uralte Kamellen.«

»McKay deutete außerdem an, daß Hoffa einiges weiß über ›den ganzen Kram mit der nationalen Sicherheit in Kuba‹, wie er's ausdrückt.«

»Quatsch, Stuart. Ich kann einfach nicht glauben, daß Sie herkamen, um mir diesen Mist zu erzählen.« Jack war wütend, und Stuart begann zu schwitzen, aber ich nahm an, daß etwas viel Schlimmeres als Jack Kennedys Zorn Stuart erwarten würde, falls er seinen Auftrag nicht ganz erledigte.

Stuart wischte sich mit seinem Taschentuch übers Gesicht. »Da ist noch etwas, das McKay mir sagte. Aber es ist etwas peinlich und … persönlich …«

Jack musterte ihn nur finster.

»Es geht um, äh, Marilyn Monroe, Mr. President«, platzte Stewart heraus. »Anscheinend erzählt sie überall herum, daß Sie sich von Mrs. Kennedy scheiden lassen und sie heiraten wollen. Hoffa hat davon irgendwie Wind bekommen. McKay sagt, wenn er seinen Deal nicht kriegt, geht er damit zur Presse.« Stuart wirkte zerknirscht. »Tut mir leid, Mr. President. Aber ich dachte, das müßten Sie wissen.«

Jacks Gesicht war aschgrau, aber er war ein viel zu versierter Politiker, um vor Stuart seine Fassung zu verlieren. Er stand auf, gab ihm abrupt die Hand und bedankte sich für seinen Besuch.

Kurz bevor er den Raum verließ, drehte er sich um, fixierte Stuart intensiv und sagte leise, denn zwei Bedienstete warteten auf ihn: »Hier ist meine Botschaft, Stuart: Der Präsident sagt, Hoffa soll sich ins Knie ficken.«

Er wandte sich ab und ging mit raschen Schritten auf den Korridor hinaus. Ganz von ferne konnte man hören, wie ein Cello gestimmt wurde.

Als ich mich nach dem Konzert von Jack verabschiedete, flüsterte er mir wütend zu: »Tu mir so was nie mehr an!«

Ich traf Jack am nächsten Tag im Oval Office. Er war sichtlich immer noch verärgert über Stuarts Ansinnen. Ich ersparte mir, darauf hinzuweisen, daß Hoffas Erpressungsversuch nur deshalb erfolgt war, weil Bobby, gegen meinen Rat, immer noch versuchte, ihn hinter Gitter zu bringen. Hoffa war für Bobby die reinste Zwangsvorstellung, und dagegen kam selbst Jack nicht an.

Jack musterte mich kurz und sagte dann: »Ich habe es mir überlegt, David.«

»Was überlegt?«

»Den Botschafterposten in London. Ich sagte doch, ich würde es mir überlegen.«

Jack hatte die Ernennung des Botschafters hinausgezögert, und ich hatte mich gefragt, ob er es tat, weil er mir sozusagen die Wurst vor der Nase hängen lassen wollte. Natürlich hätte ich den Posten immer noch gern gehabt, aber ich ahnte, daß er mit inakzeptablen Bedingungen verknüpft sein würde, selbst wenn Jack ihn mir nun gäbe, was auch nicht sicher war.

Trotzdem erfaßte mich eine gewisse Erregung. Jack war mittlerweile schon ein paar Monate im Amt, hatte sich Vertrauen erworben, beherrschte den Staatsapparat besser und war folglich auch in einer besseren Position, um jetzt die Ernennung auszusprechen. Ich beugte mich erwartungsvoll nach vorne.

»Ich kann es nicht tun«, sagte er mit der Miene eines Mannes, der in den sauren Apfel beißt.

Ich war wie vor den Kopf geschlagen. »Du kannst es nicht tun? Warum nicht?« Es kam mir in den Sinn, daß Jack sich auf diese Weise vielleicht dafür rächte, daß ich mich für Stuart verwendet hatte.

»Ich werde dir jetzt nichts über deine Qualifikation erzählen, David. Wir wissen beide, daß du dafür qualifiziert bist. Aber ich brauche dort einen Mann, der das Vertrauen des Establishments hat.«

»Deren Establishment?« Ich wollte ihn daran erinnern, daß gerade das Vorkriegsestablishment Englands über Joe Kennedys Ernennung empört gewesen war, was FDR von seinem Entschluß jedoch nicht abgehalten hatte. Bevor ich den Mund aufmachen konnte, sagte Jack scharf: »Nein, unseres.«

Er schwang seinen Stuhl herum und schaute durchs Fenster auf den Garten hinaus, um meinem Blick auszuweichen. »Die Briten sind wichtig«, sagte er. »Es sind die einzigen Aliierten in Europa, bei denen wir uns darauf verlassen können, daß sie keine separate Abmachung mit den Russen treffen ... Ich brauche jemanden in London, dem unser außenpolitisches Establishment traut, David, das Auswärtige Amt, die Leute, die für *Foreign Affairs* Berichte schreiben, und so weiter.«

»Das sind größtenteils Republikaner«, wandte ich ein. »Gefolgsleute von Nelson Rockefeller. Keine Freunde von dir.«

»Stimmt, und doch sind es exakt die Leute, die ich auf meiner Seite haben will. Ich werde dem Senat David Bruce vorschlagen. Ich wollte, daß du es von mir erfährst.«

Ich begriff, was er beabsichtigte. Er wollte sich gegen Kritik von rechts absichern, wollte mit dem Establishment aus der Außenpolitik kooperieren, so daß es sich nicht gegen ihn wenden konnte, wie in der Kubakrise. Vielleicht wollte er sogar Nelson Rockefellers ›Brain Trust‹ klauen für den Fall, daß Nelson 1964 als republikanischer Kandidat aufgestellt werden sollte ...

Es war ein cleverer politischer Schachzug, aber ich war doch sehr enttäuscht. Und auch wütend. Bruce war ein netter, anständiger Kerl, hatte aber nicht mein Format. Doch man kann mit dem Präsidenten der Vereinigten Staaten nicht herumargumentieren. »Vielen Dank«, sagte ich und gab mir keine Mühe, meinen Unwillen zu verbergen.

Ich war sogar versucht, aufzustehen und wegzugehen, aber irgend etwas hielt mich zurück. Vielleicht war es meine Freundschaft zu Joe oder auch nur die simple Tatsache, daß ich Jack nie lange böse sein konnte.

Politik ist ein Spiel für Erwachsene. Da ist kein Raum für verletzte Gefühle. Ich hätte das eigentlich besser wissen müssen als jeder andere.

Marilyn kam mir plötzlich in den Sinn, und ich wünschte, ich fände irgendeine Methode, um ihr klarzumachen, wie gefährlich es war, einen Präsidenten zum Freund zu haben – und noch viel gefährlicher, ihn zu lieben.

»Du bist verstimmt«, sagte Jack. »Das kann ich verstehen. Aber es muß sein, David. Wenn es etwas anderes gibt, das du möchtest ... Ich nehme nicht an, daß dich Mexiko interessiert, oder?«

Ich schüttelte nur den Kopf, da es mir die Sprache verschlug. Mexiko! Wofür hielt er mich?

»Also, du denkst dir etwas aus, David. Oder ich, okay? Ich stehe in deiner Schuld. Das weißt du.«

»Ja, das weiß ich.«

Es klopfte, und Jacks Sekretärin trat ein, zweifellos durch einen verborgenen Klingelknopf unter seinem Schreibtisch herbeizitiert.

»Die Pflicht ruft«, sagte Jack. Wir standen auf, gaben uns formell die Hand und waren einander fremder als je zuvor.

Als ich wieder im Hay-Adams war und meine Gefühle einigermaßen unter Kontrolle hatte, rief ich den Botschafter in Palm Beach an. Er war gleich am Apparat, doch ich erkannte ihn zuerst nicht. Es war die nörglerische, stockende Stimme eines alten Mannes. Ich war erschrocken und auch beschämt, da ich Joe in letzter Zeit vernachlässigt hatte.

»Jack hat Sie informiert, nicht wahr?« erkundigte er sich.

Ob Joe wohl auf meiner Seite gewesen war? Ich nahm es an, aber bei Joe konnte man nie sicher sein – und schon gar nicht, wenn es um ›seinen‹ Botschafterposten ging. Er betrachtete ihn immer noch als eine Art Eigentum und war erbost, wenn ein Präsident einen neuen Botschafter nach London schickte, ohne ihn vorher konsultiert zu haben.

»Ja, er teilte mir die schlechte Nachricht mit. Natürlich bin ich enttäuscht.«

Es entstand ein längeres Schweigen. »Ja, das verstehe ich«, meinte er schließlich. »Es liegt nicht an mir, David, glauben Sie mir. Verstehen Sie mich nicht falsch ... vermutlich würden diese gottverdammten Briten einen Itzig aus der PR-Branche nicht mehr schätzen als einen irischen Wall-Street-Spekulanten. Aber ich fand, daß Sie ein Anrecht darauf hatten ...«

Das fand ich wahrlich auch. Was ich Joe nun sagen wollte, war folgendes: Wenn ich nicht gut genug für den englischen Botschafterposten war, dann sah ich auch nicht ein, warum ich weiterhin für Jack schmutzige Geschäfte mit der Mafia machen oder dabei helfen sollte, Fehler der Regierungsverwaltung zu vertuschen, aber irgend etwas in seiner Stimme hielt mich davon ab. Aus heutiger Sicht wünschte ich, ich hätte es ausgesprochen. Doch statt dessen hörte ich Joe Kennedy zu.

Ich mußte mich anstrengen, um ihn zu verstehen, da seine Stimme so brüchig klang. Es lag ihm nicht, sich zu entschuldigen oder auch nur eine kleine Meinungsverschiedenheit zwischen ihm und Jack zuzugeben. »Ich werde nicht mehr so konsultiert wie früher«, sagte er nur und legte dann eine längere Pause ein. »Worüber haben wir gerade geredet?« fragte er dann verwirrt.

»Über den Botschafterposten.«

Wieder eine längere Pause. »Wir sind doch alte Freunde, David, oder?« sagte er schließlich.

»Das sind wir«, stimmte ich zu.

»Also kann ich Sie um einen Gefallen bitten?«

»Das wissen Sie doch.«

»Nehmen Sie es Jack nicht übel, David! Er ist jetzt unser Präsident. Er ist nicht mehr der alte Jack, nicht für Sie und nicht mal mehr für mich. Er muß sich jetzt um seinen Platz in der Geschichte kümmern. Ich wünschte, er hätte Sie gewählt ... und vielleicht geht's ihm genauso. Aber er hat nun mal anders entschieden, und wir müssen ihn unterstützen.«

»Ich verstehe.« Ich verstand sogar mehr, als er gesagt hatte. Jack fragte seinen Vater nicht mehr um Rat. Er war endlich selbständig geworden. Sicher war das schmerzlich für Joe, aber mit seiner stoischen Ruhe hatte er die Realität erkannt und akzeptiert.

»Wann kommen Sie mich mal besuchen, David?« erkundigte er sich gleich darauf. Es klang wie eine Bitte.

Der Joe Kennedy, den ich seit dreißig Jahren kannte, unsentimental und anspruchsvoll, hätte nie eine solche Frage gestellt. Mir wurde klar, daß ich mit einem Mann redete, der den Tod als Tatsache konfrontieren mußte und eine Heidenangst davor hatte. Joe hatte in dieser Hinsicht nichts vom Fatalismus seiner Söhne oder seiner Frau. Wenn jemand je geglaubt hatte, ewig zu leben, dann war es Joe Kennedy.

»Ich besuche Sie im Lauf der nächsten zwei Wochen«, versprach ich. »Sie können sich darauf verlassen.«

»Wunderbar.« Er versuchte, fröhlich zu wirken, schaffte es aber nicht. »Dann reden wir noch mal darüber.«

Als ich den Hörer auflegte, hatte ich plötzlich eine ungute Vorahnung, als würde etwas Tragisches bevorstehen.

Wie sich herausstellte, waren zwei Wochen einfach zu lang.

38. KAPITEL

Robert Kennedy verzog ungeduldig das Gesicht. »Ich dachte, ich hätte Ihnen klargemacht, daß ich diesen Quatsch nicht mehr hören will.«

Hoover beugte sich vor. »Und ich denke, daß Sie dies hier hören *müssen*«, widersprach er. »Glauben Sie mir, mir liegen nur die Interessen Ihres Bruders am Herzen.«

In der Woche zuvor hatte Bobby entdeckt, daß man im New Yorker FBI Informationen über organisiertes Verbrechen sammelte, indem man Artikel aus der *New York Post* und der *New York Daily News* ausschnitt. Er nahm an, daß Hoovers Besuch eine Art Gegenattacke war, um zu beweisen, daß er und seine Leute wenigstens irgendwo am Ball waren.

»Dies ist Spezialagent Kirkpatrick«, stellte Hoover vor. »Er ist unser führender Experte in elektronischer Überwachung.«

Der Justizminister schaute Kirkpatrick scharf an und freute sich, als sein irischer Landsmann den Blick unbeirrt erwiderte. Ein gutes Zeichen! Kennedy respektierte Männer, die keine Angst vor ihm hatten.

Robert Kennedy nickte kaum merklich. Kirkpatrick stellte ein kleines Tonbandgerät auf den Schreibtisch und schaltete es ein. Zuerst ertönte ein schwaches Summen, vielleicht von einer Klimaanlage, und dann eine vertraute flüsternde Stimme, die zuerst an ein kleines Mädchen erinnerte, aber dann doch unverkennbar sexy und erwachsen war: ... *Ich habe immer noch diese Träume* ... Eine Männerstimme, ruhig, tief, eindeutig die eines Arztes, erwiderte: *Erzählen Sie mir davon.*

Ich träume, daß ich Jack Kennedy heiraten werde. Eine Pause. *Es ist nicht mal nur ein Traum.*

Nein?

Ich meine, es ist, als glaubte ein Teil von mir, daß es wirklich geschehen wird.

Ja?

... ich werde Jack Kennedy heiraten.

An Fantasie ist nichts auszusetzen ... Fantasie ist das Ventil für das Unbewußte ...

Ja? Aber ich bin mir eben nicht sicher, ob es tatsächlich nur eine Fantasie ist ... Eine lange Pause mit gedämpftem Verkehrslärm im Hintergrund folgte. Dann wieder Marilyn Monroes Stimme, diesmal sehr klar: *Er meint es ernst, Doktor, verstehen Sie – er meint es wirklich ernst!*

Robert Kennedys Augen waren geschlossen, als litte er Schmerzen. Er machte eine Handbewegung, damit Kirkpatrick das Gerät ausschaltete.

»Danke, Edgar«, sagte er matt. »Ich kümmere mich darum.«

Es war einer jener heißen Spätsommertage, an denen Jack und Bobby Kennedy sich nach Hyannis Port sehnten, nach Segeln und Picknicks am Strand, doch vorläufig war daran gar nicht zu denken. Nicht nur aus Sicherheitsgründen, sondern auch weil er frische Luft schöpfen wollte, führte Jack Bobby in den Rosengarten des Weißen Hauses, wo sie mit hinter dem Rücken verschränkten Händen und zueinander geneigten Köpfen auf und ab spazierten. Zwei Brüder, die nicht nur das Land, sondern einen großen Teil der Welt regierten.

»Jack, ich weiß, was für Gefühle du hast, aber diesmal ist es ernst.«

»Du weißt nicht, was ich für Gefühle habe.«

»Ich hatte auch meine ... Abenteuer. Ich bin doch keine verdammte Jungfrau.«

Jack lachte. »Abenteuer? Ist das der richtige Ausdruck? Und dabei habe ich die ganze Zeit geglaubt, daß du der reinste Pfadfinder bist.«

»Hör schon auf damit. Dies hier ist keine Lappalie wie die alte Vaterschaftsklage, die Hoover mir immer wieder auftischt.«

»Welche Vaterschaftsklage?«

»Hoover behauptet, es gäbe Beweise, daß du ein Mädchen außergerichtlich mit 60 000 Dollar abgefunden hast. Ich ließ sie aufspüren und befragen, und sie lachte bloß und sagte, daß du ihr immer noch die zwei Dollar schuldig seist, die sie dir fürs Taxi geliehen hat.«

Jack hob interessiert den Kopf. »Wie hieß sie?«
»Giselle Irgendwas. Hubert? Hulme?«
»Giselle Holmes«, sagte Jack lächelnd. »Herbst 1950, das Jahr, in dem ich mich ein zweites Mal für den Kongreß aufstellen ließ und darauf gewartet habe, daß Paul Dever sich endlich entscheiden würde, ob er einen zweiten Versuch mit dem Gouverneursamt macht oder gegen Lodge für den Senat kandidiert ...«
»Du hattest Glück, daß er sich für eine zweite Amtszeit entschied. Du wärst ein furchtbarer Gouverneur geworden.«
»Siehst du? Das ist der Unterschied zwischen uns. Ich dachte nicht an Politik, sondern an Frauen. Ich habe Giselle bei meiner Wahlkampagne kennengelernt und die Nacht in ihrer Wohnung verbracht. Ich sehe noch alles ganz genau vor mir. Ich glaube, sie machte damals die beste Fellatio von ganz Massachusetts. Jedenfalls merkte ich dann am nächsten Morgen, daß ich kein Geld dabeihatte, und borgte mir von ihr zwei Dollar, um zur Bowdoin Street zurückzufahren. Vermutlich habe ich sie nie zurückgezahlt. Wo lebt sie jetzt?«
»In Springfield, Illinois. Sie ist mit einem Kieferchirurgen verheiratet.«
»Das paßt.«
»Ich will dich nicht an der Entfaltung deiner Fähigkeiten hindern«, sagte Bobby. »Aber du spielst mit dem Feuer.«
»Spar dir bitte solche Klischees. Du versuchst sehr wohl, mich an der Entfaltung meiner Fähigkeiten zu hindern, aber das lasse ich nicht zu.«
»Wir sind nicht alle so rhetorisch begabt wie du.«
»Hör auf, Bobby. Ich liebe es, Risiken einzugehen, denn das gehört zu dem, was mir das Leben lebenswert macht. Und ich liebe es, auf Frauen Jagd zu machen, so viele wie nur möglich, weil – hör mir jetzt genau zu – jede sich von allen anderen total unterscheidet, und andererseits sind sie wieder alle gleich. Wenn dieses Phänomen nicht interessant genug ist, um es dein Leben lang erforschen zu wollen, dann weiß ich nicht, was sonst.«
»Hör mal, ich bin nicht scharf auf einen Vortrag über Sex ...«
»Es sieht aber ganz so aus, als ob du und Ethel ihn nötig hättet. Ihr scheint über das Anfangsstadium nicht hinausgekommen zu sein.«
Bobby verfolgte eisern seine Absicht. »Es ist politischer Spreng-

stoff, Johnny«, sagte er. Wenn er seinen Bruder mit ›Johnny‹ anredete, wurde es ernst. »Marilyn Monroe, die auffälligste Frau der Welt, läuft herum und erzählt allen, daß ihr beide eine Affäre habt und du sie heiraten willst. Das ist eine Waffe in der Hand von Hoover. Du müßtest das Band hören, auf dem Marilyn mit ihrem Analytiker redet. Sie erzählte ihm, du hättest sie um ihre Hand gebeten und wolltest dich von Jackie scheiden lassen.«

»Ich weiß. Alle Welt scheint darüber zu reden, selbst unser Freund Hoffa. Er ließ mir ausrichten, er würde einen Deal machen ... mit mir, nicht mit dir. Sein Angebot lautet, der Presse nichts davon zu verraten, daß Marilyn und ich heiraten werden.«

Bobbys Gesicht verfinsterte sich. »Dieses Schwein!«

»Keine Sorge. Selbst wenn er's versucht, wird es meiner Meinung nach keine Zeitung drucken.«

Bobby strich sich das Haar aus der Stirn. »Trotzdem muß ich dich warnen, Johnny. Diese Geschichte mit Marilyn wird zu einem Skandal für dich. Ich spüre es in jedem Knochen.«

»Ich gebe Marilyn nicht auf, laß dir das ein für allemal gesagt sein. Der Befehlshaber der freien Welt hat ein Recht auf gewisse Privilegien, Bobby, und Marilyn zählt zu diesen Privilegien.«

»Dann sorg dafür, daß sie den Mund hält.« Bobby musterte ihn nachdenklich. »Ist dir nie der Gedanke gekommen, daß sie verrückt sein könnte?«

»Alle Frauen sind verrückt.«

»Ich meine es ernst!«

Jacks Miene umdüsterte sich, und er wirkte plötzlich viel älter als Bobby. »Ja, ehrlich gesagt, ist mir dieser Gedanke schon gekommen.«

»Sie kann dir schaden, Johnny. Ich sage es ungern, aber sie könnte dich sogar deine zweite Amtszeit kosten. Ganz zu schweigen davon, wie Jackie reagieren würde.«

Jack nickte. Bei der Erwähnung einer zweiten Amtszeit versank er in Schweigen, als ob Bobby es endlich geschafft hätte, ihm den Ernst der Lage klarzumachen. Im Ernstfall hörte er immer auf Bobby. In seinem tiefsten Inneren, wo er seine wahren Gefühle verborgen hielt, wußte er, daß Bobby von ihnen beiden der Ernstzunehmendere war, der keine Verantwortung scheute und keine Angst vor schwierigen Entscheidungen hatte ... kurzum derjenige war, der eigentlich Präsident sein müßte.

»Ich denke darüber nach«, willigte er ein. »Wenn ich glaube, daß die Sache außer Kontrolle gerät, werde ich sie beenden, das verspreche ich dir. Aber ich hoffe bei Gott, daß es nicht nötig sein wird. Eigenartig, ich liebe Marilyn nämlich wirklich ...« Er blieb stehen und schaute zu den kugelsicheren Fenstern des Oval Office hinüber. »Manchmal ist es gar nicht schön, Präsident zu sein.«

»Ich verstehe.«

»Nein, das tust du nicht. Aber ich schätze, du wirst es eines Tages noch selbst feststellen.«

»Da ist noch was, Johnny ... diese Freundin von Giancana, mit der du dich triffst. Das ist auch ein Problem ...«

»Also wirklich, Bobby!« sagte Jack ungeduldig. »Judy ist etwas ganz anderes. Ich meine, da ist nichts Persönliches. Sie kennt Giancana? Na und? Sie kennt viele Männer.«

»Sie kennt Giancana nicht nur, Jack. Sie ist seine Geliebte.«

»›Geliebte‹ ist ein großes Wort. Aber ich kann dich beruhigen. Ich erzähle ihr beim Ficken keine Staatsgeheimnisse, und vermutlich spricht auch Giancana mit ihr nicht über seine Geschäfte. Sie hat einige bemerkenswerte Talente, aber eine Mata Hari ist sie bestimmt nicht. Alles klar?«

»Es bleibt trotzdem ein unnötiges Risiko«, widersprach Bobby eigensinnig. »Falls es je publik wird, macht es gar keinen guten Eindruck. Ich meine, was kostet es dich, sie aufzugeben? Es gibt genug andere Mädchen.«

»Und ich hoffe, jede von ihnen zu vögeln. Denn weißt du, was: Ich entscheide immer noch, wen ich vögeln will. Okay?«

»Okay.«

Die Brüder gingen in Richtung Glastür, die vom Garten ins Haus führte, wo ein Secret-Service-Agent Wache stand.

»Giselle Holmes«, murmelte der Präsident lächelnd. »Tolle Beine! Obenrum allerdings nicht gerade viel.«

39. KAPITEL

»Natürlich ist es wichtig, Fantasie von Realität unterscheiden zu können«, sagte Dr. Greenson.

»Mein ganzes Leben lang war ich Teil von anderer Leute

Fantasien. Zur Abwechslung möchte ich mal meine eigenen haben.«

»Anderer Leute Fantasien?«

»Na klar. Seit mein Busen sich entwickelte. Ich wußte schon immer, was Männer denken, wenn sie mich sehen ... ich wußte, wenn sie ihre Frau ficken oder onanieren, bin ich es, die sie in ihrer Fantasie ficken, meine Brüste lecken sie, und in meiner Möse kommen sie ...

Ein ulkiges Gefühl, verstehen Sie? Es ist so, als gehöre ich mir überhaupt nicht mehr, ich gehöre ihnen, all diesen Kerlen, die mich in ihrer Fantasie ficken. Auch wenn ich tot wäre, würde das nichts ändern. Sie würden sich immer noch über Fotos von mir einen runterholen. Ich bin nicht wirklich, verstehen Sie? Ich bin nur das Mädchen, das ihre Frau oder Freundin niemals sein könnte. Eine, die immer bereit ist für Sex, nie Kopfschmerzen hat und es nicht verübelt, wenn er vor ihr kommt ...

Selbst die Männer, die mich geheiratet haben, hatten ein Fantasiewesen im Sinn, nicht mich. Sie haben Marilyn geheiratet, nicht Norma Jean. Aber in Wirklichkeit bin ich Norma Jean. Es ist verdammt harte Arbeit, Marilyn zu sein. Und ich habe keine Lust, das jeden Tag zu tun.«

»Das verstehe ich.«

»Deshalb liebe ich Jack. Auch für ihn ist es harte Arbeit, Jack zu sein. Auch Jack ist in den Fantasien der Leute. Frauen träumen davon, daß er sie vögelt statt ihrer Ehemänner, Männer träumen davon, so reich und attraktiv wie er zu sein oder wie er Präsident zu werden oder ein Kriegsheld oder vielleicht auch mit Jackie verheiratet zu sein ... Aber wenn man ihn besser kennenlernt, dann merkt man, daß er genauso ein Hochstapler ist wie ich. Er ist immer noch der schwächliche kleine Junge mit einem starken großen Bruder und einem noch stärkeren Vater. Er sehnt sich nach Liebe, hat aber Angst, es zuzugeben, und weiß auch nicht so recht, wie er darum bitten soll, weil man ihm beigebracht hat, Schwäche zu verachten ... Und da ist er nun, der große Held! Wir sind schon merkwürdig. Aber wir werden ein tolles Paar werden.«

»Werden?«

»Ich glaube daran, wie ich auch mal daran glaubte, daß ich Amerikas berühmtesten Dramatiker heiraten würde, obwohl er mich kaum kannte, verheiratet war, zwei Kinder hatte und 3800 Kilometer weit weg wohnte ... Und es geschah, nicht wahr? Als Teenager lernte ich in Hollywood viele Männer in Bars kennen und fand es toll, wenn sie mir einen Hamburger spendierten. Aber schon damals hatte ich diese Fantasie, daß ich Amerikas größten Sporthelden heiraten würde, der für mich den tollsten Sex-Appeal von der ganzen Welt hatte ... Und auch das geschah, nicht wahr? Warum also soll dies nicht geschehen? Verraten Sie mir das mal. Wenn aus einem Waisenkind, das nur ein Paar Schuhe hat, der größte Filmstar werden kann, warum soll ich nicht Jack Kennedy heiraten können?«

»Hm.«

»Das einzige Problem ist, daß ich nicht das Gefühl habe zu leben, sondern als ob das alles nur eine Art von Wartezimmer ist, bevor man mich in die Leichenhalle bringt.«

»Sie müssen lernen, das Leben zu akzeptieren. Daran müssen wir hier arbeiten.«

»Oh, ich akzeptiere es schon ... Ich mag es nur nicht besonders, das ist alles.«

Sie saß am Pool von Peter Lawfords Haus in Malibu, schaute zum Sternenhimmel hinauf und lauschte der Brandung. Lawford neben ihr rauchte einen Joint, ein Glas Scotch in der Hand, und summte ab und zu tonlos vor sich hin. Sie hatten sich beide heimlich von der Dinnerparty entfernt.

»Jack wäre mit mir viel glücklicher«, sagte sie träumerisch.

»Hm.«

»Du weißt, daß es stimmt.«

»Was spielt denn das für eine Rolle, Darling? Ehe hat nichts mit Glücklichsein zu tun. Und schon gar nicht Jacks Ehe.«

»Womit hat sie denn dann zu tun?«

»Ach, ich weiß auch nicht. Vielleicht ist es eine Art Schutzschild, hinter dem die Leute ihr wirkliches Leben führen können. Das trifft in etwa auch auf Jacks Ehe zu. Ach, übrigens ... Weißt du, was passieren wird, wenn du weiter herumerzählst, daß Jack dich heiratet?«

Sie nahm den Joint und inhalierte. »Nein. Was denn?«

»Bestimmt irgendwas Schlimmes. Jack ist zwar ein netter Kerl, kann aber durchaus seine Interessen wahren, wenn man ihm zu nahe tritt. Ganz zu schweigen von meinem lieben Schwager Bobby. Oder, Gott bewahre, meinem Schwiegervater. Jack war während des Krieges in eine Dänin verliebt. Sie redete davon, daß sie sich scheiden lassen würde, um Jack zu heiraten. Wie ich dann erfuhr, hat Jacks alter Herr sie als Spionin deportieren lassen. Soweit ich weiß, wurde sie sogar erschossen. Es sind, offen gesagt, keine Leute, denen man in die Quere kommen darf, Marilyn, Darling.«

Eine Weile schwiegen beide. »Pat mag mich«, sagte sie schließlich. »Das spüre ich. Übrigens alle Schwestern von Jack.«

»Ja, das ist gut möglich. Marilyn, du mußt aber verstehen, wie sie alle erzogen sind. Nur ein Beispiel: Obwohl die Kennedy-Mädchen strikte Katholikinnen sind, also am Freitag kein Fleisch essen und all diesen Kram, haben sie keine Einwände gegen Seitensprünge. Als Jacks Geliebte können sie dich durchaus mögen, aber das heißt noch lange nicht, daß du Jackies Platz einnehmen sollst.«

»Jack ist das einzige in meinem Leben, das Sinn ergibt, Peter«, flüsterte sie und reichte ihm den Joint zurück.

Seine Stimme klang irgendwie geisterhaft, fast übertönt von der Brandung und dem Stimmengewirr der Partygäste im Haus. »Wenn Jack das einzige in deinem Leben ist, das Sinn ergibt, Marilyn, dann steckst du in noch größeren Schwierigkeiten als ich.«

Im Frühherbst flog sie nach New York zurück, da die Dreharbeiten von ›Something's got to give‹ erst Anfang 1962 beginnen sollten.

Es war die übliche Geschichte: Ein halbes Dutzend verschiedener Drehbücher war für mehrere hunderttausend Dollar von einem halben Dutzend verschiedener Drehbuchautoren umgeschrieben worden, um die Einwände vom Filmstudio, von Dino, George Cokor und ihr selbst zu entkräften, doch dabei war ein Skript herausgekommen, das keinen zufriedenstellte. Folglich wurde das Ganze noch mal umgeschrieben.

Sie wußte, daß sie nicht länger in Kalifornien herumhängen durfte, weil sie dabei kaputtging. In New York hatte sie wenigstens Frau Dr. Kris, die Strasbergs und all ihre alten Freunde vom Actors Studio. Außerdem war New York so groß und turbulent, daß sie dort unbeobachtet überall hingehen konnte. Sie schaffte es sogar, den Baseballspieler zu treffen, ohne daß darüber in der Presse berichtet wurde.

Von ihrem Plan, Jack Kennedy zu heiraten, erzählte sie ihm nichts. Joe würde es vielleicht nicht verstehen, dachte sie.

Sie verbrachte einige Tage in einem gemieteten Haus an der Küste und ließ sogar Fotos von sich machen. Auf einigen von ihnen klebte Seetang an ihrer Haut und gab ihr dadurch das Aussehen einer Ertrinkenden, auf anderen war sie teilweise mit nassem Sand bedeckt. Sie gefielen ihr alle.

Als sie die Abzüge mit einem Vergrößerungsglas studierte, war sie mit ihrem Aussehen sehr zufrieden. Ihre Brüste widerstanden immer noch der Schwerkraft, sie hatte immer noch die berühmte Wespentaille, und ihr Hintern war so fest wie eh und je oder jedenfalls fast so fest.

Sie war noch keine Woche in New York, als sie einen Anruf bekam und ins Carlyle gebeten wurde.

Jack war derselbe wie immer und doch irgendwie verändert. Er wirkte fülliger. Sie wußte, daß er Cortison nahm, was sein aufgedunsenes Gesicht und seine fast weiblich gerundete Brust erklärte, die er so sehr haßte, daß er Hemd oder Bademantel anbehielt, bis das Licht gelöscht wurde ...

Na, wennschon! Wegen ihrer Operationsnarbe war sie selbst ganz froh, im Dunkeln zu vögeln. Vielleicht näherten sie sich beide dem Alter, wo es besser war, nicht zu genau hinzusehen, dachte sie ...

Aber er hatte nicht nur physisch zugenommen, sondern auch psychisch, als hätte er die Rolle des Präsidenten total verinnerlicht. Der Mann neben ihr im Bett war nun in erster Linie der Präsident der Vereinigten Staaten, und es kam ihr so vor, als habe sich sein spezifisches Gewicht verändert, als sei er nun schwerer und gewichtiger.

Sie hatte mal davon geträumt, mit Lincoln zu schlafen, ihrem großen Helden, und nun war Jack in ihrer Fantasie irgendwie Lincoln geworden. Sie konnte seine Größe und eine gewisse Distanz spüren, als sei da ein Teil von ihm, der weder ihr noch einer anderen Frau – nicht einmal Jackie – je gehören könnte. Er hatte sich in Wien gegen Chruschtschow behauptet und war von de

Gaulle und Macmillan als gleichrangig anerkannt worden. Er war nicht mehr der Jack von früher.

Und noch etwas spürte sie in ihm, was sie sicher auch in Lincoln gespürt hätte – die Einsamkeit der Macht. Die Streiter für die Menschenrechte, die unfreien Länder des Ostblocks und alle Menschen der Welt, die sich nach Freiheit und einem besseren Leben sehnten, sie alle erhofften sich von diesem Mann neben ihr Hilfe, und überall von Laos bis Kuba kämpften und starben Männer auf seinen Befehl hin.

Sie dachte, er würde schlafen, doch statt dessen hatte er über sie nachgedacht, denn nun fragte er: »Wie ist es dir ergangen? Sei bitte ehrlich.«

»Ehrlich? Glaubst du denn, daß ich dich belüge, Darling?«

»Über dich? Wahrscheinlich. Ich habe erfahren, daß du dich ein bißchen ... down gefühlt hast.«

»Ich habe dich vermißt.«

»Sehr schmeichelhaft! Aber das solltest du lieber nicht.«

»Ich kann nichts gegen meine Gefühle tun.«

»Aber natürlich. Das ist am allerwichtigsten ... die Gefühle unter Kontrolle zu haben.«

»Das kannst du besser als ich. Vermutlich bist du deshalb auch Präsident.«

Er lachte. »Vielleicht gibt's noch andere Gründe. Hör mal, Gefühle für mich zu haben, ist eine Sache. Rumzulaufen und deshalb traurig zu sein, ist eine andere. Das gehört nicht zu unserem Deal. Und darüber reden auch nicht.«

»Ich wußte gar nicht, daß wir einen Deal haben, Jack.«

»Nicht ausdrücklich, nein. Aber wir haben einen, und der lautet ungefähr so: Ich bin verheiratet und habe eine Karriere, die ich beschützen muß. Du warst verheiratet und hast ein Image, das du beschützen mußt. Folglich gefährden wir nicht den Status quo.«

»Status quo?«

»Den jetzigen Zustand.«

»Ich gefährde nicht den was auch immer... den jetzigen Zustand. Aber ich hab' ja wohl das Recht, mir zu erträumen, daß alles anders wäre!«

»Das finde ich nicht. Träume sind gefährlich. Es ist nicht gut, von Dingen zu träumen, die nicht realisierbar sind. Du fängst an, davon zu träumen, dann willst du, daß sie geschehen, und schon bald beginnst du zu glauben, daß sie tatsächlich geschehen werden ...«

»Dinge, wie dich heiraten zu wollen?«

»Ganz genau. Das gehört eindeutig nicht zu unserem Deal.«

»Ich wünschte ...«

Er legte ihr die Hand auf den Mund. »Sprich nicht davon. Denk nicht mal daran!«

»Es wird mir schwerfallen. Ich bin nicht sicher, ob ich's schaffe.«

»Du schaffst es.«

»Aber ich liebe dich.«

Er seufzte. »Ich weiß, und deshalb wirst du's schaffen. Für mich.«

Als sie mit dem Privatlift hinunterfuhr, begleitete sie ein Secret-Service-Agent, den sie noch nie gesehen hatte.

»Ein Wagen wartet auf Sie am Seiteneingang«, sagte er, ohne sie mit ›Miß Monroe‹ anzureden. »Auf die Weise müssen Sie nicht durch die Halle gehen.« Sein Tonfall machte deutlich, daß er nicht etwa ihr einen Gefallen erwies, sondern nur seinen Boß beschützte.

»Warum soll ich nicht durch die Halle gehen?«

»Weil meine Anordnung lautet, daß Sie's nicht tun, Lady.«

»Darauf scheiß' ich«, sagte sie trotzig und drückte auf den Knopf zur Halle, bevor er sie daran hindern konnte.

»Das können Sie nicht tun!« rief er und packte sie am Arm.

»Und ob ich's kann, Arschloch!« fauchte sie zurück, als die Lifttür aufging. »Ich kann alles tun, was ich will! Ich bin ein freier Bürger! Und ein Star!«

Er versuchte, sie wieder in den Aufzug zu zerren, aber mit der Wendigkeit einer geschulten Tänzerin versetzte sie ihm einen Tritt zwischen die Beine – nicht hart, aber doch so, daß er sich zusammenkrümmte – und ohrfeigte ihn gleichzeitig rechts und links, wie sie es von Robert Mitchum gelernt hatte, als sie den Film *River of No Return* drehten. Dann war sie in der Halle, wo ein Dutzend Leute, einige von ihnen in Abendkleidung, sie anstarrte.

»Ich bin Marilyn Monroe!« kreischte sie den Secret-Service-Agenten an, der hinter ihr herkam, mit vor Verlegenheit und, wie sie hoffte, vor Schmerz hochrotem Gesicht.

Er griff nach ihr. »Mir ist egal, wer Sie sind«, sagte er. »Zurück in den Lift.«

Sie ließ ihn ziemlich nah herankommen und fuhr ihm dann mit ihren Fingernägeln übers Gesicht.

Seinen Schrei hörte sie kaum. Sie war außer sich und sah alles nur noch wie durch einen roten Nebel, als ob ihre Augen voller Blut wären. Die anderen Leute in der Halle wichen mit erschrockenen Gesichtern vor ihr zurück, aber das war ihr egal. Sie stand in ihrem weißen Kleid mit der Bolerojacke kampflüstern da, schwang ihre Handtasche nach ihm, als wäre sie eine gefährliche Waffe, und wich keinen Zentimeter zurück.

»Wenn Sie mich noch einmal anfassen, bringe ich Sie um, Sie Schwein!« rief sie, und Tränen der Wut rannen ihr übers Gesicht. »Haben Sie mich verstanden?«

Ihre Stimme dröhnte in der noblen Halle mit dem schwarzweißen Marmorboden und den lodernden Kaminen, so daß der Portier von draußen herbeigerannt kam.

»Behandeln Sie mich gefälligst mit Respekt!« hörte sie sich rufen und erkannte kaum ihre eigene Stimme. »Ich bin Marilyn Monroe! Ich habe den Präsidenten gevögelt!«

Sie stieß den fassungslosen Portier beiseite, taumelte durch die Drehtür, ihr Gesicht mit der Hand gegen die Blitzlichter der unvermeidlichen Paparazzi abschirmend, und hetzte blindlings die Madison Avenue entlang. Eine Hand griff nach ihrem Arm, und sie holte wieder mit ihrer Handtasche aus, immer noch von Wut und Furcht gebeutelt, bis eine Jungenstimme an ihr Ohr drang. »Miss Monroe, ich bin's, Timmy ... alles wird wieder okay.«

Plötzlich fühlte sie sich so hilflos und erschöpft, daß sie sich kaum noch vorwärts bewegen konnte.

Sie ließ sich von Timmy Hahn, ihrem Teenager-Fan und lebenden Schatten, in ein Taxi verfrachten und nach Hause bringen.

Am nächsten Tag ging es ihr nicht besser. Sie hatte Timmy Geld für ein Taxi nach Queens gegeben – allerdings vermutete sie, daß er den Geldschein als Andenken aufbewahren würde – und die ganze Nacht lang versucht, Jack zu erreichen, um den Zwischenfall zu erklären oder zu entschuldigen, aber sie kam nicht bis zu ihm durch, und am Morgen war er schon abgereist.

Trotz der schlaflosen Nacht war sie von einer tiefen Ruhelosigkeit erfüllt, einer falschen Energie, die sie ebenso bekämpfen mußte wie manchmal auch eine jähe sexuelle Begierde, die in ihrer Intensität fast weh tat.

Sie rief einen nach dem anderen vergeblich an, bis ihr einfiel, daß es ja Samstag war. Alle schienen übers Wochenende verreist zu sein, da es einer jener wunderschönen späten Septembertage war, immer noch warm, aber mit einer Frische, die den Herbst ankündigte. Einer jener Tage, an die Kalifornier dachten, wenn sie davon sprachen, daß ihnen die Übergangszeiten fehlten.

Da sie es nicht in ihrer Wohnung aushielt, zog sie sich Hose, Bluse und ein weites Jackett an, stülpte sich einen alten Männerfilzhut auf und ging einkaufen. Die Idee, in der Menge unterzutauchen, gefiel ihr.

Bloomingdale's war überfüllt von Leuten, was ihr nur recht war. Wie ein Mädchen vom Lande wanderte sie mit großen Augen durch das Kaufhaus. Da sie so selten bummeln ging, kamen ihr Kaufhäuser immer wie aufregende, geradezu magische Orte vor, obwohl es nur wenig gab, was sie kaufen wollte.

Eine enggeschnittene Hose weckte ihr Interesse. Eigentlich brauchte sie gar keine, fühlte sich aber zum Kauf von irgend etwas fast verpflichtet. Endlich schaffte sie es, eine Verkäuferin auf sich aufmerksam zu machen, und dann begann das alte Spiel. Sie haßte New Yorker Verkäuferinnen, denn das waren alles die reinsten Dragoner mit dunklen Brillengläsern, bläulich gefärbtem Haar und unerbittlichen Stimmen, die einen wie ein Stück Scheiße behandelten, selbst wenn man ein Star war.

Diese war leider keine Ausnahme. Ihr schmaler Mund war mißbilligend verzogen, ihre Augen funkelten vor Ungeduld, weil sie den Verkauf beenden und sich einer nächsten Kundin zuwenden wollte, die hoffentlich besser gekleidet und gepflegter war, wie ihr Gesichtsausdruck zu besagen schien. Als sie in der Umkleidekabine war, bereute sie das Ganze bereits, hatte aber nicht den Mut, der Verkäuferin zu sagen, daß sie es sich anders überlegt hätte.

Lähmende Platzangst überfiel sie in dem winzigen Raum, und sie öffnete ein wenig den Vorhang, um sich besser zu fühlen. Sie zog ihre eigene Hose aus und überlegte dabei, was in Gottes Namen sie eigentlich hier so allein tat, und wollte gerade die neue Hose anziehen, als der weibliche Dragoner ihr durch die Lücke eine andere auf einem Bügel hinhielt.

»Vielleicht versuchen Sie mal diese, die ist eine Nummer größer ...« Im nächsten Moment riß sie schockiert die Augen auf. »Sie haben keinen Slip an!« rief sie.

»Ich trage nie einen. Bitte gehen Sie raus.«

Statt dessen drängte sich die Verkäuferin noch weiter herein und griff nach der ersten Hose. »Sie können nackt nichts anprobieren«, sagte sie streng. »Das ist ja widerlich!«

Sie wurde gegen die Rückwand gedrängt, ohne genug Bewegungsfreiheit zu haben, um in die Hose zu schlüpfen, die tatsächlich um eine Nummer zu klein für sie war. »Gehen Sie raus!« schrie sie.

»Schreien Sie mich nicht an!« Auch sie schien durch die peinliche Situation wie gelähmt zu sein und wich keinen Schritt zurück. Dann schnüffelte sie angewidert. »Sie sind nicht nur nackt, Sie riechen auch. Wie können Sie es wagen, in diesem Zustand Kleider anzuprobieren?«

Sie roch nicht! Was für eine monströse, verleumderische Beschuldigung! Sie hatte morgens stundenlang in der Wanne gelegen und dabei Kaffee getrunken. Hier ging es um ihren eigenen natürlichen Geruch, ihr persönliches Aroma aus Sex und Chanel No. 5, wonach die Männer schier verrückt waren.

Sie versetzte der Verkäuferin einen leichten Schubs, da sie allmählich in Panik geriet.

»Hilfe! Hilfe! Hilfe!« Die Frau kreischte mit herausquellenden Augen und blieb immer noch wie angewurzelt stehen.

Der nächste Stoß war schon heftiger, da sie das Hindernis endlich aus dem Weg haben wollte. Diesmal taumelte die Verkäuferin rückwärts und schrie aus voller Lunge.

Hastig zwängte sie sich in die neue Hose und rannte los, voller Grauen über die schrillen Schreie, die ihren Kopf fast platzen ließen. Flüchtig sah sie sich im Spiegel, eine irre wirkende Frau mit einem komischen Hut, einer zu engen Hose mit halbgeschlossenem Reißverschlug, an der das Preisschild flatterte ... Wie von Furien gehetzt, stürmte sie durch das Kaufhaus an immer neuen Leuten vorbei, die sie angafften.

Bevor sie den Aufzug erreichen konnte, trat ihr ein stämmiger Mann im Blazer in den Weg und fing sie in seinen Armen auf. Sie schlug um sich, so verängstigt wie ein wildes Tier, das festgehalten wurde, und hörte zum erstenmal ihre eigenen Schreie. Sein

Griff verstärkte sich. Sie wand sich, trat ihm gegen das Schienbein, biß und fluchte, bis zwei weitere Aufpasser keuchend herbeigelaufen kamen und ihr die Hände auf dem Rücken verdrehten.

»Ladendiebstahl und versuchte Körperverletzung«, sagte der Mann im Blazer und betupfte seine Kratzwunden mit einem Taschentuch.

»Ich habe nichts gestohlen, Sie Wichser! Sagen Sie diesen Kerlen, daß sie mich loslassen sollen, oder es wird ihnen leid tun.«

»Dies ist nicht Ihre Hose, Lady. Sie haben nicht dafür bezahlt. So was nennt man Ladendiebstahl. Sie haben eine Verkäuferin angegriffen und mich noch dazu. Wir gehen jetzt ohne weiteres Aufsehen in mein Büro, und dort übergebe ich Sie der Polizei.«

»Sie hat mich beleidigt und hat mich geschubst.«

»Na klar. Das können Sie dem Richter erzählen, Lady. Ich tue nur meine Arbeit.«

»Wissen Sie denn nicht, wer ich bin, Sie verpißter Idiot!«

Er musterte sie von oben bis unten. »Nein, und es ist mir auch völlig egal. Wenn es nach mir ginge, würde ich Ihnen beibringen, keine solchen Ausdrücke zu verwenden. Daß Sie eine Frau sind, würde mich nicht davon abhalten, verstanden? Also strapazieren Sie nicht weiter meine Geduld.«

Die beiden Wächter führten sie von den Schaulustigen weg zu einer Tür, die der Mann im Blazer, der sicher ein Ex-Cop war, aufsperrte. Von dort wurde sie in einen Lift getragen, dann einen langen Korridor entlanggeführt und schließlich in ein kleines, fensterloses Büro gebracht. Sie luden sie wie ein Paket auf einem Stuhl ab, während der Kaufhausdetektiv sich hinter den Schreibtisch setzte.

»Wie heißen Sie, Lady?« erkundigte er sich und schraubte seinen Füller auf.

»Marilyn Monroe.«

»Na klar, und ich bin Fred Astaire«, sagte er humorlos. Dann erhob er sich halb und packte ihr Kinn mit seinen Wurstfingern, wobei der Ring der Police Academy in ihr Fleisch schnitt. »Einen kleinen Rat, Schätzchen, versuch hier keine Spielchen. Bist du vielleicht 'ne Nutte? Ich weiß nicht, was ich noch tun soll, um euch Mädchen beizubringen, daß ihr nicht ins Kaufhaus kommt, verdammt noch mal!«

Rasender Zorn wallte von tief innen in ihr auf, und sie hatte das Gefühl, an ihrem eigenen Erbrochenen ersticken zu müssen. Sie konnte sich nicht bewegen, da die anderen Männer sie festhielten, aber sie spuckte ihm ins Gesicht. Im nächsten Moment schon spürte sie den scharfen Schmerz, als er ihr eine Ohrfeige gab. Der Schlag war so heftig, daß sie Angst um ihre Zähne hatte, heftig genug, um sie endlich zur Besinnung zu bringen.

»Öffnen Sie meine Handtasche«, forderte sie ihn auf.

Er nickte, weil ihm wohl klar war, daß auch er sich längst nicht mehr korrekt verhielt. Er zog ihre Kreditkarten heraus, entfaltete ihren kalifornischen Führerschein (wie üblich abgelaufen) und flüsterte schließlich heiser: »Heilige Maria, Mutter Gottes.«

Es dauerte eine knappe Stunde, bis ein junger Anwalt kam, doch dann brachte er sie innerhalb von zehn Minuten durch den Liefereingang zu einem schon wartenden Wagen, in den sie in der zu engen Hose und mit festumklammerter Handtasche stieg.

Sie fuhr in ihre Wohnung, riß sich die Hose vom Leib und nahm einige Tabletten, um ihre Nerven zu beruhigen. Dann beschloß sie, daß ihr etwas Schlaf guttun würde, und so öffnete sie ein zweites Fläschchen, verstreute dabei aber einige Tabletten auf dem Fußboden. Unbeholfen kniete sie sich hin, um sie aufzuheben, konnte jedoch nicht mehr aufstehen und dachte sich, daß sie ja genausogut auf der weißen Bademaße einschlafen könnte ...

Wer weiß, was geschehen wäre, wenn ich nicht mit Marilyn zu einer Filmvorführung am späten Nachmittag verabredet gewesen wäre, worauf noch ein Abendessen bei Gallagher's, einem ihrer Lieblingslokale, folgen sollte. Maria war für eine Woche nach Paris zum Shopping gefahren und wohnte dort bei den D'Souzas.

Ich verbrachte einen jener New Yorker Samstage, die ich so liebe – ein Streifzug über die Madison Avenue mit all ihren Kunstgalerien, ein Abstecher zu Judd and Judd, um mir die Neuerscheinungen auf dem Büchermarkt anzusehen, ein knochentrockener Martini und ein großer Salat im Carlyle-Hotel, dann in flottem Tempo nach Hause und unterwegs noch der Kauf einiger Hemden bei Sulka.

Aus all diesen Gründen war ich geradezu blendender Laune, als ich zu Marilyns Haus kam. Deshalb irritierte es mich um so mehr, als sie nicht auf den Anruf des Portiers reagierte.

»Sie erwartet mich«, sagte ich.

»Ja, Mr. Leman. Miss Monroe erzählte meinem Kollegen vom Tagesdienst, daß Sie kommen, und ich weiß, daß sie da ist.«

Er rief wieder an. Keine Antwort. »Möchten Sie rauffahren und es selbst versuchen?« erkundigte er sich.

Ich fuhr zu ihrer Wohnung hinauf und bat den Liftmann, noch einen Moment zu warten. Nachdem ich mehrmals geläutet hatte, schlug ich mit der Hand gegen die Metalltür, aber von innen drang kein Laut heraus, was merkwürdig war, da Marilyn eigentlich immer Musik hörte – normalerweise Schallplatten von Sinatra.

Ich wußte, daß ein Ersatzschlüssel unter dem Fußabstreifer versteckt war, da sie den anderen immer wieder verlor. Also schickte ich den Liftmann weg, fand tatsächlich den Schlüssel und öffnete die Tür.

»Marilyn?« rief ich laut. Die Wohnung war eigentümlich still, eine dumpfe, unnatürliche Stille, die mich unwillkürlich an Schlaf oder sogar Tod erinnerte. Ich wußte, daß sie da war, nicht weil der Portier es behauptet hatte, sondern weil ich ihre Gegenwart fühlte, ihren ganz unverkennbaren Duft roch, einfach nicht allein war.

Vermutlich ahnte ich schon, was ich finden würde, denn diese Möglichkeit war bei Marilyn naheliegend. Das Schlafzimmer war leer, aber ihre Handtasche auf dem zerwühlten Bett bestätigte, daß sie zu Hause war. Die Badezimmertür stand einen Spalt offen, und nach vorsichtigem Klopfen stieß ich sie weit auf. Zu meiner Schande war dies das erste Mal, daß ich Marilyn nackt sah, oder fast nackt, denn sie trug immer noch BH und Bluse, wie auch weiße Schuhe mit Stilettoabsätzen. Sie lag mit geschlossenen Augen und halboffenem Mund auf der Seite. Ihr Schamhaar war dunkler, als ich erwartet hatte. Ihre Haut hatte eine bläuliche Färbung, stellenweise fast schon violett, und im ersten Moment fürchtete ich, daß sie tot war.

Doch kurz darauf atmete sie, Gott sei Dank. Es war ein ganz leises Luftholen, das ein paar Speichelbläschen auf ihre Lippen brachte.

Ich ging ins Schlafzimmer, bestellte bei einer Privatfirma einen Krankenwagen, informierte meinen eigenen Arzt und wählte dann eine spezielle Nummer im Polizeihauptquartier, um die Polizei möglichst schnell und ohne Reporter einzuschalten. Schließlich kündigte ich übers Haustelefon dem Portier an, wer alles kommen würde, und verpflichtete ihn zu absoluter Diskretion.

Dies alles erledigt, ging ich ins Badezimmer, hielt einen Waschlappen unter kaltes Wasser und betupfte damit Marilyns Gesicht. Ihr Kopf ruhte auf meinem Knie. Ihre Atemzüge waren schwach, aber regelmäßig. Bei der Berührung mit dem kalten Waschlappen flatterten ihre Augenlider ein wenig. Sie bewegte die Lippen, und ich glaubte zu hören, daß sie ›Wasser‹ sagte. Ich füllte ein Glas und hielt es ihr an die Lippen. Sie nahm zwei, drei Schlucke und übergab sich dann plötzlich, ohne Vorwarnung, auf mein neues Hemd und meine neue Krawatte.

Vielleicht rettete das ihr Leben. Niemand weiß es. Im Doctor's Hospital pumpte man ihr trotzdem noch den Magen aus. Zum Glück gelangte dieser Zwischenfall nie in die Schlagzeilen, und ich fragte auch nie, was der unmittelbare Auslöser gewesen war.

Als ich am nächsten Vormittag in ihre Wohnung zurückkehrte, um einige Sachen für sie zu holen, da sie ›unter ärztlicher Beobachtung‹ stand, wurde mir vom Portier ein per Boten überbrachtes Päckchen von Bloomingdale's gegeben. Als ich es öffnete, kamen eine alte Hose von Jax, wie sie Marilyn immer trägt, und ihre Kreditkarte von Bloomingdale's zum Vorschein, die fein säuberlich entzweigeschnitten war.

Schon am Tag nach ihrer Entlassung aus dem Doctor's Hospital flog sie nach Kalifornien zurück, als ob sie nicht schnell genug der Stadt entfliehen könnte. Vorher aber rief sie noch bei Sulka an und ließ ein halbes Dutzend Seidenhemden an David schicken, brachte es jedoch nicht über sich, mit ihm zu reden. Außerdem schmerzte ihre Kehle noch, und ihre Stimme war heiser vom Magenauspumpen.

Dr. Greenson holte sie persönlich vom Flughafen ab, da Frau Dr. Kris ihn über den Ernst der Lage aufgeklärt hatte. Selbstmordversuche brachten Psychoanalytiker auf Trab, da sie einen Mißerfolg der Therapie bedeuteten.

Natürlich tat Greenson so, als handle es sich um eine zufällige Überdosierung, also um einen ›Unfall‹, aber seine Augen verrieten etwas anderes. Er wußte genau, was geschehen war, und machte Pläne, um eine Wiederholung zu verhindern. Sein erster Vorschlag lautete, daß sie bei ihm und seiner Familie wohnen sollte, was sie aber nicht wollte. Also schlug er ihr statt dessen vor, ein Haus ganz in seiner Nähe zu kaufen, und hatte auch schon eine Haushälterin auf Lager, der sie beide trauen konnten: Eunice Murray, ›eine Frau mit viel Erfahrung, für andere Leute zu sorgen‹, wie er es ausdrückte.

Mrs. Murray erwies sich als eine Lady mit sanfter Stimme, aber energischem Kinn und stählernem Blick hinter blitzenden Brillengläsern, der auf einen starken Willen schließen ließ. Mrs. Murrays Pflichten waren vielseitig: Sie kochte und putzte zwar nicht, chauffierte aber den Wagen, nahm Telefonate entgegen und – am wichtigsten von allem – war eine Art Wachhund im Auftrag von Dr. Greenson.

Es war alles für sie eine große Erleichterung. Nun endlich hatte sie sich vollkommen in Greensons Hände begeben: Mrs. Murray behielt sie zu Hause im Auge und fuhr sie zu den Sitzungen, Greensons Kumpel Henry Weinstein würde ihren nächsten Film produzieren, falls es je dazu käme, und Greensons Makler ging für sie auf Haussuche, mit der Auflage, daß es sich in nächster Nachbarschaft von Dr. Greenson befinden müßte. Als wäre all das noch nicht genug, hieß Mrs. Murrays Tochter auch noch Marilyn!

Endlich fühlte sie sich beschützt. Ihr neues Haus am Helena Drive in Brentwood war fast eine Miniaturausgabe von Dr. Greensons – geradezu winzig, was genau ihren Wünschen entsprach, und dunkel wie eine Höhle wegen des dichten tropischen Gartens, was perfekt zu ihrer derzeitigen Stimmung paßte.

Sie schwelgte in Besitzerstolz. Jim und sie hatten etwas gemietet, das man bestenfalls als Hütte bezeichnen konnte, der Footballspieler und sie hatten nie ein eigenes Haus besessen. Das Haus in Roxbury gehörte Miller und nicht ihr. Dieses hier aber, so klein und eng es war, so ungepflegt der Garten auch sein mochte, war ihr Eigentum.

Auf ihren Wunsch hin ließ Mrs. Murray die Küche mit mexikanischen Kacheln und leuchtenden Farben renovieren, damit sie genauso aussah wie Dr. Greensons Küche. So bald wie möglich zog sie mit ihren wenigen Habseligkeiten ein, die zum größten Teil in Kartons verpackt waren, und pinnte Jack Kennedys Wahlplakat an die Schlafzimmerwand.

Sie hatte nun auch ihren eigenen Pool, benutzte ihn aber nicht. Er spielte sogar eine negative Rolle in ihrem Haushalt, denn sie hatte schreckliche Angst, daß der kleine Maf hineinfallen und ertrinken könnte. Trotzdem bestellte sie Swimmingpoolmöbel, und Mrs. Murray heuerte einen Mann an, der ihn dreimal wöchentlich säuberte.

Natürlich fehlten viele Dinge, und alles mögliche funktionierte lediglich sporadisch. Im ersten Stock gab es keinen Telefonanschluß, so daß sie ihr privates Telefon mit der Geheimnummer an einer ewig langen Schnur mit nach oben nehmen mußte, wenn sie ihre nächtlichen Anrufe im Bett absolvierte. Doch all das störte sie nicht. Es war ihr Zuhause.

Sie hatte sich gerade die Haare gewaschen und wickelte ein Handtuch um ihren Kopf, als sie im Radio hörte, daß Botschafter Joseph B. Kennedy nach einer Runde Golf einen schweren Schlaganfall erlitten hatte.

Der Präsident stand im Krankenhauskorridor, an dessen beiden Enden sich Secret-Service-Agenten postiert hatten. Er trug Winterkleidung, da er so rasch wie möglich aus Washington hergeflogen war, doch Robert Kennedy war schon vor ihm eingetroffen.

»Mein Gott, wie gräßlich«, sagte Jack. »Es ist das einzige, wovor Dad Angst hatte, und er sagte immer, er wäre lieber tot als hilflos.«

»Es wird ihm bald bessergehen!« sagte Bobby heftig. »Es gibt Rehabilitationstherapie, Gymnastik ... Er hat das Zeug dazu, es zu schaffen.« In seinen Augen standen Tränen.

Jack Kennedy legte den Arm um seinen Bruder und schritt mit ihm den Korridor auf und ab. »Du hast ihn gesehen«, sagte er. »Es ist ein schwerer Schlaganfall. Die Ärzte glauben nicht, daß er je wieder laufen kann. Sie sind nicht mal sicher, ob es mit dem Sprechen klappen wird. Man muß den Tatsachen ins Auge sehen.«

»Diesen Tatsachen nicht!«

»Du wirst es vielleicht müssen.« Auf den Wink eines Secret-Service-Agenten hin traten sie vom Fenster zurück. Auf den umliegenden Dächern hatten bereits Agenten und Polizei-Scharfschützen Stellung bezogen. Der Präsident verzog das Gesicht und nahm sich vor, diese Art von Spektakel zu stoppen, das nach einem Polizeistaat aussah und ihm das Gefühl vermittelte, ein lateinamerikanischer Diktator zu sein. »Hoffentlich passiert mir so was nicht«, stöhnte er. »Eine Kugel, etwas, das schnell geht, so sollte man abtreten.«

Bobby schüttelte den Kopf. »Sprich nicht so!« Sein Gesicht wurde noch eine Spur grimmiger. »Weißt du schon, daß Marilyn ein langes Telegramm an Mutter geschickt hat, in dem sie sich darüber ausläßt, wie traurig sie ist und wie sehr sie Dad liebte? Sie schrieb, daß sie sich wie ein Mitglied der Familie vorkommt, und bot auch an, zu ihm zu fliegen und sich um ihn zu kümmern ...«

»O mein Gott!«

»Es kommt noch schlimmer. Sie gab bei der 20th Century-Fox eine Pressekonferenz, wo sie ebenfalls betonte, wie traurig sie sei und wie eng verbunden mit der Familie.«

»Scheiße! Hat sich Mutter aufgeregt?«

»Sie war eher verwirrt. Aber es ist ein echtes Problem. David bemüht sich nach Kräften, die Story aus den Medien rauszuhalten. Doch ...«

Ein Arzt näherte sich mit einem Gesichtsausdruck, der nichts Gutes verhieß. »Du hast gewonnen, Bobby«, sagte Jack. »Marilyn gerät außer Kontrolle.«

»Und vor kurzem erst diese üble Sache in New York mit dem Secret Service ...«

»Ich weiß, ich weiß. Wie schon gesagt, du hast gewonnen. Also reit bitte nicht darauf rum. Es muß sein ...« Seine Stimme klang erschöpft.

Mit einer Handbewegung signalisierte er dem Arzt, noch einen Moment zu warten. In seinen Augen war Bedauern, aber auch noch etwas anderes, vielleicht sogar Erleichterung darüber, daß nun endlich die schwere Entscheidung getroffen war. Diesen Blick hatte Bobby schon gesehen, als Jack befahl, die Luftangriffe auf die Schweinebucht zu stoppen. »Flieg nach Kalifornien«, sagte er. »Versuch, sie mir vom Hals zu schaffen.«

»Warum ich?«

»Weil du in solchen Sachen besser bist als ich.«

Bobby nickte mit verschlossenem Gesicht, als gäbe er es zu, ohne darauf stolz zu sein.

»Mach es so schonend wie möglich«, bat Jack und winkte den Arzt herbei. In Gedanken war er beim nächsten Problem. Als er nun dem Arzt die Hand gab, war er schon wieder ganz der Präsident.

»Aber bleib hart, Bobby«, fügte er noch hinzu.

Vierter Teil

Legende

40. KAPITEL

Sie amüsierte sich blendend, als sie beim Dinner Peter Lawford und Bobby Kennedy als Tischherren hatte.

Da Bobby sich ihr gegenüber bisher immer sehr distanziert gezeigt hatte, war sie überrascht gewesen, als Peter ihr sagte, daß er sie treffen wollte. Peter gab eine Dinnerparty für Bobby, eine Art ›Welcome-to-L. A.‹-Party, und bat sie, doch auch zu kommen.

Sie hatte schon immer eine Gelegenheit herbeigesehnt, mit Bobby offen reden zu können, und erschien mit einer sorgfältig vorbereiteten Liste von Fragen zum Dinner. Da er ein Kennedy war, hatte sie sich auf die besondere Gelegenheit vorbereitet, indem sie ihr Haar bleichen, in sanfte Locken legen und sich sogar noch vom Visagisten des Filmstudios schminken ließ. Sie hatte ein Silberlaméklelid mit einem gewagten V-förmigen Ausschnitt gewählt, der Schultern und Rücken total und ihre Brüste so weit entblößte, wie gerade noch vertretbar war, und bis zum Nabel reichte. Es war ein Kleid, das nur sehr wenige Frauen zu tragen wagten.

Sie hatte sich sehr bemüht, pünktlich zu erscheinen – für ihre Verhältnisse! –, was bedeutete, daß alle anderen Gäste bereits einige Drinks gehabt hatten und gelegentlich auf die Uhr schauten. Außerdem hatte Gastgeberin Pat ein-, zweimal in die Küche gehen müssen, um die erboste Köchin zu besänftigen. Sie wählte für ihren Auftritt genau den Moment, als die Leute zu glauben begannen, daß sie nicht mehr käme. Da sie ihr Metier beherrschte, tauchte sie plötzlich oben an der Treppe auf, die zu dem großen Salon hinunterführte, und blieb dort mit ihrem glitzernden Kleid stehen, bis jemand hochblickte und ›Marilyn‹ sagte. In atemloser Stille starrten alle wie verzaubert zu ihr empor.

Nach einem gut berechneten Moment lächelte sie strahlend, und der Raum explodierte förmlich in Applaus, Hochrufe und bewundernde Pfiffe. Dies war es, was ihr Leben lebenswert machte und was sie besser beherrschte als jeder andere. Niemand erzielte bei einer Party von Filmleuten eine solche Wirkung, mit Ausnahme vielleicht von Elizabeth Taylor, doch selbst Liz hätte nicht mit dem blendenden Silber- und Platinglanz mithalten können, der die berühmteste Blondine der Welt wie eine schimmernde Aura umgab. Alle anderen im Raum wurden dadurch in den Schatten gestellt.

Bis auf Robert Kennedy. Ihr fiel nämlich auf, daß Bobby in seinem Sommeranzug von der Stange und seinem widerspenstigen Haarschopf à la Teenager wie sein Bruder über jene besondere Starqualität verfügte, die ihn aus der Menge hervorhob, als stünde er im Scheinwerferlicht.

Sie stieg langsam und graziös die Stufen hinunter. Lawford gab ihr einen vorsichtigen Kuß auf die Wange, denn er war zwar ein schlechter Schauspieler, wußte aber wenigstens, daß man einem Star nicht das Make-up verschmieren durfte. »Marilyn, Darling!« rief er schon leicht angetrunken. »Du bist die Warterei auf dich wert!«

»Was heißt hier warten?« fragte sie. »Ich dachte, ich sei zu früh dran.«

Lawford honorierte ihre Schlagfertigkeit mit Gekicher. »Ich glaube, du hast den Justizminister schon kennengelernt, oder?« sagte er dann, bemüht, den charmanten Gastgeber zu spielen.

»O ja«, flüsterte sie. »Willkommen in Los Angeles, Herr Justizminister.« Sie wußte nicht, ob es die richtige Anrede war, doch sie klang wenigstens respektvoll.

Bobby gab ihr errötend die Hand. »Nennen Sie mich bitte Bobby.«

Sie hielt lächelnd seine Hand fest. »Gut, dann also Bobby ...«

Bei Tisch saß er neben ihr und schien zuerst fest entschlossen zu sein, sich von ihrem Charme nicht einwickeln zu lassen, doch als die Suppentassen abgeräumt wurden, war er schon halb besiegt. »Warum kann Jack nicht mehr tun, um den Freedom Riders zu helfen?« fragte sie geradeheraus.

»Er tut, was er kann.«

»Ich finde es widerwärtig, daß der Ku-Klux-Klan und andere Fanatiker Steine werfen und auf Leute schießen dürfen.«

»Dies ist ein freies Land.«

»Aber nicht für Schwarze.«

Zuerst blitzte Ärger in seinen Augen auf, doch schließlich nickte er. »Ich bin ganz ihrer Meinung«, sagte er. »Es dreht mir den Magen um. Aber Jack wurde mit einer hauchdünnen Mehrheit gewählt. Ohne den Süden kann er 1964 nicht gewinnen, und das bedeutet, daß er nicht so schnell Änderungen durchsetzen kann, wie er möchte. Er hat eine Verfügung unterschrieben, die die Rassentrennung aufhebt, müssen Sie wissen, und das hat bei den konservativen Südstaatlern jenseits der Mason-Dixon-Linie für schrecklichen Wirbel gesorgt.«

»Er hat es bei seiner Wahlkampagne 1960 versprochen«, erwiderte sie unbeeindruckt.

Er schaute sie erstaunt an. »Daran erinnern Sie sich noch?«

»Nur weil ich eine Blondine bin, muß ich noch lange kein dummes Häschen sein.« An diesem Abend hatte sie zum erstenmal seit vielen Monaten wieder Selbstvertrauen. Sie war mit Pillen abgefüllt, war beruhigt und gleichzeitig mit Energie aufgeputscht, um ihre üblichen Ängste zu überwinden, und irgend etwas an Bobby – seine Direktheit, sein rasches Lächeln und eine gewisse Traurigkeit in seinen blauen Augen – ließ sie brillieren.

»Er mußte den richtigen Moment abwarten«, sagte Bobby.

»Ein ganzes Jahr? Und wie steht's damit, daß afrikanische Diplomaten nicht anhalten dürfen, um etwas zu essen oder einfach nur Rast zu machen, wenn sie von New York oder nach New York durch Maryland fahren?«

Er wirkte noch überraschter. »Wir kümmern uns darum.«

»Ich habe gehört, daß Jack – der Präsident – Angie Biddle Duke sagte, dann sollten sie eben statt dessen den Pendelzug nehmen.«

»Das stimmt nicht. Oder na ja, vielleicht stimmt es doch«, korrigierte er sich selbst, »aber er hat nur einen Witz gemacht.«

»Aber das ist nicht komisch! Liegt ihm denn so was nicht am Herzen?«

»Doch, natürlich, das wissen Sie genauso wie ich, aber er ist ein pragmatisch denkender Politiker. Solche Dinge brauchen Zeit. Es hat neun Monate gedauert, bis wir Castro soweit hatten, die amerikanischen Gefangenen aus Kuba rauszulassen, und das lag dem Präsidenten verdammt am Herzen.«

»Was hat es für einen Sinn, die kubanischen Gefangenen freizubekommen, wenn die Schwarzen in ihrem eigenen Land nicht mal in einem Lokal Rast machen können?«

»Auch das werden wir mit der Zeit noch schaffen.«

»Sind Sie ebenfalls ein pragmatischer Politiker, Bobby?«

Er schwieg mit bekümmertem Gesicht, als hätte ihre Frage sein Innerstes berührt. »Ich weiß nicht recht«, sagte er schließlich. »In gewisser Hinsicht bin ich's wohl. Das Problem ist, daß ich's im Grunde aber nicht sein möchte. Bei meinem Bruder kommt das ganz von selbst, aber für mich ist es viel schwieriger.«

Er schwieg wieder. »Soviel zum Thema Skrupellosigkeit«, sagte er schließlich schulterzuckend.

Sie berührte unter der Tischdecke seine Hand. »Auf mich haben Sie nie einen skrupellosen Eindruck gemacht.«

»Darin könnten Sie sich irren«, widersprach er fast heftig mit unendlich traurigem Gesicht.

Nachdem Kaffee serviert worden war und die Gäste sich härteren Drinks zuwandten, führte Bobby sie vom Tisch weg. »Ich muß mit Ihnen reden«, sagte er. »Ungestört.«

Aus irgendeinem Grund fröstelte es sie. »Hier sind wir doch ungestört.«

Er schüttelte den Kopf. »Gehen wir nach draußen.«

Sie traten auf die Terrasse hinaus. »Wie wär's mit einem Spaziergang am Strand?« erkundigte er sich.

Sie wollte ihn gerade erinnern, daß sie ein Abendkleid aus Silberlamé und hochhackige Sandaletten trug, aber irgend etwas an seiner Miene bewog sie dazu, die Schuhe auszuziehen und dann im Halbdunkel auch ihre Strümpfe. Achtlos stopfte sie die spinnwebfeinen Dinger in ihre Tasche.

Nebeneinander liefen sie über den Sand bis zum Meer, das sich im Mondlicht glitzernd in unzähligen Wellen kräuselte. Sie liebte den Sand zwischen ihren nackten Zehen, doch ihr Kleid war so eng, daß sie nur kleine Schritte machen konnte.

»Ist Ihnen kalt?« fragte Bobby und berührte flüchtig ihre Hand, als geschähe es rein zufällig. Sein Gesicht wirkte ernst, fast grimmig. Dann holte er tief Atem wie ein Mann, der einen Kopfsprung ins kalte Wasser machen muß. »Ich wurde hergeschickt, um mit Ihnen zu reden«, sagte er so behutsam wie ein Arzt, der schlechte Nachrichten übermittelt.

»Worüber?«

»Über Jack.«

»Was ist mit ihm?«

»Er ... muß sich etwas von Ihnen distanzieren, Marilyn.«

Wie benommen stolperte sie weiter. In gewisser Weise hatte

sie schon damit gerechnet, hatte auf das Fallbeil gewartet, ohne es jedoch wahrhaben zu wollen. Ein Blick in Bobby Kennedys Gesicht verriet ihr, daß es nun soweit war.

»Wollen Sie damit sagen, daß es vorbei ist?« fragte sie bemüht ruhig.

»Ja, es ist vorbei.«

»Warum?«

»Er ist der Präsident, Marilyn. Er hat Feinde. Jene, äh, Szene in der Halle vom Carlyle. Der Brief an Mutter. Die Pressekonferenz zu Dads Schlaganfall. Das Gerede, daß Jack seine Frau verlassen wird und Sie heiratet ... All so was ist gefährlich. Ich weiß, daß Sie ihn lieben. Aber wenn Sie ihn wirklich lieben, dann geben Sie ihn auf.«

»Und wenn nicht?«

»Sie werden es tun!«

»Warum konnte er mir das nicht selbst sagen? Das schuldet er mir.« Sie spürte, wie heißer Zorn in ihr hochstieg, und begriff plötzlich, warum er mit ihr ins Freie gegangen war.

Er blickte aufs Meer hinaus. »Jack wollte es Ihnen selbst sagen. Ich habe es ihm ausgeredet.«

»Warum?«

»Er ist der Präsident, Marilyn«, wiederholte er. »Es ist meine Aufgabe, ihn vor sich selbst zu retten, falls nötig.«

»Was ist, wenn ich ihn anrufe?«

»Keine Ahnung. Aber ich weiß, daß Sie ihn unter der Spezialnummer nicht mehr erreichen werden. Ich ließ sie heute stilllegen.«

»Das würde er nicht zulassen!«

»Er weiß es noch nicht.« Er schaute sie zum erstenmal voll an und schüttelte den Kopf. »Marilyn, in den vergangenen drei Wochen haben Sie ihn sechsunddreißigmal angerufen. Sie wußten doch sicher, daß es nicht so weitergehen kann.«

»Sie aufgeblasener kleiner Wichser!« schrie sie. »Was wissen Sie denn schon davon? Er liebt mich!«

»Ja, das glaube ich auch«, gab er mit leicht gesenktem Kopf zu. »Aber das ändert gar nichts.«

»O doch, und wie!« Unvermittelt griff sie ihn an, hob die Fäuste, um auf ihn einzuschlagen. Er konnte ihr mühelos ausweichen, doch sie wirbelte herum und ging wieder auf ihn los. Diesmal prallten sie aufeinander. Er umklammerte sie mit beiden Armen und hielt sie so fest wie möglich, den Kopf zurückgeworfen, damit sie ihn nicht mit ihren Fäusten treffen konnte. Erbost über ihre Hilflosigkeit, biß sie ihn ins Ohrläppchen und triumphierte, als er vor Schmerz aufschrie. Trotz ihrer erbitterten Gegenwehr hielt er sie eisern fest, bis sie schließlich vor Erschöpfung aufgab.

»Sie haben es zu weit getrieben, begreifen Sie nicht?« redete er so ruhig weiter, als wäre nichts passiert. Sein Ohrläppchen blutete, und ein Rinnsal, das im Mondlicht schwarz aussah, lief an seinem Hals herunter und verfärbte den Hemdkragen.

»Meinen Sie, daß ich die Regeln gebrochen habe?«

Er nickte.

»Ist Jack wütend?«

Bobby verneinte mit einer Kopfbewegung. »Nein, Jack ist nicht wütend und schiebt Ihnen auch keine Schuld zu.« Er stocherte mit der Schuhspitze im Sand herum. »Es gibt da Leute, die über diese Affäre Bescheid wissen. Leute, die dies gegen ihn verwenden würden. Das kann ich nicht zulassen.«

»Was für Leute?«

»Je weniger Sie darüber wissen, desto besser«, wich er aus.

Sie schauerte. Bobby nahm sein Jackett und hängte es ihr über die Schultern. »Es war das Schönste in meinem Leben«, sagte sie. »Das, was am meisten Sinn ergab. Jack zu lieben, meine ich.«

»Es hat auch ihm viel bedeutet.«

»Es war nicht nur der Sex. Wir waren irgendwie richtig füreinander. Ich half ihm mit seinem Rücken. Er brachte mich zum Lachen, und ich konnte ohne Tabletten schlafen. Unsere Körper paßten zusammen, verstehen Sie? Wie die richtigen Teile in einem Puzzlespiel. Ich hätte alles für ihn getan. Alles, worum er mich bittet. Das habe ich sonst noch nie für jemanden empfunden.«

»Das weiß er, und genau darum bittet er Sie. Beenden Sie es.«

Sie zitterte, obwohl sie gar nicht fror. Eigentlich fühlte sie überhaupt nichts. Er legte ihr den Arm um die Schultern. »Schaffen Sie's?« fragte er leise.

»Ich weiß nicht. Aber ich werde mich nicht ertränken, falls Sie das meinen.«

Sie lief in die flachen, auslaufenden Wellen, bis der Saum ihres silbernen Kleids naß wurde. Eine Weile schlenderten sie stumm nebeneinander durch das seichte Wasser. Die Gischt glänzte hell im Mondlicht, und glitzernde, salzige Tropfen verfingen sich in den winzigen goldenen Härchen auf ihren Armen.

»Es war nicht nur eine Illusion, oder?« erkundigte sie sich. »Das muß ich wissen! Jack hat mich geliebt, nicht wahr?«

»Ja, das tat er und das tut er immer noch. Wäre er nicht der Präsident, wäre vielleicht alles anders, aber er ist es nun mal.«

Sie hatte sich immer vor diesem Moment gefürchtet, reagierte nun aber zu ihrem eigenen Erstaunen nicht hysterisch, sondern war ruhig, selbstkontrolliert. Frau Dr. Kris und Dr. Greenson wären stolz auf sie! Vielleicht lag es daran, daß sie es seit langer Zeit erwartet hatte. Doch andererseits spürte sie eine so tiefe, fast bodenlose Trauer, daß sie nicht sicher war, ob sie überhaupt damit leben konnte.

In wortlosem Einverständnis wandten sie sich um und gingen zurück.

»Es ist wichtig, daß dies alles nie geschehen ist, okay?« sagte Bobby eindringlich.

»Ich plane nicht, ein Buch darüber zu schreiben.«

»Das meine ich auch nicht. Aber falls es Briefe, Souvenirs, solche Sachen gibt ... Sperren Sie alles in einen Banksafe, wenn Sie's unbedingt behalten müssen.«

»Das ist kaum der Rede wert. Jack hat mir nie geschrieben.«

Sie näherten sich dem Haus. »Der Traum, daß Jack und ich eines Tages zusammen wären, der hat mich am Leben gehalten, und zwar seit langem«, flüsterte sie.

»Es ist schwer, ich weiß.«

»Das bezweifle ich.«

Helles Licht drang aus den Zimmern durch die hohen Fenstertüren und blendete sie. Tränen liefen ihr übers Gesicht. »Ich kann nicht mehr reingehen«, sagte sie. »Mein Kleid ist ruiniert. Ganz zu schweigen von meinem Gesicht und meinen Haaren.«

»Haben Sie einen Wagen dabei?«

Natürlich hatte sie das, aber sie schüttelte den Kopf, nahm seine Hand und preßte sie. »Bringen Sie mich heim«, bat sie. »Bitte! Ich möchte noch nicht allein sein.«

»Also, ich weiß nicht so recht ...«, meinte er zaudernd.

»Ich war doch tapfer, oder?« sagte sie drängend. »Ich habe nicht geheult oder eine Szene gemacht ...«

Er nickte mit umschatteten Augen. Sein Gesicht war komplizierter als das seines Bruders, dachte sie, verschlossener, in manchen Zügen härter, in anderen wieder verletzlicher und insgesamt schärfer geschnitten. »Also gut, nehmen Sie Ihre Sachen mit«, willigte er ein.

Sie holte Schuhe und Handtasche von der Terrasse und folgte ihm auf nackten Füßen ums Haus zu einer Seitenstraße, wo ein schwarzer Sedan parkte. Jemand, vermutlich ein Secret-Service-Agent, saß auf dem Fahrersitz. Sie wartete in der Dunkelheit, während Bobby dem Mann etwas zuflüsterte, der daraufhin ausstieg und die Schlüssel übergab. Bobbys Hosen waren bis über die Knöchel hinauf naß, und um seine Schuhe bildeten sich Wasserpfützen auf dem Asphalt. Er wartete, bis der Agent hinter der Hausecke verschwunden war, bevor er sie zu sich winkte.

»Sie müssen mir den Weg zeigen«, sagte er, öffnete für sie die Wagentür und stieg dann selbst ein.

Als sie im Auto saß, setzte jäh die Reaktion auf den Schock ein, den Bobby ihr versetzt hatte. Sie zitterte unkontrolliert mit klappernden Zähnen, als wäre sie gerade eben aus eiskaltem Wasser gezogen worden.

»Um Gottes willen!« sagte Bobby entsetzt. »Wie kriege ich Sie bloß wieder warm?«

Er ließ den Wagen an und schaltete die Heizung ein, doch ihr Zittern hörte nicht auf, und so legte er seine Arme um sie und hielt sie fest. Sie konnte ihr Gesicht im Rückspiegel sehen, die Augen unnatürlich groß, die Lippen leicht geöffnet. Die Träger des Kleides waren über die Schultern gerutscht, so daß sie unter Bobbys Jackett fast nackt wirkte.

»O bitte«, flehte sie, »halt mich fest, halt mich fest!«

»Okay, es wird ja alles wieder gut«, murmelte er mit gepreßter Stimme, um sie zu beruhigen.

»Okay, okay ...«, hörte sie ihn immer wieder sagen, wenn auch kaum verständlich, da ihre Lippen auf seinen lagen, ihre Hände hinter seinem Kopf und ihr Körper an seinen gepreßt. »Halt mich fest ...«, konnte sie nicht aufhören zu sagen.

Sie wußte nicht, wie lange sie sich so umklammert hielten. Obwohl ihr wärmer war, zitterte sie immer noch. »Laß mich nicht los«, bat sie leise.

Es war dunkel, denn das einzige Licht kam von einer ziemlich weit entfernten Straßenlaterne. Sie spürte seinen Körper, der Jacks ähnelte, aber schmaler und muskulöser war. Auf den Vordersitzen war nicht viel Platz, aber es gelang ihr, sich einigermaßen auszustrecken, so daß er sich zwischen ihre Beine legen konnte. Ihr inzwischen völlig ruiniertes Kleid war bis zur Taille hochgerutscht. Ein Knie stemmte sie gegen das Armaturenbrett, das andere gegen die Rücklehne. Ihr Kopf ruhte höchst unbequem auf einem dicken Notizbuch mit Vinyleinband. Seine scharfe Kante schnitt in ihren Nacken, aber alles war ihr egal, da Bobbys Gesicht so nah vor ihr war, daß ihre Atemzüge sich mischten. Sie schmeckte das Meersalz auf seinen Lippen und Wangen, roch sein Rasierwasser – nicht das gleiche wie Jacks – und tastete über seine dichten, fast borstigen Haare. Schließlich ließ sie ihn mit einem langen, tiefen Seufzer der Unterwerfung los, griff nach unten, öffnete den Reißverschluß seiner Hose, schloß die Augen und versuchte, sich Jack vorzustellen ...

Erst als es vorbei war und sie engumschlungen dalagen, von Schweiß bedeckt durch ihre körperliche Anstrengung und die Wärme im Wageninneren, außerstande, sich zu bewegen, da seine Beine unter dem Lenkrad eingeklemmt waren, wurde ihr klar, daß es anders gekommen war, als geahnt.

Sie hatte sich Jack vergegenwärtigen wollen, doch sein Bild war verblaßt, während Bobby sie vögelte. Sie hatte Bobbys Namen gerufen, als sie zum Höhepunkt kam, und plötzlich war alles, was oder warum es geschehen war, auf eine fast magische Weise vollkommen richtig so. Was sein sollte, würde sein ... Zu ihrer eigenen Verwunderung war sie im Einklang mit sich und der Welt.

Er wachte früh am Morgen auf und schaute sich neugierig in dem kleinen, schmucklosen Schlafzimmer um.

»Wie spät ist es, Darling?«

»Halb sieben.«

»So früh?«

»So spät, habe ich gerade gedacht. Die Secret-Service-Agenten sind bestimmt schon in heller Aufregung.«

»Scheiß drauf, wenn sie so sind wie der, dem ich eine Ohrfeige gab.«

»Um welche Zeit taucht deine Haushälterin auf?«

»Noch eine ganze Weile nicht. Komm, gib mir einen Kuß, und

dann mache ich dir Kaffee. Sehr guten sogar, ob du's glaubst oder nicht.«

Sie nahm seine Hand, betrachtete sich im Spiegel und erkannte darin das katzenhafte, selbstzufriedene Lächeln einer Frau, die den Ehemann einer anderen Frau erobert hat. Bobby würde sich nicht nur beim Secret Service herausreden müssen. Da waren die Lawfords und ihre Gäste, die sicher ahnten, was geschehen war, und Ethel, die er pflichtbewußt jede Nacht anrief, wenn er auf Reisen war, falls die Gerüchte über ihn stimmten. Und natürlich Jack ... Sie würde es ihrerseits Dr. Greenson erklären müssen, der ihr Verhalten sicher nicht klug fände. Ach, zum Teufel mit ihnen allen, dachte sie. Ich fühle mich wieder lebendig.

»Kaffee? Ich glaub's dir gern«, erwiderte er. »Du scheinst auch alles andere sehr gut zu können.«

Er schlüpfte ins Bett zurück. Sein schlanker, athletischer Körper hatte auf sie die merkwürdige Wirkung, daß sie sich alt vorkam, als hätte sie einen sechzehnjährigen Footballspieler verführt, der ihr gerade ihre Einkäufe geliefert hatte. Diese Vorstellung ließ sie kichern.

»Was ist denn so komisch?«

»Ach, ich weiß auch nicht. Letzte Nacht dachte ich, mein Leben wäre vorbei, und heute morgen möchte ich, daß es ewig dauert. Das ist doch komisch, findest du nicht?«

»Mag sein. Gar nicht komisch ist die Frage, was ich Jack sagen soll.«

»Weil du sein Mädchen aufs Kreuz gelegt hast?«

»Nein, weil ich Mist gebaut habe.« Er seufzte tief.

Sie drängte sich eng an ihn und küßte ihn so heftig, daß er nicht weiterreden konnte. Von draußen waren die gerade eingeschalteten Rasensprenger zu hören, während sie auf dem zerwühlten Bett miteinander schliefen. Ihr ruiniertes Kleid lag auf dem Teppich und obenauf, im Schlaf zusammengerollt, der arme kleine Maf ... Als es vorüber war, legte Bobby sich neben sie und schaute ihr in die Augen. Falls er schuldbewußt war, ließ er es sich nicht anmerken. Er hatte sich unter Kontrolle, was ihr auch sehr recht war, da sie Selbstvorwürfen hilflos gegenüberstanden hätte. Aber sie hätte es eigentlich wissen müssen, denn er war schließlich ein Kennedy, und als Kennedy verschwendete man keine Zeit auf Schuldgefühle oder Reue.

Er nahm sie in die Arme und flüsterte ihr kaum hörbar ins Ohr: »Sag mal, war ich so gut wie mein Bruder?«

Ich sollte dafür sorgen, daß Marilyns unpassende Mitleidsbekundungen zu Joe Kennedys Schlaganfall nicht in der Presse erschienen. Vor allem aber sollte heruntergespielt werden, wie kritisch Joes Gesundheitszustand war. Wir gaben Bulletins darüber heraus, welche Fortschritte der Botschafter machte, während der arme Mann in Wirklichkeit gelähmt im Krankenhaus lag, mit sabberndem Mund und verkrümmten Händen. Das einzige, was er noch stammeln konnte, war immer wieder »Nein, nein, nein, nein ...«

Jack schien mit ihm besseren Kontakt zu haben als alle anderen. Stundenlang saß er an seinem Bett und redete mit ihm, als ob sein Vater antworten könnte.

Als ich Joe so elend sah, schossen mir die Tränen in die Augen. Oh, er war kein Mann, den man auf Anhieb mochte, aber wir waren trotzdem seit langer Zeit Freunde gewesen. Außerdem hatte ich ihn wie seine Söhne für unverwundbar gehalten, und nun wurde ich plötzlich mit der Vergänglichkeit konfrontiert. Welch schreckliche Ironie des Schicksals, daß dem lebenslang so erfolgreichen Joseph P. Kennedy nun das passierte, wovor er sich am meisten gefürchtet hatte!

Kurz danach, als ich immer noch vollauf damit beschäftigt war, Marilyns Namen aus den Zeitungen rauszuhalten, erfuhr ich, daß Jack auf Bobbys Drängen hin mit ihr gebrochen hatte.

Ich rief sofort bei ihr an und war mehr als verblüfft, als sie am Telefon ganz vergnügt klang. Da ich innerlich darauf vorbereitet gewesen war, ihre Hand zu halten und sie zu trösten, war es fast etwas enttäuschend, als sie gar keinen Trost zu brauchen schien.

Ich beschloß, trotzdem nach Kalifornien zu fliegen, da ich dort etwas Geschäftliches zu erledigen hatte. Doch bevor ich dazu kam, rief Jack an und bat mich, nach Washington zu kommen und ihm beim Frühstück Gesellschaft zu leisten.

Als Jack vom Krankenbett seines Vaters zurückkehrte, schien die Welt aus den Fugen geraten zu sein. Es gab Gerüchte, daß die Regierung Diem in Saigon gestürzt würde, wo buddhistische Mönche sich öffentlich verbrannten, was die Amerikaner in den Abendnachrichten im TV sehen konnten. Im Süden hatten Auf-

stände von Schwarzen den alten Haß geweckt, und es gab Schießereien, Bombenattentate und Krawalle. In Europa hatte es den Anschein, als versuchten die Sowjets, Berlin einzusacken und damit einen Dritten Weltkrieg auszulösen. Als ich Jack am Frühstückstisch gegenübersaß, wirkte er angespannt und erschöpft.
»Es ist tatsächlich so weit gekommen, daß ich keine Zeitungen mehr lesen will«, sagte er.
»Vielleicht solltest du's ganz aufgeben. Ike hat auch immer nur die Comics gelesen.«
»Keine schlechte Idee ...«
»Übrigens, ausnahmsweise mal eine gute Nachricht: Die Marilyn-Story kommt nicht in die Presse.«
»Na ja, das ist immerhin schon etwas.«
»Dafür mußte ich aber versprechen, daß du einige Exklusivinterviews gibst, ein paar Fototermine akzeptierst und ein oder zwei Zeitungsverleger zum Lunch einlädst ...«
Jack nickte. Keiner wußte besser als er, wie Nachrichten gemanagt wurden. »Apropos Marilyn«, sagte er. »Wie sich herausstellte, ist sie keineswegs untröstlich.« Er schien darüber nicht gerade erfreut zu sein.
»Stimmt, ich hatte den gleichen Eindruck. Sie klang für ihre Verhältnisse sogar ziemlich munter.«
»Da mache ich mir große Sorgen, wie sie darauf reagiert«, meinte er kopfschüttelnd, »halte nicht mal einen Selbstmordversuch für ausgeschlossen, und nun ... rate mal.«
Ich schüttelte den Kopf.
»Jetzt vögelt sie Bobby.«
Ich starrte ihn an und traute meinen Ohren kaum.
Er zuckte mit den Schultern. »Erstaunlich, nicht wahr? Wer wird je aus Frauen schlau? Das frage ich dich. Ich dachte, es gäbe wenigstens eine Riesenszene, aber nichts dergleichen ... Die beiden machten einen Mondscheinspaziergang. Dann – ob du's glaubst oder nicht – rammelten sie auf den Vordersitzen eines Secret-Service-Wagens, der hinter Peters Haus geparkt war. Wie zwei Teenager!«
»Ich kann's nicht glauben!«
»Es stimmt aber. Bobby hat mir alles erzählt. Er glaubte, mir die Wahrheit schuldig zu sein. Übrigens habe ich's auch von Secret-Service-Agenten erfahren. Gott, war denen das peinlich!«

»Sie muß den Verstand verloren haben!«

Ich sah es Jack an, daß er geschockt war, vielleicht sogar verletzt, aber natürlich versuchte er, gute Miene zum bösen Spiel zu machen. Er konnte es weder Bobby noch Marilyn ernsthaft verübeln, denn schließlich hatte er ja die Beziehung zu ihr abgebrochen. Auf jeden Fall hatte er das Bedürfnis, mit jemandem darüber zu reden, und seine Wahl war auf mich gefallen. Ich fühlte mich gleichzeitig geschmeichelt und verstört.

»Den Verstand verloren?« überlegte er laut. »Wer weiß, David, vielleicht bin ich es, der verrückt ist, nicht etwa Marilyn. Soll ich dir etwas gestehen? Ich vermisse sie schon jetzt.«

»Trotzdem war es die richtige Entscheidung«, sagte ich im Bemühen, ihn etwas zu trösten. Dabei war ich wegen der Sache mit dem Botschafterposten immer noch ärgerlich auf ihn.

»Vermutlich hast du recht«, sagte er ohne Überzeugung. »Aber ich fühle mich in der Sache gar nicht wohl.« Er schüttelte den Kopf. »Am meisten überrascht mich dabei, daß Bobby den Mumm hatte, Ethel das anzutun ... Übrigens siehst du ein bißchen grün im Gesicht aus, David. Bist du okay?«

Nein, ich war nicht okay. Ich hatte nie geglaubt, Marilyn Jack wegnehmen zu können, doch nach seinem Bruch mit ihr hatte ich irgendwie gedacht, daß ich jetzt an der Reihe sei ... Nun war mir auch das genommen worden, nicht nur der Botschafterposten, und zum erstenmal empfand ich Bedauern und hatte das Empfinden, als wären all die langen Jahre meiner Freundschaft mit den Kennedys umsonst gewesen und hätten mir nichts eingebracht.

Ich wehrte mich mit einer Handbewegung gegen seine Besorgnis.

Er musterte mich neugierig. »Du bist fuchsteufelswild darüber, nicht wahr?«

»Es geht mich nichts an.«

»Von wegen! Du liebst Marilyn seit dem Tag, als du sie zum erstenmal gesehen hast. Das ist sechs, nein, sogar schon sieben Jahre her.«

»Das mag ja sein ...«

»Bist du nun wütend auf mich oder auf Bobby?«

»Auf dich.«

»Weil ich sie fallenließ? Glaub mir, sehr wenige Dinge in meinem Privatleben haben mir soviel Kummer bereitet. Ich hätte es schon vor langer Zeit tun sollen, und das weißt du auch. Aber ich schob es immer wieder vor mir her ...«

Der Präsident schaute aus dem Fenster, als sehnte er sich danach, ganz woanders zu sein statt hier im Weißen Haus. »Eine Weile hat mir die Präsidentschaft durchaus Spaß gemacht«, sagte er. »Schließlich habe ich hart genug darum gekämpft, sie zu bekommen, und ich sah nicht ein, warum ich sie nicht auch genießen sollte. Aber nun, da sich alles eingespielt hat, begreife ich, daß es nicht ums Gewinnen geht. Was man daraus macht, darauf kommt es an.«

»Das Verlangen nach Größe«, erwiderte ich lächelnd. »Sich seinen Platz in der Geschichte erobern. Das überkommt die meisten Männer, die in diesem Haus residieren – früher oder später.«

»Ja, es kommt ganz von selbst«, stimmte Jack zu.

»Vielleicht muß es auch so sein. Vielleicht lohnt es sich deshalb, dieses alte Haus zu bewahren. Hast du es deinem Vater erzählt?«

»Ja, kurz vor seinem Schlaganfall, Gott sei Dank. Er sagte mir, er hätte schon darauf gewartet, das von mir zu hören.«

Ich trank einen Schluck Kaffee und beschloß, ihn ein bißchen zu necken. »Ich wußte noch gar nicht, daß Keuschheit eine Voraussetzung für die Größe eines Präsidenten ist.«

»Keuschheit? Was meinst du damit?«

»Ich gebe zu, daß es vielleicht das falsche Wort ist. Monogamie? Eheliche Treue? Willst du ganz neue Saiten aufziehen?«

Er lachte. »Nein, noch nicht. Aber ich will es etwas diskreter handhaben. Findest du nicht auch, daß die Geliebten des Präsidenten keine Pressekonferenzen über ihre Beziehung zu ihm abhalten sollten?«

»Das war natürlich töricht von Marilyn, zugegeben, aber sie war offenbar sehr traurig. Wie du weißt, mag sie deinen Vater sehr ...«

»Schön und gut, aber ein solches Risiko kann ich mir nicht leisten.« Er strich sich müde über die Stirn. »Jackie haßt es zwar, ›First Lady‹ genannt zu werden – sie behauptet, das höre sich nach einem Pferd an –, aber sie wird allmählich eine verdammt gute First Lady. Auch unsere Beziehung hat sich verbessert. Vielleicht ist Marilyn ein Luxus, der mir zu teuer wurde.«

»Und Bobby?«

»Er ist erwachsen und muß selbst entscheiden, was er tun will. Natürlich finde ich es etwas komisch, daß er mir Vorsicht predigt und kurz darauf Marilyn hinter Lawfords Haus aufs Kreuz legt, worüber sich halb Hollywood im Salon amüsiert. Aber immerhin beweist es, daß er menschliche Schwächen hat wie der Rest von uns.«

»Ist menschliche Schwäche beim einem Justizminister etwas Erstrebenswertes?«

»Nein, aber bei meinem Bruder ist es okay.«

Wir verabschiedeten uns vor der Tür zum Oval Office. »Wenn später über meine Amtszeit geschrieben wird, soll von großen Ereignissen und großen Entscheidungen die Rede sein«, sagte er. »Nicht nur von Bettgeflüster und Klatsch.«

»Du hast noch sieben Jahre vor dir ... also genug Zeit.«

»O ja!« stimmte er mir lachend zu. »Endlos viel Zeit!«

41. KAPITEL

Wie es der Zufall wollte, bat mich ein alter Freund und Kunde, der Mitglied im Aufsichtsrat der 20th Century-Fox war, mich bei meiner nächsten Reise nach Kalifornien über die Lage im Filmstudio zu informieren. »Das reinste Chaos«, klagte er. »Alles Pfusch. Fast wünschte ich, Zanuck wäre noch da, und Sie wissen ja, wie wenig ich ihn leiden kann. Liz Taylors Krankheit und Marilyn Monroes chronische Unpünktlichkeit führen dazu, daß die Fox finanziell ausblutet ...«

Nach fünf Minuten beim Lunch in der Kantine des Filmstudios (wo es auf der Speisekarte immer noch einen ›Meeresfrüchtesalat à la Daryl F. Zanuck‹ gab) war mir schon klar, daß die Einschätzung meines Kunden noch reichlich optimistisch gewesen war. Der Film *Kleopatra* war total außer Kontrolle geraten – er hatte leider schon viel zuviel Geld gekostet, um die Produktion zu stoppen –, und es war kein Ende in Sicht. Elizabeth Taylor hatte sich zwar von ihrer Krankheit erholt, war nun aber vollauf mit ihrer skandalösen Liebesaffäre mit Richard Burton beschäftigt.

Was Marilyns Film betraf, *Something's got to give,* so hatten die

Dreharbeiten mit einem Skript begonnen, das niemandem gefiel. George Cukor schrieb es nachts mit einem ›Freund‹, der zu Hilfe geholt worden war, immer wieder um, und Marilyn, die es schon schwierig genug fand, ihren Text auswendig zu lernen, mußte folglich morgens am Drehort feststellen, daß ihre ganze Mühe umsonst gewesen war. Es dauerte nicht lange, und Marilyn war der Meinung, daß Cukor trotz seines legendären Rufs, ein ›Regisseur für Frauen‹ zu sein, ihr Feind war.

Da Marilyn offene Konfrontation scheute, bekundete sie ihr Mißfallen durch Unpünktlichkeit und ständiges Kränkeln. Manchmal tauchte sie um Stunden zu spät am Drehort auf, manchmal gar nicht, sondern ließ durch Mrs. Murray oder Dr. Greenson ärztliche Atteste überbringen. Wenn sie endlich kam, schien sie in solcher Panik zu sein, daß auch Tabletten kaum halfen, und so benötigte sie selbst für die simpelsten Auftritte Stunden. Tiere zu filmen ist naturgemäß eine knifflige Aufgabe, doch in einer Szene, wo Marilyn einen Hund streicheln sollte, spielte das Tier auf Anhieb seine Rolle perfekt, während sie ihren Satz über zwanzigmal verpatzte.

Ich hörte beim Lunch nur Horrorstories über Marilyn, und das in einem Filmstudio, dessen größter und erfolgreichster Star sie jahrelang gewesen war! Marylin sähe nicht mal mehr wie Marilyn aus, sagte man mir, denn sie hatte 15 Pfund abgenommen, so daß ihre ganze Garderobe neu geschneidert werden mußte und ihre Figur schon fast so dünn wie Audrey Hepburns war. Sie hatte angeblich Leute angeheuert, um Cukors umgeschriebene Skripts wieder umschreiben zu lassen, sie haßte die Kinder, deren Mutter sie im Film sein sollte, hatte sowieso Schwierigkeiten, daß sie als Marilyn Monroe eine Mutterrolle spielen sollte, und so weiter, und so weiter …

Ich beschloß, mich sofort mit ihr zu verabreden, und besuchte sie zu Hause. Für jemanden, der seit Wochen angeblich krank war, machte sie einen sehr gesunden Eindruck.

Ihr neues Haus, in dem sie mich stolz herumführte, war dunkel und mit Möbeln vollgestopft. Alles merkwürdigerweise in mexikanischem Stil (ich wußte damals noch nicht, daß Marilyn versuchte, das Haus ihres Analytikers zu kopieren). Hauptzierde waren überall Kacheln. Auf einigen, die wie ein Fries die Eingangstür zierten, stand der Spruch ›Cursum Perficio‹, das ich mit meinem Schullatein in ›Ich bin am Ende meiner Reise‹ übersetzte. Diese Botschaft hätte mich eigentlich alarmieren müssen.

Sie öffnete eine Flasche Champagner – es war erst Mittag –, und wir setzten uns in den winzigen Salon, obwohl draußen herrliches Wetter war. »Ist das Haus nicht toll?« erkundigte sie sich eifrig.

In Wirklichkeit sah es aus, als wäre es mit mexikanischem Trödel möbliert – geschmacklose Bilder von der Art, die man an Touristen in den Straßen von Mexico City verhökert, billige Spiegel mit Zinnrahmen und Kerzenleuchter aus dem gleichen Material, ›indianische‹ Pferdedecken als Teppiche und schwere, auf Eiche gebeizte Möbel dubiosen spanischen Ursprungs.

»Ich bin extra nach Mexico City gefahren, um das alles zu kaufen«, sagte sie. Dabei war ich sicher, daß es kaum etwas im Haus gab, das sie nicht in einem billigen Möbelgroßmarkt von Los Angeles hätte erstehen können. »Mann, hat mir das Spaß gemacht!« Sie kicherte. »Ich habe einen mexikanischen Drehbuchautor kennengelernt, der mir alle Sehenswürdigkeiten in Mexico City zeigte ...«

Sie nahm zwei Pillen und spülte sie mit Champagner hinunter. »Der arme Kerl glaubt, daß er mich heiraten wird, womit er sich verdammt irrt.« Sie zeigte mir das Pillenfläschchen. »Er schickt mir diese Dinger ... Mandrax.« Sie kicherte wieder. »Randy-Mandys nennt man die dort. Wenn du sie mit etwas Alkohol schluckst, fühlst du dich stundenlang wunderbar warm und sexy und entspannt. In Mexico kriegt man die ohne Rezept.«

Als ich sie nun etwas genauer ansah, merkte ich, daß ihre Augen unnatürlich glänzten und die Pupillen erweitert waren. »Hoffentlich übertreibst du's nicht«, sagte ich.

Sie lachte. »Guter, alter David! Immer langweilig konservativ, wenn alle anderen sich blendend amüsieren.«

Ich war verletzt, und das merkte man mir vermutlich auch an. »Ich mag ja langweilig und konservativ sein«, erwiderte ich. »Aber immerhin mache ich mir Sorgen um dich.«

Ohne Vorwarnung brach sie in Tränen aus. »Ich weiß, ich weiß«, heulte sie. »Entschuldige bitte.«

Ich nahm ihre Hand, die trotz des warmen Wetters eiskalt war. Sie betupfte ihre Augen mit Kleenex aus einer Schachtel, die auf dem Tisch stand, und ließ die benutzten Tücher achtlos auf den Teppich fallen, den zahlreiche Spuren des immer noch nicht stubenreinen Mafs verunzierten.

Sie schnüffelte. »Weißt du, daß Jack mich sitzengelassen hat?« erkundigte sie sich dann.

»Ja. Ich traf ihn vor einigen Tagen, und wir redeten darüber.«

»Wie geht's ihm? Was hat er gesagt?«

»Er ist traurig darüber, Marilyn. Es war für Jack keine einfache Entscheidung. Ich habe es noch nie erlebt, daß er so offen über sich sprach. Er vermißt dich jetzt schon.«

Sie nickte traurig. »Wir waren all diese Jahre gut füreinander, Jack und ich.«

»Ja, das dachte ich auch immer.«

Wir schwiegen beide. »Und das von Bobby und mir weißt du auch?« erkundigte sie sich schließlich.

Ich nickte. Sie mußte ahnen, wie mir zumute war, denn sie sagte: »Armer David.«

»Wie läuft es mit Bobby?« fragte ich hastig, da ich jede Diskussion über meine Gefühle vermeiden wollte.

»Na ja, es ist so was wie eine Liebesgeschichte auf Distanz ... Ich kann nicht an die Ostküste, solange ich hier diesen Scheißfilm drehen muß, und der Justizminister kann auch nicht ständig neue Gründe erfinden, um nach L. A. zu kommen ... Also weiß ich gar nicht, wann wir uns wiedersehen werden ...«

Sie lächelte plötzlich. »In vieler Hinsicht ist Bobby netter als Jack. Viel ... sensibler.«

Bobbys grüblerischer keltischer Charme machte ihn sehr attraktiv, und er hatte auf der Wahlkampftour viele Herzen gebrochen. Es war kein Wunder, daß Marilyn ihn umwerfend fand: Er liebte Kinder, war ein guter Vater – vielleicht der beste und geduldigste, den ich je traf –, und er mochte alles, was sie mochte, ob es Schwarze oder Waisenkinder, Arme oder streunende Hunde waren. Als eine Art Liebespfand hatte Bobby ihr seine Privatnummer im Justizministerium gegeben, die sie ausgerechnet an ihren Eisschrank geklebt hatte.

»Ja, Bobby ist sehr sensibel«, stimmte ich zu. »An deiner Stelle würde ich aber aufpassen, nicht ein zweites Mal den gleichen Fehler zu machen.«

»Welchen Fehler denn?«

»Über euch zu reden.«

Sie lachte etwas unsicher. »Das weiß ich doch! Ich habe meine Lektion gelernt, David. Ich erzähle keiner Menschenseele was, nur meinem Analytiker.«

Da hatte ich so meine Zweifel. Wenn jemand seinem Analytiker Geheimnisse erzählte, hatte er sie normalerweise schon seinen Freunden anvertraut, wie ich aus Erfahrung wußte. Aber ich konnte nicht mehr tun als sie warnen. Sie würde es selbst lernen müssen, daß Bobbys Einstellung gegenüber menschlichen Schwächen – auch seinen eigenen – radikaler als Jacks war.

Das Telefon klingelte. Marilyn meldete sich mit einem ›Hallo‹ und schüttelte dann den Hörer, als sei damit etwas nicht in Ordnung. Mit irritiertem Gesicht legte sie wieder auf. »Seit ich hier wohne, gibt's ständig Probleme mit dem Telefon«, beschwerte sie sich. »Komische Geräusche in der Leitung, oder es läutet, und niemand ist dran ... so ein Mist!«

Sie wandte ihre Aufmerksamkeit wieder mir zu. »Glaub mir, ich bin glücklich. Als Bobby mir das von Jack erzählte, dachte ich: Na schön, das war's also, ich bringe mich um, diesmal tue ich's wirklich. Aber dann kam alles ganz anders. Vielleicht habe ich endlich mal wieder Glück, David. Was meinst du?«

»Das hoffe ich, Marilyn.«

»Und ich erst, Honey«, flüsterte sie. »O mein Gott, und ich erst!«

Aber das Glück war nicht auf ihrer Seite. Ich erfuhr, daß sie am nächsten Tag wieder zu spät zu den Dreharbeiten kam und so viele Einstellungen verpatzte, daß sogar die Techniker im Team, die stundenweise bezahlt werden und sich folglich nichts daraus machen, wenn es länger dauert, zu murren und zu zischen begannen, als sie zum zwanzigsten- oder dreißigstenmal über die gleiche simple Textzeile stolperte.

Gegen Abend tauchten schließlich noch die Studiobosse auf, die normalerweise unsichtbar bleiben, und schwitzten vor Nervosität in ihren dunklen Anzügen hinter der Kamera, wodurch für Marilyn alles noch schwieriger wurde. »Keine Angst, Darling«, rief Cukor, um sie zu ermutigen. Aber Angst war ein viel zu mildes Wort, es ging um Panik.

Vor der Kamera zu agieren war für sie inzwischen wie das Balancieren auf einem Hochseil ohne Netz. Selbst Dr. Greensons

Anwesenheit half kaum noch. Die Kamera, die sie berühmt gemacht hatte, war nun ihr Feind.

»Könnte die Kamera für Sie ein Phallussymbol sein?« schlug Dr. Greenson vor, klang aber selbst nicht sonderlich überzeugt.

»Ich habe keine Angst vor Schwänzen. Von denen habe ich schließlich jede Menge gesehen, weiß Gott.«

»Zugegeben. Das Unterbewußtsein wird jedoch vielleicht ...«

Sie lag mit geschlossenen Augen da und hörte zu. Dr. Greensons Stimme wirkte fast so entspannend wie eine Massage, auch wenn er die Lösung für ihre Probleme nicht aus dem Ärmel schütteln konnte.

Die Kamera war kein Phallussymbol, das wußte sie ganz genau, sondern repräsentierte Macht von einer anderen Art. Seit vielen Jahren hatte sie alles getan, um dem Filmstudio zu gefallen; gesungen, getanzt, gelächelt und mit jeder Geste und jedem Blick gebettelt: ›Liebt mich, wählt mich aus, ich bin das hübscheste Mädchen von allen!‹ Doch gleichzeitig hatte sie die Macht des Studios gehaßt und gefürchtet, daß sie einfach ignoriert oder zu all jenen erfolglosen hübschen Blondinen zurückgeschickt werden würde, die überall in Los Angeles auf die große Chance warteten. Ihr Starruhm war eine Art von Sklaverei, die Kamera war Symbol und magischer Totem der Sklaventreiber.

Sie hatte all das schon Dr. Greenson erklärt, spürte bei ihm aber eine gewisse Reserviertheit, da er schließlich zum Establishment von Hollywood gehörte und nur schwer akzeptieren konnte, daß die Filmbranche oder das Studio die Ursache ihrer Krankheit waren.

»Ich habe immer das gemacht, was alle von mir wollten«, sagte sie nun. »Ich wurde herumgeschubst, eingeschüchtert und ausgebeutet, habe mir aber ständig eingeredet: ›Ich kann das alles ertragen, weil ich ein Star werde. Und wenn ich erst mal ein Star bin, dann habe ich Macht, und dann zeig ich's ihnen!‹ Doch ich habe bestenfalls die Macht, ihnen alles zu vermasseln, indem ich zu spät komme, krank werde oder nein zu dem sage, was sie von mir wollen ... fast wie eine Ehefrau. Da hat man doch auch nur die Macht, zum Ehemann nein zu sagen, oder?«

»Hm.«

»Genauso ist meine Beziehung zum Studio. Es ist wie ein Ehemann. Ich kann das Studio nicht bekämpfen, da es größer und stärker als ich ist, aber ich kann nein sagen. Ich kann Kopfschmerzen haben. Ich kann zu spät kommen ... Ergibt das für Sie einen Sinn?«

»Ja natürlich«, erwiderte er. »Aber in diesem Fall stimmt meine ursprüngliche Idee. Die Kamera ist ein Phallus, der Phallus des Studios, und Sie haben Angst davor.«

»Ich habe keine Angst davor! Ich will ihm bloß nicht geben, was er will.«

»Das, meine Liebe, nennt man Angst.« Er legte eine kleine Pause ein. »Was tut sich in Ihrem Leben sonst noch?« erkundigte er sich dann.

»Bobby fehlt mir. Vermutlich ist das einer der Gründe, warum mir dieser Film so egal ist. Ich möchte bei ihm sein.« Sie seufzte. »Aber wenigstens kann ich ihn drei- oder viermal täglich anrufen. Wir telefonieren jede Nacht, wenn er noch spät im Justizministerium arbeitet, manchmal sogar stundenlang. Er interessiert sich für alles, was ich tue, und er erzählt mir von seinem Tagesverlauf, von seiner Familie ...«

»Von seiner Familie?« unterbrach Greenson sie zweifelnd.

»Aber ja! Ich habe mit ihm besprochen, was er Ethel zum Geburtstag schenken soll. Eine seiner Schwestern hat mir sogar geschrieben.« Sie zerrte wie zum Beweis einige Seiten eines teuren Briefpapiers aus ihrer Handtasche. »Sie schrieb darin, wie froh die ganze Familie ist, daß Bobby und ich ein Paar sind.«

Greenson wirkte alarmiert. »Diesen Brief würde ich niemandem zeigen!«

»Natürlich tue ich das nicht. Ich versuche doch nur, Ihnen klarzumachen, daß es eine gute Beziehung ist ... eine positive von der Art, die Sie mir immer raten. Bobby wird bald herkommen. Ich kann's kaum erwarten.«

Greenson sah besorgt aus, als versuche er krampfhaft zu überlegen, was an einer Liebesaffäre zwischen seiner berühmtesten Patientin und dem ebenso berühmten, verheirateten Justizminister der Vereinigten Staaten positiv sein könnte.

»Aber er hat hier auch Geschäftliches zu erledigen«, redete sie weiter. »Er sagte mir, daß er fest entschlossen ist, Jimmy Hoffa zu schnappen, und bei dem Thema wird er richtig wild. Noch wilder wird er bei Giancana, den ich auch mal kennenlernte, habe ich Ihnen das schon erzählt? Ich wäre nicht gern an seiner Stelle, so wie Bobby über ihn redet ...

Anscheinend ist Hoffa in irgendwelche Bodenspekulationen verwickelt, die sogenannte Sun Valley Retirement Community ... er hat die Mitglieder seiner eigenen Gewerkschaft dazu gebracht, ihre Ersparnisse in Land zu investieren, das wertlos war ... und Bobby kommt nach L. A., um mit einem ehemaligen Funktionär der Teamsters zu sprechen, der bereit ist, gegen Hoffa auszusagen. ›Knuckles‹ Boyle, ob Sie's nun glauben oder nicht! Ich meine, wenn man so einen Namen im Kino bringt, glaubt es doch keiner ... Aber Bobby hat versprochen, auch für mich Zeit zu haben.«

»Seien Sie vorsichtig«, warnte Dr. Greenson.

»Klar«, versicherte sie ihm. »Glauben Sie mir, ich weiß, was ich tue!«

Hoffa und Giancana kamen nicht oft zusammen. Beide bevorzugten es, durch Mittelsmänner zu verhandeln, denn sie wurden so massiv von staatlichen Stellen überwacht, daß jedes Treffen mit Schwierigkeiten und Gefahren verbunden war.

Als Hoffa ein Tête-à-tête verlangte, zierte sich Giancana zuerst, gab aber schließlich doch nach, da Hoffa nie zuvor darauf bestanden hatte. Allerdings beklagte er sich ausgiebig, daß er eine lange und anstrengende Fahrt zurücklegen, dabei mehrfach Autos wechseln und meilenweite Umwege machen mußte, um sicher sein zu können, daß ihn das FBI nicht verfolgte.

Als Giancana in Hoffas ›Lodge‹ ankam, einem kleinen Blockhaus in den Wäldern von Michigan, war er durchfroren und schlechter Laune. Die dunklen, tropfnassen Nadelwälder deprimierten ihn, und die Hütte mit den billigen, klobigen Kiefernmöbeln und der primitiven Feuerstelle war auch nicht gerade sein Geschmack. An der Wand lehnte ein Gewehrständer mit einer Winchester im Kaliber 30/30, einem Zielfernrohrgewehr und einer Winchester Repetierflinte im Kaliber 12.

Abgesehen davon gab es als Wandschmuck noch ein Hirschgeweih – ein Achtender – und einige Farbdrucke von springenden Fischen. Immerhin brannte im Kamin ein Feuer. Er trank eine Tasse Kaffee mit einem Schuß Brandy und wärmte sich ein wenig auf.

Hoffa hatte passend zur Umgebung ein schwarz-rot kariertes Holzfällerhemd aus Flanell und alte Cordhosen an, die in geschnürten Stiefeln steckten, während Giancana einen silbergrauen Mohairanzug, ein maßgeschneidertes Hemd und Krawatte trug.

»Sehen Sie diese .270 Win?« sagte Hoffa. »Dieses Biest ist das todsicherste von allen verdammten Gewehren, die ich je gehabt hab'. Wenn dieser ehrgeizige kleine Ivy League Schwanzlutscher Bobby nicht endlich aufhört, dann nehm' ich ihn ins Fadenkreuz und verpass' ihm 'ne Ladung.«

Giancana zuckte mit den Schultern. Ihm mißfielen Leute, die Drohungen ausstießen, und Gewaltanwendung war ihm verhaßt. Natürlich war sie häufig nötig, aber man redete doch nicht darüber, sondern man gab einen leisen Befehl, und damit hatte es sich. Hoffa ist gefährlich, dachte er, ein Großmaul. Wieder mal wünschte er, er hätte seine Leute nicht mit den Teamsters zusammengebracht.

Sie saßen sich vor dem Feuer gegenüber, ohne Sympathie füreinander. Giancanas Leibwächter und Hoffas Fahrer warteten draußen in den Autos. Die beiden trafen sich allein, wie es aus Respekt voreinander auch angemessen war.

»Ich erwähne dieses Gewehr«, sagte Hoffa, »weil ich nämlich weiß – aber fragen Sie mich nicht woher –, daß Bobby auch hinter Ihnen hersein wird.«

»Er ist bereits hinter mir her.«

»Yeah, aber die Sache mit Kuba und mit Ihrem Mädchen, das mit Jack ging, all das ist keinen Scheißdreck mehr wert. Die Wette gilt nicht mehr. Jack hört auf diesen kleinen Wichser von Bruder. Keine Deals mehr. Nicht mit Ihren Leuten und nicht mit meinen.«

»Das wagen die nicht. Wenn man bedenkt, was ich über sie ausplaudern kann.«

»Verlassen Sie sich lieber nicht drauf. Jack ist scharf drauf, den Mutigen zu spielen, das hab' ich gehört. Er denkt sich das vermutlich so: Wenn Sie die ganze CIA-Kuba-Sache an die Öffentlichkeit bringen, wird er's abstreiten, vielleicht 'n paar Leute in der CIA feuern und ins Kittchen stecken, wo sie dann irgendwer absticht. Er will unbedingt 'ne zweite Amtszeit, und zwar über unsere Leichen, genau das will er.«

»Woher haben Sie das alles, Jimmy?«

»Von hier, von da. Erstens hab' ich 'ne Wanze im Haus von einer gewissen Lady und zweitens in der Praxis von ihrem Shrink. Wissen Sie, daß diese Lady – sie hat den Präsidenten gefickt – jetzt Bobby fickt, diesen miesen Heuchler, der angeblich so 'n toller Familienvater ist?«

Giancana hatte seinen Gesichtsausdruck total unter Kontrolle. Er wußte durch seine Freundin, die Sängerin, die oft bei Peter Lawford herumhing und den ganzen Klatsch von Hollywood kannte, über Marilyn und Bobby Bescheid, aber das würde er Hoffa nicht verraten.

»Am tollsten war mein Einfall, die Praxis von ihrem Shrink abzuhören«, sagte Hoffa stolz. »Außerdem sind sie und Bobby Telefon-Freaks und quatschen stundenlang. Diese Sun-Valley-Sache, Sie wissen doch Bescheid, oder? Dieses Stück Scheiße, das man mir seit Jahren anhängen will? Bobby hat der Lady sogar den Namen von seinem neuen Informanten genannt, den er in L. A. treffen wollte!«

»Was für ein Glück«, sagte Giancana lächelnd, obwohl er gleichzeitig dachte, daß Hoffa eine wandelnde Zeitbombe war, die das Maul nicht halten konnte. »Was werden Sie tun?« erkundigte er sich.

Hoffa feixte. »Genau das, was wir mit Jack und Bobby auch tun werden«, zischte er und beugte sich näher zu seinem Gegenüber. »Ich lasse dieses Arschloch von Petzer erledigen, ist doch klar. Wenn Jack ein zweites Mal ins Weiße Haus kommt, können wir uns nämlich alle das Leben durch Gitterstäbe ansehen.«

Giancana erwiderte nichts. Aber Hoffa hatte in diesem Punkt gar nicht so unrecht, das mußte er innerlich zugeben. Es kamen schlechte Zeiten auf sie zu, falls Jack Kennedy bei der nächsten Wahl wieder gewann.

Aber Mord war immer ein Risiko, und der Mord an einem Präsidenten war so riskant, daß es gar nicht auszudenken war. Er spürte, wie ihm bei dem bloßen Gedanken, daß er hier saß und Hoffa zuhörte, der Schweiß ausbrach. Warum begriff Hoffa denn nicht das Wesentliche? Wenn er die Kennedys abhören konnte, waren sie ebenfalls in der Lage, das gleiche mit ihm zu tun! Wenn Bernie Spindel bei Marylin Monroes Shrink Wanzen montieren konnte, so konnte das gleiche mit Hoffas Blockhaus passieren …

Er dachte an das schlechte Wetter und den Matsch, dachte

dann mit Bedauern an seine maßgeschneiderten 500-Dollar-Schuhe und sagte schließlich doch: »Machen wir einen Spaziergang. Etwas frische Luft täte uns gut.«

42. KAPITEL

Es wurde genau so ein Wochenende, wie sie es sich erhofft hatte: Dinner bei den Lawfords, wo sie so tun mußten, als seien sie nur gute Freunde – der Filmstar und der Justizminister. Diese stundenlange Verstellung steigerte ihre Lust aufeinander, so daß sie es kaum erwarten konnten, endlich in ihrem Haus in Brentwood zu sein. Bobby hatte ganz beiläufig und keineswegs besonders interessiert vorgeschlagen, sie auf seinem Rückweg zum Beverly Wilshire ›abzusetzen‹. Als sie bei ihr ankamen, schafften sie nicht mal den Weg bis zum Schlafzimmer, sondern rissen sich gegenseitig die Kleider vom Leib und vögelten im Wohnzimmer auf dem großen Sofa, das sie in Mexico City erstanden hatte.

Bobby blieb über Nacht und ging einmal nach unten, um Ethel anzurufen, wie sie vermutete, da er mit verlegenem Gesicht zurückkam. Sie war stolz auf sich, daß sie nicht versucht hatte, ihn zu belauschen.

Ihr Bett war schmal, aber das hatte den Vorteil, daß sie so eng aneinandergepreßt daliegen mußten wie in einem Schlafwagenbett, was sie unweigerlich an den Film *Some Like it Hot* erinnerte.

Sie unterhielten sich bis in die Morgenstunden, denn ungleich Jack gehörte Bobby zu den wenigen Männern, die nach dem Sex nicht die Augen schlossen und einschliefen. Sie erzählte ihm von Tippy und dem Waisenhaus, ließ sich dann aber auch von seiner Kindheit berichten, die anscheinend alles geboten hatte, was ihr fehlte: Mutter, Vater, Brüder und Schwestern, Großeltern, Geld ...

»Ich wollte immer Kinder haben«, gestand sie ihm.

»Kinder sind auch das Beste, was das Leben bieten kann, glaub mir. Warum hast du denn keine?«

»Einfach Pech«, antwortete sie. »Aber es ist ja immer noch Zeit.« Sie wollte ihm nicht sagen, daß sie im Laufe der Jahre so viele Schwangerschaften abgebrochen hatte, daß nun kaum noch die Chance für eine erfolgreiche bestand ...

Ich wünschte, wir hätten ein Baby«, flüsterte sie. »Nur eins. Schließlich hat Ethel ja Dutzende.«

Er lachte. Obwohl er sensibel war, nahm er sie in diesem Punkt nicht ernst. »Von wegen Dutzende«, widersprach er. »Nicht mal ein Dutzend!«

»Jedenfalls viele! Ich möchte nur eins – einen Jungen.«

»Warum einen Jungen?«

»Weil für Jungens alles leichter ist. Ein Mädchen möchte ich nicht, weil ich ja weiß, was das arme Ding durchmachen muß, Darling.«

»Es wäre vielleicht nicht dasselbe.«

»Es ist immer dasselbe.«

In der kühlen Morgendämmerung liebten sie sich wieder. Bevor sie einschlief, murmelte sie noch: »Was hältst du von älteren Frauen mit energischem Kinn und Brille?«

»Nicht ganz mein Typ. Warum?«

»Weil du nämlich, wenn du dich nicht anziehst und gehst, in der Küche Eunice Murray treffen wirst. Mir macht's nichts aus, denn ich habe vor Mrs. Murray nur wenige Geheimnisse, aber dir wäre es vielleicht nicht recht, wenn sie dich hier sieht.«

Er nickte und gab ihr einen Kuß. Als sie Stunden später aufwachte, konnte sie hören, wie Mrs. Murray unten herumfuhrwerkte. An der Art, wie ihre Anziehsachen im Wohnzimmer verstreut waren, folgerte ihre Haushälterin sicher, was geschehen war, wußte aber nicht, mit wem. Zum Glück reagierte sie völlig ungerührt auf alles, was bei Marilyn passierte, und genoß es sogar sichtlich, wenn Marilyn sie ins Vertrauen zog. Dann kicherte sie nämlich und errötete wie ein Schulmädchen.

Später am Tag bat sie Mrs. Murray, sie zum Markt in Brentwood zu fahren – wegen der vielen Pillen, die sie schluckte, setzte sie sich nicht mehr selbst ans Steuer –, und gab fast 50 Dollar für ›Leckereien‹ aus. Bobby war zwar weder ein großer Esser noch ein Gourmet, aber es war ihr doch peinlich, daß ihr Eisschrank nur einige Flaschen Champagner, Orangensaft, eine Schachtel mit schweren Schlafzäpfchen, die sie in Mexico City gekauft hatte, und eine Dose von Mrs. Murrays Kaffee enthielt. In den Schränken stapelte sich lediglich Mafs Hundefutter.

Während sie ihren Einkaufswagen mit Oliven, Crackers, verschiedenen Käsesorten, kaltem Braten, Nüssen und Kartoffelchips belud, fühlte sie sich fast wie eine ganze normale Hausfrau, die sie ja auch hätte sein können, denn in ihrer lässigen Kleidung, ungeschminkt und mit einem Tuch um den Kopf würde jeder sie für eine eifrige junge Ehefrau halten, die ihren Mann mit Delikatessen verwöhnen wollte.

Sie schwelgte auch am Nachmittag in dieser Vorstellung, noch während sie gemeinsam mit Eunice das Haus aufräumte und den Tisch deckte. Um sechs Uhr verabschiedete sie Eunice, badete förmlich in Chanel No. 5 und zog sich ein hauchdünnes schwarzes Negligé an. Beim Blick in den Spiegel mußte sie kichern, denn sie sah wie die leibhaftige Verführerin aus. Dann machte sie es sich bequem, um auf Bobby zu warten.

Als er zwei Stunden später endlich kam, sah sie sofort, daß es irgendein Problem gab. Sein Gesicht war gerötet, die Mundwinkel grimmig nach unten gezogen.

»Was ist passiert?« fragte sie, ganz entsetzt über seinen Zorn.

Warum empfand sie beim Zorn eines Mannes eigentlich immer Schuldgefühle, wunderte sie sich gleich darauf.

Er knöpfte sein zerknittertes, veschwitztes Button-down-Hemd auf – keins von Jacks maßgeschneiderten Hemden für Bobby! – und riß sich die Krawatte ab, als fürchtete er, sonst zu ersticken. »Hoffa! Der Scheißtyp hat wieder seine Hand im Spiel. Da war dieser Knuckles Boyle, kein übler Kerl, der Hoffa für Jahre hinter Gitter hätte bringen können. Natürlich hast du noch nie was von ihm gehört, denn er war ja nur ein ganz normaler Arbeiter ...«

Sie hatte sehr wohl von Knuckles gehört, und zwar von Bobby selbst, aber sie beschloß, wegen seiner derzeitigen Stimmung lieber die Unwissende zu spielen. Knuckles, so glaubte sie sich zu erinnern, war ein ›Lohnsklave‹ geworden, nachdem er sich mit Hoffa angelegt hatte.

»War?« fragte sie.

»War«, sagte er resigniert. »Jemand hat ihn mit einem Gabelstapler in der Fabrik überfahren, wo er arbeitet. Kaum eine Stunde bevor er mich treffen sollte.«

Er schloß einen Moment die Augen. »Irgendwo muß eine undichte Stelle sein ... Er sollte in der Sun-Valley-Sache gegen Hoffa und die Mafia aussagen. Wir hatten ihn soweit, und nun ist er tot, bevor er uns etwas sagen konnte! Das Schlimmste daran ist aber, daß wir ihn auf dem Gewissen haben. Ich weiß nicht, wie es geschehen konnte.«

»Es ist nicht deine Schuld, Bobby«, beruhigte sie ihn, empfand dabei aber leise Panik, da er ihr voller Stolz und detailliert über Boyle berichtet hatte und sie nicht ganz sicher sein konnte, ob sie es nicht irgend jemandem weitererzählt hatte oder nicht.

»Es ist eben doch meine Schuld! Ich gab Boyle mein Wort, es würde ihm nichts passieren, und nun ist er tot.« Er brütete einige Minuten finster vor sich hin, bevor er sagte: »Wenn ich rauskriege, wer für die undichte Stelle verantwortlich ist, dem schneide ich die Eier ab.«

In ihr verdichtete sich die Überzeugung, daß sie Knuckles Boyle jemandem gegenüber erwähnt hatte, aber an mehr konnte sie sich nicht erinnern. »Was ist mit seinen Killern?« fragte sie.

»Die kriege ich! Ich werde sie überhaupt alle kriegen, früher oder später. Nicht nur Hoffa und Giancana, sondern auch die Typen, die für sie die Drecksarbeit erledigen, wie dieser Santo Trafficante in Miami oder Carlos Marcello in New Orleans oder Johnny Roselli hier, ein ganz besonders mieser Kerl, der den armen Knuckles vermutlich für Hoffa umgelegt hat ... Leute, von denen du vermutlich noch nie gehört hast ...«

Doch, sie hatte schon von Johnny Roselli gehört. Zufällig war Roselli in jenen alten Zeiten sogar eine Art Kumpel gewesen, als sie mit Joe Schenck befreundet gewesen war. Sie hielt es aber für keine gute Idee, dies dem Justizminister der Vereinigten Staaten zu gestehen.

Statt dessen kuschelte sie sich näher an ihn, bis er sich endlich zu entspannen schien. Da er keinen Alkohol trank, mußte sie ihn auf andere Weise auflockern, was ihr so gut gelang, daß sie schon eine halbe Stunde später ins Bett gingen. Sie nahm eine Flasche Champagner mit – im Gegensatz zu ihm brauchte sie einen Drink – und stellte sie neben all ihre Pillen auf dem Nachttisch.

Eigentlich merkwürdig, dachte sie, daß Bobby weder ihre Tabletten noch ihr Trinken zu bemerken schien. Er ignorierte es nicht etwa absichtlich wie manche andere Männer, sondern es war eher so, als würde oder könnte er es einfach nicht verstehen, daß ein Mensch so abhängig von Pillen oder Alkohol war. Genau deshalb sah er auch keine Beweise ...

Es war ja nicht etwa so, daß sie Alkohol oder Pillen brauchte, es war vielmehr so, daß sie sich ohne sie außerstande sah, auch nur die simpelste Aufgabe zu meistern. In letzter Zeit schien es noch schlimmer geworden zu sein, denn auch ihr war klar, daß sie beim Laufen gelegentlich taumelte, unartikuliert sprach und von ihrem Gedächtnis im Stich gelassen wurde. Es gab sogar Augenblicke, wo sie nicht wußte, ob sie nun mit Bobby oder mit Jack im Bett lag.

Bobby schlummerte in ihren Armen, sein Kopf auf ihre Brust gebettet, und atmete regelmäßig. Sie strich ihm mit den Fingerspitzen über die Stirn und war bei dem Gedanken glücklich, daß er für eine Nacht ganz allein ihr gehörte, nicht Ethel oder Jack oder dem amerikanischen Volk ...

43. KAPITEL

»Das ist Nixons Haus.«

»Das weiß ich auch!«

Die große Motoryacht glitt durch die ruhige See vor Key Biscaine und bot allen an Bord die Gelegenheit, die luxuriösesten Anwesen der Insel, die durch hohe Hecken und Mauern von der Straße abgeschirmt waren, in all ihrer Pracht zu bewundern. Weite Rasenflächen, gepflegte Gärten mit Swimmingpools, steinernen Statuen und Multimillionärsyachten an privaten Anlegestegen boten Luxus pur.

Doch keine der Yachten war größer als ›Aces Wild‹, die unter panamaischer Flagge fuhr. An einem Teakholztisch mit Messingbeschlägen im Heck saßen drei Gentlemen in legerer Kleidung, mit Kapitänsmützen und Sonnenbrillen, die Angelruten fest verankert, die Leinen im Schlepptau des Schiffes. Der Taperecorder auf dem Tisch wirkte in dieser Umgebung völlig deplaziert.

Santo Trafficante – er war es, der auf Nixons Haus hingewiesen hatte – war der Gastgeber. Seine Gäste waren Carlos Marcello, Boß des Verbrechersyndikats von New Orleans, und Johnny Roselli.

Trafficante, der eigentliche Boß des organisierten Verbrechens in Miami, und Marcello waren Partner in Havanna gewesen, wo sie Casinos und andere Etablissements im Auftrag der fünf Familien von New York und deren Partner von der Ostküste führten, bis Castro sie rausschmiß.

Roselli hatte sein Betätigungsfeld hauptsächlich in L. A. und Vegas. Er war berühmt-berüchtigt für seine Kaltblütigkeit. Die drei waren alles andere als ein Fanclub von Sam Giancana, den sie aus unterschiedlichen Gründen alle haßten.

Wenn Giancana gewußt hätte, daß die drei zusammen waren, hätte er Blut und Wasser geschwitzt. Und falls die Bundespolizei die drei erwischt hätte, wäre der Teufel losgewesen. Als vorbestrafte Verbrecher war es ihnen verboten, miteinander Kontakt aufzunehmen.

Hier konnten sie jedenfalls sicher sein, nicht abgehört zu werden, weder von Giancana noch vom FBI. Nur der Steuermann war in Hörweite, und der war ein Gefolgsmann aus Trafficantes Clan.

»Ihr habt das Scheißband gehört«, sagte Roselli laut, um das sonore Dröhnen der beiden V-8-Schiffsmotoren zu übertönen. »Ich hab's mir sofort angehört, als es von Hoffa kam. Wollt ihr wissen, ob ich's ernst nehme? Und ob! Ihr glaubt, das ist nur Bettgeflüster? Ich nicht. Hoffa auch nicht. Dieser kleine Schwanzlutscher Bobby Kennedy wird uns alle einlochen, wenn sein Bruder wiedergewählt wird.« Roselli hatte sich zwar silbriges Haar und ewige Bräune wie ein Playboy zugelegt, sprach aber immer noch wie ein professioneller Killer.

Trafficantes Augen waren hinter einer dunklen Brille verborgen. »Männer reden nun mal auf eine bestimmte Art mit Frauen, Johnny«, meinte er schulterzuckend. »Sie drehen auf, sie geben an. Nicht alles, was sie im Bett sagen, stimmt. Das liegt in der menschlichen Natur.« Er zog an seiner Zigarre und schaute den Rauchwölkchen nach. Trafficante, gebürtiger Sizilianer, hatte während seiner Jahre in Havanna ein gewisses Maß an spanischer Höflichkeit und Schliff erlernt sowie seine Vorliebe für teure Zigarren entdeckt.

Marcello und Roselli wechselten einen Blick. Beide dachten, daß Trafficante für seinen Job etwas zu diplomatisch und abgeklärt war. Früher hatte er nicht gezaudert, einen Mord anzuordnen, und auch selbst getötet, bevor er zum Don aufgestiegen war, aber seit neuestem schien er die Ehrbarkeit eines Elder Statesman anzustreben wie Joe Bonanno.

»Bei allem Respekt, Santo, ich glaube doch, daß Bobby meint, was er sagt«, wandte Marcello ein. »Auch wenn er es im Bett zu Marilyn Monroe sagt.« Irgendwann hatte sich Marcello einen starken Südstaatenakzent angewöhnt, weil er vermutlich fand, daß dies für einen Gangsterboß von New Orleans angemessen wäre.

»Es sieht nach Vendetta aus, verdammt noch mal!« sagte Roselli mit Nachdruck.

Die drei Männer schwiegen und dachten über das mächtigste Wort in ihrem Vokabular nach. Wenn es stimmte und Bobby Kennedy Vendetta gegen sie geschworen hatte, dann gab es darauf nur eine Antwort, und das wußten sie alle.

»Vendetta?« Trafficante sprach es mit einem gewissen Respekt aus, denn es war kein Wort, das man leichtfertig benutzen durfte. »Er ist Ire, kein Sizilianer.«

Roselli schnaubte. »Was soll der Scheiß, Santo? Meinst du, diese Wichser von Rotköpfen wissen nichts von Vendetta? Da irrst du dich. Die verstehen Vendetta genau wie wir. Schau dir bloß die beschissene IRA an. Schau dir die Bullen an. Ob irisch oder sizilianisch, entweder geht Bobby drauf oder wir. Wenn du mir nicht glaubst, hör dir noch mal das Band an.«

Trafficante hob seine Hand, worauf Roselli verstummte, denn Trafficante war Vertrauensmann von Meyer Lansky, und Lanskys Ansichten galten bei den Oberhäuptern aller fünf Familien gleich viel. Jeder, der sich mit Santo Trafficante anlegte, legte sich auch mit Lansky an, und jeder, der sich mit Lansky anlegte, war ein toter Mann. »Was meinst du, Carlos?« erkundigte sich Trafficante.

Marcellos Gesicht war so ausdruckslos wie das der Steinfiguren von den Osterinseln. »Wenn ein Mann dir Vendetta schwört, was tust du dann?« »Er bekreuzigte sich rasch, denn hier ging es um ernste Dinge. »Du tötest als erster«, beantwortete er seine eigene Frage.

Sie versanken in Schweigen, während die Yacht durch die kaum bewegte See tuckerte. Doch plötzlich ließ ein scharfes, knackendes Geräusch sie alle zusammenzucken. Dann rief der Steuermann: »Ein Fisch! Es hat einer angebissen.« Er drosselte die Motoren und deutete auf eine der Angelschnüre, die nun straff gespannt war. Er spulte Leine ab und beschattete seine Augen mit der Hand, um den Fisch sehen zu können, der auf der Seeseite aus dem Wasser hochsprang. »Ein Thunfisch«, sagte er.

»Scheiß auf den Thunfisch!« erwiderte Roselli. »Wenn ich Thunfisch will, kauf' ich mir eine Scheißbüchse.«

Trafficante runzelte die Stirn. »Nun mach schon, Johnny«, sagte er in einem Tonfall, der klarmachte, daß es ein Befehl war. »Nimm an, jemand schaut vom Ufer aus zu. Dann schadet es nichts, wenn wir fischen.«

Roselli setzte sich murrend in einen der beiden mit weißem Vinyl bezogenen Chromstühle und schaffte es mit Hilfe des Steuermannes, einen ziemlich großen Thunfisch an Bord zu holen. Er schaute zu, wie dieser ihn mit dem Fischhaken erledigte, so daß sich die Wasseroberfläche kurzzeitig dunkelrot verfärbte. »Möge Bobby Kennedy auch so enden!« sagte er.

Trafficante runzelte wieder die Stirn. Derartiges Gerede mochte er nicht. Geschäft war Geschäft, Persönliches hatte da nichts zu suchen. »Nehmen wir an, daß Johnny recht hat«, murmelte er. »Damit sage ich noch nicht, daß es so ist, versteht ihr, aber falls er recht hat, sollten wir vielleicht nicht unbedingt Bobby ins Visier nehmen.«

Die beiden anderen schauten ihn fragend an. Trafficante war vielleicht nicht mehr ganz der, der er früher war, aber kein Mensch konnte leugnen, daß er schlau war.

»Carlos hat recht«, redete er nachdenklich weiter. »Wenn dir ein Mann Blutrache schwört, dann tötest du ihn natürlich. Aber du hast vergessen, Carlos, daß du auch seine Familie töten mußt, sogar seine Kinder, weil die dich sonst töten, wenn sie erwachsen sind. Wir töten Bobby, worauf sein Bruder uns mit allem verfolgt, was ihm zur Verfügung steht, und dieser Bruder ist Präsident der Vereinigten Staaten.«

Er schaute zum Horizont, als ob irgend etwas dort sein flüchtiges Interesse weckte. »Wenn ihr jedoch Jack Kennedy tötet, meine Freunde, dann hat Bobby keine Macht mehr. Wenn man eine Schlange erledigen will, schneidet man ihr den Kopf ab, nicht den Schwanz.«

»Den Präsidenten killen?« flüsterte Marcello. »Das ist 'n Ding!«

Roselli lachte verächtlich. »Ach, was soll's! Der ist auch nur ein Mensch wie du und ich. Es ist nicht mal so schwer, an ihn ranzukommen, glaub mir.«

Marcello nickte. Er kam aus Louisiana, wo Mord quasi ein normaler Bestandteil des politischen Lebens war. »Nehmen wir mal an, wir tun's«, sagte er, »Was dann?«

»Dann wird Lyndon Johnson Präsident«, erwiderte Trafficante. »Ein Mann, mit dem wir Geschäfte machen können, glaube ich zumindest. Und der kein Freund von Bobby ist! Also kein schlechter Deal, würde ich sagen. Falls wir's tun.«

»Ich bin dafür«, sagte Marcello. »Ich will nicht den Rest meines Lebens damit verbringen, mir Bobby Kennedy vom Leib zu halten.«

Marcello konnte nicht vergessen, daß Bobby Kennedy ihn nach Guatemala hatte deportieren lassen, wo man ihn mitten im Dschungel ausgesetzt und seinem Schicksal überlassen hatte.

»Wie würdest du so was organisieren, Carlos?« erkundigte sich Trafficante. »Ich frage nur aus Neugier.«

Marcello war bekannt als guter Stratege, als Gegenteil eines Hitzkopfs. Er hatte aus New Orleans, das eine Stadt der Zuhälter und Huren gewesen war, *die* Hauptstadt des Drogenhandels mit einem Milliardenumsatz pro Jahr gemacht.

»Ich würde mir einen Spinner aussuchen«, sagte er. »Einen, der aus irgendwelchen verrückten Gründen scharf darauf ist, den Präsidenten umzubringen. Vielleicht einen mit militärischer Ausbildung, der mit einem Gewehr umgehen kann ... Ich würde ihm nichts bezahlen und ihn auch nicht wissen lassen, für wen er arbeitet. Vielleicht würde er dann glauben, daß er für die Russen arbeitet oder für die CIA oder einfach für sich selbst, wer weiß? Was er auch glauben will, wir sagen's ihm. Wenn man den richtigen Knaben hat, muß man ihm nur noch eine Waffe geben und das richtige Ziel zeigen. Ach, zum Teufel, man braucht ihm das Scheißgewehr gar nicht zu geben, er kauft sich selbst eines.«

»Wo kann man so einen Mann finden, Carlos? Falls man's möchte?«

»Von denen gibt's jede Menge, Santo, Männer mit 'ner riesigen Wut im Bauch. In New Orleans gibt's einige und in Dallas oder Houston garantiert sogar Dutzende. Es würde nicht schaden, eine ganze Liste von Schützen zu haben, damit wir in den meisten Städten losschlagen können, die der Präsident früher oder später besucht ... Wenn wir an die Secret-Service-Akten rankämen, wo Leute verzeichnet sind, die als Bedrohung für den Präsidenten angesehen werden, könnten wir gemütlich suchen, bis wir die richtigen gefunden haben. Ich denke, das wäre der richtige Start.«

Trafficante nickte. »Das könnte zu schaffen sein«, meinte er vorsichtig. »Ich habe Freunde in der Anwaltskammer von Miami ...«

Wellen schlugen gegen die Bordwand, als das Boot den Kurs wechselte. Keiner schien als erster reden zu wollen. Doch dann räusperte sich Roselli und sagte: »Bei allem Respekt, wir haben keine andere Wahl.«

Die anderen erwiderten nichts. Trafficante gab dem Steuermann das Zeichen zu wenden und zurückzufahren. »Eine Idee, über die wir nachdenken sollten«, sagte er. »Und es könnte nicht schaden, nach dem richtigen Mann Ausschau zu halten. Nur für alle Fälle.«

Er hob die Hand wie zum päpstlichen Segen, wobei sein Ring im Sonnenschein aufblitzte.

»Wir bleiben in Verbindung.«

J. Edgar Hoover saß allein in seinem Büro und las einen Geheimreport. Er hatte einen langen Tag hinter sich, aber seine Manschetten waren so weiß und steif wie am Morgen.

Auf seiner Schreibtischplatte fand sich kein Staubkorn. Er hielt die Papiere – Original und Durchschlag – mit beiden Händen fest. Es war schon spät, und das Gebäude war ruhig, fast menschenleer. In einem der benachbarten Büros wartete Clyde Tolson sicher schon ungeduldig darauf, daß der Direktor endlich mit ihm nach Hause fuhr, um sich wohlverdiente Drinks und ein Dinner schmecken zu lassen, das ihnen vor dem Fernseher auf Tabletts von George, dem pflichtbewußten schwarzen Butler des Direktors, serviert wurde. Das war die richtige Art von Neger, dachte Hoover, im Gegensatz zu diesem Martin Luther King ... Im Moment war Hoover ausnahmsweise mal froh, allein zu sein. Dieses Memorandum war etwas, über das er nicht mal mit Tolson reden wollte. Er las es noch mal langsam durch und konzentrierte sich auf jedes Wort.

Es stammte von einem FBI-Agenten in Miami und berichtete über eine Unterhaltung mit einem seiner Informanten, einem Mitglied von Santo Trafficantes Verbrechersyndikat, der als Steuermann einer gecharterten Yacht fungierte, wenn er nicht gerade

Rauschgift ins Land schmuggelte, Glücksspiele organisierte oder ganze Wagenladungen von Zigaretten ohne Steuermarken in den Norden verfrachtete. Dieser Informant hatte ein Gespräch zwischen Santo Trafficante, Carlos Marcello und Johnny Roselli mit angehört, als die drei vor Key Biscayne angeblich auf Fischfang waren.

Hoover schaute starr das Papier an. Die drei Gangster planten also, den Präsidenten der Vereinigten Staaten zu ermorden, um sich an Bobby Kennedy zu rächen! Ihm kam das gar nicht unglaubwürdig vor. Niemand wußte besser als er, wie eigensinnig und arrogant der Präsident und sein Bruder sein konnten.

Hoover empfand wenig Sympathie für Gangster, obwohl er sie immer noch den Linken vorzog. Über Jahre hinweg hatte er seine Leute davon abgehalten, Untersuchungen über das ›organisierte Verbrechen‹ anzustellen, und sogar vor einem Untersuchungsausschuß des Senats geleugnet, daß es die sogenannte ›Mafia‹ gäbe. Das hatte er getan, weil er vermeiden wollte, daß seine FBI-Agenten durch Bestechungsgelder der Gangster korrumpiert würden, womit sie auf das gleiche Niveau absinken würden wie die Polizeireviere der Großstädte, wo alle nur kassierten. Im FBI gab es keine Korruption. Dadurch, daß er seine Leute massiv im Kampf gegen subversive Elemente und Kommunisten einsetzte, gab es keine Bestechungsskandale.

Doch er selbst hatte viele Informationen über die Gangster gesammelt. Schließlich war er es gewesen, der Al Capone gestürzt hatte! Wenn Männer wie Trafficante, Marcello und Roselli die Ermordung des Präsidenten diskutierten, dann würde es früher oder später auch passieren – bestimmt vor Kennedys zweiter Amtszeit. Er hielt Marcellos Plan nicht für schlecht. Was die Anwaltskammer von Miami betraf, die war durch und durch korrupt, wie Hoover genau wußte, warum er auch seine dortige Außenstelle so weit entfernt wie möglich postiert hatte. Wenn Trafficante meinte, daß er die Secret-Service-Liste möglicher Attentäter von dort bekommen konnte, irrte er sich vermutlich nicht …

Es war seine Aufgabe, alle Meldungen über mögliche Anschläge auf das Leben des Präsidenten an den Secret Service und den Justizminister weiterzuleiten. Falls er es für nötig hielt, konnte er auch den Präsidenten selbst davon in Kenntnis setzen.

Wie in stillem Gebet blieb er einige Augenblicke sitzen, bevor er zu einer Entscheidung kam. Er zeichnete das Original und die Kopie mit seinen Initialen ab und nahm sich vor, den FBI-Agenten, der ihm den Bericht geliefert hatte, nach Alaska oder New Mexico zu versetzen, wo er sich um Verbrechen in indianischen Reservaten kümmern sollte. Dann stand er auf, ging ins Büro seiner Sekretärin hinüber und steckte beide Kopien in den Reißwolf.

Mit ruhigem Gesicht nahm er den Telefonhörer auf und sagte, als Tolson sich meldete: »Zeit heimzugehen, Clyde.«

44. KAPITEL

Sie wußte, daß es nur eine Frage der Zeit war, bis aus der Besorgnis der ›hohen Tiere‹ des Filmstudios Bestürzung wurde und daraus schließlich schiere Panik.

Sie hatte sich eine Erkältung aufgeschnappt und schien sie nicht mehr loswerden zu können. Dann steckte sie damit Dean Martin an, so daß er tagelang nicht arbeiten konnte.

Natürlich stand dahinter viel mehr. Sie haßte das Drehbuch, konnte mit ihrer Rolle nichts anfangen und vor allem nicht akzeptieren, daß irgendein Mann Cyd Charisse ihr vorziehen würde. Ihre latente Abneigung gegen George Cukor hatte sich in blinden Haß verwandelt, seit ihr von einem loyalen Mitarbeiter aus der Crew erzählt worden war, Cukor verbreite über sie das Gerücht, daß sie ›verrückt sei wie ihre Mutter und Großmutter‹. Dies hatte eine große Krise ausgelöst. Sie wollte mit Cukor nicht reden, wollte ihn nicht mal sehen und blieb tagelang zu Hause, um ihre Erkältung auszukurieren.

Das Filmbudget war bereits um eine Million Dollar überzogen, und Cukor hatte schon alle Szenen abgedreht, in denen sie nicht auftrat. Die Dreharbeiten von *The Misfits* waren zwar genauso schlimm gewesen, aber dort hatte sie alle respektiert, von Huston, Gable, Monty bis zu Eli Wallach hin, denn es waren Profis gewesen, die auch sie respektiert und unterstützt hatten, weil sie wußten, daß es ohne sie diesen Film gar nicht gegeben hätte. Für Cukor war sie nur eine Nervensäge, und ihr waren sogar Gerüchte zu Ohren gekommen, daß er schon vorgeschlagen hatte, sie durch ›eine andere Blondine‹ wie Kim Novak oder Lee Remick zu ersetzen. Alle an der Produktion Beteiligten, bis auf Dino, haßten sie, sogar der Hund und die Kinder, wie sie jedesmal spüren konnte, wenn sie am Drehort auftauchte, was allerdings immer seltener vorkam.

Nacht für Nacht rief sie Bobby Kennedy unter seiner Privatnummer im Justizministerium an und schilderte ihm ihre Probleme, als wäre sie einer von seinen ›Fällen‹ wie Schwarze im Süden oder die Sozialfälle in der Großstadt.

Sie hoffte, daß er sie bald besuchen würde, doch zu ihrer Überraschung schlug er statt dessen vor, als wäre es das Natürlichste von der Welt, daß sie nach New York kommen sollte, um bei der Geburtstagsfeier des Präsidenten dabeizusein.

»Jack wäre begeistert«, sagte er.

»Wo findet die Feier statt?«

»Madison Square Garden. Das Spektakel soll Geld für Jacks nächste Wahlkampagne zusammenbringen. Quasi der Start für 1964.«

»Wird Jackie nicht dasein?«

Eine lange Pause.

»Äh ... nein. Jackie hat an dem Tag einen Interessenkonflikt.«

»Einen Interessenkonflikt?«

»Sie geht zu einer Pferdeschau.« Beide schwiegen.

»Wir hatten folgendes im Sinn«, sagte er dann schließlich, erklärte aber nicht, wer diese ›Wir‹ waren. »Du trittst auf und singst *Happy Birthday* – mehr nicht. Vielleicht noch mit einigen speziellen Versen. Du fliegst mit Peter her, hast den Nachmittag Zeit zum Einüben, bringst deinen Auftritt über die Bühne, und dann ...«

»Und dann was?«

»Dann können wir vielleicht die Nacht miteinander verbringen.«

Sie mußte kichern. Bobby hatte nicht den überzeugenden Charme seines großen Bruders. Er sagte es steif und sogar etwas verlegen, aber sie fand es trotzdem charmant. »Das beste Angebot, das ich seit langem bekam«, sagte sie.

Er schwieg.

»Problematisch ist dabei nur mein Job. Das Studio läßt mich garantiert nicht gehen.«

»Für den Geburtstag des Präsidenten? Aber klar! Die werden begeistert sein. Das ist doch tolle Publicity.«
»Sie werden es nicht so sehen.«
»Ich wette mit dir, daß ich recht habe«, sagte er optimistisch.

Sie hätte mit ihm wetten sollen, denn leider behielt sie recht.
Das Filmstudio scherte sich zu dem Zeitpunkt keinen Deut um Publicity, sondern wollte den Film im Kasten haben. Die Tatsache, daß es ihr gut genug ging, um nach New York zu fliegen und für Präsident Kennedy *Happy Birthday* zu singen, aber nicht gut genug, um eine zwanzigminütige Autofahrt zum Drehort zu schaffen, bestätigte nur die schlimmsten Befürchtungen. Peter Levathes, der Boß der Fox, ließ ihr ausrichten, daß sie nicht nach New York fliegen dürfte.
Am nächsten Tag stellte sich heraus, daß sie bereits weg war.
Ich war von Anfang an gegen Jacks ›Geburtstagsorgie‹, wie Lawford es nannte. Ein Abend im Madison Square Garden mit Smokingzwang für mehrere tausend Leute, die meisten von ihnen Stinkreiche, die für das Privileg, dabeisein zu dürfen, ordentlich geblecht hatten, schien mir einfach nicht das richtige zu sein. Im Süden des Landes wurden Schwarze erschossen und verprügelt, die Sowjets überschwemmten Kuba förmlich mit Waffen und spuckten in Berlin bedrohliche Töne, Südostasien wurde von Revolutionen und Kriegen geschüttelt, und unsere Reaktion bestand darin, Marilyn Monroe einzufliegen, damit sie für den Präsidenten *Happy Birthday* singen konnte.
Abgesehen von alledem hielt ich es nicht für klug, Marilyn überhaupt auftreten zu lassen. Genug Leute kannten das Geheimnis oder hatten zumindest Gerüchte gehört, so daß ihr Erscheinen äußerst taktlos war, insbesondere in Jackies Abwesenheit.
Ich hatte allerdings nicht damit gerechnet, daß Marilyn ebenso wenig in der Lage war, vor einem Riesenpublikum zu singen, wie für George Cukor zu filmen. Nach fünf Minuten in ihrer Suite im St.-Regis-Hotel war mir klar, daß es große Schwierigkeiten geben würde.
»Sie fragt schon ständig nach Ihnen«, begrüßte mich der Veranstalter. Er war gerade beim Hinausgehen und umklammerte seine Aktenmappe, als wäre sie ein Rettungsring. »Ist sie immer so?«
»Wie was?«

Selbst langjähriger Umgang mit Berühmtheiten hatte ihn nicht auf Marilyns ganz spezielles Lampenfieber vorbereitet. »Sie vergißt immer wieder den Text von *Happy Birthday*.«

»Die speziellen Verse?«

Er schüttelte den Kopf. »Nein, die ganz normalen *Happy-Birthday-to-you*-Zeilen …«

Ich hob die Hand, um den armen Kerl am Weiterreden zu hindern. »Ich werde mit ihr sprechen«, sagte ich mit mehr Selbstvertrauen, als ich hatte.

»Nichts ist mir lieber«, erwiderte er erleichtert.

Im Raum herrschte das übliche Chaos. Marilyns Visagist packte gerade seine Utensilien aus, während eine Maniküre ihre gerade einpackte. Die Möbel waren aus dem Weg geräumt worden, um Platz für alle Helfershelfer zu schaffen.

Ich fand das Zentrum dieser hektischen Betriebsamkeit im Schlafzimmer, in einem Morgenmantel auf dem Bett ausgestreckt und mit einem feuchten Waschlappen auf dem Gesicht. »O mein Gott«, stöhnte sie. »Warum habe ich bloß eingewilligt, das zu tun?«

Ich hob eine Ecke des Waschlappens hoch, gab ihr einen Kuß und setzte mich.

»Weil du keine Spielverderberin bist!«

Sie stöhnte wieder. »Ich habe einen gräßlichen Kater«, erklärte sie. »Auf dem Flug von L. A. tranken Peter und ich Champagner mit einem Schuß Wodka … o Mann!« Sie tastete nach meiner Hand. Ihre zitterte und war so heiß, als ob sie Fieber hätte.

Schließlich nahm sie den Waschlappen weg. Ihre Augen irrten ständig ab und schienen sich auf nichts konzentrieren zu können, die Pupillen wirkten so klein wie Nadelspitzen. »Ich fühle mich irgendwie benommen«, sagte sie mit schwacher Stimme. »Wie spät ist es?«

»Vier Uhr. Du hast also noch drei oder vier Stunden, um dich zusammenzureißen. Reicht das?«

Sie biß sich auf die Unterlippe. »Es muß einfach reichen!« Mit sichtlicher Anstrengung schaffte sie es, sich aufzusetzen. Ihr Bademantel ging dabei auf und entblößte sie in ihrer Nacktheit. Die beiden Operationswunden hoben sich rot von ihrer blassen, fast käsigen Haut ab, und auf ihren Schenkeln entdeckte ich mehrere blaue Flecken.

Sie legte einen Arm um meine Schulter, und ich half ihr beim Aufstehen. Einen Moment fürchtete ich, daß sie zusammenknicken würde, aber dann kriegte sie ihre Füße doch unter Kontrolle, so daß sie sich nur noch leicht auf mich stützen mußte.

»Wie wär's mit einem heißen Bad?« schlug ich vor, da ich hoffte, daß es ihre Lebensgeister wecken würde.

»Keine Zeit.«

Sie verknotete den Gürtel ihres Bademantels und ging mit unsicheren Schritten in den Salon der Suite hinüber, wo ihre Gefolgsleute sich sofort an ihr zu schaffen machten, als wäre sie ein wertvolles Rennpferd.

Sie setzte sich auf einen Hocker, und der Friseur – es war Mr. Kenneth selbst – widmete sich eifrig ihrem Haar. Nun, da sie sozusagen wieder bei der Arbeit war, schien ihr Hirn nicht mehr so umnebelt zu sein.

»Ich habe mich richtig darauf gefreut, stell dir vor! Und das, obwohl ich zum erstenmal seit Korea wieder vor einem so großen Publikum auftrete. Jean-Louis hat mir ein ganz besonderes Kleid geschneidert, aus fast durchsichtigem Material und mit winzigen Perlen bestickt, hauteng, so daß es direkt am Körper zugenäht werden muß ...«

»Was ist mit deinem Text?« erkundigte ich mich.

»Text?«

»Nun, dieses *Happy Birthday*, du weißt schon.«

Sie schloß die Augen. »*Happy Birthday to you, happy Birthday to you.*« Sie öffnete sie wieder weit, mit jenem Ausdruck völliger Unschuld, den keine Schauspielerin sonst herbeizaubern oder imitieren konnte. »*Happy Birthday, dear Mr. President, happy Birthday to you* ... Siehst du?«

Sie hatte nicht gesungen, sondern mit einem winzigen Stimmchen rezitiert, das aus tiefem Wasser zu dringen schien.

»Sehr gut«, lobte ich sie. »Was ist mit den speziellen Versen?«

Sie lächelte mir schief zu und drohte mit dem Finger. »Übertreib's nicht, David«, sagte sie. »Die sind zwar dämlich, aber ich werd' sie schon nicht vergessen.«

»Nun, dann ist ja alles in Ordnung«, sagte ich. »Ich lasse dir noch Kaffee aufs Zimmer schicken. Wir sehen uns dann später.«

»Wunderbar. Und sag Jack, daß er sich keine Sorgen machen muß.«

Natürlich wurde Jack von irgendeinem ›Wohlmeinenden‹ über Marilyns Probleme informiert, aber er sagte nur: »Sie wird's schon schaffen.«

Auch ich dachte, daß sie es schaffen würde. Als ich sie etwas später anrief, klang sie ausgesprochen gut gelaunt. Ich wußte ja nicht, daß sie, statt den Kaffee zu trinken, abwechselnd Champagner und Pillen geschluckt hatte, während ihr Haar und Gesicht zurechtgemacht wurden. Ich hatte an dem Abend zuviel zu tun, um mir viele Gedanken über Marilyn zu machen. Nie zuvor hatte ich so zahlreich Presseleute gesehen, nicht mal bei einem Nationalkonvent, denn die Kombination Jack Kennedy/Marilyn Monroe war anscheinend die größte Attraktion in der Geschichte seit Antonius und Cleopatra.

Ich hatte mit den Fernsehsendern arrangiert, daß die Geburtstagsgala des Präsidenten übertragen würde, und nun traten sich die Kamerateams gegenseitig auf die Füße. Irgendwie erinnerte mich das Ganze an einen Zirkus, wenn auch mit dem Unterschied, daß hier Amateure das Programm gestalteten.

Das Team um den Präsidenten hatte ein sicheres Gespür dafür, wie man ein politisches Spektakel am besten auf die Bühne bringt, und Jack war von Natur aus brillant in seinen Auftritten, aber von Showbusineß verstanden sie alle zusammen reichlich wenig. Sie nahmen an, daß die Stars einfach nacheinander erscheinen und das Publikum unterhalten würden.

Ich bahnte mir einen Weg durch die TV-Leute, Fotografen und Sicherheitsbeamten bis zu Marilyns Garderobe, klopfte und trat ein. Umgeben von mehreren Stylisten, die an ihr herumfummelten, stand sie vor einem hohen Spiegel. In ihrem Jean-Louis' Kleid hätte sie sich auch gar nicht setzen können, denn es sah aus, als wäre es auf ihren Körper gemalt worden. Ihr Rücken war bis zum Hintern völlig entblößt, und der hauchdünne, fleischfarbene Stoff lag über Brüsten und Taille so hauteng an, daß sie auf den ersten Blick nackt zu sein schien, bis auf das Gekräusel des perlenübersäten Stoffs um ihre Knöchel, wo das Kleid geradezu aufschäumte, so daß sie wie Venus den Fluten zu entsteigen schien.

Dies war mein erster Eindruck. Mein zweiter war, daß Marilyn wie eine Imitation ihrer selbst aussah. Sie wirkte fast erdrückt von einem glänzenden, platinblonden Haaraufbau, der so steif und toupiert war, daß er an Zuckerwatte erinnerte. Es war der

Körper von Amerikas Sexgöttin, doch das Gesicht sah in dem harten Licht nicht anders aus als das von Millionen anderer Frauen in den Mittdreißigern, die sich wundern, wohin ihre Jugend entschwunden war.

Ich legte meine Hand auf ihre nackte Schulter und hauchte nur einen Kuß auf ihre Wange, um ihr Make-up nicht zu verschmieren.

»Du siehst fantastisch aus!«

»Ich bin halb tot. Wahrscheinlich kriege ich eine Grippe.«

Als sie mein Erschrecken bemerkte, beruhigte sie mich. »Keine Sorge, ich mach' schon weiter.« Sie kicherte und salutierte. »Semper fidelis, Mister President. Sagen das nicht die Marinesoldaten?«

»Ja, das ist ihr Motto.« Wenn Marilyn so lächelte wie gerade jetzt, dann sah sie gar nicht mehr matt und erschöpft aus. Eine erstaunliche Verwandlung! »Es bedeutet ›Immer treu‹.«

»Ach du liebe Güte«, erwiderte sie lachend. »Ich fürchte, dann paßt es nicht zu mir.«

Ich schaute auf die Armbanduhr. »Ich muß gehen. Fütterung der Raubtiere.«

»Komisch, was du da sagst. Ich fand nämlich, es riecht hier drin wie im Zoo.«

»Das ist der Zirkus.«

»Ach so«, erwiderte sie. »Das paßt. Es erklärt auch, warum ich mir heute abend wie ein Monstrum vorkomme.« Sie nahm ihre Handtasche und schüttelte einige Pillen in ihre Handfläche, lieh sich eine Nadel von der Schneiderin, um Löcher reinzustechen, warf sie sich in den Mund, verzog angewidert das Gesicht und spülte sie mit Champagner aus einem Madison-Square-Garden-Kaffeebecher hinunter. »Toodle-oo, wie man in England sagt.« Sie kicherte. »Gib dem Prez einen Kuß von mir.«

»Ich glaube, ihm wär's lieber, wenn du das selbst machst.«

»Darauf kannst du wetten. Wo ist Bobby?«

»Bei Jack.«

»Sag ihm, daß er gleich danach zu mir kommen soll, David. Bitte!«

Sie sagte es drängend, einer Panik nahe, und ihre gute Laune war so plötzlich verschwunden, wie sie gekommen war. »Sag ihm, daß ich ihn sehen muß.«

»Einverstanden.«

»Ich meine es ernst.«

Ihr Gesichtsausdruck wirkte flehend und fordernd zugleich, eine Mischung, die vermutlich nur ein Filmstar zustande bringt.

»Ich verspreche es«, sagte ich und ging.

Sie musterte sich noch einmal kritisch im Spiegel, da sie wußte, daß ihr ›Beruf‹ eigentlich darin bestand, schön auszusehen. Emmeline Snively, die Leiterin der Blue Book Model Agency, der sie ihren ersten Durchbruch verdankte, hatte es ihr in genau diesen Worten immer wieder gesagt. Emmeline war es gewesen, die sie 1945 in Frank and Josephs Hair Salon am Hollywood Boulevard geschickt hatte, wo man sie platinblond färbte. Außerdem hatte Emmeline ›ihren Mädchen‹ immer eingeschärft, nicht schwanger zu werden ...

Und nun war sie hier, siebzehn Jahre später, blonder denn je und wieder schwanger! Sie nahm einen letzten Schluck Champagner und begann zu kichern. Schwanger! ›Versaut‹, wie sie es früher nannten, als sie sich noch am Swimmingpool des Ambassador-Hotels herumtrieb, bevor Mr. Big Deal Ted Lewis sie als erster Mann ›versaute‹, wie er auch der erste war, der ihr Geldscheine zusteckte und den Namen eines Arztes nannte, der sich derartiger Probleme ›annahm‹.

Oh, sie kannte sich aus, wenn es darum ging, das Problem zu beseitigen. Dreizehn Abtreibungen, wie sie Amy Greene gestanden hatte – in L. A., in Tijuana, in New York ... Sie könnte darüber ein Buch schreiben. Jeder Gynäkologe schüttelte nur den Kopf, wenn er sie untersuchte, als wäre sie ein lebender Anschauungsunterricht dafür, was man als Frau nicht tun sollte. Aber diesmal würde alles anders sein! Sie bekam schließlich sein Baby! Der Junge – sie war sicher, daß sie kein Mädchen kriegte – würde vielleicht sogar noch attraktiver als sein Vater werden, da er ja auch etwas von ihrer Schönheit abbekam. Sie schloß die Augen und versuchte sich vorzustellen, wie es aussehen würde, das Kind der Liebe von Marilyn Monroe und Robert Francis Kennedy ...

Es klopfte an der Tür. »Es ist soweit, Miss Monroe«, rief die Stimme ihres Pagen.

Nicht mal sie konnte den Präsidenten der Vereinigten Staaten warten lassen. Also warf sie einen letzten Blick in den Spiegel, während Mr. Kenneth, die Schneiderin und der Visagist applaudierten, und trat dann in den Korridor hinaus, der nur schwach beleuchtet war.

Sie bog um eine Ecke und dann um die nächste, bevor ihr auffiel, daß ihr Page nirgends zu sehen war. Irgendwo vor ihr konnte sie all jene vertrauten Geräusche hören, die eine riesige Menschenmenge erzeugt, und darüber die Stimme Peter Lawfords, der das Publikum auf sie einstimmte.

Sie beschloß, nicht umzukehren, sondern den Korridor weiterzulaufen, der ständig Zickzackkurven zu machen schien und so roch, als ob zu beiden Seiten vor kurzem Pferde untergebracht gewesen wären, bis sie schließlich an einer großen Metalltür ankam, auf der ›BÜHNE‹ stand. Sie drückte die Klinke hinunter, aber die Tür war verschlossen.

Diffuse Angst kroch langsam in ihr hoch.

»Mr. President«, dröhnte gerade Lawfords Stimme aus hundert Lautsprechern. »Aus Anlaß Ihres Geburtstags ist diese Lady nicht nur wunderschön, sondern auch pünktlich … Mr. President … Marilyn Monroe!«

Das Publikum johlte, pfiff und trampelte mit den Füßen, während das Orchester ihren bekannten Song aus *Some Like It Hot* spielte. Sie rannte den Korridor entlang, versuchte es bei einer Tür nach der anderen, die jedoch alle versperrt waren, und geriet immer mehr in Panik. Nach der nächsten Biegung hätte eigentlich ihre Garderobe kommen müssen, aber sie war in dem Gewirr von Gängen unter dem Madison Square Garden wieder irgendwo falsch abgebogen.

»Eine Frau, von der man mit Fug und Recht behaupten kann, daß sie keine einführenden Worte braucht!« Paukenwirbel, gefolgt von weiterem Applaus, der diesmal allerdings schon etwas zögernder kam. Sie hastete so schnell vorwärts, wie ihre Stilettoabsätze es erlaubten.

Nun war Gelächter zu hören, da Lawford versuchte, das Letzte aus der Situation herauszuholen, denn was sollte der arme Kerl anderes tun, der im Scheinwerferlicht vor siebzehntausend Leuten auf der Bühne stand und von ihr im Stich gelassen wurde.

Am Ende des Gangs entdeckte sie eine Eisentreppe, kletterte hinauf und stand oben vor einer Tür mit einem roten Licht darüber. Sie stieß sie auf, stolperte in einen dunklen Raum, der hinter der Bühne lag, wie sie gleich erkannte. Sie tastete sich in Richtung der Lichter, wo Peter Lawfords PR-Mann sie sah und unsanft am Arm packte. »Jesus! Jetzt aber raus mit Ihnen!« Er schob sie vor sich her zu den Seitenkulissen, von wo aus sie Lawford mit schweißnassem Gesicht sehen konnte, der das Mikrofon umklammerte, als hinge sein Leben davon ab.

Aus dem Augenwinkel hatte er wohl ihr platinblondes Haar aufleuchten sehen, denn er drehte sich zu ihr um, schüttelte entnervt den Kopf, wandte sich dann wieder zum Publikum, lächelte breit und rief: »Mr. President, in der Geschichte des Showbusineß hat es vielleicht nie eine Frau gegeben, die soviel bedeutet oder ...«, er legte eine Pause ein und zwinkerte übertrieben, »... soviel getan hat für ihr Land und ihren Präsidenten ...« Im Saal wurde gekichert, und jene im Publikum, die Bescheid wußten, begannen sogar schallend zu lachen. Lawford stimmte mit ein und streckte dann seine Hand nach ihr aus, wo sie mit pochenden Schläfen, Tränen in den Augen und brennenden Wangen wartete. »Mr. President!« schrie er laut, um den Lärm zu übertönen, und brachte die Menge auch zum Schweigen. »Hier ist sie – die verspätete Marilyn Monroe!«

Sie blieb unbeweglich stehen, während das Publikum tobte und brüllte, dann versetzte ihr jemand einen heftigen Stoß, der sie fast der Länge nach hinstürzen ließ, doch sie fand wieder ihre Balance, trat in den grellen Lichtkreis des Scheinwerfers und lächelte so angestrengt, daß sie fürchtete, ihr Gesicht würde zerreißen.

Sie warf Lawford eine Kußhand zu, erdolchte ihn gleichzeitig mit den Blicken und ging dann wie geblendet vom gleißenden Licht zum Podium. Dort wartete sie einen Moment, damit sich ihre Augen daran gewöhnen konnten, und entdeckte dabei Jack Kennedy in der Präsidentenloge, die Füße auf dem Geländer, eine Zigarre rauchend. Bobby, der neben ihm saß, starrte sie wie hypnotisiert an.

Was würde wohl geschehen, überlegte sie, wenn sie jetzt verkündete, daß sie beide Kennedys gevögelt hatte und nun sogar Bobbys Kind erwartete? Die Atmosphäre in der riesigen Arena war nicht wohlwollend, sondern eher gereizt. Ihr Kleid hatte ein wahres Pfeifkonzert ausgelöst, aber auch schockierten Protest.

Da die Leute immer unruhiger wurden, riß sie sich zusammen und begann zu singen:

> *»Happy Birthday to you,*
> *Happy Birthday to you,*
> *Happy Birthday, Mister President,*
> *Happy Birthday to you.«*

Sie sang langsam mit einem schwachen Stimmchen und zögerte zwischen jeder Silbe, so daß trotz der Lautsprecher erst bei der dritten Zeile die Zuhörer fast ein wenig verlegen mitzusingen begannen.

Dann nahm sie all ihre Kraft zusammen, um sich an den Text zu erinnern, den Richard Adler für sie geschrieben hatte, und sang ihn holpernd:

> *»Thanks, Mister President,*
> *For all the things you've done,*
> *The battles you have won,*
> *The way you deal with U. S. Steel*
> *And our problems by the ton,*
> *We thank you so much.«*

Sie warf ihre zitternden Arme hoch, das Auditorium erhob sich, und gemeinsam brachten sie ein zweites Mal das Geburtstagsständchen *Happy Birthday* zustande.

Ich saß hinter Jack und Bobby, als Marilyn endlich auf der Bühne erschien. Jacks Erleichterung war aber nur kurzlebig. Er erkannte ebenso wie ich, daß ihr Kleid ein Fehler war, daß sie eine Grenze überschritten hatte, daß sie nicht mehr die Lieblingsblondine von aller Welt war, sondern nur noch eine Sexbombe. Sie entsprach einfach nicht dem Image, das der Präsident der Nation an seinem Geburtstag bieten wollte.

Marilyn, deren Brüste in Jean-Louis' fleischfarbenem Meisterwerk wie nackt wirkten, war eine Zumutung für jede Ehefrau im Publikum – die personifizierte Ehebrecherin. Außerdem bestand kein Zweifel, als sie mit dieser hohen, atemlosen Kleinmädchenstimme zu singen begann, daß sie betrunken oder stoned war. Ihre Bewegungen wirkten nicht nur verlangsamt, sondern paßten auch nicht zur Musik, und sie machte zwischen den einzelnen Worten und sogar Silben viel zu lange Pausen.

Das Ganze war eine mitleiderregende öffentliche Zurschaustellung von Marilyns neurotischer Sehnsucht, allen zu gefallen.

Jack lächelte eisern – er war ja selbst kein schlechter Schauspieler, flüsterte aber aus dem Mundwinkel: »Was, zum Teufel, ist denn mit ihr los, David?«

»Vielleicht ist sie erkältet«, sagte Bobby ritterlich, bevor ich antworten konnte.

»Erkältet? Sie ist mit Tabletten vollgepumpt, das ist sie!«

Jack war nicht umsonst der erste Mann im Staat. Bevor Marilyn ganz fertig war und bevor sie flach aufs Gesicht fallen oder sonst etwas Peinliches tun konnte, erhob er sich.

Die Scheinwerfer richteten sich sofort auf ihn. »Vielen Dank«, sagte er ins Mikrofon. »Jetzt kann ich mich ja aus der Politik zurückziehen, da mir *Happy Birthday* auf eine so süße ...«, er legte eine kleine Pause ein und grinste, »... und natürliche Weise vorgesungen wurde!«

Das Publikum brüllte vor Lachen, die anderen Stars kamen auf die Bühne, rahmten Marilyn und Peter Lawford ein, und Jack beendete mit seinem untrüglichen Gespür fürs perfekte Timing seine eigene Galaveranstaltung.

»So etwas mache ich nie wieder«, sagte er, als wir aus seiner Loge an den Polizisten und Secret-Service-Agenten vorbeigingen. »Lieber lasse ich mich erschießen.«

45. KAPITEL

Paula Strasberg oder Natasha Lytess brauchten ihr nicht zu sagen, daß sie es verpfuscht hatte, denn sie konnte es in den Augen aller lesen, selbst in Davids'.

Doch als Star hatte man immerhin den großen Vorteil, daß niemand den Mumm aufbrachte, es einem ins Gesicht zu sagen. Der Präsident und Bobby standen rechts und links von ihr, beide mit strahlendem Lächeln, während sie von Gratulanten und jenen Presseleuten umringt wurden, die als zahm galten. Adlai Stevenson und Gouverneur Harriman kamen, um sich bei ihr zu bedanken, gefolgt von Hunderten anderer Leute – so kam es ihr zumindest vor –, und die ganze Zeit über bewachte Bobby sie, als wäre sie sein Eigentum. Der Präsident warf ihm mehrmals warnende Blicke zu, seine Affäre mit ihr nicht ganz so offen zu demonstrieren, aber Bobby war natürlich viel zu eigensinnig, um sich beirren zu lassen.

Sie trank Champagner und versuchte, das Gefühl loszuwerden, daß sie den Präsidenten enttäuscht hatte. Er sah nicht enttäuscht aus, aber sie kannte ihn besser als die meisten Leute und bemerkte folglich gewisse verräterische Anzeichen, worauf sie aus lauter Kummer nur noch mehr trank. Es war eine Erleichterung, als er sich schließlich verabschiedete und Müdigkeit vorschützte, obwohl er nicht im geringsten müde aussah.

Sie wußte, daß im Carlyle schon jemand auf ihn wartete, so wie sie es früher gelegentlich getan hatte, vermutlich sogar schon in sein Bett gekuschelt. Flüchtig überlegte sie, wer es wohl war. Es gab Gerüchte über einen gewissen langbeinigen TV-Star, aber da waren gewiß noch andere ...

Sie beugte sich zu Bobby hinüber. »Ich brauche dich«, sagte sie. »Ich muß mit dir heute nacht zusammensein.«

Er nickte, gab ihr dann aber zu verstehen, daß sie leise sprechen sollte.

»Ich möchte jetzt gehen«, sagte sie.

»Ich kann noch nicht.«

»Dann gehe ich eben allein.«

Sie sah ihm an, daß er zwischen seinem Wunsch, sie zu begleiten, und seiner Pflicht, noch zu bleiben, hin und her gerissen wurde. Zu ihrer Enttäuschung entschied er sich für das zweite. »Dann geh«, sagte er nur.

»Du kommst aber später, oder?« erkundigte sie sich und versuchte, nicht wie eine Bittstellerin zu klingen.

Er nickte wieder. »In einer Stunde oder höchstens zwei.«

Im Hotel riß sie sich Jean-Louis' Fünftausend-Dollar-Kleid vom Leib, voller Wut, daß sie sich lächerlich gemacht hatte, als ob sie nach zwölf Jahren harter Arbeit nichts anderes zu bieten hätte als Busen und Hintern. Sie öffnete eine Flasche Champagner, nahm ein paar Tabletten, tigerte rastlos durch die Suite und platzte fast vor Wut und Frustration. Nicht nur deshalb, weil jetzt eine andere im Carlyle mit dem Präsidenten im Bett lag, sondern weil soviel von ihrem Leben vergeudet worden war: tagelange Vorbereitung auf irgendein Ereignis, großer Auftritt – immer verspätet –, um für das Filmstudio oder, wie in diesem Fall, für den Präsidenten mit dem Schwanz zu wedeln und den Busen zu recken, dann allein ins Hotel zurück, Pillen nehmen und auf den Schlaf warten ...

Sie hatte jedes Zeitgefühl verloren und wußte auch nicht mehr, wie viele Pillen sie schon geschluckt hatte. Ihr war schläfrig zumute, was schon fast an ein Wunder grenzte, aber bei Bobbys Ankunft wollte sie natürlich nicht schläfrig sein, und so nahm sie zwei Aufputschpillen, um richtig wach zu werden, ein Randy-Mandy, um wohlige, sinnliche Wärme zu erzeugen, und nach kurzer Überlegung auch noch ein paar Tranquilizer.

Sie hatte immer noch ihr Bühnen-Make-up auf dem Gesicht und stakste auf hohen Absätzen und im BH herum, stieß sich gelegentlich an Möbelstücken – irgendein Idiot schien sie verstellt zu haben, so daß sie ihr im Weg standen –, trank und verschüttete Champagner, so daß sich feuchte Spuren kreuz und quer durchs Zimmer zogen. Als Bobby Kennedy schließlich kam, lag sie mit geschlossenen Augen auf dem Boden. Er dachte, sie sei tot.

Sie konnte ganz schwach seine Stimme hören und seine Hände spüren, als er ungeschickt nach ihrem Puls tastete. »... bringe dich ins Krankenhaus«, drang bis zu ihr durch.

Sie schüttelte matt den Kopf. Keine Krankenhäuser, keine Nothilfe-Stationen! All das wollte sie nicht hier in New York, wo die Presse es erfuhr, noch bevor ihr Magen ausgepumpt wäre. Sicher wollte er es auch nicht, da kaum eine Chance bestand, Bobby aus der Sache rauszuhalten.

Es gelang ihr, David Lemans Namen zu flüstern. Zum Glück schien Bobby sie zu verstehen, obwohl ihr die Stimme nicht recht gehorchte, denn er ging zum Telefon rüber. Kurz darauf kam er wieder, hatte Eiswürfel aus dem Champagnerkübel in ein Handtuch gewickelt und drückte es ihr auf die Stirn.

Sie fühlte die Kälte, was ja immerhin schon etwas war. Bobby holte aus dem Schlafzimmer eine Decke und legte sie über sie. Sie blinzelte, um ihm zu danken, wäre aber am liebsten ganz allein gewesen.

Er blieb auf dem Boden bei ihr sitzen, bis Davids Arzt mit Spritze und Magenpumpe eintraf, um sie ins Leben zurückzuholen.

»Du hast mir eine Heidenangst eingejagt«, sagte Bobby. Mit hagerem, erschöpftem Gesicht saß er auf der Bettkante. Er war die halbe Nacht aufgeblieben, während der Arzt sich an ihr zu schaffen machte.

»Ich hatte selbst Angst.« Ihr Hals schmerzte von dem Schlauch, und ihre Stimme war nur ein heiseres Wispern.

»Warum hast du's getan?« Er schaute sie so verwirrt an, als könnte er nie im Leben verstehen, daß jemand sich umbringen wollte.

Sie war gar nicht sicher, ob sie überhaupt an Selbstmord gedacht hatte, denn sicher war sie noch nie nach einer jener ›Episoden‹ gewesen, wie Dr. Greenson sie gerne zu nennen pflegte. Es gab einfach einen Punkt, an dem sie nicht nur die Kontrolle verlor, sondern auch das Interesse am Leben, an der Zukunft, an sich selbst. Es war nicht etwa so, daß sie erpicht darauf wäre, sich zu töten, sondern das Sterben machte ihr nicht soviel Angst wie das Weiterleben.

In ihrer Ehe mit Arthur hatte sie zwei Selbstmordversuche gemacht, und beide Male hatte er sie gerade noch gerettet. In der Schlußphase ihrer Ehe verhielt er sich wie eine Krankenschwester, zählte ihre Pillen, paßte wie ein Luchs auf sie auf und ließ sogar die Schlösser der Badezimmertüren ausbauen. Johnny Hyde hatte sie auch ein paarmal gerade noch rechtzeitig gefunden. Jeder, der eine enge Beziehung mit ihr begann, mußte früher oder später Verantwortung für sie übernehmen, wie es bei Bobby, wenn auch zögernd, gerade der Fall war.

»Ich habe nichts getan«, sagte sie. »Es ist einfach passiert.«

»Das glaube ich nicht. Habe ich dich verletzt? Bin ich schuld?«

Sie schüttelte den Kopf. Komisch, daß Männer das immer glaubten. Johnny und Arthur hatten die gleiche Frage gestellt. Nahmen sie wirklich an, daß ein Mann der einzige Grund sein konnte, warum eine Frau zu viele Pillen schluckte? Sie wollte Bobby sagen, daß es nichts mit ihm zu tun hätte, war aber zu matt, und außerdem stimmte es ja auch nicht ganz. Wenn er sie nicht hätte warten lassen, sondern das Fest mit ihr verlassen hätte, wäre nichts davon geschehen, das redete sie sich zumindest ein.

»Bleib bei mir«, flüsterte sie flehend. »Diese Nacht oder was noch davon übrig ist.« In seinen Armen konnte sie ohne Furcht einschlafen, und beim Frühstück am nächsten Morgen, wenn sie sich etwas besser fühlte, würde sie ihm von dem Baby – ihrem Baby – erzählen, und alles würde besser werden ...

»Schlaf jetzt«, sagte er. »Ich muß bald weg.«

Als sie aufwachte, war er schon gegangen.

Am Abend flog sie nach L. A. zurück. Während der Fahrt zum Flughafen Idlewild hatte sie plötzlich das Gefühl, daß sie New York nie wiedersehen würde.

46. KAPITEL

Zum Erstaunen aller war sie am Montag wieder bei der Arbeit. Etwa eine Woche lang zeigte sie sich von ihrer besten Seite, da sie dankbar war, daß sie wegen ihrer New Yorker Eskapade vom Filmstudio nicht gesperrt worden war.

Wie schon oft, wenn sie dem Tod nur knapp entronnen war, fühlte sie sich nun stärker und besser, voller neuer Energie, auch wenn es nur eine Illusion war, wie sie genau wußte. Ihre Periode war wieder ausgeblieben, und sie konnte es nicht länger hinausschieben, Bobby von dem Baby zu erzählen. Sie spürte instinktiv, daß ihre ›Episode‹ mit den Pillen in New York ihn verunsichert hatte und er sich fragte, ob seine Affäre mit ihr ihm nicht vielleicht doch zuviel schlechte Publicity einbringen würde.

Eine Woche später mußte sie eine Szene drehen, in der sie nachts im Swimmingpool ihres Mannes nackt badete und dann herauskletterte, wenn er sie aus einem Fenster rief. Sie sollte einen fleischfarbenen Bodystocking tragen, um den Anstand zu wahren, aber sobald sie im Wasser war, wand sie sich aus dem Trikot, das ihr zu unbequem war, amüsierte sich königlich und schwamm sozusagen geradewegs in die Filmgeschichte, denn nie zuvor war in einem großen Hollywoodfilm jemand nackt gefilmt worden.

Cukor war zu überrascht, um Einhalt zu gebieten. Er verlangte sogar noch mehr Scheinwerfer und signalisierte dem Kameramann, auf Zelluloid zu bannen, wie sie hin und her schwamm, vor Vergnügen über ihren eigenen Mut laut lachend. Am Beckenrand ließen drei Starfotografen, darunter auch Larry Schiller im Auftrag von *Paris-Match*, ihre automatischen Nikons ständig klikken. Ihr machte es nichts aus. Sie hatte immer noch ihre Maße –

92, 55, 90 –, obwohl sie fast sechsunddreißig und schwanger war, und das wollte sie der Welt gern zeigen.

Es war still, bis auf das Klicken der Kameras, ihr Herumplanschen und die schweren Atemzüge einiger Männer. Als sie zu frieren begann, rief sie: »Ich komme jetzt, ob ihr bereit seid oder nicht« und verließ den Pool, wo ihr Garderobier schon stand, um sie in ihren blauen Bademantel zu hüllen. Eine Sekunde konnten die Fotografen die nackte Marilyn Monroe von vorne sehen.

In der nächsten Woche war ihr sechsunddreißigster Geburtstag. Die Crew schmiß im Studio eine Party für sie, doch es kam keine rechte Stimmung auf, und sie verabschiedete sich bald, um zum Dodger Stadium zu fahren und bei einem Wohltätigkeitsspiel den ersten Ball zu werfen. Da sie sich schon vor langem dazu bereit erklärt hatte, machte sie es auch, obwohl sie sich deprimiert und erschöpft fühlte.

Als sie nach Hause kam, rief sie Bobby unter seiner Privatnummer im Justizministerium an, wo er noch arbeitete, obwohl es schon sehr spät war.

»Happy Birthday«, sagte er. Er hatte ihr auch Blumen geschickt, was dem Präsidenten nie eingefallen war.

»Du hast mir gefehlt«, sagte sie.

»Ich wünschte, ich hätte bei dir sein können.«

»Wann kannst du herkommen?«

Ein kurzes Zögern. »Schwer zu sagen.«

»Ich muß dich sehen.«

»Nun, weißt du ... ich habe mir Sorgen um dich gemacht. Bist du okay?«

»Bobby«, unterbrach sie ihn, »ich liebe dich.«

»Ja, ich weiß«, erwiderte er mit trauriger Stimme. Sie wußte, wie wenig er es mochte, wenn sie ihm ein Liebesgeständnis machte, was vielleicht daran lag, daß er sich mit derartigen Erklärungen selbst sehr schwertat.

»Du mußt nichts sagen, Bobby! Wirklich nicht. Ich verlange das gar nicht. Ich will nur dir sagen können, daß ich dich liebe.«

»Ich verstehe.« Seine Stimme verriet ihr, wie gern er das Thema wechseln würde.

Sie holte tief Atem. »Bobby, ich muß dir etwas erzählen, was mir schwerfällt.«

»Ja?« Jetzt klang er ganz wie ein argwöhnischer Anwalt.

»Es betrifft mich.« Sie machte eine kleine Pause. »Genauer gesagt, uns.«

»Hör mal, ich werde eine Möglichkeit finden, nach L. A. zu kommen. Versprochen!«

»Nein, das ist es nicht ... ich meine, das wäre fantastisch, denn ich will dich unbedingt sehen. Aber was ich dir zu sagen versuche, ist, daß ich schwanger bin.«

»Schwanger?«

»Du weißt schon, ein Baby bekommen.«

»Ich weiß, was Schwangerschaft bedeutet«, erwiderte er trokken. »Wie, zum Teufel, ist das passiert?«

»Na ja, auf die übliche Weise ...« Sag, daß du glücklich darüber bist, flehte sie ihn stumm an, aber am anderen Ende der Leitung herrschte Schweigen.

»Herr im Himmel«, sagte er schließlich. Eine weitere Pause. »Bist du sicher?«

»Sicher, daß ich schwanger bin, oder sicher, daß es von dir ist?« erkundigte sie sich.

»Beides.«

»Ja.«

Er stieß einen langen Atemzug aus.

»Hör mal, es ist mein Problem, nicht deins«, sagte sie, obwohl sie nicht der Meinung war. Aber sie fühlte sich verpflichtet, ihm die Verantwortung abzunehmen.

»Was wirst du tun?« fragte er ohne die leiseste Andeutung, daß er etwas mit dieser Entscheidung zu tun hätte.

»Ich glaube, ich möchte es bekommen«, sagte sie fest.

»Das Baby bekommen?« Er klang schockiert und sogar eine Spur ängstlich.

»Ja. Ich bin jetzt sechsunddreißig, und das ist vielleicht meine letzte Chance.«

»Ich wußte noch gar nicht, daß du mütterliche Gefühle hast.«

»Es gibt viele Dinge bei Frauen, die Männer nicht wissen.«

»Ich bin mir eben nicht sicher, ob es vernünftig ist, Marilyn ...«

»Du bist doch Katholik. Ich dachte immer, Katholiken wären gegen Abtreibung.«

»Stimmt, und ich bin es auch. Aber ich bin auch Politiker, ein verheirateter Mann, Vater von sieben Kindern und der Bruder des amerikanischen Präsidenten. Und du bist die berühmteste Frau der Welt.«

»Darauf kann ich verzichten. Morgen schon. Oder heute. Ethel liebt dich nicht so, wie ich dich liebe. Wir könnten ein gemeinsames Leben haben.«

»Das ist nicht möglich ...«

»Doch, das ist es!« rief sie hitzig. »Wenn du es willst! Und selbst wenn es nicht möglich ist, könntest du wenigstens behaupten, daß du es dir wünschen würdest! Um Himmels willen, gib mir doch wenigstens ein bißchen Hoffnung!« Nun weinte sie, obwohl sie sich fest vorgenommen hatte, stark zu bleiben. »Sag mir, daß du mich liebst, daß du mich willst, daß du das Baby lieben wirst, daß du bei mir sein wirst! Morgen kannst du mir sagen, daß du nichts davon gemeint hast, aber heute nacht muß ich es hören.«

»Ganz ruhig ...«, begann er.

»Nein!« unterbrach sie ihn schreiend. »Du mußt mir helfen, Bobby! Du mußt mir sagen, daß alles gutgehen wird! Ich schwöre bei Gott, wenn du's nicht tust, dann werde ich die Sache in die Hand nehmen, wie ich's in New York versucht habe, nur diesmal wirst du nicht hiersein, um mich zurückzuholen.«

»Du darfst nicht mal davon reden ...«

»Du hast kein Recht, mir zu sagen, was ich tun soll!«

»Ich versuche, dir zu helfen.«

»Die Art von Hilfe kenne ich zur Genüge. Die Art von Hilfe gab mein Vater meiner Mutter. Er steckte ihr hundert Dollar zu und sagte, sie sollte das Problem loswerden, und dann verschwand er und kam nie wieder.«

»Sei vernünftig, Marilyn ...«

Sei vernünftig! Wie oft schon hatte sie das von Männern gehört, die nur an sich selbst dachten.

»Gute Nacht«, sagte sie abrupt und legte auf.

Am nächsten Tag fühlte sie sich zu krank, um zum Studio zu fahren. Dr. Greenson war über drei Ecken informiert worden – Bobby Kennedy hatte Peter Lawford angerufen und Lawford dann Greenson –, sich um sie zu kümmern.

Als Greenson kam, trug sie eine schwarze Schlafmaske und ein altes schwarzes Nachthemd und lag auf dem Rücken im Bett,

Maf zu ihren Füßen. »Alle machten sich Sorgen wegen der Nembutal-Tabletten«, sagte er nach der Begrüßung. »Aber ich habe sie mit dem Hinweis beruhigt, daß ich sie Ihnen schon seit langer Zeit nicht mehr verschreibe.«

Er zog einen Stuhl an ihr Bett heran. »Im Studio wird man gar nicht begeistert sein, wenn Sie heute nicht kommen«, redete er weiter. »Angeblich erzählt Levathes jedem, daß er's bis hier oben satt hat.« Greenson berührte mit der Handkante seine Kehle.

»Wenn er mich nicht hat, hat er keinen Film.«

»Vielleicht ist ihm das inzwischen egal. Aus New York wird ihm ganz schön Dampf gemacht. Es gibt bei den Funktionären einige, die an Ihnen gern ein Exempel statuieren würden. Warum soll man denen die Chance dazu geben?«

Sie hörte kaum zu. Der blöde Film interessierte sie im Moment überhaupt nicht. »Was halten Sie von einem Typen, der vor der Frau davonläuft, die ihn liebt, wenn sie schwanger wird?«

»Eine unschöne Situation.«

»Ich meine, selbst wenn der Typ wirklich bedeutend ist, sollte er so was nicht tun, oder?«

Dr. Greenson war auf der Hut. »Das kommt ganz darauf an ...«

»Ich meine, selbst wenn er der Justizminister der Vereinigten Staaten ist, müßte er bei ihr bleiben, finden Sie nicht auch? Wenn er sie wirklich liebt?«

»Vielleicht.« Greenson begann zu schwitzen. »Es kommt auf die Umstände an.«

»Er ist wirklich ein netter Junge«, sagte sie traumverloren. »Bobby ... und ich liebe ihn sehr. Aber er sollte bei einem Mädchen nicht solche Gefühle auslösen, wenn er es gar nicht haben will. Er sollte einem Mädchen nicht erzählen, daß er seine Frau verläßt, wenn er's nicht ehrlich meint, oder?«

»Hat er Ihnen das gesagt? Das kann ich kaum glauben.«

»Na ja, vielleicht nicht wortwörtlich ... aber ich weiß, daß er's so empfunden hat.«

Dr. Greenson seufzte. »Gefühle«, murmelte er. »Gefühle sind wichtig. Sind Sie sicher, daß Sie ihn lieben?«

»Ja, ich liebe ihn.«

»Und wie lief das Gespräch mit ihm? War er ärgerlich?«

»Nein.« Bobby hatte eigentlich nur ratlos und traurig geklungen.

»Hat er vorgeschlagen, daß Sie das Baby loswerden?«

»Nein, das hat er nicht …«, erwiderte sie. Nach einer kleinen Pause fügte sie hinzu: »Er sagte, er würde Ethel und die Kinder meinetwegen nicht verlassen.«

»Ehrlich gesagt, kann man nichts anderes von ihm erwarten. Übrigens wäre jeder Mann in seiner Position – schließlich ist er ein Mann der Öffentlichkeit – über eine solche Ankündigung schockiert.«

»Ich bat ihn, so zu tun, als ob, und mir zu sagen, daß er Ethel verlassen würde, weil ich das brauchte, um die Nacht durchzustehen, aber er machte nicht mit …«

»Wahrscheinlich muß man das als Beweis für sein Verantwortungsbewußtsein ansehen. Sie haben ihn aufgefordert, Sie anzulügen, aber das wollte er nicht. Ich finde, er hat sich bewundernswert verhalten, wenn auch nicht nach Ihrem Geschmack. Übrigens hätten Sie nicht so einfach auflegen dürfen.«

»Finden Sie, daß ich ihn anrufen soll?« erkundigte sie sich hoffnungsvoll.

Greenson nickte. Vielleicht dachte er, daß ein Anruf für Marilyn Monroe besser wäre, als allein in ihrem Schlafzimmer darüber zu brüten, daß Bobby sie zurückgestoßen hatte.

»Das kann nicht schaden«, meinte er abschließend.

Washington KL 5/8210, Washington KL 5/8210, Washington KL 5/ 8210 – wieder und wieder gab sie die Nummer der Telefonvermittlung durch, brachte es bis auf ein Dutzend oder mehr Anrufe pro Stunde, manchmal nur wenige Minuten auseinander.

Trotzdem wich er ihr nicht aus. Natürlich war er manchmal nicht verfügbar, da er in einer Konferenz oder außer Haus war, aber seine Sekretärin Angie Novello war immer höflich und hilfsbereit. Wenn Bobby Zeit hatte, redete er ausführlich mit ihr, wenn auch nie über das Thema, das ihr am meisten am Herzen lag.

Dr. Greenson hatte recht behalten: Sobald Bobby den ersten Schock über ihre Schwangerschaft überwunden hatte, war er so liebevoll wie früher, hörte sich ihre Kümmernisse an und versprach ihr, in Kürze nach Kalifornien zu kommen … Sie sollte gut auf sich aufpassen und sich keine Sorgen machen. Sobald er bei ihr war, würden sie über alles reden …

Sie schrieb einige Zeilen in ihr Notizbuch, das sie vor Jahren mit dem Vorsatz gekauft hatte, ein Tagebuch zu führen, wozu ihr allerdings Zeit und Disziplin fehlten. Manchmal notierte sie Gedanken ... »Im Leben scheint der Tod eine Illusion zu sein – vielleicht scheint im Tod das Leben eine Illusion zu sein«, stand da auf einer der ersten Seiten, und es folgten Gedichte, die ihr gefallen hatten wie jenes alte indische, das so endete:

> *Denn dies ist die Weisheit: zu lieben und zu leben,*
> *Zu nehmen, was Schicksal oder Götter dir geben,*
> *Kein Gebet zu sprechen, keine Frage zu wissen,*
> *Übers Haar zu streicheln, die Lippen zu küssen,*
> *Ebbe und Flut der Leidenschaft zu erfassen,*
> *Zu haben – zu halten – und – schließlich – loszulassen.*

Sie blätterte weiter. Es gab lange Abschnitte in ihrem Leben, manchmal sogar Jahre, wo sie dem Buch gar nichts anvertraut hatte, und andere, wo ganze Seiten von ihr gefüllt waren. Allerdings nicht viele, wie sie sich reumütig eingestand.

»Bobby«, schrieb sie nun, zog zwei Striche darunter und um das Ganze ein Herz.

> *»Wenn ich in seinen Armen bin,*
> *Fühle ich mich sicher!*
> *Wenn ich in seinen Armen bin,*
> *Kann ich schlafen!*
> *Wenn ich in seinen Armen bin,*
> *Träume ich vom Leben,*
> *Nicht vom Tod!!!!«*

Sie las es noch einmal durch und unterstrich das Wort ›Tod‹ mehrfach. Ihr Gedicht gefiel ihr besser als das indische.

Am Spätnachmittag nahm sie zwei der Grippetabletten, die Mrs. Murray für sie gekauft hatte, und sank in einen unangenehmen Halbschlaf. Sie wurde vom Läuten des Telefons, das neben ihrem Bett stand, unsanft geweckt.

Noch ziemlich benommen tastete sie nach dem Hörer und klemmte ihn sich zwischen Schulter und Ohr. »Hi, Bobby«, sagte sie mit schläfriger, sinnlicher Stimme.

Zuerst kam keine Reaktion, doch dann sagte eine Stimme, die nicht Bobbys war: »Äh, hier spricht Peter Denby, Miss Monroe, von der *Los Angeles Times*.«

Im Nu war sie hellwach. Aus Faulheit hatte sie seit längerem ihre Privatnummer nicht mehr ändern lassen, und nun hatte sie Denby auf dem Hals, der über das Neueste aus der Filmbranche berichtete. Denby war Brite und hatte zu jenen Reportern gehört, die ihr so gnadenlos zugesetzt hatten, als sie nach England kam, um den Film *The Prince and the Showgirl* zu drehen.

Ach wüßte gern, ob Sie einen Kommentar zu den heutigen Abendnachrichten abgeben möchten.«

»Was für Nachrichten?«

»Die müssen Sie doch gehört haben, oder? Die 20th Century-Fox hat Sie gefeuert.«

»Gefeuert? Das glaube ich nicht!«

»Ich habe es aus sicherer Quelle. Einer der Funktionäre der Fox sagte: ›Es ist höchste Zeit, dem ein Ende zu machen – die Insassen übernehmen sonst die Anstalt.‹ Haben Sie einen Kommentar dazu?«

Ihr fiel absolut nichts ein. Deutete das Filmstudio damit an, daß sie verrückt war? Das war doch unvorstellbar! Eine grausamere Bemerkung konnte niemand über sie machen. Sie empfand ... sie war sich nicht sicher, was sie empfand – ein Gefühl nach dem anderen brodelte in ihr hoch wie Lava aus einem Vulkan: Wut, Schmerz, Scham, Furcht. Sie war kaum noch imstande, den Telefonhörer zu halten, so erledigt war sie.

»Sie müssen es doch seit langem erwartet haben, oder?« erkundigte sich Denby fast fröhlich. »Der Drehplan ist um Monate überzogen. Mindestens eine Million Dollar über dem Budget. Gestern abend wurde alles vorgeführt, was Sie bisher gedreht haben, und Levathes sagte, man könnte davon kaum etwas verwenden. Das Studio wird Sie verklagen, wie ich höre ... Hallo?«

»Mich verklagen?«

»Aber ja, sicher, möchte ich mal behaupten. Kann ich schreiben, daß Sie ›schockiert und entsetzt sind‹?«

»Ich habe nichts zu sagen.«

»›Schockiert und entsetzt, Marilyn verweigert Kommentar.‹ In Ordnung?«

»Nein, warten Sie!« Sie mußte etwas sagen, sie konnte doch

nicht zulassen, daß ihr Ruf vom Filmstudio ruiniert wurde, ohne sich zu wehren. »Sie können schreiben, daß ich sagte, es sei höchste Zeit, daß einigen Studiobossen klar wird, was sie tun. Wenn etwas mit Hollywood nicht stimmt, dann sind daran die Bosse schuld. Und noch etwas. Es scheint mir auch höchste Zeit zu sein, daß sie damit aufhören, ihre besten Mitarbeiter fertigzumachen.«

Er las ihr das eben Gesagte vor. »Irgendwelche Zukunftspläne?« erkundigte er sich dann.

»Sobald ich wieder gesund bin, drehe ich diesen Film fertig«, antwortete sie. »Das ist doch alles nur Scheißdreck.«

»So was kann ich nicht verwenden«, erklärte er kurz angebunden und legte auf.

Das Telefon läutete sofort wieder. Einen Moment fragte sie sich, warum Mrs. Murray nicht abhob, doch dann fiel ihr ein, daß sie ins Kino gegangen war. Also stand sie auf, trug den Apparat ins Wohnzimmer und schlüpfte wieder ins Bett. Vermutlich versuchten jetzt Hunderte von Reportern sie zu erreichen, denn sie konnte beide Telefone unaufhörlich klingeln hören. Ihr wurde immer elender zumute. Von ihrer Filmfirma rausgeworfen zu werden! Nach sechzehn Jahren bei der Fox! Das Studio hatte ihr ja sogar ihren Namen gegeben!

Sie lief ins Bad, nahm eine Handvoll Pillen, legte sich wieder hin und hielt sich mit dem Kissen die Ohren zu.

Am nächsten Tag gab Peter Levathes eine Pressekonferenz, nannte sie ›unzuverlässig‹ und drohte damit, sie auf eine halbe Million oder sogar eine Million Dollar zu verklagen, weil ihre chronische, nervenzerrüttende Unpünktlichkeit es unmöglich gemacht hätte, den Film zu vollenden. Es gab sogar Gerüchte, daß ihre Kostüme für Lee Remick geändert würden, damit sie ihre Rolle übernehmen konnte.

Verletzt und verbittert igelte sie sich zu Hause ein und ließ sich nur von Eunice Murray zu ihren täglichen Sitzungen bei Dr. Greenson fahren. Ihre Telefonnummer war inzwischen geändert worden, was aber den großen Nachteil hatte, daß keiner ihrer Freunde sie anrufen konnte, und da sie nicht die Energie aufbrachte, diese zu informieren, herrschte im Haus oft die reinste Grabesstille.

Sie hatte auf irgendwelche Beweise der Zuneigung gehofft,

doch es kam so gut wie nichts – keine Blumen, keine Telegramme, keine Angebote von anderen Studios. Immerhin gab Dino bekannt, daß er unterschrieben hatte, einen Film mit Marilyn Monroe zu machen, und mit Lee Remick nicht arbeiten würde. Das war zwar fair von ihm, bedeutete aber, daß der Film in der Versenkung verschwand, und das war in der Filmindustrie so ziemlich das Schlimmste.

Da Bobby zum Glück nicht im Showbusineß tätig war, hatte er keine Ahnung, daß ihr Ruf in Hollywood ruiniert war. Für ihn war es nur ein Streit um Arbeitsbedingungen in einer Branche, die er nicht verstand und auch nicht ernst nahm. Sie war ein Star, so daß alles wieder ins Lot käme, versicherte er ihr bei all ihren Telefonaten.

Das Thema ›Baby‹ vermied er nach Möglichkeit. Er hatte andere Probleme, und die ließ sie sich alle von ihm erzählen. Er bereute es jetzt schon, das Amt des Justizministers übernommen zu haben. Wohin er auch schaute, so sagte er ihr, sah er nur Fehlschläge: Es war ihm nicht gelungen, an Hoover vorbei das FBI zu reformieren; Hoffa und seine Gangsterfreunde waren immer noch in Freiheit; die Regierung ließ sich endlos Zeit, was die Bürgerrechte betraf, so daß die Schwarzen aus dem Süden schon davon redeten, gegen die Kennedys zu demonstrieren statt gegen die Rassisten ...

»It's the winter of our discontent«, zitierte er traurig – er hatte im Rahmen seines Programms zur Selbstvervollkommnung in letzter Zeit viel Shakespeare gelesen –, obwohl gerade Sommer war.

Er mußte gegen Ende des Monats in Boulder, Colorado, auf einem Konvent von Gefängnisaufsehern eine Rede halten und würde vielleicht auf dem Rückweg nach Los Angeles kommen.

In jenen schrecklichen Tagen nach ihrem Rausschmiß hielt nur dieser Gedanke sie aufrecht – der Gedanke, daß Bobby für sie alles wieder in Ordnung bringen würde ...

Ich war gerade in London, als ich von Marilyns Mißgeschick erfuhr. Es überraschte mich nicht besonders. Sie hatte von Anfang an ihre Abneigung gegen diesen Film demonstriert, und zwischen ihr und Cukor klappte es ganz einfach nicht. Ich konnte Levathes und den Funktionären der Fox nicht mal die Schuld in die Schuhe schieben, da zu diesem Zeitpunkt in ihrem Leben wohl niemand einen Film mit Marilyn hätte machen können. Ich rief sofort bei ihr an, kam aber nicht durch.

Von New York aus versuchte ich es wieder, aber mit ebensowenig Erfolg. Notgedrungen rief ich Lawford an, den ich nicht mochte, und erfuhr von ihm, daß Marilyn zwar ›durcheinander‹ war, aber dennoch ganz okay. Diese Meinung teilte mein Freund Ike Lublin. »Vielleicht ist es sogar das Beste für sie«, sagte Lublin mit dem eingefleischten Optimismus eines Anwalts aus dem Showbusineß. »Dieser Film war doch nur ein Stück Scheiße.«

Doch dann rief mich ein alter Freund aus L. A. an, einer der vielen liberalen Akademiker, die von Joe McCarthy und seinen Hexenjägern verfolgt worden waren und der nun eine nächtliche Radioshow mit Call-in vom Publikum leitete. Da er witzig, intelligent und nicht zu schockieren war, galt Alan Burke fast schon als Kultfigur in Los Angeles – auf jeden Fall bei den Schlaflosen –, was ihn am allermeisten überraschte. Er kam gleich zur Sache. »Du kennst doch Marilyn Monroe, nicht wahr?« erkundigte er sich. »Würdest du ihre Stimme erkennen?« Beide Fragen bejahte ich.

»Gut, dann hör dir das mal an.« Ich hörte das Klicken eines Tonbandgeräts und dann jene unvergleichliche atemlose, kleine Stimme. *Ich werde einen sehr wichtigen Mann in der Regierung heiraten. Er wird meinetwegen seine Frau verlassen.*

Dann sprach Alan. *Wie heißen Sie, Darling?*
Marilyn.
Wie Marilyn Monroe?
Das Kichern eines kleines Mädchens. *Stimmt.*
Und was tun Sie?
Ich bin Schauspielerin. Oder ich war es zumindest. Wieder dieses Kichern. *Ich wurde gerade gefeuert.*
Und wer ist der wichtige Mann in der Regierung? Können Sie mir das sagen?
Eine Pause. Ich konnte Marilyns Atemzüge hören. *Bobby Kennedy ... Whoops! Vermutlich hätte ich das nicht sagen dürfen.* Es gab ein Klicken, als sie auflegte.

»Herr im Himmel!« sagte ich entgeistert.
»Sie ist es, nicht wahr?«
»Es klingt ganz danach. Ist das der einzige Anruf?«

»Nein. Sie ruft jede Nacht an. Manchmal sogar mehrmals. Sie sagt, sie ist schwanger, und zwar von Bobby. Doch es kommt noch besser. Sie fragte mich, ob wir uns nicht treffen könnten. Ich würde im Radio so verständnisvoll wirken, daß sie mich persönlich kennenlernen will ... Weißt du, David, so was mag ich eigentlich gar nicht. Es gibt schließlich genug Spinner und Verrückte, so daß du nie weißt, wem du da begegnest ... Aber sie klang so verzweifelt, daß ich einwilligte. Außerdem dachte ich mir, daß es ja vielleicht tatsächlich Marilyn sein könnte ...«

»Und war sie's?«

»Eindeutig. Wir trafen uns in der Bar des Hollywood Brown Derby, gleich um die Ecke vom Studio. Ja, es war Marilyn.«

»Was hat sie gesagt?«

»Wir waren zwei Stunden zusammen. Sie erzählte mir viel über Bobby Kennedy und den Präsidenten, richtig intimes Zeug, aber das meiste hörte sich ganz vernünftig an. Ich erinnere mich noch, wie sie sagte: ›Ich hatte Ruhm, mehr als genug. Jetzt will ich nur noch glücklich sein, und das schaffe ich, oder ich sterbe.‹«

»Meinst du, daß sie betrunken war?«

»Nein. Sie trank während der ganzen Zeit nur ein Glas Weißwein. Sie klang wie jemand, der gerade von einem anderen Planeten auf der Erde gelandet ist, aber nicht betrunken.«

»Was hast du mit den Bändern gemacht?«

»Nichts. Die Bänder kannst du vergessen, David. Ich habe jede Nacht ein Publikum von einer halben Million, und das hört dann, wie sie sagt, daß Bobby Kennedy der Vater ihres Kindes ist und daß er plant, ihretwegen Ethel zu verlassen. Früher oder später wird das jemandem auffallen.«

»Könntest du ihre Anrufe irgendwie abblocken?«

»Nein«, erwiderte er unwirsch. »Das wäre unprofessionell, David. Außerdem bin ich mir gar nicht sicher, ob nicht diese Anrufe sie am Leben halten, wenn ich ehrlich bin. Das ist eine sehr verrückte und sehr einsame Lady. Sie braucht Hilfe. Deshalb rufe ich dich ja auch an. Ich möchte nicht dafür verantwortlich sein, daß sie sich umbringt, besten Dank.«

»Nichts dergleichen habe ich vorgeschlagen, Alan ...«

»Doch, das hast du«, erwiderte er fast nachsichtig. »Ich weiß, für wen du arbeitest. Vergiß nicht, Bobby ist für mich kein Held. Er ist nur einer von diesen bösartigen kleinen Scheißern, die mich um meinen Job brachten, weil ich dem Komitee keine Namen nennen wollte. Zwischen ihm und Roy Cohn besteht kein Unterschied, und Jack hat genauso feige gekniffen wie der Rest vom Senat, als es um McCarthy ging. Wenn du die Kennedys bewundern willst, von mir aus, aber erwarte das gleiche nicht von mir. Ich kenne zu viele Menschen, deren Leben ruiniert wurde. Unter anderem mein eigenes.«

»Ich verstehe.«

»Dann versteh auch, daß ich Marilyns Anrufe im Funk nicht stoppe, nur um Bobbys guten Ruf als treuer Ehemann zu bewahren. Ich bin auf ihrer Seite.«

»Ich auch.«

»Inwiefern?«

»Ich will nicht, daß sie verletzt wird.«

Es entstand eine kleine Pause, während Alan dies verdaute. »Ja, das sind genau die Leute, die sie auch verletzt haben, wie mir scheint«, sagte er dann schließlich. »Kannst du's verhindern?«

»Keine Ahnung, aber ich werde es versuchen.«

»Und ich werde versuchen, sie bei ihren Anrufen möglichst von dem Thema abzulenken.«

»Danke, Alan. Damit tust du ihr einen Gefallen. Ich bin morgen im Beverly-Hills-Hotel in Los Angeles, falls du mich brauchst.«

»Ich dachte, du wärst gerade von London gekommen.«

»Stimmt«, gab ich zu und seufzte beim Gedanken an einen weiteren langen Flug.

Ich versuchte, Bobby anzurufen, doch er befand sich gerade auf dem Flug nach Hyannis. Ich erreichte aber den Präsidenten, der schon dort war und etwas verstimmt auf meinen Anruf reagierte. »Ich will gerade zum Segeln gehen«, sagte er. »Hoffentlich eine gute Nachricht.«

»Keine gute Nachricht, Mr. President. Es geht um Marilyn.«

»Ich hörte, daß sie von der Fox gefeuert wurde. So ein Pech! Wie nimmt sie es?«

»Schwer zu sagen. Am besten ist wohl, ich fliege zu ihr und versuche, es rauszufinden. Hat Bobby mit dir über sie geredet?«

»Er zeigte mir ein seltsames Telegramm, das sie ihm geschickt hat. Sie war zu einem Dinner eingeladen, das Bobby und Ethel für Peter und Pat in Hickory Hill gaben – unter den gegebenen Umständen übrigens eine idiotische Idee –, und sie sagte ab ... einen Moment, Bobby gab mir eine Kopie ... hier ist sie.«

Es entstand eine kleine Pause, in der er vermutlich seine Lesebrille aufsetzte. »›Lieber Herr Justizminister und Mrs. Robert Kennedy: Ich hätte zu gerne Ihre Einladung zu Ehren von Pat und Peter Lawford angenommen. Dummerweise nehme ich an einer Friedensdemonstration teil, wo gegen den Verlust der Minderheitenrechte demonstriert wird, die den wenigen noch vorhandenen erdgebundenen Sternen gehörten. Schließlich haben wir nur das Recht verlangt zu funkeln. Marilyn Monroe.‹«

Er räusperte sich nervös. »Begreifst du das?«

»Vielleicht hat es etwas mit dem Rausschmiß zu tun. Fox nahm ihr das Recht zu funkeln ... das könnte passen.«

»Das dachte ich mir auch.«

»Es gibt noch eine andere Möglichkeit. Die hätte dann mit Bobby zu tun.«

»Was denn?«

Ich berichtete ihm von den Anrufen in Alans spätnächtlicher Show.

»Herr im Himmel!« rief er. »Sie ist verrückt.«

»Wieso denn?«

»Du glaubst doch nicht etwa, daß es stimmt, oder?«

»Daß sie schwanger ist? Doch, das könnte sein.«

Er schwieg einen Moment. »Nur weil sie eine Affäre mit Bobby hat, muß er noch lange nicht der Vater sein. Solche Geschichten haben wir doch alle mitgemacht.«

In Jacks Fall viel zu oft, wenn ich daran dachte, wie oft er wegen ungewollter Schwangerschaften in schwierige Situationen geraten war, aus denen ihn sein Vater dann retten mußte. »Es ist trotzdem möglich«, beharrte ich auf meinem Standpunkt. »Doch wie auch immer, es ist sicher keine Story, die du gedruckt sehen möchtest.«

»Um Gottes willen!« Wieder entstand eine Pause.

»Redest du mit Bobby? Er spielt mit dem Feuer.«

Im Hintergrund hörte ich Jackies Stimme, woraufhin der Präsident sagte: »Ich werde mir die Angelegenheit durch den Kopf gehen lassen und sie mit dem Justizminister besprechen.« Er klang nun kurz angebunden und formell, ganz der Präsident. »Halten

Sie mich bitte über alle, äh, neuen Entwicklungen auf dem laufenden.«

»Vermutlich ist dies nicht der richtige Moment, um Jackie grüßen zu lassen«, sagte ich ironisch.

»Danke für Ihre Bemühungen«, erwiderte Jack fast schroff und legte auf.

Später stellte sich heraus, daß mein alter Freund Alan, der früher linker ›Umtriebe‹ beschuldigt worden und zudem kurz mit der Tochter eines eingeschriebenen Mitglieds der kommunistischen Partei verheiratet gewesen war, dem FBI auch heute noch so suspekt war, daß seine Sendungen regelmäßig aufgezeichnet wurden. Schließlich könnte er ja irgendeine subversive Äußerung in den Äther schicken.

Auf diese Weise erfuhr J. Edgar Hoover von Marilyns spätnächtlichen Anrufen und ordnete sofort eine Überprüfung der Kartei ihres Gynäkologen an.

Und so konnte er den Präsidenten schon bald informieren, daß die Lady zumindest in diesem speziellen Punkt nicht schwindelte, denn sie war eindeutig schwanger, wer auch immer der Vater sein mochte.

47. KAPITEL

Natürlich wußte ich nicht, daß das FBI bereits über Marilyns Schwangerschaft und auch über den vermutlichen Vater informiert war, als ich an einem glühendheißen Tag in Los Angeles eintraf. Ich rief sie gleich aus meiner Hotelsuite an. Als sie sich meldete, klang sie erfreulich gut gelaunt. Ich schlug vor, sie zum Dinner auszuführen, und sie reagierte so begeistert, als wäre sie seit Jahren von niemandem eingeladen worden.

Da ich annahm, daß Marilyn Publicity scheute, zählte ich einige diskrete kleine Restaurants auf, wo sie gerne hinging, aber erstaunlicherweise hatte sie etwas ganz anderes im Sinn. »Also wirklich, David!« sagte sie. »Laß dir was Besseres einfallen!«

»Ich dachte nur, daß ...«

»Ich weiß, was du dachtest. Aber ich habe es satt, mich zu verstecken. Ich möchte mich heute richtig amüsieren!«

»Wie wär's mit Chasen's?«

»Das nennst du amüsieren? Chasen's steckt voller ehemaliger Schauspieler, die sich mit ihren Ehefrauen beim Dinner langweilen. Ich möchte irgendwo essen, wo es spektakulärer ist, dann vielleicht tanzen gehen oder irgendwas anderes ... am liebsten eben die ganze Nacht durchfeiern.«

»Romanoff's?«

»Für den Anfang nicht schlecht, Baby.« Sie gab mir durchs Telefon einen lauten Kuß. »Laß uns so richtig auf die Pauke hauen!«

Ihre Stimme klang alarmierend laut, während sie normalerweise so leise sprach, daß es mir oft vorkam, als bräuchte ich ein Hörgerät.

»Acht Uhr?«

Ein Kichern. »Neun Uhr!«

Um Viertel vor zehn saß ich immer noch mit Mike Romanoff zusammen und trank meinen zweiten trockenen Martini. »Wen erwarten Sie eigentlich?« erkundigte er sich.

»Marilyn Monroe.«

Er pfiff leise. »Vielleicht sollten Sie schon mal einen Shrimpscocktail bestellen, denn als pünktlich kann man sie nicht gerade bezeichnen.«

»Ich weiß.«

Ich strich Butter auf eine Scheibe Baguette und versuchte, nicht auf die Armbanduhr zu schauen. Also blickte ich mich lieber im Restaurant um, einem der letzten Lokale in Beverly Hills, wo man in Abendkleidung speiste.

Es paßte eigentlich nicht zu Marilyn, denn Romanoff's war ein Restaurant der ›alten Garde‹. Sinatra oder Brando und deren Freunde würden hier keinen Fuß reinsetzen. Andererseits hatte Marilyn nie ein Outsider sein wollen, sondern immer darum gekämpft, von der alten Garde Hollywoods akzeptiert zu werden. Und somit repräsentierte Romanoff's für sie jene Welt, nach der sie sich immer gesehnt hatte.

Plötzlich ging so etwas wie ein Aufseufzen durch den Raum, und Marilyn hatte ihren großen Auftritt. Ihr Haar war silbrig gebleicht, so daß man es kaum noch als blond bezeichnen konnte, und sie war wie für die Filmkamera geschminkt. Sie trug ein kurzes schwarzes Abendkleid voller glitzernder Pailletten mit hauchdünnen Spaghettiträgern.

Ich stand auf, küßte sie und konnte mich des Gedankens nicht erwehren, daß ich von jedem anwesenden Mann beneidet wurde. »Du siehst zum Anbeißen aus«, sagte ich bewundernd.

»Das war auch beabsichtigt.« Sie setzte sich neben mich auf die Polsterbank und ignorierte alle Leute, die ihr zulächelten oder sogar zuwinkten. Marilyn war nicht etwa unhöflich, sondern ausgesprochen kurzsichtig und schüchtern. Mike öffnete eine Flasche Dom Perignon und strahlte übers ganze Gesicht, während sie ihn probierte, als hätte er selbst die Trauben zerquetscht. Sie nickte ihm zu, und mir schoß der ketzerische Gedanke durch den Kopf, ob es denn je eine schlechte Flasche Dom Perignon gegeben hatte und ob Marilyn überhaupt den Unterschied erkennen würde. »Weißt du, wer mich das erstemal hierherbrachte?«

Ich schüttelte den Kopf.

»Johnny Hyde. Armer kleiner Johnny. Er zog mit mir los und kaufte mir neue Kleider, extra für diese Gelegenheit. ›Ich werde gewaltig mit dir angeben, Kid‹, sagte er zu mir. Mann, hatte ich Lampenfieber!« Sie lachte. »Johnny hatte echte Klasse, weißt du, und er wollte das gleiche für mich.«

Sie stürzte den Champagner hinunter. In ihrer Stimme schwang Bitterkeit mit, nicht etwa Sentimentalität oder Nostalgie. Als der Oberkellner an unseren Tisch trat, bestellte sie einen Shrimpscocktail, danach ein Filet Mignon, Folienkartoffeln und einen Salat Cäsar ... typisches Las-Vegas-Essen.

»Hast du dich gut amüsiert«, fragte ich, »damals, als Johnny dich zum erstenmal hierher ausführte?«

Ihre Augen wirkten nach innen gerichtet und traurig oder verletzt über das, was sie dort sahen. »Es war gräßlich!« erwiderte sie kopfschüttelnd. »Johnny kaufte mir bei I. Magnin's ein schulterfreies weißes Kleid mit einem bauschigen weiten Rock, einer passenden Stola und Schuhe von der gleichen Farbe, so im Dior-Stil, schätze ich, und ich fühlte mich wie ein kleines Mädchen, das die Sachen seiner Mutter trägt, also völlig verkleidet. Und alle im Restaurant haben mich angestarrt. Ich konnte sie fast flüstern hören: ›Das ist also die Kleine, für die Johnny seine Frau verlassen hat!‹ Johnny liebte es, wenn man sich mal hierhin und mal dorthin setzte – schließlich war er ein Agent –, aber in der Nacht kam kein Mensch an seinen Tisch, und ich merkte genau, daß es

Johnny störte. Die Leute akzeptierten zwar, daß er eine Freundin hatte – welcher Mann in seiner Position hatte das nicht? –, aber er begnügte sich nicht damit, sondern brachte mich, die Freundin, ins Romanoff's, und das tat man einfach nicht. Ins Romanoff's ging man mit seiner Ehefrau, verstehst du, nicht mit seiner Freundin.«

Ich fürchtete, daß sie gleich zu weinen anfinge, aber zum Glück wurde da gerade ihr Shrimpscocktail serviert. Sie nahm eine Riesengarnele nach der anderen mit ihren rotlackierten Fingern und tunkte sie in das russische Dressing. Sie aß hastig und glich irgendwie immer noch einem jener Mädchen, die mit einem spendierfreudigen Verehrer aus sind und gräßliche Angst haben, gehen zu müssen, bevor alles aufgegessen ist.

»Alle Männer in meinem Leben haben mir etwas beibringen wollen«, sagte sie mutlos. »Und trotzdem bin ich immer noch das blonde Dummchen, das ich immer war.«

»Du bist kein blondes Dummchen.«

»Nicht so dumm, wie die Leute denken, das stimmt. Aber ich stelle mir immer die gleiche Frage ... Wenn die Männer mich so sehr lieben, wie sie behaupten, warum wollen sie mich dann immer gleich ändern? Das muß ich Jack zugute halten ... er hat nie versucht, mir was beizubringen.«

»Und Bobby?«

»Ich möchte lieber nicht über Bobby reden. Nur dies eine vielleicht: Im Unterschied zu Jack ist Bobby ein Reformer. Er sieht es als seine Aufgabe an, mich zu retten.«

»Vor was?«

Sie musterte mich fast mitleidig. »Vor mir selbst, Sugar«, erwiderte sie. »Was sonst?«

Der nächste Gang wurde serviert, und sie zerschnitt ihr Steak mit raschen, scharfen Schnitten. »Du bist ein prima Kerl, David«, sagte sie zwischen zwei Bissen. »Mit dir kann ich gut reden.«

Marilyn kehrte zu ihren Erinnerungen zurück. »In jener Nacht habe ich mir in der Damentoilette mein zwanzigjähriges Herz aus dem Leib geheult. Es hätte meine große Nacht werden sollen, und dabei tuschelten alle, daß ich nur ein untalentiertes Flittchen bin, das Johnny Hyde vögelt.«

Sie aß ihr Steak fast ganz auf und bat dann den Ober, den Rest für sie einzupacken. Ich sagte ihm, er solle das Päckchen meinem

Chauffeur geben. Marilyn machte es vielleicht nichts aus, ein Restaurant mit einem Doggie-Bag mit Essensresten zu verlassen, mir aber schon.

Ich bestellte eine zweite Flasche Champagner und zum Nachtisch Crêpes Suzette.

Marilyn klatschte in die Hände und quietschte vor Freude. »Du kannst ja Gedanken lesen!« rief sie. »Aber erst muß ich mal kurz verschwinden.« Ihr Gang war so sexy, daß alle im Lokal für einen Moment ihre Unterhaltung unterbrachen, doch ich glaubte, in ihren Bewegungen eine gewisse Unsicherheit bemerken zu können.

Als sie zurückkam, hatte der Oberkellner schon das Rechaud fürs Flambieren bereitgestellt. Marilyn ging nun viel sicherer, schien gleichsam durch den Raum zu schweben, obwohl sie gewisse Probleme hatte, Hindernisse zu umgehen.

Sie ließ sich neben mich auf die Polsterbank plumpsen, und der Ober, der auf sie gewartet hatte, zündete die mit Alkohol getränkten Crêpes an. Bläuliche Flammen schossen hoch in die Luft.

Sie erschrak so sehr, daß sie einen markerschütternden Schrei ausstieß, worauf alle anderen Gäste mitten im Gespräch verstummten. Sie warf sich in meine Arme und preßte sich an mich, so daß ich ihre Brüste durch das dünne Kleid deutlich spürte. Als ich sie beruhigend tätschelte, sah ich, daß ihr Rock hochgerutscht war und ihre glatten, weißen Schenkel mit den hauchdünnen Strümpfen und den weißen Spitzenstrapsen entblößte.

Ich hielt sie fest, bis sie die Augen öffnete. »O mein Gott!« jammerte sie. »Jetzt habe ich mich wieder blamiert.«

Lächelnd schüttelte ich den Kopf, da ich ihr Verhalten eigentlich sehr charmant fand.

»Das passiert mir jedesmal wieder«, sagte sie ein wenig schuldbewußt. Sie richtete sich auf, blieb aber neben mir sitzen, ihr Schenkel eng an meinem, eine vorwitzige Haarsträhne quer über dem Gesicht. Sie strich sie zurück, äußerte ihr Entzücken über die Crêpes und schlang sie hinunter, als hätte sie seit Ewigkeiten nichts gegessen.

Wir hatten die zweite Flasche Champagner schon fast geleert, bevor ich mich nach ihren ominösen Anrufen erkundigte. Sie schaute mich verständnislos an. »Was für Anrufe?«

Ich nannte ihr Alans Namen und erinnerte sie daran, daß sie

sich auch mit ihm getroffen hatte. »Ich habe noch nie was von ihm gehört«, widersprach sie.

»Er behauptet, daß du ihn jede Nacht während der Radioshow angerufen hast.«

»Ich?« Sie stach mit ihrer Gabel in meine Crêpes und zog die Augenbrauen hoch.

Ich nickte. Sie löffelte den Rest der Sauce von meinem Teller, leerte ihr Champagnerglas und trank schließlich auch meins aus.

Ich wollte das Thema noch weiter vertiefen, aber sie legte ihren Kopf an meine Schulter und sagte: »Laß uns tanzen gehen, Darling.«

Ein solches Angebot konnte ich nicht ablehnen. Marilyn schien sich schon auf der Tanzfläche zu wähnen, denn ihre Augen waren geschlossen, ihr Arm lag um meine Taille, und ich spürte ihren Körper sich zu einem Rhythmus bewegen, den nur sie hörte. Mit der anderen Hand knöpfte sie meine weiße Weste so geistesabwesend auf, als wäre sie sich ihres Tuns gar nicht bewußt. Ich hielt still, schwankend zwischen der Hoffnung, daß sie mit den Knöpfen an meinem Hosenschlitz weitermachen würde, und der Angst, daß sie es vor aller Augen im Romanoff's täte. »Entspann dich«, flüsterte sie träumerisch. »Ich weiß gar nicht, warum du soviel anhast. Was ist eigentlich der Sinn einer Weste?«

Mir fiel keine schlagfertige Antwort ein. »Na ja, sie hält den Bauch zurück«, sagte sie lahm.

»Ich finde einen kleinen Bauch bei einem Mann süß«, erwiderte Marilyn und nahm zum Glück ihre Hand weg.

»Wo geht man heutzutage tanzen?« erkundigte ich mich.

Sie lachte. »›Man‹? Das klingt so ... britisch. Wohin möchtest du denn gehen?«

Ich war in Los Angeles seit Jahren nicht mehr tanzen gewesen. Mir kam eine vage Erinnerung an das Ambassador, wo ich mal zur Musik von Freddy Martin mit Grace Kelly getanzt hatte, die damals noch eine unbekannte junge Schauspielerin war. »Das letztemal war ich im Ambassador«, sagte ich, da mir nichts Besseres einfiel.

»O mein Gott!« sagte sie. »Das Ambassador!« Sie lachte ein bißchen zu hoch und zu schrill, und ich dachte spontan an ein Kristallglas, das auf einem Teppichboden zerbricht. »Gibt es das überhaupt noch?«

»Keine Ahnung. Wenn ja, dann bestimmt nicht so, wie es mal war.«

»Gehen wir«, schlug sie vor. »Ich weiß schon, wohin.«

Auf der Fahrt über den Sunset Boulevard nach Malibu, wohin sie von meinem Chauffeur gebracht werden wollte, saß sie stumm neben mir und hielt meine Hand. Das Päckchen für Maf lag zu ihren Füßen, und daneben stand eine Flasche Champagner im Eiskübel, wie ich es im Restaurant angeordnet hatte. Sie trank davon, als wolle sie ihre gute Laune wieder ankurbeln, die bei der Erwähnung des Hotels Ambassador gesunken war. »Glaubst du, daß Menschen sich ändern?« fragte sie plötzlich, als hätte sie über diese Frage seit unserem Aufbruch im Romanoff's nachgedacht.

»Nein. Nach meiner Erfahrung tun sie's nicht.«

Ich nahm an, daß sie sich auf Jack oder Bobby oder irgendeinen anderen Mann in ihrem Leben, ob nun Vergangenheit oder Gegenwart, bezog. Aber ich irrte mich. Sie grübelte über sich selbst nach. »Du meinst also nicht, daß man einfach aufhören kann, etwas zu sein und ganz etwas anderes zu werden?«

»Ganz von vorne anfangen, meinst du wohl«, erwiderte ich. »Die Menschen versuchen es immer wieder, aber die meiste Veränderung ist nur oberflächlich. Letztlich bleiben wir immer die gleiche Person, wenn auch in einem neuen Anzug, einer neuen Ehe, einem neuen Job.«

»O Gott, hoffentlich irrst du dich!«

Die Limousine bog vom Pacific Coast Highway ab und hielt vor einer Art hawaianischen Hütte mit einem falschen Palmenwedeldach und geschnitzten Totempfählen zu beiden Seiten der Eingangstür, ähnlich jener, die vor dem Trader Vic's stehen. Eine Neonschrift verkündete den Namen ›The Tahiti Club‹.

Ich hatte noch nie etwas davon gehört, aber Marilyn war hier offensichtlich wie zu Hause. Mit der Champagnerflasche im Arm ging sie vor mir auf einen grinsenden Türsteher zu, der einen ausgefransten Strohhut und verwaschene Strandkleidung trug und nun die Tür für uns aufriß. Laute Musik und heiße, rauchige Luft drangen uns entgegen. Marilyn tauchte in das Halbdunkel, hielt die Champagnerflasche hoch und rief: »Noch so eine!«

Wir wurden zu einer engen Nische geführt. Allmählich konnte ich in dem schummrigen Licht erkennen, daß das Lokal mit dem üblichen polynesischen Schnickschnack dekoriert war: Palmwedel, Fischernetze, ausgestopfte Fische und geschnitzte Masken. Von den Deckenbalken baumelte ein Kanu herunter oder vielleicht auch nur eine Nachbildung aus Pappmaché. Sechs bis sieben Paare befanden sich auf der kleinen Tanzfläche, begleitet von der Musik einer Drei-Mann-Combo. Am meisten aber war an der Bar los, die förmlich von Gästen belagert wurde.

Marilyn verschwand erst mal in der Toilette. Es war so dunkel, daß sie unbemerkt blieb; erst beim Zurückkommen, als sie von einem Scheinwerfer erfaßt wurde, ertönten einige anerkennende Pfiffe. Als sie sich mir gegenüber hinsetzte, wirkte sie wieder fröhlicher, doch die Pupillen ihrer glänzenden Augen waren winzig klein.

Der Oberkellner schnippte mit den Fingern, worauf ein Eiskübel mit einer Flasche Dom Perignon gebracht wurde. »Empfehlung von Johnny, Miss Monroe«, sagte er.

»Wer ist Johnny?« fragte ich, während der Kellner die Flasche mit dem Daumen öffnete.

»Johnny Roselli.«

Ich starrte sie durch die Zigarettenschwaden an. »Johnny Roselli? Der Gangster? Du kennst ihn?«

»Er ist gar kein so übler Kerl«, verteidigte sie ihn.

Ich gab keinen Kommentar dazu ab. Roselli war sogar ein sehr übler Kerl, und er war entscheidend mitverantwortlich dafür, daß die Mafia Chicagos sich an der Westküste breitmachen konnte. Wie alle Gangster hatte er sich ein eigenes kleines Imperium aufgebaut, das angeblich auf Drogenhandel und illegalem Glücksspiel basierte. »Wie und wo hast du denn Roselli kennengelernt?« fragte ich entgeistert.

Marilyn wiegte sich mit halbgeschlossenen Augen zum Text der Musik und trank dabei ihren Champagner. »Oh, ich kenne ihn schon seit Jahren.«

»Woher denn?« Es faszinierte mich, welch unterschiedliche Menschen Marilyn kannte.

»Er war ein Freund von Joe Schenck.« Sie kicherte. »Na ja, vielleicht nicht gerade ein Freund ... Joe zahlte an Willie Bioff soundso viel im Monat, und Bioff sorgte dafür, daß es in der Fox keine Streiks gab. Das hat jeder getan. Nur Joe hat es leider erwischt. Das ist alles.«

»Was hatte Roselli damit zu tun?«

»Johnny holte das Geld für Bioff ab. Doch dann begann sich Joe Sorgen zu machen, daß er vom FBI überwacht wurde, und er schickte mich statt dessen als Geldboten. So haben Johnny und ich uns kennengelernt. Ich fuhr zweimal im Monat zu seinem Haus und brachte ihm eine große Papiertüte voller Geld.«

Ich war sprachlos. Nach ihrem verschwiegenen Lächeln zu urteilen, war sie vermutlich jedesmal von Roselli gevögelt worden, wenn sie ihm Joe Schencks Geld überbrachte. Der Gedanke an die blutjunge Marilyn in den Armen eines solchen Ganoven hatte für mich etwas Abstoßendes.

Sie griff nach meiner Hand und zog mich auf die Tanzfläche, wo sie mir die Arme um den Hals legte und die Augen schloß. Ihre ganze Haltung war sehr sexy – sie war eng an mich gepreßt –, aber ich hegte den Verdacht, daß sie umfallen würde, wenn sie sich nicht so an mich klammerte.

Ob sie wohl in der Toilette etwas eingenommen hatte? Vielleicht gab es in einem Nightclub, der Johnny Roselli gehörte, auch etwas Stärkeres als Alkohol zu kaufen? Vielleicht war das die Hauptattraktion vom Tahiti Club.

»Kommst du oft hierher?«

Marilyn hatte offenbar Schwierigkeiten, sich auf die Frage zu konzentrieren, aber sie bemühte sich nach Kräften. »Früher mal«, sagte sie nuschelig. »Peter Lawfords Haus ist in der gleichen Straße. Kam hier ständig mit Jack her.«

»Mit Jack? Hierher? Aber nur, als er Senator war, oder ...?«

Sie kicherte und legte mir die Fingerspitzen auf die Lippen. »Er war auch hier, seit er Präsident ist«, erwiderte sie. »Der Secret Service drehte fast durch, aber er bestand darauf. Er kam hier gerne nachts her, um zu tanzen. Mittags ging er immer schräg gegenüber in die Sip-N-Surf Bar, wo all die Surfer-Mädchen herumhängen.«

Die Vorstellung, daß Jack in einem Nightclub tanzte, der Johnny Roselli gehörte, war beängstigend.

Wir bewegten uns nur noch langsam über die Tanzfläche, Marilyns Kopf lag an meiner Schulter, ihre Füße schoben sich wie Automaten voran. »Marilyn, da wir gerade von Jack reden ... da fällt mir Bobby ein ... was ist das für eine Geschichte?«

»Was für 'ne Geschichte?« wiederholte sie kaum verständlich, da ihr Mund auf meinen Hals gepreßt war.

»Na ja, du und Bobby ... diese Geschichte, daß du schwanger bist?«

»Wo hast du das gehört?«

»Im Radio.«

»Es sollte eigentlich ein Geheimnis sein.«

»Also stimmt es?«

Sie nickte kaum merklich.

»Und ist Bobby der Vater?«

»Er und kein anderer. Ich weiß es genau.«

»Wieso denn?«

»Es ist etwas, das ich fühle, wenn's passiert. Ich fühlte es bei Bobby und wußte, daß wir gerade ein Baby gemacht hatten.«

»Was meint Bobby dazu?«

»Er ist begeistert.«

»Tatsächlich?«

»Darauf kannst du wetten. *Du* klingst allerdings nicht begeistert.« Ihre Stimme wurde scharf.

»Aber nein«, widersprach ich hastig. »Ich bin's, glaub mir! Ich überlegte nur gerade, was du tun wirst.«

»Er wird Ethel verlassen und mich heiraten.«

Ich umfaßte sie noch etwas fester, während wir im Halbdunkel tanzten oder – besser gesagt – schwankten. »Bist du sicher?« fragte ich behutsam. »Er würde damit seine Karriere zerstören.«

»Er wird es für mich tun«, antwortete sie traumverloren.

»Wenn nicht, dann weißt du, daß du immer auf mich zählen kannst.«

»Ja ... ich weiß das, Baby.«

»Ich meine das im Ernst, Marilyn. Jetzt. Immer. Du weißt, was ich für dich fühle ...«

Sie hob den Kopf und schaute mich aus ihren graublauen Augen mißtrauisch an. »David, versuchst du etwa, dich an mich ranzumachen?«

Ich spürte, wie ich rot wurde. »Vermutlich schon.«

»Ich dachte, du wärst mein Freund.«

»Ich bin dein Freund.«

»Nein! Du willst mich nur ficken, das ist alles. Deshalb erzählst du mir auch, daß Bobby Ethel nicht verläßt. Das ist richtig mies von dir.«

Ich brauchte einen Moment, um mir über meine Gefühle klarzuwerden. Marilyn hatte recht – ich wollte natürlich mit ihr ins Bett –, aber ich mochte sie auch genug, um zu wünschen, daß sie die Wahrheit erkannte. Also versuchte ich, sie zur Vernunft zu bringen.

»Er verläßt Ethel nicht, Marilyn, das weißt du genausogut wie ich.«

»Doch, das tut er!« Sie machte sich aus meiner Umarmung frei, so daß wir uns nun mitten auf der Tanzfläche gegenüberstanden. »Du bist eifersüchtig, das ist alles. Weißt du, was dein Problem ist? Du wolltest mich von Anfang an ficken, seit wir uns auf Charlie Feldmans Party kennenlernten. Und der Witz dabei ist, daß du deine Chance verpaßt hast ...«

Ich schaute sie begriffsstutzig an. »Was für eine Chance?«

»Ich hätte in der Nacht auf Josh Logans Party mit dir geschlafen, aber du hast es nicht mal bemerkt! Du hast deine Chance verpaßt, David. Du hättest sie ergreifen müssen, als es möglich war, Baby.« Sie sprach das Wort ›Baby‹ voller Verachtung aus.

Sie lachte laut und unangenehm auf, und nichts erinnerte mehr an das atemlose, musikalische kleine Lachen, das ich immer so sexy gefunden hatte.

Ich versuchte, mich an jenen Abend zu erinnern, der so lange zurücklag, fand aber keinen einzigen Anhaltspunkt, daß Marilyn mir damals Avancen gemacht hätte. Ich wußte noch jedes Detail des Zimmers, wußte, was Marilyn anhatte, als sie so überraschend hereinkam, während ich Bill Goetz' Sammlung von Bronzeplastiken bewunderte, aber den Moment, in dem Marilyn angeblich bereit gewesen wäre, mit mir zu vögeln, hatte ich tatsächlich verpaßt.

Ich war sprachlos vor Ärger über mich, weil ich die einzige Chance verpaßt hatte, die Marilyn mir je geboten hatte, und über sie, weil sie mir keine zweite Chance geben wollte. In den sechs oder sieben Jahren, die wir uns kannten, hatte sie sicher oft heimlich über mich gelacht! Hatte sie den Zwischenfall auch Jack erzählt? Hatten sie sich gemeinsam auf meine Kosten lustig gemacht? »Ich glaub' dir kein Wort!« sagte ich wütend.

»Oh, du kannst es mir ruhig glauben, David.« Sie funkelte mich an, und ich fand plötzlich, daß sie mit ihren aufgerissenen Augen wie eine Wahnsinnige wirkte. »Du hättest mich haben können, dort auf dem Sofa, glaub mir. Du hast all diese Jahre um mich herumgeschwänzelt und nicht mal kapiert, wie nah du deinem Ziel warst.« Sie begann wieder hysterisch zu lachen.

Ich habe einen Horror vor öffentlichen Szenen, und so griff ich instinktiv nach Marilyns Handgelenk, um sie von der Tanzfläche zu führen. Was für ein Fehler! Wutentbrannt trat sie einen Schritt zurück und ohrfeigte mich.

Ich rieb mir über mein brennendes Gesicht, während sie mit verschränkten Armen vor mir stand und mich feindselig musterte.

»Bobby wird deinetwegen Ethel nicht verlassen«, sagte ich und bereute im nächsten Moment meine Worte.

»Du hättest mich vögeln sollen, David«, sagte sie nun etwas ruhiger. »Vielleicht hätte ich dich dann immer noch nicht geliebt, aber du hättest mich viel mehr gemocht, als du's jetzt tust.«

Ehe ich antworten konnte, sagte sie: »Ich finde allein nach Hause.« Damit machte sie auf dem Absatz kehrt und ließ mich auf der Tanzfläche stehen.

Der Ober brachte mir eine Rechnung für die Flasche Dom Perignon. Vermutlich wäre es nur dann ein Geschenk des Hauses gewesen, wenn Marilyn den ganzen Abend über geblieben wäre.

Ich legte ein paar Geldscheine hin und sagte: »Grüßen Sie Johnny Roselli von mir. Und sorgen Sie dafür, daß Miss Monroe sicher nach Hause kommt.«

Der Oberkellner bewahrte eine eiserne Miene, während er das Geld einsteckte. »Johnny wer?« erkundigte er sich.

Ich schrieb ›Tut mir leid‹ auf das Doggie-Bag vom Romanoff's und beauftragte meinen Chauffeur, es vor Marilyns Haustür in Brentwood zu legen, nachdem er mich bei meinem Hotel abgesetzt hatte. Trotzdem meldete sie sich am nächsten Tag nicht bei mir, und Mrs. Murray wimmelte mich bei meinen zahlreichen Anrufen jedesmal ab.

Ich flog nach New York zurück und versuchte, den ganzen Zwischenfall zu verdrängen.

48. KAPITEL

»Was ist das gesetzlich vorgeschriebene Pensionsalter?« erkundigte sich Jack Kennedy.

»Fünfundsechzig.« Die beiden Brüder saßen in Badehosen am Swimmingpool des Familienbesitzes in Hyannis Port. Der Präsident hatte ein Handtuch um die Schultern und einen dicken Klecks Sonnencreme auf der Nase. Sein Stuhl war umgeben von zerfledderten Zeitungen und Zeitschriften. Neben seinen Füßen lag eine Aktenmappe.

Er beugte sich hinunter und holte aus der Mappe ein Blatt Papier. »Dies ist ein handschriftlicher Brief von mir, in dem ich einen gewissen Staatsbeamten von der vorgeschriebenen Pensionierung ausnehme. Kannst du dir denken, um wen es sich handelt?«

Bobby nickte mißmutig. »Ich kann's mir denken.«

»Und kannst du dir auch denken, warum dein Präsident – der Führer der freien Welt, der weitaus wichtigere Dinge im Kopf hat – J. Edgar Hoover persönlich schreiben und versichern mußte, daß er der Direktor des beschissenen FBI bleiben kann, bis er tot umfällt?«

»Ja.«

»Ja? Mußte ich das vielleicht tun, weil Hoovers Männer rausgekriegt haben, daß Marilyn von dir schwanger ist? Und daß sie überall herumerzählt, du würdest ihretwegen Ethel verlassen?«

Bobby nickte mit betretenem Gesicht.

»Es handelt sich aber nicht nur um Hoover, obwohl das schon schlimm genug ist. David hat mir am Telefon erzählt, daß sie in irgendeiner späten Radioshow in L. A. ebenfalls ihre Probleme ausposaunte. Gestern tauchte sie in Peters Haus in Malibu auf und weihte auch ihn ein. Pat sah sie heute morgen und sagte, sie hätte einen ›verwirrten Eindruck‹ gemacht. Das waren Pats exakte Worte.«

»Alles Blödsinn!«

»Ach wirklich? Sie ist jedenfalls schwanger. Hoovers Leute haben wie üblich Gesetzestreue bewiesen, sind in die Praxis ihres Gynäkologen eingebrochen und haben ihre Karteikarte fotografiert ... natürlich nur, um dich zu schützen.« Er lachte freudlos. »Ist das Kind von dir?«

»Ich weiß nicht, aber es könnte so sein.«

»Na wunderbar.« Jack spähte über den Swimmingpool zu seinem Vater hinüber, der im Rollstuhl ein Sonnenbad nahm, den Panamahut auf dem Kopf und die Hände um die Armlehnen gekrallt, wie ein Vogel auf seiner Stange.

Jack winkte ihm breit lächelnd zu, doch sein Vater brachte nur eine Grimasse zustande. »Ich weiß nicht, was Dad dir raten würde, Bobby, aber ich rate dir, daß du dir dieses Problem vom Hals schaffst. Und zwar schnell! Sag Marilyn, daß es vorbei ist. Und sorg dafür, daß sie es auch wirklich begreift.«

»Und das Baby?«

»Und das Baby? Was ist denn los mit dir? Ich dachte immer, ›sich um den Verstand vögeln‹ wäre nur eine Redensart. Planst du etwa, das Kind wie ein stolzer Vater anzuerkennen? Wirst du Ethel sitzenlassen?«

»Du weißt verdammt genau, daß ich's nicht tue.« Bobbys Gesicht war rot vor Zorn und vielleicht auch vor Scham.

»Dann jammere mir nichts von Marilyns Baby vor! Versuch, sie loszuwerden. Sag ihr, daß es nicht von dir ist. Sag ihr, was du magst, aber sorg dafür, daß sie den Mund hält! Hast du mich verstanden?«

»Ja.«

Der Präsident lehnte sich etwas bequemer zurück. Aus der Ferne hörte man das Geschrei von spielenden Kindern und das Geräusch der Brandung. Er wirkte entspannt und zufrieden, aber als er nun weiterredete, strafte seine Stimme diesen Eindruck Lügen. »Niemand weiß besser als ich, wie schwer das ist. Du hast sie wirklich geliebt, nicht wahr?« Er sprach absichtlich in der Vergangenheitsform.

»Ja, das tue ich.«

Jack ignorierte Bobbys Widerstand. »Ich habe sie auch geliebt«, sagte er leise. »Und du wirst dich beschissen fühlen, weil du dich von ihr trennen mußt. Diese Schuldgefühle machen einem ganz schön zu schaffen, glaub mir.«

Bobby nickte. Die Kinder schienen näher zu kommen, und er beschattete seine Augen mit der Hand, um sie besser zu sehen.

»Du sollst dich sogar beschissen fühlen«, sinnierte sein Bruder weiter. »Das gehört dazu und ist gut für die Seele. Hör mal, sie ist eine fantastische Frau, eine der besten, vielleicht sogar die beste ... Und du hattest auch ein Recht darauf ... wenn du meine Meinung wissen willst, dann war sie vermutlich sogar gut für dich, nachdem du bei Ethel jahrelang deine ehelichen Pflichten erfüllt hast. Dein Problem ist nur, daß du es zu weit hast kommen lassen. Alles, was du getan hast, war okay, bis auf zwei Sachen. Du bist nicht draufgekommen, daß sie verrückt ist – das ist Nummer eins. Und du hast dich in sie verliebt – das ist Nummer zwei.«

»Ein Teil in mir wünscht sich, daß ich alles – und jeden! – aufgeben könnte, um mit ihr zusammenzusein.« Bobbys Stimme klang eigensinnig.

»Na klar. Aber du wirst es nicht tun. Vielleicht wirst du immer so fühlen wie jetzt. Vielleicht ich auch. Vielleicht wirst du bis zum Ende deines Lebens ab und zu nachts aufwachen, mit Ethel neben dir im Bett, und dir denken: ›Herr im Himmel, warum hatte ich nicht den Mut, es zu tun?‹ Willkommen im Club, Bobby, willkommen im Club.«

Die Kinder waren inzwischen vom Strand zurückgekehrt und rannten mit wildem Indianergeschrei zum Swimmingpool. Die kleineren benahmen sich ihrem Großvater gegenüber immer noch so, als sei er völlig gesund, da sie den Unterschied vielleicht gar nicht erkannten. Ihre Anwesenheit belebte ihn etwas, doch seine hilflosen Gesichtszuckungen waren ein trauriger Anblick. Die älteren Kinder hielten vorsichtig Distanz.

Jack stand auf. »Wir leben in einer harten Welt, Bobby«, sagte er. »Nur das zählt ...« Er schnappte sich zwei der Kleinen und schubste sie spielerisch ins Wasser. »Ein klarer Bruch ist immer am besten«, rief er über seine Schulter zurück. »Und am menschlichsten.«

»Falls das eine Rolle spielt«, fügte er noch hinzu, bevor er ebenfalls mit einem Kopfsprung in den Swimmingpool tauchte.

Es kam ihr so vor, als sei ihr ganzes Leben zum Stillstand gekommen. Sie hatte zwar ein volles Programm, aber es war nur künstliche Geschäftigkeit: Wenn Mrs. Murray sie zu Dr. Greenson zur Therapie gefahren hatte, kam erst ihr Masseur ins Haus, gefolgt von ihrem Presseagenten.

Den Nachmittag verbrachte sie gewöhnlich am Telefon und versuchte, eine Verabredung für den Abend zustande zu bringen.

Häufig waren auch die Abende nicht viel anders. Sie aß irgendwelche fertig gekauften Speisen oder machte auf dem Rasen mit denselben Leuten ein Picknick, die schon tagsüber bei ihr gewesen waren, und zog sich dann mit dem Telefon und einem Stapel Zeitschriften in ihr Zimmer zurück. Nachts rief sie wie üblich alle möglichen Freunde an.

Sie hatte erwartet, mit Filmangeboten und Drehbüchern überschwemmt zu werden, doch es kam gar nichts. Die einzigen Leute, die sich um sie rissen, waren Fotografen und Reporter, so daß sie unzählige Interviews gab und sich unzählige Male fotografieren ließ, nur um etwas zu tun zu haben. Außerdem wollte sie der Welt unbedingt zeigen, daß Marilyn Monroe zwar ihren Job verloren hatte, nicht aber ihre Schönheit.

Sie empfand Genugtuung darüber, daß ihr Körper immer noch so attraktiv wie früher war. Nach jedem Fototermin studierte sie mit einer Lupe Kontaktabzüge und Dias und strich mit Kreide diejenigen durch, die ihr nicht gefielen. Sie erlaubte sogar Burt Stern und einem anderen Fotografen, sie zum erstenmal seit ihren berühmten Aufnahmen für den Kalender nackt zu fotografieren, obwohl sie wußte, daß nichts davon veröffentlicht werden konnte. Das Ergebnis fiel zu ihrer Zufriedenheit aus, und so durfte Stern sogar die Negative behalten.

Doch trotz der Fotografen und Interviewer, denen sie allen die gleichen traurigen Geschichten aus ihrer Kindheit erzählte, fühlte sie sich von der Welt vergessen, war ruhelos und elend. Ständig rief sie Bobby an, konnte aber immer öfter nur mit seiner Sekretärin reden, und wenn sie bis zu ihm vordrang, wirkte er gehetzt und distanziert, als wäre noch jemand bei ihm im Zimmer.

Nach einem Telefonat mit ihm mußte sie jedesmal zwei Randy-Mandys nehmen, um ihre Nerven zu beruhigen, aber schon bald nahm sie die Pillen bereits vor dem Anruf. Dies führte dazu, daß sie sich oft nicht erinnern konnte, was er gesagt hatte. In solchen Fällen rief sie sofort wieder an und bat ihn, es noch einmal zu wiederholen ... Als er ihr mitteilte, daß er nach L. A. käme, hörte sie ihn jedoch klar und deutlich. »Wann?« fragte sie.

»Am 26. Juni«, antwortete er.

Komisch, daß er es gestern nicht erwähnt hat, dachte sie spontan. Normalerweise wurden seine Verabredungen und Reisen schon Wochen im voraus festgelegt. »Das ist ja wunderbar!« rief sie. »Wie lang wirst du bleiben?«

»Nur eine Nacht. Ich habe in den verschiedenen Städten eine Reihe von Besprechungen mit Kriminalbeamten über das organisierte Verbrechen und meine letzte Station ist Los Angeles. Wirst du dasein?«

Diese Frage kam ihr absurd vor. »Werde ich dasein? Darling, ich werde dort sein, wo auch immer du mich haben willst.«

»Wir müssen miteinander reden.«

»Ich weiß. Kannst du die Nacht bei mir verbringen?«

Es entstand eine lange Pause. Er schien über diesen Vorschlag nachzudenken. Dann hüstelte er und sagte: »Ich habe Peter und Pat versprochen, ihre Dinnereinladung anzunehmen ... Warum kommst du nicht auch? Die beiden wären begeistert.«

Sie war durch seine beiläufige Art so verletzt, daß sie nicht wußte, wie sie reagieren sollte. Er redete mit ihr, als wäre sie eine völlig Fremde für ihn. Wahrscheinlich war jemand bei ihm im Raum. »Einverstanden.« Sie versuchte, nicht gekränkt zu klingen.

»Und hinterher gehn wir dann zu mir?«

»Na klar«, stimmte er zu. Aber es klang gar nicht danach.

»Ich liebe dich, Bobby«, sagte sie und wartete auf die gleichen Worte von ihm, doch er sagte nur: »Ich weiß.« Seine Stimme klang so traurig, daß sie am liebsten geweint hätte.

Aber immerhin kam er und beendete dadurch die lethargische Routine, die ihre Tage bestimmt hatte. Mrs. Murray mußte das Haus blitzblank putzen, der Kühlschrank wurde gefüllt, und sie gab Anordnung, daß ihr Visagist und Friseur schon sechs Stunden vor ihrem Aufbruch zu den Lawfords kommen sollten. Dann durchsuchte sie ihre Schränke nach etwas Sensationellem, das weder Bobby noch die Lawfords bisher gesehen hatten.

Trotz ihrer sorgfältigen Vorbereitungen begann der Tag von Bobbys Besuch schlecht. Als sie ein Kleid nach dem anderen anprobiert und sich endlich für eines entschieden hatte, schüttete sie prompt ihren Kaffee darüber. Wie eine Furie ging sie auf Mrs. Murray los (die gar nicht daran schuld war), worauf sie schreckliche Kopfschmerzen bekam und sich außerdem den Rest des Tages bei ihrer Haushälterin entschuldigen mußte. Gemeinsam – Mrs. Murray liebte alle Demonstrationen von ›Gemeinsamkeit‹ – wählten sie als Ersatz ein weißes schulterfreies Kleid, das sie unbedingt kaufen mußte, weil Yves Montand es in einem Schaufenster von Sacks bewundert hatte. Als sie es anprobiert und passende Handtasche und Schuhe ausgewählt hatte, war Mrs. Murray wieder versöhnt. Die Maniküre verpaßte ihr falsche Nägel, die so lang waren, daß sie weder einen Reißverschluß noch einen Knopf schließen konnte, aber Glamour war nun mal nicht praktisch, und an diesem Abend wollte sie unbedingt glamourös sein.

Mitten in der Schönheitszeremonie änderte sie jedoch ihre Meinung. Schließlich würde sie bald Mutter sein! Sie wollte auf Bobby nicht wie eine Sexbombe aus Hollywood wirken, sondern wie die Mutter seines Kindes (oder eines weiteren seiner Kinder, um die bittere Wahrheit zu sagen) und seine zukünftige Frau. Sie beschloß, ihre ganze Aufmachung ändern zu lassen, und begann mit ihren Haaren, die nun in weichere, fließendere Wellen gelegt werden sollten.

Als sie sich einige Zeit später in einem Handspiegel betrachtete, begriff sie, wie töricht das Ganze war. Bobby wollte sie schließlich nicht mausgrau und durchschnittlich. Wenn er nur eine gute Mutter in langweiligen Kleidern und ohne Make-up wollte, dann hätte er sich doch mit Ethel begnügt und nicht mit ihr – Marilyn – gevögelt. »Machen wir's wieder so, wie es anfangs war«, sagte sie und schüttelte so heftig ihren Kopf, daß ihre neue Frisur ruiniert wurde.

Allgemeines Aufseufzen. Mrs. Murray schaute nervös auf ihre Armbanduhr. »Es ist schon kurz vor sechs«, gab sie vorsichtig zu bedenken.

In Hollywood aß man früh zu abend. Das hing damit zusammen, daß Schauspieler, die gerade einen Film drehten, schon vor sieben Uhr früh im Studio sein mußten, um geschminkt zu werden. Hinzu kam, daß alle Geschäftsleute im Morgengrauen aufstehen mußten, um für ihre Geschäftspartner in New York erreichbar zu sein, wenn diese um neun Uhr früh in ihre Büros kamen. Sie wurde bei den Lawfords zwischen sieben und halb acht erwartet und würde fast eine Stunde für den Weg von Brentwood nach Malibu brauchen. Folglich hätte sie jetzt aufbrechen müssen, statt hier nackt unter einem Friseurumhang zu sitzen und sich völlig neu herrichten zu lassen.

Es wurde fast acht Uhr, bis sie fertig war und etwas unsicher auf ihren allerhöchsten Stilettopumps in einem Kleid, das sehr viel Haut zeigte, vor dem Spiegel stand. Sie fand, daß sie verdammt gut aussah, und wer konnte das besser beurteilen als sie?

Ihr Haar glich silbrig schimmernder Zuckerwatte, ihre Lippen leuchteten in einem hellen, glänzenden Rot. »Das müßte ihm eigentlich Eindruck machen«, meinte sie kichernd.

Sie nahm aufs Geratewohl einige Pillen, um ihre Nerven zu beruhigen, und schüttete für alle Fälle noch weitere in ihr Handtäschchen, obwohl sie wußte, daß es im Badezimmer der Lawfords alles, was sie brauchen konnte, überreichlich gab.

Als der Chauffeur ihr aus dem Wagen half, schien die schwarzgeteerte Auffahrt plötzlich Eigenleben zu entwickeln, ähnlich einem kleinen Erdbeben in Zeitlupe, und sie war dankbar, daß er sie bis zur Haustür geleitete. Das Dienstmädchen öffnete, und sie rauschte an ihr vorbei in den Salon, den sie zu ihrem Erstaunen leer vorfand.

»Señorita«, hörte sie das Mädchen rufen, aber sie war schon auf dem Weg zum Eßzimmer, holte tief Luft und stieg dann die paar Stufen hinunter, den Blick auf die Längskanten der Fenstertüren geheftet, um ihr Gleichgewicht zu bewahren.

Es herrschte absolute Stille, als alle sich nach ihr umdrehten. Peter erhob sich mit seinem üblichen Grinsen, während Pat wie jede x-beliebige Gastgeberin äußerst verlegen auf das Erscheinen eines Gastes reagierte, den man nicht mehr erwartet hatte.

Als sie Bobby erblickte, neben dem ein leerer Stuhl stand, wurde ihr flau zumute. Was nicht nur daran lag, daß er schon sein Dessert aß – war sie wirklich so spät dran? –, sondern vielmehr am Ausdruck seiner Augen.

Sie waren von einem blassen kalten Blau, wie dünnes Eis auf einem Teich, und blickten so unversöhnlich wie ein Todesurteil.

Bis zum Ende des Dinners mußte sie sich mit Bobby über belanglose Dinge unterhalten, denn es waren auch Gäste anwesend, die vermutlich noch nichts von ihrer Affäre wußten. Es war zwar so, daß Pat die Amouren der Kennedy-Männer akzeptierte, aber sie legte großen Wert darauf, vor der Öffentlichkeit den Schein zu wahren.

Sie brachen ziemlich früh gemeinsam auf – Bobby hatte geradezu eine Show daraus gemacht, ihr wie jeder höfliche Mann anzubieten, sie auf seinem Rückweg zum Beverly Hilton zu Hause abzusetzen. Auf der langen Fahrt über den Sunset Boulevard hielten sie Händchen wie Teenager, aber ihr entging nicht, daß Bobbys Adamsapfel auf und ab hüpfte – ein sicheres Zeichen für Nervosität. Sein Schweigen erklärte sie sich so, daß er vor dem Chauffeur, einem Schutzmann aus dem Justizministerium, vermutlich Hemmungen hatte.

Als sie bei ihr ankamen, wartete sie vergeblich darauf, daß Bobby sie in die Arme nähme. Also blieb sie einfach mitten im Raum stehen, bis er ihr wenigstens den raschen, beiläufigen Kuß eines Ehemanns gab. Sicher hätte er sich jetzt am liebsten eine Zigarette angezündet oder einen Drink eingeschenkt, aber er trank und rauchte ja nicht. Kurz entschlossen ging sie in die Küche, goß sich ein Glas Champagner ein, schaltete das Radio an und setzte sich dann im Wohnzimmer aufs Sofa, wobei sie ihre Schenkel entblößte. Einladend klopfte sie auf das Polster neben sich, bis er mit einem gewissen Zögern Platz nahm. »Was ist los, Baby?« fragte sie.

»Marilyn, ich habe immer versucht, dir gegenüber ehrlich zu sein, nicht wahr? Ich habe dir immer die Wahrheit gesagt oder?«

»Möchte ich denn die Wahrheit hören, Baby?« fragte sie leise.

»Vermutlich nicht. Das will so gut wie niemand. Übrigens einer der Gründe, warum Jack in unserer Familie der Politiker ist und nicht ich.«

»Es heißt, daß du darin immer besser wirst.«

Er lächelte bitter. »Ich bin nicht sicher, ob ich das als Kompliment ansehe. Marilyn, ich habe dir gesagt, daß ich dich liebe ...«

»Hat es nicht gestimmt?« Ihre Stimme war kaum vernehmbar.

»Es hat gestimmt«, widersprach er. »Es stimmt immer noch. Ich liebe dich. Und ich glaube, daß du mich liebst.«

»Du weißt, daß ich dich liebe, Baby.«

»Ja, du hast recht, ich weiß es.«

Er nahm ihre Hand. »Liebst du mich genug, um alles zu tun, worum ich dich bitte?«

»Alles?« wiederholte sie flüsternd. »Alles, was du willst, Baby. Ich gehöre dir ganz und gar.« Sie umklammerte seine Hand so fest, daß ihre Finger schmerzten.

»Wenn du mich wirklich so sehr liebst, dann ist da etwas, das du für mich tun kannst, Marilyn«, sagte er.

»Was ist es?«

Er schaute an ihr vorbei. »Laß das Baby wegmachen.«

Ihre Augen schwammen plötzlich in Tränen. »Warum?«

Er sprach so geduldig wie mit einem Kind. »Weil ich Ethel nicht verlassen werde ...«

»Liebst du sie mehr als mich?«

»›Mehr‹ ist nicht das richtige Wort. Sie ist meine Frau und die Mutter meiner sieben Kinder. Ich habe ihr gegenüber Verpflichtungen, die ich nicht ignorieren kann. Ich habe auch Verpflichtungen gegenüber Jack, die ich nicht ignorieren kann. Ich muß das tun, was richtig ist.«

»Willst du damit sagen, daß es nicht richtig war, uns zu verlieben? Daß es nicht richtig war, miteinander ins Bett zu gehen?«

»Es war nicht richtig. Aber es war auch nicht falsch. Wir sind beide erwachsene Menschen. So etwas geschieht, wie wir beide wissen. Eine kleine Sünde. Sich zu verlieben, ein Baby zu bekommen, das sind größere Sünden mit größeren Konsequenzen. Zu viele Menschen werden dadurch verletzt.«

»Vielleicht hättest du dir das überlegen sollen, bevor du mich zum erstenmal gevögelt hast.«

»Stimmt«, gab er fast so kleinlaut zu wie ein Junge, der einen Streich beichtet. »Wir haben beide einen Fehler gemacht.«

»Nein!« widersprach sie energisch. »Ich bin nicht verheiratet, und ich möchte das Baby haben. Ich brauche mir keine Vorwürfe zu machen, außer daß ich mich in den falschen Mann verliebt habe.«

»Ich bin nicht der falsche Mann.«

»Doch, das bist du, aber es ist nicht deine Schuld, Honey.« Sie lachte freudlos. »Verlieb dich nie in einen verheirateten Mann, der sieben Kinder hat ... das müßte eigentlich jede Frau wissen.«

»Brauchst du Hilfe?«

»Hilfe? Herr im Himmel, ich habe das schon öfter durchgemacht, als du dir vorstellen kannst. Beleidige mich nicht auch noch! Du willst, daß ich mich darum kümmere, also kümmere ich mich darum.«

Es entstand ein langes ungutes Schweigen. »Du bist völlig im Recht, wenn du wütend bist«, sagte er schließlich.

»Ja, das bin ich.« Sie schaute ihm tief in die Augen. »Ich hätte es besser wissen müssen. Das ist das Problem bei uns hier. Wir glauben ans Happy-End, und dabei gibt es das im wahren Leben nicht.«

»Doch, das gibt es! Manchmal.«

»Nicht für mich ... Bobby.« Sie überlegte einen Moment und fragte dann fast schüchtern: »Können wir weiter ... Freunde sein?«

»Aber natürlich ...«

»Und ... Geliebte?«

Er zögerte. Es war erstaunlich, wie schlecht er lügen konnte, obwohl er doch schon seit so langer Zeit in der Politik war. »Wenn du das willst«, sagte er schließlich.

»Was willst du denn?«

»Ich will es ... natürlich ...«

Das Wort ›natürlich‹ klang unglaubwürdig, doch sie ließ es dabei bewenden. Sie war vom Filmstudio gedemütigt worden, und nun servierte auch noch der Mann sie ab, den sie liebte.

»Bleib heute nacht da, Darling«, bat sie flehentlich. »Laß mich heute nicht allein.«

»Tja, also ...«

»Bitte!« Sie spürte, wie verlegen und steif er war. Hatte er den Befehl, wie sie vermutete, die Sache zu erledigen, ihr Haus zu verlassen und sich im Beverly Hilton in Sicherheit zu bringen? »Du mußt nicht mit mir schlafen, wenn du nicht willst«, flüsterte sie. »Nur hierbleiben und mich festhalten.«

»Natürlich bleibe ich über Nacht hier.«

Sie stand auf und wußte, daß sie noch nie so sexy ausgesehen hatte, wie in diesem Moment, nahm seine Hand und zog ihn an sich, bis sein Gesicht an ihren Bauch gepreßt war und sie seinen warmen Atem durch den hauchdünnen Stoff spürte. Mit verschleierter Stimme sagte sie: »Mach mir den Reißverschluß auf, Baby.«

49. KAPITEL

Ein gechartertes Privatflugzeug brachte sie nach Tijuana, wo eine Limousine schon auf dem Rollfeld wartete, um sie direkt zu der supermodernen, auf chirurgische Eingriffe spezialisierten Klinik zu fahren. Sie lag jenseits der Grenze und damit außerhalb der Rechtsprechung des kalifornischen Staates. Hier konnte der amerikanische Gynäkologe einer reichen ›Gringa‹ für eine angemessene Summe den kleinen Eingriff vornehmen, für den er zu Hause eine Gefängnisstrafe riskierte. Nur die Verwaltungsangestellten und Krankenschwestern der Klinik waren Mexikaner, auf deren Diskretion man sich aber verlassen konnte.

Als sie danach im Bett lag und dank der Tabletten kaum Schmerzen hatte, war ihr nach Weinen zumute. Sie hatte ihr Baby aufgegeben, Bobbys Baby, und damit ihre letzte Chance – das wußte sie instinktiv – auf Mutterschaft, auf ein neues Leben und auf all die Dinge, die sie dem Ruhm geopfert hatte. Achtundvierzig Stunden nach der Abtreibung war sie schon wieder in Los Angeles. Sie vertraute sich niemandem an, nicht mal Mrs. Murray, die annahm, daß sie mit den Lawfords in Tahoe gewesen wäre. Kaum war sie zu Hause, versuchte sie, Bobby im Justizministerium anzurufen, um ihm zu sagen, daß es geschehen war.

Seine Privatnummer war jedoch geändert worden, so daß sie sich erst vermitteln lassen mußte.

Hoffa lief ruhelos auf und ab. Er haßte diesen ganzen Mist, all dieses Itakergesülze von Respekt und Ehre, statt die Sache richtig anzupacken. Der elegant gekleidete Palermo mit seinem pomadisierten Haar war nicht gerade sein Lieblingsitaker, aber ihm blieb keine andere Wahl. Palermo war nun mal der offizielle Bote der Mafia. Giancana versteckte sich mit seiner Freundin, der Sängerin, in Cuernavaca, um Vorladungen und auch Mordanschlägen zu entgehen; Moe Dalitz sprach mit keinem mehr, nicht mal mit Dorfman; und die Lansky-Gruppe – Trafficante, Marcello und Roselli – wartete den richtigen Augenblick ab. Gerade wenn *er* mal Hilfe brauchte, weil dieser kleine Wichser Bobby Kennedy ihm mit einer schweren Anklage zusetzte, brachten sich alle anderen in Sicherheit.

»Wir wissen, daß es ernst ist«, sagte Palermo und fuchtelte mit den Händen.

»Ernst? Ihr seid's ja nicht, die ins Kittchen wandern müßt.«

»So weit kommt's nie, Jimmy!«

»Bullshit! Diesmal hat Bobby Beweise, und die weiß er verdammt auch genau auszunutzen. Richten Sie Ihren Leuten von mir aus, wenn ich untergehe, gehen sie mit unter.«

Palermo schüttelte sorgenvoll den Kopf. »Sie wollen doch

nicht etwa, daß ich diese Botschaft überbringe, Jimmy? Das kann nicht Ihr Ernst sein.«

»Verflucht noch mal, und ob ich's will!«

Palermo inspizierte die Kuppen seiner glänzend polierten Schuhe. Wenn Hoffa Selbstmord begehen wollte, bitte sehr. War er etwa dumm genug, um zu glauben, daß er sich nicht an das Gesetz der *Omertà* halten mußte? Anscheinend ...

»Sie machen Ihren Leuten klar, daß die mich lieber nicht ganz allein die Suppe auslöffeln lassen«, sagte Hoffa grimmig.

Palermo nickte. Genau das hatten ›seine Leute‹ natürlich vor.

»Übrigens hat Bobby auch ziemliche Probleme«, sagte Hoffa plötzlich feixend.

»Ach ja?«

Hoffa beugte sich über den Schreibtisch, bis er nur noch wenige Zentimeter von Palermos Gesicht entfernt war. Diese plötzliche Nähe gefiel Palermo gar nicht, denn Hoffas gelbbraune Augen und seine fahle Hautfarbe waren fast ebenso widerwärtig wie sein Atem. Doch er zuckte nicht mit der Wimper.

»Marilyn hat gerade 'ne Abtreibung hinter sich. Bobbys Kind! Wenn er nicht zu ihr nach Kalifornien kommt, gibt sie 'ne Pressekonferenz und teilt's der ganzen Welt mit, das erzählt sie jedenfalls überall herum.«

»Ist das wahr?« Zum erstenmal hatte ihn Hoffa echt überrascht.

»Ich hab's alles auf Band. Bobby weiß nichts von der Pressekonferenz, noch nicht. Sie rief ihn gleich nach der Abtreibung an, und er säuselte bloß rum, verstehen Sie? Bobby hat nicht den Mumm, auf den Tisch zu hauen und zu sagen: ›Verpiß dich, Lady, es ist vorbei!‹ Er sagte nur, daß er gerade zu beschäftigt ist und all so 'n Scheiß ... Er hat jetzt sogar 'ne neue Privatnummer, der kleine Wichser, und wenn sie ihn danach fragt, verzapft er einen Riesenscheiß darüber, wie sie im Justizministerium ein neues Telefonsystem einrichten, und lauter so 'n Quatsch, wovon sie kein Wort glaubt ... Na ja, das alte Scheißlied, das wir alle kennen.«

»Was wollen Sie damit anfangen, Jimmy?« erkundigte sich Palermo mit einer gewissen Skepsis. Seine Leute hielten nicht viel von Erpressung irgendwelcher Bettgeschichten, sondern glaubten eher an die Wirkung von zerschmetterten Kniescheiben oder der Garrotte.

»Ich lass' Bobby wissen, daß Marilyn mit der Story über die Abtreibung, zu der er sie überredet hat, an die Öffentlichkeit geht. Und wenn sie's nicht tut, dann tue ich's eben.«
»Wann wird er das erfahren?«
Hoffa feixte wieder. »Mit 'n bißchen Glück weiß er's schon.« Er drehte sich mit dem großen ledernen Schreibtischsessel in die andere Richtung, so daß er nun über die Skyline von Washington zum Justizministerium hinüberblicken konnte.
Er hob eine Coca-Cola-Büchse hoch, als ob er jemandem zuprosten wollte. »Einen schönen Abend noch, Bobby«, sagte er sarkastisch.

Der Justizminister arbeitete lange, länger als jeder andere in der Regierung. Seine engsten Mitarbeiter wußten, daß zuallererst der Job kam. Wenn man nicht bereit war, aufs Privatleben fast ganz zu verzichten, paßte man nicht in sein Team. Als er und ein Assistent mal total erschöpft nach Mitternacht das Büro verlassen hatten und der Chauffeur in die Massachusetts Avenue einbog, um sie nach Hause zu bringen, entdeckte der Justizminister, daß in Hoffas Büro im Teamster-Gebäude noch Licht brannte. »Kehren Sie um und bringen uns ins Justizministerium zurück«, hatte er dem Chauffeur befohlen. »Wenn Hoffa noch arbeitet, sollten wir's auch tun.«
Seine Einstellung hatte sich nicht geändert. Sein Feind war immer noch auf seinem Posten statt hinter Gittern, wo er hingehörte. Robert Kennedy rieb sich über die müden Augen, nahm einen Stapel Papiere und wollte gerade ein neues Band in sein Diktiergerät einlegen, als er merkte, daß dort schon eins drin lag. Er drückte auf die Rückspultaste, um festzustellen, ob es sich da um etwas handelte, was er bereits diktiert hatte. Doch statt dessen ertönte eine vertraute, rauhe Stimme. *Hey, Bobby, hören Sie sich das an!* Eine kleine Pause folgte, bevor eine atemlose Stimme, die durch die Überspielung etwas verzerrt klang, aber trotzdem als Marilyns' erkennbar war, zu flüstern begann wie ein kleines Mädchen, das einer Freundin am Telefon Geheimnisse anvertraut. Aber es war eben nicht die Stimme eines kleinen Mädchens, da sie angetrunken oder stoned oder beides zu sein schien. Auf jeden Fall sprach da jemand, der in Panik war.
Das kann er mir doch nicht antun, Herr Doktor? sagte die Stimme.

Er kann mich nicht dazu bringen, mein Baby zu töten und mich dann verlassen? Ich dachte, daß er mir durch diese ganze Scheiße durchhelfen würde, aber dann ändert er seine verdammte Telefonnummer, so daß ich ihn nicht mal erreichen kann, wenn ich ihn wirklich brauche ...

Was geschehen ist, ist geschehen, Sie haben die Schwangerschaft abgebrochen. Es ist nur natürlich, daß Sie deprimiert sind.

Scheiß auf ›deprimiert‹! Ich bin wütend! Ich will ihn hierhaben. Ich dachte, er ist mein Freund. Ich dachte, ich kann ihm vertrauen. Er hat mich nur gevögelt wie jeder andere Mann in meinem Leben. Wenn er nicht herkommt und bei mir bleibt, dann werde ich eine Pressekonferenz geben und der ganzen Welt erzählen, was passiert ist!

Ich glaube, das wäre ein Fehler, Marilyn ...

Mir egal. Ich werde es tun. Ich meine es ernst ...

Bobby lauschte angespannt der blechernen Stimme, die vor Kummer, Zorn und Angst vibrierte.

Es klickte, als sie auflegte, und dann wählte sie eine neue Nummer. Gleich darauf vertraute sie in einem wilden Wortschwall die Geschichte ihrer Abtreibung einer gewissen Dolores an, die ihr anbot, zu ihr zu kommen und ihr Gesellschaft zu leisten. Der nächste, der eingeweiht wurde, war Aaron Diamond, der Superagent aus Hollywood, der ihr mürrisch riet, ihn am nächsten Vormittag in seinem Büro anzurufen. Es folgte ihr Visagist, der über die Enthüllungen entsetzt war ...

Bobby schaltete das Gerät aus, nahm den Plastikstreifen und zerschnitt ihn sorgfältig in kleine Stücke. Natürlich war das nur eine symbolische Geste. Er wußte genau, woher das Band stammte, wenn auch nicht, wie es in sein Diktiergerät gelangt war. Es war sicher nur eine von mehreren Kopien, und Hoffa besaß das Original.

Wie viele Leute hatte Marilyn wohl noch angerufen? Aber im Grunde spielte es keine Rolle, denn ein einziger Anruf war bereits einer zuviel.

Auf dem Schreibtisch vor ihm lag ein Umschlag mit Reiseunterlagen, auf dem ›AG &- Familie – Kalifornien‹ stand. In zehn Tagen fuhr er mit Ethel und den Kindern auf die Ranch eines alten Freundes in der Nähe von San Francisco, wo sie endlich mal ein Wochenende miteinander verbringen würden. Danach wollte er mit Richter William O. Douglas zu einer Bergtour in der Nähe von Washington aufbrechen.

In einer langjährigen Ehe gab es Dinge, die nicht ausgesprochen werden mußten, sondern wie durch Telepathie bekannt waren. Ethel hatte Marilyns Namen nie erwähnt, aber er war sicher, daß sie von der Affäre wußte. Und nun hatte sie ihm klargemacht, daß er ihr diese gemeinsame Reise zur Westküste schuldete, wenn sie es auch nicht mit Worten ausgedrückt hatte.

Auf einer Liste mit Anrufen, die seine Sekretärin ihm hingelegt hatte, tauchte Marilyns Name fast ein dutzendmal auf, in immer kürzeren Zeitabständen.

Er schaute auf seine Armbanduhr. In Los Angeles war es jetzt 23 Uhr.

Vor lauter Müdigkeit schloß er einen Moment die Augen. Dann stand er auf und reckte sich. Höchste Zeit, mit der Arbeit aufzuhören, da er sowieso nichts Rechtes mehr zustande brachte. Als sein Blick auf den Terminkalender fiel, seufzte er unwillkürlich. Der nächste Tag – es war der 25. Juli – würde auch wieder hart werden, und am übernächsten Tag mußte er am späten Nachmittag nach Los Angeles fliegen, um bei einer Tagung der National Insurance Association eine Rede zu halten. Dann mit einem Air-Force-Jet zurück nach Washington zu einer Sitzung im Weißen Haus, wo es um die sowjetische Propaganda in Kuba ging ...

Einen winzigen Moment überlegte er, ob er Marilyns flehentliche Bitte, sie zu besuchen, erfüllen sollte, schüttelte dann aber den Kopf. Er durfte es nicht, denn es war zu gefährlich, ›kontraproduktiv‹, wie es die CIA-Typen gerne nannten, und ihr gegenüber nicht mal fair ...

Kurz entschlossen wählte er Peter Lawfords Nummer.

Am 25. Juli löste sie alle ihre Rezepte ein. Sie hatte einen ganzen Packen von ihren verschiedenen Ärzten gehortet und fuhr nun am Nachmittag von einer Apotheke zur nächsten.

Sie wußte, daß sie nicht so viele Tabletten brauchte, aber sie fühlte sich nur sicher, wenn sie einen ausreichenden Vorrat zur Hand hatte plus einige Reserven für Notfälle. Die Vorstellung, daß sie plötzlich keine mehr hätte, verursachte lähmendes Entsetzen in ihr. Als sie mit ihrer Tour durch die Apotheken fertig war, paßte kaum noch eine Pillenschachtel in ihre Handtasche.

Fünf Tage waren seit der Abtreibung vergangen. Sie hatte den Überblick verloren, wie oft sie Bobby Kennedy angerufen hatte, doch er war nur einmal für sie zu sprechen gewesen. Sie hatte ihn angefleht, zu ihr nach Kalifornien zu kommen, wenigstens für eine Nacht, aber er hatte Arbeit vorgeschützt.

Sie hatte bei ihm weder ihren Zorn noch ihren Kummer zum Ausdruck gebracht, denn sie wollte ihn ja zurückhaben. Außerdem kannte sie Bobby. Drohungen waren bei ihm ebenso sinnlos wie bei Jack. Spätnachts, wenn sie trotz Champagner und Tabletten nicht schlafen konnte, rief sie, um nicht verrückt zu werden, alle möglichen Leute an und redete sich ihren Kummer vom Herzen. Vieles davon meinte sie gar nicht so, und das meiste vergaß sie gleich wieder.

Sie fuhr den Sunset Boulevard zum Pacific Coast Highway, parkte beim Sip-N-Surf, lief barfuß den Strand entlang und fühlte sich so gut wie schon lange nicht mehr. Vielleicht würde ihr Leben wieder sinnvoller werden, wenn sie nicht mehr daran dachte und einfach hier im Sand saß, den Wellen zusah und sich den Wind durch die Haare pusten ließ ... Sie schlenderte zum Sip-N-Surf zurück, setzte ihre Sonnenbrille auf, suchte sich einen Platz im Schatten und bestellte einen Hamburger und eine Coke. An der Bar standen hauptsächlich Teenager, und einen Moment empfand sie glühenden Neid, aber sie wußte, daß die Kids sie wiederum beneiden würden, wenn sie wüßten, wer sie war ... »Ein Penny für deine Gedanken«, hörte sie plötzlich eine vertraute englische Stimme sagen.

Lawford saß neben zwei aufregenden Bikinischönheiten an der Bar. Er trug ausgebeulte Shorts, ein altes Tennishemd, hatte zerzaustes Haar und nackte Füße. Wie so oft war er beschwipst und vielleicht deshalb bester Laune.

Breit grinsend ließ er sich neben ihr nieder, nicht ohne einen bewundernden Blick auf die nackten Rücken der Mädchen neben ihm zu werfen. »Ach, die Jugend!« meinte er seufzend. »Je älter ich werde, desto jünger mag ich sie. Komisch, nicht wahr? Vermutlich werde ich mal pädophil, wenn ich nur lang genug lebe.« Er hielt sein Glas dem Barmann hin. »Noch einen Scotch, George«, rief er.

»Er heißt nicht George.«

»Alle Barmänner heißen George. Hör mal, als du mich gerade gesehen hast, hast du da nicht ›was für ein Zufall!‹ gedacht? So nach dem Motto: ›Da ist ja Darling Peter!‹«

Sie schüttelte den Kopf. »Nein, das habe ich nicht gedacht.«
»Recht hast du, denn es ist gar kein Zufall. Ich sah dich nämlich den Strand entlangwandern, und da ich dich seit Tagen telefonisch zu erreichen versuche, habe ich dir sozusagen aufgelauert, um hallo zu sagen.«
»Ich war aber zu Hause.«
»Wirklich? Ich habe es bestimmt Dutzende von Malen versucht, Darling.«
»Ganz unmöglich, denn ...«
»Doch, doch! Aber macht ja nichts. Hier bist du endlich. Ich wollte dich nämlich zu einem langen Wochenende einladen. Ach übrigens, was trinkst du da?«
»Eine Coke.«
»Kommt nicht in Frage! Geben Sie der Lady ein Glas Champagner.«
Als der Barmann ihr das Glas brachte, stieß Peter mit ihr an. »Cheers! Sei ein Schatz und komm mit. Wir fliegen mit Franks neuem Flugzeug nach Tahoe."
»Du und Pat?«
»Vermutlich. Ziemlich sicher jedenfalls.« Er zögerte einen Moment. »Allerdings sind Pats Pläne noch nicht ganz klar ... Es wird eine richtige Party, eine tolle Mischung von Leuten ...«
Der drängende Unterton in seiner Stimme machte sie fast nervös. Plötzlich legte er den Arm um sie, als seien sie intime Freunde, was sie ja vielleicht auch waren ... »Es wird dir verdammt guttun«, redete er weiter.
Warum eigentlich nicht, dachte sie. Vielleicht war ein bißchen Spaß ja genau das, was sie brauchte. Außerdem konnte sie Bobby auf diese Weise zeigen, daß sie nicht ewig nur herumsaß und ihn anrief oder auf seinen Anruf wartete ... Sie konnte nicht den Rest ihres Lebens damit verbringen, rastlos im Haus herumzulaufen, während Mrs. Murray wie ein Leibwächter in der Küche saß – oder wie eine Krankenschwester, was eher der Wahrheit entsprach. »Also gut ...«, willigte sie ein.
Er strahlte übers ganze Gesicht und gab ihr einen Kuß. »Fantastisch!« sagte er. »Wir könnten doch ein verlängertes Wochenende daraus machen, was meinst du? Und schon morgen aufbrechen, falls das Flugzeug frei ist.«

Am Donnerstag war sie heilfroh, daß sie sich entschieden hatte, nach Tahoe mitzufliegen. Es herrschte eine sengende, feuchte Hitze, und die gelegentlichen Windböen brachten keine Erleichterung, sondern hatten die gleiche Wirkung, wie wenn man eine Backofentür öffnen würde. Selbst Mrs. Murray war gereizt, und Maf, der normalerweise kaum zu bremsen war, lag hechelnd neben dem Pool im Schatten.

Den ganzen Vormittag überlegte sie hin und her, was sie anziehen und einpacken sollte. Schließlich entschied sie sich für das Bequemste und tauchte am Flugzeug in Hosen, einem Männerhemd – es hatte mal Jack gehört – mit hochgerollten Ärmeln und einem Tuch über dem Haar auf. Sobald sie in der Maschine saßen, schenkte Lawford sich einen Drink ein und zündete mit zitternden Händen eine Zigarette an.

»Beim Start herrscht Rauchverbot«, sagte der Pilot durch die geöffnete Tür vom Cockpit.

»Verpiß dich«, erwiderte Lawford nur.

Der Pilot machte ein finsteres Gesicht, verzichtete aber lieber darauf, mit einem Gast seines Chefs zu streiten.

»Wo ist Pat?« erkundigte sie sich.

»Ach ja«, sagte Lawford, riß die Augen auf und schaute sich in der leeren Kabine um, als wäre er überrascht, sie nicht vorzufinden. »Sie konnte nicht kommen. Nicht ganz ihre Spielwiese …«

Er trank aus, schlief fast sofort darauf ein und überließ sie ihren eigenen Gedanken. Nicht ihre Spielwiese! Es stimmte natürlich, denn das Cal-Neva-Lodge war ganz sicher nicht nach Pats Geschmack. Es war eine Spielwiese für ›die Boys‹, die auf Alkohol, Glücksspiel und Partys scharf waren. Das Ganze war auch nicht nach ihrem Geschmack, aber hundertmal besser, als allein zu sein.

Genauso dachte sie auch noch am nächsten Tag und in der nächsten Nacht, denn es war wie eine Rund-um-die-Uhr-Party mit Leuten, bei denen sie sich entspannte und ganz sie selbst war. Ihre Suite, die zwischen der von Frank und Peter lag, hatte sie früher mal mit Jack bewohnt. Hier konnte sie spät aufstehen, im Bett lesen, allein Spaziergänge machen und war erstaunlicherweise zum erstenmal seit Wochen imstande, Hoffnung zu schöpfen und sich wohl zu fühlen.

Sie witzelte und tanzte mit Frank und Peter und deren Freunden, gut aufgehoben in dieser Atmosphäre männlicher Kameraderie und gut gelaunt durch ewigen Pillennachschub aus Lawfords schwarzer Arzttasche, ohne die er nirgendwo hinging.

Erst am Sonntag merkte sie, daß sie reingelegt worden war.

Sie hatten alle bis drei Uhr früh durchgefeiert, so daß es schon nachmittags war, als sie sich zu Lawford an den Swimmingpool setzte, wo er seinen Kater mit schwarzem Kaffee und Fruchtsäften zu bekämpfen versuchte.

Da er mit geschlossenen Augen dalag, sah er nicht, daß sich ein Page mit den Sonntagszeitungen näherte. Als er es dann doch noch merkte und rief: »Nein, nein, wir wollen keine!« war es schon zu spät. Die *Los Angeles Times* lag bereits auf dem Fußteil seines Liegestuhls, so daß sie die obere Hälfte der Titelseite deutlich erkennen konnte, auf der ein großes Foto von Bobby Kennedy prangte. Darüber die Schlagzeile:

> *»Robert Kennedy in L. A.*
> *gelobt ›Krieg dem Verbrechen!‹«*

Sie brauchte nur eine Sekunde, um zu begreifen, warum Peter Lawford sie bei diesem Weekend so unbedingt hatte dabeihaben wollen. »Du mieses Schwein«, sagte sie ganz ruhig zu ihm.

Ein guter Schauspieler hätte vielleicht den zu Unrecht Beschuldigten gespielt, aber eine der netteren Seiten von Lawford war, daß er sich nicht für einen guten Schauspieler hielt und auch nicht vorgab, einer zu sein. »Man tut, was man tun muß«, erwiderte er. »Es war ebenso zu deinem Besten wie zu seinem.«

»Ach, zum Teufel! Er wollte mich aus der Stadt raushaben, das ist alles. Und du hast es für ihn arrangiert.«

»Ja, das stimmt.«

»Warum?«

»Er wollte eine Szene vermeiden, Marilyn. Was hast du denn erwartet? Du rufst ihn Tag und Nacht an und quatschst auch noch mit jedem über eure Affäre, so daß er früher oder später darauf reagieren mußte. Das begreifst du doch, oder?«

»Er hätte mich selbst anrufen können!«

»Er dachte, daß dadurch alles nur noch schlimmer würde. Hör mal, Darling, du kannst froh sein, daß er keine Bundespolizisten losschickte, sondern mich. Du vergißt ganz, mit wem du's zu tun hast, Baby, und das ist ein gewaltiger Fehler.«

Er hatte sich aufgesetzt und machte ein ernstes Gesicht, ganz ohne die Selbstironie, die ihn sonst erträglich machte, selbst wenn er etwas Verletzendes äußerte. Ihre Hände zitterten, aber sie zögerte nicht. Sie nahm die Kaffeekanne von dem Tischchen zwischen ihren Liegestühlen und warf sie ihm an den Kopf.

»Marilyn ist total durchgedreht, *das* meine ich damit.«

Wie üblich bekam ich Herzklopfen, als ihr Name erwähnt wurde. In den vergangenen Wochen, seit sie mich in Malibu hatte stehenlassen und ich nach New York zurückgeflogen war, hatten wir nicht mehr miteinander telefoniert.

»Wo ist das passiert?« fragte ich. Marty Glim war einer meiner Kunden, ein ganz netter Kerl (für einen Multimillionär), der mit einem Großhandel für Klempnerbedarf in Cleveland sein Vermögen gemacht hatte und sich dann seinen größten Traum erfüllte, indem er – ohne Mrs. Glim – zur Westküste zog, um dort ein ganz neues Leben als unabhängiger Filmproduzent zu beginnen. Ich hatte die Aufgabe übernommen, ihm auch ein völlig neues Image zu verpassen.

»Es war im Cal-Neva Lodge«, antwortete er. »Ich war mit einem Mädchen dort, und wir ließen es uns gutgehen, bis Peter Lawford, der am Nachbartisch saß, plötzlich mit meiner Kleinen anbändelte …

Na ja, das ließ ich mir natürlich nicht bieten, und so sagte ich ihm meine Meinung. Was macht der versoffene Hurensohn daraufhin? Er steht auf und grabscht nach dem Busen meiner Freundin, in aller Öffentlichkeit. Dann tauchen plötzlich Sinatra und Marilyn Monroe auf, sie bittet um Entschuldigung, er führt Lawford weg, sie schicken uns Champagner rüber, und alles ist wieder paletti …«

»Marilyn war wirklich einmalig. Sie behandelte Lawford goldrichtig, war reizend zu meinem Mädchen und auch nett zu mir … Außerdem schien sie glücklich zu sein. Ich meine, man hört so viele Gerüchte über sie, daß sie unglücklich oder verrückt oder sonstwas sein soll. Aber hier war sie direkt neben uns und amüsierte sich blendend …«

Glim redete immer weiter, denn er hatte bereits die Unsitte Hollywoods übernommen, nonstop zu quasseln, bis er oder das Thema erschöpft waren. »Deshalb wäre ich vor Erstaunen fast

umgefallen, als wir sie später auf dem Flugfeld sahen«, sagte er, und ich begriff, daß ich etwas Wichtiges überhört hatte.
»Was haben Sie gesagt?« erkundigte ich mich.
»Herr im Himmel, ich hätte sie auf dem Flugfeld fast nicht erkannt. Es war nicht die gleiche Frau, die in der Nacht zuvor an meinen Tisch kam. Sie wurde buchstäblich getragen und vielleicht nicht mal freiwillig, wenn Sie mir das glauben können …«
Leider konnte ich es glauben.
»Ein Arzt war auch dabei. Er ging mit seiner schwarzen Tasche hinter ihnen her. Und sie wehrte sich, wollte vielleicht nicht ins Flugzeug oder wollte bloß, daß man sie losläßt, wer weiß?«
»Hat sie was gesagt?«
»Nein. Sie stießen sie in die Maschine. Schubsten sie einfach rein. So wahr mir Gott helfe, David, es sah wie Kidnapping aus. Eine miese Sache.«
Ich wimmelte hastig Glim ab und rief sofort bei Marilyn an, doch es war Dr. Greenson, der den Hörer aufnahm.
»Wie geht es ihr?«
»Im Moment ruht sie sich aus«, erwiderte er mit seiner angenehmen Stimme. Mir schoß durch den Kopf, daß er möglicherweise der einzige Therapeut im ganzen Land war, der Hausbesuche machte.
»Ist sie wirklich in Ordnung?« fragte ich weiter. »Wie ich hörte, gab es gestern nacht Probleme, als sie Tahoe verließ.«
»Sie flog gegen meinen Rat dorthin«, erwiderte Greenson verstimmt, als ob ich ihm die Schuld an allem gäbe.
»Was ist passiert?«
»Ich war nicht dabei, Mr. Leman. Vermutlich war das Weekend einfach zu anstrengend für Marilyn. Was nicht weiter überraschend ist, wenn man ihren Zustand bedenkt …«
Bei Dr. Greenson klang das Wort ›Zustand‹ geradezu bedeutungsschwanger. »Kann man ihr irgendwie behilflich sein, Herr Doktor?«
»Nicht sehr, um ehrlich zu sein. Sie fühlt sich verlassen, ihr Selbstwertgefühl ist erschüttert, und das war ja von Anfang an nicht sehr stark …«
»Richten Sie ihr aus, daß ich zu ihr fliege, wenn sie es will«, sagte ich, obwohl ich mir nicht viel davon versprach. Ich war schon mal zu einer Rettungsaktion nach Kalifornien geflogen, die

übel ausgegangen war – für mich. Ich wollte nicht voreilig eine weitere riskieren.

»Ich richte es ihr aus«, versicherte mir Greenson. »Aber ich glaube kaum, daß es nötig sein wird.« Seine Zuversicht war tröstlich.

Ich verabschiedete mich von ihm und gab meiner Sekretärin den Auftrag, Marilyn Blumen zu schicken. Auf der beiliegenden Karte sollte stehen: ›Ich bin für Dich da, wenn Du mich brauchst, David.‹ Dann wählte ich Bobbys Nummer im Justizministerium, da ich der Meinung war, daß es nichts nutzte, etwas aufzuschieben, was man nicht gern tat.

Als Bobby sich schließlich meldete, hatte er die ungeduldige Stimme eines Mannes, der schon weiß, was der Zweck des Anrufs ist. Nach anfänglichem Small talk sagte ich: »Wie ich höre, geht es Marilyn sehr schlecht.«

»Sie macht eine schwere Zeit durch, die Ärmste«, stimmte er zu, als wäre er nicht der Anlaß ihres Kummers. Er klang mitfühlend, aber reserviert. Inzwischen müssen ihm Marilyns Probleme so vorgekommen sein wie eine Flutwelle, die alle verschlingen würde.

»Ich tue mein Möglichstes, David«, redete er ruhig weiter. Ich kannte Bobby gut genug, um zu ahnen, wie schwer es ihm fiel, sein irisches Temperament zu zügeln. »Ich habe Peter gebeten, auf sie aufzupassen.«

»Peter kann nicht mal auf sich selbst aufpassen, geschweige denn auf sie. Wissen Sie, Bobby, daß man sie gestern nacht mit Beruhigungsmitteln vollpumpen und in ein Flugzeug schleppen mußte, um sie von Tahoe nach Los Angeles zu schaffen?«

»Die Situation ist unter Kontrolle, vielen Dank«, sagte Bobby. »Peter und Pat, Dr. Greenson, Mrs. Murray und die halbe Stadt scheinen sich um sie zu kümmern. Von mir aus können Sie auch noch mitmachen.«

»Vielleicht tue ich's wirklich.«

»Na wunderbar!« fauchte er. »Tun Sie, was Sie für das Beste halten. Ich werde mit Ethel und den Kindern an diesem Wochenende selbst an der Westküste sein, nahe San Francisco, bleibe L. A. aber fern. Und das sollten Sie auch, wenn ich Ihnen einen Rat geben darf. Es hilft nichts, zu ihr zu fahren. Das ist übrigens auch die Ansicht ihres Arztes«, fügte er noch hinzu und legte auf.

Er hatte recht. Es war tatsächlich Greensons Ansicht und genau das, was wir alle – vor allem aber Bobby – hören wollten.

Am Mittwoch rief Marilyn mich an und erreichte mich gerade noch im Büro, bevor ich mich mit einem Kunden zum Lunch traf.

»Das waren wunderschöne Blumen«, sagte sie. »Niemand sonst hat mir welche geschickt.«

»Ich würde dir täglich Blumen schicken, wenn du nur willst.«

»Ach, Honey, wieder das alte Lied. Aber ich möchte mich entschuldigen, weil ich so ekelhaft zu dir war.«

»Ist schon okay.« Sie klang nicht wie eine Frau, die in Schwierigkeiten steckt. Hatte Greenson ein kleines Wunder vollbracht? Es hatte ganz den Anschein. Meine Sekretärin klopfte beziehungsvoll auf das Zifferblatt ihrer Armbanduhr, aber ich zuckte nur mit den Schultern. Der Kunde konnte warten.

»Ich möchte mich richtig bei dir entschuldigen«, redete sie weiter. »Wann kommst du wieder nach L. A.?«

Jetzt schlich sich ein ängstlicher Ton in Marilyns Stimme. Ich schrieb ihn der Tatsache zu, daß sie gerade etwas Schreckliches hinter sich hatte. »Ungefähr in einer Woche oder zehn Tagen.«

»Ach ...« Sie klang enttäuscht, unternahm aber keinen Versuch, mich unter Druck zu setzen. »Können wir wieder zum Dinner ausgehen?«

»Aber gern.«

»Vielleicht diesmal nicht ins Romanoff's.«

Wir lachten beide. Ich hatte den Eindruck, daß sie ganz so wie früher klang.

»Läßt du mich rechtzeitig wissen, wann du kommst?« erkundigte sie sich.

»Aber natürlich.«

»Auf Wiedersehen«, verabschiedete sie sich. Einen Moment herrschte eine fast unheimliche Stille, und dann ertönte ein seltsamer Laut, der ein Seufzer oder aber auch nur der Wind hätte sein können.

»Auf Wiedersehen«, antwortete ich, aber die Leitung war schon tot.

Ich eilte ins La Caravelle zu meiner Verabredung. Der Rest der Woche war vollgepackt mit Terminen. Am Donnerstag sollte ich in Washington den Präsidenten treffen, und abends war ich zu einem festlichen Dinner ins Weiße Haus geladen.

Ich nahm mir vor, Marilyn noch einmal anzurufen und ihr von dem Dinner im Weißen Haus zu erzählen, da sie nach wie vor an allem interessiert war, was Jack betraf, aber ich sollte nicht mehr dazu kommen.

50. KAPITEL

Der Anruf kam auf der Sonderleitung, die auf der Gilroy Ranch extra für den Justizminister installiert worden war. Um das gemütliche Wohnzimmer des Gastgebers nicht durch Kabel zu verunzieren, hatte man das Telefon in die Diele gestellt, einen ganz normal aussehenden schwarzen Apparat ohne Wählscheibe, der mit dem Weißen Haus verbunden war. Wo er sich auch befand, mußte der Justizminister jederzeit mit seinem Bruder kommunizieren können. Unwichtigere Anrufer, wie sein Schwager Peter Lawford, wurden durch die Zentrale im Weißen Haus vermittelt.

Er nahm den Anruf in der Diele entgegen, scheuchte die Kinder nach draußen, um ungestört zu sein, und lauschte mit angespanntem Gesicht.

»Was meinst du damit, daß sie außer Kontrolle ist, Peter?« fragte er.

Er lauschte wieder. Diesmal dauerte es noch länger. »Nein, nein, ich verstehe schon, daß du nicht mehr tun kannst... Du hast mir sehr geholfen. Ich bin dir wirklich dankbar.«

Er lief wie ein Tiger im Käfig auf und ab, so weit es die Telefonschnur zuließ. In ihm war so viel aufgestaute Energie, daß er einfach nicht stillstehen konnte. »Ich glaube kaum, daß sie herkommen wird.« Er sprach wie üblich selbstsicher und überzeugt von seinem richtigen Urteil. »Das allerdings könnte sie tun, stimmt«, sagte er kurz darauf. »Arme Frau.«

In seiner Stimme schwang tiefe Trauer mit, auch Scham und Mitgefühl, aber kein Selbstmitleid, denn dazu neigte er nicht im geringsten. »Sag dem Arzt, daß er hinfahren soll«, ordnete er an.

»Wie heißt er noch gleich ... richtig ... nein, nein, ich sag's ihr selbst. Es ist die einzige Möglichkeit.«

Er verabschiedete sich, legte auf, überlegte kurz und hob dann wieder den Hörer ab. »Daddy, Daddy, wann kommst du endlich?« rief eins der Kinder hinter ihm, und er drehte sich lächelnd um. Er hielt einen Finger hoch, was ›eine Minute‹ bedeuten sollte, denn er haßte es, Kinder warten zu lassen, und gab dann durchs Telefon eine Nummer im Justizministerium an. Als er verbunden wurde, kam er gleich zur Sache. »Finden Sie heraus, wie ich heute nacht nach L. A. gelangen kann, ohne gesehen zu werden«, sagte er im Befehlston.

Einen Moment schloß er die Augen, als sei er total erschöpft. »Ist hier nicht irgendwo ein Marinestützpunkt?« erkundigte er sich dann. »Dort gibt's sicher Hubschrauber.«

Er hörte ungeduldig zu. »Nun, das ist mir egal. Sie müssen's irgendwie schaffen.«

Er legte auf und ging ins Wohnzimmer, wo er lautstark von seinen Kindern willkommen geheißen wurde. Jede Spur von Müdigkeit und Sorge war wie weggepustet.

Den Freitagabend hatte sie mit den Lawfords verbracht. Sie erinnerte sich noch, daß sie mit ihnen – sie waren zu fünft – im La Scala beim Dinner gewesen war.

Als der erste Gang serviert wurde, war sie schon stoned und begann, sich lautstark über Bobby und die Trennung zu beklagen, bis Peter schließlich, der ebenso stoned war und aus nervöser Anspannung Schweißausbrüche hatte, den Tisch noch bevor seine Gäste mit dem Hauptgang fertig waren, verlassen mußte, um sie nach Hause zu fahren. Sie hatte ihm diesen Abgang nicht gerade erleichtert, sich aber nach einer häßlichen Szene vor dem Restaurant (vor einigen Augen- und Ohrenzeugen) dann doch in sein Auto verfrachten lassen.

Sie erinnerte sich, daß sie ihre Schuhe ausgezogen und die Füße auf das Armaturenbrett gelegt hatte, so daß der Fahrtwind ihr unter den Rock blasen konnte, denn es herrschte an diesem Abend glühende Hitze. Sie erinnerte sich, mit ihm bitter und wütend diskutiert zu haben, während er an ihre Vernunft appellierte und sie bat, an ihre eigene Karriere und ihren Ruf zu denken, aber vor allem endlich keinen Ärger mehr zu machen und den Mund zu halten.

Sie erinnerte sich, ihm gesagt zu haben, daß er sich verpissen sollte, als sie vor ihrem Haus anhielten. Sie erinnerte sich auch, gedroht zu haben, und zwar mit äußerster Lautstärke, die ganze Story publik zu machen, falls Bobby nicht endlich seinen Arsch nach L. A. bewegte und sie besuchte.

»Er kann nicht!« hatte Lawford geheult, und in seinen Augen hatte sie tatsächlich Tränen entdeckt.

Sie schleuderte einen Schuh nach ihm und traf ihn an der Stirn. »Ich meine es ernst!«

»Es ist vorbei! Vergiß es.«

»Ich liebe ihn!«

»Na und? Er ist verheiratet. Er hat Gott weiß wie viele verdammte Kinder. Vermutlich wird er sich 1968 um die Präsidentschaft bewerben. Laß ihn in Ruhe.«

»Er liebt mich, du mieser britischer Motherfucker.«

»Gut möglich. Aber das spielt auch keine Rolle.«

Sie warf den zweiten Schuh nach ihm, der ihm die Lippe aufriß. Es freute sie zu sehen, daß er Angst hatte. Sie wünschte, sie hätte noch ein anderes Wurfgeschoß.

»Sag ihm, daß ich Louella, Winchell und alle anderen anrufe. Schon morgen! Ich erzähle ihnen die ganze Story. Von Jack. Von Bobby. Alles. Sag ihm, daß ich ihn sehen muß, oder es passiert was!«

In der Straße wurden immer mehr Fenster hell, und immer mehr Hunde bellten. Lawford flüchtete sich in seinen Wagen, ließ den Motor an, fuhr los und ließ sie allein vor ihrer Haustür stehen.

Am nächsten Morgen wachte sie früh auf. Bereits um neun Uhr saß sie fertig angezogen und mit erstaunlich klarem Kopf in der Küche, wo Mrs. Murray Kaffee für sie machte. Während der Nacht hatte sie wieder Hoffnung geschöpft ... Bobby würde kommen, und alles würde gut sein, sobald er sie nur sah.

Sie ließ das Mittagessen aus und legte sich eine Stunde am Swimmingpool in die Sonne, während Mrs. Murray einkaufen ging, damit etwas Eßbares für Bobby im Eisschrank wäre. Sie war überzeugt, daß er käme, auch wenn Peter Lawford anders darüber dachte ...

Sie war so überzeugt, daß sie ein Geschäft am Santa Monica Boulevard anrief, Spielsachen für die sieben Kinder von Bobby bestellte und bat, alles so bald wie möglich bei ihr abzuliefern. Sie hatte aus einem Impuls gehandelt, da sie Bobby zu verstehen geben wollte, daß sie alles an ihm liebte, selbst seine Familie, und daß er sich nicht zwischen ihr und seinen Kindern entscheiden müßte ... Ihr war inzwischen klar, daß sie ihn zu sehr unter Druck gesetzt hatte.

Gegen ein Uhr mittags wurde das Spielzeug geliefert, und Mrs. Murray kehrte mit ihren Einkäufen aus Brentwood zurück. Noch hatte Bobby nicht angerufen, und sie begann, nervös zu werden. Die zahlreichen Spielsachen, die sich in der Diele türmten, als ob Weihnachten wäre, verschlimmerten alles noch, weil sie dadurch an ihr Waisenhaus erinnert wurde, wohin mildtätige Leute immer altes Spielzeug gebracht hatten. Sie war gerade drauf und dran, Peter Lawford anzurufen, um zu fragen, wann – wenn überhaupt – Bobby kommen würde, als das Telefon klingelte. Sie hob ab und hörte die vertraute Stimme. »Ich bin in der Stadt«, sagte Bobby. »Wir müssen reden.«

»Ich weiß«, sagte sie und versuchte, sich ihre Gefühle nicht anmerken zu lassen. »Wo bist du, wann bist du gekommen?«

»Ich bin in Pats Haus. Kann ich dich gleich sehen?«

»Aber natürlich. Beeil dich, bitte.«

Sie rannte in ihr Zimmer und machte sich in Windeseile fertig. Sie schwankte zwischen einem Kleid und Hosen, entschied sich dann aber für lässige Kleidung, die ihm suggerieren sollte, daß sie es sich zu Hause gemütlich gemacht und nicht etwa nur auf seinen Anruf gewartet hatte.

Sie war noch nicht ganz fertig, als er kam. Da sie Mrs. Murray fortgeschickt hatte, öffnete sie selbst die Haustür und gab ihm schon dort auf der Schwelle einen Kuß. Sein Gesicht war verschlossen. Er legte einen Arm um sie, aber sie fröstelte plötzlich trotz der stickigen Hitze. »Du weißt, warum ich hier bin?« fragte er. Er wirkte nicht böse, nur müde und gedankenverloren.

»Weil du mich liebst«, sagte sie. »Weil ich dich liebe. Das sind die einzigen Gründe, die du brauchst.«

»Ja, ich liebe dich. Das stimmt. Und ich weiß, daß du mich liebst. Genau deshalb muß das aufhören, Marilyn.«

Sie hatte sich innerlich auf eine Versöhnungsszene eingestellt und ihre Rolle genau geplant. Sie würde die Idee aufgeben, daß er Ethel verließ, und sich damit begnügen, seine Geliebte zu sein.

Wenn er wollte, daß sie ihm nicht mehr die Schuld an der Abtreibung gab, dann war sie auch dazu bereit.

»Du bist wieder da«, sagte sie zärtlich, fuhr ihm mit den Fingern durchs Haar, küßte ihn auf die Wange und klammerte sich an ihm fest. Ich werde alles tun, was du willst.«

Behutsam und doch energisch schob er sie von sich und führte sie zum Sofa, wo er sie in die Polster drückte. Dann stellte er sich vor den Kamin, von wo er auf sie heruntersehen konnte.

»Alles? Okay. Dann also bitte keine Drohungen mehr. Das ist Nummer eins.« Er hielt schulmeisterlich einen Finger hoch. »Nummer zwei: keine Anrufe bei Radiosendern ... Bitte leugne es nicht. Das FBI hat sie alle auf Band ... Und schließlich: keine Kommunikation mehr. Es tut mir leid, aber ... es ist zu gefährlich geworden.«

»Ich habe dir nicht gedroht!«

»Du sagtest Peter, du würdest an die Öffentlichkeit gehen. Wenn das keine Drohung ist, was dann, Marilyn?«

»Peter hat mich mißverstanden«, widersprach sie. »Du weißt doch, wie er ist.«

»Ich weiß, aber was er sagte, war unmißverständlich. Falls ich nicht zu dir komme, wirst du aller Welt von unserer ... Affäre erzählen.«

Er dehnte das Wort, als ob ihn schon der Gedanke daran anwidere. »Hast du das gesagt? Oder etwas Ähnliches?«

In seiner Stimme schwang immer noch kein Zorn mit, aber auch keine Zuneigung. Nichts an seinem Verhalten ließ den Schluß nahe, daß dies der Mann war, dessen Körper ihr so vertraut war wie ihr eigener, der Mann, der ihr Kind gezeugt hatte ... Mit seinem kalten Blick und seinem harten Mund wirkte er mehr wie ein Richter als ein Geliebter, und tatsächlich fällte er ja ein Urteil über ihre Liebe – ein Todesurteil. »Es war ein Fehler«, sagte er nun. »Es ist zu weit gegangen.« Er machte eine kleine Pause. »Ich gebe mir selbst die Schuld, nicht dir.«

»Da gibt es keine Schuld ...«

»O doch!« widersprach er scharf, und seine Augen funkelten, als hätte sie es endlich geschafft, seine Verteidigung zu durchbrechen. »Ich bin schuld. Ich hätte erkennen müssen ...«

»Daß man mir nicht vertrauen kann?«

»Nein, ich wollte sagen, daß so etwas nicht im Zaum gehalten werden kann. Jedenfalls nicht auf Dauer. Du bist zu berühmt. Und ich bin Jacks Bruder. Es bestand keine Chance, daß es auf Dauer klappen würde.«

»Doch, es bestand eine Chance«, entgegnete sie. »Es tut mir leid.«

»Da ist nichts, was dir leid tun müßte.«

»O doch.« Sie versuchte, ihn dazu zu bringen, ihr direkt in die Augen zu schauen, aber er konnte es nicht oder wollte es nicht. »Als ich mit Jack zusammen war, fand ich immer, daß du so traurig aussahst.«

»Traurig?«

»Traurig und neidisch. Wie David. Nur noch mehr. Ich dachte immer, er wird nicht geliebt, nicht richtig geliebt, so wie Jack. Er ist einsam und sehr, sehr traurig. Ich war nicht verliebt in dich. Aber es brach mir fast das Herz, wenn ich dich anschaute.«

Er lachte nervös. »Du irrst dich. Ethel liebt mich. Die Kinder lieben mich. Sehr wenige Menschen bekommen soviel Liebe wie ich. Mehr, als ich verdiene.«

»O Bobby, das ist nicht Liebe. Nicht die Art, die ich meine, und das weißt du auch. Abgesehen von den Kindern könnte Ethel genausogut eine weitere von deinen verdammten Schwestern sein. Ständig machst du dir Gedanken über Ethel und was sie will und was sie denkt ... Nach Jacks Rückenoperation, als ich dich zum erstenmal sah, dachte ich, er hat keine Ahnung, wie es ist, von jemandem geliebt zu werden, der an ihn denkt und sich Gedanken darüber macht, was er will, und es dann auch tut ... Ich sagte dir einmal ... was du auch willst, wovon du in deinen wildesten Fantasien geträumt hast, das werde ich für dich tun, Darling, immer, und ich habe es ernstgemeint. Ich meine es immer noch ernst.«

Er seufzte. »Das nützt doch nichts«, sagte er dann leise. »Es ist ja nicht so, daß ich keine Zuneigung für dich empfinde, Marilyn. Ganz und gar nicht. Es ist auch nicht so, daß ich nicht gerne mit dir ins Bett ginge. Ich würde es am liebsten jetzt gleich tun. Du müßtest dich nicht mal besonders anstrengen, um mich zu überreden. Aber es würde nichts ändern. Es muß vorbei sein. Ich kann dich nicht mehr treffen. Ich werde deine Anrufe nicht mehr entgegennehmen, und wenn du mir schreibst, werde ich deine Briefe nicht mehr öffnen. Vielleicht wird es dir das Herz brechen. Vielleicht wird es meins brechen. Es ändert nichts daran.«

Sie legte sich einen Moment die Hand über die Augen. Was sie so überraschte, war die Art, wie er mit ihr sprach.

Seine Stimme blieb die ganze Zeit ruhig. Sie ließ keinen Raum für Zweifel oder etwa gar Hoffnung.

»Und ich soll natürlich meinen Mund halten?« Sie hatte es nicht so bitter klingen lassen wollen, konnte es aber nicht verhindern.

»Das wäre eine große Hilfe«, sagte er. »Ich wäre dankbar, und Jack wäre dankbar. Doch wenn es zum Schlimmsten kommt und du hältst nicht den Mund, werde ich alles leugnen.« Er musterte sie nachdenklich. »Dann stünde dein Wort gegen meins. Und gegen Jacks.«

In Wahrheit kam es nicht mehr für sie in Frage. Sie wollte Bobby oder Jack nicht zerstören, selbst wenn sie die Möglichkeit dazu hätte. Sie hatten schließlich Ehefrauen, Kinder, Karrieren, die wichtig waren ... »Bobby«, sagte sie und kostete seinen Namen aus. »Ist es deine Entscheidung? Oder Jacks? Oder Ethels?«

»Es ist meine Entscheidung. Jack will es natürlich auch, und Ethel hat mich etwas unter Druck gesetzt, wie du dir vorstellen kannst. Aber ich bin derjenige, der mit dir bricht, Marilyn. Es ist endgültig. Wir werden einander nicht wiedersehen.«

Sie fiel schluchzend auf die Knie, aber er traute sich nicht, ihr aufzuhelfen. »Du machst es für dich nur noch schwerer«, meinte er. »Und für mich auch.«

Zu ihrer Überraschung klopfte jemand an die Tür, obwohl sie Mrs. Murray befohlen hatte, sie unter keinen Umständen zu stören.

Als sie aufschaute, stand Dr. Greenson mit einer Spritze in der Hand auf der Türschwelle. Er schaute nicht sie an, sondern Bobby, der nickte.

Sie stieß einen Schrei aus, weil sie sich verraten fühlte – von Bobby, der Greenson zu Hilfe geholt hatte, und von Greenson, ihrem eigenen Arzt, dem sie mehr als irgend jemandem sonst in der Welt vertraut hatte, der aber nun bei diesem miesen Spiel mitmachte.

»Sei doch vernünftig! Der Doktor versucht, dir zu helfen«, bat Bobby.

»Es ist nur ein mildes Beruhigungsmittel, Marilyn«, mischte sich Greenson ein und wagte sich weiter ins Zimmer vor. Er schien es gar nicht erwarten zu können, ihr die Spritze zu geben, doch sie wich vor ihm zurück.

Sie schüttelte wie betäubt den Kopf, und ihr war fast schlecht, obwohl sie seit dem Frühstück nichts gegessen hatte.

»Es hilft Ihnen, mit der Streßsituation fertig zu werden«, redete Greenson weiter und drückte dabei den Kolben der Spritze ein wenig hinunter, damit Luftbläschen entweichen konnten. »Sie werden schlafen, und morgen reden wir dann über alles ...«

Er griff in seine Tasche und zog einen mit Alkohol getränkten Wattebausch heraus, dessen scharfer Geruch sie an die Klinik erinnerte, in der sie ihr Baby – Bobbys Baby – erst zwei Wochen zuvor verloren hatte.

Bobby stand in der Nähe der Tür und versperrte ihr den Fluchtweg, während Greenson immer näher kam. Sie griff nach dem Telefon auf dem Boden, dessen Schnur lang genug war, um es überall im Haus mitnehmen zu können. Beide Männer schreckten ein wenig zurück, wodurch ihr klar wurde, daß sie unabhängig voneinander den Apparat in ihren Händen als Waffe ansahen.

Sie lächelte bitter und forderte sie geradezu heraus, sich auf sie zu stürzen, aber so weit wollten sie offenbar doch nicht gehen. »Laßt mich allein«, bat sie, und ihre Stimme klang in ihren eigenen Ohren flach und emotionslos.

Greenson schaute zu Bobby hinüber, der kurz nickte. »Du bist nicht der Mann, für den ich dich gehalten habe«, sagte sie ruhig zu Bobby.

Sie ging zum anderen Ende des Zimmers, die Telefonschnur schlängelte sich hinter ihr her. Sie stieg die zwei Stufen zu ihrem Schlafzimmer hinauf.

Nun war sie fast in Sicherheit. Greenson würde garantiert nicht wagen, ihre Tür aufzubrechen, und Bobby genausowenig. Sie hielt das Telefon vor sich ausgestreckt, als zelebriere sie einen Exorzismus. »Mir. Nicht. Nahe. Kommen!« sagte sie so langsam, als ob ihr das Artikulieren jedes einzelnen Worts Schmerzen bereitete.

Greenson blieb wie angewurzelt stehen, die nutzlose Spritze immer noch in der Hand. Bobby starrte sie nur schweigend an.

Sie wußte, daß sie sich in ihrem Schlafzimmer wie in einer Falle fühlen würde, konnte den Anblick der beiden Männer aber nicht mehr ertragen. Auf keinen Fall durfte sie weinen oder sich anmerken lassen, daß ihre Hände zitterten. Sie umklammerte das Telefon so fest, daß ihre Knöchel weiß heraustraten. Auf die andere Seite der Tür zu gelangen war alles, was sie im Augenblick wollte. Sonst nichts.

»Rufen Sie mich an?« erkundigte sich Greenson ängstlich. »Sie kommen doch morgen zu mir in die Praxis, oder?«

Keine Antwort. Sie wollte nicht mit ihm reden, wollte auch nicht an morgen denken. Ihr war nur wichtig, den heutigen Tag zu bewältigen.

Sie blieb einen Moment mit dem Telefon auf der Türschwelle stehen und schaute Bobby direkt in die Augen.

»Bitte geht jetzt. Alle beide.«

Bobby war blaß, und sie merkte ihm an, daß er abzuschätzen versuchte, wie groß der Schaden war, den er angerichtet hatte. »Kommst du wirklich zurecht?« fragte er.

Wieder gab sie keine Antwort. Es ging ihn ja auch nichts mehr an. Sie fühlte sich total erschöpft, aber nicht schläfrig. »Irgend jemand wird dafür büßen müssen«, sagte sie, ohne recht zu wissen, warum sie es sagte.

Sie wandte sich ab und schloß hinter sich zu. Weder das Zuschlagen der Haustür noch das Abfahren der beiden Autos drang ihr ins Bewußtsein. Sie war allein.

Nachdem sie sich ausgezogen hatte, legte sie Frank Sinatras *Blues in the Night* auf den Plattenteller und dann noch fünf weitere seiner Platten obenauf. Nackt ließ sie sich aufs Bett fallen und spürte den Luftzug vom Fenster auf ihrer Haut. Ein paar Minuten genoß sie die Stille im Haus, die nur durch das trockene Rascheln der Blätter von den Eukalyptusbäumen im Garten gebrochen wurde – ein Geräusch, das sie immer vermißte, wenn sie für längere Zeit fern von L. A. war. Dann senkte sich die Platte, begann sich zu drehen, und Franks resignierte Stimme – sie kannte keine, die so sexy war – erfüllte den Raum. Sie sang die Strophen leise mit und dachte, daß *Blues in the Night* genausogut ihr Erkennungssong sein könnte.

Sie würde einige Tabletten nehmen und sich ausruhen. Dann begann sie, eine Telefonnummer zu wählen. Es würde ein langer, einsamer Nachmittag werden, und sie brauchte unbedingt Un-terstützung.

Sie hatte nicht mehr Jacks Privatnummer, aber sie hatte die vom Weißen Haus.

Den Hörer ans Ohr gepreßt, lauschte sie dem Läuten und wartete darauf, daß sich jemand meldete ...

Epilog

Ein Gebet für Norma Jean

Zwei Secret-Service-Agenten erwarteten mich neben der Landebahn und fuhren mich auf meinen Wunsch direkt zu Marilyns Haus in Brentwood. Ich weiß nicht, was ich eigentlich dort wollte, denn es gab nichts mehr für mich zu tun, aber irgendwie hatte ich das Bedürfnis, mich in ihrem Haus aufzuhalten, bevor ich etwas anderes unternahm.

Der rasche, wenn auch sehr unruhige Flug mit dem Air-Force-Jet war durch meine quälenden Schuldgefühle nicht angenehmer geworden. Wahrscheinlich wäre es am vernünftigsten gewesen, mich gleich in mein Büro zu begeben und die Medien so zu informieren, daß die Kennedys nicht auch noch in die Schlagzeilen gerieten. Aber das schaffte ich einfach nicht.

Das kleine Haus war immer noch von Polizisten abgeriegelt, die uns sichtlich ungern durchließen.

Auf dem Rasen vor dem Eingang entdeckte ich einen großen Plüschtiger. »Was soll denn das?« erkundigte ich mich bei einem der Kriminalbeamten, der nur herumstand und vermutlich hoffte, von Reportern der *Los Angeles Times* fotografiert zu werden. Er zuckte mit den Schultern. »Brandneues Spielzeug. In der Diele liegt ein ganzer Haufen davon – wie zu Weihnachten.«

»Sehr merkwürdig!« Ich wußte genau, daß Marilyn keine Stofftiere sammelte.

»Sind Sie der Typ aus Washington?« fragte er. »Leman?«

Ich nickte.

»Macready«, stellte er sich vor. »Ich soll Sie herumführen.«

Wir gaben uns die Hand, und Macready, ein schwergewichtiger Mann in zerknittertem Leinenanzug, führte mich in das halbdunkle, stille Haus. »Ihr Mann war hier«, informierte er mich. »Armer Kerl!«

Ich zog erstaunt die Augenbrauen hoch. »Arthur Miller? Hier?«

»Nein, ihr erster Ehemann, Jim Dougherty. Er ist Sergeant bei der Polizei von L. A., ein netter Junge. Ich rief ihn sofort an, als ich die Nachricht erfuhr, und sagte ihm, daß sie 'ne Überdosis genommen hat. ›Arme Norma Jean‹, sagte er. ›Sie hatte nie Glück.‹ Ich schätze, daß er damit recht hat.« Macready öffnete eine Tür. »Hier hat sie's getan.«

Als ich das triste kleine Schlafzimmer vor mir sah, brach ich fast in Tränen aus. Marilyns Bett mit der einfachen gestreiften Matratze, den zerknüllten Bettüchern und einem Kopfkissen voller Make-up-Flecken hätte auch in einem billigen Stundenhotel stehen können. Und die wenigen Möbel hätten in ein Motel gepaßt – ein Nachtkästchen, zwei, drei Stühle, auf denen sich Zeitschriften und Kleider türmten, ein Telefonapparat mit langer Schnur, die sich durch die Tür schlängelte. »Sie hielt den Hörer in der Hand, als sie starb«, erklärte Macready. »Wir mußten ihn ihr gewaltsam entwinden, als wir sie wegschafften. Totenstarre.« Er zündete sich eine Zigarette an. »Sie muß beim Telefonieren gestorben sein. Schon gräßlich, so abtreten zu müssen, ganz allein, beim Versuch, jemanden anzurufen ...«

»Hat sie etwas Schriftliches hinterlassen?«

Er warf mir einen zynischen Blick zu. Nun wußte er, warum ich hier war.

»Kein Abschiedsbrief«, sagte er. »Falls man sich deshalb in Washington Sorgen macht.«

»Ich weiß nichts von Washington, Sergeant«, erwiderte ich. »Ich bin nur ein Freund der Familie.«

»Welche Familie könnte das wohl sein?« Er geleitete mich durch den Wohnraum und dann ins Freie. »Kann ich sonst noch was für Sie tun?«

Ich erklärte es ihm, und er musterte mich mit noch mehr Abscheu als bisher.

»Sie sind der Boß«, sagte er. »Ich bin froh, daß ich meinen Job habe und nicht Ihren.«

In meiner Hotelsuite wartete Lawford schon auf mich. Er war bleich, schwitzte trotz der Klimaanlage, und seine Hände zitterten auffällig.

»Jack gibt nicht mir daran die Schuld, oder?« fragte er.

Ich schüttelte den Kopf. Jack gab keinem die Schuld, außer sich selbst, und damit konnte er leben. »Wie ist es passiert?«

»Sie nahm eine Überdosis, nachdem Bobby ihr sagte, daß zwischen ihnen alles aus ist.«

»Das weiß ich! Warum blieb Bobby nicht bei ihr? Warum hat Greenson sie nicht beruhigen können?«

»Bobby war der Meinung, daß sie ihr möglichstes getan hätten, und Greenson schätzte die Situation nicht als kritisch ein.«

»Hat sie bei Ihnen angerufen?«

Er nickte kläglich. »Ja, sie hat angerufen. Ihre Stimme klang nuschelig, so wie immer, wenn sie ein paar Pillen geschluckt hatte. Unter den gegebenen Umständen hat mich das nicht gewundert oder gar alarmiert.«

»Was hat sie gesagt?«

»Sie wollte wissen, ob Bobby bei mir war ... ehrlich gesagt, lief das Ganze etwas unglücklich. Bobby war nämlich gerade am Swimmingpool, als ich den Hörer abnahm, und sagte: ›Falls das Marilyn ist, dann sag ihr, daß ich nicht da bin.‹ Sie muß ihn gehört haben, denn als ich ihr vorschwindelte, daß Bobby schon gegangen wäre, sagte sie: ›Du bist ein netter Kerl, Peter, sag Bobby von mir auf Wiedersehen.‹ Dann legte sie auf, einfach so ...« Er schnippte mit den Fingern. Als ich sie zurückzurufen versuchte, war die Leitung immer besetzt, besetzt, besetzt ... Bobby wartete auf seinen Hubschrauber, und nachdem er abgeflogen war, rief ich sofort bei ihr an. Als ich wieder nur das Besetztzeichen zu hören kriegte, schaltete ich Greenson ein, der kurz danach zu ihrem Haus fuhr und sie tot auffand ...« Seine Augen verrieten mir, daß er einen großen Teil der Story wegließ.

Er hatte sich ein ziemliches Quantum Scotch eingeschenkt und trank mit gierigen Schlucken. Ich hatte den Eindruck, daß seine Version der Ereignisse sorgsam einstudiert war. »Es war nicht meine Schuld, David. Wirklich nicht!«

»Nein«, stimmte ich zu, obwohl ich in Wirklichkeit der Meinung war, daß in dieser Situation genau er sie hätte retten können.

Ich nahm mir auch einen Drink. »Ich komme gerade von ihrem Haus«, sagte ich, als müßte ich Lawford erklären, warum ich eine Stärkung brauchte.

»Ganz schön deprimierend, nicht wahr?« meinte er.

»Waren Sie denn auch dort?«

»Aber ja, alter Junge. Man informierte mich, nachdem sie gefunden worden war, und ich rief gleich Bobby an, der mir befahl, schnell hinzufahren, noch vor der Polizei, und nachzusehen, ob sie einen Brief hinterlassen hat. Vermutlich wußte er nicht, wen er sonst hätte bitten sollen, und schließlich gehöre ich ja zur Familie. Also fuhr ich hin und schaute mich um. Sie lag mit dem Gesicht nach unten nackt auf dem Bett, den Telefonhörer am Ohr. Ich hatte das komische Gefühl, daß sie bei einem lauten Geräusch aufwachen würde, einfach so, aber das war natürlich nur eine Illusion ...« Lawford weinte still vor sich hin. Die Tränen liefen ihm übers Gesicht und tropften auf sein Hemd.

»Und dann?«

»Ich hab's Bobby schon erzählt. Kein Brief.« Er schluchzte. »Überhaupt nichts.«

Ich schaute ihm in die Augen. »Das glaube ich Ihnen nicht.«

Er putzte sich die Nase. »David, es stimmt aber, so wahr mir Gott helfe! Kein Brief. Nur ein Tagebuch voller Gedichte.«

Ich streckte meine Hand aus. Lawford setzte eine verstockte Miene auf, besann sich dann aber eines Besseren, da er mich vermutlich für den Abgesandten von Jack hielt, und Jack fürchtete er noch mehr als Bobby. Er griff in seine Tasche und zog ein kleines Notizbuch heraus, eins von denen, die man in jedem Schreibwarengeschäft kaufen kann.

»Danke, Peter. Sie können jetzt gehen.«

»Wollen Sie nicht noch mehr wissen?« fragte er.

»Nein, wirklich nicht.«

Und das stimmte auch. Außerdem konnte ich seinen Anblick nicht länger ertragen.

Als er unter weiteren Entschuldigungen und Selbstrechtfertigungen endlich gegangen war, begann ich in dem Notizbuch zu blättern und trank dazu gelegentlich einen Schluck von meinem Drink. Einige der Gedichte kannte ich schon, meistens von Marilyn aus dem *Oxford Book of English Verse* abgeschrieben. Andere stammten von ihr selbst. Da mich ihre letzte Eintragung besonders interessierte, schlug ich das Büchlein ganz hinten auf. Ihre Schrift war verzerrt und unbeholfen, als hätte sie bereits ein Stadium erreicht, in dem es ihr schwerfiel, den Füller zu halten, aber es war gerade noch zu entziffern, was sie gekritzelt hatte, bevor sie das Bewußtsein verlor.

Es war weder ein Gedicht von ihr noch von einem anderen. Da stand einfach:

Lieber Bobby: Ich habe Dich geliebt. Das ist doch kein Verbrechen, oder?

Ich wollte ja nur glücklich sein. War das zuviel verlangt? Wohin ich auch gehe, ich werde Dich weiter lieben.
Paß auf Jack auf – und auf Dich selbst ...

Marilyn.

Darunter hatte sie wie bei einem Geschäftsbrief in Druckbuchstaben geschrieben ›HON. ROBERT F. KENNEDY, ATTORNEY GENERAL, U. S. JUSTICE DEPARTMENT, WASHINGTON, D. C.‹

Hatte die Ärmste wirklich angenommen, daß ihre Zeilen ihn je erreichten? Nicht auszudenken, was passiert wäre, wenn die Polizei diesen ›Abschiedsbrief‹ gefunden und an die Presse weitergeleitet hätte ...

Ich zerriß die letzte Seite des Notizbuchs, bis nur noch winzige Schnipsel übrig waren, steckte das Buch in die Tasche und machte mich mit schwerem Herzen auf den Weg, denn das Schlimmste stand mir noch bevor.

Macready erwartete mich am Leichenschauhaus. »Wollen Sie's wirklich tun?« erkundigte er sich zweifelnd.

Ich nickte.

»Na ja, es ist Ihre Entscheidung.« In einer Stadt voller Palmen, spanischer Architektur und bunter Farben wirkte das Leichenschauhaus so, als wäre es vor einem Jahrhundert von Städteplanern für Cleveland oder Boston entworfen worden. Nichts daran erinnerte an Los Angeles, dessen Bürger nach ihrem Tod das traurige Schicksal erwartete, in ein Gebäude zu kommen, das so pompös, dunkel, voller kotzgelbem Marmor und verwitterten Holzbalken war wie die Städte, aus denen sie sich nach L. A. geflüchtet hatten. Marilyn war allerdings in L. A. geboren, wie mir einfiel, und ihr Waisenhaus stand nicht weit entfernt von hier.

Macready führte mich in einen Lift, mit dem wir abwärts fuhren. Er zündete sich eine Zigarre an und hielt mir die Schachtel hin. Ich schüttelte den Kopf. »Das hilft gegen den Geruch«, erklärte er mir, als die Tür aufging. Es roch tatsächlich unangenehm – eine Kombination aus Urin, Formaldehyd und Verwesung. Meines Erachtens wurde das Ganze durch Macreadys Te-Amo-Zigarre allerdings nicht besser, die wie eine kokelnde Pferdedecke stank.

Er ging vor mir her einen Gang entlang, zwischen Reihen von Stahlbahren hindurch, auf denen zugedeckte Leichen lagen, an einem weißgekachelten Raum vorbei, in dem zwei Männer in Arztkitteln gerade einem Toten das Gehirn aus dem Schädel holten, wobei sie der Übertragung einer Sportveranstaltung – irgendein Ballspiel – im Radio lauschten. Vielleicht wollte Macready mich testen, aber damit verschwendete er nur seine Zeit. Ich war schon früher hier gewesen, als ich noch in der Filmbranche arbeitete. Marilyn war nicht der erste Star, der Selbstmord beging – falls sie's überhaupt getan hatte.

Er öffnete die Tür zu einem hell erleuchteten Raum mit zahlreichen Stahltüren am hinteren Ende. Es war so kalt, daß ich fröstelte. Ein Polizist in Uniform hatte seinen Stuhl so gekippt, daß er sich bequem an die Wand mit den Kühlfächern lehnen konnte, während er den *Playboy* las und eine Zigarette rauchte. »Aufstehen, Quinn, alter Fettkloß«, sagte Macready. »Sie kriegen Besuch.«

Quinn war nicht beleidigt. Cops redeten immer so rüde miteinander wie große Raubtiere, die zu streiten scheinen, obwohl sie in Wirklichkeit nur spielen. »Verpiß dich, Macready!« gab Quinn gut gelaunt zurück und erhob sich.

»Warum wird sie bewacht?« fragte ich und war nun doch ganz froh über Macreadys Zigarrenqualm.

»Hier kommen alle möglichen Spinner her«, erklärte er. »Fotografen, die sechs Tausender oder noch mehr dafür blechen würden, um einen Schnappschuß von Marilyn Monroe in der Morgue zu kriegen. Deshalb haben wir Quinn hier unten reingesetzt zum Aufpassen. Er ist viel zu dämlich, um sich bestechen zu lassen.«

»Du kannst mich mal, Sergeant«, sagte Quinn, öffnete eine Tür und zog die Bahre heraus.

Macready paffte ungerührt seine Zigarre. »Wenn's 'ne schöne Frau ist, gibt's auch Perverslinge, die versuchen, die Leiche zu ficken. Besonders wenn's ein Filmstar ist. Noch 'n Grund, Quinn diesen Job zu geben. Er hat solche Scheißangst vor seiner Alten, daß er's nicht wagt.«

»So, hier ist sie«, sagte Quinn, der Macreadys Sticheleien ignorierte, und zog das Tuch von Marilyns Gesicht weg.

Sie war noch immer wunderschön – die Pathologen hatten die Autopsie noch nicht durchgeführt –, das blonde Haar leicht zerzaust, das Gesicht ohne Make-up, die Lippen leicht geöffnet, so daß sie zu lächeln schien. Sie sah um Jahre jünger aus, und man hätte vermuten können, daß sie schliefe, wenn ihr Mund nicht bläulich verfärbt gewesen wäre.

»Könnten Sie mich einen Moment allein lassen, Sergeant?« fragte ich.

Macready beäugte mich mißtrauisch, als könnte ich einer der Perversen sein, die er kurz zuvor erwähnt hatte. Doch nach einem Moment des Überlegens zuckte er mit den Schultern. »Aber natürlich«, brummte er, bewegte sich allerdings nicht von der Stelle. Statt dessen griff er in seine Jackentasche und zog ein Papier hervor. »Die Familie wird das vielleicht haben wollen«, meinte er mit vielsagendem Zwinkern und reichte es mir. Dann verließ er gemeinsam mit Quinn den Raum.

Es war eine amtlich wirkende Liste von Zahlen, mit der ich nichts anfangen konnte, bis ich begriff, daß es sich um Telefonnummern handelte. Man mußte kein Experte sein, um zu kapieren, daß dies eine Aufstellung der Telefongesellschaft über Marilyns Ferngespräche an ihrem Todestag war. Am Vormittag entdeckte ich nichts Auffälliges, doch am Nachmittag gab es dann eine ganze Serie von Anrufen bei derselben Nummer, Dutzende davon, und manche nur Minuten auseinander. Ich erkannte mit sinkendem Herzen die Nummer vom Weißen Haus. Die meisten Telefonate waren nur ganz kurz, weil Marilyn vermutlich nicht mit dem Präsidenten verbunden worden war, aber der letzte der Serie war fast eine halbe Stunde lang.

Plötzlich wußte ich, was in diesem schmucklosen kleinen Schlafzimmer geschehen war. Nachdem Bobby weg war, hatte Marylin wohl ihren ganzen Pillenvorrat geschluckt. Als ihr dann klar wurde, daß sie allmählich in einen Schlaf glitt, aus dem es kein Erwachen gäbe, begann sie, im Weißen Haus anzurufen. Immer verzweifelter versuchte sie, Jack zu erreichen, wieder und wieder, bis endlich die Vermittlung oder die entnervte Sekretärin Marilyn mit dem Präsidenten verband.

Sie und Jack müssen fast eine halbe Stunde geredet haben, während sie im Sterben lag! Hatte er erkannt, wie es um sie stand? Hatte er begriffen, daß sie ihm und dem Leben Adieu sagte? Ja, er muß es begriffen haben. Doch er tat nichts. Hatte er sie immer mehr eingelullt und dabei gewußt, daß sie mit jeder Minute weniger in der Lage sein würde, Hilfe herbeizurufen? Hatte er das Gefühl gehabt, daß seine und Bobbys Zukunft auf dem Spiel stünden? Hatte er Bobby schützen wollen, indem er Marilyn in das Telefongespräch verwickelte, während sein Bruder zu seiner Familie zurückflog?

Ja, dazu war Jack durchaus fähig, auch wenn es ihm das Herz brach. Er hatte Marilyn aufrichtig geliebt, daran bestand für mich kein Zweifel. Doch letzten Endes würde er immer sich schützen, seine Präsidentschaft, seinen Bruder. All das war ihm sicher bewußt, als er mich ins Oval Office kommen ließ, um mir die Nachricht mitzuteilen – oder zumindest das, was er mich wissen lassen wollte.

Arme Marilyn! Sie hatte nie eine Chance. Ausgerechnet jene Welt, die als einzige noch spektakulärer war als ihre eigene, hatte sie sich ausgesucht, aber nie begriffen, daß im Unterschied zum Film in der Politik mit zurückgehaltenem Gewinn gespielt wird.

Ich fragte mich, wie Jack damit zurechtkommen würde. Auf jeden Fall würde er es überleben – und etwas bitterer, etwas weiser und viel härter werden. Schließlich wählen wir ja auch keinen Präsidenten ins Weiße Haus, damit er zimperlich ist. Wir erwarten von ihm vielmehr, daß er die harten Entscheidungen fällt, vor denen wir uns drücken würden, und die Dinge tut, von denen wir nichts hören und nichts wissen wollen. Jack Kennedy verstand das besser als jeder andere. Vermutlich wußte er auch besser als jeder andere, welchen Preis er dafür zahlen mußte.

Noch mehr fragte ich mich allerdings, wie ich damit zurechtkommen würde. Ich zerriß die Liste mit den Telefonnummern und warf die Papierfetzen in einen Papierkorb. Die Geschichte würde über Jack Kennedy urteilen, nicht ich.

Quinn hatte sein geöffnetes *Playboy*-Heft mit dem Titelblatt nach oben auf Marilyns Bauch gelegt, damit er auf der richtigen Seite weiterlesen konnte. Weder das Heft noch sie rührte ich an. Ich betrachtete ihr perfektes Gesicht eine ganze Weile, bis ich endlich meinen Tränen freien Lauf ließ.

Dann beugte ich mich hinunter und küßte sie, nicht auf die Stirn wie bei einer Leiche, sondern auf die Lippen. Der letzte Kuß, den sie je bekommen würde.

»Auf Wiedersehen, Norma Jean«, flüsterte ich.

Vorsichtig zog ich das Tuch über ihr Gesicht und überließ sie Quinns Obhut.

Danksagung

Meinen Dank den Autoren der wichtigsten Publikationen, auf die ich mich bei meinen Recherchen gestützt habe:

Patricia Bosworth:	Montgomery Clift
Ben Bradlee:	Conversations with Kennedy
Steven Brill:	The Teamsters
Peter Collier/David Horowitz:	The Kennedys
	(*Die Kennedys. Ein amerikanisches Drama*)
Curt Gentry:	J. Edgar Hoover
Fred Lawrence Guiles:	Legend
Ted Jordan:	Norma Jean
Patricia Seaton Lawford:	The Peter Lawford Story
Dan E. Moldea:	The Hoffa Wars
Kenneth P. O'Donnell/ David Powers:	Johnny, We Hardly Knew Ye
Lena Pepitone:	Marilyn Monroe Confidential
Arthur M. Schlesinger, Jr.:	A Thousand Days
Arthur M. Schlesinger, Jr.:	Robert Kennedy and His Times
William V. Shannon:	The Heir Apparent
Sandra Shevey:	The Marilyn Scandal
Anthony Summers:	Goddess
	(*Marilyn Monroe. Die Wahrheit über ihr Leben und Sterben*)
Maurice Zolotow:	Marilyn Monroe

Auszug aus Marilyn Monroes ›Rotem Tagebuch‹, zitiert in:

Ted Jordan, *My Secret Life with Marilyn Monroe*. © 1989 Ted Jordan. Abdruck mit freundlicher Genehmigung von William Morrow & Company, Inc.

›HAPPY BIRTHDAY TO YOU‹ (Mildred J. Hill, Patty S. Hill), © 1953 (erneuert 1962) SUMMY-BIRCHARD MUSIC, ein Unternehmen der SUMMY BIRCHARD, INC. Alle Rechte vorbehalten. Abdruck mit freundlicher Genehmigung.

Verzeichnis der genannten Filmtitel
(in alphabetischer Reihenfolge)

Asphalt Jungle	Asphalt-Dschungel
A Streetcar Named Desire	Endstation Sehnsucht
As Young as You feel	So jung wie man sich fühlt
Bus Stop	Bus Stop
Clash by Night	Vor dem neuen Tag
Cleopatra	Kleopatra
Dangerous Years	Gefährliche Jahre
Don't Bother to Knock	Versuchung auf 809
Gentlemen Prefer Blondes	Blondinen bevorzugt
Gone with the Wind	Vom Winde verweht
Henry the Fifth	Heinrich V.
How to Marry a Millionaire	Wie angelt man sich einen Millionär
Ladies of the Chorus	Die Damen vom Ballett
Let's Make Love	Machen wir's in Liebe
Love Happy	Glücklich verliebt
Love Nest	Liebesnest
Monkey Business	Liebling, ich werde jünger
Mr. Smith Goes to Washington	Mr. Smith geht nach Washington
My Favorite Wife	Meine Lieblingsfrau
Niagara	Niagara
Rain	Regen
River of No Return	Fluß ohne Wiederkehr
Room at the Top	Der Weg nach oben
Some Like It Hot	Manche mögen's heiß
Something's Got to Give	
The Misfits	Nicht gesellschaftsfähig
The Prince and the Showgirl	Der Prinz und die Tänzerin
The Pursuit of Happiness	Die Jagd nach dem Glück
There's No Business like Show Business	Rhythmus im Blut
The Seven Year Itch	Das verflixte 7. Jahr
The Wages of Fear	Lohn der Angst

HEYNE BÜCHER

Anonymus

Mit aller Macht

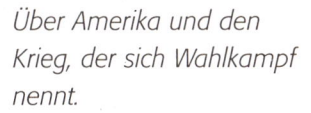

Über Amerika und den Krieg, der sich Wahlkampf nennt.

»Die perfekte Mischung aus Macht, Sex und Politik.«   FOCUS

»Der beste psychologische Politthriller seit 1946!«
    DER SPIEGEL

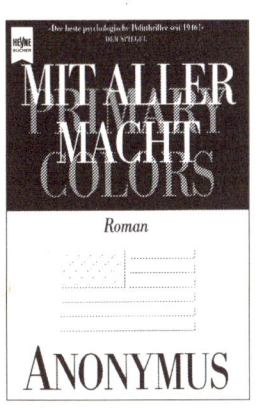

01/10318

H e y n e - T a s c h e n b ü c h e r

Econ Taschenbuch

Rankin Davis
Gegen das Gesetz
Thriller
544 Seiten
TB 27375-2
Deutsche Erstausgabe

Seit Monaten beschäftigt sich die Sensationspresse mit dem geheimnisvollen Serienmörder »König Artus«. Jetzt ist der undurchsichtige Trevor Speakman angeklagt, sieben Mädchen grausam getötet zu haben. Alle Indizien sprechen gegen ihn, doch für die junge Anwältin Leone Stern wirkt der Fall zu perfekt. Als sie herausfinden will, wer der Polizei den Tip gegeben hat, der zu Speakmans Verhaftung führte, stößt sie auf eine Mauer des Schweigens. Offenbar hat keiner ein Interesse, die tiefere Wahrheit über »König Artus« zu offenbaren. Ein mörderisches Spiel beginnt – und die Anwältin muß erkennen, daß ihre gefährlichsten Gegner in den eigenen Reihen zu suchen sind.

Ein neuer, packender Thriller von Rankin Davis, der in England als zweiter Grisham gefeiert wird.